세상에서 가장 작은 도서관

세상에서 가장 작은 도서관

안토니오 이투르베 장편소설

장여정 옮김

The Librarian
of Auschwitz

북레시피

한국 독자들에게

　한국에서 제 소설이 출간되리란 소식을 친구에게 알렸더니 수화기 너머에서 이렇게 말하더군요. "한국이라니, 엄청나게 멀군!" 그런데 제게는 한국이 먼 곳으로 느껴지지 않았습니다. 전화를 끊고 나서, 스페인 해안가 마을의 우리 집 창문 저편으로 잔잔한 지중해 대신 대한해협과 한국의 수천 개의 섬을 볼 수 있기라도 한 것처럼 창밖을 내다보았습니다. 10,000km의 거리는 아무것도 아닙니다. 인류가 일군 가장 끔찍한 지옥의 한창에서 아주 작은 희망의 틈을 열어 보인, 역사상 가장 작은 도서관이라는 경험을 함께하며 매우 가까워질 테니까요. 이런 경험은 우리를 결속하며 손과 손을 맞잡게 합니다. 공유, 관용, 평화의 가치를 믿는 우리에게는 국경도 국기도 없기 때문입니다. 여기서 공유란 물질적 부뿐만 아니라, 우리 내면을 살찌우는 이야기의 공유까지 의미합니다.

아우슈비츠 수용소 제31블록에 작은 비밀 학교가 있었고, 거기 모여 너덜너덜해진 책 낱장을 모아 읽은 사람들이 있었다는 사실을 알게 됐을 때 수필을 써야겠다는 생각이 가장 먼저 들더군요. "논픽션" 장르의 글, 따라서 실화를 기록할 생각이었지요. 그런데 집필을 시작한 지 일 년이 지났을 무렵, 원고를 읽은 아내는 고개를 저으며 좋지 않은 반응을 보였습니다. 자료며, 날짜며, 사람 수며, 수용소 사령관의 이름까지도 담긴 글이었지만 무언가 부족했던 것입니다. 어쩌면 가장 근본적일지 모를, 역사책에는 씌어 있지 않은 그 무언가가 빠져 있었습니다. 희생자들의 공포, 집행인의 번뜩이는 눈빛, 더는 기대할 것이 없으리란 데서 오는 위안에 관해서는 전혀 말하지 않았던 것입니다. 그래서 결국 소설을 쓰게 됐습니다. 이 책은 전기가 아니며 수기도 아닙니다. 교류가 있었다는 증거는 없지만, 교류했을 법한 수용소의 인물들을 머릿속으로 불러내고 대화를 재구성한, 허구를 바탕으로 한 소설입니다. 그러나 여러분 앞에 펼쳐진 이 책은 단순히 꾸며낸 이야기라기보다 훨씬 더 심오한 무언가의 산물로, 끔찍한 시대를 통과하면서도 결코 무너지지 않은 경이로운 사람들이 있었다는 증거입니다.

과거에도 지금도 제2차 세계 대전의 전문가라 할 수 없는 제가 이 이야기까지 이르게 된 계기는 홀로코스트 탐구가 아닌 독서의 역사에 관한 관심이었습니다. 책들이 실마리가 되어 저를 제31블록까지 안내한 셈입니다. 책의 역사에 관해서라면 세계 최고의 전문가인 알베르토 망겔의 작품을 읽으며, 아우슈비츠 절멸 수용소의 아동 막사에서 알프레드(프레디) 허쉬라는 독일 출신의 유대인 수감자가 작은 학교를 운영했다는 사실을 알게 되었습니다. 등받이가 없는 걸상을 원으로 둘러놓은 초라한 학교였을지언정, 유년의 끝없는 호기심으로 눈이 또랑또랑한 어린 아이들을 가르치려는 스승들이 있었습니다. 그런 스승들을 도와 아동 막사를 순회하던 소녀의 손에 들린 책 몇 권은 황폐한 사막 한가운데 오아시스와도 같았습니다. 누군가는 이렇게 물을 수도 있겠습니다. 집이며, 재산이며, 존엄성을 강탈당하고 어쩌면 매우 이른 시일 내로 목숨까지 빼앗길 이 유대인들이 어째서 한 줌의 책처럼 쓸모없는 것에 신경을 써야 하느냐고 말입니다. 정말로 중요한 것은 매일 먹기, 폐가 숨을 거두지 않기를 바라며 목숨 부지하기가 맞을 테지요. 그러나 우리를 살아 있게 해주는 이 모든 것들, 즉 먹기, 마시기, 호흡, 맥박 등은 개인적 차원으로 일어나는 일입니다. 우리가 인간이 되려면 우리 자신에서 벗어나야 합니다. 껍데기를 깨부수고 나와야 합니다. 어머니 배 속처럼 편안한 개인의 동굴에서 나와야 비로소 타인과 교류할 수 있습니다. 물론 먹고 숨 쉬며 홀로 살 수도 있을 테지만, 인간이 되기 위해서는 필요한 게 더 있습니다. 바로 공유하는 것입니다.

제31블록에서는 공유가 이루어졌습니다. 스승들은 지리, 역사, 음악을 가르쳤고 아이들은 노래했습니다. 종이책이 몇 권 있었고 심지어는—이건 틀림없는 사실인데—이야기꾼이던 몇몇 스승이 살아 있는 책이 되어 말로써 이야기를 전하기도 했습니다. 이렇듯 이야기 역시 우리가 공유할 수 있는 무언가가 됩니다. 이 소설은 제31블록의 놀라운 이들, 즉 프레디, 디타, 오타, 미리암에게 바치는 오마주이자, 군화로 목숨을 짓밟고자 하는 자들의 잔인함이 단 한 순간도 들어서지 못하도록 튼튼한 장벽을 쌓아 올리며 타인에게 헌신한 모든 이에게 바치는 오마주입니다. 이 소설은 또한, 책에 바치는 오마주이기도 합니다. 책이란 분명 하찮은 구석이 있는 무용한 물건일지 몰라도, 우리 생각 이상으로 훨씬 중요한 물건이기도 합니다. 책에는 이야기가 담겨 있기 때문이며, 책에 담긴 다른 삶과 관점이 우리네 삶과 관점을 성장케 하기 때문입니다.

'세상에서 가장 작은 도서관'은 나치의 악랄한 행위에 대적할 수 없었고, 가스실에서의 학살을 막을 수 없었습니다. 그러나 도의라곤 찾아볼 수 없는 시커먼 구덩이 같은 그곳에서, 도서관이 들려주던 이야기의 힘은 불가능해 보이는 일을 해냈습니다. 아이들이 아이들로 남을 수 있게 한 것입니다. 그리고 그 아이들은 결코 패한 게 아닙니다.

이 책이 한국에까지 전해진다니 감격입니다. 아주 먼 곳임에도 아주 가깝게 느껴지는 것은, 우리가 공유하는 가치 때문일 테지요. 이제 이야기 속으로 빠져들 준비가 된 한국의 벗들에게 이 책이 암흑 속에서도 반짝이는 무언가가 그 빛을 잃지 않도록 환히 비춰주는 빛이 되길 바랍니다.

바르셀로나에서,
안토니오 이투르베

이 책이 나오게 된 배경에 대해 얘기하고 싶군요. 몇 년 전 안
토니오 이투르베라는 스페인 작가가 아우슈비츠 비르케나우 강
제수용소 내 아동구역에서 있었던 일들에 대한 책들과 관련하
여 구체적인 사실을 확인해줄 사람을 찾고 있었습니다.

안토니오는 제 인터넷 주소를 찾아냈고, 우리는 이메일을 주고
받기 시작했어요. 그는 늘 미안해하며 주로 질문 위주의 짧은 이
메일들을 보내왔고, 저는 길고 구체적인 답장을 써 보냈죠. 그러
다가 프라하에서 직접 만나게 됐어요. 이틀 동안 저는 안토니오에
게 제가 자란 곳, 어릴 적 놀던 모래 놀이터며 제가 다녔던 학교,
프라하를 점거한 나치 때문에 테레진 게토로 떠나면서 다시는 돌
아가지 못했던 우리 예전 집까지 보여주었죠. 이튿날은 테레진에
도 함께 가보았답니다. 헤어지기 전 안토니오가 그러더군요. "세
상에서 가장 큰 도서관이야 다들 알지요. 저는 세상에서 가장 작
은 도서관, 그리고 그 도서관의 사서에 대한 책을 쓸 겁니다."

지금 여러분이 들고 계신 책이 바로 그 책입니다. 물론 안토니오는 스페인어로 책을 썼고 이건 번역본이지요. 제가 들려준 이야기도 많이 담겨 있지만 안토니오가 부지런히 다른 사료를 통해 수집한 사실들도 많습니다. 그러나 아무리 역사적으로 정확하다고는 해도, 이 책은 허구의 이야기랍니다. 이 책은 저 자신의 경험과 저자의 풍부한 상상력이 합쳐져 탄생한 이야기입니다.

이 책을 함께 읽고 나눠주어 고맙습니다.

디타 크라우스

아우슈비츠 집단학살 수용소 내 31구역에는 5백여 명의
아이들이 있었고, 일명 '상담선생님'으로 불리는 수용자들도
여럿 함께 있었다. 삼엄한 감시며 그 모든 역경에도
불구하고 31구역에는 아이들의 비밀 도서관이 존재했다.
H. G. 웰스의 『세계사 산책』, 러시아어 문법책, 해석기하학책
등 책이라곤 겨우 8권뿐인 아주 작은 도서관이었다. […]
하루 일과가 끝나면 주로 제일 나이가 많은 여자아이들이
책을 맡아 약이나 음식 등 다른 귀중한 것들과 함께 매일 밤
다른 장소에 숨겨놓곤 했다.
알베르토 망겔, 『밤의 도서관』 중에서

문학은 한밤중에 들판 한가운데 켜진 성냥불 같은 힘이 있다.
성냥불은 작을지 몰라도 그 불빛 덕분에 우리는 주위를
둘러싼 거대한 어둠을 실감하게 된다.
하비에르 마리아스(윌리엄 포크너를 인용하여)

차례

한국 독자들에게 · 5

추천의 말 · 9

1944년 1월, 아우슈비츠 비르케나우 · · · · · · · · 15

1944년 3월 7일 · · · · · · · · · · · · · · · · · · · 289

에필로그 · 486

덧붙이는 말 · 490

그 이후 · 501

1차 사료 · 509

옮긴이의 말 · 510

1

1944년 1월, 아우슈비츠 비르케나우

나치 대원들은 검은 옷을 입고 있다. 그들은 죽음을 대하는 무덤지기만큼이나 무관심하게 죽음을 바라본다. 아우슈비츠에서 사람 목숨이란 워낙 보잘것없어 이제 총에 맞아 죽는 사람도 없다. 총알 하나가 사람 한 명의 목숨보다 더 소중한 것이다. 아우슈비츠에는 치클론 가스를 분사하는 방이 있다. 가스탱크 하나로 사람을 수백 명씩 죽일 수 있으니 비용대비 효과적이다. 죽음은 도매급으로 이뤄질 때만 수지타산이 맞는 산업이 되어버렸다.

아우슈비츠 내 가족캠프, 모든 것이 진흙 아래로 가라앉는 이곳에 알프레드 허쉬가 학교를 세웠단 사실을 나치 대원들은 전혀 모르고 있다. 모르고, 또 몰라야만 한다. 학교라니, 불가능한 얘기라던 수용자들도 있었다. 그들은 허쉬가 미쳤거나 그게 아니면 순진하다고 했다. 모든 것이 금지된, 이런 잔인한 집단학살 수용소에서 어떻게 아이들을 가르친다는 거지? 그러나 허쉬는 웃어 보이곤 했다. 아무도 모르는 비밀을 알고 있기라도 한

15

듯 그는 늘 속내를 알 수 없는 미소를 띠었다. "나치가 얼마나 많은 학교 문을 닫든 상관없습니다." 허쉬는 그들에게 그렇게 말하곤 했다. "누군가 멈춰서서 이야기를 하고 아이들은 듣고, 그러면 그게 바로 학교지요."

생명 처리장인 비르케나우 강제수용소, 밤낮으로 화덕에서 시체를 태우는 이곳에서 31구역은 이례적이고 이질적이다. 이건 프레디 허쉬의 승리다. 청소년 담당 체육 교사였던 허쉬는 역사상 가장 거대한 인간 증기롤러를 직접 상대하러 나선 운동선수다. 그는 일명 '가족캠프'로 알려진 이 BIIb 캠프에서 막사를 하나 마련해 아이들을 모아놓고 돌보면 그 부모들의 노동력을 동원하기 훨씬 수월할 것이라고 독일 관리당국을 설득했다. 캠프 내 사령부도 동의했다. 다만 조건이 있었으니, 놀이 등의 보육활동은 허용되지만 학습은 안 된단 것이었다. 그렇게 31구역이 탄생했다.

나무판자로 지은 막사 안, 교실이라 해봐야 등받이 없는 의자가 반별로 빼곡하게 놓여 있는 정도다. 벽도 없고 칠판도 없다. 교사들은 허공에 대고 손으로 이등변 삼각형을 그리고 알파벳을 쓰고 또 유럽의 강줄기를 그린다. 막사 안에 오밀조밀 반별로 붙어 앉은 아이들 무리만 스물 남짓 되고, 반마다 교사도 있다. 다닥다닥 붙은 교실 탓에 그룹별로 구구단 외는 소리며 이집트 10대 전염병 이야기 등 서로의 수업 내용이 뒤섞이지 않도록 이들은 속닥인다.

막사 문이 활짝 열리고 망을 보던 야코벡이 31구역장 허쉬의 방을 향해 질주한다. 야코벡의 나막신 자국이 축축한 흙바닥을 가로지르고, 차분했던 31구역의 분위기도 갑자기 어수선해진다. 한쪽 구석에서 디타 아들러는 진흙이 튀는 것을 홀린 듯 멍하니 쳐다보고 있다. 야코벡이 소리친다.

"육! 육! 육!"

친위대원들이 곧 31구역에 들이닥친단 뜻의 암호다.

허쉬는 자기 방 문밖으로 고개를 내민다. 조수들이며 교사들 눈은 전부 그를 향해 있고, 허쉬는 말 한마디 할 필요가 없다. 보일 듯 말 듯 그가 고개를 까딱한다. 그의 눈빛이 곧 지시다.

수업은 바보 같은 독일 노래와 알아맞히기 놀이로 대체되고 구역 내 질서에 아무 문제 없는 듯한 분위기가 연출된다. 평소라면 2인 1조의 순시팀이 막사 안까지 들어오는 일은 거의 없고 으레 그렇듯 아이들을 한번 쭉 훑어보든지, 어쩌다 노래에 맞춰 박수를 치거나 제일 어린 아이들 머리를 쓰다듬은 뒤 순시를 마저 도는 정도다. 하지만 오늘은 야코벡이 평소 때와는 다르게 추가 신호를 외친다.

"검열! 검열!"

검열은 완전히 다른 문제다. 줄도 맞춰 서야 하고 수색도 진행된다. 제일 어린 아이들을 상대로 신문을 하기도 하는데, 아이들의 순수함을 이용해 정보를 빼내려는 시도다. 딱히 성공적이진 않다. 아무리 코찔찔이 어린아이들이라지만 보이는 것처럼 한없이 그렇게 천진난만한 것은 아니다.

"신부님이다!" 누군가 그렇게 속삭이자 실망의 소리들이 튀어나온다. 마치 신부처럼 늘 군복 외투 소매 속으로 양손을 집어넣고 다니는 중사를 부르는 별명이다. 물론 이 신부가 믿는 신앙은 잔악함이다.

"너, 이리 와봐! 유다! 그래, 너! 말해. '난 뭘 봤다?'"

"스타인 중사님, 제가 뭘 봤다고 말해야 하죠?"

"뭐든! 미련하기는, 아무거나 대!"

교사 두 명이 불안에 떨며 천장 쪽으로 시선을 피한다. 그들은 아우슈비츠에서 절대 허용되지 않는 물건을 들고 있다. 너무 위험해서 소지한 사실 자체만으로도 사형감이지만, 발사가 되는 그런 물건도 아니고 그렇다고 끝이 뾰족하다거나, 날렵한 날이 있다거나, 끝이 묵직하다거나 하지도 않다. 집요한 독일 나치들이 그토록 두려워하는 것은 바로 책이다. 그것도 낡고 제대로 철도 안 된, 중간에 몇 페이지씩 찢어지고 없어진 그런 책. 나치는 책을 금지하고 샅샅이 색출해낸다.

역사상 모든 독재자며 폭군이며 압제자들은 한 가지 공통점을 갖고 있었다. 이념과 상관없이, 아리아인이든 아프리카인이든 아시아인이든 아랍인이든 슬라브인이든 다른 어떤 인종이든, 대중혁명을 지지하든 상류층의 특권을 옹호하든 신의 뜻을 믿든 계엄령을 믿든, 그들은 모두 책을 가혹하게 핍박했다. 책은 아주 위험하다. 책은 사람들을 생각하게 만든다.

아이들이 제 무리에서 조용히 노래를 부르며 나치 대원들을 기다리는 가운데 소녀 하나가 화음을 깨뜨린다. 소녀는 모여 있는 의자들 사이로 우당탕 내달리기 시작한다.

"이리 와!"

"뭐 하는 거야? 너 미쳤어?" 선생님들이 소리를 지른다.

교사 하나가 소녀의 팔을 잡고 제지하려 해보지만 소녀는 교사를 피해 계속 내달린다. 소녀는 막사 한가운데 있는 허리춤 높이의 난로와 굴뚝을 타고 올라갔다가 반대편으로 시끄럽게 뛰어내린다. 소녀가 넘어뜨린 의자가 천둥처럼 요란한 소리를 내며 굴러가는 바람에 다들 잠시 하던 일을 멈춘다.

"저 녀석이 지금 다 같이 죽자는 거야!" 화가 난 크리시코바 부인은 붉으락푸르락한 얼굴로 날카롭게 소리친다. 아이들끼리는 그녀를 '악질 여사'로 부른다. 자신에게 그 별명을 붙인 게 바로 지금 이 소녀란 사실을 크리시코바 부인은 알지 못한다. "다른 조수들하고 같이 뒤에 앉아 있으라고, 이 바보야."

그러나 디타는 멈추지 않는다. 디타는 자신을 향한 못마땅한 시선들을 보지 못한 채 미친 듯이 계속 내달린다. 삐쩍 마른 다리에 털양말을 신고 우당탕 뛰어가는 디타를 아이들은 홀린 듯이 쳐다본다. 깡마른 몸매지만 그렇다고 어디 아픈 사람처럼 보이는 수준은 아니다. 디타가 아이들 무리 사이를 요리조리 빠져나가는 동안 어깨까지 내려오는 갈색 머리가 양옆으로 찰랑찰랑 흔들린다. 디타 아들러 주변으로 수백 명이 있지만 디타는 혼자 달린다. 달릴 땐 모두 혼자다.

디타가 막사 중앙에서 반 하나를 뚫고 지나간다. 의자를 한두 개 밀치고 지나가는 바람에 여자아이 하나가 넘어진다.

"야, 네가 뭔데 지금!" 여자아이가 바닥에서 디타를 향해 소리친다.

브르노 출신 교사는 숨을 헐떡이며 제 앞에 멈춰선 디타를 보고 놀란다. 숨은 차고 시간은 촉박한 디타는 교사의 손에서 책을 빼앗아 든다. 교사에게 갑자기 안도감이 찾아든다. 교사가 고마움을 표할 때쯤 디타는 이미 성큼성큼 저만치 멀어져 있다. 나치는 이제 코앞까지 왔다.

디타의 행각을 지금껏 지켜보고 있던 기술자 마로디는 이미 자기 무리 끝에 서서 디타를 기다리고 있다. 옆으로 휙 지나가는 디타에게 마치 릴레이 경주에서 바통을 넘기듯 그가 책을 건넨다. 디타는 조수들이 바닥을 쓰는 척하고 있는 막사 뒤편을 향해 전력으로 내달린다.

막사 뒤편까지는 아직 절반은 더 가야 하는데 열린 창문 틈새 바람에 흔들리는 촛불마냥 아이들 목소리가 잠시 떨리는 것이 느껴진다. 굳이 돌아보지 않아도 막사 문이 열리고 나치 대원들이 안으로 들어오고 있단 것쯤은 알 수 있다. 디타가 그대로 바닥에 주저앉는 바람에 열한 살 여자아이 무리가 깜짝 놀란다. 디타는 헐렁한 상의 속에 책을 숨기고 책이 떨어지지 않게 가슴 앞으로 팔짱을 낀다. 여자아이들은 즐거워하며 곁눈질로 디타를 훔쳐보고 잔뜩 긴장한 교사는 아이들 노래가 끊기지 않도록 턱으로 신호를 해 보인다.

친위대원들은 막사 입구에서 교실 안을 잠시 지켜보고 서 있다가 그들이 가장 좋아하는 단어를 외친다.

"일동 주목!"

교실에 침묵이 내려앉는다. 노래며 '무엇을 봤나' 게임이며 다 정지다. 전부 얼음이다. 그리고 정적의 한가운데서 베토벤 교향곡 5번을 부르는 경쾌한 휘파람 소리가 들려온다. 공포의 신부님마저도 어쩐지 긴장한 듯한 모습이다. 신부보다 더 악랄한 자가 함께 있기 때문이다.

"신의 가호가 있기를!" 디타는 옆에 있는 교사가 속삭이는 소리를 듣는다.

전쟁이 나기 전 피아노를 치던 어머니 덕분에 디타는 그 선율이 베토벤이란 건 확실히 안다. 저렇게 휘파람으로 교향곡을 부르는 소리를 디타는 전에도 들은 적이 있는 것 같다. 테레진의 유대인 게토에서 사람들로 꽉 찬 화물차를 타고 물도 음식도 없이 3일을 달린 후였다. 비르케나우 수용소에 도착했을 때쯤엔 이미 밤이 내렸다. 끼익하고 열리던 철문의 그 소리는 절대 잊을 수가 없다. 살을 태운 냄새가 나던, 처음으로 들이마신 그 차가운 공기를 절대 잊을 수가 없다. 밤중의 그 강렬한 불빛을 절대 잊을 수가 없다. 수술실마냥 불이 환하게 밝혀져 있던 플랫폼. 그리고 명령 소리, 철제 화물칸 벽을 개머리판으로 쾅쾅 두드리는 소리, 총소리, 휘파람 소리, 비명소리가 차례로 이어졌다. 그리고 이렇게 혼란한 가운데 나치 대원들조차 공포의 눈빛으로 바라보는 친위대 대위가 한 치의 오차도 없이 휘파람으로 베토벤 교향곡을 부르고 있었다.

그날 역에서 디타는 그 대위가 지나가는 모습을 보았다. 군복은 구김 하나 없이 완벽했고 장갑은 티 한 점 없이 새하얬으며 상의에는 참전한 이들만 달 수 있는 철십자 훈장이 달려 있었다. 대위는 엄마와 함께 있는 아이들 무리 앞에서 걸음을 멈추고 장갑 낀 손으로 다정하게 아이 하나를 쓰다듬었다. 심지어는 미소를 지어 보이기까지 했다. 그는 열네 살 쌍둥이, 즈데넥과 이르카를 가리켰고 하사가 얼른 이 쌍둥이를 줄에서 열외로 빼냈다. 쌍둥이의 어머니는 무릎을 꿇고 친위대원의 옷자락을 움켜쥐며 제발 아이들을 데려가지 말아달라고 간곡히 애원했다. 대위가 조용히 입을 열었다.

"요제프 삼촌 같은 사람도 또 없지."

어찌보면 거짓말은 아니었다. 아우슈비츠에서 요제프 멩겔레 박사가 자기 실험대상으로 찜해놓은 쌍둥이들인데, 누가 감히 머리카락 한 올이라도 손댈까. 아리아인 인구를 늘릴 목적으로 어떻게 하면 독일 여성들이 쌍둥이를 낳게 할 수 있을까 연구하기 위해 그 섬뜩한 유전 실험실에서 요제프 삼촌이 하던 그런 짓을 아이들에게 할 사람이 멩겔레 말고는 또 없을 것이다. 평온함을 유지한 채 휘파람을 불며 멩겔레가 아이들 손을 잡고 유유히 걸어가던 장면을 디타는 떠올린다.

지금 31구역에 울려 퍼지는 멜로디는 그때 그 교향곡이다.

멩겔레다…….

구역장 허쉬는 나치의 깜짝 방문이 반가운 척 연기를 해 보이며 자리에서 일어난다. 그는 큰 소리를 내며 발꿈치를 부딪혀 장교에게 인사를 해 보인다. 상관에 대한 인사이기도 하지만 동시에 고분고분하거나 겁먹지 않은 장병의 자세를 보여주는 것이기도 하다. 멩겔레는 허쉬에게 눈길조차 제대로 주지 않은 채 자기랑은 아무 상관 없는 일이라는 듯 뒷짐을 지고 휘파람만 계속 불고 있다. '신부님'으로 통하는 중사는 여전히 양손을 외투 소맷자락 안에 집어넣은 채 허리춤에 달린 권총집 위에 올려놓고 투명에 가까운 눈동자로 막사 안을 샅샅이 살핀다.

야코벡이 맞았다.

"검열을 실시한다." 신부님이 속삭이듯 말한다.

친위대 대원들은 수감자들 귀에 쩌렁쩌렁 울릴 때까지 큰 소리로 그 명령을 반복한다. 여자아이들 반 한가운데 앉아 있던 디타는 떨면서 양팔로 온몸을 꼭 감싼다. 책이 갈비뼈에 닿으면서 바스락 소리가 난다. 책을 들키면 전부 끝이다.

"그럴 순 없어……." 디타가 중얼거린다.

디타는 열네 살이다. 이제 막 시작되는 인생, 앞날이 창창한 디타. 어머니는 디타가 제 운명에 대해 투덜댈 때마다 늘 이렇게 대꾸했다. "전쟁이란다, 에디타…… 전쟁 때문이야."

디타는 너무 어려서 전쟁이 일어나기 전 세계를 더는 거의 기억하지 못한다. 나치의 눈을 피해 책을 숨기듯 디타는 머릿속에 기억을 숨긴다. 그녀는 눈을 감고 공포라는 것이 없었던 그 시절의 세계를 애써 떠올려본다.

1939년 초, 아홉 살 디타는 프라하 올드타운 광장의 천문시계 앞에 서 있다. 디타는 해골 인형을 보고 있다. 천문시계는 텅 빈 커다란 눈으로 도시의 지붕 위를 내려다보고 있다.

천문시계에 대해 학교에서는 5백여 년 전 시계장인 하누쉬가 만들어낸 천재적인 발명품이라고 배웠다. 그러나 할머니가 들려준 이야기는 슬픈 내용이었다. 왕은 하누쉬에게 매시 정각을 알리는 시계를 만들라고 명령했다. 시계가 완성되자 왕은 시계장인이 다시는 이렇게 대단한 시계를 만들지 못하도록 그의 눈을 멀게 했다. 시계장인은 복수로 자기 손을 시계 안에 집어넣어 시계를 고장내버렸다. 장인의 손은 톱니바퀴에 갈가리 찢기고 시계는 고장난 채로 시간이 흘렀다. 디타는 가끔씩 도막 난 손이 시계 톱날 주위를 기어다니는 악몽을 꾸곤 했다.

지금 이 책들 때문에 가스실로 끌려갈지 모르는데도 디타는 책을 꼭 붙든 채 행복했던 유년시절의 추억을 떠올린다. 디타는 장을 보러 가는 어머니를 따라 시내에 나갈 때마다 천문시계 앞에서 멈춰서곤 했다. 시계가 어떻게 움직이는지 관심이 있었다기보다—사실 인정하긴 싫지만 디타는 그 해골이 영 맘에 들지 않았다―대부분 프라하를 찾은 외국인 행인들을 구경하려는 목적이었다. 디타는 사람들의 놀란 표정이며 킥킥대는 모습을 보고 터져 나오는 웃음을 참기 힘들었다. 디타는 그들에게 이름도 지어주었다. 디타는 주변 사람들, 특히나 이웃이며 부모님 지인들에게 별명을 지어 붙이는 게 취미였다. 오만한 고트리브 부인은 '기린 아줌마'였는데 늘 숨을 들이마시려고 목을 길게 빼는 습관 때문이었다. 아래층 가게의 가구 커버 만드는 교회 아저씨는 대머리에 마른 체형으로 인해 '볼링핀 아저씨'였다. 디타는 전차가 작은 종을 울리며 올드타운 광장 모퉁이를 돌아 요제포프 방향으로 저 멀리 스르륵 빠져나갈 때까지 전차를 쫓아갔다가 다시 천 가게 쪽으로 달려가곤 했다. 어머니는 분명 거기서 디타의 겨울 외투와 치마용 옷감을 뜨고 있을 터다. 디타는 그 가게가 정말 좋았다. 가게 문에는 네온사인이 달려 있었고 아래쪽부터 하나씩 불이 들어왔다가 차례로 다시 꺼졌다가 하면서 색색의 실패들을 비추었다.

아이다운 행복감으로 가득한 소녀였기에 디타는 가판 옆을 지나면서도 신문을 사기 위해 길게 줄지어 늘어선 사람들을 알아채지 못했다. 뭉치로 쌓여 있는 《리도베 노비니》지의 그날 1면 머리기사는 헤드라인 글씨 크기도 평소보다 크고 지면도 넓었다. 뉴스 보도라기보다 거의 아우성에 가까웠다.

정부, 독일군 프라하 진입 허락해.

디타가 잠시 눈을 뜨니 막사 뒤편을 뒤지고 다니는 친위대원들이 보인다. 돌이란 돌은 전부 다 뒤집어보고, 심지어 임시로 철조망을 못 삼아 벽에 걸어놓은 그림 뒤까지 확인한다. 아무도 입 한번 벙긋 않는다. 막사를 수색하는 나치 대원들 소리뿐이다. 습기와 흰곰팡이 냄새가 난다. 두려움의 냄새도. 전쟁의 냄새다.

많지도 않은 어린 시절 기억이지만 디타가 기억하는 평화란 매주 금요일 밤마다 저녁 내내 끓고 있던 남은 치킨 수프 냄새다. 평화는 잘 구워진 양고기, 견과류와 달걀로 구운 패스츄리 같은 맛이었다. 학교에서 보내는 긴 하루, 마깃이나 다른 친구들과 함께 사방치기며 숨바꼭질을 하는 오후가 평화였고, 이제 그 평화는 디타의 기억에서 서서히 지워지고 있었다…….

세상이 하루아침에 갑자기 뒤바뀐 건 아니었지만, 그래도 디타는 자신의 어린 시절이 영원히 끝나버린 그날을 기억한다. 정작 디타 자신은 정확한 날짜를 알지 못하지만 그날은 1939년 3월 15일이었다. 프라하는 대혼란 속에 아침을 맞았다.

거실의 크리스탈 샹들리에가 흔들리는데도 이리저리 뛰어다니는 사람도, 걱정하는 사람도 없는 걸 보니 지진이 난 건 아니었다. 디타의 아버지는 마치 아무 일도 없다는 듯 모닝커피를 마시며 신문을 보고 있었다.

어머니와 밖으로 나가보니 프라하는 공포에 휩싸여 있었다. 바츨라프 광장을 향해 가는데 시끄러운 소리가 들리기 시작했다. 바닥이 얼마나 쿵쿵 울리는지 신발 안창을 뚫고 발바닥까지 진동이 느껴질 지경이었다. 광장에 가까워질수록 웅웅대는 소리는 점점 더 선명해졌고 디타는 호기심이 돋았다. 광장에 다다랐을 땐 이미 사람들이 가득 길을 막고 있어서 건너갈 수가 없었다. 아니, 눈에 보이는 것이라곤 사람들의 어깨, 외투, 머리, 모자의 행렬뿐이었다.

어머니는 그 자리에서 그대로 얼음이 됐다. 표정이 굳으면서 갑자기 얼굴이 폭삭 나이가 들어버렸다. 어머니는 돌아가려고 딸의 손을 꼭 쥐었지만 디타의 호기심은 강했다. 디타는 자신을 붙들고 있던 손을 뿌리쳤다. 작고 마른 디타는 보도를 가득 채운 군중들 틈을 뚫고 들어가 마침내 팔짱을 낀 채 바리케이드를 치고 있는 경찰 바로 앞까지 다다랐다.

소리가 어찌나 큰지 귀가 다 먹먹했다. 사이드카가 달린 회색 이륜차 행렬이 이어지고 있었고, 차마다 반지르르 윤이 나는 가죽 재킷에 반짝반짝 광이 나는 헬멧, 목에는 고글을 걸친 군인들이 타고 있었다. 이륜차를 따라 기관총이 잔뜩 탑재된 무장 트럭이, 그리고 그 뒤로 탱크가 위협적인 코끼리 떼마냥 우렁찬 소리를 내면서 서서히 대로로 진입하고 있었다.

줄줄이 이어지는 그 행렬을 보며 디타는 꼭 천문시계 속 기계부품 같다는 생각을 했었다. 몇 초가 지나면 저들 뒤로 문이 닫히면서 이 행렬도 사라지고, 땅바닥의 진동도 멈출 거라고 생각했다. 그러나 그들은 기계부품이 아닌 인간이었다. 기계와 인간 사이에 별 차이가 없다는 것을 디타는 그로부터 머지않아 배울 것이었다.

겨우 아홉 살인데도 디타는 무서웠다. 음악을 연주하는 밴드도, 시끄러운 웃음소리나 소란도 없다…… 그야말로 정적 속에 행진이 이어지고 있었다. 저 군복 차림 아저씨들은 왜 여기 있는 거지? 왜 아무도 웃지 않는 거지? 디타는 갑자기 장례식이 떠올랐다.

어머니는 다시 딸을 찾아내 이번에는 절대 뿌리치지 못하게 손을 꼭 움켜쥐고 디타를 군중들 무리에서 끌어냈다. 모녀는 행진을 뒤로한 채 자리를 떴고, 도시는 원래 모습으로 돌아왔다.

마치 악몽에서 막 깨어나 모든 것이 정상으로 되돌아가는 모습을 지켜보는 듯한 느낌이었다.

그러나 발밑으로는 여전히 진동이 느껴졌다. 도시는 여전히 떨리고 있었다. 어머니도 떨고 있었다. 어머니는 세련된 에나멜 가죽신을 신은 발걸음을 재촉하며 어떻게든 빨리 행렬에서 멀어지려고 절박하게 디타를 끌고 갔다.

디타는 책을 꼭 움켜쥐며 한숨을 내쉰다. 첫 생리를 한 날보다 오히려 바로 그날이 자신의 어린 시절이 끝나버린 날임을 디타는 슬프게 깨닫는다. 그날부로 디타는 해골과 유령 손이 나오는 옛날이야기보다 인간을 더 무서워하게 됐다.

2

나치 친위대는 수용자들은 안중에 없이 벽이나 바닥, 주변 지물 위주로 막사를 검열하기 시작한다. 먼저 겉을, 그러고 나서 안을 본다니 참 체계적인 독일인들답다. 멩겔레 박사가 고개를 돌려 프레디 허쉬에게 무언가 이야기를 한다. 허쉬는 지금까지 차려 자세로 꼼짝 않고 서 있다. 두 사람이 무슨 이야기를 할지 디타는 궁금하다. 죽음의 박사라고들 부르는 멩겔레 같은 자와 저렇게 자신감 넘치는 태도로 이야기를 나눌 수 있는 유대인은 드물다. 어떤 사람들은 허쉬가 두려움을 모른다 하고, 어떤 사람들은 허쉬가 독일인이라서 특별대우를 받는 거라고 한다. 흠잡을 데 없는 그 완벽한 외모 뒤에 그가 무언가 추한 비밀을 숨기고 있을 거라고까지 추측하는 사람들도 있다.

검열을 지켜보던 '신부님'이 뭔가 손짓을 하는데 무슨 뜻인지 디타는 파악이 안 된다. 차려 자세를 하라는 거면 어떡하지? 책을 떨어뜨리지 않고 서 있을 방법이 없다.

수용소에 먼저 들어온 사람들이 새로 들어오는 수용자들에게 가장 먼저 해주는 말은 늘 목표를 명심하라는 것이다. 여기서 목표란 생존이다. 일단 몇 시간을 살아남으면 그게 하루가 되고, 그렇게 며칠을 버텨 또 일주일을 생존하는 것이다. 그게 전부다. 무슨 원대한 계획이나 커다란 목표를 세우는 게 아니라, 그냥 매 순간을 살아남는 것이다. '산다'는 동사는 현재형일 때에만 말이 된다.

디타로서는 책을 내려놓을 수 있는 마지막 기회다. 한 1미터 떨어진 자리에 등받이 없는 의자가 하나 있다. 아이들이 자리에서 일어나 대열을 맞추어 서고, 그럼 그때서야 나치 대원들이 책을 발견한다 하더라도 디타가 추궁당할 일은 없을 것이다. 책임은 모두 다 같이 지거나 아무도 지지 않거나, 둘 중 하나다. 그리고 이 아이들을 전부 다 가스실로 데려갈 순 없을 것이다. 물론 31구역은 당연히 폐쇄되겠지만 말이다. 31구역이 닫힌다고 뭐 달라질까, 디타는 생각한다. 이 '학교'라는 것을 처음에는 회의적으로 보는 교사들도 있었다고 했다. 어차피 이 수용소를 살아서 나갈 가능성도 희박한데 굳이 아이들에게 공부를 시킬 이유가 있을까? 시체를 태운 검은 연기가 뿜어져 나오는 굴뚝의 그림자 밑에서 과연 아이들에게 북극곰 이야기를 하고 구구단을 외우게 하는 게 의미가 있나? 하지만 허쉬는 그들을 설득해냈다. 그는 31구역이 아이들에게 오아시스가 될 거라고 했다.

'오아시스인가 신기루인가?' 어떤 사람들은 여전히 의구심을 갖는다.

책을 버리고 목숨을 지키는 쪽이 가장 합리적인 선택일 것이다. 그러나 디타는 망설인다.

중사는 상관 앞에서 차려 자세로 선다. 명령을 받고 그가 큰 목소리로 소리친다.

"일동 기립! 차려!"

사람들이 슬슬 일어나기 시작하면서 이제 진짜 소란이 시작된다. 디타는 지금 이 혼란을 틈타야 한다. 디타가 팔을 아래로 내리자 상의 아래 숨기고 있던 책들이 무릎으로 떨어진다. 그러나 디타는 책들을 다시 꼭 품에 안는다. 책을 안은 채 1초, 2초 시간이 흐를 때마다 디타의 목숨은 점점 더 위태로워진다.

친위대는 정숙을 명령한다. 아무도 자기 자리에서 움직이면 안 된다. 독일인들은 무질서를 아주 싫어한다. 빌어먹을 그 '최종 해결책'을 직접 실행해야 하는 친위대원들 사이에서는 거부 반응이 상당했다. 독일인들에게 죽은 자와 산 자가 뒤섞인 아수라장이란 엄청난 고역이었다. 이미 총을 맞은 사람들을 상대로 다시 한 명씩 총질을 해야 하고, 시체 위로 걸어갈 때마다 핏물은 웅덩이를 이루고, 아직 목숨이 붙어 있는 이들의 팔은 덩굴마냥 군화를 타고 올라왔다. 그러나 이제 더는 어려울 것 없었다. 아우슈비츠 수용소에서 혼란이란 없다. 학살은 정해진 일과다.

디타 앞에 있는 사람들이 일어섰고 그틈에 디타는 친위대의 눈을 잠시 피할 수 있다. 디타는 옷 속으로 손을 넣어 기하학책을 잡는다. 책장의 거칠거칠한 촉감이 느껴진다. 표지 없이 횅한 책등의 골을 따라 손가락을 움직여본다.

바로 그 순간 디타는 눈을 감고 책을 꼭 쥔다. 이제는 인정할 수밖에. 디타는 책을 포기하지 않을 것이다. 디타는 31구역의 사서다. 디타는 프레디 허쉬에게 자길 믿으라고, 아니 믿어야 한다고까지 말했다. 그리고 허쉬는 디타를 믿었다. 디타는 허쉬를 실망시키지 않을 것이다.

마침내 디타가 조심스레 일어선다. 디타는 책들을 가슴 앞으로 하고 한 팔로 꼭 붙든다. 소녀들 한 무리가 디타를 가리고 있긴 하지만 디타는 키가 크고 서 있는 자세도 의심스럽다.

검열이 시작되기 전 중사가 명령을 내리자 친위대원 두 명이 허쉬의 방 안으로 사라졌다. 나머지 책은 허쉬의 방 안에 숨겨져 있다. 마룻바닥 아래 파놓은 구덩이에 꼭꼭 숨겨놓아 쉽사리 들키진 않겠지만 이제 허쉬도 엄청난 위험에 처했다. 친위대가 책들을 찾아낸다면 허쉬는 빠져나갈 방법이 없다.

멩겔레가 자리를 떴는데도 허쉬는 독일인들이 자기 방을 뒤지는 내내 꼼짝 않고 그 자리에 서 있다. 친위대원 두 명은 밖에서 고개를 뒤로 젖힌 채 긴장을 풀고 대기하고 있다. 허쉬는 흐트러짐 없이 서 있다. 친위대원들이 긴장을 늦출수록 허쉬는 더욱 등을 곧게 세울 것이다. 아무리 작은 기회라도 유대인들의 힘을 보여줄 수 있다면 허쉬는 그 기회를 놓치지 않을 것이다. 유대인들은 더 강한 민족이고 나치가 우리를 두려워하는 이유, 우리를 말살하려는 이유도 그것이다. 나치가 승기를 잡고 있는 것은 오로지 우리에게 우리만의 군대가 없기 때문일 뿐이며, 유대인들이 두 번 다시 이런 실수를 용납하지는 않을 것이라고 허쉬는 확신한다.

친위대원들이 허쉬의 방에서 나온다. '신부님'의 손에는 문서가 몇 장 들려 있다. 의심스러운 것이라곤 그뿐이었던 모양이다. 멩겔레는 문서를 쓱 보더니 한심하다는 표정으로 그것을 거의 던지다시피 중사에게 돌려보낸다. 문서는 허쉬가 캠프 고위사령부에 제출할 31구역 운영 관련 보고서다.

신부는 닳은 외투 소매 속으로 다시 양손을 집어넣는다. 낮은 목소리로 그가 명령하자 대원들은 잽싸게 행동에 옮긴다. 수용자들 쪽으로 나아가며 친위대원들은 발에 걸리는 의자란 의자는 전부 걷어차버린다. 두려움에 휩싸인 아이들과 신참 교사들이 흐느끼는 소리가 들려온다. 이미 겪어본 베테랑들은 그보다는 상대적으로 여유롭다. 허쉬는 꼼짝도 않고 있다. 멩겔레는 한 발 물러나 저 구석에서 관망하고 있다.

첫 번째 그룹 앞에서 나치 대원들은 걸음을 늦추고 본격 검열에 나선다. 몸수색을 했다가, 머리부터 발끝까지 위아래로 쓱 훑어봤다가 하면서 뭔가를 알고 있을 만한 사람을 색출해내려 한다. 수용자들은 똑바로 앞만 바라보는 척하지만 실은 곁눈질로 옆 수용자를 살핀다.

나치 대원들이 여자 교사 하나를 줄 앞으로 불러낸다. 만들기 시간을 담당하는 키가 큰 여교사다. 만들기 시간에 아이들은 낡은 끈, 나뭇조각, 부서진 숟가락, 버려진 옷가지 등으로 작은 기적들을 만들어낸다. 나치 대원들이 교사에게 소리를 지르고 그녀를 흔들어대지만 교사는 저들이 무슨 소리를 하는지 모른다. 교사는 제자리로 되돌아온다. 저들의 행동에 아마 별 이유는 없을 것이다. 소리를 지르고 흔들고 하는 건 검열 때마다 으레 있는 일이다.

나치 대원들이 검열을 이어간다. 디타는 팔이 아프지만 책들을 더더욱 가슴 앞으로 가까이 붙인다. 대원들이 디타 옆 그룹에서 멈춰서고 신부가 턱을 쳐들며 그 줄에서 남자 하나를 앞으로 불러낸다.

디타가 모겐스턴 교수를 제대로 본 건 이때가 처음이다. 순한 인상에 턱 아래 접힌 피부를 보니 예전엔 살집이 좀 있었지 싶다. 머리는 짧게 깎은 백발에 체구보다 훨씬 큰 빛바랜 누빔 재킷을 걸쳤다. 근시용 동그란 안경 너머로 보이는 눈은 꼭 비버 같다. 신부가 그에게 무슨 말을 하는지는 잘 들리지 않지만 모겐스턴 교수가 신부에게 안경을 건네는 모습은 보인다. 신부는 안경을 꼼꼼히 검사한다. 수용자들에게 개인 소지품은 일절 허용되지 않지만 근시라면 안경 정도는 허락된다. 그럼에도 신부는 안경을 면밀히 살핀 후 모겐스턴에게 돌려준다. 모겐스턴 교수가 안경을 잡으려 손을 뻗지만 안경은 의자에 부딪히며 바닥으로 떨어진다.

"모자란 놈!" 중사가 그에게 소리친다.

모겐스턴 교수는 말없이 허리를 굽혀 부서진 안경을 집어 든다. 허리를 막 세우려는데 이번에는 주머니에서 종이새 두 마리가 떨어진다. 종이새를 집으려고 다시금 허리를 굽히니 이번에는 또 안경이 다시 땅에 떨어진다. 이런 모겐스턴을 보며 신부는 간신히 짜증을 억누른다. 신부는 결국 발길을 홱 돌려 검열을 계속한다. 멩겔레는 막사 앞쪽에서 이 모든 광경을 하나도 빠뜨리지 않고 지켜보고 있다.

두 눈으로 직접 확인하지 않아도 디타는 나치 대원들이 점점 가까이 오고 있다는 것을 알 수 있다. 나치가 이제 디타네 그룹 앞에서 멈춘다. 신부는 디타의 바로 맞은편, 불과 네댓 발짝밖에 되지 않는 거리에 서 있다. 소녀들은 떨고 있다. 어깨의 땀은 얼음처럼 차갑다. 디타가 달리 할 수 있는 건 없다. 키가 큰 디타는 무리에서 혼자 툭 솟아 있는 데다 차려 자세도 아니다. 누가 봐도 디타는 한 팔로 뭔가를 잡고 있는 자세다. 신부의 눈은 무자비하고 가차 없다. 히틀러처럼 증오에 휩싸여 있는 나치 일당 중 하나다.

디타는 똑바로 앞만 쳐다보고 있지만 뚫어져라 자신을 쳐다보는 신부의 눈길이 느껴져 두려움에 목이 콱 막힌다. 공기가 필요하다. 숨을 쉴 수가 없다. 남자 목소리가 들리고, 디타는 이미 앞으로 한 발 나갈 준비를 하고 있다.

'이제 다 끝이야―'

그러나 아직 아니다. 저 목소리는 신부의 목소리가 아니다. 훨씬 소심한 목소리다. 모겐스턴 교수다.

"중사님, 죄송합니다. 다시 대열로 돌아가도 되겠습니까? 그러니까 중사님이 허락을 하신다면 말입니다…… 아니라면 명령을 내리실 때까지 여기서 기다리겠습니다. 절대 중사님께 불편을 끼쳐드릴 생각은 없습니다만……."

허락도 없이 자신에게 말을 걸다니, 신부는 이 하찮은 노인네를 쏘아본다. 모겐스턴 교수는 렌즈에 금이 간 안경을 쓰고 어리숙한 모습으로 여전히 자기 대열 밖에서 중사를 쳐다보고 있다.

신부가 성큼성큼 그에게 걸어가자 부하들이 그 뒤를 따른다. 신부는 처음으로 언성을 높인다.

"멍청한 유대인 노친네. 3초 안에 제자리로 복귀한다! 총 맞기 싫으면!"

"분부대로 하겠습니다." 교수는 온순하게 대답한다. "불편을 끼쳐드릴 생각은 전혀 없었습니다. 너그럽게 용서해주십시오. 불복 행위는 규칙을 어기는 것이고, 규칙을 어기기보다는 먼저 여쭤보는 편이 나을 것 같아서 그랬습니다. 아무래도 불편을 끼치는 행동은 하고 싶지 않았고, 저는 다만 중사님을 편하게 해드리고자……."

"복귀해! 멍청이."

"알겠습니다, 중사님. 분부대로 하겠습니다. 다시 한번 사과드립니다. 방해를 하려던 것은 아니고 사실……."

"입 다물어! 안 그러면 네 머리에 총알을 꽂아버릴 테니." 나치 장교는 이성을 잃고 소리친다.

교수는 과장된 동작으로 고개를 숙인 뒤 뒷걸음질로 제자리에 돌아간다. 신부는 바로 등 뒤에 부하들이 서 있는 것을 잊고 획 돌아서다가 이들과 부딪히고 만다. 나치 대원들이 당구공처럼 서로 튕겨 나가다니, 참으로 볼 만한 광경이다. 조용히 웃음을 터뜨리는 아이들 때문에 교사들은 깜짝 놀라 팔꿈치로 아이들을 쿡 찌르며 단속에 나선다.

중사는 무능력을 가장 경멸하는 멩겔레를 한번 쳐다본 후 화가 나서 자기 부하들을 옆으로 밀치고 다시 검열을 계속한다. 신부가 디타네 열 앞을 걸어가자 디타는 이제 얼얼해진 팔을 더욱 꽉 몸에 붙이고 이를 악문다. 신부는 흥분해서 디타네 그룹을 이미 다 점검했다고 생각하고 다음 그룹으로 넘어간다. 고함을 치고 사람들을 떠밀고 이곳저곳을 들춰보고, 검열은 그렇게 계속된다…… 이제 나치들은 디타에게서 서서히 멀어진다.

사서는 이제야 다시 숨을 쉴 수 있다. 나치 대원들이 아직 막사 안에 있으니 위험이 완전히 지나갔다고 할 수는 없다. 한 자세를 너무 오래 유지하고 있다 보니 팔이 아파온다. 아픔을 잊으려고 디타는 이곳 31구역에 오게 된 자신의 운명을 떠올린다.

디타네 가족이 아우슈비츠에 도착한 것은 12월이었다. 수용소에서의 첫날 아침 조회 전 디타의 어머니는 테레진에서 알고 지내던 지인과 우연히 마주쳤다. 즐린에서 과일가게를 했던 투르노브스카 부인이었다. 그녀와의 우연한 만남은 끔찍한 현실 속에서 작은 위로가 됐다. 투르노브스카 부인은 디타의 어머니에게 아이들을 위한 막사 내 학교 정보를 알려주었다. 거기서는 추위 속에 비를 맞거나 하지 않고 지붕 아래서 매일 아침 점호를 했다. 거기서는 하루 종일 일하지 않아도 되었다. 심지어 음식 배급 상태도 조금 나았다.

디타의 어머니가 우리 딸은 이미 열네 살이라고 하자―학교는 열세 살까지만 들어갈 수 있었다―투르노브스카 부인은 학교장이 막사 내 질서 유지 차원에서 보조교사가 필요하다며 독일인들한테서 허락을 받아냈다는 얘기를 해주었다. 그렇게 해서 14~16세 아이들도 몇몇 학교로 들어갔다고 말이다. 모르는 것이 없어 보이는 투르노브스카 부인은 학교 교감 격인 미리암 에델스타인도 알았다. 미리암과 부인은 같은 막사에 머무르고 있었다.

디타의 어머니와 투르노브스카 부인은 캠프를 가로지르는 중앙로를 따라 바삐 걸어가는 미리암을 발견했다. 미리암은 서두르고 있었고 기분이 썩 좋지 않은 상태였다. 미리암으로서는 테레진 게토에서 아우슈비츠로 넘어올 때부터 좋은 일이라곤 하나도 없었다. 미리암의 남편 야쿱은 게토에서 유대인의회 의장이었다. 미리암의 가족이 수용소에 도착하자 야쿱은 정치범들을 수용하는 제1수용소로 보내졌다.

투르노브스카 부인은 디타가 무척 훌륭한 아이라고 칭찬을 했지만 부인의 말이 채 끝나기도 전에 미리암은 말을 잘랐다. "보조교사 자리는 다 찼고, 이런 부탁을 받은 게 부인이 처음이 아니랍니다." 그러고선 미리암은 황급히 자리를 떴다.

그러나 미리암이 막 시야에서 사라지려던 차, 그녀가 갑자기 걸음을 멈추더니 부인과 디타의 어머니가 있는 쪽으로 되돌아 왔다. 두 사람은 아직 그 자리에 그대로 있었다.

"디타라는 아이가 체코어랑 독일어 둘 다 완벽하게 구사한다고요? 읽기도 잘하고요?"

하누카를 맞아 캠프에서는 〈백설공주와 일곱 난쟁이〉 연극을 올리려던 차였는데 배우들에게 대사를 알려주는 프롬프터 역할을 하던 아이가 그날 아침 죽었다. 그렇게 하여 디타는 그날 오후 〈백설공주〉 공연을 위한 신입 프롬프터로 31구역에 들어가게 됐다.

BIIb 캠프에는 막사가 총 32채 있었다. 대로 양쪽으로 16채씩 두 줄이었다. 31구역은 다른 막사와 마찬가지로 직사각 형태에 사람이 직접 다진 흙바닥, 가운데에는 막사를 가로지르는 벽돌 난로와 굴뚝이 있었다. 그러나 한 가지 근본적으로 다른 점이 있었는데 31구역에는 수용자들이 잠을 자는 3층 침대가 줄줄이 늘어선 대신 등받이 없는 의자와 벤치가, 그리고 썩은 나무벽 대신 에스키모와 〈백설공주〉에 나오는 난쟁이 그림이 그려진 벽들이 있었다.

우울한 막사가 극장으로 변신하는 과정은 혼란스럽지만 활기가 넘쳤다. 좌석을 배열하는 사람이 있는가 하면 색색의 의상과 천 장식을 옮기는 사람도 있었다. 한편에서는 아이들과 대사 리허설을 하는 무리도 있었고 막사 저편에서는 보조교사들이 매트리스로 작은 무대를 만들고 있었다. 디타는 부산한 움직임에 놀랐다. 이 모든 고난과 역경에도 불구하고 삶은 끈질기게 계속되고 있었다.

무대 앞에는 검은 칠을 한 골판지로 만든 작은 공간이 있었는데, 이곳이 디타가 있을 곳이었다. 연극의 감독인 루비첵은 긴장을 하면 독일어로 대사를 하는 대신 무의식적으로 체코어로 대사를 하는 사라라는 아이가 있다며 이 아이한테 특별히 신경을 써달라고 디타에게 요청했다. 나치는 독일어로 연극을 공연하도록 했다.

막이 오르기 전 그 긴장감, 그때 그 책임감의 무게가 디타는 기억난다. 객석에는 슈바츠후버 지휘관과 멩겔레 박사 등 제2수용소의 최고위급 장성들도 있었다. 디타는 골판지 상자 안에서 구멍을 통해 밖을 내다볼 때마다 웃고 박수치는 관객들의 모습에 깜짝 놀랐다. 저 사람들이 수천 명의 아이들을 날마다 죽음으로 몰고 가는 바로 그 사람들이라고?

31구역에서 무대에 올린 연극 중 1943년 12월 상연된 〈백설공주〉는 가장 기억에 오래 남는 작품 중 하나였다. 막이 오르고 마법의 거울은 계모에게 더듬더듬 말했다. "다-다-당신은 가장 아름다우십니다, 여-여-여왕님."

관중들은 농담이라고 생각해 웃음을 터뜨렸지만 디타는 골판지 칸막이 안에서 땀을 흘리고 있었다. 말을 더듬는 설정은 대본에 없었다.

백설공주가 숲에 홀로 버려졌을 때는 객석의 웃음소리도 멈췄다. 어린 소녀는 슬픈 분위기로 그 부분을 연기해냈다. 길을 잃고 헤매며 작은 목소리로 도움을 청하는 소녀는 곧 부서질 것처럼 연약해 보였고, 디타는 가슴 한편이 싸했다. 디타도 늑대들 사이에서 같이 길을 잃었다. 작은 백설공주는 노래를 부르기 시작했고 관중들은 완전히 고요해졌다. 떡 벌어진 어깨의 프레디 허쉬 왕자님이 공주를 구하러 나타나자 그제야 관객들은 되살아났고 인정한다는 듯 박수를 쳤다. 막이 내리자 우레와 같은 박수가 터져 나왔다. 심지어 감정이라곤 없는 멩겔레 박사조차 박수를 쳤다. 물론 흰 장갑을 벗지는 않았지만 말이다.

지금 31구역 저 끝에서 이 모든 장면을 지켜보고 있는 자가 바로 그 멩겔레 박사다. 신부는 막사 뒤편으로 부하들을 끌고 가면서 의자를 걷어차고 수용자들을 대열에서 끌어내보지만, 딱히 수용자들을 끌고 갈 구실은 찾지 못한다. 이번에는 없다.

막사 검열이 끝나고 중사는 대위를 찾지만 그는 이미 사라진 후다. 탈출용 땅굴도 무기도 없다. 규칙을 어기는 것은 아무것도 없다. 그러니 만족해할 일이다. 그러나 나치는 분노한다. 벌줄 구실이 아무것도 없다. 그들은 남자아이 하나를 붙들고 흔들어대며 소리 지르고 협박한다. 그러고 나선 자리를 뜬다.

다시 돌아오겠지만, 어쨌든 나치는 떠났다.

나치 대원들이 나가고 문이 닫히자 안도의 소리가 여기저기서 터져 나온다. 프레디 허쉬는 목에 항상 걸고 다니는 호루라기를 불면서 해산 신호를 보낸다. 팔이 움직여지지 않을 정도로 아파서 디타의 눈에 눈물이 고인다. 디타는 나치 대원들이 떠났단 사실에 안도감이 밀려와 울면서도 웃음이 난다.

걱정의 목소리가 여기저기서 튀어나온다. 교사들은 방금 있었던 일, 방금 겪은 일에 대해 이야기하고 싶어한다. 아이들은 뛰어다니며 참았던 기운을 쏟아낸다. 크리시코바 부인이 디타 쪽으로 다가온다. 부인의 턱 아래 살이 꼭 칠면조 턱처럼 흔들거린다. 부인이 디타 바로 앞에서 멈춰선다.

"너, 제정신이야? 명령 떨어지면 보조교사들 있는 쪽으로 네 자리 찾아가야 하는 것 몰라? 미친 여자처럼 그렇게 뛰어다녀야 되겠어? 너 그러다가 끌려가서 죽을 수도 있어. 우리 다 죽을 수도 있다고."

"제 생각에는 그게 최선이다 싶어서……."

"네 생각이라……" 크리시코바 부인은 인상을 찌푸린다. "그리고 네가 뭔데 규칙을 바꿔? 너는 네가 다 아는 것 같아?"

"죄송해요, 크리시코바 선생님……."

디타는 눈물이 쏟아지려는 걸 주먹을 꽉 쥐며 참는다. 부인을 흡족하게 해줄 순 없다.

"네가 한 짓 보고할 거야……."

"안 그러셔도 됩니다." 체코 말이긴 하지만 독일 억양이 강하게 묻어나는 남자의 목소리는 차분하고 신중하면서도 단호하다. 허쉬였다.

"크리시코바 선생님, 수업 끝나기 전까지 아직 시간이 좀 남았습니다. 선생님 학생들 챙기셔야죠."

크리시코바 부인은 늘 자기 담당 학생들이 31구역에서 가장 말 잘 듣고 열심히 한다고 자랑을 하고 다닌다. 한마디 대꾸 없이 그녀는 분노에 차서 막사 천장을 바라보다 뒤돌아 뻣뻣하게 제 학생들 쪽으로 가버린다. 디타는 안도의 한숨을 내쉰다.

"허쉬 씨, 감사합니다."

"프레디라고 하라니깐……."

"규칙 어겨서 죄송해요."

허쉬는 디타에게 미소를 지어 보인다.

"훌륭한 군인은 명령을 기다리지 않아. 자기가 할 일을 이미 잘 알거든."

허쉬는 막 자리를 뜨려다 디타 쪽을 돌아보는데 시선은 그녀가 가슴에 받쳐 들고 있는 책들을 향해 있다.

"디타, 네가 자랑스럽다. 신의 가호가 있기를."

디타는 멀어지는 허쉬를 보며 〈백설공주〉 공연 당일 밤을 떠올린다. 보조교사들은 무대를 해체하고 있었고, 디타는 골판지 상자 밖으로 나와 출구를 찾으면서, 극장으로 멋지게 변신도 할 수 있는 이런 막사에 어쩌면 다시는 발을 들이지 못할지 모른단 생각을 하고 있었다. 그러나 그때 어딘가 익숙한 목소리가 희미하게 들려왔다.

"안녕……" 프레디 허쉬는 여전히 얼굴에 허옇게 분장을 한 채였다. "딱 필요할 때 네가 와주었구나." 그가 말했다.

"필요할 때요?"

"그럼!" 그는 무대 뒤로 자신을 따라오라는 손짓을 해 보였고, 무대 뒤에는 이제 아무도 없었다. 가까이서 보니 허쉬의 눈에서는 친절함과 거만함이 동시에 느껴졌다. "우리 아이들한테 사서가 정말 필요하거든."

날 기억하다니, 디타는 깜짝 놀랐다. 테레진 게토에서 청소년부를 맡고 있던 허쉬였지만 디타가 그를 제대로 본 적은 없고, 그냥 거기 사서를 도와 북카트를 끌고 갈 때 지나치듯 몇 번 마주친 정도가 다였다.

그러나 디타는 당황했다. 디타는 사서가 아니었다. 디타는 평범한 열네 살 소녀였다.

"죄송하지만 뭔가 오해하신 것 같아요. 사서는 시티고바 양이었고, 저는 그냥 시티고바 양을 도와드린 것뿐이에요."

허쉬가 디타에게 미소를 지어 보였다. "여러 번 봤어. 북카트를 밀고 가던데."

"네, 북카트가 시티고바 양 혼자 밀기에는 꽤나 무겁기도 하고 자갈길에서 카트를 미는 것 자체가 힘든 일이니까요."

"오후 시간에 그냥 쉬거나 친구들이랑 산책을 하거나 아니면 다른 하고 싶은 일을 할 수도 있었을 텐데, 그러는 대신에 넌 사람들이 책을 볼 수 있게 북카트를 밀고 다녔잖아."

혼란스러워서 허쉬를 쳐다보는데, 그의 말에는 대꾸를 할 여지가 없었다. 허쉬는 군대를 책임지고 있었다. 그리고 장군처럼 선언했다. "넌 사서야."

허쉬가 덧붙였다. "하지만 위험한 일이지. 그것도 아주. 여기서 책을 다룬다는 건 장난이 아니야. 책을 갖고 있는 걸 나치한테 들키면 그대로 죽음이야."

허쉬는 그러면서 엄지를 들어올리더니 이어 검지를 펴 보였다. 그러고는 디타의 이마에 손가락권총을 겨눴다. 디타는 애써 태연한 척했지만 그 책임감을 생각하니 긴장이 됐다.

"믿어주세요."

"엄청나게 위험한 일이야."

"전혀 상관없어요."

"나치가 널 죽일 수도 있어."

"괜찮아요."

디타는 호언장담을 하고 싶었지만 뜻대로 되지는 않았다. 디타의 다리는 마구 떨리고 있었고, 허쉬도 디타가 떨고 있는 것을 보았다.

"도서관을 운영하려면 용감해야 해……."

디타는 얼굴이 붉어졌다. 진정하려고 노력하면 할수록 디타의 다리는 더 심하게 떨렸다. 급기야 손까지 떨리기 시작했다. 사서 일을 하기에는 내가 너무 나약하다고 허쉬가 생각하면 어쩌지, 디타는 겁이 났다.

"그-그러면 저를 못 믿으시겠단 거예요?"

"나는 네가 용감하다고 생각해."

"하지만 이렇게 덜덜 떨고 있는데요!" 디타는 좌절하며 말했다.

그러자 허쉬는 그 특유의 미소를 지어 보였다. "그러니까 네가 용감한 거야. 용감한 사람들은 겁이 없어서가 아니야. 겁이 없는 사람들은 위험을 무시하는 무모한 사람들이고, 그런 사람들은 본인도 남들도 다 위험에 빠뜨리지. 내가 찾는 사람은 그런 사람이 아니야. 내가 필요한 사람은 위험을 아는 사람이야. 다리가 떨리는데도, 그래도 계속할 수 있는 그런 사람."

허쉬의 말에 디타는 이제 조금 진정을 되찾았다.

"두려움을 느끼지만 그걸 극복할 수 있는 사람이 용감한 사람이야. 네가 그런 사람 중 하나고. 이름이 뭐지?"

"에디타 아들러예요."

"31구역에 온 걸 환영한다, 에디타. 신의 가호가 있기를. 나는 프레디라고 부르렴."

두 사람은 모두가 떠날 때까지 조용히 기다렸다. 그런 다음 디타는 프레디 허쉬의 방 안으로 들어갔다. 직사각의 좁은 공간에는 침대와 낡은 의자 두 개가 있었다. 음식 약간, 〈백설공주〉 무

대에 쓰고 남은 재료들, 프레디의 밥그릇 정도 말고는 거의 비어
있는 공간이었다.

디타는 프레디의 말에 놀라서 할 말을 잃었다. 31구역에 다리
달린 도서관, "살아 있는 도서관"이 있다는 것이었다. 어떤 책을
특별히 잘 아는 교사들이 있으면 이들은 인간 책이 되었다. 이
인간 책들은 반마다 순회하며 자기가 기억하는 대로 아이들에
게 책 내용을 들려주었다.

"마그다 선생님은『닐스의 모험』이야기를 기가 막히게 하시
는데, 아이들은 선생님 이야기를 들으면서 스웨덴 하늘을 나는
상상을 하지. 샤셰크는 미국 원주민이며 서부 개척시대 이야기
가 장기야. 데조 코바츠는 거의 걸어다니는 성경책 급이지."

그러나 프레디 허쉬는 이 살아 있는 도서관만으로는 만족할
수 없었다. 프레디는 비밀리에 수용소에 반입된 책이 있다고 디
타에게 이야기해주었다. 미에텍이라는 폴란드 목수가 세 권, 슬
로바키아 전기공이 두 권을 가져왔단다. 수용소 유지·보수 일을
맡고 있는 이들이기에 캠프도 옮겨 다니고 다른 수용자들보다
는 자유를 훨씬 많이 누리는 편이었다. 운 좋게 막 도착한 화물
을 분류하는 작업을 하는 수용자들이 있는데 이렇게 분류작업
을 하는 데에서 책을 몰래 몇 권 가져온 것이었다.

사서로서 디타의 임무는 어느 교사가 어떤 책을 대여해 갔는
지 기억하고, 수업이 끝나면 책을 받아와 비밀 구역 안에 보관하
는 것까지가 될 터였다.

프레디는 구석으로 가더니 거기 있던 물건들을 옆으로 치웠
다. 나무판자를 들어올리자 책이 보였다. 디타는 기쁨을 주체하
지 못하고 박수를 쳤다.

"네가 맡을 도서관이야. 책이 많진 않아." 그러곤 프레디는 곁눈질로 디타의 반응을 살폈다.

방대한 도서관은 아니었다. 사실 책이라 봐야 겨우 여덟 권이 전부였고 그중에는 상태가 형편없는 것들도 있었다. 그러나 분명 이것들은 책이었다. 이토록 암울한 수용소이건만, 그래도 책을 보니 이보다는 덜 우울했던, 기관총 소리보다 사람들 말소리가 더 크게 울려 퍼지던 그런 시절이 떠올랐다.

마치 갓 태어난 아기를 다루듯 디타는 책을 한 권 한 권 조심히 만져보았다. 첫 번째 책은 철도 안 돼 있고 중간에 몇 장씩 없어진 데가 있는 지도책이었다. 책에는 과거의 유럽, 이제 더는 존재하지 않는 그런 제국들이 담겨 있었다. 다홍색, 밝은 녹색, 주황색, 남색의 모자이크로 이뤄진 이 정치적인 지도들은 짙은 갈색 진흙, 빛바랜 누런 막사, 구름 낀 잿빛의 하늘까지 디타를 둘러싼 이 칙칙한 주변환경과 선명한 대조를 이뤘다. 책장을 손으로 빠르게 넘기자 마치 전 세계를 비행하는 것 같은 느낌이었다. 바다와 산을 건너고 손가락으로 다뉴브강, 볼가강, 나일강을 따라 여행했다. 바다며 숲이며 전 지구의 산맥이며 강, 도시들, 세계 여러 나라까지 그 수백만 평방미터를 이렇게 작은 공간 안에 다 집어넣다니 책만이 성취할 수 있는 기적이었다.

프레디 허쉬는 책에 흠뻑 빠져 있는 디타를 말없이 쳐다보며 즐거워하고 있었다. 이 체코 여자아이에게 대체 얼마나 막중한 책임을 맡긴 것인지 아직 남은 의구심이 있었다면 이 순간부로 다 소멸돼버렸다. 에디타는 도서관을 잘 관리할 것이다. 프레디 허쉬는 알 수 있었다.

『기하학원론』은 지도책보다는 보존 상태가 좀 나았다. 이 책에서는 사뭇 다른 지형이 펼쳐졌다. 이등변삼각형, 팔각형, 원기둥의 전원지대며 열 맞춰 선 군대 같은 수열이며 구름마냥 이룬 대형들, 신비한 세포 같은 평행사변형 등등.

세 번째 책에서 디타의 눈은 커졌다. H. G. 웰스의 『세계사 산책』이었다. 원시시대, 이집트 문명, 로마 문명, 마야 문명…… 한때는 제국을 이뤘지만 새로운 문명의 등장 뒤로 멸망해버린 그런 문명 이야기가 잔뜩 나오는 책이었다.

네 번째 책은 『러시아어 문법』이었다. 이해는 전혀 못 하지만 암호 같은 그 문자들이 디타는 맘에 들었다. 이제 독일은 러시아와도 전쟁 중이라서 러시아와 디타는 한편이었다. 들리는 얘기로는 아우슈비츠에 러시아 전쟁 포로가 많고 나치가 이들에게 특히나 잔인하다고 했다.

상태가 나쁜 프랑스 소설도 한 권 있었고 「정신분석 치료의 새로운 길」이란 논문도 있었는데, 저자는 프로이트라는 교수였다. 표지가 없는 러시아어 소설도 한 권 있었다. 여덟 번째 책은 체코어로 쓰인 책이었는데 한 줌에 들어올 정도의 분량만 간신히 책등에 묶여 있었다. 디타의 손이 닿기 전에 프레디가 여덟 번째 책을 채어 갔다. 디타는 기분 나쁜 사서의 얼굴을 하고 프레디를 쳐다보았다. 뿔테 안경이 있으면 이럴 때 진짜 사서들처럼 안경 너머로 프레디를 쏘아봤을 텐데.

"이 책은 상태가 아주 안 좋아. 심각해."

"제가 손볼게요."

"그리고 어쨌든…… 아이들, 특히 여자아이들이 읽을 책은 아니야."

디타는 기분 나쁘다는 듯 실눈을 떴다.

"진짜 죄송한데, 프레디, 저 열네 살이에요. 캠프 중앙로 저 끝에 가스실이 있고 매일같이 수천 명이 그곳으로 보내지는 걸 목격했는데, 그런데도 진짜 제가 아직도 소설을 읽으면서 충격받을 거라고 생각하시는 거예요?"

허쉬가 놀라서 디타를 쳐다보았다. 프레디 허쉬가 놀라는 일은 잘 없었다. 그는 디타에게 이 여덟 번째 책에 대해 말하며, 야로슬라브 하셰크라고 하는 불경한 알코올 중독자의 『착한 병사 슈베이크』라는 책인데, 정치나 종교에 대해 좀 충격적인 주장들도 있고 윤리적으로도 좀 문제가 있는 내용이 담겨 있다고 했다. 그러나 결국 그는 디타에게 그 책을 건네주었다.

디타는 받은 책을 전부 조심스레 쓰다듬었다. 망가지거나 찢어지고 낡은, 적갈색 곰팡이가 잔뜩 핀, 훼손되기까지 한 책들이었다. 그러나 이 책들이 없으면 수세기 문명을 거쳐 전해진 지혜가 그대로 사라져버릴지도 모른다. 지리학, 문학, 수학, 역사, 언어…… 전부 소중한 것들이었다.

디타는 목숨을 걸고 이 책들을 지켜낼 것이다.

3

디타는 순무 수프를 아주 천천히―그렇게 먹으면 배가 더 부른 느낌이라고들 하니까―먹어보지만 딱히 수프를 한 순갈씩 떠먹는다고 배고픔이 가시진 않는다. 한 순갈, 또 한 순갈 떠먹는 사이에 교사들은 어수선한 동료 모겐스턴의 터무니없는 행동에 대해 이야기를 나눈다.

"아주 이상한 사람이야. 어떨 땐 말이 엄청 많다가도 어떨 땐 또 한마디도 안 한다니까."

"차라리 말을 안 하는 편이 나을걸요. 그냥 워낙 말도 안 되는 소리를 하니까. 제정신이 아니에요."

"신부님 앞에서 그렇게 굽신굽신하는 걸 보고 있자니 괴롭더라고요."

"레지스탕스 영웅이라고야 못 하죠."

"허쉬가 왜 저런 나사 빠진 인간한테 애들 수업을 맡기는지 모르겠어요."

교사들의 대화를 엿들으며 디타는 모겐스턴에 대해 안타까운 마음이 든다. 모겐스턴 교수를 보면 왠지 할아버지 생각이 난다. 그는 막사 뒤편에서 등받이 없는 의자에 혼자 앉아 식사를 하고 있다. 가끔씩 혼잣말까지 하면서, 마치 귀족들과의 식사 자리라도 되는 양 막사와는 전혀 어울리지 않게 섬세하게 새끼손가락을 펴고 예의를 차리면서 스푼을 입으로 가져간다.

그날 오후도 아이들과 교사들은 평소처럼 놀이를 하거나 운동을 하지만, 디타는 빨리 학교가 끝나고 마지막 점호를 마친 후 부모님을 만나러 달려가고 싶은 마음뿐이다. 가족캠프에서는 이 막사에서 저 막사까지 소식이 금세 퍼지곤 하는데 전화 놀이를 할 때처럼 전달 과정에서 이야기가 어딘가 왜곡되기 마련이다.

지금쯤 31구역에서 오늘 검열이 있었단 소식을 알고 있을 어머니를 안심시켜드리기 위해 디타는 있는 힘껏 달려간다. 중앙로를 달려가다 디타는 친구 마깃을 마주친다.

"디틴카, 31구역에서 검열 있었다며!"

"그 신부 진짜 토할 것 같았어!"

"뭐 나온 거라도 있어? 누가 잡혀갔어?"

"전혀 없지. 거기서는 나올 게 아무것도 없어." 디타는 눈을 깜빡였다. "멩겔레도 거기 있었어."

"멩겔레 박사? 그 사람 완전히 미친 사람이잖아. 파란 눈동자가 어떻게 나오는지 알아내려고 어린애들 눈에 파란 잉크를 넣은 적도 있잖아. 무려 서른여섯 명이나. 너무 끔찍해, 디틴카. 감염으로 죽은 애들도 있고 눈이 멀어버린 애들도 있다고. 그 사람 눈에 띄지 않은 게 다행이다."

두 사람은 대화를 멈췄다. 마깃은 디타의 절친이고 비밀의 도서관에 대해서도 알고 있지만 디타의 어머니 리즐에게 아무 얘기 하지 말아야 한다는 것도 잘 안다. 디타의 어머니라면 너무 위험한 일이라며 딸이 사서 일을 하지 못하도록 할 것이다. 아버지에게 이르겠다고 협박하거나, 아니면 신께 딸을 구해달라며 애원하기 시작하겠지. 어머니든 아버지든 두 분 다 모르는 편이 낫다. 화제를 전환하려 디타는 모겐스턴 이야기를 꺼낸다.

"얼마나 난리였는지 몰라. 교수가 허리를 숙일 때마다 주머니에서 뭐가 계속 쏟아져 나오는데, 그때 신부님 표정을 언니도 봤어야 해."

"누구 말하는지 알겠다. 해진 누빔재킷 입고 다니는 그 할아버지 말이지? 아가씨가 지나가면 항상 인사하시는. 고개까지 숙이잖아! 제정신이 아닌 것 같아."

"여기서 제정신인 사람이 어딨겠어."

막사에 다다르니 바깥에서 기다란 벽에 기대어 쉬고 있는 디타의 부모님이 보인다. 밖은 춥지만 막사 안은 또 너무 북적댄다. 부모님, 특히 아버지는 많이 지친 것 같다.

기나긴 노역날이다. 동트기 전부터 나치 친위대는 사람들을 깨운다. 길고 긴 아침 점호 시간 내내 야외에서 비바람을 맞고 서 있다가 하루 종일 노역을 하러 간다. 디타의 아버지는 총에 다는 어깨끈 만드는 일을 하는데, 유독성 수지와 풀 때문에 손이 까맣고 물집이 잡혔다. 디타의 어머니는 모자 공장에서 청소를 한다. 장시간 거의 먹지도 못 하고 일을 해야 하지만 최소한 비바람은 피할 수 있는 일들이다. 이 정도 운마저도 없는 사람들이 있다. 수레로 시체를 모아 나르는 사람들, 화장실 청소나 참호 배수구를 담당하는 사람들, 수프통을 하루 종일 끌고 다니는 사람들 등등.

아버지가 디타에게 윙크를 해 보이고 어머니는 재빨리 자리에서 일어난다.

"에디타, 잘 지내니?"

"그럼~요."

"잘 있는 척하는 것 아니고?"

"그럴 리가요! 지금 여기 살아 있잖아요?"

바로 그때 토마섹 씨가 지나간다.

"한스! 리즐! 잘 지내? 그집 딸내미는 여전히 유럽에서 가장 예쁜 미소를 지니고 있군."

디타는 얼굴을 붉힌 채 마깃과 자리를 뜬다.

"토마섹 씨 정말 친절하지 않니?"

"언니도 토마섹 씨 알아?"

"응, 가끔 우리 부모님을 보러 오시거든. 여기서는 사람들이 다들 제 한 몸 건사하기 바쁜데 토마섹 씨는 다른 사람들한테까지 관심을 가지지. 다른 사람들한테 잘 지내는지 묻고 다니고, 문제가 생기면 관심도 가져주고."

"그리고 사람들 얘기를 들어주기도 하고……."

"좋은 사람이야."

"이 지옥에서 아직 물들지 않은 사람들이 남아 있어 천만다행이야."

마깃은 대꾸가 없다. 나이도 자기보다 한 살 어린 디타가 이렇게 직설적으로 말할 때 보면 마깃은 마음이 편치 않다. 그러나 디타 말이 맞는단 것도 모르는 바는 아니다. 이곳 아우슈비츠에서는 죄 없는 순수한 사람만 죽는 게 아니라 순수성마저도 다 죽어버린다.

"공기가 찬데 부모님이 밖에 계시네. 디타, 저러다 폐렴 걸리시는 거 아닐까?"

"엄마랑 침대 같이 쓰는 사람이 종기가 심해서 같이 있기 싫으시대…… 물론 엄마도 딱히 다른 사람보다 상태가 나은 건 아니지만 말야!"

"그래도 너넨 운 좋은 거야. 제일 위칸에서 자잖아. 우리는 전부 제일 아래칸이야." 마깃이 말했다.

"땅에서 습기가 다 올라오겠네."

"어이구, 습기가 문제겠어? 땅에서 올라오는 건 아무 문제도 아냐. 진짜 최악은 머리 위에서 떨어지는 거지. 토사물이며 설사며…… 아주 한 바가지씩 쏟아져. 다른 침대에서 떨어지는 걸 본 적 있어."

디타는 잠시 멈춰서더니 심각한 표정으로 마깃을 돌아본다.

"언니……."

"왜?"

"생일선물로 우산 사달래면 되겠네."

마깃은 고개를 절레절레 흔든다. "어떻게 침대 제일 위칸을 구한 거야?" 마깃이 묻는다.

"12월 이송자들 도착했을 때 캠프에서 얼마나 난리였는지 알지?"

마깃과 디타는 잠시 대화를 멈춘다. 9월 이송자들은 같은 체코 출신들인 데다 역시 테레진에서 이송된 사람들이라 친구, 지인, 심지어는 가족인 경우도 많았다. 그러나 이들은 12월 이송자들을 반가워하지 않았다. 새로운 사람들이 5천 명이나 더 들어왔다는 건 곧, 가뜩이나 감질나게 나오는 수도꼭지 물을 나눠 마셔야 하고 긴 점호는 더 길어지고 안 그래도 사람 많은 막사가 더 발 디딜 틈 없이 될 거란 뜻이었다.

"침대를 찾아서 엄마랑 우리 막사로 딱 들어가는데 그야말로 혼란 그 자체였어."

마깃은 고개를 끄덕인다. 마깃은 담요 한 장, 더러운 베개 하나를 차지하려고 사람들 사이에 고성이 오가고 말다툼을 하고 싸움을 벌이던 모습을 기억한다.

"우리 막사에는," 마깃이 설명한다. "기침이 끊이지 않는 진짜 아픈 사람이 하나 있었어. 그 사람이 짚으로 만든 매트에 앉으려고 할 때마다 매트를 차지한 사람이 그 여자를 바닥으로 밀쳐버렸지. 독일놈들이 심어놓은 카포가 소리를 치더라고. '멍청이들! 너희라고 건강한 거 같아? 아픈 여자랑 침대 좀 나눠 쓴다고 퍽이나 무슨 차이가 있을 것 같나?'"

"카포 말이 일리가 있네."

"장난하지 말고! 그러고 나서는 카포가 막대기를 집어들더니 아픈 여자고 누구고 다 때리기 시작하더라."

디타는 사람들이 비명을 질러대고, 허둥지둥 피하고, 흐느끼고 하는 그 한바탕 소란의 장을 잠시 떠올린다. 그러고는 말을 잇는다.

"엄마가 막사 안 상황이 좀 진정될 때까지 밖에 나가 있자 하셨어. 바깥은 추웠는데도. 어떤 사람이 그러더라고. 침대를 나눠 쓴다고 해도 자리는 부족할 거고, 결국 흙바닥에서 자는 사람도 있을 거라고."

"그래서 어떻게 했어?" 마깃이 물었다.

"뭐, 추워 죽을 것 같지만 밖으로 나갔지. 알잖아, 우리 엄마. 절대 남의 시선 끌기 싫어하시는 거. 전차가 자기한테 돌진한다, 그래도 남의 입에 오르내리는 게 싫어서 소리 한번 안 지르실 분이야. 물론 나야 거의 폭발 직전이었지. 그래서 엄마한테 허락을 받고 말고 할 생각도 없었어. 그냥 엄마가 뭐라든 말 듣기도 전에 막사 안으로 달려 들어갔지. 그리고 그때 보니까……."

"보니까?"

"맨 위칸은 거의 항상 차 있더라고. 거기가 제일 좋은 자리라는 거였지. 이런 데서는 먼저 와 있던 사람들을 잘 살펴봐야 할 필요가 있어."

"뭔가 대가를 지불하면 자기 침대를 같이 쓰게 해주는 그런 사람들이 있다는 건 나도 알아. 감자 하나에 오케이하는 사람도 있더라니까."

"감자 하나면 대단한 행운이지." 디타가 대꾸한다. "그분은 시세를 전혀 몰랐나 봐. 감자 반 개로도 살 수 있는 거, 부탁할 수 있는 게 엄청 많은데 말야."

"너도 뭐 협상할 만한 거리가 있었어?"

"하나도 없었어. 나는 먼저 들어온 사람들 중에 아직 혼자 침대를 쓰고 있는 사람이 있나 찾아봤어. 이미 두 명 쓰기로 한 침대에는 그쪽 자리가 찼다는 표시로 다리를 달랑달랑 걸고 있었거든. 우리 때 같이 새로 들어온 사람들은 위층이고 아래층이고 침대 한 칸만 같이 쓰게 해달라고 구걸하면서 돌아다니고 있었고. 선뜻 침대를 내줄 만한 마음 따뜻한 사람을 찾고 있었지만, 그런 사람이야 이미 자기 침대를 같이 쓰자고 내준 상태였지."

"우리도 마찬가지였어." 마깃이 말한다. "다행히 우리는 테레진에서 알고 지낸 이웃을 우연히 만나 결국 그분이 엄마랑 나랑 동생을 도와주셨지."

"난 아는 사람도 전혀 없었어."

"그래서 너그러운 사람을 결국 찾아냈어?"

"그러기엔 이미 너무 늦은 다음이었어. 당시에 남은 사람이라곤 화가 나 있거나 이기적인 사람들뿐이었지. 그래서 어떻게 했게?"

"글쎄?"

"그중에 최악인 사람을 찾아갔지."

"왜?"

"왜냐면 절박했으니까. 누가 쥐어 뜯어놓은 것 같은 짧은 머리의 아줌마가 침대에 앉아 있는 게 보이더라. 표정도 얄짤없고 얼굴 한가운데 검은 흉터가 죽 그어진 중년의 아줌마였어. 손등에 파란 문신이 있는 걸 보니 감옥에 다녀온 적 있는 사람이었어. 누가 그 아줌마한테 가서 침대 좀 나눠 쓰자고 간곡히 부탁하니까 이 아줌마가 버럭 화를 내면서 그 사람을 내쫓더라고. 심지어는 더러운 발로 그 사람한테 발길질까지 하려고 하더라니까. 발이 어찌나 크고 못생겼던지!"

"그래서 넌 어떻게 했어?"

"그 아줌마한테 가서 정면으로 마주 보고 말했지. '아줌마!'"

"거짓말! 말도 안 돼! 너 그거 진짜야? 누군지 제대로 뒷조사도 안 하고 지금 다짜고짜 전과자로 추정되는 사람한테 가서 '아줌마' 이러면서 차분하게 말을 걸었다고?"

"내가 언제 차분하게 말했다고 했어? 완전히 쫄아서 굳어 있었지. 하지만 그런 아줌마한테 그럼 '선생님, 저녁 시간은 잘 보내고 계세요? 올해 살구 농사가 풍년일까요?' 이럴 순 없잖아. 그럼 당장 쫓겨나는데. 그 아줌마랑 이야기하려면 그 아줌마가 쓰는 말을 사용하는 수밖에 없잖아."

"그래서 그 여자가 네 말을 듣든?"

"처음엔 나를 죽일 듯한 눈빛으로 쳐다봤지. 아마 그때는 나도 백지장처럼 창백한 얼굴 아니었을까? 하지만 그 아줌마 앞에서는 겁먹은 티를 내지 않으려고 했지. 아줌마 침대에 빈자리가 보이면 결국은 카포가 아무나 들어앉힐 거라고 얘기했어. '밖에 지금 스무 명, 서른 명씩 기다리고 있는데 그 사람들 중 아줌마 침대에 누가 걸릴지 몰라요. 엄청 뚱뚱한 사람도 하나 있는데 그 사람 오면 아줌마는 완전 짜부라질걸요? 발냄새보다 더한 입냄새 풍기는 사람도 있죠. 나이먹고 소화기관이 작동을 잘 안 하는 사람들은 또 냄새가 어찌나 고약한지!'"

"디타, 너 정말 장난 아니구나! 그래서 그 여자가 뭐라든?"

"표정이 영 좋지 않더라고. 근데 원래가 상냥한 표정을 지어 보일 수 있는 사람이 아닌 것 같긴 해. 어쨌거나 그 아줌마가 내 말을 막진 않더라고. '저는 45킬로가 채 안 돼요. 이번 이송자 중에 제가 제일 가벼울걸요. 저는 코도 안 골고 씻기도 매일 잘 씻고 쓸데없이 말 걸고 그러지도 않아요. 비르케나우 통틀어서도 저만한 사람 찾긴 힘들걸요? 아무리 애를 써도 말이죠.'"

"그래서 그 여자가 어떻게 했어?"

"내 쪽으로 고개를 죽 빼더니 마치 저기 파리 한 마리가 있는데 저걸 후려쳐 죽일까 살려둘까 고민하는 그런 표정으로 나를 쳐다보더라. 다리가 후들거렸으니 망정이지 안 그랬음 나도 진작 줄행랑이었어."

"알겠어, 그래서 어떻게 됐는데?"

"'그래, 같이 쓰자.' 이러더라."

"성공했구나!"

"아니, 아직 끝이 아니야. 내가 그랬어. '보시다시피 침대 나눠 쓰기에 저만한 사람도 또 없어요. 하지만 우리 엄마 자리도 제일 위칸으로 하나 찾아줘야 저도 아줌마랑 침대 같이 씁니다.' 이러니까 그 여자가 얼마나 화가 났겠어? 별 쪼끄만 게 자기한테 이래라저래라 하니까 심사가 뒤틀릴 게 뻔하지. 이 아줌마가 막사 안을 쭉 둘러보면서 다른 사람들을 확인하는데 그야말로 역겹다는 표정이더라고. 아줌마가 나한테 뭐라고 했게? 진짜 진지하게?"

"뭐라고 했는데?"

"'너 침대에 오줌 싸?' 그래서 내가 '아니요. 절대 안 싸죠.' 했어. 그랬더니 딱 술 많이 먹어서 다 상한 목소리로 쩌렁쩌렁 '잘됐네.' 이러더라고. 그러더니 아직 침대를 혼자 쓰는 옆자리 사람한테 고개를 돌렸어." 디타는 이야기를 이어간다.

"'어이, 보스코비치. 침대 이제 혼자 못 쓴다는 얘기 들었어?' 아줌마가 이러니까 그 옆자리 사람이 모르는 척하더라. '두고 봐야지. 댁 이야기만 들어선 모르겠어.'"

"그러니까 너네 아줌마가 뭐랬어?"

"말싸움을 시작했어. 아줌마가 자기 침대를 막 뒤지더니 한 10센티미터쯤 되는 철사 꼬챙이를 하나 꺼내는데 끝이 엄청 뾰족했어. 그러고는 한 손을 옆자리 침대에 짚더니 벌떡 일어나서 다른 손으로는 그 철사 꼬챙이를 옆자리 사람 목에 겨누는 거야. 누구 말이 맞는지는 확실해졌겠지. 옆자리 사람이 얼른 고개를 끄덕이면서 알겠다고 했어. 그 옆자리 사람이 얼마나 겁을 먹었는지 눈이 곧 튀어나올 것 같더라니까." 디타는 이렇게 말하며 웃었다.

"이게 웃을 일이 아니잖아. 형편없는 사람이네! 신께서 벌을 주실 거야."

"뭐, 예전 우리 아파트 1층에 있던 소파 천갈이 가게 주인이 말하길 신의 뜻은 올곧은데 그 뜻을 실행에 옮기는 길이 배배 꼬인 거라던걸. 그러니 꼬인 철사 꼬챙이도 괜찮은 건지 모르지. 나는 아줌마에게 고맙다고 하고 인사를 했어. '제 이름은 에디타 아들러예요. 어쩌면 우리 잘 지낼 수 있을 것 같네요'라고."

"그랬더니 뭐래?"

"아무 말도 없었어. 나 같은 어린애한테 너무 놀아났다 생각하고 있었겠지. 벽을 보고 돌아눕는데 아줌마 발 쪽에 내 머리를 두고 겨우 누울 수 있을 한 뼘 정도 자리만 남겨놓더라고."

"그 뒤론 아무 말 없고?"

"그 후로는 나한테 한마디도 한 적이 없어. 신기하지?"

"디틴카, 요즘엔 신기한 일이랄 게 없어. 신께서 부디 우리를 지켜보고 계시길."

저녁 시간이 되어 마깃과 디타는 작별인사를 나누고 각자의 막사로 향한다. 이미 해는 저물었고 오렌지색 불빛만이 캠프를 비추고 있다. 한 막사 입구에서 카포 둘이 이야기를 나누고 있다. 옷차림도 다르지만 '특별 수용자'라고 쓰인 갈색 완장을 팔에 두르고 있는 데다 유대인이 아니란 뜻의 삼각 배지를 달고 있어 카포인 것을 알아볼 수 있었다. 빨간 삼각형을 단 사람들은 정치범이었는데, 대부분은 공산주의자거나 사회민주주의자들이었다. 갈색 삼각형을 단 사람들은 집시들이었고, 녹색 삼각형을 단 사람들은 전과자 및 일반 범법자들이었다. 검은색 삼각형은 사회 부적응자들이나 지적 장애가 있는 사람들, 그리고 레즈비언들이 달았고 남자 동성애자들은 핑크색 삼각형을 달았다. 아우슈비츠에서 검은색이나 분홍색 삼각형을 단 카포는 드물었는데, 이들은 유대인만큼이나 최하층 부류인 탓이었다. 가족캠프는 예외가 적용되는 곳이다. 남자 하나, 여자 하나, 그렇게 카포 두 명이 서로 수다를 떨고 있는데 각각 분홍색과 검정색 삼각형을 달고 있다. 그 두 사람에게 말을 걸 사람은 그들 서로뿐일 것이다.

디타는 곧 배급받을 빵을 생각하며 막사로 걸어간다. 빵 한 덩이가 하루 중 그나마 유일하게 식사다운 식사이고 또 잔치다. 지금으로선 수프 한 그릇은 갈증을 달래주는 수분 정도다.

유독 짙은 암흑의 검은색 그림자가 중앙로 저편에서 걸어온다. 사람들은 그림자가 멈춰서지 않도록 옆으로 물러서서 길을 내준다. 그림자가 곧 죽음이라고 느끼는 모양이다. 느낌은 틀리지 않았다. 어둠 속에서 바그너의 오페라 「발퀴레의 기행」에 나오는 멜로디가 흘러나온다.

멩겔레 박사다.

박사와 거리가 좁혀질수록 디타는 고개를 숙이고 남들처럼 옆으로 길을 비킬 채비를 한다. 그러나 멩겔레는 걸음을 멈췄고 그의 시선은 디타를 향한다.

"너, 내가 찾고 있었다."

"저요?"

멩겔레는 한참 동안 디타를 관찰한다.

"나는 사람 얼굴을 절대 잊지 않아."

치명적인 정적이 뒤따른다. 죽음이 말을 할 수 있다면 딱 이렇게 차가운 억양일 것이다. 디타는 아까 오후에 31구역에서 있었던 일을 떠올린다. 모겐스턴과 씨름하느라 신부님은 디타를 제대로 살피지 못했고, 디타는 무사히 위기를 넘겼다고 생각했다. 그러나 멩겔레 박사를 미처 예상하지 못했다. 멩겔레는 저 멀리서 있었지만 디타를 보았음이 틀림없다. 현미경 같은 그 눈초리로 분명 디타가 자기 자리 아닌 곳에 서 있는 것을, 가슴 앞에 한 팔을 올리고 있단 것을, 무언가를 숨기고 있단 것을 알아챘으리라. 차가운 눈동자, 나치치고는 드문 저 갈색 눈동자에서 디타는 그 모든 것들을 읽어낼 수 있었다.

"수감번호?"

"73305입니다."

"널 두고 보겠어. 네 눈엔 내가 안 보여도 난 다 보고 있어. 넌 내가 없다고 생각하겠지만 난 네가 하는 말도 다 듣고 있어. 난 모르는 게 없어. 수용소 규칙 아주 살짝만 어겨도 난 다 알아. 그럼 너는 실험실 해부용 침대에 눕혀지겠지. 생체해부는 아주 즐거운 일이야."

그러고는 고개를 끄덕끄덕하며 멩겔레는 혼잣말을 하듯 읊조린다.

"심장에서 동맥혈이 솟아 나와서 소화기로 흘러가는 그 마지막 혈액순환이 보이지. 참 장관이야."

제2화장장에 마련한 그 완벽한 실험실을 떠올리며 멩겔레는 잠시 생각에 빠진다. 그곳에서는 최신 장비를 마음대로 쓸 수 있다. 빨간 시멘트 바닥과 가운데 싱크가 달리고 니켈로 마무리된

반짝반짝한 대리석 해부 테이블, 과학에 봉헌하는 그의 제단을 떠올리니 멩겔레는 기분이 좋아진다. 뿌듯함이 차오른다. 갑자기 두개골 실험에 쓸 집시 아이들이 기다리고 있단 사실이 떠올라 그는 황급히 걸음을 옮긴다.

디타는 말문이 막힌 채 수용소 한가운데서 꼼짝 않고 서 있다. 나무 막대기만큼이나 가는 디타의 다리가 후들거린다. 조금 전까지만 해도 중앙로에 지나다니는 사람이 많았는데 지금은 디타 혼자다. 사람들은 모두 샛길로 사라져버렸다.

괜찮은지, 도움이 필요하진 않은지 물어보러 디타에게 다가오는 이 하나 없다. 멩겔레가 디타를 점찍었다. 무슨 일인가 멀찌감치 떨어져서 지켜보고 있던 수용자들은 이제 디타가 안타깝다. 디타는 너무 놀라고 혼란스러운 상태다. 얼굴만 알아보는 정도긴 해도 테레진 게토에서부터 디타를 안 사람들도 있다. 그러나 그들은 자기 갈 길을 재촉하기로 한다. 무엇보다 생존이 최우선이다. 그것이 신의 계명이다.

디타는 이제 정신을 차리고 자기 막사로 향한다. 정말로 멩겔레 박사가 자신을 감시할 것인지 디타는 궁금하다. 그 얼음장 같은 눈빛에 답이 있겠지. 막사로 향하는 길, 머릿속에 질문은 점점 늘어만 간다. 이제 어떻게 해야 하지? 사서 일을 관두는 편이 현명할 것이다. 멩겔레의 감시를 받고 있는데 책을 어떻게 관리한단 말인가? 멩겔레 박사는 유독 무서웠다. 디타에게는 예외적인 일이다. 지난 몇 년간 수많은 친위대 대원들을 봐왔지만 멩겔레는 다른 나치들하고는 어딘가 다르다. 사악함에 있어서라면 뭔가 특별한 재능을 가진 자다.

불안한 마음을 어머니에게 들키지 않도록 디타는 얼른 안녕히 주무시라고 속삭이듯 인사를 한 뒤 구린 냄새를 풍기는 침대 짝꿍의 발 옆으로 살며시 고개를 대고 눕는다. 안녕히 주무세요, 디타의 조용한 인사는 천장 틈 사이로 그대로 사라진다.

좀처럼 잠이 오지 않지만 그렇다고 움직일 수도 없다. 머리는 빙빙 도는데 옴짝달싹하지 못하고 가만히 있어야 한다. 멩겔레는 디타에게 경고를 했다. 어쩌면 그게 특혜인지도 모른다. 경고란 더는 없을 테니까. 다음번엔 주사기가 곧장 디타의 심장에 박힐 것이다. 디타가 31구역 도서관을 맡기란 더는 불가능한 일이다. 하지만 대체 어떻게 도서관을 저버린단 말인가?

디타가 도서관을 포기하면 사람들은 디타가 겁을 먹었다고 생각할 것이다. 디타는 정당한 이유가 있고, 그것은 또한 모두가 다 납득할 만한 이유다. 그들도 디타와 같은 입장이라면, 그리고 아직 제정신이 박혀 있다면 마찬가지로 행동할 것이다. 하지만 이 수용소 안에서는 이 침대에서 저 침대로 벼룩이 퍼지는 것보다 소문이 더 빨리 번진단 사실을 디타는 잘 알고 있다. 첫 번째 침대에 있는 누군가가 '어떤 사람이 와인 한 잔을 마신다'고 했다면 마지막 침대에 있는 사람이 듣는 내용은 '그 남자가 와인 한 통을 마셨다'는 식이다. 딱히 악의가 있어 그렇게 소문을 퍼뜨리는 게 아니다. 수용자들은 다 제각각 존경할 만한 사람들이다. 투르노브스카 부인만 해도 아주 정숙하고 어머니에게도 극진한 효녀다. 그럼에도 입단속이 되진 않는 것이다.

벌써 투르노브스카 부인의 목소리가 생생하게 들린다. '아직 어린아이인데 당연히 겁이 났겠지……' 그러고는 마치 다 이해한다는 듯이, 자긴 다 안다는 듯이 말하겠지. 그 말에 디타는 피가 끓을 테고 말이다. 그리고 그보다도 이렇게 말하는 사람들이

더 싫다. '짠해라! 그럼, 당연하지. 겁이 날 수밖에. 아직 앤데.'

'아직 애'라고? 전혀 아니다. '어린 시절이랄 게 있어야 아직 애지!'

4

어린 시절이라…….

잠 못 드는 수많은 밤 중에 어느 하루, 디타는 그 어느 누구도 빼앗아가지 못하도록 기억을 사진으로, 머릿속을 유일한 앨범으로 만들겠단 생각을 하게 됐다.

나치가 프라하에 도착한 후 디타의 가족은 집을 떠나야 했다. 디타는 그 아파트를 정말 좋아했다. 디타네 아파트는 프라하에서 가장 현대적인 건물로 지하에는 세탁실이 있고 구내방송도 나와 학교 친구들이 늘 부러워했었다. 어느 날 학교 수업이 끝나고 집에 돌아오니 언제나처럼 우아한 더블버튼 회색 양복 차림의 아버지가 평소와는 달리 아주 심각한 표정으로 거실에 서 있었다. 아버지는 이 좋은 아파트를 두고 대신 강 건너 스미호프의 아파트로 이사를 간다고 했다. 그 집은 볕이 더 잘 든다고 아버지는 디타를 쳐다보지도 않고 말했다. 분위기가 너무 심각하면 곧잘 농담을 던지는 분이었지만 이사 관련해서는 농담도 하지 않았다. 어머니는 팔걸이 있는 의자에 말없이 앉아 잡지만 획획 넘기고 있었다.

"절대 여길 떠나지 않을 거예요!" 디타는 소리쳤다.

아버지는 실망스러운 듯 고개를 떨궜다. 어머니는 자리에서 일어나 디타의 뺨을 세게 때렸고 디타의 볼에는 자국이 남았다.

"하지만 엄마," 아픔보다는 의아함에―손찌검은커녕 언성을 높이는 일조차 없던 어머니였다―디타는 대꾸했다. "엄마야말 로 여기 사는 게 꿈이었다고 했잖아요……."

어머니 리즐은 디타를 꼭 껴안았다.

"전쟁 때문이야, 에디타. 전쟁 때문이란다."

그로부터 1년 후, 이번에도 아버지는 똑같은 그 회색 더블버 튼 양복을 입고 거실 한가운데 서 있었다. 아버지는 사회보장 국에서 변호사로 일했는데 그때쯤엔 이미 일도 줄었다. 오후에 는 주로 집에서 지도를 노려보거나 지구본을 돌려보거나 하면 서 시간을 보냈다. 이번엔 요세포프 구역으로 이사를 간다고 했 다. 이 나라를 지배하는 나치 총독의 명령에 따라 이제 유대인 은 전부 거기 살아야 했다. 디타네 가족과 할아버지, 할머니는 다 허물어져가는 엘리슈키 크라스노호르스케 가의 한 아파트 로 이사를 해야 했다. 이제 디타는 아무것도 묻지도, 반발하지 도 않았다.

전쟁 때문이야, 에디타. 전쟁 때문이야.

마침내 프라하 유대인의회에서도 통지가 날아왔는데, 이번에 는 아예 프라하 밖으로 나가라고 했다. 목적지는 한때 군사요새 였다가 이제는 유대인 게토가 된 작은 동네 테레진이었다. 처음 테레진 유대인 게토에 도착했을 때만 해도 디타는 이보다 더 끔찍한 데는 없을 거라고 생각했다. 하지만 게토에서 이곳 아우슈비츠의 진흙과 잿더미 속으로 떠밀려온 지금에 와선 오히려 그곳이 그립다.

모든 것이 시작된 1939년 그 겨울 이후 디타를 둘러싼 세계는 천천히, 그러다 점점 빠르게 무너지기 시작했다. 배급카드가 주어졌고 온갖 금지령이 시행되었다. 유대인은 카페 출입도 안 되고 쇼핑도 할 수 없었으며 영화관이나 극장 출입도 불가능했다. 새 신발을 사는 것조차 금지였다. 그다음엔 유대인 아이들이 학교에서 쫓겨났다. 심지어는 공원에서 놀지도 못 하게 됐다. 나치는 마치 어린 시절 그 자체를 금지하고 싶기라도 한 모양이었다.

갑자기 머릿속에 떠오른 이미지에 디타는 잠시 미소를 짓는다. 아이들 둘이 손을 잡고 오래된 프라하의 유대인 공동묘지를 걷고 있다. 아이들의 발길 사이사이로 보이는 무덤마다 종이가 놓여 있고 그 위로 작은 돌이 누름돌 역할을 하고 있다. 학교도 공원에도 가지 못하게 된 프라하의 유대인 아이들은 오래된 공동묘지를 모험 가득한 놀이터로 탈바꿈시켰다. 나치는 시너고그 (유대교 회당)와 묘지를 이제 곧 멸종될 유대인종에 대한 박물관으로 만들 계획이었다.

수세기 동안 침묵 속에 잊혀 있던 수풀 속 고대 무덤 주위로 아이들이 서로를 쫓아다니는 광경이 눈앞에 펼쳐진다.

너도밤나무 아래 곧 쓰러질 것만 같은 두꺼운 묘비가 두 개 서 있다. 묘비 뒤에 숨어 디타는 친구 에릭에게 둘 중 크기가 더 큰 묘비의 이름을 보여주었다. 주다 뢰브 벤 브살렐이었다. 그 사람이 누군지 전혀 모르는 에릭을 위해 디타는 아버지가 머리에 야물커*를 쓰고 같이 묘지로 산책 나올 때마다 들려주었던 이야기를 해주었다.

주다는 16세기 요세포프 구역의 랍비였는데 그때도 유대인들이 다 게토에 모여 살아야 했다. 주다는 카발라(유대교 신비주의)를 공부해서 점토인형에 생명을 불어넣는 법을 알게 됐다.

"그건 불가능해!" 에릭이 웃음을 터뜨리며 끼어들었다.

지금도 그때를 생각하면 디타는 웃음이 난다. 디타는 아버지가 자신한테 하던 그대로 얼굴을 에릭 가까이 가져가 낮은 목소리로 속삭였다.

"골렘**이 된 거지."

에릭의 얼굴이 새하얗게 질렸다. 프라하 사람이라면 거대한 괴물 골렘을 모르는 사람은 없을 것이다.

디타는 아버지가 해주었던 이야기를 그대로 들려주었다. 랍비는 야훼가 선물과도 같은 생명을 불어넣을 때 쓰는 성스러운 단어를 알아냈다. 그는 작은 점토인형을 만들어 인형의 입안에 비밀의 그 단어를 쓴 종이 한 장을 집어넣었다. 작은 점토인형은 점점 커지더니 거인이 됐다. 그러나 랍비 뢰브는 그 거인을 통제할 방법을 알지 못했고, 거인은 뇌가 없어 모든 것을 부수고 공포의 대상이 되기 시작했다. 거인을 막는 건 불가능한 일처럼 보였다. 방법이라곤 딱 하나, 거인이 잠들 때까지 기다렸다가 괴물이 코를 골 때 힘껏 용기를 짜내어 그 입안에 손을 넣은 후 마법

---

* 유대인 남자들이 쓰는 챙 없고 둥근 작은 모자.
** 유대교 신화 속에 등장하는 거인.

67

의 단어가 쓰인 종이를 빼내는 것뿐이었다. 그러면 거인은 다시 죽은 존재가 될 것이다. 그리고 랍비는 그렇게 했다. 그러고는 종이를 찢은 후 골렘을 묻었다.

"어디에?" 에릭이 걱정스러운 표정으로 물었다.

"아무도 몰라. 비밀스러운 장소에 묻었겠지. 그리고 랍비가 이런 말을 남겼대. 유대인들이 다시 곤경에 처하면 신의 지혜를 전수받은 또 다른 랍비가 나타나서 마법의 단어를 찾아낼 거라고, 그리고 골렘이 우리를 구할 거라고 말야."

골렘 이야기 같은 이런 별별 이야기를 다 알고 있다니 존경한다는 듯한 눈빛으로 에릭은 디타를 지긋이 쳐다보았다. 묘지의 단단한 벽들 사이에서 둘만이 비밀스럽게 앉아 에릭은 부드럽게 디타의 얼굴을 쓰다듬다가 순수하게 그녀의 볼에 뽀뽀했다.

디타는 그 순간을 떠올리며 개구쟁이 같은 미소를 짓는다.

아무리 순식간의 일이라 해도 첫키스는 절대 잊을 수 없는 법이다. 디타는 전쟁의 공허함 속에서도 그날 오후 그 즐거웠던 순간을 떠올리며 행복감을 느낄 수 있다는 것이 놀랍다. 어른들은 어차피 찾지도 못 할 행복을 찾느라 쓸데없이 힘만 뺀다. 그러나 아이들은 어디에서든 행복이 터져 나온다.

디타는 저들이 자신을 아이 다루듯 하게 내버려두지 않을 것이다. 디타는 포기하지 않는다. 디타는 계속할 것이고, 또 그래야 한다. 허쉬가 디타에게 말한 것도 그것이었다. 공포를 잘근잘근 씹은 후 삼켜버리는 것. 그런 다음 하던 일을 계속해나가는 것. 그래, 디타는 절대 도서관을 저버리지 않을 것이다.

단 한 걸음도 물러서지 않는다……

막사의 어둠 속에서 눈을 뜨자 마음속 강렬한 불길은 촛불의 흔들리는 불꽃으로 바뀐다. 기침 소리, 코 고는 소리, 아마 죽어가고 있을지도 모를 누군가의 신음소리가 들린다. 인정하고 싶진 않지만, 사실 디타는 투르노브스카 부인이나 다른 사람들이 자신에 대해 무슨 이야기를 할지에는 별로 관심이 없다. 정말 걱정되는 것은 프레디 허쉬가 자신을 어떻게 생각할지였다.

며칠 전 디타는 허쉬가 상급생으로 구성된 육상팀 아이들에게 하는 이야기를 들었다. 육상팀은 눈이 오나 비가 오나, 얼어붙을 것같이 추운 날씨에도 아랑곳없이 매일 막사 밖을 달린다. 허쉬는 언제나 맨 앞에서 리드하며 아이들과 함께 뛴다.

"가장 빠른 사람이 가장 강한 육상선수는 아니다. 그 선수는 그냥 제일 빠른 것뿐이다. 가장 강한 선수는 넘어질 때마다 다시 일어서는 사람, 옆구리에 고통이 느껴져도 멈추지 않는 사람, 골인 지점이 얼마나 멀든 간에 절대 중간에 포기하지 않는 사람이다. 경주에서 꼴찌를 한다고 해도 완주하기만 한다면 그 사람이 바로 승리자다. 제일 빠른 사람이 되고 싶다고 해도 그게 마음대로 되지 않을 수도 있어. 다리가 그만큼 길지 않을 수도, 폐가 그렇게 크지 않을 수도 있지. 그러나 언제나 제일 강한 사람은 될 수 있지. 그건 철저히 너희에게, 너희의 의지력과 노력에 달렸어. 나는 너희에게 제일 빨리 달리라고 하지 않아. 다만 제일 강한 사람이 되면 좋겠다."

허쉬에게 도서관을 포기하겠다고 하면 그는 분명히 친절하게, 아주 정중한 반응을 보일 것이고 심지어는 디타를 위로해주기까지 할 것이다. 그러나 허쉬에게서 실망의 눈빛을 본다면 그 눈빛을 감당해낼 수 있을지 디타는 자신이 없다. 디타의 눈에 허쉬는 유대인 신화 속 멈출 수 없는 골렘처럼 그렇게 무너뜨릴 수 없는 사람, 언젠가 유대인 모두를 구해줄 그런 사람이다.

프레디 허쉬…… 디타는 그의 이름에서 용기를 얻는다.

다시금 머릿속 앨범을 뒤져 2년 전 스트라슈니체라는 프라하 교외 지역의 부드러운 잔디밭을 떠올린다. 그곳에서는 유대인들이 도시 속 온갖 금지령을 벗어나 신선한 공기를 만끽할 수 있었다. 하기보르 체육공원도 거기 있었다.

때는 여름, 날씨가 몹시도 더워서 웃옷을 벗고 있는 남자아이들이 많았다. 세 사람을 에워싸고 어린아이들부터 십대 청소년들까지 잔뜩 모여 있었다. 한 명은 열두세 살쯤 되어 보이는, 안경 낀 흰색 반바지 차림의 남자아이였다. 가운데 사람은 과장된 몸짓으로 자신을 마술사 보르기니라고 소개하면서 고개를 숙여 보였다. 그는 셔츠에 블레이저를 걸치고, 줄무늬 타이까지 잘 차려입은 모습이었다. 그 반대쪽에는 젊은 남자가 서 있었는데, 샌들에 반바지뿐인 차림이어서 말랐지만 운동으로 탄탄하게 다져진 몸매가 더욱 돋보였다. 그날 디타는 그 남자의 이름이 프레디 허쉬이고, 하기보르에서 청소년 체육활동을 담당하고 있는 사람이란 걸 알게 됐다. 안경 쓴 소년이 줄 한쪽 끝을, 마술사가 줄 가운데를, 프레디 허쉬가 줄의 다른 한쪽 끝을 잡고 있었다. 디타는 지금도 당시 허쉬의 모습이 기억난다. 한 손은 가볍게 허리춤에 얹고 다른 한 손으로는 줄을 잡고 서서 그는 장난기 어린 미소를 띤 채 마술사를 바라보고 있었다.

쇼가 시작되자 보르기니는 대담하게도 자신의 작은 마술 무기고를 이용하여 파괴적인 전쟁을 상대하겠다고 나섰다. 소매에서 나오는 색색의 손수건으로는 대포를, 에이스 카드로는 전투

기들을 상대했다. 그리고 놀랍게도 잠깐이나마 미소와 넋 나간 표정들이 이어지는 가운데 마술이 승리했다.

전단지를 한 묶음 들고 있던 야무져 보이는 한 소녀가 디타에게 다가와 종이 한 장을 내밀었다.

"너도 같이 할래? 오를리체 강 옆의 베스프라비에서 여름캠프가 열리는데, 운동도 하고 유대인 정신을 함양하는 자리이기도 해. 이거 보면 우리가 어떤 활동을 하는지 더 자세히 알 수 있을 거야."

디타의 아버지는 그런 것들을 못마땅하게 생각했다. 아버지가 삼촌에게 정치와 스포츠를 결합하는 시도를 인정할 수 없다고 이야기하는 것을 들은 적이 있었다. 두 사람은 이 허쉬라는 자가 아이들과 게릴라 전쟁놀이를 벌이고 아이들에게 참호를 파게 해 거기서 아이들이 총 쏘는 흉내를 내는가 하면 마치 아이들이 자기 지휘를 받는 군대인 양 아이들에게 전투 기술에 대해 이야기한다고 했다.

허쉬가 지휘관이라면 디타는 어떤 참호든 들어갈 수 있다. 아니 그 이상도 할 수 있다. 어쨌거나 이미 목까지 참호에 담그고 있는 상태이기도 하고 말이다. 디타와 허쉬는 모두 끈질긴 유대인이다. 나치는 두 사람을 부숴버리지 못할 것이다. 디타는 도서관을 관두지 않을 것이다…… 그렇지만 눈과 귀를 모두 활짝 열어 경계하고 함정에 빠지지 않도록 멩겔레의 그림자까지도 항상 주의 깊게 살펴야 할 것이다. 디타는 겨우 열네 살 소녀고 나치는 역사상 가장 강력한 살상무기이지만, 그들의 행진 앞에서 다시는 침묵하지 않을 것이다. 이번엔 아니다. 디타는 맞서 싸울 것이다.

어떤 대가를 치르든 간에 말이다.

불면증에 시달리는 것이 디타만은 아니었다.

31구역장으로서 프레디 허쉬는 전용 막사를 사용할 수 있는 특혜를 부여받아 자기만의 방에서 혼자 잤다. 보고서를 하나 작성하고 나서 그는 방을 나와 정적 가운데 홀로 선다. 속삭임은 사라지고, 책도 정리됐고, 노래도 다 끝났고…… 아이들이 우르르 떠나면 학교는 다시 투박한 목조 헛간으로 돌아온다.

'우리가 가진 최고의 무기는 아이들이다.' 허쉬는 스스로에게 되뇐다.

또 하루가, 또 한 번의 검열이 무사히 지나갔다. 매일매일 그날의 전쟁에서 승리하는 것이다. 그의 가슴이, 곧게 뻗은 쇄골이 어깨 속으로 움츠러든다. 그는 등받이 없는 의자에 풀썩 주저앉아 눈을 감는다. 허쉬는 지쳤지만 아무도 그 사실을 알아선 안 된다. 그는 리더다. 사람들을 실망시켜선 안 된다.

사람들이 혹시 알게 된다면…….

그는 모두에게 거짓말을 하고 있다. 자신의 진짜 정체를 알게 된다면 사람들은 자신을 싫어할 것이다.

힘이 모조리 빠져나가버린 기분이다. 그래서 그는 바닥에 엎드려 팔굽혀펴기를 시작한다. 그는 팀원들에게 줄곧 노력으로 피로를 극복할 수 있다고 얘기해왔다.

하나, 둘, 하나, 둘.

목에 늘 걸고 다니는 호루라기가 땅바닥에 닿으며 규칙적으로 소리를 낸다. 허쉬의 비밀은 발목의 족쇄에 달린 무쇠공 같지만 다른 선택지는 없음을 그 자신도 알고 있다. 그는 팔굽혀펴기를 계속한다. 하나, 둘…….

"약해빠진 건 죄야." 허쉬는 숨이 차서 속삭인다.

아헨에서의 어린 시절, 다른 아이들이 다 걸어서 학교에 갈 때 프레디는 혼자 교과서를 등에 매달고 달렸다. 가게 주인들은 어딜 그렇게 서둘러 가느냐고 프레디에게 농담을 걸곤 했고, 프레디는 정중한 인사로 대꾸는 하면서도 속도를 늦추진 않았다. 서두를 이유는 하나도 없었다. 프레디는 그냥 달리는 걸 좋아했다. 누가 왜 달리느냐고 물을 때마다 프레디는 걸으면 피곤해지는 것 같다고, 그런데 달리면 그런 기분이 들지 않는다고 대답했다.

프레디는 학교 정문 앞 작은 공터까지 질주한 다음 그곳에서 마치 장애물 달리기의 허들을 뛰어넘듯 벤치를 껑충 뛰어넘곤 했다. 그 시간에는 마실 나온 노인들이 없어 벤치가 비어 있기 때문이었다. 기회가 있을 때마다 허쉬는 운동선수가 되는 게 꿈이라고 친구들에게 이야기하곤 했다.

열 살 때 아버지가 돌아가시면서 그의 어린 시절도 산산조각이 나버렸다. 막사 안 의자에 앉아 아버지 얼굴을 애써 떠올려보지만 잘 생각이 나질 않는다. 그 시절 가장 깊이 남아 있는 기억이라고 하면 아버지의 빈자리로 인한 구멍뿐이다. 그가 그토록 아파했던 아버지의 빈자리는 절대 채워지지 않았다. 혼자라는 불안한 감정은 지금도 여전하다. 심지어는 사람들 사이에 둘러싸여 있을 때에도 말이다.

아버지의 죽음 이후 프레디는 달릴 힘을 잃기 시작했다. 그는 이제 달리기가 즐겁지 않았고 삶의 방향을 잃었다. 어머니는 프레디가 하루 종일 집에만 늘어져 있거나 그게 아니면 형과 싸움질하는 것을 보고 독일계 유대인 청소년들을 위한 일종의 보이스카웃이라 할 수 있는 JPD*에 프레디를 보냈다. JPD에는 어린아이들을 위한 프로그램도 있었고, 마카비 청년운동Maccabi Hatzair**이라고 해서 스포츠 관련 프로그램도 따로 있었다.

프레디가 처음 그곳을 찾았을 때, 넓지만 어딘가 허름한 건물 벽에는 규칙이 잔뜩 쓰여 있었고 표백제 냄새가 났다. 눈물이 나려는 걸 삼킨 기억이 난다. 어린 프레디 허쉬는 텅 빈 집 안에서 부족하다고 느낀 온기를 그곳에서 조금씩 찾기 시작했다. 그곳에서 그는 우정을 발견했고 비 오는 날엔 보드게임을 하고, 또 기타 소리와 이스라엘 순교자들에 대한 이야기를 들려주는 사람이 늘 함께하는 여행을 할 수 있었다. 축구, 농구, 자루달리기, 육상, 이 모든 것들이 프레디에게는 기댈 수 있는 구명보트가 돼주었다. 토요일이 돌아와 다른 친구들이 모두 가족들 품으로 돌아가면 프레디는 혼자 운동장에 가서 녹슨 농구 골대를 향해 공을 던지거나 땀으로 티셔츠가 흠뻑 젖을 때까지 끝없이 윗몸일으키기를 했다.

프레디는 지칠 때까지 운동을 하며 모든 걱정과 불안감을 씻어내버렸다. 그리고 스스로에게 작은 도전들을 과제로 내주곤 했다. 이를테면 3분 안에 코너까지 다섯 번 왔다 갔다 하기, 팔굽혀펴기 열 번 후 박수치기, 아니면 코트 특정 위치에서 슛 네 번 쏘아 네 골 넣기 등등. 도전과제에 집중하고 있을 때면 머릿속에 잡생각은 사라졌고, 프레디에게는 그것이 곧 행복이었다.

---

* Judischer Pfadfinderbund Deutschland. 시오니스트 청년운동.
** 마카비 월드 유니언 국제회의에서 창설된 시오니스트 청년운동의 일환으로, 주로 스포츠 프로그램 위주로 운영됐다.

어머니가 재혼을 하자 프레디는 청소년기를 보내는 동안 집보다 JPD 본부가 더 편안하게 느껴졌다. 학교가 끝나면 그는 곧장 그곳으로 가 저녁 늦게까지 시간을 보내곤 했다. 어머니에게 늦어지는 이유를 말할 구실은 언제나 있었다. 청소년위원회 회의가 있다든가—실제로 프레디는 위원회 위원이었다—여행 계획을 짜야 한다든가, 스포츠 시합 준비를 해야 한다든가, 아니면 유지보수 작업이 있다든가 등등. 나이를 먹으면서 프레디는 또래 아이들과 친구가 되는 것이 점점 더 어렵게 느껴졌다. 유대교 신비주의에 큰 영향을 받은 프레디는 팔레스타인으로의 귀환을 유대인으로서의 어떤 임무라고 받아들였지만 그런 시오니즘적인 관점을 가진 아이들도 거의 없었고, 훈련에 훈련을 거듭하는 그의 운동에 대한 열정을 공유할 만한 아이들도 별로 없었다. 파티 같은 데서 커플들이 맺어지기도 하였지만 프레디는 그런 이상한 파티에 가고 싶지 않아 초대를 받아도 계속 변명을 하며 거절했다. 결국 친구들은 더는 그를 파티에 초대하지 않았다.

프레디는 자신이 코치 역할을 하면서 어린아이들을 위해 시합을 조직하는 등의 일을 가장 좋아한단 사실을 깨달았다. 그리고 실제로도 그런 일을 잘했다. 그의 열정은 아이들에게도 좋은 영향을 주었다. 프레디가 코치를 맡은 팀은 늘 마지막까지 살아남았다.

"자, 가자! 포기하지 말고! 더, 더 열심히!" 그는 아이들 옆에서 그렇게 사기를 북돋우곤 했다. "승리를 위해 싸운 자만이 패배의 눈물을 흘릴 수 있는 법이다!"

프레디 허쉬는 절대 울지 않는다.

하나, 둘, 하나, 둘.

팔굽혀펴기를 끝내고 프레디는 만족스러워하며 일어선다. 비밀을 품은 남자 프레디가 만족감을 느끼는 건 이럴 때뿐이다.

5

루디 로젠버그가 비르케나우에 온 지도 거의 2년이 다 되어
간다. 그건 대단한 일이다. 그렇게 루디는 열아홉 살이란 성숙한
나이에 수용소의 노련한 베테랑이 되었고 수용자 명부 관리 일
까지 맡게 됐다. 슬프게도 수용자들의 들고 남이 끊임없이 유지
되는 이곳에서 수용자 숫자를 꾸준히 기록하는 일이다. 모든 일
에, 심지어는 사람 죽이는 일까지 꼼꼼한 나치들은 이 업무를 아
주 중요하게 생각하고 있다. 때문에 루디는 다른 수용자들의 복
장과 달리, 사치에 가까운 승마바지 같은 옷을 당당하게 입고 다
닌다. 카포, 요리사, 막사 총무, 장부 관리인 같은 사람들을 제외
하고 다른 수용자들은 전부 더러운 줄무늬 수용복 차림이다. 가
족캠프에서와 같이 또 다른 예외의 경우도 있지만 말이다.

루디는 격리캠프 소속이지만 격리캠프와 가족캠프를 가르는
울타리까지 캠프 관문을 통과해 간다. 그는 간수들을 만날 때마
다 모범적인 수용자답게 상냥하게 웃어 보인다. 가족캠프에 명

부를 전달하러 왔다고 하면 그들은 루디를 통과시킨다.

비르케나우 수용소 내 여러 캠프를 잇는 넓은 비포장 둘레길을 따라 걸으며 루디는 저 멀리서 숲이 시작되는 것을 가늠할 수 있는 줄줄이 늘어선 나무들을 쳐다본다. 겨울 오후 이 시간이면 숲의 어두운 윤곽만 보인다. 세찬 바람이 희미하나마 젖은 덤불과 이끼와 버섯 냄새를 실어나른다. 그는 잠시 눈을 감고 그 냄새를 맡는다. 자유는 축축한 숲의 냄새다.

루디는 비밀 회동에 불려가는 참인데, 회동의 주제는 수수께끼 같은 가족캠프다.

약속장소인 가족캠프 내 어느 막사의 뒤편에 다다르자 레지스탕스 리더격인 남자 둘이서 루디 로젠버그를 기다리고 있다. 한 명은 요리사용 앞치마를 두르고 있고 아파 보일 정도로 창백하다. 그는 자신을 렘이라고 소개한다. 다른 한 명은 데이비드 슈물레스키로, 그는 처음에는 지붕공이었다가 지금은 가족캠프 27구역장의 보조다. 슈물레스키는 민간인 복장이다. 코듀로이 바지에, 스웨터는 그의 얼굴만큼이나 주름져 있다.

두 사람은 이미 다가오는 12월 가족캠프에 새로운 수용자들이 들어올 거라는 기본적인 정보는 입수한 상태지만 루디를 통해 더 자세한 정보를 확인하려 하고 있다. 루디는 테레진 게토에서 유대인 5천 명이 도착한 사실을 확인해준다. 사람들을 가득 채운 열차가 사흘 간격으로 두 차례에 걸쳐 가족캠프에 도착했다. 9월 입소 때와 마찬가지로 이들은 민간 복장이 허용되고 아직 머리도 기를 수 있으며 아이들도 들어갈 수 있었다.

레지스탕스 인사들은 조용히 듣는다. 노동력 외에 수용자들의 가치가 없는 이런 죽음의 공장 아우슈비츠에서 수지타산이 맞

지 않는 가족캠프 같은 곳을 만들려 한다는 게 이들로서는 이해
가 되지 않는다.

"여전히 의문이야." 슈물레스키가 중얼거린다. "나치들이 사이
코패스고 흉악범들이긴 해도 바보는 아니란 말이지. 왜 굳이 강
제노동수용소에 어린아이들을 살려두는 거지? 아이들은 식량이
나 축내고 자리만 차지하고 전혀 생산적인 결과는 낼 수가 없는
데 말야."

"그 미치광이 멩겔레 박사가 무슨 엄청난 프로젝트라도 준비
하고 있는 건가?"

아무도 알지 못한다. 루디가 다른 의문점을 꺼낸다. 9월 입소
자들 도착 당시 같이 온 서류에는 예외적인 문구 '6개월 후 특별
대우Sonderbehandlung'라는 메모가 붙어 있었다. 그리고 수용자들
팔에는 'SB6'라는 문신이 새겨져 있었다.

"이 '특별대우'가 무슨 뜻인지 아는 자가 있나?"

질문은 던져졌지만 답은 모른다. 폴란드 출신 요리사는 오랫
동안 빤 적이 없는 앞치마에 말라붙은 음식들을 계속 긁어내고
있다. 슈물레스키가 입을 연다. "대우라는 게 워낙 특별한 곳이
니 죽이는 거겠지." 다들 같은 생각이다.

"하지만 그게 무슨 의미가 있을까요?" 루디가 말한다. "어차
피 다 죽일 거라면 굳이 뭐하러 6개월씩이나 식량을 낭비하겠어
요? 말이 안 돼요."

"이유가 있겠지. 모든 일에는 이유가 있다는 게 독일놈들이랑
일하면서 배운 거니까. 그 이유란 게 아무리 끔찍한 거든, 잔인
한 거든, 하여간 뭐가 됐든 간에…… 항상 이유는 있단 말이야."

"그리고 그 '특별대우'란 게 그 사람들을 전부 가스실로 끌고

가는 거라고 해도, 딱히 우리가 할 수 있는 게 없잖아요?"

"지금으로선 별로 없지. 특히나 그 예상이 맞는지 아닌지조차 모르는 이 시점에서는."

바로 그때 한 사람이 더 나타난다. 키가 크고 힘이 세 보이는 젊은 남자인데, 긴장한 눈치다. 옷차림도 일반 수용자 복장 대신 터틀넥 스웨터를 입고 있는데, 그건 수용자치고 아주 드문 특혜다. 루디는 이들을 위해 자리를 비켜주려 하지만 폴란드 사람이 루디에게 그냥 있으라고 손짓을 한다.

"와줘서 고마워, 슐로모. 우린 특별수행단에 대한 정보가 거의 없어."

"오래는 못 있어요, 슈물레스키."

젊은 남자는 손을 막 휘저어댄다. 루디는 그걸 보고 슐로모가 아마 라틴계가 아닐까 추측한다. 루디의 짐작이 맞았다. 슐로모는 테살로니키에서 온 이탈리아계 유대인이다.

"가스실에서 무슨 일이 벌어지고 있는지 잘 모르겠어."

"오늘 아침 제2화장터로만 300명이 더 들어갔어요. 대부분 여자들이랑 애들이었고요." 슐로모는 말을 멈추고 그들을 쳐다본다. 이 일을 과연 이들에게 설명할 수 있을지가 슐로모는 의문이다. 그는 공중에 팔을 흔들어보지만 하늘은 대답의 기색이 없다. "여자애가 하나 있었는데 걔 엄마가 아기를 안고 있어서 내가 걔 신발을 벗겨줘야 했어요. 가스실에 알몸으로 들어가니까. 애 신발을 벗기고 있는데 애가 자꾸 나한테 혀를 내밀면서 장난을 치는 거예요. 네 살도 안 됐을걸요?"

"전혀 짐작도 못 하고?"

"신이시여, 용서하십시오…… 3일 동안 화물열차를 타고 이제 막 내린 지 얼마 안 된 사람들이었어요. 정신도 없고 겁나고, 뭐 그런 상태죠. 기관총을 든 친위대원 하나가 이 사람들한테 이제 씻으러 갈 거다, 이러면 이 사람들은 그 말을 믿는 거예요. 달리 딱히 무슨 생각이 있겠어요? 옷걸이에 옷을 걸라고 시키면서 이 친위대원이 이러는 거죠, 나중에 옷을 찾아 입으려면 옷걸이 번호를 기억해라. 그렇게 해서 다시 돌아올 거라고 믿게 만드는 거예요. 심지어는 신발 안 잃어버리게 신발끈을 묶어두라고까지 한다니까요. 그러면 나중에 신발을 수거하기가 쉽거든요. 그건 일명 '캐나다'라고 부르는 막사로 가져가고요. 독일 본국으로 보낼 제일 상태 좋은 옷가지들을 거기서 골라내는 작업을 해요. 독일놈들은 뭐 하나 낭비하는 법이 없으니까."

"그 사람들한테 미리 얘기 못 해줍니까?" 루디가 끼어든다.

루디는 자신을 향한 슈물레스키의 매서운 눈초리가 느껴진다. 루디는 여기서 누구 편을 들거나 의견을 제시할 권리가 없다. 그러나 슐로모는 마치 지금 자기 입에서 나오는 모든 말에 용서를 구하기라도 하듯, 그렇게 고통스러워하며 루디의 질문에 답한다.

"신이시여, 용서하소서. 아니요, 얘기 안 해줍니다. 해준다 한들 아이 둘 딸린 애엄마가 뭘 어쩌게요? 무장한 나치한테 달려들어요? 그러면 이 나치들은 애들 앞에서 엄마를 때리겠죠. 맞아서 쓰러지면 발로 찰 거고요. 이미 그러고 있습니다. 누가 질문을 한다, 그러면 나치는 개머리판으로 질문한 사람 이를 부숴버려서 입을 못 열게 만들어요. 그럼 뭘 묻는 사람이 다시는 없겠죠. 다들 딴 데만 보고. 누구든 토를 다는 걸 나치가 가만 놔두지 않을 겁니다. 한번은 멀끔한 차림에 당당한 할머니가 있었는데, 예닐곱 살 정도 된 손자 손을 잡고 있었어요. 그 할머니는 알

앞어요. 어떻게인진 모르지만 하여간 우리가 죽는구나 하는 걸 알았어요. 그 할머니는 나치 발밑에 몸을 던져가며 난 죽어도 우리 손자는 살려달라, 무릎을 꿇고 빌었습니다. 그 나치가 어떻게 했게요? 바지를 벗더니 성기를 꺼내 잡고 할머니한테 소변을 갈겼어요. 그 할머니는 모욕만 당하고 자기 자리로 돌아갔습니다. 오늘은 아주 우아한 여자가 한 명 왔어요. 딱 봐도 좋은 가문 출신이었죠. 옷 벗는 걸 부끄러워하더라고요. 그래서 내가 그 여자 앞에 등을 보이고 서서 여자를 가려줬어요. 그다음엔 우리 앞에서 알몸을 보인 게 또 부끄러워서 딸을 앞에 세우더라고요. 그래도 다정하게 웃어 보이면서 나한테 감사 인사를 했죠…….”

슐로모가 잠시 이야기를 멈추자, 나머지 사람들은 그의 침묵을 존중해준다. 심지어는 눈앞에 알몸으로 딸을 안고 있는 여자가 있기라도 한 듯이, 행여 그 모습을 불경하게 쳐다보지 않으려고 애라도 쓰는 양 시선을 아래로 떨구기까지 한다.

“그 모녀는 다른 사람들과 함께 가스실로 들어갔습니다. 신이시여, 용서하소서. 나치는 그냥 막 사람들을 몰아넣거든요. 원래 수용인원보다 더 많이 막 밀어 넣어요. 건장한 남자들이 있다, 그러면 그 사람들을 빼냈다가 주먹질을 하면서 마지막으로 밀어 넣는 거예요. 그러면 그 남자들이 이미 들어가 있는 사람들을 밀면서 자기들이 들어갈 공간을 더 확보하는 거죠. 그럼 그때 문을 닫습니다. 샤워기가 보이니까 수용자들은 의심도 안 하고 이제 씻는구나 해요.”

“그다음엔?” 슈물레스키가 묻는다.

“샤워실 뚜껑을 열고 나치 하나가 치클론 가스 한 통을 집어 던져요. 그리고 한 15분쯤 기다려요. 어쩌면 15분도 안 걸릴지도 모르겠어요…… 그러곤 뭐, 조용해지죠."

"그 사람들 고통스러워하나?"

한숨에 이어 시선은 하늘을 향할 뿐이다.

"신이시여, 제발 용서하소서. 진짜 상상도 못 해요. 가스실에 딱 들어가면 시체들이 서로 얽혀서 산처럼 쌓여 있어요. 짓눌려서 질식사한 사람도 꽤나 있을 겁니다. 독가스를 마시면 끔찍한 신체 반응이 나타나나 봐요. 숨을 못 쉬고 경련이 나고 뭐 그런 거요. 배설물이 시체들을 뒤덮고 있죠. 눈은 툭 튀어나와 있고 시체에서 피가 나오는데 무슨, 장기가 다 폭발해버린 것 같아요. 손은 막 다 뒤틀려 있고, 아마 발악하느라 다른 시체들까지 팔이 막 꼬여 있고, 숨을 쉬려고 다들 목을 빼는지 목들은 또 부러질 것처럼 솟아 있고요."

"그래서 자네가 하는 일은 뭐야?"

"저는 주로 긴머리나 땋은 머리를 잘라내는 일을 해요. 그러면 트럭이 와서 수거해갑니다. 딱히 힘이 많이 드는 일은 아니라서 다른 사람들이랑 번갈아가며 금니 뽑는 일도 합니다. 지하실에서 화장터로 시체를 보내게끔 화물 엘리베이터로 시체 옮기는 일도 하고요. 시체들 끌어내는 일은 끔찍합니다. 엉겨 붙은 시체들을 일단 떼내기부터 해야 하는데, 피는 물론이고 정체도 모를 것들이 잔뜩 묻은 팔들이 아수라장처럼 막 서로 얽혀 있어요. 손을 잡고 시체를 끌어내면 젖어 있어요. 내 손까지 이제 막 미끌미끌해져서 뭐 아무것도 잡을 수가 없는 겁니다. 막판에는 노인들 지팡이로 시체 목을 걸어서 끌어내요. 그게 제일 나은 방법이에요. 그러면 위에서는 시체를 태우고요."

"그래서 하루에 몇 명이나 죽이는 거지?"

"모르죠. 주간근무, 야간근무가 있어요. 쉬는 때가 없어요. 우리 화장장에서만 최소 한 번에 이삼백 명입니다. 하루에 한 번만 하는 날도 있고, 어떤 날은 두 번 할 때도 있어요. 화장장에서 시체가 다 처리 안 되는 날도 있는데, 그땐 시체들을 숲속 공터에 버리고 오라는 명령이 떨어져요. 그럼 우리는 작은 트럭에 시체를 싣고 가서 또 시체를 옮기죠."

"그런 다음에 땅에 묻나?"

"그럼 노동력이 엄청 드는데요! 그걸 원하겠습니까? 신이시여, 용서하십시오. 시체 위로 휘발유를 뿌리고 불을 붙입니다. 그런 다음 재를 삽으로 퍼서 트럭에 실어요. 아마 비료로 쓰는 모양입니다. 엉덩이뼈는 너무 커서 완전히 재가 되지 않으니까 우리가 직접 부숴요."

"세상에." 루디가 속삭이듯 탄식한다.

"이제 다들 알고 있겠지만, 이게 아우슈비츠 비르케나우지." 슈물레스키는 단호하게 말한다.

이들이 암울한 이야기를 나누는 사이 디타는 건너 건너 캠프의 두 번째 변소 구역 옆 22번 막사에 와 있다. 디타는 주위를 살핀다. 나치 대원이라든가 다른 수상한 사람은 보이지 않지만 그럼에도 디타는 누군가 보고 있단 불쾌한 느낌을 떨쳐버릴 수가 없다. 그러나 디타는 막사 안으로 들어간다.

아침 점호 후 디타는 나이 지긋한 아주머니 하나가 철조망 울타리 가까이에서 서성이고 있는 것을 보았다. 철조망 가까이 가는 건 금지돼 있었다. 디타가 '비르케나우 라디오'라고 별명을 붙인 투르노브스카 부인이 디타의 어머니에게 해준 얘기로는 저 여자가 재봉사고, 그래서 나치가 어느 정도 편의를 봐준다고 했다. 여자는—슬로바키아 남부 두딘체 출신이라 다들 '두딘체'라고 불렀다—울타리 근처에서 부서진 철조망 조각을 찾아 돌로 간 다음 재봉용 바늘을 만든다.

사서 일을 계속하기로 결심한 디타는 자신의 임무를 더 안전하게 수행할 방법을 찾아야 한다. 마지막 점호와 통금 사이의 시간, 아무도 막사를 떠나서는 안 되는 그 시간이 바로 협상과 거래의 시간, 두딘체가 고객을 만나는 시간이다. 두딘체는 폴란드에서 자기만큼 싸게 옷을 고쳐주는 사람은 없다고 한다. 재킷 기장 줄이는 데 배급빵 반 개, 바지 허리 수선에 담배 두 개비, 찢어진 옷 수선에 배급빵 한 개, 이런 식이니 말이다.

두딘체는 곧 떨어질 듯 말 듯 입에 담배를 물고 자기 침대에 앉아 눈대중으로 표시한 줄자를 가지고 옷감 길이를 재고 있다. 누군가 불빛을 가려 고개를 들어보니 머리는 부스스하고 웬 삐쩍 마른 십대 소녀가 심각한 표정으로 서 있다.

"윗도리 안쪽으로 주머니 두 개만 만들어주세요. 겨드랑이 아래 양쪽 솔기에 붙여서요. 튼튼하게 만들어주세요."

두딘체는 손가락 끝으로 꽁초를 쥐고 크게 담배 한 모금을 들이마신다.

"그래, 옷 안쪽으로 큰 주머니 두 개를 만들어달라고? 그렇게 비밀주머니를 만들어서 어디다 쓸 건데?"

"비밀주머니라고 한 적 없는데요……."

디타는 과장되게 웃어 보이며 맹한 척 연기를 한다. 두딘체는 그런 디타에게 눈썹을 들어올린다.

디타는 두딘체를 찾아온 것이 후회되기 시작한다. 수프 한 그

룻, 담배 한 팩에 동료 수용자들을 팔아넘기는 밀고자들 얘기가 캠프 안에 무성하다. 그리고 이 재봉사는 몰락한 뱀파이어 같은 분위기를 풍기며 담배를 태우고 있다. 디타는 저 혼자 조용히 두 딘체에게 '꽁초 백작부인'이라는 별명을 붙인다.

그러나 동시에 이 재봉사가 남의 정보를 얼마든지 이용해먹을 수 있다면 굳이 희미한 막사 불빛 아래 오후 내내 바느질을 하고 앉아 있을 필요가 없을 텐데, 하는 생각이 든다. 디타는 두 딘체에게 왠지 믿음이 간다.

아니다, '누비질 백작부인'이 더 잘 어울린다.

"뭐, 어찌보면 비밀이기도 하죠. 그냥 돌아가신 할머니가 생각 날 때마다 꺼내볼 만한 것들을 갖고 다니려고요."

디타는 다시 순진한 어린 소녀 연기를 한다.

"애야, 이 아줌마가 충고 하나 해주마. 충고 값은 안 받을게." 재봉사가 말한다. "거짓말 그렇게 할 거면 그냥 지금부터는 사실 대로 말하렴."

두딘체는 또다시 담배를 깊이 한 모금 들이마신다. 얼마나 깊이 들이마시는지 담뱃불이 노랗게 물든 손가락까지 닿을 것 같다. 디타는 얼굴을 붉히며 시선을 떨군다. 두딘체는 이제 말썽쟁이 손녀를 바라보는 할머니 같은 표정으로 웃는다.

"애야, 네가 주머니에 뭘 넣으려고 그러는지 나는 관심도 없어. 총일 수도 있겠지? 하지만 내 알 바 아니야. 차라리 총이라서 그걸로 네가 나쁜 놈들을 쏴버리면 좋겠다." 두딘체는 검은 침을 뱉으며 말한다. "그럼 내가 왜 묻느냐? 네가 숨기고 싶은 게 뭐든 무게가 좀 나가는 것 같고, 무게가 좀 나가는 거면 옷 모양이 달라지면서 눈에 확 띌 거라 그런다. 그럼 나는 주머니가 무게를 지탱

할 수 있게 옆 솔기에 주름을 더해서 튼튼하게 만들어야 하니까."

"무거워요. 아쉽게 총은 아니고요."

"그래, 알았다. 나는 관심도 없고, 더는 알고 싶지도 않아. 작업이 좀 복잡할 것 같은데, 다른 부자재 뭐 들고 온 거 있니? 그래, 당연히 없겠지. 뭐, 이 두딘체 이모가 갖고 있는 자재가 좀 있으니까 그건 됐다. 재봉값은 빵 반 개에 마가린 한 조각, 추가 재료 값은 빵 반의 반 개다."

"알겠어요." 디타는 대답한다.

재봉사가 놀라서 디타를 쳐다본다. 디타가 총을 숨기려나 생각하던 그때보다도 더 놀란 표정이다.

"흥정 안 하고 그 값 다 쳐줄 거야?"

"네. 아줌마는 일을 해주시는 거고 저는 마땅한 대가를 지불해야 하니까요."

두딘체는 막 웃다가 기침을 하더니 한쪽으로 침을 뱉는다.

"어린것들이란! 네가 인생을 알아? 잘생긴 너희 그 선생이 그렇게 가르치디? 뭐, 어쨌든 품위 좀 지켜서 나쁠 거야 없지. 얘야, 마가린은 됐다. 노란 기름덩이 따위 진절머리난다. 그냥 빵 반 덩이만 받자. 부자재는 별거 아니니 무료로 해주마."

'누비질 백작부인'을 만나고 나설 때쯤엔 이미 밤이라 디타는 얼른 자기 막사로 향한다. 이 밤중에는 아무도 우연히 마주치고 싶지 않다. 그러나 어디선가 나온 손이 디타의 팔을 잡는다. 디타의 입에서 날카로운 비명이 새나온다.

"나야, 마깃!"

놀란 마깃의 얼굴을 확인하고 그제야 디타는 비로소 한숨을 내쉰다.

"깜짝 놀랐네! 근데 표정이 어둡다? 무슨 일 있었어?"

멩겔레 이야기를 할 수 있는 상대는 마깃뿐이다.

"다 그 망할 놈의 박사 때문이야……." 심지어는 멩겔레의 별명조차 떠오르지 않는다. 디타는 멩겔레를 떠올릴 때마다 머릿속이 깜깜해진다. "협박받았어."

"누가 널 협박해?"

"멩겔레."

마깃은 마치 악마의 이름이라도 들은 양 기겁하며 손으로 입을 틀어막는다. 뭐, 사실이었다.

"앞으로 날 지켜보겠대. 내가 무슨 이상한 짓이라도 하면 바로 도살장 송아지처럼 내 배를 갈라버리겠대."

"너무 무섭다. 세상에! 디타, 너 조심해!"

"어떻게 하지?"

"무지무지 조심해야지."

"이미 그러고 있어."

"어제 우리 막사에서 옆자리 사람들이랑 이야기하는데 끔찍한 소릴 들었어!"

"뭔데?"

"엄마랑 다른 분들이랑 이야기하실 때 엿들은 건데, 멩겔레가 악마를 숭배하고 밤마다 검은 촛불을 들고 숲에 간대."

"말도 안 돼!"

"정말 그렇게 얘기했다니까. 카포한테 들었대. 카포 말로는 나치 윗사람들이 그런 걸 인정한다나 봐. 그 사람들은 종교가 없대."

"떠도는 소문이야 무슨 말을 못 하겠어."

"그런 건 이교도들이 하는 건데. 사탄 숭배."

"뭐, 신께서 우릴 살펴주시겠지…… 아마도?"

"무슨 소리야! 너 그러면 안 돼! 당연히 신께서 우릴 보살피고 계시지."

"글쎄, 여기서는 딱히 우릴 보살피신단 생각이 안 드는데."

"신의 가르침 중에 우리가 자기 스스로를 돌봐야 한다는 것도 있지."

"그건 이미 하고 있어."

"그자는 악마야. 마취도 안 하고 임산부 배를 가른대. 태아에도 메스를 대고 말야. 질병이 어떻게 진행되는지 보려고 건강한 사람들한테 티푸스균을 넣은 사람이야. 방사능에 타 죽을 때까지 폴란드 수녀들을 엑스레이에 노출시킨 사람이라고. 쌍둥이 남매끼리 성교를 시켜서 또 쌍둥이가 나오는지 같은 실험도 했대. 너무 역겨워! 멩겔레가 피부이식 수술을 집도했더니 환자들이 괴저로 죽었대……."

공포의 멩겔레 실험실을 상상하며 두 사람은 입을 다물었다.

"너 정말 조심해야 해, 디타."

"아까도 말했지만 이미 그러고 있다니까!"

"더 조심해."

"우린 지금 아우슈비츠에 있어. 뭘 더 어떻게 해? 생명보험이라도 들어?"

"멩겔레 말을 좀 더 진지하게 들어야지! 기도해, 디타."

"언니……."

"왜?"

"꼭 우리 엄마처럼 말한다."

"그게 뭐 잘못됐어?"

"나도 모르겠다."

두 사람은 디타가 다시 입을 열 때까지 말이 없다.

"언니, 우리 엄마는 절대 알면 안 돼. 정말로! 얼마나 걱정을 하실 거며, 아마 잠도 못 주무실걸. 그리고 엄마가 걱정하기 시작하면 나도 초조해질 거고."

"아버지는?"

"아빠는 건강이 안 좋으셔. 말씀은 괜찮다 하시는데…… 아빠도 걱정시키고 싶지 않아."

"절대 아무 말 안 할게."

"알아."

"하지만 내가 보기엔 어머니께 말씀을 드려야……."

"언니!"

"알았어, 알았다고. 네 결정이니까."

디타는 미소를 짓는다. 마깃은 디타에게 큰언니 같은 존재다.

막사로 돌아가는 길, 진흙이 얼어붙어 신발이 닿을 때마다 소리가 난다. 디타는 누군가 뒤에서 자신을 지켜보고 있는 듯한 느낌을 받는다. 그러나 뒤를 돌아보면 저 멀리 거의 비현실적이거나 악몽에 가까운 화장장의 불그스름한 불빛만 보일 뿐이다. 디타는 무사히 막사에 도착해 어머니에게 인사한 후 짝의 커다란 발 옆에 몸을 웅크리고 눕는다. 왠지 짝이 디타에게 공간을 좀 더 넓게 주려고 다리를 움직인 것도 같은데, 정작 짝은 잘 자라는 디타의 인사에도 대꾸가 없다. 쉽게 잠이 오지 않을 것을 알지만 디타는 두 눈을 더더욱 꼭 감는다. 기어이 잠을 자겠다고 눈을 꼭 감은 덕에 결국 디타는 잠이 든다.

점호가 끝나자마자 디타는 프레디 허쉬의 방으로 찾아간다. 똑똑똑, 천천히 또렷하게 세 번 노크를 해서 사서라는 신호를 보내자 허쉬가 문을 연다. 디타가 얼른 방 안으로 들어오자마자 허쉬는 문을 닫는다. 그는 딱 책 두 권을 꺼낼 수 있을 정도로만 작은 비밀 서가의 문을 연다. 오늘 필요한 책은 두 권이다. 기하학 책, 그리고 H. G. 웰스의 『세계사 산책』.

허쉬는 책을 숨기기 위한 디타의 아이디어를 반가워하며 동의하지만, 그래봐야 네 권까지밖에 안 된다. 디타의 비밀 호주머니에 한 번에 숨길 수 있는 책이 네 권이었다. 얇은 캔버스천으로 된 호주머니는 허리춤에 서로 묶여 있어 이리저리 움직이지 않았다.

디타는 호주머니 속에 책을 넣기 위해 상의 단추를 몇 개 푼다. 프레디가 보고 있어 디타는 잠시 주춤한다. 정숙한 여자는 남자 방에서 마음대로 행동해서는, 특히나 그 앞에서 상의 단추를 열어서는 안 된다. 어머니가 이 사실을 아시면 그야말로 큰일이다. 그러나 시간이 없다. 디타가 상의 단추를 풀자 그녀의 작은 젖가슴이 드러난다. 프레디는 눈치를 채고 바로 문 쪽으로 시선을 돌린다. 디타는 얼굴이 달아오르지만 자신감이 생기기도 했다. 이제 디타도 더는 어린아이가 아니다.

디타는 맨손으로 프레디의 방을 나온다. 책 두 권은 옷 속에 완벽하게 숨겼다. 디타가 프레디 방에 들어갔다 나오는 장면을 누가 봤다고 해도 디타가 그 방에서 무언가 가지고 나왔다고 생각하진 않을 것이다. 점호가 끝나고 어수선한 틈을 타 디타는 막사 뒤편으로 간다. 디타는 장작더미 뒤에 숨어서 호주머니에 숨긴 책을 꺼낸다. 다른 사람들은 이 책들이 어디서 온 건지 전혀 알지 못한다. 아이들은 마치 마술사의 신기한 트릭을 봤을 때처럼 놀란 표정과 웃음을 지어 보인다.

수학책을 신청한 건 아비 피셔인데, 그의 반 아이들이 학교에서 가장 나이가 많다. 디타는 자신이 남의 눈에 띄지 않는 그냥 평범한 소녀라고 생각한다. 그래서 사서 일을 시작했을 때도 교사에게 책을 건넨다 한들 아무도 자신에겐 별다른 관심이 없을 거라고 생각했다. 그림자처럼 그냥 무리 속에 자연히 젖어들 거라고 말이다. 그러나 디타의 생각은 틀렸다.

디타가 나타나면 제일 말 안 듣는 아이들조차 본능과 호기심에 디타를 쳐다본다. 교사는 책을 받아들고 경건하게 책장을 펼친다.

평범한 학교에 다닐 때는 많은 아이들이 책을 싫어했다. 책이란 곧 지루한 수업이며 숙제와 같은 것이었고, 밖에 나가 놀지 못한단 뜻이었다. 그러나 여기서 책은 무슨 자석과도 같다. 아이들은 책에 자동으로 끌린다.

심지어 빨간머리 주근깨 소년 가브리엘, 이 말썽꾸러기마저 디타에게 관심을 보인다. 가브리엘은 늘 수업 중에 동물 소리를 내거나 여자아이들 머리를 잡아당기거나 장난칠 궁리를 한다. 그런 가브리엘마저도 홀린 듯이 책을 쳐다본다.

디타가 두 번째 책을 전달할 때쯤 다른 교사들도 책이 필요하다는 신호를 보낸다. 디타는 부구역장인 세플 리히텐스턴과 걸어가며 이 새로운 관심사에 대해 이야기한다.

"무슨 일인지 모르겠어요. 갑자기 다들 책이 필요하대요."

"사서가 생겼단 걸 다들 알게 된 거지."

디타는 칭찬과 책임감에 어쩔 줄 모르며 웃음을 지어 보인다.

이제 다들 그녀에게 거는 기대가 크다.

"셰플, 아이디어가 하나 있어요. 옷 속 호주머니에 책을 숨기는 거, 프레디에게 들으셨어요?"

"응, 프레디가 정말 좋은 아이디어라고 생각하더라."

"뭐, 그렇게 하면 자주는 아니겠지만 그래도 갑자기 검열을 나온다고 할 때 책을 숨기기가 더 쉬울 거예요. 제가 아이디어라고 하는 건, 다른 보조교사들 가운데 자원을 받아서 그 사람 옷에도 제 것처럼 비밀 호주머니를 두 개 더 만들잔 거예요. 그러면 진짜 도서관처럼 될 거예요."

리히텐스턴이 디타를 쳐다본다. "무슨 소린지 정확히 이해를 못 하겠는데……."

"오전 수업 중에는 굴뚝 위에 책을 놔둘 거예요. 그러면 수업이 바뀔 때마다 교사들이 직접 와서 책을 받아갈 수도 있을 거고요. 필요하면 심지어 책을 두 권도 가져갈 수 있겠죠. 검열이 있으면 옷 안쪽 호주머니에 책을 숨기면 되고요."

"책들을 굴뚝 위에 둔다고? 그건 너무 무모해. 안 돼."

"프레디는 뭐라고 할 것 같으세요?"

디타가 저토록 순진무구하게 물으니 부구역장은 머리끝까지 화가 난다. 이 녀석이 지금 자신의 권위를 무시하는 건가?

"구역장과 이야기는 해보겠다만 네가 그 생각을 포기할 수도 있겠지. 난 프레디를 알아."

리히텐스턴은 틀렸다. 아무도 다른 사람을 안다고 할 수 없다. 이곳에서는.

6

캠프에서 시계를 찬 사람은 리히텐스턴뿐이다. 그는 매일 아침 아주 얇은 금속 대접으로 만든 징을 울린다. 징 소리가 요란하게 울리면 수업이 끝났다는 뜻이다. 수프를 먹을 시간이다. 하지만 음식을 먹기 전 아이들은 먼저 일렬로 서서 화장실에 가 손을 씻어야 한다.

디타는 모겐스턴 교수가 있는 쪽으로 걸어가 H. G. 웰스의 책을 회수한다. 교수는 웰스의 책으로 학생들에게 로마 제국의 멸망에 대해 수업을 했다. 교수는 바짝 자른 짧은 흰머리, 면도를 못 해 까끌까끌하게 자란 흰수염, 철사 조각 같은 흰눈썹 때문에 꼭 허름한 산타클로스 같기도 하다. 재킷은 낡아서 어깨솔기 부분이 곧 떨어질 듯하고 단추는 이미 다 떨어졌다. 그럼에도 교수는 볼품없어 보이지 않는다. 그의 걸음걸이에는 왕족의 위엄 같은 데가 있는데, 그런 모습이 아주 어린 꼬맹이들한테까지 신사 숙녀 대접을 하면서 약간 지나치다 싶을 정도로 정중하게 예의를 차리는 교수의 평소 습관과 잘 어울린다.

디타는 어설픈 모겐스턴 교수가 자칫 책을 떨어뜨리기라도 할까봐 두 손으로 책을 받아든다. 검열 때 모겐스턴 교수의 그 소란 덕분에 디타는 신부님의 눈을 피할 수 있었고, 그 이후 디타는 교수에게 특별한 호기심을 갖게 됐다. 그리하여 오후 시간이면 가끔씩 디타는 모겐스턴 교수와 이야기를 하러 그를 찾아간다. 디타가 다가오는 것을 보면 교수는 언제나 서둘러 자리에서 일어난 다음 그녀에게 아주 깍듯이 고개 숙여 인사를 한다. 교수는 아무런 신호 없이 돌연 대화를 시작하는데 디타는 그 점이 즐겁다.

"눈과 눈썹 사이의 거리가 얼마나 중요한지 알고 있습니까?" 교수는 흥미롭다는 듯이 질문을 던진다. "그 거리가 너무 멀지도, 가깝지도 않고 딱 이상적인 사람을 찾기란 참 어렵습니다."

교수가 입을 열면 별 희한한 주제에 대해 열정적으로 이야기를 하기도 하지만, 때때로 또 갑자기 입을 다물고 천장이나 허공을 멍하니 올려다볼 때도 있다. 누가 교수에게 말을 걸어오기라도 하면 그는 잠시만 기다려달라는 손짓을 해 보인다.

"지금 뇌 속에서 바퀴가 돌아가는 소리를 듣고 있습니다." 교수는 아주 심각하게 말한다.

하루 일과가 끝나고 나면 교사들끼리 함께 모여 이야기를 나누지만 교수는 그 대화에 끼지 않는다. 딱히 다른 교사들도 그를 반기지 않을 것이다. 대부분 교사들은 그가 제정신이 아니라고 생각한다. 오후에 교수네 반 아이들이 막사 뒤편에서 다른 반 아이들과 놀고 있으면 그는 대부분 혼자 앉아 있다. 그는 이제 글씨를 더 쓸 자리가 없어 버려진 종잇조각으로 새를 접는다.

이날 오후 디타가 교수를 찾아갔을 때도 교수는 종잇조각 하나를 접다 말고 부랴부랴 일어서서 고개를 살짝 숙이며 디타에게 인사한다. 그는 금이 간 렌즈 너머로 그녀를 쳐다본다.

"사서 아가씨…… 영광입니다."

교수의 인사를 받으면 어른 대접을 받는 것 같아 기분이 좋아지다가도 갑자기 이상한 생각이 든다. 잠시 디타는 교수가 자기를 놀리는 건가 싶지만, 곧바로 그럴 가능성은 제외한다. 교수의 눈빛은 친절하다. 그는 디타에게 건물에 대해 이야기한다. 전쟁 전 교수는 건축가였다. 디타가, 지금도 당신은 건축가고 앞으로도 건물을 지을 거라고 말하자 교수는 미소 짓는다.

"나는 이제 뭔가를 일으킬 힘이 없답니다. 심지어 이 낮은 벤치에서 내 몸을 일으킬 힘도 없지요."

교수는 이곳 아우슈비츠에 들어오기 몇 년 전부터 이미 유대인이라는 이유로 일을 하기도 어려웠다고, 그리고 이제는 기억력도 점점 나빠지기 시작한다고 얘기한다.

어떨 땐 디타에게 책을 한 권 부탁해서 받아다 놓곤 다른 이야기를 하다가 책을 받아온 사실 자체도 깡그리 잊어버리는 적이 있다고 모겐스턴 교수는 고백한다.

"그럼 책을 왜 가져다 달라고 하시는 거예요?" 디타는 책망하듯 묻는다. "책이 많지 않다는 거, 그냥 갑자기 내키는 대로 빌려 달라고 하실 수 없다는 거 아시잖아요?"

"맞습니다, 아들러 양. 아들러 양 말이 전적으로 맞아요. 아들러 양에게 용서를 구합니다. 내가 이기적이고 변덕스러운 노인네라 그래요."

그러곤 교수는 말을 멈춘다. 교수가 정말 괴로워하는 것 같아서 디타는 달리 뭐라 말을 해야 좋을지 모르겠다. 이어 교수가 갑자기 별 이유 없이 미소를 짓고는 낮은 목소리로 비밀이라도 되는 것처럼 이야기한다. 무릎에 책을 올려놓고 아이들에게 유럽의 역사라든가 유대인 대이동이라든가 이야기를 해주면 자신이 진짜 선생님이 된 기분이라고 말이다.

"책을 갖고 있으면 아이들이 나한테 집중을 하지요. 정신 나간 할아버지 말은 별로 안 듣지만 책에 나오는 얘기는…… 그건 다른 문제니까요. 책에는 페이지마다 저자의 지혜가 담겨 있어요. 책은 그 기억들을 절대 잊어버리지 않습니다."

그러더니 뭔가 아주 신비한 비밀이라도 밝히는 것처럼 교수는 디타 가까이 얼굴을 들이민다. 디타는 그의 지저분한 흰수염과 작은 눈을 볼 수 있다.

"아들러 양…… 책은 모든 것을 알고 있답니다."

디타는 교수가 종이접기에 집중할 수 있게 자리를 비켜준다. 아마도 교수는 물개를 접고 있는 것 같다. 이 할아버지가 나사 몇 개쯤 풀린 것 같기는 한데, 그럼에도 불구하고 그의 말은 일리가 있다.

리히텐스턴이 손짓으로 디타를 부른다. 어딘가 짜증이 난 얼굴이다. 담배가 떨어졌을 때도 딱 저런 표정이다.

"구역장이 네 아이디어 좋다고 하네."

리히텐스턴은 디타의 얼굴에 혹시 승리의 기운이라도 어른대진 않는지 유심히 살피지만, 디타의 표정은 심각하고 진지하다. 맘속으로야 몰래 아주 기뻐하고는 있지만 말이다.

"허락이 떨어졌으니 그대로 진행해. 하지만 검열을 나온단 신호가 있으면 가장 먼저 책부터 숨겨야 해. 그건 네 책임이다."

디타는 동의의 의미로 고개를 끄덕여 보인다.

"한 가지, 이것만은 나도 양보 못 해." 리히텐스턴은 마치 이 덕분에 상처 입은 자존심을 회복하기라도 한 듯 보다 활기찬 말투다. "검열을 나올 때마다 프레디는 자기가 속주머니를 단 옷을 입고 있겠다고 하는데, 내가 말도 안 된다고 했다. 나치 대원들을 맞아서 그 바로 옆에 서 있을 사람이 뭔가 미심쩍은 걸 들고 있으면 안 되지. 그래서 너에게 매일 다른 보조교사를 붙여주기로 했다."

"완벽해요, 세플! 곧바로 도서관을 열 수 있겠네요!"

"이 책 프로젝트는 완전히 미친 짓이라고 봐." 그러더니 리히텐스턴은 고개를 떨구며 한숨을 내쉰다. "하지만 이곳에서 미치지 않은 게 뭐 있겠니?"

디타는 즐거운 마음으로 막사를 나서지만 앞으로 어떻게 일을 다 진행할 것인지를 생각하자니 긴장도 된다. 밖에서 자신을 기다리고 있던 마깃과 마주쳤을 때도 디타는 한참 생각에 여념이 없었다. 바로 그때 어떤 남자가 임시 병원 막사에서 수레를 끌며 나온다. 수레 안에는 캔버스천 하나만 덮은 시체가 누워 있다. 이런 광경은 너무나 일상이라 이제는 의식조차 하는 사람도 드물다. 디타와 마깃은 말없이 걷다가 마깃의 친구 르네를 마주친다. 르네는 하수구 도랑에서 하루 종일 일하고 오느라 옷에는 진흙이 잔뜩 묻어 있고 눈밑은 툭 불거져 마깃보다 어린데도 나이가 더 들어 보인다.

"르네, 넌 일 배정 쪽으로는 진짜 운이 없네!"

"악운이 계속 나한테 붙어다니고 있어……." 르네는 수수께끼 같은 말로 마깃과 디타의 관심을 끈다.

르네는 막사 사이의 골목으로 자신을 따라오라고 손짓한다. 세 사람은 어느 막사 뒤편으로 마땅한 장소를 한 군데 찾는다. 몇 미터 떨어진 곳에 남자들이 몇 명 모여 있는데, 주변을 살피면서 속닥속닥하는 걸 보니 정치 이야기들을 하는 모양이다. 세 사람은 서로 딱 붙어서서 온기를 나눈다. 그제야 르네가 이야기를 시작한다.

"나치 한 명이 나를 자꾸 지켜봐."

디타와 마깃은 아리송한 표정을 주고받는다. 어떻게 반응해야 할지 모르겠는 마깃과 달리 디타는 장난기가 발동한다.

"르네, 그러라고 나치한테 월급 주는 거야. 수용자들 지켜보라고."

"하지만 이 사람은 나를 보는 눈빛이 좀 달라…… 빤히 쳐다본단 말이야. 점호가 끝나고 내가 대열에서 나올 때까지 기다리고 있다가 내가 움직이면 눈으로 날 계속 쫓고 있는 게 다 느껴진다니까. 오후 인원수 점검 때도 또 그러고."

디타는 자백이 좀 심한 거 아니냐고 놀리려다가 르네가 진심으로 심각하게 걱정하는 모습을 보고 입을 다문다.

"처음에는 그 정도로 노골적이진 않았는데, 오늘 오후 캠프 순찰 때는 중앙로 한가운데서부터 우회를 해서 우리가 일하는 도랑까지 왔었다니까. 겁이 나서 돌아볼 엄두도 안 났지만 그 사람이 아주 가까이 있단 건 안 봐도 느껴졌어. 그러다가 그 사람은 가버렸고."

"도랑 공사 상황을 점검하러 왔을 수도 있잖아."

"하지만 곧장 중앙로로 돌아간 데다 순찰 마지막까지 한 번도 다른 곳으로는 우회를 한 적이 없어. 마치 나만 한번 확인하려고 그런 것 같았다니까."

"늘 같은 나치인 거 확실해?"

"응, 키가 작아서 금방 눈에 띄어." 르네는 두 손으로 얼굴을 감싼다. "무서워."

"너무 유난스러운 거 아니야?" 르네가 떠나고 디타는 약간 무시하는 말투로 이야기한다.

"르네는 겁이 나는 거야. 나도 그런걸. 넌 안 무서워, 디타? 너야말로 지금 제일 겁을 먹어야 할 사람인데 우리 중에 네가 제일 멀쩡한 것 같아."

"무슨 소리야! 당연히 나도 무섭지. 난 그냥 그 사실을 떠벌리고 다니지 않는 것뿐이야."

"속마음을 털어놔야 할 때도 있는 법이야."

마깃과 디타는 잠시 아무 말 없이 있다가 작별인사를 나눈다. 디타는 중앙로로 돌아간다. 눈이 막 내리기 시작했고 모두들 막사로 서둘러 돌아가고 있다. 막사 안은 세균의 온상이지만 최소한 막사 안은 그렇게까지 춥진 않다. 저 멀리 디타가 잠을 자는 16번 막사의 문이 보인다. 평소에는 막사 문간에 사람들이 무리지어 있는데 오늘은 그런 무리가 없다. 부부들은 주로 통금 전 시간을 이용해 가끔씩이나마 얼굴을 본다. 오늘은 왜 나와 있는 사람들이 없는지 디타는 이제 알았다. 푸치니 오페라 「토스카」의 선율이 들린다. 「토스카」는 아버지가 가장 좋아하는 작품 중 하나였기에 디타에겐 익숙한 멜로디다. 휘파람의 멜로디에는 조금도 오차가 없다. 디타가 좀 더 자세히 살펴보자 납작한 모자를 쓴 친위대 장교가 문틀에 기대 서 있는 모습이 어렴풋이 보인다.

"세상에……."

장교는 누군가를 찾는 모양이다. 그러나 아무도 그를 만나고 싶어하지 않는다. 디타는 그 자리에 멈춰선다. 이미 발각된 건 아닌지 모르겠다. 여자 네 명이 디타를 앞질러간다. 그들은 남편들 걱정을 하면서 걸음을 재촉한다. 디타는 두 발짝 걸어가 고개를 숙이고 앞에 가는 여자들 바로 뒤에 딱 붙어 숨는다. 막사 문 앞에 도착하자마자 디타는 여자들을 제치고 막사 안으로 뛰어 들어간다.

디타는 자기 침대가 있는 곳으로 달려가서 얼른 위층으로 뛰어 올라간다. 짝의 존재가 그렇게 반가운 것은 처음이다. 디타는 멩겔레의 눈을 그렇게 하면 피할 수 있을 것처럼 짝의 더러운 발 옆에 웅크린다. 바쁜 발소리나 독일인 장교의 목소리는 전혀 들리지 않는다. 멩겔레가 쫓아오지 않는단 생각이 들자 디타는 순간 안도감을 느낀다.

아무도 멩겔레가 뛰는 모습을 본 적이 없단 사실을 디타는 알지 못한다. '뭐하러 뛰지?' 그게 멩겔레의 사고다. '숨을 곳이 없는데. 수용자들은 통 안의 물고기지.'

어머니는 디타에게 걱정하지 말라고, 아직 통금까지는 시간이 좀 남았다고 말해준다. 디타는 고개를 끄덕이며 거짓 미소까지 지어 보인다.

디타는 어머니에게, 그리고 이어 짝의 발에 대고 잘 자라는 인사를 한다. 짝의 양말에서는 지나치게 숙성된 치즈 같은 고릿한 냄새가 난다. 짝은 아무런 대답이 없고, 디타도 대답을 기대하지 않는다. 멩겔레가 우리 막사 입구에서 뭘 하고 있었을까, 디타는 궁금하다. 만약 날 기다리고 있는 거였다면—멩겔레가 정말로 나치의 눈을 피해 디타가 뭔가를 숨길 수 있다고 생각한다면—

왜 잡아가지 않는 거지? 도저히 모르겠다. 수천 명의 배를 가르고 탐욕 어린 눈으로 그 속을 들여다보는 멩겔레지만 그의 머릿속에 뭐가 들었는지 아는 사람은 아무도 없다. 이제 불이 꺼졌고 마침내 디타는 안전하다는 생각이 든다. 하지만 디타는 실수했음을 깨닫는다.

멩겔레에게 협박받았을 때 디타는 31구역 담당자들에게 말을 해야 할지 말아야 할지 확신이 서지 않았다. 말을 했다면 디타에게 더는 사서 일을 맡도록 하지 않았겠지. 그러나 사람들은 다들 디타가 겁이 나서 일을 관두겠다고 얘기했을 거라 생각할 테고 말이다. 그래서 디타는 도서관이 더 잘 보이게, 도서관을 보다 쉽게 이용할 수 있도록 만들었다. 디타는 더 위험한 쪽을 택했고, 이제는 모두에게 확실하다. 디타 아들러는 나치를 무서워하지 않는다.

'이렇게 하는 게 맞는 걸까?' 디타는 자문한다.

디타가 스스로를 위험에 빠뜨리면 곧 모두를 위험에 빠뜨리는 것이다. 디타가 책을 갖고 있는 게 발각되면 나치는 31구역을 폐쇄해버릴 것이다. 500명의 아이들에게는 평범한 일상이라는 그런 꿈도 그대로 끝이다. 용감해 보이고 싶다는 어리석은 바람 때문에 제대로 된 판단을 내리지 못한 것이다.

디타는 눈을 뜬다. 어둠 속에서도 더러운 양말의 형체가 보인다. 얇은 캔버스천 속주머니에 진실을 숨길 수는 없다. 진실은 너무 무겁다. 어떤 안감을 만들어도 결국은 찢어지고, 책은 요란하게 떨어지고, 그리고 모든 것은 산산조각 나버릴 것이다. 디타는 허쉬를 떠올린다. 그는 전적으로 투명한 사람이고, 디타는 그에게 사실을 숨길 권리가 없다.

프레디는 그런 대우를 받아선 안 된다.

내일 프레디에게 얘기해야겠다. 디타는 멩겔레가 자신을 지켜보고 있다고, 그리고 도서관이—그리고 31구역도—위험하다고 설명할 것이다. 물론 프레디는 디타가 더는 사서 일을 맡지 않게 해줄 것이다. 이제 디타를 대단하게 쳐다보는 사람은 없을 것이다. 그렇게 되면 조금 슬프겠지. 영웅적인 행동이 눈에 보일 때는 칭찬하기 쉽다. 하지만 한발 물러날 줄 아는 용기가 대단하단 건 어떻게 알 수 있을까?

7

루디 로젠버그는 자기 사무실이 있는 BIIa캠프, 그러니까 격리캠프와 북적북적한 가족캠프를 가로막는 울타리 쪽으로 걸어간다. 루디는 명부 관리자 입장으로 프레디 허쉬에게 철조망 울타리에서 만나 이야기 좀 하자는 메시지를 보냈다. 루디는 31구역에서 프레디가 아이들을 지도하는 일에 대단한 존경심을 갖고 있다. 프레디가 나치들에게 지나치게 열정적으로 협력을 해준다고 생각하는 그런 유독 악의적인 시선을 가진 사람들도 있지만 대체로 사람들은 프레디가 호의적이고 믿을 만한 사람이라고 보고 있다. 슈물레스키도 프레디에 대해 그 거친 목소리로 "아우슈비츠에서 누구보다 믿을 만한 사람"이라고 말한다. 루디는 이따금씩 프레디와 짧은 대화를 나누고 그의 부탁을 들어주면서 그와 점점 가까워졌다. 꼭 프레디를 좋게 생각해서만은 아니다. 슈물레스키가 허쉬에 대해 조용히 알아봐달라고 부탁했다. 정보는 금보다 훨씬 귀하다.

그러나 루디는 오늘 아침 프레디가 소녀 하나와 동행한단 사실은 모르고 있었다. 소녀는 더러운 긴 치마와 남의 옷을 빌려 입은 듯 자기 체구보다 큰 모직 재킷 차림을 하고 있었음에도 가젤처럼 우아하다.

프레디는 31구역에 물품 조달이 제대로 되지 않고 있다는 것과 아이들 배급 개선을 위해 승인을 받으려고 노력하고 있다는 이야기를 꺼낸다.

"들리는 바로는," 별로 중요한 얘기는 아니라는 듯 루디는 중립적인 톤으로 입을 연다. "31구역에서 하누카 기념으로 상연한 연극이 꽤 성공적이었다고요. 나치들이 열정적으로 박수를 쳤다던데요. 슈바츠후버 지휘관도 즐거운 시간을 보낸 것 같고요."

프레디는 레지스탕스가 아직도 자신을 믿지 않는단 걸 잘 알고 있다. 그도 레지스탕스를 믿지 않는다.

"네, 꽤 좋아하더군요. 멩겔레 박사가 기분이 좋은 틈을 타서 제가 그랬죠. 제일 어린 아이들이 있을 어린이집을 만들 수 있도록 친위대가 옷을 보관하는 막사 옆 창고를 내어줬음 한다고요."

"멩겔레 박사가 기분이 좋아요?" 루디는 눈이 휘둥그레진다. 눈 하나 깜짝 않고 매주 수백 명의 사람들을 죽음으로 내보내는 사람이 그토록 인간적인 감정을 경험할 수도 있다는 사실이 놀랍다.

"오늘 허가가 떨어졌습니다. 이제 아주 어린 꼬맹이들도 자기네들 공간이 생겨서 형, 누나들을 방해하지 않게 됐지요."

루디는 고개를 끄덕이며 미소를 짓는다. 그 자신은 미처 깨닫지 못하고 있지만 루디는 지금 약간의 거리를 두고 서 있는 소녀의 눈을 뚫어져라 쳐다보고 있다. 프레디가 눈치를 채고 앨리스 뭉크를 소개한다. 앨리스는 31구역 보조교사 중 가장 어린 축에 속한다.

루디는 프레디의 말에 집중하려고 애써보지만 자신을 향해 뻔뻔하게 미소 짓고 있는 이 어린 보조교사에게서 눈을 뗄 수가 없다. 나치 한 부대가 옆에 있다고 해도 겁내지 않고 아무런 감정의 동요 없이 서 있을 수 있는 프레디지만, 십대 남녀가 바로 눈앞에서 서로 관심을 표명하고 있는 모습을 보고 있자니 영 어색하다. 사랑은 그가 청소년기에 접어들었을 때부터 늘 골칫거리였다. 시합과 훈련에 모든 시간을 쏟아붓고 이런저런 활동 단체를 조직한 것도 다 정신을 다른 데에 쏟기 위해서였다. 바쁘게 지내다 보면 그렇게 인기가 많아도 결국은 언제나 혼자라는 사실을 숨길 수 있었다.

결국 프레디는 두 사람에게 자기는 바쁜 일이 있어 가보겠다고 말하고 재빨리 자리를 뜬다.

"루디입니다."

"알아요. 저는 앨리스예요."

둘만 남게 되자 루디는 이제 자신이 가진 유혹의 기술을 선보이려는 시도를 시작한다. 기술이라 봐야 별것 없다. 루디는 여자 친구를 사귄 적이 없다. 사랑을 나눠본 적도 없다. 자유를 제외하면 비르케나우에서는 모든 것, 섹스까지도 사고팔 수 있다. 그러나 그는 한 번도 원한 적이 없다. 감히 생각해본 적도 없다. 루디는 찰나의 정적을 메우려 서두른다. 그는 앨리스가 철조망 건너편에 그대로 서 있기를, 키스로 어루만져주고픈 분홍 입술, 찬 바람에 튼 저 입술로 자신을 향해 미소 지어주길 무엇보다 바라고 있다.

"31구역 일은 어때요?"

"괜찮은 편이에요. 31구역 운영 전반을 도와주는 게 보조교사 일이고요. 석탄이나 나무가 있으면 불을 때기도 하는데 그건 흔한 일은 아니에요. 아주 어린 아이들 먹이는 일을 하는 보조교사들도 있어요. 바닥 청소를 하기도 하고요. 지금 나는 연필 담당이에요."

"연필?"

"연필이 많지 않아서 특별한 때에만 쓰려고 아껴두거든요. 그래서 매일 막 쓸 수 있는 연필을 우리가 직접 만들어요."

"어떻게요?"

"일단 돌 두 개를 가지고 티스푼이 날카로워질 때까지 갈아요. 그런 다음에 다른 용도로는 못 쓰는 나뭇조각 끝을 그 티스푼으로 날카롭게 만들어요. 이제 마지막 단계가 제 일인데, 끝이 석탄처럼 검어질 때까지 불에다 날카로워진 나뭇조각 끝을 그을려요. 그럼 그걸로 단어 몇 개 정도는 쓸 수 있거든요. 얘기인즉슨 날마다 나뭇조각을 갈고 끝을 그을려야 한다는 뜻이죠."

"거기 있는 애들이 쓸 연필을 다요?! 어쩌면 내가 진짜 연필을 좀 가져다줄 수도 있을 거예요……."

"정말요?" 앨리스의 눈이 반짝였고, 그것이 곧 루디에겐 기쁨이 된다. "하지만 우리 캠프로 반입하는 게 정말 어려울걸요."

앨리스의 말에 루디는 더더욱 신이 난다. 이제 루디는 앨리스 앞에서 뽐낼 기회가 생겼다.

"울타리 너머에서 내가 믿을 수 있는 사람만 있으면 돼요…… 어쩌면 그게 앨리스가 될 수도 있겠죠."

프레디에게 보탬이 될 수 있단 생각에 기뻐서 앨리스는 열정

적으로 고개를 끄덕인다. 앨리스도 다른 보조교사들처럼 프레디
를 대단히 좋아하고 존경한다.

말을 뱉자마자 갑자기 회의감이 루디를 덮친다. 그로서는 지
금까지 아우슈비츠에서 모든 일이 순조로웠고 쥐고 있는 카드
를 적시에 잘 쓴 덕분에 특혜를 누리는 자리까지 오게 됐다. 그
는 영향력 있는 수감자들을 이기는 법을 배웠고, 위험이 크지 않
으면서도 자기에게는 큰 도움이 되는 그런 상품과 서비스만을
취급하면서 꼭 필요한 위험만 감수하는 요령을 깨달았다. 연필
을 구해 아이들 막사로 넘겨주는 일은 보탬이 되는 일도, 현명한
일도 아니다. 그러나 그는 저 미소를, 반짝이는 소녀의 검은 눈
을 보고는 그런 생각을 다 지워버린다.

"앞으로 3일 뒤. 울타리 바로 이 지점, 같은 시각이에요."

앨리스는 알았다고 고개를 끄덕이고는 갑자기 마음이 급한
사람처럼 긴장해서는 달려간다. 루디는 앨리스가 달려가는 모
습을, 차가운 오후 바람에 그녀의 머리가 헝클어지는 것을 지켜
본다. 지금까지 루디는 생존의 규칙을 지켜왔고 결과는 아주 성
공적이었다. 바로 나 자신에게 득 될 것 없는 부탁은 하지 않는
다는 것. 그러나 이제 그 규칙을 깨야 한다. 루디는 소녀와 형편
없는 거래를 했지만 이상하게도 기분이 좋다. 격리캠프의 막사
로 돌아가는 길, 루디는 마치 다리에 힘이 빠지는 것 같은, 약해
지는 기분이 든다. 사랑에 빠진다는 것이 독감 같은 느낌이란 걸
루디는 전혀 알지 못했다.

디타 아들러의 다리도 떨리고 있다. 아이들과 교사들이 막사
안으로 들어오면서 굴뚝 반대편에 서 있는 사서와 그 앞에 놓인

책들을 발견한다. 지난 몇 달간 그렇게 많은 책을 본 건 처음이다. 테레진 이후로는 책이란 걸 보지 못했다. 교사들은 아직 책등이 온전하게 남아 있는 책들의 경우 제목을 확인하면서 빌려가도 되겠냐는 눈빛을 보낸다. 디타는 허락하지만 그들에게서 눈을 떼지는 못 한다. 심리학책을 너무 확 펼치는 여자가 있어서 디타는 주의를 당부한다.

"책들이 상태가 너무 안 좋아서요." 디타는 간신히 미소를 지어 보이며 그녀에게 설명한다.

수업이 끝나면 교사들은 다시 책을 다 디타에게 반납해야 한다. 서로들 번갈아가며 책을 볼 수 있어야 하고, 그래서 디타도 어떤 책이 누구에게 있는지 정확히 알고 있어야 한다. 디타는 아침 내내 막사 전반을 살피고 있다. 저 끝에서 교사 하나가 기하학책을 손에 들고 책을 가리켜 보인다. 옆의 의자에는 지도책이 펼쳐져 있다. 지도책은 크기가 꽤 크지만 그래도 디타의 속주머니에는 충분히 쏙 들어간다. 러시아어 문법책은 녹색 표지 때문에 쉽게 눈에 띈다. 교사들은 가끔씩 러시아어 문법책을 빌려다가 신비로운 키릴 문자로 아이들을 놀래주곤 한다. 상대적으로 소설은 인기가 덜하다. 몇몇 교사가 개인적으로 책을 볼 수 있느냐고 물어온다. 책을 볼 수는 있지만 31구역 밖으로 가지고 나갈 순 없다.

오후 시간 아이들이 게임을 하며 놀거나 아비 피셔의 합창단 리허설이 있거나 해서 교사들이 시간이 빌 경우 책을 읽고 싶다고 하면 디타는 세플 리히텐스턴에게 허락을 구해야 한다. 합창단은 인기가 아주 많은데, 동요 「종달새」를 부를 때면 막사 전체에 행복한 목소리가 울려 퍼진다.

오전 일과가 마무리될 때쯤 다들 책을 반납하고, 디타는 안도하며 책들을 받는다. 빌려갈 때보다 책 상태가 나빠진 경우가 있으면 디타는 그 책을 빌려간 교사를 노려본다. 어디가 구겨졌거나, 뜯겨 있다거나, 망가졌거나 하는 등등의 책 상태를 디타는 다 알게 됐다.

뭔가 바쁜 일이 많은 듯 프레디 허쉬가 손에 서류를 들고 책이 진열돼 있는 굴뚝 옆을 지나가다가 작은 도서관을 보고 걸음을 멈춘다. 프레디 허쉬는 늘 바빠도 시간을 내는 사람이다.

"와, 대단한걸. 이제 진짜 도서관이 됐구나."

"맘에 드신다니 기쁘네요."

"정말 훌륭해. 유대인들은 역사적으로 늘 소양을 갖춘 사람들이었지." 그러고는 웃으며 덧붙인다. "내가 도와줄 일이 있으면 언제든 말만 해."

허쉬는 주변을 한번 둘러보더니 힘차게 성큼성큼 걸어간다.

"프레디!" 아직도 이름으로 그를 부를 때마다 어색하지만, 그래도 프레디가 그러라고 하니 디타도 어쩔 수 없다. "도와주실 일이…… 있어요."

그는 궁금해하며 디타의 다음 말을 기다린다.

"테이프랑 풀, 가위를 구해주세요. 불쌍한 이 책들은 보살핌이 필요해요."

프레디는 고개를 끄덕인다. 그러고는 문 쪽으로 향하며 미소 짓는다. 지금까지도 그래왔고, 앞으로도 프레디는 계속해서 얘기할 것이다. '우리가 가진 최고의 자산은 아이들이다.'

비가 그친 덕분에 오후에는 꼬맹이들이 밖으로 나가 진흙에서 술래잡기를 하거나 투명의 보물찾기 놀이를 한다. 고학년 나이의 아이들은 등받이 없는 의자를 가져와 커다란 반원을 만든다. 디타도 이미 사서 업무는 끝난 터라 같이 이야기를 들으려고 아이들 가까이 다가간다. 아이들 한가운데에서는 프레디 허쉬가 자신이 가장 좋아하는 주제에 대해 이야기한다. '알리야', 팔레스타인 땅으로의 회귀 말이다. 아이들은 흠뻑 빠져들어 그의 이야기를 듣는다.

"알리야는 그냥 단순한 이주가 아니야. 그곳으로 가는 것이 핵심이 아니란 말이지. 팔레스타인에 간다는 것은 다른 어느 곳에 이민을 가는 것처럼 단순한 문제가 아니다. 전혀 그런 문제가 아니지." 그런 다음 프레디는 말을 멈춘다. 예상했던 침묵이 이어진다. "알리야는 선대 유대인들의 힘을 이어받는, 그런 여행이다. 잘려버린 실을 줍는 여행이고, 땅을 되찾아 너희 것으로 만드는 여행이야. 아주 심오한 차원인 거지. '하그샤마 아즈밋 hagshama atzmit', 자기실현이라는 거야. 너희는 아직 모르고 있을 수도 있겠지만 너희들 가슴속에는 전구가 하나씩 있어. 그럼, 정말이야. 그런 눈빛으로 쳐다보지 말고. 너희 한 명 한 명 다 갖고 있다니까…… 마르케타, 너한테도 있어. 그런데 그 전구가 지금 불이 꺼져 있어. '그래서 어쩌라고? 지금까지 아무 탈 없이 이렇게 살아왔는데 뭐.' 하고 말할 수도 있겠지. 그래, 지금까지처럼 그냥 그렇게 지낼 수도 있어. 하지만 그건 평범한 삶이 되는 거지. 가슴속 전구의 불이 켜진 삶과 꺼진 삶은 어두운 동굴 안에서 성냥불을 켜느냐 아니면 손전등을 켜느냐 하는 것과 비슷해. 알리야에 참여한다면, 선조들의 땅으로 행진해 간다면, 대단한 힘으로 전구의 불이 켜져서 너희가 팔레스타인에 발을 딛자마자 너희를 환히 밝힐 거다. 이건 내가 말로 어떻게 더 설명할 수가 없어. 너희가 직접 겪어봐야지. 그럼 그때는 다 이해가 될 거다. 그때가 되면 너희 자신에 대해서도 알게 될 테고 말이야."

아이들은 다들 눈을 크게 뜨고 프레디의 이야기에 완전히 몰입한 표정들이다. 어떤 아이들은 자기도 모르게 마치 프레디가 말한 그 가슴속 전구의 스위치를 찾기라도 하는 양 가슴을 손으로 쓰다듬어본다.

"나치를 보자. 최첨단 무기며 번쩍번쩍한 군복이며, 아주 강해 보이고 아무도 나치들을 이기지 못할 것 같지? 거기에 속지 마. 번쩍번쩍한 그 군복 안에는 아무것도 없어. 그건 그냥 껍데기야. 나치는 아무것도 아니야. 우리는 겉으로 번쩍번쩍해 보이는 것에는 관심이 없어. 우리는 내면이 반짝이기를 원하지. 내면의 반짝임이 결국 우리에게 승리를 가져다줄 거다. 우리의 힘은 군복에서 나오는 게 아니다. 우리의 힘은 신념, 자부심, 결단력에 있는 거야."

프레디는 잠시 말을 멈추고 아이들을 바라본다. 아이들은 모두 프레디의 말을 경청하고 있다.

"우리의 내면이 더 강하기 때문에 우리는 그들보다 강하다. 우리의 내면이 더 강하기 때문에 우리는 그들보다 훌륭하다. 그렇기 때문에 저들이 우리를 이길 수 없어. 우리가 팔레스타인의 땅으로 돌아가야 하는 이유도 그것이다. 우리는 팔레스타인에서 일어설 것이다. 그리고 다시는 아무도 우리를 굴복시키지 못한다. 왜냐? 우리는 자부심으로, 그리고 칼로 무장할 것이기 때문이지. 그것도 아주 날카로운 칼로. 유대인들은 다 회계사들이라고? 거짓말이다. 유대인들은 전사들이고, 우리는 우리가 받은 그 모든 공격을 백 번 이상 전부 되갚아줄 것이다."

디타는 조용히 듣고 있다가 잠시 후 자리를 뜬다.

디타는 다들 막사를 나갈 때까지 기다렸다가 프레디와 이야기할 생각이다. 멩겔레와의 일을 다른 사람들이 알게 되길 원치 않는다. 고학년 여자아이들의 웃음소리가 들린다. 남자아이들 소리도. 얼굴에는 여드름이 덕지덕지 난 저 바보 같은 녀석들. 자기가 잘생긴 줄 아는 밀란 그 녀석처럼 말이다. 뭐, 잘생긴 건 사실이지만 그런 바보가 혹시라도 수작을 부려오면 디타는 꺼져버리라고 할 것이다. 밀란이 디타 같은 말라깽이 여자애에게는 딱히 관심도 없겠지만 말이다.

많은 교사와 보조교사들이 여전히 삼삼오오 모여 이야기를 나누고 있어서 디타는 모겐스턴 교수가 때때로 혼자 시간을 보내는 장작더미 뒤 구석에 숨는다. 의자에 막 앉으려는데 종잇조각 같은 것이 손에 닿는다. 뾰족한 부리와 날개를 가진, 구겨진 종이새다. 디타는 머릿속 앨범에서 프라하 시절의 사진을 펼쳐보고 싶어진다. 아마도 미래에 대한 꿈은 꿀 수 없고 과거만을 꿈꿀 수 있기 때문인지도 모르겠다.

한 장면이 아주 선명하게 떠오른다. 너무나 예쁜 디타의 진파랑 블라우스에 어머니가 못생긴 노란 별을 달고 있다. 제일 화가 나는 건 어머니의 표정이다. 어머니는 바느질에만 집중한 채 치맛단을 재봉할 때처럼 별다른 감정 없이 무표정한 얼굴이다. 디타가 화가 나서, 자기가 제일 아끼는 블라우스인데 지금 뭘 하는 거냐고 어머니에게 쏘아댔더니, 어머니가 뭐 얼마나 달라지는 게 있냐며 대꾸하시던 기억이 난다. 심지어 어머니는 디타를 쳐다보지도 않고 대답했다. 디타는 화가 치밀어 올라 주먹을 꼭 쥐었다. 두꺼운 천으로 된 그 노란 별을 새틴 재질의 블라우스에 달아놓으니 아주 볼 만했다. 녹색 셔츠하고는 더 안 어울렸다. 거실 탁자에는 아름다운 유럽 패션지를 두고 읽고 불어도 할 줄 아는 우아한 어머니가, 어떻게 그렇게 흉측한 장식을 이 옷 저 옷에다 달 수 있는지 도저히 이해가 안 됐다. 전쟁이란다, 에디타…… 전쟁 때문이야. 어머니는 바느질감에서 눈도 떼지 않고 그렇게 속삭이듯 말했다. 디타는 더는 군말 없이, 어머니며 다른 어른들처럼 그냥 피할 수 없는 일로 받아들였다. 다 전쟁 때문이었다. 딱히 달리 어쩔 수 있는 일이 아니었다.

은신처에 웅크리고 앉아 디타는 열두 살 생일날의 장면을 떠올린다. 당시 살던 아파트, 부모님과 할머니, 할아버지, 고모, 삼촌, 사촌들이 보인다. 가족들은 디타를 에워싸고 있고, 그 가운데에서 디타는 무언가를 기다리고 있다. 우울한 미소에 힌트가 있다. '용감한 소녀' 가면을 벗고 겁먹은 디타가 드러날 때 보이는 미소다. 이상하게도 가족들 아무도 웃고 있지 않다.

그날의 이상한 생일파티를 디타는 생생히 기억하고 있다. 어머니가 만들어준 맛있는 케이크도 그 열두 살 생일을 마지막으로 더는 먹지 못했다. 케이크를 생각하니 입에 침이 고인다. 평소보다 크기는 작았지만 그 슈트루델 케이크에 넣을 건포도와 사과를 구하려고 어머니가 일주일 내내 열 곳도 넘는 가게들을 돌아다닌 것을 알고 있었기에 디타는 당시에도 불평하지 않았다. 어떻게 그럴 수가! 어머니는 매일 빈 장바구니를 들고 디타의 학교 앞에서 기다렸지만 귀찮다는 내색 한번 비치는 일이 없었다. 어머니는 그런 사람이었다.

디타의 열두 살 생일날 웃으며 선물을 들고 거실로 나타난 어머니는 긴장한 듯한 모습이었다. 디타의 눈에 번쩍하고 불이 들어왔다. 어머니가 들고 나온 것은 신발 상자였고, 디타는 최근 몇 달간 새 신발을 간절히 바라고 있었기 때문이었다. 버클이 달린 밝은색 신발이었으면, 그리고 기왕이면 굽도 약간 있었으면 좋겠다고 생각했다.

서둘러 상자를 열자 그 안에는 매일 등하교용으로 신을 법한 초라한 검은색 신발이 들어 있었다. 가만히 보니 심지어 새 신발도 아니었다. 신발 앞코에는 스크래치가 나 있었는데 광택제 덕분에 잘 보이지 않을 뿐이었다. 방 안에 무거운 침묵이 내려앉았다. 부모님과 할아버지, 할머니, 고모, 삼촌 등등 모두 디타의 반응을 기대하며 디타를 바라보고 있었다. 디타는 애써 활짝 웃어 보이며 선물이 정말 마음에 든다고 했다. 디타는 어머니에게 가서 키스로 고마움을 표했고 어머니는 디타를 꼭 안아주었다. 아버지는 언제나처럼 멋진 매너로 이번 가을 파리지앵들 사이에서 앞이 막힌 검은 신발이 아마 유행일 거라고, 디타는 아주 운이 좋은 소녀라고 말해주었다.

그 기억을 떠올리며 디타는 미소 짓는다. 사실 디타가 열두 살 생일선물로 받고 싶은 건 따로 있었다. 그날 밤 잠자리에 들기 전 어머니가 잘 자라는 인사를 하러 왔을 때 디타는 어머니에게 받고 싶은 선물이 하나 더 있다고 했다. 어머니가 승낙도, 거절도 하기 전에 디타는 돈 드는 건 아니라고 말했다. 디타는 이제 열두 살이 됐으니 자기도 어른들이 읽는 책을 읽고 싶다고 했다. 어머니는 잠시 디타를 말없이 쳐다보더니 잠자리를 정돈해주고 나서 아무 말 없이 방을 나갔다.

얼마 후 디타가 막 잠이 들려던 차 방문이 살짝 열리는 소리가 들렸다. 그러곤 손 하나가 침대 옆 테이블에 A. J. 크로닌의

『성채』를 올려놓았다. 어머니가 방을 나가자마자 디타는 방에서 불빛이 새나가지 않도록, 그래서 부모님께 들키지 않도록 얼른 문틈에 잠옷 가운을 끼워 넣었다. 디타는 그날 밤을 뜬눈으로 지새웠다.

1921년 10월의 어느 늦은 오후, 페노웰 계곡을 힘겹게 오르는 스완시 발 열차의 3등칸에서 허름한 행색의 한 청년이 창밖을 뚫어져라 응시하고 있다.

디타는 청년 앤드루 맨슨과 같은 열차를 타고 그의 옆자리에 앉아 그와 함께 웨일스의 가난한 탄광 마을 드리네피로 떠났다. 독서 열차에 올라탄 것이다. 그날 밤 디타는 발견의 즐거움을 만끽했다. 나치 독일이 디타의 앞길에 수많은 장애물을 세운다 할지라도 책 한 권만 펼치면 그것들을 다 뛰어넘을 수 있다는 사실을 알게 된 것이다.

이제 애정 어린 마음으로, 심지어는 감사한 마음으로『성채』를 떠올릴 때마다 디타는 미소를 짓는다. 어머니는 몰랐겠지만 디타는 쉬는 시간에 읽으려고『성채』를 책가방에 숨겨 들고 가곤 했다.

디타를 처음으로 화나게 만든 책도『성채』였고, 디타를 처음으로 울린 책도 바로 그 책이었다.

『성채』를 한 장 한 장 떠올리니 다시 웃음이 난다. 그 책을 읽고 나서 디타는 자신의 생각이 훨씬 깊어진 것을 깨달았다. 책을 통해 훨씬 많은 경험을 할 수 있고, 맨슨이나 특히 그의 아내 크리스틴 같은 사람들을 만날 수 있기 때문이었다. 크리스틴은 상류 사회나 부 같은 것에 절대 휘둘리지 않고 자신의 원칙을 희생하지 않는, 부당하다는 생각이 들면 절대 납득하지 않는 강한 여성이었다.

그 이후로 디타는 크리스틴 같은 사람이 되고 싶었다. 전쟁 때문에 주눅 들지 않을 것이다.

장작더미 뒤 은신처에서 디타는 졸음을 이기지 못하고 고개를 꾸벅인다.

디타가 눈을 뜨자 날은 이미 어두워졌고 막사 안은 아무 소리 없이 조용하다. 디타는 통금시간을 놓쳤을까봐 잠시 겁에 질린다. 막사 복귀를 못 하는 건 아주 심각한 실수다. 멩겔레가 기다리고 있는, 디타를 실험대상으로 쓸 수 있는 구실이 되는 그런 실수다. 그때 밖에서 사람들 소리가 들려 디타는 안정을 되찾는다. 이제 실내에서도 무슨 소리가 들린다. 그 소리에 디타는 잠을 깬 것이었다. 저 사람들은 독일어를 쓰고 있다.

장작더미에 숨어 몰래 밖을 내다보니 프레디의 방문이 열려 있고 불이 켜져 있다. 프레디가 누군가와 막사 문 쪽으로 함께 가서 조심히 문을 연다.

"잠깐, 주변에 사람들이 있어."

"프레디, 걱정스러워 보이는군."

"세플이 뭔가 의심하는 것 같아. 세플이든 누구든 31구역 사람들 아무도 알아선 안 돼. 그들이 알게 되면 난 끝이야."

상대가 웃는다.

"이봐, 그렇게까지 걱정할 필요 없어. 그들이 자네에게 무슨 짓을 하겠어? 그래봐야 유대인 수용자들일 뿐이야…… 총을 쏠

거야, 어쩔 거야?!"

"내가 이렇게 자기들을 기만한 걸 알면 날 쏘지 못해 안달인 사람들은 있겠지."

상대는 이제 막사를 떠난다. 잠깐이지만 디타는 상대를 볼 수 있다. 다부진 몸에 헐렁한 우비를 입은 남자다. 비가 오지 않는데도 후드를 뒤집어쓴 걸 보니 아무래도 남의 눈에 띄고 싶지 않은 모양이다. 그러나 그의 신발은 보인다. 수용자들이 신는 나막신이 아니라 광이 나는 부츠다.

'나치가 남몰래 여기서 뭘 하는 거지?' 디타는 스스로에게 묻는다.

프레디의 방에서 나오는 빛 덕분에 디타는 완전히 낙심해서 방으로 돌아가는 그의 모습을 볼 수 있다. 그렇게까지 약해진 프레디의 모습은 지금까지 본 적이 없다. 평소 자신감으로 가득 차 있던 남자가 지금 고개를 떨구고 있다.

장작더미 뒤에서 디타는 그대로 얼음이 돼버렸다. 방금 무슨 일이 벌어진 건진 모르겠지만, 내막을 알게 되는 것이 더 무섭다. 프레디는 자기가 사람들을 속이고 있다고 했다.

'하지만 왜?'

발밑에서 땅이 흔들리는 것 같은 기분이 들어 디타는 다시 의자에 앉는다. 디타는 아직 프레디에게 모든 것을 사실대로 털어놓지 않았단 생각에 부끄러움을 느끼고 있었…… 그런데 알고 보니 프레디는 남몰래 나치 대원들을 만나면서 그 사실을 잘도 숨기고 있었고, 나치 대원들은 남의 눈에 띄지 않으려고 어둠을 이용하고 있었다.

'그럴 수가……'

디타는 탄식하며 손으로 얼굴을 감싸쥔다.

'진실을 말하지 않는 사람에게 어떻게 진실을 말하지? 프레디를 믿을 수 없다면, 누굴 믿어야 하는 거지?'

너무나 혼란스러운 나머지 디타는 자리에서 일어나자 현기증이 난다. 프레디가 자기 방에 들어가 문을 닫자마자 디타는 조용히 막사를 나온다.

그 순간 사이렌이 울리며 통금시간의 시작을 알린다. 차가운 밤공기와 카포들의 분노도 아랑곳않고 마지막까지 밖에 남아 있던 사람들이 곧 쓰러져가는 침대가 기다리는 막사로 달려가지만, 디타는 달릴 힘이 없다. 디타가 가진 의문의 무게가 너무 무겁다.

'프레디와 이야기하던 자가 나치 대원이 아닌 레지스탕스 멤버라면? 아니지, 레지스탕스가 우리 편이란 걸 굳이 프레디가 31구역 사람들에게 숨길 이유가 없잖아? 그리고 레지스탕스 멤버 중에 그 정도 베를린 억양을 구사할 수 있는 사람이 얼마나 되겠어?'

디타는 고개를 흔든다. 확실한 사실은 부정할 수 없다. 그 남자는 나치 대원이었다. 프레디가 나치를 만나야 하는 건 맞지만 그건 공식적인 방문이 아니었다. 나치는 남의 눈을 피해 거길 온 것이었고, 프레디와는 거의 친구라고 할 정도로 격의 없이 이야기하고 있었다. 그리고 프레디의 그 괴로워하는 모습이라니…….

'그럴 수가…….'

사람들이 모여 있으면 늘 떠도는 소문이, 수용자들 사이에 정보원이랑 나치 스파이가 있다는 것이다. 디타는 떨리는 다리를 주체할 수 없다.

'아냐. 그건 아니야, 절대로.'

프레디가 정보원이라고? 두 시간 전에 프레디가 정보원이란 말을 들었다면 디타는 그 사람들 눈을 파내버렸을 것이다! 31구역에서 나치 몰래 학교를 운영하는 프레디가 나치의 정보원이라니 그건 말이 안 되는 일이다. 아무것도 말이 안 된다. 갑자기 디타의 머릿속에는 또 다른 가능성이 떠오른다. 프레디는 나치 정보원인 척 행동하고 있는 것이다. 하지만 실상 프레디가 그들에게 넘겨주는 정보는 사실과 전혀 관련이 없거나 정확하지 않은 거짓 정보들이고, 프레디는 순전히 나치를 진정시키려고 그러는 것뿐이다.

'그럼 다 설명이 돼!'

그러나 홀로 남은 프레디가 완전히 실의에 빠져 자기 방으로 걸어가던 모습이 아른거린다. 그는 임무를 수행하고 있었기에 평소의 그 자신감 넘치는 프레디가 아니었다. 그는 죄책감의 무게에 짓눌려 있었다. 디타는 느낄 수 있었다.

디타가 막사에 도착하자 카포는 이미 문간에 곤봉을 들고 서서 통금이 시작되고 난 뒤 들어오는 여자들을 때릴 준비를 하고 있었고, 디타는 맞을 때 덜 아프게 팔을 들어 머리를 감싼다. 카포는 세차게 디타를 내려치지만 디타는 아픔을 거의 느끼지 못한다. 침대로 기어 올라가는데 옆 침대에서 머리 하나가 쑥 나온다. 어머니다.

"많이 늦었구나, 에디타. 별일 없는 거니?"

"네, 엄마."

"정말 괜찮은 거야? 엄마한테 거짓말하는 거 아니고?"

"아니에요." 디타는 마지못해 대답한다.

어머니가 자신을 어린아이 취급할 때마다 디타는 짜증이 난다. 당연히 엄마한테 거짓말을 하죠, 아우슈비츠에서는 다들 서로 거짓말을 해요. 디타는 그렇게 대꾸하고 싶다. 하지만 애꿎은 어머니에게 화를 내선 안 될 일이다.

"정말 아무 일 없단 거지?"

"네, 엄마."

"조용히 해, 이 망할 것들아. 목을 따버릴 테니까!" 누군가 고함을 친다.

"소란떨지 마!" 카포가 명령한다.

막사에 침묵이 내려앉지만 디타의 머릿속 목소리는 멈추지 않는다. '우리가 아는 프레디는 진짜 프레디가 아니다. 그럼 프레디는 누구지?'

디타는 프레디에 대해 알고 있는 모든 정보를 모아보려고 하지만 별로 아는 것이 없다는 걸 이제야 깨닫는다. 프라하 교외의 체육공원에서 프레디를 스쳐간 이후 그를 두 번째로 마주친 건 테레진이었다.

테레진 게토⋯⋯.

8

디타는 지금도 생생하게 기억한다. 요세포프의 작은 아파트에 살던 시절, 기름때가 낀 짙은 붉은색 식탁보가 씌워진 식탁 위에 편지가 하나 놓여 있었다. 나치 독일 보호령 소인이 찍힌 그 종 잇조각 하나는 모든 것을 뒤바꿔놓았다. 심지어는 마을 이름마 저 바뀌었다. 프라하에서 60킬로미터쯤 떨어진 작은 마을 테레 진의 새로운 이름은 '테레지엔슈타트'였다. 무슨 선전포고라도 하듯 굵은 대문자로 쓰인 마을 이름 옆에는 '이주'라는 단어가 적혀 있었다.

테레진, 혹은 테레지엔슈타트는 히틀러가 너그럽게도 유대인 들에게 하사한 도시였다. 최소한 나치 프로파간다는 일관되게 그런 식으로 주장했다. 심지어 유대인 감독 쿠르트 게론을 고용 해 다큐멘터리 영화도 찍었다. 영화는 작업장에서 즐겁게 일하 는 사람, 운동하는 사람, 차분히 강의를 듣고 이런저런 모임을 갖는 사람들을 비추면서 테레진에서 유대인들이 아주 즐겁게 생활하고 있다는 해설을 동반했다. 이 영화로 나치가 유대인들을 매장하고 죽인다는 얘기는 다 헛소문이란 게 '입증'될 것이었다. 영화를 마무리 짓자마자 나치는 쿠르트 게론을 아우슈비츠로 보내버렸고, 그는 1944년 그곳에서 사망했다.

디타는 한숨을 쉰다.

테레진 게토…….

프라하 유대인의회는 유대인 전용구역 후보지로 라인하르트 하이드리히 보호령 총독대리에게 여러 지역을 제안했다. 그러나 하이드리히가 원한 것은 테레진이었다—다른 대안은 전혀 통하지 않았다—그리고 이유도 아주 확실했다. 테레진은 성벽이 있는 도시란 것이었다.

자신의 삶을 여행 가방 두 개에 전부 집어넣고 스트로모프카 공원 부근 집결 장소로 가방을 끌고 갔던 슬픈 그날 아침의 기억이 떠오른다. 체코 경찰은 추방자 전원을 특별 열차로 안내했다. 그 기차를 타고 테레진으로 가게 될 터였다.

디타는 머릿속 앨범에서 1942년 11월의 기억을 정리해본다. 보후쇼비체 역, 아버지는 할아버지가 열차에서 내리는 것을 돕고 있다. 할머니는 그 뒤에서 신중하게 지켜보고 있다. 그토록 정정하고 에너지 넘치던 사람까지 모조리 공격하는 이 생물학적 노화란 것에 대해 디타는 화가 나거나 아니면 짜증이 난 표정이다. 한때는 석성石城이었던 할아버지는 이제 모래성에 불과하다. 기억 속 그 장면의 뒤쪽으로는 어머니가 보인다. 어머니는 딱히 나쁜 일은 없는 것처럼 연기하면서 다른 사람의 시선을 받지 않으려고 꿋꿋하게 무표정으로 일관하고 있다. 열세 살 자신의 모습도 보인다. 아직은 어린 티가 나는 디타는 이상하게 뚱뚱

해 보인다. 어머니가 스웨터를 여러 겹 껴입도록 한 탓이다. 추워서가 아니라 일인당 짐을 50킬로까지만 허용하다 보니 옷을 더 가져가려면 껴입는 수밖에 없었다. 아버지는 디타 뒤에 서 있다. '그러게 아빠가 꿩고기 좀 적당히 먹으라니깐, 에디타.' 아버지는 농담을 할 때면 늘 그렇듯 진지한 말투다.

테레진 앨범에 가장 먼저 저장된 이미지는—물론 그 전에 입구의 경비초소도 지나가고 '노동이 그대를 자유케 하리라' 같은 문구가 쓰인 아치문도 지나가긴 했지만—디타가 바라본 분주한 도시의 모습이었다. 테레진에 들어서자 대로마다 사람들이 가득 차 있었다. 병원, 소방서, 부엌, 작업장, 어린이집이 거기 다 있었다. 심지어 유대인 자치경찰도 있었는데, 이들은 전 세계 다른 모든 경찰들처럼 재킷과 짙은 색 모자를 쓰고 돌아다녔다. 그러나 이 혼잡한 광경을 좀 더 자세히 들여다보면 사람들이 손잡이 없는 바구니나 올이 다 나간 담요, 바늘 없는 손목시계 같은 것들을 가지고 다닌다는 것을 알 수 있었다…… 이곳 수용자들은 바쁜 걸음을 재촉했지만 아무리 서둘러도 어차피 그들을 기다리고 있는 것은 벽뿐이란 걸 디타는 알고 있었다. 속임수였다.

테레진은 다른 곳으로 길이 전혀 이어지지 않는 도시였다.

디타가 프레디 허쉬를 다시 마주친 곳은 그곳에서였다. 다만 그때의 기억 중 가장 먼저 떠오르는 것은 프레디의 모습보다는 소리이기는 하다. 미국 초원을 배경으로 한 칼 메이의 소설에 나올 법한 버팔로 떼의 천둥 같은 발소리였다. 게토에 온 지 아직 며칠밖에 되지 않았을 때였고 디타는 여전히 좀 어리둥절한 상태에서 일을 마치고 돌아가는 길이었다. 디타는 벽을 따라 만든 텃밭에서 일하게 됐는데, 그곳에서 나치 부대에 공급하기 위한 채소를 재배했다.

디타가 자신의 작은 방으로 향하는데 가까운 도로에서 무언가 달려오는 소리가 들렸다. 말이 여러 마리 한꺼번에 달려오는 줄 알고 디타는 깔려 죽지 않으려고 아파트 구역 벽 쪽으로 바짝 붙었는데, 코너를 돌아 나온 것은 청소년들이었다. 그 아이들을 이끄는 코치도 있었는데 그는 완벽하게 빗어 넘긴 머리에 달리는 발걸음은 운동선수처럼 가볍고 부드러웠다. 그는 지나가며 디타에게 가볍게 고개를 숙여 인사했다. 누가 봐도 단번에 알아볼 수 있는, 반바지와 티셔츠를 입고도 우아할 수 있는, 바로 프레디 허쉬였다.

그로부터 다시 시간이 흐른 뒤 디타는 프레디와 재회하게 된다. 그리고 다음번 재회의 계기는 책이 될 터였다.

그 모든 일의 시작은 디타가 여행 가방에서 책 한 권을 발견했을 때였다. 어머니가 꾹꾹 눌러 담은 이불이며 옷이며 속옷, 그리고 다른 소지품들 사이에 아버지가 숨겨놓은 책이었다. 다행히 어머니는 그 사실을 모르고 있었다. 알았다면, 허용되는 무게가 정해져 있는데 책은 너무 무겁다며 길길이 뛰었을 것이다. 어머니는 테레진에서의 첫날 밤 여행 가방을 풀며 두꺼운 책을 보고 놀라 아버지를 노려보았다.

"이 책 무게를 보아하니 신발 세 켤레는 더 담을 수 있었겠네."

"여보, 신발이 뭐가 그렇게 많이 필요해? 어차피 갈 수 있는 곳도 없는데."

어머니는 아무런 대꾸도 하지 않았지만, 아마도 웃음이 나오려는 걸 감추려고 고개를 숙였던 것 같다. 어머니는 아버지더러 몽상가라며 곧잘 잔소리를 했지만 사실 마음 깊숙이에서는 그런 사람이기 때문에 아버지를 사랑했다.

'아빠 말이 맞았지. 그 어떤 신발보다 날 더 멀리 데려간 건 그 책이었으니까.'

이곳 아우슈비츠 침대 가장자리에 누워 디타는 처음 토마스 만의 소설 『마의 산』 첫 장을 펼쳤던 그 순간을 떠올리며 빙긋 웃는다.

책의 첫 장을 펼친다는 건 휴가지로 가는 열차에 올라타는 것과 다름없다.

『마의 산』에서 주인공 한스 카스토르프는 함부르크에서 스위스 다보스로 여행을 떠난다. 결핵 때문에 알프스의 고급 요양원에서 치료 중인 사촌 요아킴을 만나러 가는 것이다. 처음 소설을 읽을 때 디타가 과연 알프스 요양원으로 며칠 여행을 떠난 활기 넘치는 한스와 자신을 동일시했는지, 아니면 차분하고 건강이 좋지 않은 요아킴을 더 가깝게 느꼈는지 모르겠다.

우리 나이에 1년이란 엄청나게 긴 시간이다. 1년이란 시간 동안 수없이 많은 것들이 바뀌고 1년이란 시간 동안 바깥세상에서는 수많은 발전들이 이뤄진다! 하지만 나는 박쥐처럼 여기 이렇게 틀어박혀 있어야 한다. 썩은 구덩이 안에 갇힌 것처럼 이렇게. 아니, 전혀 과장된 표현이 아니다.

디타는 이 부분을 읽으면서 공감이 되어 무의식적으로 고개를 끄덕였던 기억이 난다. 지금도 아우슈비츠에 누워 잠들지 못한 채 고개를 끄덕이고 있다. 디타는 한스와 요아킴이 엄마, 아빠보다 자신을 더 잘 이해하는 것 같은 느낌이 들었다. 부모님의 거처가 각기 떨어져 가족이 흩어져 지내야 한다든가, 텃밭에서 채소를 재배하는 일이라든가, 사방이 벽으로 막힌 도시에서 살기 때문에 질식할 것 같은 느낌이라든가, 단조로운 식사라든가 등등 테레진에서 겪고 있는 이 모든 것들에 대해 디타가 불평을 할 때마다 부모님은 늘 참으라고, 다 곧 끝날 거라고만 했다. '내년이면 전쟁이 끝날 수도 있을 거야.' 마치 무슨 대단한 소식이라도 되는 양 부모님은 디타에게 그렇게 이야기하곤 했다. 어른들에게 1년은 커다란 사과의 아주 작은 한쪽에 불과했다. 디타의 부모님은 그러면서 웃어 보였고, 디타는 아무것도 이해하지 못하는 부모님 때문에 좌절하며 입을 앙다물어버리곤 했다. 어린 나이에 1년이란 거의 인생의 전부, 온전한 사과 하나다.

부모님이 건물 안마당에서 다른 커플들과 이야기를 나누는 오후면 디타는 침대에 누워 담요를 덮은 채 요양원 안락의자에서 의무적인 휴식을 취하는 요아킴을 떠올리곤 했다. 아니, 어쩌면 휴식을 가져야 한다는 구실을 틈타 며칠 더 휴가를 갖기로 한, 그러나 환자라기보다는 여유로운 관광객 같은 태도의 한스 카스토르프 같은 기분이었는지도 모르겠다.

테레진에서 디타는 한스와 요아킴처럼 침대에 누워 밤이 오기를 기다렸다. 비록 베르크호프 요양원의 5코스짜리 식사에 비해 빵과 치즈 정도가 다인 디타의 저녁식사는 훨씬 빈약했지만 말이다.

'치즈!' 아우슈비츠 막사의 침대 한모퉁이에서 디타는 치즈를 떠올린다. '치즈가 어떤 맛이었더라? 이제 기억도 안 나네. 훌륭하다, 훌륭해!'

테레진에서는 스웨터 네 겹을 껴입고 있는데도 요아킴처럼 추운 기분이 들었다. 요양원 환자들이 차가운 산 공기를 마시면 폐에 도움이 된다며 밤마다 발코니로 나가 담요를 두르고 안락 의자에 누워 있으면서 느끼는 그런 추위 말이다. 테레진에서 눈을 감고 누워 있으면 디타는 순식간에 젊음이 끝나버린다는 요아킴의 시각에 공감이 갔다.

『마의 산』이 꽤 긴 탓에 디타는 몇 달간 요아킴, 한스와 함께 자발적으로 감금 생활을 했다. 그러면서 병으로 인해 시간이 멈춰버린 듯한 호화로운 베르크호프 요양원의 비밀들, 가십, 의무들을 파헤쳤다. 디타는 주인공들과 다른 환자들 간의 대화를 엿듣고, 어떤 면에선 그 대화에 참여했다. 소설 속 세계가 사방이 가로막힌 도시에서 디타가 마주하고 있는 환경보다 더 진실되고 합리적이었다. 그리고 소설 속 세계가 전기 철조망이며 가스실 같은 것들이 있는 이곳 아우슈비츠의 악몽보다 훨씬 더 개연성 있다.

어느 날 오후 테레진에서 디타와 작은 방을 함께 쓰는, 사실 디타가 주로 무시했던 독일 혼혈 소녀가 늘 책을 읽고 있는 아이에게 혹시 『슈키드 공화국』이라는 러시아 소설을 들어본 적 있느냐고, 그리고 L147구역의 남자아이들을 아느냐고 물었다. 그 아이들이야 당연히 들어본 적이 있었다!

디타는 곧바로 책을 덮고 귀를 쫑긋 세웠다. 그러고는 호기심이 돋아 한카에게 그들을 만나러 가자고 부추겼다…… "지금 가보자!"

한카는 오늘은 좀 늦었다고, 그러니 내일이 어떻겠냐고 설득해보려 하지만 디타는 한카의 말을 끊는다.

"우리한텐 내일이 없어. 모든 건 지금 해야 해!"

그 순간을 떠올리니 디타는 슬며시 웃음이 난다.

디타와 한카는 재빨리 소년들이 있는 L147구역으로 출발했다. 방문객이 허용되는 것은 오후 7시까지였다. 한카는 입구에서 멈춰서더니 심각한 표정으로 디타를 돌아보았다.

"루덱은 안 돼…… 아주 잘생긴 애야! 걔한테 들이댈 생각은 마. 내가 먼저 봤으니까."

디타는 오른손을 들고 자못 진지한 척 연기를 해 보였고, 두 사람은 계단을 오르며 웃었다. 도착하자마자 한카는 키가 크고 날씬한 소년과 이야기를 시작했다. 달리 할 일이 없었던 디타는 우주에서 본 지구를 그리고 있는 소년에게 접근했다.

"앞에 보이는 아주 이상하게 생긴 저 산들은 뭐니?" 디타는 별다른 자기소개도 없이 다짜고짜 소년에게 물었다.

"달이야."

페트르 긴츠는 《베뎀》이란 잡지의 편집장이었다. 매주 금요일 비밀리에 발행되는 잡지였지만 독자들이 적지 않았고, 주로 게토 내 행사 소식 등을 많이 전했다. 또 오피니언성 기고나 시, 판타지 등의 작품도 실렸다. 페트르는 쥘 베른을 아주 좋아했고 『지구에서 달까지』는 그가 가장 좋아하는 책 중 하나였다. 밤이면 잠자리에 누워 거대한 공 안에서 자신을 우주로 쏘아 올릴 수 있는 바비케인 같은 대포가 있으면 얼마나 좋을까 꿈을 꾸곤 했다. 페트르는 잠시 그림을 멈추고 고개를 들어 자신있게 질문을 던진 소녀를 바라보았다. 페트르는 반짝이는 그녀의 눈이 마음에 들었지만 그래도 엄한 목소리로 말했다.

"너 좀 호기심이 많구나."

수줍어 얼굴이 붉어진 디타는 괜히 말했다고 후회했다. 그러

129

나 곧이어 페트르의 태도는 달라졌다.

"호기심은 좋은 기자의 중요한 자질이지. 나는 페트르 긴츠야. 《베뎀》에 온 걸 환영한다."

페트르 긴츠라면 31구역의 활동에 대해 어떤 연대기를 썼을지 디타는 갑자기 스스로에게 되물어본다. 섬세한 그 말라깽이 소년은 어떻게 됐을까 궁금하다.

처음 만난 바로 그날 디타는 페트르와 소위 '드레스덴 막사'라는 곳 앞을 함께 걸었다. 페트르가 디타에게 잡지에 실을 인터뷰를 하러 가려는데 같이 가겠냐고 물었을 때 디타는 한 1초쯤 망설였다. 아니, 어쩌면 수락하기까지 1초도 안 걸렸을지 모른다. 두 사람은 도서관 관장을 인터뷰하러 갈 예정이었다.

디타는 기자가 된다는 생각에 신이 났고, 페트르와 함께 도서관이 있는 L304호 건물 입구에 도착했을 때는 한줄기 자부심도 흘렀다. 안내 직원에게 유티츠 관장님께서 《베뎀》 기자들을 만나주실 수 있는지 묻자 여자는 상냥하게 웃으며 앉으라고 자리를 권했다.

몇 분 후 에밀 유티츠가 나타났다. 전쟁 전 그는 프라하에 있는 독일 대학에서 철학과 심리학을 가르치는 교수였고 여러 신문에 칼럼을 기고하기도 했다.

그는 테레진 도서관에 약 6만 권의 장서가 있다고 했다. 원래 공공도서관 수백 곳과 유대인 커뮤니티에서 소장한 서적들이었는데 나치가 도서관 등을 닫고 약탈해갔다. 관장은 또 현재로서는 도서관에 독서 공간이 없기 때문에 운영은 이동식 도서관 형태로 이뤄진다고 했다. 즉 북카트에 책을 싣고 건물마다 다니며 책을 대여해주는 것이었다. 페트르는 유티츠에게 프란츠 카프카

와 정말 친구 사이였는지 물었다. 관장은 고개를 끄덕였다.

그런 다음 페트르는《베뎀》편집장으로서 도서관 운영과 관련한 기사를 싣고 싶은데 사서를 동행취재해도 되겠느냐고 허락을 구했다. 관장은 기꺼이 요청을 수락했다.

약속일 오후 페트르가 시 암송회에 가야 한다고 해서 디타는 즐거운 마음으로 사서 시티고바 양을 따라 북카트를 밀고 테레진 거리를 누볐다. 작업장, 공장, 주조공장, 밭 등등 일과의 노동시간이 끝나고 바퀴 달린 도서관이 제공하는 탈출의 기회는 따스한 환대를 받았다. 그러나 시티고바 양은 도난당하는 책들이 많아서 읽기 힘든 경우도 많다고 얘기해주었다. 또 책을 화장지 대신이나 땔감으로 쓰는 경우도 있었다.

굳이 큰 소리로 도서관의 도착을 알릴 필요도 없었다. "도서관이요!" 젊은 사람들이건 나이 든 사람들이건 너나 할 것 없이 도서관의 도착을 알렸고, 즐겁게 울려 퍼지는 이 소리에 사람들은 각자 건물 밖으로 나와 무슨 책을 빌릴 수 있나 열심히 훑어보았다. 디타는 북카트를 밀고 다니는 일이 너무 즐거워서 그 후로 주기적으로 함께 책 대여를 나가기 시작했다. 하루 업무가 끝난 후 미술 수업이 없는 날이면 디타는 오후 내내 사서의 업무를 돕곤 했다.

디타가 프레디 허쉬와 다시 마주친 것도 그때였다.

프레디는 제1 의류창고 부근의 건물 중 한 곳에 살고 있었다. 하지만 그는 거의 그곳에 있지 않았다. 프레디는 항상 시합을 짜고 있거나 아니면 게토 내 청소년들과 함께 있었다. 책을 빌리러 올 때면 프레디는 늘 깔끔한 차림에 걸음걸이는 활기가 넘쳤다. 그는 만나는 사람마다 늘 희미한 미소를 지으며 인사했는데, 그의 인사를 받으면 누구든 충분히 존중받는다는 느낌이 들었다. 프레디는 매주 금요일 저녁이면 유대교 안식일을 기념하기 위한 청소년들과의 모임에 쓸 노래책과 시집을 빌리러 왔다. 모임에 서는 노래를 부르고 이야기를 나눴는데, 프레디는 청소년들에게 전쟁이 끝나면 그들이 돌아갈 팔레스타인으로의 행진에 대해 이 야기하곤 했다. 한번은 디타에게도 모임에 나오라고 독려했다. 디타는 언젠가는 그러고 싶다고, 하지만 부끄러움을 많이 타는 데다 부모님도 허락하지 않으실 것 같다고 얼굴을 붉히며 제안 을 거절했다. 그러나 디타의 마음속 깊숙한 곳에서는 모임에 나 가 언니 오빠들과 함께 노래를 부르고, 어른들처럼 이런저런 주 제에 대해 이야기도 나누고 비밀스러운 키스도 나누고 싶었다.

이제 디타는 알프레드 허쉬에 대해 정말 알고 있는 것이 없었 단 사실을 깨닫는다. 그리고 자신의 삶은 그의 손에 달려 있다. 그가 독일 장교들에게 '디타 아들러가 옷 속에 몰래 책을 숨기고 있다'고 말해버리면 다음 검열 때 그들은 디타를 현장에서 바로 검거할 것이다. 그러나 그가 디타를 신고할 생각이었다면……
왜 아직까지 하지 않았을까? 그리고 31구역이 프레디 본인의 계 획이었는데 왜 굳이 스스로를 신고하겠는가? 전혀 앞뒤가 맞지 않았다. 어쩌면 프레디가 수용자들을 위해 무언가 협상을 하고 있는데 디타가 그걸 다 망쳐버리는 것일 수도 있다.

아마 그럴 것 같다.

디타는 프레디를 믿고 싶다…… 하지만 프레디는 도대체 왜 자신의 정체를 알게 되면 사람들이 자신을 싫어할까봐 겁을 내 는 거지?

9

격리캠프는 새로 도착한 러시아 수용자들로 북적인다. 빡빡 밀어버린 머리에 줄무늬 죄수복까지, 군인으로서의 명예는 거의 남아 있지 않다. 이제 이들은 거지떼다. 자기 차례를 기다리며 이리저리 서성이거나 땅바닥에 주저앉아 있다. 딱히 몇몇씩 모여 있는 무리도 많지 않고 쥐 죽은 듯 조용하다. 어떤 이들은 울타리 너머로 아직 머리를 기르고 있는 가족캠프의 체코 여자들, 중앙로에서 달리는 아이들을 바라보고 있다.

격리캠프의 명부 관리자인 루디 로젠버그는 새로 들어온 수용자들 명부를 작성하느라 바쁜 나날을 보내고 있다. 명부 관리를 감독하는 나치 대원들 입장에선 러시아어에 폴란드어, 독일어도 조금 할 수 있는 루디와 일하는 것이 보다 편리하고, 루디도 그 점을 잘 알고 있다. 오늘 아침까지 루디는 마음대로 처분할 수 있는 연필을 서너 자루 확보해서 주머니에 넣어두었다. 이제 그는 평소 알고 지내는, 루디보다도 나이가 어린 독일인 하사와 이야기를 하려는 참이다. 두 사람은 주로 새로 들어오는 젊은 여자 수용자들을 안주 삼아 농담을 곧잘 주고받곤 했다.

"라텍 하사님, 오늘 진짜 숨 쉴 틈 없이 바쁘지 않습니까? 하사님께서 항상 제일 힘든 일을 하시는 것 같습니다!" 겨우 열여덟 살이라고 해도 독일인들에게는 늘 격식을 갖춰 이야기해야 한다.

"아주 옳은 소리야, 로젠버그. 자네도 아는군. 일은 내가 다 하지. 이 구역에 하사가 나뿐인 것처럼 보이지 않나? 그 병장 놈이 날 여기로 보냈어. 망할 바바리아 촌놈인데, 베를린 사람만 보면 그렇게 못살게 군다니까. 언젠가는 전선으로 배치해주길 바라야지."

"하사님, 죄송합니다만 연필이 다 떨어졌는데 말입니다."

"위병소에 사람 보내서 연필 한 자루 가져오라고 하지."

"기왕 사람 보내실 거 한 자루는 아쉬운데 한 상자를 요청하면 안 되겠습니까?"

하사는 루디를 한참 빤히 쳐다보고 있다가 입가가 씩 올라간다.

"한 상자? 연필이 왜 그렇게 많이 필요한가?"

하사가 보기보다 똑똑하단 사실을 깨닫고 당신과 나는 공범이라는 듯 루디 역시 씩 음흉한 웃음을 지어 보인다.

"뭐, 일단은 여기서 글씨 쓸 일이 많지 않습니까. 그리고……남는 연필이 있으면 의류 작업장 쪽에 있는 사람들도 몇 자루 정도는 쓸 겁니다. 연필은 확실히 대로에서 찾기는 힘드니까 말입죠. 연필을 주는 대가로 새 양말을 주기도 합니다."

"그리고 유대인 창녀도 가끔 구하고 말이지!"

"그럴 수도 있고요."

"그렇군……."

호기심 어린 하사의 표정에서 루디는 위험을 감지한다. 라텍이 그를 상부에 보고하면 루디는 끝장이다. 루디는 재빨리 그의 의심을 지워야 한다.

"별거 없고, 그냥 친절을 베푸는 차원입니다. 제가 잘하면 그 사람들도 똑같이 저한테 잘합니다. 담배를 주는 친절을 베푸는 사람들도 있고 말입니다."

"담배?"

"세탁물로 오는 옷 중에 가끔씩 희귀한 담배가 남아 있는 경우가 있다고 합니다…… 그중에는 미국 담배도 있고 말입니다."

"미국 담배?"

"그럼요!" 루디는 주머니에서 담배를 꺼낸다. "이런 담배 말입니다."

"로젠버그, 너는 나쁜 놈이야. 아주 영리한 나쁜 놈이야." 그러더니 하사가 웃어 보인다.

"자주 나오는 건 아닌데 구하게 되면 하사님께도 몇 개비 구해다 드리겠습니다."

"미국 담배 좋지." 하사의 눈빛이 탐욕스럽게 반짝인다.

"확실히 맛이 다릅니다. 다크 토바코하고는 전혀 다릅니다."

"그렇지……."

"미국산 라이트 담배는 금발 여자 같지 말입니다…… 그야말로 최고입니다."

"공감하네……."

다음 날 루디는 주머니에 연필 두 팩을 넣고 다시 앨리스와 만나기로 한 장소로 향한다. 하사에게 줄 담배를 얻기 위해 부탁 몇 개쯤 처리해줘야 할 테지만 별로 걱정하진 않는다. 어떻게 해야 하는지 루디는 알고 있다. 캠프를 가르는 울타리로 걸어가면서 루디는 다시금 가족캠프에 대해 생각한다. 지금까지 유대인 수용자들 중에 가족끼리 함께 지내도록 허용된 경우는 없었다. 나치가 왜 가족들을 함께 지내도록 내버려뒀을까? 레지스탕스는 해결되지 않은 그 의문점 때문에 답답해했다. 프레디 허쉬라면 가족캠프에 대해 내가 알아낸 것보다 더 많이 알고 있을까? 루디는 궁금하다. 프레디가 뭔가 감추고 있는 꿍꿍이가 있나? 하지만 다들 그렇지 않은가. 루디도 몇몇 가까이 지내는 나치 대원들이 있어서 그 덕에 물품을 유통할 수 있지만, 그런 사실을 슈물레스키에게는 털어놓지 않는다. 레지스탕스는 빈대힐지 모르지만 이 방식이 루디에겐 잘 맞는다. 슈물레스키는 절대 자기 카드를 한 번에 다 보여주는 사람이 아니다. 결국은 슈물레스키도 자기 막사 독일인 카포의 보조 노릇을 하면서 여유를 부리고 있는 것 아닌가?

루디는 막사 주위를 서성이고 있다가 앨리스가 시야에 들어오자 그제야 울타리 쪽으로 향한다. 감시탑에서 보초를 서고 있는 대원이 성질 더러운 놈이면 지금 당장이라도 호루라기를 불며 뒤로 물러서라고 할 수도 있을 것이다. 루디는 지난 이틀간 이 순간만을 기다려왔다. 울타리를 사이에 두고는 있지만 불과 몇 미터 거리에 서 있는 앨리스를 보자마자 밀려오는 기쁨에 모든 끔찍한 일들은 다 잊히고 만다.

"앉아요."

"서 있어도 괜찮아요. 땅이 질척여서요."

"앉아야 의심을 사지 않아요. 안 그러면 우리가 무슨 일이라도 꾸미는 줄로 의심을 살 수 있어요."

앨리스가 앉으려고 막 쭈그리는데 치마가 올라가면서 속옷이 잠깐 보인다. 이 진창 속에서도 속옷은 놀랍도록 하얗다. 루디는 몸에서 전류가 흐르는 기분이다.

"잘 지내요?" 앨리스가 묻는다.

"이제 앨리스를 볼 수 있으니까 잘 지내는 거겠죠."

앨리스는 얼굴을 붉히면서도 기분 좋은 듯 웃어 보인다.

"연필 구했어요."

전혀 놀라는 기색이 없는 앨리스의 반응에 루디는 약간 실망한다. 연필을 구해왔다고 하면 앨리스가 대단한 반응을 보이리라 기대했는데…… 캠프 안에서 협상을 한다는 게 얼마나 어려운 일인지, 그리고 연필을 구하려고 위험천만하게 나치와 거래를 해야 한다는 사실을, 앨리스는 전혀 모르고 있는 게 틀림없다.

루디는 여자를 모른다. 앨리스는 루디가 연필을 구해와서 정말로 깜짝 놀랐다. 앨리스의 눈을 들여다보면 알 텐데, 남자들은 늘 모든 것을 말로 직접 듣고 싶어한다.

"연필을 그럼 우리 캠프로 어떻게 넘겨주려고요? 전달책을 해줄 만한 사람이 있어요?"

"지금은 아무도 믿을 수 없어요."

"그럼요?"

"기다려봐요."

루디는 곁눈질로 계속 감시탑의 경비병을 지켜보고 있었다. 가까운 거리도 아니고 경비병의 상체와 머리 일부분의 윤곽만 보이는 정도다. 하지만 경비병의 총이 어깨 위에 걸려 있어서 루디는 경비병이 두 사람 쪽을 향할 때와 두 사람을 등지고 있을 때를 가늠할 수 있다. 그러니까 경비병이 두 사람을 보고 있을 때는 오른 어깨 위로 솟은 총구가 캠프 반대쪽을 향하고, 두 사람을 등지고 있을 때는 총구가 캠프 쪽을 향한다. 이 임시 컴퍼스 덕분에 루디는 경비병이 주위를 둘러보는 속도가 영 게으르단 점을 알아냈다. 총구가 두 사람 쪽을 향할 때 루디는 울타리 쪽으로 대담하게 몇 걸음 다가간다. 앨리스는 겁에 질려 손으로 입을 가린다.

"빨리, 더 가까이!"

루디는 주머니에서 끈으로 단단히 묶은 연필 두 묶음을 꺼내 손가락으로 끝을 잡고 조심히 전기 철조망 사이 구멍으로 건넨다. 앨리스는 바닥에서 일어나 얼른 연필을 받으러 간다. 앨리스는 몇천 볼트가 흐르는 전기 철조망에 그렇게 가까이 가본 건 처음이다. 다시 총구가 돌기 시작하고 경비병이 자신들 쪽을 향해 돌아서는 것을 확인한 루디와 앨리스는 다시 울타리에서 몇 미터 뒤로 물러선다.

"왜 미리 말 안 해줬어요?" 앨리스가 묻는다. 앨리스의 심장이 여전히 쿵쾅쿵쾅 뛴다. "그럼 저도 준비를 했을 거 아닌가요!"

"경우에 따라 준비를 안 하는 편이 나을 때도 있어요. 어떤 때는 즉흥적으로 행동을 해야 하는 거죠."

"프레디에게 연필을 드릴게요. 우리 다 정말 고맙게 생각하고 있어요."

"이제 일어나야 해요……."

"네."

"앨리스……."

"네?"

"다시 만나고 싶어요."

앨리스의 미소는 말보다 훨씬 더 많은 의미를 갖는다.

"내일, 같은 시간, 같은 장소, 어때요?" 루디가 묻는다.

앨리스는 동의하고 가족캠프 안의 중앙로 쪽으로 걷기 시작한다. 루디는 손을 흔들며 작별인사를 하고 앨리스는 부르튼 입술로 그에게 키스를 날린다. 전기 철조망 위로 날아간 키스를 루디는 공중에서 붙잡는다. 그렇게 단순한 몸짓이 그토록 큰 기쁨을 줄 수 있단 사실을 예전엔 미처 몰랐다.

오늘 아침 머리가 핑글핑글 도는 사람이 여기 또 있다. 디타는 모든 움직임을, 눈살을 찌푸리거나 이 한번 꽉 무는 행동까지 하나하나 전부 다 주의 깊게 살피고 있다. 디타는 말로는 드러나지 않는 진실을 알아내고 싶다. 의심이란 가려움증처럼 처음엔 거의 느껴지지 않다가, 일단 인식하고 나면 긁는 것을 멈출 수가 없다.

그러나 삶은 계속되고 디타는 걱정스러운 속마음을 남들에게 보이고 싶지 않다. 그래서 디타는 아침 일찍부터 굴뚝 공기 흡입구에 등을 기댄 채 벤치에 앉아 도서관 업무 개시를 기다리고 있다. 책들은 디타 앞으로 긴 벤치 위에 당당히 놓여 있다. 세플 리히텐스턴은 매시간 반마다 책을 바꿀 때 책을 옮기고 관리하는 일을 도와줄 보조를 한 명 붙여주었다. 이날 아침 디타의 보조는 특히나 창백한 남자아이로 말없이 디타 옆에 앉아 있었다.

가장 먼저 찾아온 사람은 가까이 있는 남학생반 담당 젊은 교사다. 그는 디타에게 가볍게 고개를 끄덕이며 인사한다. 디타는 그가 공산주의자이고 공부도 많이 했고 영어도 잘하는 사람이라는 얘기를 들었다. 믿을 수 있는 사람인지 행동을 유심히 관찰하지만 결국은 어느 쪽인지 디타도 영 모르겠다. 의식적으로 무관심한 태도를 유지하는 모습을 보고 디타는 이 교사가 지적인 사람이라는 것을 눈치챈다. 그는 책들을 쓱 한번 훑어보더니 H. G. 웰스의 책을 발견하고는 좋은 책이라는 듯이 고개를 끄덕인다. 그런 다음 프로이트의 이론서를 보고는 맘에 들지 않는 양 고개를 흔든다. 하도 면밀히 관찰하고 있던 터라 교사가 입을 열려고 할 때 디타는 거의 화들짝 놀랄 뻔한다.

잠시 생각하다가 드디어 교사가 입을 연다. "H. G. 웰스가 자기 책 옆에 지그문트 프로이트 책이 있는 걸 알면 아마 화낼걸요."

디타는 눈이 커다래져서 얼굴을 붉히며 그를 쳐다본다.

"무슨 말씀이신지……."

"제 말 신경쓰실 거 없어요. 그냥 웰스 같은 사회주의적 윤리론자가 프로이트 같은 판타지 영업사원 옆에 놓인 게 놀라워서 그래요."

"프로이트가 판타지 같은 이야기를 쓰나요?"

"전혀요. 프로이트는 모라비아 태생의 오스트리아 심리학자입니다. 유대인이었고요. 프로이트는 주로 사람들 머릿속에 뭐가 들어 있나 조사를 했지요."

"그리고 뭘 찾아냈나요?"

"본인 말로는 너무 많은 것을 찾았답니다. 그 사람 저서를 보면 정신이란 기억이 시들해져가고 사람들을 미쳐가게 만드는 창고 같은 공간이라고 해요. 정신질환 치료법도 내놓았는데, 환자가 소파에 누워 있으면 프로이트는 환자가 지칠 때까지 이야기하도록 해서 마지막 기억까지 떠올리게 하는 겁니다. 이렇게 해서 프로이트는 환자의 가장 은밀한 기억까지 찾아냈는데, 그는 그걸 정신분석이라고 했죠."

"그래서 어떻게 됐는데요?"

"유명세를 얻었죠. 그 덕분에 1938년 목숨을 구했고요. 나치들이 프로이트의 상담실을 쳐들어가 기물을 부수고 2천 라이히스마르크를 가져갔습니다. 프로이트는 그 사실을 알고 상담비를 그 정도로 청구한 적은 없다고 했지요. 프로이트는 오스트리아 밖에서도 영향력 있는 인사들을 많이 알고 있었는데, 그럼에도 불구하고 나치는 나치 당국이 프로이트를 잘 대우해줬고 제3제국 치하 비엔나에서의 생활이 아주 좋았다고 하는 진술서에 서명하기 전까지는 프로이트가 아내, 딸과 함께 런던으로 떠나는 것을 허락하지 않았답니다. 프로이트는 독일인들이 평소 자신들을 과소평가한다는 생각이 든다며 진술서 마지막에 한마디만 덧붙여도 되겠느냐고 했더랍니다. 그리고 이렇게 쓴 거죠. '모두에게 게슈타포를 강력 추천합니다.' 나치들은 아주 기뻐했고요."

"유대인의 유머감각을 전혀 이해 못 했네요."

"상대가 독일인인 한 발가락 간질이는 게 유머죠."

"프로이트가 잉글랜드에 도착해서는요?"

"이듬해인 1939년 죽었습니다. 이미 아주 늙고 병든 상태였어요." 젊은 교사는 프로이트의 책을 집어들어 빠르게 책장을 넘긴다. "1933년 히틀러가 태워버리라고 처음으로 명령한 책들 중에 프로이트 저서들이 있었죠. 이 책은 그야말로 위험 그 자체입니다. 그냥 몰래 보는 책 정도가 아니라 아예 금서예요."

디타는 부르르 떨며 화제를 바꾼다.

"H. G. 웰스는 어떤 사람이었나요?"

"자유사상가이자 사회주의자였습니다. 하지만 무엇보다 위대한 소설가였고요.『투명인간』이라는 책 들어본 적 있어요?"

"네."

"그 소설의 저자죠. 그리고 지구에 착륙한 화성인들에 대한 이야기인『우주전쟁』이란 책도 있고요.『모로 박사의 섬』이라는 책도 있는데, 이 책에서는 인간과 동물 유전자를 결합하는 미친 과학자가 나옵니다. 아마 멩겔레 박사가 모로 박사를 좋아할 겁니다. 개인적으로는『타임머신』을 웰스의 최고작으로 봅니다. 과거와 미래를 오가며 시간 여행을 하는……"교사는 이야기를 하며 완전히 몰입한 듯하다. "상상이 돼요? 그 기계를 타고 1924년으로 날아가 아돌프 히틀러가 감옥에서 나오지 못하게 하는 겁니다. 무슨 말인지 알겠어요?"

"하지만 그 기계라는 게 전부 다 허구인 거죠?"

"안타깝게도 그렇죠. 실제 세상에서 부족한 걸 소설이 채워주는 거니까요."

"프로이트랑 웰스를 떨어뜨려놓는 게 좋을 것 같다고 하시면 양 끝에 각각 놔둘게요."

"아닙니다, 그냥 두세요. 어쩌면 두 사람이 서로에게 뭔가 배울 수 있을지도 모르죠."

하도 진지한 말투라 디타는 젊지만 노련해 보이는 이 교사가 과연 농담을 하는 것인지 아닌지 알 수가 없다.

교사는 돌아서서 자기 반으로 돌아간다. 디타는 별안간 그가 걸어다니는 백과사전이란 생각이 든다. 디타 옆에 있던 보조사서는 지금까지 한마디도 하지 않았다. 교사가 가고 나서야 디타에게 그는 높은 톤에 어린애 같은 목소리로—평소 왜 말수가 적은지 이해가 간다─교사의 이름은 오타 켈러고 공산주의자라고 말한다. 디타는 고개를 끄덕인다.

교사들은 그날 오후 디타에게 '걸어다니는 책'을 요청한다. 『닐스의 모험』얘기다. 마그다 부인은 눈처럼 하얗게 센 머리, 참새처럼 작은 체구를 가진 가냘픈 여인이다. 하지만 이야기를 시작하기만 하면 그녀는 갑자기 커다란 존재가 된다. 그녀의 목소리는 놀랄 만큼 힘이 넘치고, 양팔을 크게 펼쳐서 닐스 홀거슨을 태우고 하늘을 가르는 거위들의 모험을 그려 보인다. 다양한 나이대가 뒤섞인 아이들 무리도 강력한 거위 떼에 올라탄다. 거위에 올라탄 아이들은 눈을 크게 뜬 채 단어 하나 놓치지 않고 스웨덴 전국의 하늘을 날아다닌다.

『닐스의 모험』을 처음 들어보는 아이들은 없고 대개가 최소한 번, 혹은 여러 번 들은 아이들이지만 이야기를 이미 잘 알고 있는 아이들이야말로 『닐스의 모험』을 가장 즐기는 독자다. 아이들은 다음 장면에 뭐가 나올지도 다 알고 있고, 이미 모험의 일부가 되어 다음 장면을 기대하며 웃기까지 한다. 심지어는 평소 절대 가만히 앉아 있질 않아 31구역 교사들에게 공포의 대상인 가브리엘조차도 동상처럼 요지부동이다.

괴팍한 소년 닐스는 농장에 사는 동물들에게 장난을 치곤 한다. 어느 날 부모님이 교회에 가시고 혼자 집에 남아 있던 닐스는 요정 톰테를 만나는데, 막무가내 닐스의 태도에 화가 난 톰테는 닐스를 숲속 동물만 한 소인으로 만들어버린다. 스스로 목숨을 구하기 위해 닐스는 농장의 거위 목을 붙잡은 채 매달리고, 거위는 그렇게 닐스를 태운 채 스웨덴 시골을 날아다니는 야생 거위 떼에 합류하게 된다. 거위의 목을 움켜쥐던 철부지 닐스가 점점 성숙해지면서 이 세상은 자기 말고 다른 사람들도 함께 살고 있다는 걸 알게 되는 것처럼, 이야기를 듣는 아이들 또한 수프 배식을 먼저 받겠다고 줄 선 사람들을 밀치거나 옆 사람 숟가락을 훔치거나 하는 그런 이기주의가 만연한 가혹한 현실을 넘어서게 된다.

디타가 마그다 부인을 찾아가 어떤 특정 시간에 『닐스의 모험』을 들려달라고 요청하면, 부인은 가끔씩 망설인다.

"하지만 아이들이 전부 다 열 번도 넘게 같은 이야기를 들었는걸! 내가 그 이야기를 또 들려주겠다고 하면 아이들은 죄다 자리에서 일어나 가버릴 거야."

아무도 일어서지 않는다. 이야기를 몇 번 들었든 아이들은 언제나 같은 이야기를 즐긴다. 혹시나 아이들이 지루해할까 걱정된 마그다 부인이 부분부분 생략하고 이야기를 짧게 줄이는 경우도 있는데, 그러면 아이들은 곧장 항의를 한다.

"아니, 그거 아니에요!"

그러면 마그다 부인은 다시 뒤로 돌아가서 하나도 빠뜨리지 않고 이야기를 전부 다시 해준다. 아이들이 이야기를 더 많이 반복해 들을수록 이야기는 점차 아이들의 일부가 되어간다.

이야기가 끝나고 맞추기 놀이를 하던 다른 아이들도, 만들기 수업을 듣던 아이들도 모두 오후의 일과를 마친다. 만들기 수업 시간에 아이들은 낡은 양말과 나무 작대기를 가지고 퍼펫 인형을 만들었다. 부구역장이 오후 점호를 끝내자 아이들은 막사를 떠나 자기 가족들 품으로 돌아간다.

보조교사들은 신속히 자기 업무를 마친다. 잔가지 빗자루로 바닥을 쓰는 건 사실 바닥이 정말 더러워서라기보다 일종의 의례, 혹은 보조교사 존재의 이유를 정당화하기 위한 것이다. 의자를 정리하는 일도 별로 시간이 많이 들지 않고, 식사 후 있지도 않은 남은 음식을 치우는 일도 별로 할 게 많지 않다. 낭비라는 것이 없기 때문이다. 그릇은 깨끗하다. 수프 마지막 한 방울까지 깨끗이 핥아먹었다. 부스러기는 소중한 보물이나 다름없다. 보조교사들이 형식적으로 청소를 마치고 막사를 떠나자 31구역에 평화가 찾아온다.

교사들은 의자에 함께 둘러앉아 그날 있었던 일들을 이야기한다. 디타는 장작더미 뒤편 구석에 앉아 있다. 막사의 책을 밖으로 가지고 나갈 수 없기 때문에 디타는 수업이 끝나면 한동안 여기서 책을 읽다 간다. 구석 한편에 막대기 하나가 솟아 나와 있다. 막대기 끝에는 실로 만든 작은 그물망이 달려 있다. 엉성한 잠자리채 같기도 하지만 한편으로 너무 엉성해서 나비라도 잡을라치면 구멍으로 빠져나가버릴 것 같다. 대체 이 무용지물 막대는 누구 것인지 짐작도 안 간다. 어쨌거나 아우슈비츠에는 나비도 없다. 나비가 있다면 얼마나 좋을까!

벽 널빤지 사이에서 무언가가 보인다. 잡아당겨보니 작은 연필이다. 끝을 그을린 몽당 나무 조각보다 조금 큰 정도지만, 연필은 희귀한 물건이다. 디타는 모겐스턴 교수가 남겨놓은 작은 종이새를 집어들고 조심히 종이를 편다. 이제 그림을 그릴 수 있는 종잇조각도 생겼다. 디타는 오랫동안…… 최소한 테레진 이후로는 그림을 그린 적이 없다.

게토에서 아이들에게 미술을 가르치던 선생님은 그림을 그리는 것이 일종의 탈출구라고 했었다. 워낙 교양 있고 열정적인 훌륭한 선생님이셔서 디타는 선생님의 말에 반기를 들고 싶지 않았다. 그러나 책과 달리 그림을 그리면서는 잠시 현실을 잊고 전혀 다른 세상으로 여행을 한다거나 다른 삶의 수레에 올라타본다거나 하는 일은 없었다. 오히려 그 반대였다. 그림을 그릴수록 디타는 더더욱 자신의 내면과 마주해야 했다. 테레진에서 디타가 그린 그림들은 전부 불안정한 붓터치, 폭풍우가 몰아치는 잿빛 하늘이 등장하는 어두운 그림들이었다. 그림은 디타가 아직 채 피우지도 못 한 청춘이 이미 끝나버린 것 같단 생각에 사로잡혀 있을 때 자신과 대화하는 방법 중 하나였다.

디타는 막사를 그려본다. 등받이 없는 의자, 굴뚝의 곧은 벽돌선, 그리고 벤치 두 개. 벤치 하나는 디타를 위한 자리이고, 다른 하나는 책을 두는 용도다.

디타는 교사들의 대화를 엿듣는다. 오늘은 다들 걱정스러운 목소리다. 악질 여사는 비명소리며 명령하는 소리며, 캠프에 도착한 추방자들 때문에 시끄러워서 아이들에게 지리를 가르칠 수가 없다고 비통하게 불평한다. 이들은 31구역을 지나 샤워실로, 죽음으로 향한다.

"기차가 들어와요. 그런데 우리는 아무것도 못 들은 것처럼 행동해야 하죠. 수업을 계속하면 아이들은 자기들끼리 속닥대고요. 그냥 아예 다 솔직하게 까놓고 아이들한테 강제수용소에 대해 얘기해주는 편이 낫지 않나? 아이들도 어차피 무슨 일이 벌어지는지 알고, 그러니 아이들이 자기 입으로 두려움에 대해 이야기하게 하자는 거죠."

프레디 허쉬는 오늘 이 자리에 없다. 그는 막사 안 사람들 간의 일에는 점점 거리를 두고 자기 방 안에 틀어박혀 있다. 디타가 책을 숨기려고 그의 방 안에 들어가면 프레디는 보통 온전히 집중해선 무언가를 종이에 쓰고 있다. 프레디 말로는 베를린에 보낼 보고서라며, 당국에서는 31구역 실험에 정말로 관심을 갖고 있다고 했다. 프레디가 다른 사람들에게 들키고 싶지 않은 그림자가 이 보고서와 관련이 있는지 디타는 궁금해진다.

프레디가 자리를 비운 지금 투덜대는 크리시코바 부인에게 말려들지 않고 구역 내 질서관리에 대해 상기시켜줘야 하는 사람은 미리암 에델스타인이다.

"하지만 정말로 아이들이 걱정을 안 한다고 생각하는 거예요?" 다른 교사가 끼어든다.

"그러니까 더더욱 질서를 유지해야죠." 미리암 에델스타인이 답한다. "계속 그 이야길 해서 뭐하죠? 끊임없이 상처에 소금을 문질러서 뭘 하겠냐고요. 이 학교는 순수한 교육이라는 목적 이상의 미션이 있죠. 아이들에게 어떤 정상성을 보여주고, 감정을 잃지 않도록 하고, 또 삶이 지속된다는 걸 보여주는 것 말이에요."

"그걸 언제까지 해야 하는데요?" 누군가의 질문에 대화는 다시 열띤 토론으로 흘러간다. 6개월 후 특별대우를 의미하는 팔의 그 문신은 아이들에게 어떻게 설명할 것인지부터 시작해서 염세주의적인 의견, 낙관적인 의견, 양측 각각의 의견들이 쏟아져 나온다. 9월 입소자들에게 그 시간은 점점 가까워지고 있다. 대화는 혼돈으로 빠져든다.

이 시간까지 막사에 남아 있어도 되는 유일한 보조교사는 성인 교사들의 논쟁을 목격하는 것이 어쩐지 불편하다. '죽음'이라는 단어가 무슨 불경하고 죄스러운, 어린 소녀가 엿들어서는 안 되는 단어인 것처럼 귓가에 맴맴 돈다. 그래서 디타는 자리를 뜬다. 디타는 하루 종일 프레디를 보지 못했다. 정말 중요한 일로 바쁘긴 한 것 같다. 고위 장성의 형식적인 방문을 준비해야 하는 탓이다. 미리암 에델스타인은 그의 방 열쇠를 갖고 있다. 미리암은 디타가 책을 두고 올 수 있게 문을 열어준다. 두 사람은 빠르게 눈빛을 교환한다. 디타는 부구역장에게 배신의 기미나 위선이 느껴지는지를 살펴보지만 이제 더는 어떻게 생각해야 할지 모르겠다. 미리암에게서 확인할 수 있는 것은 깊은 슬픔뿐이다.

디타는 31구역을 떠나며 생각에 잠긴다. 아버지는 합리적인 사람이니까 아버지와 이야기를 할까 생각해본다. 불현듯 멩겔레 박사를 경계해야 한단 사실이 떠올라 디타는 고개를 돌려 자신의 뒤를 밟고 있는 누군가가 있진 않은지 주변을 몇 차례 재빨리 둘러본다. 바람은 잦아들었고 캠프에 눈이 내리기 시작한다. 중앙로는 온기를 찾아 재빨리 막사로 돌아가는 사람들 몇몇을 제외하면 텅 비어 있다. 나치 대원의 흔적은 없다. 그때 한 막사 사잇길에서 낡은 재킷에 스카프처럼 손수건을 두른 어떤 사람이 추위를 이겨내려 애쓰며 뛰고 있다. 자세히 들여다보니 짧은 흰 수염, 흰머리, 둥근 안경…… 모겐스턴 교수다!

그가 나무막대기를 힘껏 위아래로 흔드는데, 막대기 끝에 그물이 매달려 있다. 31구역에서 본 잠자리채다. 이제 그 잠자리채의 주인이 밝혀졌다. 저걸 왜 저렇게 공중에 흔들고 있는지 이해할 수가 없어 디타는 한참을 그 자리에 서서 교수를 바라보고 있다. 그러다 드디어 이해가 된다. 그걸로 떨어지는 눈송이를 잡겠다는 걸 디타가 무슨 수로 짐작할 수 있었겠는가.

모겐스턴 교수는 자신을 바라보고 있는 디타를 발견하고 친근하게 인사를 해 보인다. 그런 다음 다시 눈꽃나비를 열정적으로 좇는다. 이따금씩 눈송이를 잡으려다가 하마터면 미끄러질 뻔하지만 결국 교수는 눈꽃을 잡아 자기 손바닥에서 녹는 것을 지켜본다. 노교수의 짧은 수염은 눈이 얼어붙어 반짝이고, 디타는 교수의 얼굴에서 만족스러운 미소를 본 것만 같다.

10

매일 오후 책을 가져다 두러 프레디 허쉬의 방에 갈 때마다 디타는 되도록 바로 자리를 뜨고 프레디와 눈도 마주치지 않으려고 애쓴다. 디타는 신뢰가 깨질 수 있는 위험은 굳이 감수하고 싶지 않다. 차라리 프레디의 선의를 믿으려 한다. 하지만 완강한 성격의 소유자인 디타는 아무리 노력해도 자신이 본 장면을 머리에서 지워버릴 수가 없다.

디타는─젊은 교사 오타 켈러가 불을 지핀─호기심 때문에 그날 오후 평소의 구석진 은신처에 웅크리고 앉아 H. G. 웰스를 읽으며 시간을 보낸다. 수업은 다 끝났고 학생들은 맞추기 게임을 하거나, 연극을 준비하거나, 기적처럼 나타난 연필로 그림을 그리고 있다. 디타는 오타 켈러가 말한 그런 흥미진진한 소설들이 여기 있어서 마음껏 읽을 수 있으면 좋겠다고 생각한다. 『세계사 산책』은 일반 학교 교과서와 가장 비슷한 책이라 가장 자주 대여되는 책이다. 책에 푹 빠져 읽다 보면 영락없이 프라하의 학교로 돌아간 기분이다. 고개를 들면 눈앞에는 칠판과 분필 가루가 잔뜩 묻은 선생님의 손이 보이는 것만 같다.

우리 세계의 이야기는 여전히 많은 부분이 알려져 있지 않다. 2백여 년 전 인간은 3천 년 전 정도의 과거만을 알고 있었다. 그보다 더 과거의 일은 역사라기보다 전설과 추측이었다.

웰스는 역사가라기보다 소설가다. 그는 『세계사 산책』에서 지구의 탄생과 20세기 초 과학자들이 내놓은 달에 대한 놀라운 이론들을 이야기한다. 거기서부터 그는 조류가 처음 등장한 전기 고생대, 삼엽충이 있었던 캄브리아기, 늪지가 생겨난 석탄기, 파충류가 처음 등장한 중생대까지 독자들을 각기 다른 지질 시대로 안내한다.

디타는 화산 폭발로 지구가 뒤흔들리고 뒤이어 해빙기와 급격한 빙하기 사이를 오가며 기후가 극단적으로 바뀌는 경외로운 과정을 탐험한다. 특히나 거대한 공룡이 지구의 주인이 된 파충류 시대가 디타의 관심을 사로잡는다.

파충류 세계와 생각하는 인간 세계와의 차이는 우리의 공감대가 통하지 않는 것 같다는 점이다. 파충류의 빠르고 단순하면서 급박한 그 본능적 동기를, 식욕을, 그리고 그들의 공포와 분노를 우리 머리로는 이해할 수 없다.

파충류와 인간을 구분해낼 수 있다고 한다면 지금 사람들이 살고 있는 이 세계를 보고 H. G. 웰스가 뭐라고 할까, 디타는 궁금하다.

별다른 고정 시간표가 없는 오후, 디타는 31구역에서 『세계사 산책』을 읽으며 시간을 보낸다. 웰스의 책은 디타를 놀라운 이집트 피라미드의 지하 통로로, 아시리아의 전장으로 안전하게 안내한다. 다리우스 1세 페르시아 황제가 지배한 영토는 현존하는 그 어떤 제국들보다도 훨씬 크고 거대했단 걸 볼 수 있다. 유대의 성직자들과 예언자들에 대한 웰스의 평가는 어릴 때 디타가 배운 유대 성인에 대한 역사와는 달라서 혼란스럽다.

그래서 디타는 고대 이집트 편으로 다시 돌아가는 쪽을 택한다. 디타는 신비한 이름을 가진 파라오들의 세계 속으로 들어가 나일강을 항해하는 배에 올라탄다. 웰스가 옳다. 타임머신이라는 건 존재한다. 책이 바로 타임머신이다.

하루 일과가 끝나면 디타는 마지막 점호 전 책을 전부 원래 자리에 숨겨두어야 한다. 수감자들 번호를 일일이 다 확인하는 괴로운 90분이 지나면 디타는 기쁜 마음으로 아버지와의 수업으로 달려간다. 오늘은 지리 수업이다.

14번 막사를 지나는데 마깃과 르네가 옆쪽 벽에 기대 서 있다. 막 야외 점호를 마친 두 사람은 아주 지친 기색이다. 디타는 표정이 나빠 보이는 두 사람에게 다가가 인사를 건넨다.

"무슨 일 있어? 뭐 큰일이라도 난 거야? 여기서 이러고 있다가 동상 걸릴라."

마깃은 르네 쪽을 돌아보는데 뭔가 하고 싶은 말이 있는 것 같다. 르네는 이마를 가리고 있던 금발의 곱슬머리 한 가닥을 입까지 잡아당겨 긴장한 듯 씹는다. 르네가 한숨을 쉬자 입에서 입김 한 줄기가 흘러나와 공중으로 사라진다.

"그 나치 말야…… 날 괴롭혀."

"너한테 무슨 짓이라도 했어?"

"아니, 아직. 하지만 오늘 아침 그 사람이 우리 작업장에 다시 나타나서 내 바로 앞에 서 있었다니까. 그 사람이 확실했어. 난 고개도 안 들었어. 그런데도 절대 안 가더라고. 내 팔을 만졌어."

"뭘 어쨌기에?"

"옆자리 여자애 발에 흙을 한 삽 뿌렸더니 얘가 무슨 야생동물처럼 소리를 막 지르는 거야. 별거 아닌데 소란이 좀 일어서 다른 순찰대 대원들까지 왔어. 그 사람은 뒤로 물러나더니 아무 말도 없었고. 하지만 그 사람이 날 뒤따라 왔어…… 꾸며내는 게 아니야. 마킷도 어제 봤어."

"진짜야. 점호 끝나고. 막사로 부모님한테 돌아가기 전에 잠깐 우리끼리 얘기하고 있는데 그 사람이 우리한테서 한 몇 걸음 거리를 두고 걸음을 멈추더라고. 르네를 쳐다보고 있었어. 확실해."

"쳐다보는 표정이 화난 얼굴이었어?" 디타가 묻는다.

"아니. 그냥 빤히 보고 있었어. 그 있잖아 왜…… 남자들이 음흉하게 쳐다볼 때 그런 표정."

"음흉하게?"

"르네랑 자고 싶은 것 같아."

"언니, 돌았어?"

"진심이야. 남자의 표정에서 모든 걸 읽을 수 있어. 남자들 눈빛을 보면 딱 이미 네 벗은 몸을 상상하고 있다는 표정이라고."

"무서워." 르네가 속삭인다.

다들 똑같이 무섭다고, 디타는 르네를 꼭 껴안아주며 말한다. 그리고 언제든 가능만 하다면 옆에 같이 있어주겠다고 장담한다.

르네의 눈에 눈물이 맺히고 몸이 바들바들 떨린다. 하지만 그게 추위 때문인지 두려움 때문인지 누가 알겠는가. 디타는 땅에서 작은 나뭇조각을 하나 주워와 눈 내린 땅바닥 위에 정사각형을 그리기 시작한다.

"뭐 하는 거야?" 두 명이 거의 동시에 묻는다.

"사방치기 판 그리지."

"제발, 디틴카! 우리 열여섯 살이야. 이 나이에 사방치기라니, 그건 애들이나 하는 거지."

디타는 방금 마깃의 말은 못 들은 척하고 꼼꼼히 정사각형을 그려나간다. 그림을 다 그린 다음 디타는 자기 대답을 기다리고 서 있는 두 사람을 올려다본다.

"다들 이미 막사로 돌아갔잖아. 보는 사람 아무도 없을 거야!"

르네와 마깃은 인상을 찌푸리며 고개를 절레절레 젓고 있고, 그러는 동안 디타는 땅바닥에서 뭔가를 찾는다.

"나뭇조각이면 될 거야." 디타는 그렇게 말하더니 나뭇조각을 사각형 중 하나에 던져넣는다.

디타는 폴짝 뛰어 뒤뚱뒤뚱 착지한다.

"어설픈데." 르네가 웃는다.

"눈이 와서 그래. 너는 뭐 더 잘할 것 같아?" 디타가 화를 내는 척 연기한다.

르네는 치마를 접어 올리고 나뭇조각을 던진 후 완벽한 점프와 착지를 보여준다. 마깃은 박수를 친다. 다음 차례는 마깃이다. 마깃이 최악이다. 불안불안하게 한 발로 뛰더니 눈 쌓인 바닥으로 환상적인 엉덩방아를 선보인다. 마깃을 일으켜 세워주려던 디타까지 급기야 얼어붙은 바닥 위로 미끄러지면서 엉덩방아를 찧는다.

르네가 두 사람을 보며 웃음을 터뜨린다. 이제야 저들이 웃는다.

옷은 젖었지만 디타는 기쁜 마음으로 서둘러 수요일 지리 수업으로 향한다. 월요일엔 수학, 금요일엔 라틴어. 아들러 선생님, 디타의 아버지가 교사고 디타 자신의 머리가 곧 공책이다.

디타는 아직도 요세포프의 아파트로 이사한 첫날을, 그리고—이제 출근을 안 하게 된—아버지가 집안에 딱 하나 있는 거실 겸 식사를 하는 공간의 식탁 앞에 앉아 손가락으로 지구본을 돌리고 있던 모습을 기억한다. 디타는 방과 후면 늘 그랬듯 가방을 그대로 멘 채 아버지에게 인사를 하러 갔다. 가끔씩 아버지는 무릎에 디타를 앉히고는 함께 나라이름 맞추기 놀이를 하곤 했다. 금속 스탠드 위의 지구본을 천천히 돌리다가 손가락으로 갑자기 지구본을 멈췄을 때 손가락이 가리키는 나라가 어딘지 맞추는 것이다. 그날은 아버지 정신이 다른 데에 팔린 듯했다. 아버지는 학교에서 통지문이 왔다고, 이제 방학이라고 했다. '방학'이라는 말은 아이들 귀에는 노랫소리다. 그러나 그 소식을 전하는 아버지의 말투, 그리고 전혀 예상치 못한 갑작스러운 방학 소식에 노랫소리의 볼륨은 낮다. 다시는 학교로 돌아갈 수 없단 사실을 깨달았을 때 즐거움이 괴로움으로 바뀌던 그 느낌을 디타는 기억한다. 그런 다음 아버지는 디타에게 무릎에 와서 앉으라고 신호를 보냈다.

"집에서 공부를 하자. 에밀 삼촌이 약사니까 화학을 가르쳐줄 거고 루스 사촌언니가 미술을 가르쳐줄 거야. 내가 미리 말해놓을게, 알겠지. 아빠가 어학이랑 수학을 가르쳐주마."

"지리는요?"

"지리도 물론. 지겹도록 세계여행을 하게 될 거야."

그리고 그 말은 현실이 됐다.

아직 프라하에 있을 당시, 그러니까 1942년 테레진으로 추방되기 전 시절의 얘기다. 이곳 아우슈비츠 안에서 회상해보면 썩 불행한 시절은 아니었다. 독일군 점령 전만 해도 아버지는 너무 바빠서 디타와 함께 시간을 보낼 수가 없었다. 그래서 디타는 아버지가 선생님이 돼주는 것이 기뻤다.

이제 디타는 아버지의 막사로 걸어가면서 혹시 멩겔레가 뒤를 쫓고 있을 것을 대비해 가끔씩 뒤를 살핀다. 솔직히 말하면 이제는 멩겔레보다 31구역장의 비밀이 더 걱정스럽지만 말이다.

아버지는 비가 오지 않는 월요일, 수요일, 금요일마다 막사 옆에 나와 디타를 기다리고 있다. 두 사람은 커다란 돌 위에 함께 앉는다. 그게 디타의 학교다. 디타의 아버지는 이미 진흙 위에 막대기로 세계지도를 그려두었다. 예전에 아버지는 스칸디나비아반도는 커다란 뱀의 머리, 이탈리아는 아주 우아한 여자의 부츠 같은 식으로 디타가 위치를 기억할 수 있게끔 가르쳐주곤 했다. 아우슈비츠의 진흙 위에 아버지가 그려놓은 세계지도는 알아보기 쉽지 않다.

"오늘은 지구의 대양에 대해 알아보자, 에디타."

그러나 디타는 수업에 집중할 수가 없다. 아버지라면 31구역에 있는 지도책을 정말 좋아할 것이다. 그러나 책을 외부로 가지고 나오는 것은 금지돼 있는 데다, 무엇보다 멩겔레가 눈에 불을 켜고 감시하는 상황에서 책을 갖고 올 방법은 없다. 다른 데에 정신이 팔려 가뜩이나 수업에 집중도 못 하고 있는데 설상가상으로 날씨는 춥고 눈이 내리기 시작했다.

그래서 어머니가 평소보다 조금 일찍 나타나자 디타는 사뭇 기뻤다.

"날씨가 추워. 오늘은 그만해. 그러다 둘 다 감기 걸려."

약도, 심지어는 담요와 음식도 없는 이곳 아우슈비츠에서는 감기란 저승사자다.

디타와 아버지가 자리에서 일어난다. 정작 추위에 몸을 부르르 떨면서도 아버지는 자기 재킷을 디타의 어깨에 걸쳐준다.

"막사로 돌아가자. 곧 저녁 배식이 있을 거야."

"말라붙은 빵조각이 저녁이라니, 참 긍정적이네요."

"전쟁이란다, 에디타……."

"알아요, 알고 있다고요. 다 전쟁 때문이죠."

어머니는 대꾸가 없고 디타는 그 틈을 타 그동안 고민하던 문제에 대해 이야기를 꺼내본다. 물론 아주 우회적으로 말이다.

"아빠…… 캠프 안에서 누군가에게 비밀을 털어놓는다고 하면, 절대적으로 믿을 수 있는 사람은 누구예요?"

"너랑 네 엄마지."

"그거야 알죠. 제 말은, 가족 말고요."

"투르노브스카 부인은 아주 훌륭한 분이야. 그분은 믿어도 돼."어머니가 끼어든다.

"그 여자한테 뭐라도 털어놨다간 변소 청소부 귀에까지 삽시간에 퍼질걸. 거의 라디오 방송이지, 그 여자는."디타의 아버지가 대꾸한다.

"저도 동의해요, 아빠."

"지금까지 여기서 만난 사람 중에 제일 듬직한 사람이라면 토마섹 씨를 꼽겠어. 안 그래도 마침 얼마 전에 어떻게 지내느냐고 안부 인사하러 왔었다. 다른 사람들한테까지 그렇게 관심을 갖는 사람이 여기서는 잘 없지."

"그럼 뭔가 솔직한 의견이 궁금할 때 그분한테 물으면 진실을 말해줄까요?"

"그럼. 그런데 왜?"

"아, 아무것도 아니에요. 그냥 궁금해서."

디타는 토마섹 씨의 이름을 머릿속에 저장해둔다. 디타는 그를 찾아가 이야기를 털어놓고 프레디 허쉬를 어떻게 생각하는지 물어볼 것이다.

"네 할머니는 늘 진실을 말하는 사람들은 아이들과 미친 사람뿐이라고 하셨지." 어머니가 덧붙인다.

디타는 모겐스턴을 떠올린다. 아무 어른이나 찾아가 프레디 허쉬처럼 유명한 사람에 대해 의구심을 갖는 이야기를 할 수는 없다. 그들은 디타를 배신자라고 할 거다. 혹시 또 모르지, 심지어 남들 앞에서 대놓고 그렇게 몰아세울 수도 있다. 하지만 모겐스턴이라면 그런 위험을 감수하지 않아도 된다. 모겐스턴이 설사 디타의 이야기를 퍼뜨린다 해도 그냥 이 노인네가 웬 헛소리를 지어냈다고 해버리면 된다. 모겐스턴이 프레디 허쉬에 대해 뭔가 아는 것이라도 있을까?

디타는 부모님에게 마깃을 보러 다녀오겠다고 한다. 평소대로라면 수프 나올 시간이 되기 전까지는 은퇴한 그 건축가 할아버지가 31구역, 가끔 디타가 책을 읽고 싶을 때 이용하는 그 장작더미 뒤 은신처에 아직 남아 있을 것이다.

보조교사들은 원칙적으로 수업이 끝난 후까지 31구역에 남아있어선 안 되지만, 디타는 사서라서 특혜가 좀 있다. 다른 보조교사들이 디타를 싫어하는 건 그 때문인지도 모른다. 그렇다고 딱히 다른 보조교사들이 신경이 쓰이진 않는다. 디타의 머릿속은 걱정과 의구심으로 가득 차 있다.

31구역 안에서 교사들 몇몇이 모여 함께 이야기를 나누고 있다. 그들은 디타가 들어오는 것을 눈치채지 못한다. 디타는 교실 뒤편의 장작더미 뒤쪽을 살핀다. 이미 충분히 써먹은 종이로 또다시 모겐스턴 교수가 새를 접고 있다.

"안녕하세요, 교수님."

"이게 누구신가요, 사서 아가씨군요. 반가워요!"

그는 일어나 고개를 숙여 인사한다.

"내가 뭐 도울 일이라도 있습니까?"

"아, 그냥 지나던 길에……."

"좋은 생각이에요. 하루 30분을 걸으면 10년을 더 산답니다. 하루 세 시간씩 걷던 우리 사촌 하나는 114살까지 살았어요. 산책 중에 발을 헛디뎌 골짜기로 떨어지는 바람에 죽었지요."

"아쉽지만 여긴 너무 끔찍해서 딱히 별로 산책 삼아 걷고 싶진 않아요."

"그냥 다리만 움직이면 되지요. 다리는 주변을 볼 수 없잖아요."

"모겐스턴 교수님…… 프레디 허쉬를 오래 알고 지내셨어요?"

"9월에 만났지요."

"프레디 허쉬를 어떻게 생각하세요?"

"훌륭한 청년이라고 생각하지요."

"그게 다예요?"

"더 있어야 합니까? 요즘에는 그렇게 품위 있는 사람을 보기 힘들어요. 훌륭한 매너보다 더 중요한 건 없지요."

디타는 망설이지만 다른 사람에게 솔직히 이야기할 기회는 자주 없다. "교수님…… 프레디가 뭔가 숨기는 것 같으세요?"

"그럼요, 물론이지요."

"뭐요?"

"책이요."

"에이, 그거야 이미 알죠!"

"미안해요, 아들러 양. 화내지 말아요. 물어보니까 대답을 하는 거랍니다."

"그렇죠, 맞아요. 죄송해요. 제가 조용히 여쭤보고 싶었던 건 우리가 프레디를 믿어도 된다고 생각하시느냐는 거였어요."

"이상한 질문이네요."

"네. 제가 이런 질문을 했단 건 기억에서 지워주세요."

"프레디 허쉬를 믿어도 되느냐는 게 무슨 뜻인지 잘 모르겠어요. 구역장으로서 그의 능력에 대한 신뢰 말입니까?"

"그건 아니고요. 프레디가 겉으로 보이는 것과 속이 똑같은 사람이라고 생각하시는지를 묻고 싶은 거였어요."

잠시 동안의 숙고 끝에 교수가 대꾸한다. "아니요, 그런 사람이 아닙니다."

"겉으로 보이는 것 같은 사람이 아니라고요?"

"네. 그건 나도 마찬가지입니다. 아들러 양도 그렇고요. 겉과 속이 같은 사람은 없어요. 신께서는 생각을 자기 자신만 들을 수 있도록 묵음으로 만드셨지요. 다른 사람은 우리가 무슨 생각을 하는지 알아선 안 됩니다. 사람들은 내가 무슨 생각을 하는지 말할 때마다 화를 내요."

"하긴 그래요……."

"이 아우슈비츠라는 진흙탕 속에서 누굴 믿을 수 있느냐, 이걸 묻고 싶은 거지요?"

"바로 그거예요!"

"믿을 수 있거나 혹은 누군가의 신뢰를 받는 것에 대한 얘기라면 나 개인적으로 믿을 수 있는 사람은 절친한 친구 딱 한 명이랍니다."

"절친한 친구가 누군데요?"

"나 자신. 내가 나의 절친한 친구입니다."

종이새 끝을 부드럽게 만들고 있는 모겐스턴을 디타는 한참 쳐다본다. 모겐스턴에게서는 유용한 이야기를 듣지 못할 것이다.

디타는 막사로 돌아와 침대에 눕는다. 지난 이틀간 멩겔레를 보지 못했다. 그러나 안심해선 안 된다. 그는 모든 것을 보고 있다. 부구역장인 미리암 에델스타인과 프레디 허쉬에 대한 이야기를 나눌 수 있을까 생각해본다. 하지만 미리암이 그의 공범이라면?

다 너무 혼란스럽다. 토마섹 씨와 이야기를 해봐야겠다. 눈이 감기기 시작하자 디타의 머릿속에 한 장면이 떠오른다. 디타와 마깃이 눈이 쌓인 땅바닥에 누워 있고 르네는 그들을 내려다보며 세 사람이 함께 웃음을 터뜨리고 있는 장면이다. 아직 웃을 수 있는 한 모든 걸 잃지는 않은 것이다.

11

1944년 2월 말 고위급 독일 대표단이 아우슈비츠 비르케나우를 찾았다. 1941년부터 1945년까지 게슈타포 내에서 유대인 부서를 담당했던 아돌프 아이히만 중령이 이끄는 부대였다. 그들의 미션은 아우슈비츠 내에서 아이들만 분리해놓은 유일의 실험적 막사, 31구역의 운영과 관련하여 그 구역장인 프레디 허쉬로부터 직접 대면보고를 받는 것이었다.

프레디 허쉬는 검열 때 아무리 어린 아이들이라도 완벽하게 줄을 맞춰 서 있을 수 있도록 세플 리히텐스턴에게 당부했다. 프레디는 우수한 위생 상태를 요구한다. 아이들은 매일 아침 7시에 일어나고 보조교사들은 아이들을 씻기러 간다. 2월 아침 온도는 영하 25도까지 떨어지고 수도관이 어는 날도 있다.

한 올 흐트러짐 없이 머리를 빗고 면도를 한 다음 프레디가 얼굴을 비치면 이미 아이들은 아침 점호에 맞춰 줄을 서 있는 상태다. 프레디가 평소보다도 더욱 군인처럼 행동하는 걸 보니 분명 스트레스를 받는 모양이다. 호루라기 소리와 천둥 같은 부츠 소리가 들린다. 잠시 후 나치 대원 두 명이 금속 휘장과 장식을 가슴에 잔뜩 붙인 장교들을 위해 길을 낸다.

프레디 허쉬는 전투적으로 발뒤꿈치를 서로 부딪히며 차려 자세를 취한다. 허락이 떨어지자 그는 31구역의 기능에 대해 이야기한다. 원래 체코 출신이 아닌 프레디는 확실히 모국어인 독일어로 이야기하는 것이 편안해 보인다.

루돌프 회스와 아돌프 아이히만의 뒤를 따르는 수행원들 가운데는 아우슈비츠 비르케나우를 책임지는 슈바르츠후버 지휘관도 속해 있었다. 멩겔레 박사는 그보다 뒤편에 서서 약간 옆으로 빠져 있다. 계급으로 보면 멩겔레는 대위라서 고위급인 중령보다는 훨씬 낮고, 혹자는 그가 위계질서를 존중하는 차원에서 약간 뒤로 빠져 있다고 생각할 수도 있겠다. 그러나 디타가 보기에 그의 무관심한 표정에는 따분함이 묻어 있다. 그에게는 당국의 이런 방문이 성가시다.

갑자기 멩겔레가 고개를 든다. 그가 디타를 쳐다본다. 디타는 정면만 응시하는 척하고 있지만 자신을 향한 멩겔레의 시선을 느낄 수 있다. 뭘 원하는 거지?

아이히만이 고개를 끄덕인다. 그 엄한 표정에서도 우월감이 느껴진다. 프레디 허쉬에게서 대면보고를 받아주는 것 자체가 엄청난 특혜를 베풀어주는 일임을 아이히만은 감추지 않는다. 장교급 이상이 유대인 구역장의 보고를 받는데 50센티미터 정도 거리면 대단히 가까운 것이다. 깨끗한 셔츠, 주름 없는 바지를 입고 있는데도 빳빳한 유니폼과 반짝반짝한 부츠 사이에 있으니 프레디가 꼭 시골 사람 같다. 아무리 별별 의심을 품고 있다고는 해도 저런 프레디에 대해 엄청난 존경과 호감이 새삼 생기는 것을 디타는 막을 수가 없다. 저들이 프레디를 업신여길지는 몰라도, 최소한 지금 그들은 프레디의 말을 듣고 있다. 디타는 그를 믿는다. 그에 대한 신뢰가 디타에게는 절박하다.

대표단이 떠나자마자 보조교사 두 명이 점심을 나르는 가운데 막사는 일상을 되찾는다. 움푹 파인 사발, 휘어진 숟가락을 들고 아이들은 최소한 오늘 수프에 당근 한 조각이라도 있기를 신게 빈다. 식사가 끝나고 다들 막사를 하나씩 떠난다. 교사 몇 명만이 남아 뒤편 의자에 모여앉아 오늘의 방문에 대해 이야기한다. 그들은 프레디의 의견이 궁금하지만 바로 그런 궁금증을 피하려고 프레디는 흔적도 없이 사라져버렸다.

친위대 지도부는 갈라 오찬 중이다. 메뉴는 토마토 수프, 닭고기, 감자, 붉은 양배추, 구운 생선, 바닐라 아이스크림, 맥주다. 웨이트리스는 아우슈비츠에 수용된 여호와의 증인 신도들이다. 회스는 여호와의 증인을 선호한다. 절대 불평을 하지 않는단 이유다. 신의 뜻이라고 생각하면 그들은 기꺼이 복종한다.

"이봐." 회스는 턱밑에 꽂아둔 냅킨을 군이 빼면서까지 자리에서 일어나 동료에게 말한다.

그가 웨이트리스 한 명을 부르더니 루거 권총을 꺼내 총구를 그녀의 관자놀이에 가져다 댄다. 다른 나치 장교들이 식사를 중단하고 다음 장면을 기대하며 회스를 쳐다본다. 홀 안에 침묵이 내린다. 웨이트리스는 동요하지 않고 더러운 접시를 손에 든 채 권총도, 총구를 들이대고 있는 사람도 쳐다보지 않고 가만히 서 있다. 어느 곳으로도 시선을 돌리지 않고 그녀는 알아들을 수 없을 만큼 작은 목소리로 조용히 기도한다. 불평도, 저항도, 공포의 기미도 없다.

"신께 감사하고 있는 거야." 회스는 껄껄 웃으며 부연한다.

다른 이들은 정중하게 웃는다. 루돌프 회스는 중앙로에서 발생한 일련의 비행이 그의 부하들 소관이었던 탓에 최근 아우슈비츠 지휘관 자리에서 해임됐다. 게슈타포의 일부 고위급 장성들도 그에 대해 더는 예전처럼 호의적이지 않다. 아이히만은 회스가 다시 자리에 앉을 때까지 기다리지 않고 다시 수프를 먹기 시작한다. 이런 장난은 식사 중에 할 일은 아닌 것 같다. 아이히만에게 유대인 말살은 심각한 작업이다. 그리하여 훗날 독일의 패배를 직감한 하인리히 힘러 친위대 지도자가 1944년 '최종해결책'을 종료할 것을 명하더라도 아이히만은 끝까지 저항하며 대학살을 계속하도록 할 것이다.

투르노브스카 부인의 소식통에 따르면—그러니까 디타가 지은 '라디오 비르케나우'라는 부인의 별명은 적절했다—수용자들에게 특별식으로 소시지 배급이 있을 거라고 했지만, 사실이 아니었다. 역시 이번에도.

부모님을 보러 가던 디타는 사람들 사이에서 언뜻 토마셱 씨를 발견하고 지금이야말로 그에게 말을 걸 기회라고 생각한다. 디타는 토마셱 씨를 향해 걸어가지만 중앙로가 하도 붐벼서 원하는 방향으로 나아가기가 어렵다. 토마셱 씨는 가끔씩 시야에서 벗어났다가 다시 나타났다가 했다. 그는 31구역과 병동 막사 쪽으로 가고 있었는데 그쪽에는 인파가 좀 적다. 아버지 연세인데도 걸음이 워낙 빨라서 디타는 토마셱 씨를 쫓아갈 수가 없다.

그는 31구역을 빙 돌아서 의류 창고가 있는 캠프 가장자리 쪽으로 걸어간다. 그곳은 유대인 카포가 아닌 카포 역할을 부여받은 일반 독일인 수용자들이 감독하는 구역이다. 유대인들은 허락 없이는 이 구역에 접근이 불가하기 때문에 대체 토마셱 씨가 뭘 하려는 건지 디타는 알 수가 없다. 독일인들은 거기 쌓여 있는 누더기들이 대단히 가치 있다고 생각하는 것 같다. 아마도 토마셱 씨는 필요한 사람들을 위해 옷을 찾으러 가는 모양이다. 부모님 말로는 토마셱 씨가 친절한 사람이라 여러 사람을 많이 도와준다고 했고, 그중에는 옷을 구하는 사람들도 있다.

디타가 채 가까이 가기도 전에 토마셱 씨가 막사 안으로 성큼성큼 들어가버리는 바람에 디타는 그가 나올 때까지 밖에서 기다려야 한다. 아우슈비츠 비르케나우로 들어가는 넓은 길은 가족캠프 울타리 반대편에 있다. 이제 철로 건설이 막바지 작업 중인데, 이 철로를 통해 정문 입구에서 캠프 중심까지 모든 것을 통제하는 감시탑 아래로 철도 수송이 가능해질 것이었다. 디타는 정문 입구의 감시병들이 훤히 보이는 데서 기다리고 있는 것이 썩 내키지 않아 막사 옆쪽으로 방황하다 판자벽 사이 틈새를 발견한다. 가까이 다가가자 부드러운 토마셱 씨의 목소리가 들린다. 그는 몇몇 사람의 이름을 얘기하면서 막사 번호를 언급한다. 독일어로.

궁금증이 돋아 디타는 벽 옆에 앉는다.

화난 목소리가 토마셱 씨의 말을 중단한다.

"몇 번이나 말했잖아! 은퇴한 사회주의자들 이름은 필요 없어! 레지스탕스 이름을 알아 오라고."

저 목소리, 차갑고 딱딱한 말투. '신부님'이다.

"그게 쉽지가 않습니다. 숨어 지내요. 저도 노력은……."

"더 노력해."

"네, 알겠습니다."

"가봐."

"네, 알겠습니다."

디타는 그들이 나오면서 자신을 발견하지 못하도록 서둘러 막사 뒤편으로 숨는다. 디타는 그 자리에서 털썩 주저앉는다.

친절한 토마셰크 씨가…… 어떻게 그럴 수 있지? 그리고 이제 누구를 믿는다?

모겐스턴 교수의 말이 떠오른다. 나 자신을 믿으라던.

디타는 이제 혼자다.

프레디 허쉬도 혼자다. 혼자 방 안에 앉아 있는데 누군가 문을 두드린다. 미리암 에델스타인이 들어와 벽에 등을 기대고 나무 바닥에 앉는다. 미리암은 놀랄 정도로 피곤해 보인다.

"아이히만이 보고 관련해서 무슨 말이라도 있었어요?" 그녀가 묻는다.

"아니요, 아무 말 없었습니다."

"왜 필요한 거래요?"

"누가 알겠습니까……."

"슈바츠후버는 기분이 좋아 보이던데요. 아이히만을 보면서 내내 웃음을 띠고 있더라고요. 무슨 애완견마냥."

"도베르만이거나요."

"그렇죠. 그 사람 얼굴을 보면 금발의 도베르만 같죠. 멩겔레 는 또 어떻고요? 멩겔레는 막 물에서 건져 올린 물고기 같아요."

"그 사람은 별개입니다."

미리암은 조용해진다. 그가 멩겔레를 저렇게, 마치 지인이라도 되는 듯이 이야기하는 건 처음 본다.

"그렇게 불쾌한 사람하고 어떻게 잘 지내는지 신기해요."

"이미 죽은 수용자들한테 보내오는 음식물 소포를 31구역으로 보내도록 허용해주는 게 멩겔레니까요. 그 사람이랑 잘 지내는 게 제 임무니까 그러는 겁니다. 멩겔레와 제가 친구라고 하는 사람들이 있다는 거 저도 압니다. 그 사람들은 아무것도 모르죠. 우리 아이들에게 도움이 된다면 저는 악마하고도 친구할 수 있어요."

"이미 그러고 있는걸요." 미리암은 미소를 지으며 다 안다는 듯이 윙크를 한다.

"멩겔레를 상대하는 것도 장점이 있습니다. 그는 우릴 싫어하지 않아요. 그러기엔 너무 똑똑하죠. 하지만 바로 그 때문에 가장 끔찍한 나치일지도 모르고요."

"우릴 싫어하지 않는다면 왜 이런 일탈 행위에 협력하는 거죠?"

"그자한텐 그게 잘 맞으니까요. 멩겔레는 우리 유대인이 인종적으로 열등한, 지옥에서 온 꼽추들이라고 믿는 그런 나치 중 한 사람이 아니에요. 그자가 직접 그러더군요. 자신은 유대인에게서 우수한 자질을 많이 본다고…….."

"그럼 왜 우리를 말살하려는 건데요?"

"왜냐하면 우리는 위험하니까요. 아리아인들에게 맞서 싸울 수 있는 능력이 있는 인종이니까요. 그들의 우월함을 짓눌러버릴 수 있는 사람들이니까. 그러니까 그들이 우리를 제거하려는 거죠. 멩겔레만큼은 전혀 사적인 감정에서 그러는 게 아닙니다. 그냥 실용적인 문제죠. 그는 증오라는 걸 몰라요…… 끔찍한 건 그가 연민이라는 감정도 없다는 거죠. 그의 마음을 움직일 수 있는 건 없습니다."

"난 그런 범죄자들하곤 거래 못 해요."

그렇게 말하는 미리암의 얼굴에 고통이 잠깐 스친다.

프레디는 일어나 미리암에게 다가가 상냥하게 묻는다. "야쿱 얘기 뭐 더 들은 거 있어요?"

이제 미리암과 그녀의 가족이 테레진에서 이곳으로 넘어온 지도 6개월이 넘었고, 그녀의 남편은 제1수용소에 있다. 여기서 3킬로미터 떨어진 제1수용소는 게슈타포가 주로 정치범을 수용한다는 곳이다. 남편과 떨어진 이후로 미리암은 그의 소식을 전혀 듣지 못했다.

"오늘 아침에 잠깐 기회가 돼서 아이히만이랑 이야기를 했어요. 프라하에서 있었던 무슨 회의에서 만난 적이 있는데도 처음에는 못 알아보는 척하더라고요. 저열한 자예요. 다른 나치들이라고 다르진 않지만. 보호병들이 날 막 때리려고 하니까 최소한 그건 못 하게 하고 야쿱 소식을 물어볼 수 있게 기회는 주더라고요. 아이히만 말로는 야쿱을 다시 독일로 보냈다고, 거기서 잘 지내고 있고 곧 다시 만나게 될 거라네요. 그러더니 내가 아직 말도 다 못 끝냈는데 태도가 180도 바뀌어서 휙 가버렸어요. 야쿱에게 쓴 편지가 있었는데 건네주지도 못 했어요. 아리에가 아빠한테 쓴 짧은 편지였는데……."

"어떻게 방법이 있는지 않아볼게요."

"고마워요, 프레디."

"제가 빚을 졌죠." 프레디가 덧붙인다.

미리암은 고개를 다시 끄덕인다. 프레디는 빚을 졌다. 하지만 미리암이 그 빚에 대해 이야기를 꺼낼 순 없다.

디타는 중앙로를 따라 걷는다. 그러면서 토마섹 씨의 뒤를 밟는다. 나치보다 더 역겨운 자다. 나치는 최소한 유니폼을 입고 있어서 그들이 누군지, 뭐하는 사람들인지 알아볼 수나 있다. 디타는 나치를 무서워하고, 경멸하고 또 싫어한다…… 하지만 토마섹 씨의 그 우아한 유대인 미소는 떠올리기만 해도 구역질이 날 것 같다. 이런 느낌은 처음이다.

목적지를 향해 달려가며 계획이란 걸 세워보려 시도하지만 디타는 아무런 생각도 할 수 없다. 디타는 진실만을 말할 수 있을 뿐이다.

아버지네 막사에 도착한다. 막사 앞에는 평소 토마섹 씨와 친분이 있는 사람들이 모여 있고, 디타의 부모님도 그 무리에 끼어 있다. 여자 하나가 무언가 이야기를 하고 있다. 토마섹 씨는 무리 한가운데서 반쯤 눈을 감고 미소를 띤 채 여자가 말을 이어가도록 고개를 끄덕이고 있다.

디타가 그 무리에 끼어든다. 심지어 몇몇 사람들한테는 진흙까지 튀었다.

"어이구 깜짝이야!"

디타는 얼굴이 붉어지고 목소리가 떨린다. 그래도 손을 들어 그 무리 한가운데 있는 사람을 가리킨다. 그자를 가리키는 손은 떨리지 않는다.

"토마섹 씨는 배신자예요. 나치의 정보원이에요."

디타가 우물거리는 바람에 사람들은 곧장 사태를 파악하지 못했지만 긴장감과 소란이 뒤따른다. 토마섹 씨는 미소를 유지하려 하지만 그리 성공적이진 않다. 그의 미소가 삐뚤어진다.

리즐 아들러가 가장 먼저 일어난다.

"에디타! 무슨 소릴 하는 거니?"

"내가 얘기하죠." 여자들 중 한 명이 끼어든다. "당신 딸은 버르장머리가 없어요. 어떻게 이렇게 얘기 중에 끼어들어서 토마섹 씨 같은 분을 감히 저리 모욕한대요?"

"아들러 부인," 남자 중 한 명이 덧붙인다. "딸은 한 대 맞아야 합니다. 댁들이 안 하면 내가 할 거요."

"엄마, 저는 진실을 말하는 거예요." 디타의 긴장된 목소리에서 이제 자신감은 조금 가셨다. "토마섹 씨가 의류 창고에서 신부님하고 얘기하는 걸 들었다고요. 저 사람이 정보원이에요!"

"말도 안 돼!" 아까 말했던 여자가 크게 화를 낸다.

"당장 뺨을 한 대 때리고 저 입을 다물게 하든지, 아니면 내가 하렵니다." 남자가 디타를 향해 움직인다.

"차라리 저를 벌하세요." 리즐은 차분히 말한다. "이 아이의 엄마는 나고, 우리 딸이 잘못된 행동을 했으면 뺨은 내가 맞아야죠."

그 말에 한스 아들러가 입을 연다.

"뺨을 맞을 사람은 여기 없습니다." 한스의 말투는 단호하다. "에디타의 말은 진실입니다. 저는 알아요."

여기저기서 놀란 목소리가 웅성인다.

"당연히 진실이죠." 디타는 다시 용감해져서 큰 목소리를 낸다. "신부님이 토마섹 씨에게 레지스탕스 정보를 내놓으라고 했어요. 토마섹 씨가 하루 종일 캠프를 돌아다니는 것도 그것 때문이에요. 다른 사람들 안부를 묻고 소식을 묻고 하는 게 다 그런 이유라고요."

"부정하실 건가요, 토마섹 씨?" 한스 아들러가 그를 향해 눈길을 쏘아붙인다.

거의 모든 사람의 시선이 그를 향하지만 그는 말이 없다. 그냥 제자리에 서서 습관적인 미소만 띠고 있을 뿐이다.

"저는……" 그가 입을 뗀다. 모두 들을 준비가 돼 있다. 다들 쉽사리 풀어질 오해이리라 확신한다. "저는……."

그러나 그가 할 수 있는 말이라곤 그게 다다. 그는 사람들을 뒤로하고 서둘러 그의 막사로 달려간다. 남은 사람들은 당혹스러워하며 서로를, 또 디타네 가족을 쳐다보고 있다. 디타는 아버지를 껴안는다.

"한스," 리즐이 묻는다. "에디타 말이 진실인지 어떻게 확신한 거야? 정말 믿을 수가 없는 얘기인데……!"

"나도 확신은 없었지. 법정에서 쓰는 트릭이야. 허풍을 치는 거지. 사실은 자신이 없는데도 완전히 확신이 있는 척을 해. 그러면 피고인은 자기 불안감에 배신을 당하지. 들켰구나 싶은 생각에 산산조각 나버리는 거야."

"혹시나 정보원이 아니었으면?"

"그럼 사과했겠지. 하지만," 그는 딸에게 윙크하며 덧붙인다. "나는 이기는 쪽에 선 걸 알고 있었지."

사람들 중 한 남자가 다가와 한스의 어깨에 친근하게 손을 얹는다.

"댁이 변호사였단 걸 잊었네요."

"저도요."

토마섹 씨의 정보원 경력을 끝내기까지 아직 한 가지가 남았다. 바로 라디오 비르케나우를 가동하는 것이다. 디타네 가족은 투르노브스카 부인을 만나러 간다. 선량한 투르노브스카 부인은 신과 성서 속 원로들의 뜻에 자신을 맡기고 행동에 들어간다. 48시간 이내 전 캠프가 토마섹 씨의 정체를 알게 됐고 그의 명예는 땅에 떨어졌다.

12

루디 로젠버그는 격리캠프 내 자신의 막사 뒤쪽으로 빙 돌아 전기 철조망 쪽으로 걸어간다. 앨리스 뭉크는 철조망 반대편에서 그를 기다리고 있다. 두 사람 모두 울타리에서 세 발짝을 남기고 멈춰선다. 그러더니 이내 수천 볼트의 전류가 흐르는 철조망 쪽으로 한 발짝 더 다가간다. 그들은 경비병들의 의심을 사지 않게 천천히 자리에 앉는다.

루디와 앨리스가 이렇게 오후에 만나 이야기를 나눈 지도 꽤 되었다. 오늘은 앨리스가 가족 이야기를 한다. 앨리스는 프라하 북부의 부유한 사업가 집안 출신이며, 간절히 집으로 돌아가고 싶다고 한다. 루디는 이 악몽 같은 전쟁이 끝나고 캠프도 문을 닫는 그 날이 오면 미국으로 가고 싶다는 꿈을 이야기한다.

"기회의 땅이에요. 사업가가 대단히 존중받는 곳이죠. 가난한 사람이 국가수반이 될 수 있는 나라는 미국이 전 세계에서 유일할걸요."

날씨는 얼어 죽을 것처럼 춥고 땅에는 서리가 끼어 있다. 루디는 천 재킷이라도 입고 있지만 앨리스는 해진 스웨터와 낡은 모직 숄 정도가 다다. 루디는 앨리스가 떨면서 입술이 파래진 걸 보고 막사로 돌아가는 게 어떻겠느냐고 말하지만 앨리스는 싫다고 한다.

앨리스는 얼어 죽을 것 같더라도 차라리 이렇게 밖에서 루디와 오붓한 시간을 갖는 편이 땀과 병균과 때로는 분노로 가득한 여자들이 득실득실한 막사 안에서 오후 시간을 보내는 것보다 기쁘다.

더는 추위를 참지 못할 정도에 이르자 두 사람은 일어나 울타리를 사이에 두고 나란히 걷는다. 경비병들은 이제 이 두 사람의 존재가 익숙하다. 루디가 경비병들에게 담배를 구해다 주고 때때로 러시아와 체코 군인들과의 통역을 도와주는 덕분에 철조망 근처에서 두 사람이 만나는 것을 지금으로서는 눈감아준다.

루디는 명부 관리자로 일하면서 즐거운 순간들에 대해 이야기한다. 막 캠프에 도착한 사람들의 눈에 비치는 것들에 대해서는 이야기하고 싶지 않다. 그래서 이따금씩 재밌는 일화들을 꾸며낸다. 앨리스가 매일 수백 명이 수용소에 도착한다고 말하자 루디는 가스실로 보내지는 사람들은 불치병에 걸린 사람들뿐이고, 앨리스가 군이 스트레스를 받을 필요는 없다며 곧바로 화제를 바꾼다.

"선물을 가져왔어요……."

그는 주머니에서 손을 빼 주먹을 열어 보인다. 앨리스는 루디의 손바닥 위 그 작은 선물이 무엇인지를 깨닫고 눈이 커진다. 마늘 한 알이다.

루디는 가장 가까운 감시탑 내 경비병을 살피는 데에는 이제 전문가가 됐다. 총구를 보고 경비병이 자신들에게 등을 돌리고 있을 때 그는 재빨리 철조망으로 두 발짝 다가간다. 철조망을 만 져선 안 되지만 꾸물거릴 시간이 없다. 경비병이 다시 자신들 쪽 으로 돌아설 때까지는 10초뿐이다. 루디는 손가락 두 개로 마 늘을 집어 조심스레 철조망 틈새 사이로 손가락을 집어넣는다. 5초. 이제 손가락을 펴고 마늘을 놓는다. 앨리스가 손을 뻗어 마 늘을 잡는다. 4초. 두 사람은 다시 자기 자리로, 철조망에서 몇 걸음 떨어진 위치로 돌아간다.

앨리스의 표정에서 놀라움과 두려움이 교차한다. 루디는 기쁘 다. 목숨을 잃을 수도 있는데 전기 철조망에 손가락을 집어넣을 사람은 많지 않다. 암거래상 중에는 캠프 사이의 울타리 위로 물 건들을 던지기도 하지만 그런 식으로 하면 훨씬 먼 거리에서도 눈에 너무 잘 띄는 데다, 중앙로에 보는 눈이 많고 소문낼 사람 도 너무 많다.

"앨리스, 먹어요. 비타민이 아주 많아요."

"그럼 키스를 해줄 수 없을 텐데요……."

"제발, 앨리스. 중요한 거예요. 앨리스는 먹어야 해요. 너무 말 랐어."

"그래서 싫어요?" 앨리스가 장난치듯 묻는다.

루디는 한숨을 쉰다.

"내가 엄청 좋아하는 거 다 알면서. 그리고 오늘 앨리스 머리 가 특히나 예뻐요."

"알아봤네요!"

"하지만 그 마늘은 먹어야 해요. 그거 구하느라 엄청 힘들었어요."

"그래서 정말 정말 고마워요."

하지만 앨리스는 마늘을 먹는 대신 손에 숨긴다. 루디는 못마 땅한 속을 내비친다.

"지난번에 내가 셀러리를 갖다줬을 때도 그러더니."

그러자 앨리스가 짓궂은 표정으로 고개를 들어올리면서 루디 에게 보라고 한다. 루디도 이제야 알아차리고 손바닥으로 이마 를 친다.

"앨리스, 제정신이에요?!"

그는 방금 전까지만 해도 앨리스가 보라색 머리띠를 하고 있 단 사실을 눈치채지 못했다. 좀 유치하지만 이곳에선 호사스러 운 물건이다. 머리띠 값은 셀러리 줄기 하나였다. 앨리스가 웃 는다.

"아니, 그러지 마요! 겨울이 끝나려면 아직 멀었고 앨리스는 따뜻한 옷도 한 벌 제대로 없는 데다, 일단 먹어야죠. 모르겠어 요? 앨리스네 캠프에서 매일 열 명도 넘는 시체가 나와요. 다 과 로, 영양실조, 아님 감기로 죽은 사람들이라고요. 여기선 감기로 도 죽어요, 앨리스. 우리 몸은 지금 아주 약한 상태예요. 먹어야 한단 말이에요!" 루디는 처음으로 앨리스에게 목소리를 높인다. "지금 당장 그 마늘 먹어요!"

그 마늘 한 쪽을 구하려고 루디는 주방 보조에게 막 도착한 러시아 장교들의 이름과 계급을 알려주었다. 그 사람이 그 명단 을 원하는 이유는 알지도, 알고 싶지도 않지만 가치 있는 정보인 건 확실하다. 그런 부탁은 목숨마저 앗아갈 수 있다.

앨리스는 시무룩해져 루디를 바라본다. 앨리스의 눈에 눈물이 한 방울 고인다.

"루디는 몰라요."

그게 다. 앨리스는 말이 많은 편이 아니다. 그리고 맞는다, 루디는 모른다. 그렇게 영양분 많고 힘들게 구한 셀러리를 주고 작업장에서 대강 만든 그런 쓸모없는 벨벳 커버의 철사 따위를 산다는 것이 루디에게는 바보 같은 짓으로 보인다. 루디는 앨리스가 이제 곧 열여섯 살이란 걸 알지 못한다. 이 끔찍한 전쟁 속에서 사춘기를 다 보내고, 어느 오후 그 하루 좀 예쁘게 보이는 것만으로 앨리스는 기분이 좋아진다. 그리고 그것이 셀러리 밭 한 뙤기보다도 앨리스에겐 영양가가 더 높다.

앨리스는 루디에게 미안하다는 표정으로 용서를 구한다. 루디는 어깨를 으쓱해 보인다. 루디는 앨리스를 이해할 수 없지만 앨리스에게 화를 내기란 불가능하다.

마늘 한 쪽의 운명은 이미 정해졌다. 오후 점호가 끝나고 앨리스는 9번 막사에 가서 라다 씨를 찾는다. 그는 시체 수거팀과 함께 일하는 키가 작은 남자다. 일 자체는 그리 유쾌하진 않지만 중앙로를 이동할 수 있고, 이동의 자유란 곧 거래를 할 수 있단 뜻이다. 앨리스는 작은 비누 한 조각을 사서 냄새를 깊이 들이마신다. 신성한 냄새다. 라다 씨도 마늘 냄새를 맡는다. 역시나 신성한 냄새다.

앨리스는 비누를 구하고는 너무나 신이 나서 통금이 내리기 전까지 남은 시간을 빨래를 하며 보낸다. 앨리스는 구멍이 잔뜩 난 울 스웨터와 침대 베개 아래 둔 아주 낡은 체크무늬 치마를 입는다. 2주마다 속옷과 양말, 파란색—그치만 이제는 그마저도 바래서 회색이 되어버린—원피스를 빨 때 입을 수 있는 여벌 옷은 그 두 벌뿐이다.

178

수도꼭지의 물줄기는 가늘디가늘고, 그마저도 세 개뿐이라 자기 차례까지 한 시간 반을 줄 서서 기다려야 한다. 식용수가 아니란 말을 믿지 않았거나 갈증의 고통을 이기지 못하고 이 물을 마신 사람들 중에 죽은 사람도 여럿 있었다. 특히 후자의 경우는 한낮에 먹은 수프를 마지막으로 이후 어떤 액체 한 방울도 삼키지 못한 채 너무 많은 시간이 지나서 한밤중에 고통스러워했다.

얼음처럼 차가운 수돗물에 앨리스의 손이 달아오르고, 이제는 그냥 감각이 없고 거칠기만 하다. 겨우 1분 지났을까, 줄을 서 있던 여자들이 앨리스에게 얼른 끝내라며 벌써부터 욕을 시작한다. 앨리스 귀에까지 다 들리도록 큰 목소리로 앨리스에 대해 험담을 하기 시작한다. 캠프에서 비밀이란 없다. 헛소문은 바닥에서 천장까지 벽면을 전부 뒤덮은 곰팡이처럼 흔하고 모든 것이 헛소문에 닿으면 썩고 만다.

앨리스와 그 슬로바키아 출신 명부 관리자와의 관계에 대해서는 이미 소문이 났고, 누군가에게 무슨 좋은 일이라도 생기는 게 싫은 사람들은 심사가 뒤틀린다. 생존을 위한 몸부림은 많은 이들을 도덕적 추락으로 몰아간다. 이웃에게 분노함으로써 자신의 고통과 공포를 잊도록 하는 것이다. 그들은 다른 사람에게 못되게 구는 것이 자신의 고통을 완화하는 일종의 정의라도 되는 양 생각한다.

"얼마나 불공평해? 저 뻔뻔한 창녀가 다리를 벌려서 그 덕으로 비누를 받아와 쓰는데 다른 정숙한 여자들은 더러운 물로 빨래를 하고 있으니 말이야!" 한 여자가 말한다.

머리에 흉터가 있는 여자들이 하나씩 맞장구를 친다.

"품위란 것도 없고, 존경이란 것도 없고." 다른 사람이 말한다.

"수치스럽지." 앨리스의 귀에까지 들리도록 또 다른 사람이 큰 목소리로 말한다.

앨리스는 작은 글리세린 비누 조각이 마치 이 화도 다 없애줄 수 있을 것처럼 격렬하게 빨랫감을 문지른다. 아직 빨래가 다 끝나지 않았는데도 앨리스는 서둘러 자리를 뜬다. 부끄럽고 스스로 방어할 수 없는 앨리스는 고개를 들 용기도 나지 않는다. 자리를 뜨며 앨리스는 남은 비누를 선반에 올려둔다. 여자들이 밀치고 고함을 지르며 비누를 향해 달려든다.

앨리스는 너무나 부끄럽고 걱정이 돼 어머니를 보기조차 껄끄럽다. 그래서 그녀는 31구역으로 걸어간다. 막사의 문은 항상 조금 열린 상태지만 앨리스가 문을 더욱 활짝 열어젖혀 나사가 든 금속 사발이 땅에 떨어진다. 평소 사람들이 드나들지 않는 시간 누군가 들어올 때 알 수 있도록 마련해둔 프레디 허쉬의 아이디어다. 프레디가 방에서 나와 떨고 있는 앨리스를 발견한다.

"무슨 일이야, 앨리스?"

"다들 절 싫어해요, 프레디!"

"누가?"

"여자들이 다요. 내가 루디랑 친하다고 그 사람들이 저를 모욕해요!"

프레디가 앨리스의 어깨에 손을 얹는다. 앨리스는 울음을 그칠 수가 없다.

"그 사람들은 널 싫어하지 않아, 앨리스. 너란 사람을 알지도 못 하는걸."

"절 정말 싫어해요! 저한테 끔찍한 말들을 했어요. 뭐라 대꾸할 가치도 없는 말들이었어요."

"잘했어. 개가 격렬하게 짖고 때때로 물고 하는 건 그 상대가 싫어서가 아니라 무서워서야. 혹시 공격적인 개를 만나게 되면 도망가거나 소리치지 마. 그럼 개가 놀라서 널 물어버릴 거야. 차분히 시간을 두고 천천히 개한테 말을 걸면 개도 덜 무서워하게 되지. 그 여자들은 무서워서 그래, 앨리스. 그 사람들은 우리한테 벌어진 일들에 다 화가 나 있어."

앨리스는 이제 진정이 된다.

"가서 옷을 말려야지."

앨리스가 고개를 끄덕이고 감사를 표하려 하지만 프레디는 손을 젓는다. 감사할 건 없다. 프레디는 자기 사람들 모두에 대한 책임이 있다. 보조교사들은 그의 군사들이고, 군인은 절대 고맙다고 말하지 않는다. 군인은 차려 자세로 경례를 할 뿐이다.

앨리스가 떠나고 허쉬는 주변을 둘러본 후 다시 자기 방 안으로 들어간다. 그러나 막사에는 아직 남은 사람이 있다. 장작더미 뒤에 웅크리고 앉아 조용히 프레디와 앨리스의 말을 듣고 있던 누군가가…….

디타의 아버지는 벌써 며칠째 감기와 씨름 중이고 어머니는 아버지에게 이제부터 부녀의 수업 금지령을 내렸다. 그래서 디타는 오후 시간 막사 뒤편 은신처에서 보초를 서는 중이었다. 디타는 나치의 비밀 방문을 기다리고 있지만 아직까지는 별다른 성과가 없었다. 믿을 수 있는 사람이 없다면 디타는 프레디의 이 비밀을 스스로 풀어야 할 것이다. 프레디는 주기적으로 방에서 나와 팔굽혀펴기와 윗몸 일으키기를 하거나 등받이 없는 의자를 바벨 삼아 들어올리고 내리고 했다. 하루는 미리암 에델스타인이 들렀다 가기도 했지만 그게 다였다. 디타는 마깃과의 대화가 그립다. 마깃은 르네와 이따금씩 마주 앉아 이야기를 나누곤 했다.

아무도 없는 줄 알고 프레디가 불을 꺼버린 탓에 막사 안은 어둡다. 디타는 체온을 유지하려 몸을 웅크린다. 추위에 떨고 있자니 베르그호프 요양원의 환자들이 떠오른다. 춥고 차가운 밤 공기를 마시면 결핵이 나을 거라며 밤마다 알프스를 바라보고 누워 있던 그 환자들. 지난 몇 주간은 테레진에서 그토록 좋아했던 『마의 산』을 열중하며 읽은 기억을 떠올릴 새가 없었다. 워낙 깊은 인상을 남긴 책이라 소설 속 인물들은 디타에게 기억의 일부가 되었다.

베르그호프 요양원을 생각하면 테레진 게토가 떠오른다. 그곳의 생활이 그래도 이곳 아우슈비츠에서의 삶보다는 나았다. 모두가 기를 쓰고 생존하려 하는 이 고통의 공장보다는 그곳이 덜 폭력적이고 덜 끔찍했다. 비록 아무도 완치되지 않는 요양원 같은 곳이었다고 해도 말이다.

한스 카스토르프가 처음 베르그호프에 왔을 때는 며칠만 머물 생각이었지만 그게 몇 달, 몇 년이 됐다. 한스가 요양원을 떠나려고 할 때마다 베렌스 고문관은 폐에 무슨 문제가 있다는 진단을 내렸고 그는 요양원 생활을 연장해야 했다. 디타가 『마의 산』을 읽기 시작했을 당시는 테레진 생활 1년째였고, 그 시점에서 디타는 이 도시 감옥을 언제 떠날 수 있을지 전혀 알 수 없었다. 저 성벽 밖의 세상 소식, 유럽에서 수백만 명이 죽고 유대인들은 집단수용소로 보내져 말살되는 와중에 나치의 기세는 수그러들 줄 모른다는 소식을 들으면 디타는 문득 저 성벽이 디타를 가두고는 있지만 동시에 자신을 보호하고 있다는 생각도 들었다. 더는 요양원을 떠나 세상을 마주할 자신이 없었던 한스와 거의 비슷한 느낌이었다.

디타는 테레진 외곽의 텃밭 대신 그보다 편한 군복공장에서 일하게 됐고 시간이 흐르며 어머니는 에너지를, 아버지는 재치 있는 관찰력을 잃었다. 그런 와중에도 디타는 계속 책을 읽었다. 한스의 이야기에 매혹된 디타는 한스가 자신의 인생에서 결정적인 순간에 달할 때까지 그를 친구로 삼았다. 축제가 있던 날 밤, 다들 가면으로 얼굴을 가리는 익명의 자유를 이용해 그는 처음으로 아름다운 쇼샤 부인에게 말을 건다. 이 러시아 여인과 여태껏 아주 정중한 인사 정도만 주고받은 게 전부지만 한스는 대책없이 그녀에게 푹 빠져 있다. 숨 막히도록 격식을 중요시하는 베르그호프의 분위기 속에서 축제라는 기회를 틈타 한스는 감히 쇼샤 부인에게 격식을 버리고 말을 걸며 그녀를 클라우디아라고 부른다. 디타는 눈을 감고 한스가 클라우디아 앞에서 몸을 낮추고 그토록 용감하고 열정적으로 자신의 설익은 사랑을 고백하는 로맨틱한 장면을 상상한다.

아몬드형 눈매를 가진 아주 우아한 쇼샤 부인이 디타는 마음에 들었다. 쇼샤 부인은 궁전 같은 식당에 늘 마지막으로 나타나선 요란하게 문을 닫는다. 그 소리에 한스는 처음 몇 번은 짜증이 나지만 곧 이 타타르 미녀의 아름다움에 매혹된다. 축제가 만들어준 자유의 순간, 사람들이 엄격한 사회적 격식을 벗고 가면을 쓴 순간, 쇼샤 부인은 한스에게 말한다. "당신네 독일인들이 자유보다 질서를 좋아한다는 건 전 유럽이 다 알죠."

디타는 은신처에 웅크리고 앉아 동의의 의미로 고개를 끄덕인다.

쇼샤 부인이 맞는다.

디타도 쇼샤 부인처럼 그렇게 교양있고 섬세하며 독립적인 여성이 되고 싶다. 그녀가 방에 들어서면 모든 남자들이 그녀를 쳐다본다. 독일 청년의 그 과감하지만 매혹적인 칭찬에도 쇼샤 부인은 눈 하나 깜짝 않지만, 그 이후 전혀 예상치 못한 상황이 벌어진다. 쇼샤 부인은 변화를 택하고 다게스탄으로 떠난다. 스페인으로거나.

디타가 쇼샤 부인이었다면 한스 같은 신사의 매력과 친절을 거부하지 못했을 것이다. 세계를 여행할 용기가 없어서는 아니다. 이 악몽 같은 전쟁이 끝나면 디타는 가족과 함께 어디로든 가고 싶으니까. 어쩌면 프레디 허쉬가 그토록 강조하는 팔레스타인의 땅으로 갈 수도 있다.

바로 그때 막사 문이 열리는 소리가 들린다. 몰래 밖을 내다보자 부츠를 신고 처음 보는 짙은 색 망토를 두른 사람이 서 있다. 지난번처럼 키가 큰 사람이다. 디타의 심장이 쿵쾅댄다.

그토록 고대하던 진실의 순간이 왔다. 그러나 진심으로 진실을 직면하고 싶은가? 진실이 드러날 때마다 무언가 무너진다. 디타는 한숨을 쉬며 막사를 나서는 것이 최선일까 생각한다. 아무것도 확신이 없어 괴롭다. 그러나 디타는 진실을 알아야 한다.

디타는 거실 커피 탁자에 있던 잡지에서 첩자에 대한 기사를 읽은 적이 있었다. 기사에서는 벽에 유리컵 바닥을 대고 컵에 귀를 대면 벽 너머 대화를 엿들을 수 있다고 했다. 디타는 아침밥 먹는 그릇을 손에 들고 꽁지발로 살금살금 프레디의 방 벽 가까이 다가간다. 위험하다. 몰래 대화를 엿듣고 있는 게 발각되면 디타에게 무슨 일이 벌어질지는 아무도 모른다.

막 벽에 금속 밥그릇을 대려고 하는데 나무 칸막이에 귀만 대도 충분히 말소리가 잘 들린다. 심지어는 방 안을 들여다볼 수 있는 작은 구멍도 있다.

프레디는 어두운 표정이다. 프레디와 이야기하는 금발 남자는 뒷모습밖에 볼 수가 없다. 나치 유니폼 차림은 아니지만 일반적인 수용자 복장도 아니다. 바로 그때 그의 팔에 막사 카포들이 차는 갈색 완장이 보인다.

"마지막이야, 루드빅."

"왜?"

"이 사람들을 이렇게 계속 속일 순 없어." 프레디는 한 손으로 머리를 쓸어 넘긴다. "그들이 생각하는 프레디라는 사람이 있는데, 현실의 나는 그들이 생각하는 프레디랑은 꽤나 다르지."

"그래서 넌 어떤 다른 흉측한 존재인데?"

프레디가 씁쓸하게 웃는다.

"이미 알잖아. 다른 누구보다도 더 잘."

"네 입으로 말해봐. 직접 말해보라고."

"더는 할 말 없어."

"왜지?" 상대의 말에는 역설과 분노가 묻어난다. "두려움을 모르는 남자가 자기 자신을 인정하지 못한다? 네가 흉측한 존재라는 말을 할 용기가 없어?"

구역장은 한숨을 쉬면서 목소리가 한층 낮아진다.

"동……성애자지."

"젠장, 크게 얘기해봐! 위대하신 프레디 허쉬 님이 게이라고!"

프레디가 평정심을 잃고 그 남자에게 달려들어 거칠게 멱살을 쥔다. 프레디는 상대를 벽으로 몰아붙인다. 그의 목에는 핏줄이 선다.

"입 다물어! 다시는 그런 말 꺼내지 마."

"이봐! 그게 그렇게도 끔찍한 일이야? 나도 동성애자지만 나는 스스로를 괴물이라고 생각하지 않아. 내가 괴물이라고 생각해? 버림받은 자라고 낙인찍혀 마땅하다고 생각해?" 상대는 자기 셔츠에 새겨진 분홍색 삼각형을 가리킨다.

프레디가 그를 놓아준다. 그리고 마음을 가라앉히려 애쓰며 눈을 감고 머리를 뒤로 쓸어 넘긴다.

"용서해줘, 루드빅. 널 다치게 할 생각은 아니었어."

"이미 다쳤는걸, 뭐." 스타일을 의식하기라도 하듯 루드빅은 구겨진 옷깃을 고친다. "널 따르는 사람들을 속이고 싶지 않다고 했지. 그래서 여길 나가면 뭘 할 건데? 정숙한 유대인 처녀를 만나 결혼할 거야? 코셔 식으로 밥상을 차려주는 그런 여자랑? 그 여자를 속이고?"

"루드빅, 나는 아무도 속이지 않아. 그래서 더는 서로 만나지 말자는 거고."

"마음대로 해. 감정을 억눌러서 기분이 나아지면 그렇게 해. 여자랑 사랑을 나눠봐. 난 해봤어. 맛없는 수프 한 사발 먹는 것 같더라. 그렇다고 엄청 나쁘지도 않아. 그러고 나면 거짓말은 끝일 것 같아? 천만에! 여전히 넌 거짓말을 하겠지. 바로 너 자신에게."

"끝이라고 했지, 루드빅."

프레디의 말에 더는 대화를 이어갈 여지가 없다. 두 사람은 한마디 말 없이 서로를 슬프게 쳐다본다. 분홍색 삼각형을 단 카포는 천천히 알겠다는 듯 패배를 인정하며 고개를 끄덕인다. 그는 프레디에게 다가가 입술에 키스한다. 루드빅의 뺨에 조용히 눈물이 흐른다.

판자벽 다른 한쪽에서는 디타가 거의 절규 직전이다. 이건 디타가 감당하기 힘든 수준이다. 남자 두 명이 키스하는 장면을 처음 본 데다, 그런 건 역겨운 일이고 무엇보다 그 당사자가 프레디 허쉬이기 때문에 더더욱 역겹다. 나의 프레디 허쉬라서. 디타는 조용히 막사를 나선다. 밤공기의 차가움도 지금은 느껴지지 않는다. 너무 화가 난 나머지 멩겔레 박사를 조심해야 한단 생각조차 들지 않는다. 일차적으로는 충격적이고, 이차적으로는 더러워진 느낌이다. 디타는 프레디 허쉬에게 말도 안 되는 분노가 인다. 사기당한 기분이다. 분노의 눈물이 앞을 가린다.

생각에 빠져 걷다가 디타는 반대 방향에서 오는 누군가와 부딪힌다.

"조심해요, 어린 아가씨!"

"앞을 안 보고 걷는 건 그쪽이죠, 젠장." 디타가 대꾸한다.

고개를 들자 모겐스턴 교수의 얼굴이 보인다. 디타는 자신의 무례함을 깨닫는다. 이 불쌍한 노인네를 하마터면 넘어뜨릴 뻔했다.

"죄송해요, 교수님. 못 알아봤어요."

"아들러 양이었군요!" 그러면서 모겐스턴은 디타를 들여다본다. "지금 우는 거예요?"

"추워서요. 눈이 아파요, 젠장!" 디타는 날카롭게 대답한다.

"내가 뭐 도와줄 일이 있겠어요?"

"아니요, 아무도 이건 못 도와줘요."

교수는 허리춤에 손을 올린다.

"정말이에요?"

"지금 설명 못 해요. 비밀이라서."

"그럼 말하지 마요. 비밀은 지키라고 있는 거니까."

교수는 고개를 숙여 인사한 후 별다른 말 없이 자기 막사로 가버린다. 디타는 전보다 더욱 더 당혹스러운 느낌이다. 어쩌면 디타의 잘못인지도 모른다. 모겐스턴 교수 말대로 다른 사람들의 사정에 그렇게 관심을 둬선 안 되는 것이었는지도 모른다. 누군가와 이야기를 나누고 싶다. 미리암 에델스타인이 떠오른다. 막사 개방시간 외에 프레디를 찾아오는 유일한 사람이 미리암이다.

28번 막사로 찾아가니 미리암은 아들 아리에와 함께 있다. 통금 전까지 시간이 별로 없다. 누구를 만나러 오기에 적절한 때는 아니지만 디타가 큰 근심이 있어 보여 미리암은 돌아가라고 할 수가 없다.

어둠과 추위 때문에 길게 이야기할 여력도 없지만 디타는 미리암에게 처음부터 모든 것을 이야기한다. 멩겔레의 경고며 그 특별한 방문객과 프레디와의 만남을 처음 우연히 목격하게 된 배경을, 그리고 프레디를 의심했고 진실을 찾고자 한 것뿐이었다는 자신의 입장까지 말이다. 미리암은 디타의 이야기를 끊지 않고 들어준다. 프레디와 다른 남자의 비밀스러운 관계에 대해 듣게 될 때도 미리암은 별로 놀라는 기색이 없다. 심지어 디타가 이야기를 마쳤을 때조차 미리암은 아무런 말이 없다.

"어떻게 생각하세요?" 디타가 기다리지 못하고 묻는다.

"이제 진실을 알아냈네." 미리암은 대답한다. "만족스러워해야 할 것 같은데."

"그게 무슨 뜻이에요?"

"진실을 원했다고 하지만 디타는 자기가 믿고 싶은 진실을 기대한 거지. 프레디 허쉬가 용감하고 효율적이고 절대 매수할 수 없고 또 매력적이고 결점도 없는 그런 사람이길 바랐던 거지…… 디타는 프레디가 동성애자란 이유로 배신감을 느꼈어. 프레디가 나치의 끄나풀이 아니란 사실을 확인했단 것, 프레디가 정말 우리와 같은 편이고 심지어는 그렇게 훌륭한 사람이란 데에 기뻐하지 않았지. 대신 프레가 네가 정확히 기대했던 그런 사람이 아니라서 속상해했어."

"아니에요, 오해 마세요. 당연히 프레디가 나치와 한패가 아니라서 다행이라고 생각해요. 단지 그냥…… 프레디가 그런 행동을 하는 사람이란 걸 상상도 못 했어요."

"에디타, 네 말은 마치 그게 범죄라도 되는 것 같구나. 프레디가 유일하게 다른 점이 있다면 그가 여자 대신 남자를 좋아한다는 것뿐이야. 그건 범죄가 아니야."

"학교에선 병이라고 했어요."

"진짜 병은 편협함이지."

두 사람은 잠시 대화를 멈춘다.

"이미 알고 계셨죠, 에델스타인 선생님, 그렇죠?"

미리암 에델스타인은 고개를 끄덕인다.

"미리암이라고 부르렴. 이제 우리 둘 다 비밀을 알게 됐지. 하지만 우리 사이의 비밀은 아니니 네가 공개해선 안 될 테고."

"프레디에 대해 잘 아시죠?"

"프레디가 나한테 얘기해줘서 아는 것도 있고, 내가 알게 된 것도 있고……."

"프레디 허쉬는 누구인가요?"

미리암은 막사 주변을 좀 걷자는 신호를 보낸다. 발이 얼어붙고 있다.

"프레디는 아주 어릴 때 아버지를 잃었어. 프레디는 상실감을 느꼈고, 어머니는 그런 프레디를 당시 독일 내 청소년 단체였던 JPD에 보냈어. 프레디는 청소년기를 JPD에서 살다시피 했고 그곳을 집처럼 생각했지. 프레디한텐 스포츠가 전부였어. JPD에서도 프레디가 코치로서뿐만 아니라 스포츠 행사를 조직하는 데 역량이 뛰어나다는 걸 금세 알아챘고."

체온을 유지하기 위해 디타는 미리암 에델스타인의 팔짱을 낀다. 두 사람의 신발이 서리가 내린 땅바닥에 부딪히는 소리가 미리암의 목소리와 뒤섞인다.

"JPD에서 코치 생활을 하며 프레디는 점점 이름을 알렸어. 하지만 나치당이 부상하면서 모든 것이 망가져버렸지. 아돌프 히틀러를 지지하는 사람들은 주로 술집에서 난동을 피우고 걸핏하면 공화국 법을 어기던 사람들이었다고 프레디가 그러더구나. 이들이 결국 나중에는 자기 입맛에 맞는 법을 만들기 시작했고 말야."

하루는 JPD 본부에 도착했는데 건물 벽에 '배신자 유대인들'이라고 낙서가 돼 있었다. 프레디는 미리암에게 그날 오후를 절대 잊을 수가 없다고 했다. 대체 유대인들이 뭘 배신했는지 답을 알 수가 없었다. 도자기 만들기 수업을 하는 교실 창문으로, 성가대가 연습을 하는 강당 창문으로 돌이 날아오는 날도 있었다. 한 번씩 그렇게 유리창으로 돌이 날아올 때마다 프레디의 마음속에서도 뭔가가 조금씩 부서졌다.

하루는 어머니가 중요한 할 얘기가 있으니 학교가 끝나면 곧장 집으로 오라고 당부했다. 일정이 있었지만 JPD에서 배우고 되새긴 가르침 중 하나가 서열과 윗사람을 성심성의껏 존중해야 한단 것이었기 때문에 프레디는 어머니 말을 들었다.

집에 돌아와보니 가족들이 모여 있고 다들 우울한 표정이었다. 양아버지가 유대인이라는 이유로 직장을 잃었다면서 어머니는 상황이 점점 더 위험해지고 있다고 말했다. 그리고 볼리비아로 이민을 가서 새 출발을 하려 한다고 했다.

"볼리비아로 가요? 도망친다는 거잖아요!" 프레디는 반항했다.

양아버지가 자리에서 벌떡 일어났지만 정작 프레디에게 닥치라고 말한 건 그의 형 폴이었다.

프레디는 당혹감에 집을 나왔다. 혼란스러운 마음에, 그리고 습관처럼 그는 모든 것이 질서대로, 논리대로 유지되는 유일한 그곳 JPD 본부로 향했다. 교사 한 명이 다음 여행을 위해 물병을 점검하고 있었다. 평소 개인사를 털어놓지 않는 프레디였지만 그는 도망치는 건 비겁하다는 생각을 참을 수가 없었다.

금발 머리가 이제 하얗게 세고 있는 그 야외 활동 교사는 그동안 JPD에서 프레디의 성장을 쭉 지켜봐왔다. 그는 프레디를 한참 동안 뚫어져라 쳐다보더니 이곳에 남고 싶다면 JPD에 자리가 있을 거라고 했다.

겨우 열일곱 살이었지만 프레디는 벌써 자신이 있었다. 가족들은 떠났고 그는 홀로 남았다. 철저히 혼자라고 할 순 없었다. 그에게는 JPD가 있었다. 1935년 프레디는 뒤셀도르프 지부 청소년부 교사로 배정됐다. 프레디가 미리암에게 말하길, 처음에는 그렇게 활기찬 도시에서 새로운 일을 시작한다는 것이 설레고 즐거웠지만 유대인에 대한 적개심을 마주하면서 그런 마음은 빠르게 사라져버렸다고 했다. JPD 건물 유리창으로 돌이 날아오는 건 일상이라서 이제 굳이 창을 수리하려고 하지도 않았다. 거리에서는 유대인들을 향한 모욕이 쏟아졌고 JPD에 나오는 아이들 수도 매일같이 줄어들었다. 급기야 하루는 농구팀에 선수가 한 명뿐이었다.

하루는 JPD 건물 위층에서 창밖을 내다보고 있는데 나무로 된 커다란 건물 입구에 웬 녀석이 노란색으로 X를 그리는 것이 보였다. 프레디는 쏜살같이 계단을 내려갔다. 붓을 든 소년은 조롱하듯 프레디를 쳐다보더니 개의치 않고 계속해서 그림을 그렸다. 프레디가 멱살을 꽉 쥐자 그는 페인트 캔을 떨어뜨렸다.

"왜 이런 짓을 하는 거지?" 프레디는 자기 나라에서 벌어지는 이런 일들에 대한 분노와 당혹감으로 만자무늬 완장을 바라보며 물었다.

"너희 유대인들은 인간 문명에 위험한 존재야." 소년은 경멸하듯 소리쳤다.

"문명? 하루 종일 하는 일이 노인네들이나 치고 다니고 남의 집에 돌이나 던지는 너희들이 지금 우리한테 문명을 논하시겠다? 너희가 문명에 대해 뭘 알아? 너희 아리아인이 북유럽에서 동물 가죽이나 두르고 통나무집에 살면서 꼬챙이 두 개로 고기를 구워 먹을 때 우리 유대인은 도시를 건설했어."

프레디는 그 어린 나치를 버럭 움켜쥐었다. 그 장면을 보고 주변에서 사람들이 몰려들기 시작했다.

"여기 유대인이 어린애를 친다!" 여자 하나가 소리쳤다.

과일가게 주인이 셔터용 집게를 손에 들고 다가왔고 그 뒤로

한 열 명 이상이 더 줄줄이 따라오고 있었다. 누군가 프레디의 팔을 움켜쥐고 잡아당겼다.

"가자!" JPD 교사가 그에게 소리쳤다.

두 사람은 간신히 건물 안으로 달려 들어갔고 분노한 시민들에게 잡히기 직전 정문을 닫아걸 수 있었다. 그러나 프레디는 그 일을 겪으며 집단적 광기를 보았다.

그들은 다음 날 JPD 지부 문을 닫고 프레디를 보헤미아로 보냈다. 그는 마카비 청소년 운동 관련 일을 계속했고 오스트라바,* 브르노**에 이어 마침내 프라하의 유소년들을 위한 스포츠 활동을 조직하기에 이르렀다.

처음에 프레디는 프라하가 썩 맘에 들지 않았고 독일인들보다 훨씬 태평하고 격의 없는 체코 사람들에 당혹스러웠다. 그러나 프라하 교외의 하기보에서 그는 스포츠 활동을 운영하기 위한 완벽한 장소를 발견했다. JPD 측에서는 그에게 10~12살 소년 그룹을 맡겼다. 이 아이들을 보헤미아에서 보다 중립적인 국가들로, 그리고 궁극적으로는 팔레스타인으로 보낸다는 것이 그들의 계획이었다. 그러려면 완벽하게 몸을 만들어야 했고 동시에 선조들의 땅으로 돌아가고 싶다는 생각이 들 만큼 어떤 자부심을 느끼고 유대인의 고난의 역사를 이해해야 했다.

프레디는 자신이 맡은 임무에 대해 늘 그렇듯 헌신적이고 열정적으로 임했다. 그리고 프라하 유대계유소년위원회에서 책임감 있고 끈기 있는 이 청년에게 아직 불안정한 신규 아이들을 맡

•   체코에 있는 공업 도시. 폴란드 국경에 가까이 있다.
•• 체코 중부에 있는 공업 도시. 보헤미아·모라비아 고지의 동쪽 기슭에 있다.

긴 것도 그의 영향력과 카리스마 때문이었다.

그 아이들의 사기를 북돋우는 일은 참으로 힘든 작업이었다. 부모가 자기절제의 원칙인 '하블라가havlagah'를 가르치고 뿌리 깊은 유대주의와 시오니즘을 심어주어 정신적으로 준비가 돼 있으며 열정도 이미 충만한 아이들과 달리, 이 아이들은 수줍음도 많고 우울하고 뭐든 심드렁했다. 놀이나 스포츠에도 관심이 없었고 프레디가 들려주는 재미난 이야기에도 웃지 않았다.

그중에는 카렐이라는 열두 살짜리 소년이 있었다. 프레디가 본 사람 중에 가장 긴 속눈썹을 가진 아이였다. 그리고 가장 슬픈 눈을 가진 아이. 첫째 날 오후 허쉬는 수업을 끝내다가 서로 알아가자는 차원에서, 1939년 9월로 돌아간다면 어디에서 뭘 하고 싶은지 한 명씩 이야기해보자고 했다. 카렐은 슬픈 목소리로 천국에 가서 부모님을 뵙고 싶다고 했다. 게슈타포가 카렐의 부모님을 데려갔고 할머니는 카렐에게 부모님을 다시는 볼 수 없을 거라고 했다. 카렐은 거기까지 이야기를 하고는 입을 다물고 자리에 앉았다. 지금까지 아주 진지했던 아이들 몇몇이 남의 속도 모르는 웃음을 터뜨렸다. 남들을 보고 웃으면 자신의 두려움을 감출 수 있었다.

어느 날 오후 프라하 유대인위원회에서 청년부를 책임지는 부위원장이 프레디를 불렀다. 암울한 어조로 그는 나치 진격이 임박했고 국경이 봉쇄되고 있다고, 조만간 프라하에서 나가지 못하게 될 것이라고 했다. 그래서 24시간, 최대 48시간 내에 첫 번째 하블라가 그룹이 당장 출발해야 한다고 말이다. 그는 프레디에게 그룹의 가장 우수한 교사로서 이 그룹을 데리고 가줄 수 있겠느냐고 제안했다.

프레디로서 이보다 더 좋은 제안은 여태껏 없었다. 아이들과 함께 전쟁의 공포를 뒤로하고 언제나 꿈꿔왔던 것처럼 팔레스타인에 갈 수 있다. 그러나 지금 떠난다는 것은 하기보에서 그가 가르치기 시작한 아이들을 남겨두고 간다는 뜻이었다. 지금 떠난다는 것은 나치 독일의 온갖 금지령과 역경과 모욕 등으로 고통받아온 이 소년들에게 너무나 중요한 임무를 프레디가 포기한단 의미였고, 카렐을 비롯한 그 아이들을 저버리는 일이었다. 프레디는 아버지가 돌아가신 후 상실감을 느끼고 있을 때 아헨에서 자신에게 JPD가 어떤 의미였는지를 떠올렸다.

"다른 사람이라면 같이 떠났을 거야." 미리암이 말을 잇는다. "하지만 프레디는 그런 사람이 아니었지. 그는 하기보에 남았어."

미리암과 디타는 프레디의 그 결정과 그로 인한 결과의 무게를 느끼기라도 하듯 말없이 앉아 있다. 그 무게란 도저히 잴 수 없을 것이다.

"그런 일들이 있었던 걸 알기 때문에…… 프레디를 감히 의심할 수 없단다."

미리암이 한숨을 내쉬자 하얗게 김이 나온다. 그때 막사로 돌아가라는 통금 사이렌이 울린다.

"에디타……."

"네?"

"멩겔레 일은 내일 꼭 프레디에게 말해야 해. 어떻게 해야 할지는 프레디가 알 거야. 다른 문제는……."

"우리만의 비밀이죠."

미리암은 고개를 끄덕이고 디타는 얼어붙은 진흙 위로 거의 날아가다시피 달린다. 여전히 마음속 깊은 곳에서는 괴롭다. 나의 백기사를 잃는다는 것은 아프지만, 그래도 디타는 안도한다.
프레디는 믿어도 된다.

13

미리암네 막사에서 막사 몇 채 떨어져 위치한 31구역에서도 누군가 대화를 나누고 있다. 프레디 허쉬가 빈 의자와 나누는 대화다.

"난 해냈어. 해야 할 일을 한 거야."

자신의 목소리가 어두운 막사 안에 울려 퍼지자 낯설게 들린다.

베를린 출신의 그 잘생긴 남자에게 프레디는 자신을 다시는 찾아오지 말라고 했다. 그의 의지가 승리했으니 프레디는 스스로가 자랑스럽고 기뻐야 한다. 그러나 그렇지가 않다. 매력적으로 느껴지는 여자가 있으면 좋겠는데, 어딘가 기본적으로 부품이 잘못 끼워진 것 같다. 어쩌면 조각 하나가 반대방향으로 잘못 끼워졌다든가 뭐, 그런 것인지도 모르지…….

그는 문을 열고 나가 막사들과 감시탑이 있는 풍경을 슬프게 바라본다. 전기 불빛 아래 펜스를 사이에 두고 서로 마주 보고 서 있는 두 명의 형체가 보인다. 앨리스 뭉크와 명부 관리자 루

다다. 지금이 밤사이 가장 추울 때인데도 두 사람은 추위조차 느끼지 못한다. 어쩌면 추위를 느낄 순 있지만 그 추위를 나누고 있는지도, 그래서 그들에게는 참을 만한 것인지도 모른다.

어쩌면 그것이 사랑인지도 모른다. 추위를 나누는 것 말이다.

아이들이 있을 때면 31구역은 좁고 붐비는 공간이지만 아이들이 떠나고 나면 휑하고 영혼 없는 공간이 돼버린다.

혼자 추위를 이기려 그는 팔꿈치를 몸에 붙이고 바닥에 누워 공중에 다리를 들고 교차로 공중을 가르며 복부에 고통을 가하기 시작한다. 사춘기 때부터 사랑은 늘 프레디에게 문젯거리였다. 다른 모든 부분에 있어서는 그토록 철저했기에 그는 자신의 가장 은밀한 본능을 이겨내지 못하는 무능함에 깊은 좌절감을 느낀다.

'하나, 둘, 셋, 넷, 다섯……'

JPD에서 수련회를 갈 때면 침낭 속에서 다른 아이들을 껴안고 자는 것이 좋았고, 친구들도 늘 주변에서 장난을 치고 그를 받아들여줬다. 아버지가 돌아가신 후 그는 JPD 친구들과 함께 있을 때 보호받고 또 편안한 느낌이었다…… 그 동지애 같은 느낌은 다른 무엇과도 대체될 수 없었다. 축구팀은 그냥 축구팀이 아니었다. 가족이었다.

'열여덟, 열아홉, 스물, 스물하나……'

남자아이들과 어울리면서 느끼는 기쁨은 그가 나이가 들어서도 사라지지 않았다. 여자아이들하곤 더 거리를 뒀다. 여자애들한테는 남자애들한테서 느끼는 동료애 같은 감정이 느껴지지 않았다. 여자애들을 보면 그는 겁이 났다. 여자애들은 남자애들과 늘 거리를 두고 남자애들을 바보로 만들었다. 같은 팀 멤버들, 같이 하이킹을 가고 같이 게임을 하는 남자애들과 있을 때만 그는 편안함을 느꼈다. 그런 감정은 성인이 돼서도 여전했다. 그리고 그는 아렌을 떠나 뒤셀도르프로 갔다.

몸이 먼저 결정을 하는 순간이 있다. 비밀스러운 만남들이 시작됐다. 공중화장실에서 만나는 일도 있었다. 어두침침한 불빛, 늘 젖어 있는 바닥, 녹슨 세면대. 그럼에도 이따금씩 거부할 수 없는 부드러운 눈빛, 조금은 진심이 느껴지는 애무와 진짜라는 느낌이 들 때가 있었다. 사랑은 깨진 유리 조각이 흩어진 카펫 위를 걷는 것 같았다.

'서른여덟, 서른아홉, 마흔…….'

지난 몇 년간 그는 늘 바빠 살고자 했다. 경기며 훈련이며, 끝없이 행사를 조직했다. 그렇게 하면 정신은 바쁘고 몸은 피곤했다. 한 번의 실수로 그의 평판이 망가질 수도 있었다. 바쁜 생활이 있으면 아무리 인기가 많다고 해도 결국은 늘 혼자란 사실을 위장할 수 있었다.

'쉰일곱, 쉰여덟, 쉰아홉…….'

때문에 그는 두 다리로 공중을 가르며 복부 근육의 고통을 자초하고 있는 것이다. 스스로를 자기 뜻대로 하지 못한 데에 대해, 다른 사람들의 기대치에 부응하지 못한 데에 대해 그 자신을 벌주면서 말이다.

'일흔셋, 일흔넷, 일흔다섯…….'

쏟아지는 땀에서 그의 의지가, 희생하겠다는 의욕이 엿보인다. 그리고…… 성공이다. 그는 이제 조금 긴장을 풀고 앉아 옛 기억으로 밤의 공허함을 채운다.

기억은 그를 테레진으로 데리고 간다.

프레디가 테레진 게토에 가게 된 것은 1942년 5월이었다. 그냥 체코 유대인 한 명 더 보내는 식이었다. 프레디는 게토에 처음 들어온 이송자 중 한 명이었다. 나치는 기계공, 의사, 유대인 위원회 위원들, 문화체육 교사들 등을 테레진으로 함께 보냈다. 나치들은 유대인 대이동을 준비하고 있었다.

막 테레진에 도착하니 삼각자를 대고 그린 것 같은 길과 사분면, 기하학적 건물들, 봄이면 꽃이 필 직사각의 밭 등등 군사 목적으로 고안된 도시란 것을 알 수 있었다. 그는 논리적인 그 도시가 마음에 들었다. 테레진은 규칙을 좋아하는 그의 성격과 잘 맞았다. 어쩌면 유대인들로서는 팔레스타인으로의 귀환 이전에 새로운, 더 나은 시기의 시작이 될 수 있단 생각까지 들었다.

처음 테레진을 둘러보기 전 멈춰서 있는데 산뜻한 바람이 그의 머리카락을 헝클었다. 그는 머리를 제자리로 빗어 넘겼다. 어떤 것도 그의 평정심을 시험할 수는 없었다. 그는 수천 년을 살아남은, 선택받은 민족의 일원이었다.

프라하에서 유소년 활동을 집중적으로 하고 있었기에 그는 스포츠 활동과 금요일 밤 모임을 이어가며 아이들에게 히브리 정신을 일깨우고 싶었다. 쉽지는 않을 터였다. 나치와도 부딪혀야 할 것이고, 그가 그토록 숨기고 싶어하는 오점을 알고 또 용서하지 못하는 유대인위원회의 원로 멤버와도 부딪히게 될 터였다. 다행히 그에게는 언제나 든든히 뒤를 받쳐주는 위원장이 있었다. 야콥 에델스타인이었다.

스포츠 팀을 만들고 복싱과 주짓수 수업, 농구 대회를 조직하는 것은 성공적이었다. 그는 축구팀이 여럿 참가하는 리그를 만들었고 심지어는 독일 경비병들을 설득해 테레진 수용자들과 시합을 할 수 있는 팀을 만들게까지 설득해냈다.

영광스러운 순간들도 있었다. 경기장 주변을 가득 메운 관중들 외에도 건물마다 입구며 창문으로 고개를 내밀고 중정에서 진행되는 경기를 관람하던 관중들의 포효소리 같은.

위태로운 순간들도 물론 있었다. 많았다.

그중에서도 그가 직접 주선하고 심판을 보았던 나치 팀 대 유대인 팀의 축구시합이 유독 기억에 남는다. 테라스로 이어지는 공간은 관중들로 빈틈없이 들어찼다. 경기를 볼 수 있는 곳이면 어디든 관중이 있었고 수백 개의 눈이 그 경기에 이목을 집중했다. 그냥 축구경기가 아니었다. 특히 프레디에겐 더더욱 그랬다. 몇 주간 전술을 연구하고 선수들의 정신자세도 정비하고 매일매일 정기적으로 훈련도 하고 선수들을 위해 우유 배급표 기부까지 받아가며 경기를 준비했다.

경기 종료 불과 몇 분 전 나치 팀 포워드가 센터서클에서 공을 가로챘다. 그는 골대 쪽으로 곧장 달려갔고 유대인 팀 미드필더 자리가 뚫린 것을 확인했다. 그를 막을 수비수는 한 명뿐이었다. 나치는 수비수를 향해 달려갔고 두 사람이 정면으로 부딪히는 순간 유대인 선수는 나치 팀 선수가 지나쳐 갈 수 있게 조심히 발을 뺐다. 나치 팀 선수는 아주 근접한 거리에서 슛을 날렸고 승전골을 기록했다. 프레디는 아리아인들의 얼굴에서 철저히 만족하는 그 표정을 절대 잊지 못할 것이다. 그들이 유대인들을 이겼다. 심지어 축구경기에서조차도.

그 와중에도 프레디는 평정을 잃지 않고 경기 종료를 알리며 호루라기를 분 다음 결승골을 날린 포워드에게 가서 축하인사를 건넸다. 그는 나치 대원의 손을 잡고 힘차게 흔들었고 나치 포워드는 누가 입에 주먹질이라도 한 것처럼 빠진 이를 환하게 드러내며 미소를 지어 보였다. 프레디는 임시 탈의실로 돌아가 억울하단 식의 분위기를 조장하며 신발끈을 매는 척했다. 그는 다른 선수들이 다 지나가도록 기다렸다가 특정 선수가 나타나자 재빨리 그 선수를 작은 창고로 밀고 들어갔다. 워낙 순식간에 일어난 일이라 다른 사람들은 눈치채지조차 못 했다. 일단 창고 안으로 들어가자 프레디는 그에게 밀걸레대를 들이밀었다.

"왜 그래?" 선수는 영문도 모른 채 물었다.

"말해봐요. 왜 나치가 골 넣고 이기게 놔둔 겁니까?"

"이봐, 허쉬. 그 하사라면 내가 아는데, 진짜 못되고 잔인한 놈이라고. 이빨이 왜 다 나갔는지 알아? 맨날 입으로 병을 따서 그런 거야. 독한 녀석이야. 내 목을 걸고 그 녀석을 막을 순 없잖아."

프레디는 토시 하나 틀리지 않고 그의 대답을 기억할 수 있다. 그 대수롭지 않은 듯한 어조를 기억한다.

"전혀 아닙니다. 이건 그냥 시합이 아니었어요. 수백 명이 보고 있었는데 그 사람들을 다 실망시켰잖아요. 아이들도 수십 명 있었는데 그 아이들이 보면서 무슨 생각을 했겠습니까? 우리가 이렇게 벌레처럼 비굴하게 굴면 그 아이들이 유대인이란 사실을 어떻게 자랑스러워하겠느냔 말입니다. 경기 하나하나 다 전력을 다해야 하는 겁니다."

"자네 좀 흥분한 것 같은데……."

프레디가 그 선수의 얼굴에 자기 얼굴을 바짝 가져다 대자 그의 눈에서 공포의 기미가 느껴진다. 그러나 남자는 그 작은 공간에서 더 물러서고 말고 할 여지가 없다.

"잘 들으세요. 말을 하는 건 이번 한 번뿐이니까. 다음에 또 나치랑 경기를 하는데 제대로 방어를 안 하면 톱으로 당신 다리를 잘라버릴 겁니다."

그 선수는 백지장처럼 하얗게 질려 한쪽으로 몸을 수그리더니 황급히 도망가버렸다.

그 순간을 떠올리자 프레디는 짜증스러운 한숨이 밀려온다.

그 남자는 쓸모가 없었다. 어른들은 다 썩었다. 그래서 어린 세대가 중요한 거다. 청소년들은 아직 생각의 틀을 잡아주고 또 개선할 여지가 있다.

1943년 8월 24일 1,260명의 아이들을 실은 비아위스토크 발 기차가 테레진에 도착했다. 폴란드 비아위스토크에만 5만 명 이상의 유대인이 억류돼 있었고, 그해 여름 나치는 그들을 체계적으로 제거했다.

비아위스토크에서 이송된 아이들은 테레진 내 다른 구역에 배정됐는데, 마을 서편의 철조망으로 봉쇄된 구역이었다. 나치는 이들을 아주 면밀하게 감시했다. 테레진의 최고돌격지도자는 장로회에 이 그룹 아이들과는 어떠한 접촉도 금지한다는 엄격한 명령을 내렸다. 이 아이들에게 테레진은 그냥 거쳐가는 곳이고 최종 종착지는 비밀이었다. 아이들을 볼 수 있는 건 의료팀 포함 53명이었다. 명령에 불복하는 사람은 가장 가혹한 처벌을 받을 것이었다.

나치는—비아위스토크 대학살의 목격자이자 증인인—이 폴란드 아이들과의 접촉을 전면 금지함으로써 전쟁에 눈먼 유럽에서 나치 독일의 범죄행각을 최대한 감출 수 있기를 바랐다.

테레진은 이제 거의 저녁식사 시간이었고 대기의 온도도 낮아지고 있었다. 프레디 허쉬는 50명의 선수가 참가하는 축구경기 심판을 보고 있었다. 그러나 공을 쫓는 선수들의 다리 대신 생각 많은 프레디는 거리 쪽으로 줄줄이 이어지는 돌기둥 쪽에 정신이 팔려 있었다.

폴란드 아이들을 돕고 싶단 요청을 여러 차례 보냈지만 아직 청소년부에서는 허가가 떨어지지 않았다. 그래서 프레디는 아이들이 격리돼 있는 금지구역을 다녀오는 의료팀을 기다리고 있다가 그들이 보이자마자 가까이 있는 소년에게 호루라기를 건네주고 그들에게 달려갔다.

의료팀은 무척이나 피로해 보였고 더러운 가운을 걸친 채 보도를 따라 걷고 있었다. 프레디는 의료팀이 지나가는 길목에 서서 격리구역 안의 아이들 상태가 어떤지 물었지만 의료팀은 대답이 없었다. 이들은 아무것도 발설하지 말라는 명령을 받은 터였다. 그중 간호사 한 명이 다른 데 주의가 팔린 것인지 약간 방향을 잃은 것인지 하여간 혼자 뒤처져서 천천히 걷고 있었다. 간호사가 잠시 걸음을 멈췄는데, 프레디는 그녀의 눈에서 피로한 분노를 볼 수 있었다.

그 간호사는 아이들이 겁에 질려 있고 대부분의 아이들이 심각한 영양부족에 시달리고 있다고 했다. "나치가 애들을 씻기려고 막 데려가려 하면 난리가 나요. 발로 차고 소리를 지르고 하는데, 그게 다 가스실에 안 가려는 거예요. 결국 강제로 샤워실로 끌고 갈 수밖에 없었죠. 제가 소독한 아이 하나는 기차를 타기 전에 아버지, 어머니, 형, 누나가 다 죽었다고 했어요. 온 힘을 짜내 제 팔을 꼭 잡으면서 완전히 겁에 질린 목소리로 자긴 가스 목욕을 하기 싫다고 했어요."

고아가 된 아이들이 이렇게 겁에 질려 떨고 있는데 아이들의 부모를 죽인 그 살인자들이 이 아이들을 또 보호하고 있는 걸 보고 있자니 간호사는 마음이 괴로웠다. 그녀는 아이들이 자기 다리에 매달리면서 가짜 고통과 질병을 호소하는데 사실 그들에게 정말 필요한 건 약이 아니라 애정과 보호와 안식처, 그리고 두렵지 않게 아이들을 꼭 안아주는 것이라고 했다.

이튿날 건설 작업부들, 주방인력, 의료팀이 통제된 문을 지나 비아위스토크 아이들이 격리된 구역이 있는 서쪽 구역으로 들어 갔다. 지루한 나치 대원들은 이들의 움직임을 지켜보고 있었다.

건설 작업부들이 건물 하나를 수리하기 위한 자재를 나르고 있었다. 그중 한 명은 어깨에 짊어진 가는 판자에 얼굴을 가리고 있었다. 떡 벌어진 어깨, 근육질 팔이 딱 전형적인 건설 작업부였지만 사실 그는 작업부가 아닌 체육 교사였다. 프레디는 잠입에 성공했다.

일단 통제구역에 진입해 자유롭게 움직일 수 있게 되자 그는 재빨리 가장 가까운 건물로 향했다. 건물 앞에 서 있는 나치 대원 두 명을 보고 프레디는 온몸에 긴장감이 흘렀지만 돌아서지 않고 단호하게 그들이 있는 쪽으로 걸어갔다. 그가 지나갈 때 나치 대원들은 프레디에게 조금도 주의를 기울이지 않았다. 이런저런 일 때문에 출입을 하고 있는 유대인 민간인들이 많았다.

그는 건물 안으로 들어갔다. 테레진 내 다른 건물들과 배치는 같았다. 입구에서 바로 복도가 이어지고 그 양쪽으로 계단이 있었다. 쭉 앞으로 가면 안마당이 나오고 그곳을 건물 4면이 에워싸는 방식이었다. 그는 양쪽 계단 중 아무 쪽이나 하나를 골라 올라갔다. 케이블 전선 뭉치를 나르는 전기공 두 명이 그에게 정중히 인사했고 프레디는 그들을 지나쳐 갔다. 1층에 다다르자 침대에 걸터앉아 다리를 흔들대고 있는 아이들이 보였다.

목적지에 도착해 그는 지나가는 하사에게 가볍게 고개를 끄덕해 보였다. 친위대원은 그대로 지나갔다. 아이들이 이렇게 많은 곳치고 너무 조용한 것이 못내 불안했다. 아이들이 너무 조용했다. 바로 그때 누군가 뒤에서 그의 이름을 불렀다.

"허쉬 씨?"

처음에는 게토 안에서 알고 지내는 사람일 거라고 생각했지만 돌아보는 순간 허쉬 앞에는 방금 그의 옆을 지나쳐 간 나치 대원이 서 있었다. 그는 프레디를 보고 환하게 웃고 있었다. 앞니 없는 미소다. 나치 축구팀 선수였다. 곧 그의 미소는 물결무늬 골판지처럼 일그러졌다. 허쉬가 있을 곳이 아님을 깨달은 것이었다. 그는 팔을 들어 손가락으로 계단을 가리켰다. 죄수들처럼 자기 앞에 서라는 뜻이었다. 프레디는 밝은 목소리로 이곳에 온 이유에 대해 변명을 지어내려 했지만 나치는 단호했다.

"초소로! 당장!"

상급돌격지도자 앞에서 프레디는 크게 소리 내어 발뒤꿈치를 붙이며 차려 자세로 섰다. 장교는 그에게 통제구역 출입 허가증을 보여달라고 했다. 프레디는 허가증이 없었다. 나치는 프레디에게 얼굴을 가까이 들이밀었고, 분노의 표정으로 여기서 대체 뭘 하고 있었느냐고 물었다.

허쉬는 당황하지 않고 정면을 응시한 채 평소와 같이 차분하게 대답했다.

"저는 테레진에 거주하는 아이들의 교육을 담당하는 사람으로서 제 임무를 최대한 열심히 수행하려는 중이었습니다."

"그러니까 이 아이들하고 접촉이 완전히 금지된 걸 몰랐단 뜻인가?"

"알고 있었습니다. 그러나 유소년부 책임자로서 이 아이들의 건강을 살피는 일도 제 임무의 일부라고 생각했습니다."

허쉬의 침착한 태도에 장교는 안심하면서도 대체 저자가 무슨 생각인지 의구심이 들었다. 장교는 프레디에게, 해당 사건과 관련해 상관에게 보고할 것이고, 그런 다음 결과를 통보하겠다고 했다.

"군법회의 회부 가능성도 배제 못 한다." 그가 말했다.

그들은 경비초소에 붙은 구치소에 그를 가두고 보고를 위한 정보를 확인하고 나면 풀어주겠다고 했다. 프레디는 아이들을 볼 수 없다는 사실에 짜증이 나 공연히 방 안을 이리저리 달리다 걷다 했지만, 대체로는 동요되지 않고 차분했다. 아무도 군법회의를 열고 싶어하지 않을 것이다. 프레디는 게토 내 독일 관리자들에게 충분히 인정받고 있었다. 최소한 프레디 자신은 그렇다고 믿었다.

게토 내 유대인위원회의 삼두정치 리더 중 한 명인 랍비 무르멜스타인이 통제구역 울타리 저편에서 걸어오고 있었다. 엄격한 그는 유소년부 교사가 통제구역 안에 갇혀 있는 것이 영 못마땅했다. 허쉬가 비아위스토크 아이들이 있는 통제구역에 접근하지 말란 명령을 어긴 것은 명백했고, 이제 그는 범죄자인 양 구금돼 있었다. 그가 울타리로 다가와 허쉬를 빤히 쳐다보았다.

"허쉬 군." 그는 비난하듯 말했다. "거기서 뭐 하고 있나?"

"랍비 무르멜스타인…… 랍비께선 어쩐 일이십니까?"

군법회의도, 처벌도 없었다. 최소한 그런 것 같았다. 그러던 어느 날 멀리뛰기 훈련을 하고 있던 프레디에게 게토 내 유대인

위원회의 공식 메신저인 파벨이—파벨은 마른 다리 때문에 '해골'이라는 별명을 가진, 테레진에서 가장 빠른 단거리 선수였다—나타나 그날 오후 마그데부르크 구역 유대인 행정당국 본부에 찾아올 것을 통지했다.

프레디에게 소식을 전한 건 위원장인 야쿱 에델스타인이었다. 차기 폴란드 이송, 좀 더 정확히 말해서 오시비엥침 부근의 아우슈비츠 캠프로의 이송 명단에 그의 이름이 올라 있다는 것이었다.

아우슈비츠에 대해서는 온갖 끔찍한 이야기가 돌았다. 대량학살이니, 과로사할 정도의 노역이니, 각종 괴롭힘과 모욕, 걸어다니는 해골이 될 만큼 굶주리는 사람들, 치료받지 못하는 발진티푸스 전염병 등등등…… 하지만 모두 소문일 뿐이었다. 아무도 떠도는 소문을 직접 확인해주지 못했다. 물론 아무도 돌아오는 이가 없었기에 거짓말을 퍼뜨릴 사람도 없었다. 야쿱은 프레디에게 아우슈비츠에 도착하면 캠프 당국을 찾아가 직접 신원확인 보고를 하라고, 나치 사령부는 프레디가 계속 유소년 그룹을 맡기를 원한다고 했다.

"그러니까 제가 아이들과 계속 일을 하게 된단 말씀이신가요? 딱히 달라지는 건 없고요?"

친절하고 통통한 얼굴에 학교 선생님 같은 뿔테 안경을 쓴 야쿱은 인상을 찡그렸다.

"그곳에선 쉽지 않을 거야. 아주 힘들겠지. 힘든 것 이상일걸, 프레디. 아우슈비츠로 떠난 사람은 많지만 아무도 돌아오지 않았어. 그렇다고 해도 우리는 계속 싸워야 하네."

허쉬는 그날 오후 위원장이 자신에게 한 말을 한 자도 틀리지 않고 정확히 기억한다. "우린 희망을 잃어선 안 돼, 프레디. 불꽃이 꺼지도록 하면 안 되네."

야쿰 에델스타인은 뒷짐을 지고 서서 창밖을 지긋이 내다보며 생각에 잠겨 있었다. 프레디가 그를 본 건 그때가 마지막이었다. 에델스타인은 분명 조만간 자신도 말살수용소로 보내질 것임을 알고 있었을 것이다. 그는 막 유대인위원회 위원장 자리에서 해임 명령을 받은 터였다. 테레진의 유대인 지도자로서 그는 게토 안의 사람들을 감시할 책임이 있었다. 나치는 입구 감시에 딱히 삼엄하지 않았고 게토를 빠져나간 사람들도 있었다. 에델스타인은 그들을 보고하지 않았고 인원 감소가 눈에 띌 정도가 될 때까지 보호해주었다. 나치는 최소 55명이 게토를 탈출한 것으로 확인했다.

에델스타인의 운명을 결정할 주사위는 이미 던져졌고 그는 패배자였다. 그가 아우슈비츠 비르케나우 가족캠프가 아닌 제1수용소에 배정된 것은 그 때문이었다. 미리암에게 얘기한 적은 없지만 제1수용소에서는 인간이 알고 있는 가장 잔인한 고문 방법을 시험한단 것을 프레디는 알고 있었다.

14

아이들이 떠나고 이제 막사에는 교사들만 남아 이야기를 나
누고 있다. 디타는 책을 한데 모은다. 책을 정리하는 것도 오늘
이 마지막일지 모른다. 디타는 이제 진실을 말해야 한다. 멩겔레
가 자신을 눈여겨보고 있다고 말이다. 그래서 책을 제자리로 가
져다 놓기 전 디타는 안주머니에서 테이프를 꺼내 찢어진 러시
아어 문법책에 붙인다. 아라비아고무를 꺼내 책등에도 풀칠을
하여 또 두 권을 손본다. H. G. 웰스의 책을 쓰다듬으며 구겨진
페이지도 편다. 다른 책들도, 심지어 허쉬가 그렇게 못마땅해했
던 표지 없는 소설마저도 디타는 다정하게 매만진다. 그러면서
가는 테이프로 찢어진 페이지를 붙이고는 마치 간호사가 요람
에 신생아를 눕히는 것처럼 두딘체 이모가 만들어준 주머니에
조심히 책들을 넣는다. 이제 디타는 허쉬의 방으로 가 문을 두드
린다.

허쉬는 의자에 앉아 뭔가를 쓰고 있다. 보고서이거나 아니면

배구 시합 일정일 것이다. 디타가 할 말이 있다고 하자 허쉬는 예의 그 의미를 알 수 없는 미소를 띤 차분한 표정으로 디타 쪽을 돌아본다.

"말해보렴, 에디타."

"알고 계셔야 할 것 같아요. 멩겔레 박사가 저를 의심하고 있어요. 그게 도서관과 관련된 것일 수도 있어요. 지난번 검열 직후의 일인데, 멩겔레가 중앙로에서 저를 불러 세웠어요. 어떻게 알았는진 모르겠지만 하여간 제가 뭔가 감추고 있다고 생각했어요. 두고 보겠다고 협박을 했는데, 정말 저를 주시하고 있는 기분이 들어요."

허쉬는 자리에서 일어나 골똘히 생각하며 몇 초간 방 안을 빙빙 돈다. 그러더니 갑자기 걸음을 멈추고 디타의 눈을 똑바로 쳐다보면서 허쉬가 입을 연다.

"멩겔레는 모든 사람을 다 감시해."

"절 해부대 위에 올려놓고 머리부터 발끝까지 가르고 속을 들여다본다고 했어요."

"원래 사람들을 해부하는 걸 좋아하는 사람이야. 그게 멩겔레의 즐거움이야." 프레디의 말에 잠시 불편한 정적이 흐른다.

"이제 더는 제가 사서 일을 못 하게 되는 거죠? 절 생각해서 그러시는 건 알아요……."

"포기하고 싶니?"

프레디의 눈이 빛난다. 그가 그토록 주장하는 우리 마음속 작은 전구에 방금 막 불이 켜졌다. 디타의 전구에도 불이 켜졌다. 허쉬의 전기는 전파력이 있다.

"절대 아니죠!"

프레디는 고개를 끄덕인다. '그럴 줄 알았어'라고 말하는 것 같다.

"그럼 사서 일을 계속해. 물론 위험하지. 그렇지만 우린 전쟁 중이야. 사람들이 비록 가끔 그 사실을 잊는 것 같지만 우린 군인이란다, 에디타. 후방을 맡겠다면서 무기를 내려놓는 사람들은 믿으면 안 돼. 이건 전쟁이고, 모두 다 각자의 전선이 있는 거야. 이 전선은 우리 거고, 우리는 끝까지 싸워야지."

"그럼 멩겔레 일은요?"

"좋은 군인은 조심할 줄 알아야지. 멩겔레를 우리는 항상 조심해야 하고. 멩겔레가 무슨 생각을 하는지는 아무도 정확히 몰라. 너를 보고 진심으로 웃는 것 같다가도 바로 다음 순간에는 갑자기 진지한 눈빛으로 돌변하지. 그 눈빛이 너무 차가워서 배 속까지 얼어붙어버릴 것 같고 말이야. 멩겔레가 무슨 확실한 증거를 잡았다면 디타 넌 이미 여기 없었을 거야. 그러니까 가장 좋은 방법은 멩겔레의 눈에 띄지 않는 거야. 멩겔레가 네 목소릴 들어서도, 네 냄새를 맡아서도 안 돼. 어떻게든 멩겔레와 최대한 마주치지 않아야 해. 멀리서 멩겔레가 보이면 방향을 틀어. 네 앞으로 지나가면 눈길을 돌려. 그가 네 존재 자체를 잊어버리는 게 최선의 시나리오야."

"노력해볼게요."

"좋아. 또 다른 건?"

"프레디…… 고마워요!"

"너한테 목숨을 걸고 최전선의 이 화염 속에 남아 있으라고 하는데, 그런데 고마워? 내가?"

사실 정말 하고 싶은 말은 '죄송해요'다. '그동안 프레디를 의심해서 미안해요'다. 하지만 디타는 어떻게 그 말을 꺼내야 하는지 모른다.

"그냥…… 프레디가 여기 있어주는 게 고맙다고 말하고 싶었어요."

허쉬는 웃는다.

"그럴 것 없어. 난 있어야 할 곳에 있는 거야."

디타는 밖으로 향한다. 캠프는 눈으로 뒤덮였다. 눈의 효과로 비르케나우가 어쩐지 평소만큼 끔찍한 곳 같지 않다. 지루해 보이기까지 한다. 추위는 매섭지만, 때로는 추위가 입씨름들이 벌어지는 막사보다 차라리 더 나아 보인다.

디타는 빨강머리 말썽꾸러기 열 살 소년, 가브리엘을 마주친다. 가브리엘은 교사들에게 가장 혼도 많이 나고 벌도 많이 받는 아이 중 한 명이다. 통 넓은 바지는 제 몸보다 훨씬 커서 줄로 동여맸고, 바지만큼 큰 셔츠에는 기름얼룩이 묻어 있다. 가브리엘은 또래 아이들 대여섯 명과 일당을 조직한 모양이다.

'또 무슨 장난을 꾸미는 모양이네.' 디타는 속으로 생각한다.

가브리엘을 필두로 한 또래 아이들 뒤로 몇 미터쯤 떨어져 네다섯 살 아이들이 손을 잡고 가브리엘 일당을 따라가고 있다. 누더기 옷에 얼굴도 때가 묻었지만 이 어린아이들의 순수한 눈만큼은 갓 내린 눈처럼 반짝인다.

31구역의 꼬맹이들에게 가브리엘은 거의 우상 같은 존재다. 갖가지 장난과 사고를 일삼는 그 비상한 능력 덕분이다. 당장 오늘 아침만 해도 가브리엘이 마르타 코박이라고 잘난 척이 좀 심한 여자애 머리 위로 메뚜기를 던져 마르타가 소리 지르고 난리를 피운 통에 31구역 전체가 일동 정지 상태였다. 마르타의 과잉 반응에 정작 장난을 친 가브리엘마저도 잠시 얼음 상태였지만 결국 화가 머리끝까지 난 마르타가 가브리엘의 볼에 있는 주근깨를 다 쓸어버릴 것처럼 세차게 가브리엘의 뺨을 한 대 때리는 것으로 사건이 마무리됐다.

담당 교사는 탈무드식 정의가 구현됐다는 결론을 내리고 수업을 이어갔고, 가브리엘도 마르타의 응징 외에 별다른 벌은 받지 않았다.

평소 같으면 장난을 치려는데 꼬맹이들이 따라오거나 하면 꼬맹이들을 따돌리거나 겁을 줘서 돌려보내는 가브리엘이다. 그래서 뒤에 꼬맹이들을 매달고 가는 가브리엘과 그 일당의 모습은 의외다. 디타는 멀리서 아이들을 따라가보기로 한다.

아이들은 캠프 출구 방향으로 걸어간다. 아, 아이들이 어디로 가는지 알겠다. 아이들은 주방으로 가고 있다. 가브리엘 일당은 출입 금지인 주방 건물에서 적당히 안전한 거리를 둔 채 멈춰서고, 가브리엘만 계속 앞으로 간다. 나머지 일당은 문 주변에 모여 대기하고 있다. 다음에 벌어지는 상황은 흡사 코미디의 한 장면이다. 가브리엘이 나타나 줄달음질을 치고 그 뒤로는 잔뜩 화가 난 요리사 베아타가 가브리엘을 쫓아간다. 베아타는 무슨 새 떼를 쫓듯 풍차처럼 팔을 휘두르며 아이들을 겁주어 보낸다.

아마 아이들이 가장 좋아하는 간식 중 하나인 감자 껍질을 달라고 온 모양이다. 그러나 베아타는 이 객식구들의 구걸에 이미 신물이 났고 무조건 다 쫓아버릴 작정인 것 같다. 가브리엘과 그 일당은 후퇴하지 않는다. 대신 가브리엘 일당은 양쪽으로 나뉘어 가브리엘과 베아타가 지나갈 수 있는 길을 터준다. 가브리엘이 옆으로 살짝 빠지면서 베아타는 얼어붙은 땅바닥을 밟고 미끄러져 하마터면 넘어질 뻔한다. 베아타가 균형을 되찾자 그 앞에 어린아이 무리가 떡 버티고 서 있는 게 보인다. 꼬맹이들은 여전히 손을 잡고 걸어오고 있다. 형들 뒤를 부지런히 따라오느라 아이들은 가쁜 숨을 몰아쉬고 있다. 베아타는 늘 배고프다는 이 아이들의 표정을 보고 모른 척할 수가 없다. 졸지에 진흙이며 눈을 뒤집어쓴 채 애원하는 눈빛으로 서 있는 작은 아기천사들에게 둘러싸인 베아타는 이제 휘두르던 팔을 내리고 허리춤에 손을 올린다.

베아타가 뭐라고 하는지 디타의 귀에까지 들리진 않지만 듣지 않아도 뻔하다. 베아타는 성격도 강하고 손도 거칠지만 마음은 부드러운 사람이다. 가브리엘의 계략을 알아챈 디타의 입가에 미소가 떠오른다. 가브리엘은 베아타의 마음을 누그러뜨릴 셈으로 꼬맹이들을 데려온 것이다. 베아타는 당연히 아주 엄한 목소리로 아이들에게 설교한다. 남은 음식을 허락 없이 줄 수는 없다, 나나 주방의 다른 선생님들이나 너희에게 음식을 줬다가 카포가 알아채면 우리는 여기서 일도 더는 못 하고 무거운 벌을 받게 된다, 등등등. 아이들은 큰 눈망울을 반짝이며 그런 베아타를 쳐다보고 있다. 그러니 이번 한 번뿐이다, 다시는 또 이렇게 오면 안 된다, 또 찾아오면 훨씬 두들겨 패줄 거다…… 몇몇 아이들은 알겠다며 고개를 끄덕인다.

건물 안으로 들어갔던 베아타가 몇 분 후 감자껍질이 가득 든 양철통을 들고 다시 나타난다. 베아타는 폭도들의 위협에 잠깐, 하고 큰 손을 들어 진정시킨 다음 가장 어린 아이부터 차례대로 감자껍질을 나눠준다. 아이들은 감자껍질을 씹으며 31구역으로 돌아간다.

훈훈한 기분으로 막사로 돌아가던 디타는 중앙로에서 어머니를 마주친다. 이곳 수용소까지 낡은 빗을 챙겨왔을 정도인 어머니 머리가 이렇게 부스스한 건 대단히 드문 일이다. 어머니는 언제나 꼼꼼히 빗질을 하는 사람이다.

그래서 디타는 무언가 잘못됐단 사실을 알아차린다. 디타가 어머니에게 달려가자 어머니는 평소와 달리 디타를 꼭 껴안은 다음 오늘 아버지네 작업장에 갔는데 아버지가 나오지 않았더라는 얘기를 꺼낸다. 동료 브래디 씨에게 물으니 아버지가 자리에서 일어나지 못해 아침에 출근을 못 했다고 했단다.

"브래디 씨 말로는 네 아버지가 열이 있었대. 그런데 카포는 아버지를 병원에 안 보내는 편이 나을 거라고 했고."

혼란스러운 어머니는 어찌할 바를 모르고 있다.

"아버지를 병원에 모시고 가야 한다고 카포한테 강하게 말을 해야 할까봐."

"아빠네 막사 카포는 유대인이 아니고 독일 출신 사회민주주의자라고 했어요. 아버지한테 관심이 별로 없을진 몰라도 일부러 못되게 굴진 않을 거예요. 병원에 안 가는 게 좋을 수도 있죠. 31구역 앞이 병원인데……."

디타는 거기서 입을 다문다. 하마터면 병자들이 절뚝절뚝 병원에 걸어 들어갔다가 라다 씨나 다른 시체 수거팀의 수레에 실려 나가더라는 말을 할 뻔했다. 죽음을 언급해선 안 된다. 죽음은 아버지에게서 멀리 떨어져 있어야 한다.

"네 아빠를 만날 수조차 없잖니." 디타의 어머니는 신음한다. "남자들 막사에 출입이 안 되잖아. 브래디 씨가 브라티슬라바에서 온 분인데 참 좋은 분이야. 그래서 브래디 씨한테 부탁을 했단 말이지. 입구에서 기다릴 테니까 네 아버지 상태 보고 와서 얘기 좀 해달라고." 어머니는 감정이 북받쳐 잠시 말을 잇지 못한다. 디타는 어머니의 손을 잡는다. "브래디 씨 말론 아침이랑 비교해서 아버지 상태에 차도가 없대. 열 때문에 거의 의식이 제대로 없다는 거야. 상태가 아주 안 좋아 보인다고 하면서 말이야. 에디타, 어쩌면 너희 아버진 정말 병원에 가야 할지도 몰라."

"우리, 아버지를 보러 가요."

"무슨 소리야? 우리는 막사에 못 들어가! 출입 금지라고."

"사람들을 가둬놓고 죽이는 것도 금지된 일이지만, 그래도 여기선 다들 금지된 짓들을 하잖아요. 막사 입구에서 봐요, 엄마."

디타는 31구역 보조교사인 밀란을 찾으러 간다. 잘생겼지만 딱히 디타가 호감을 느끼는 애는 아니다.

밀란은 31구역 옆에 있다. 매서운 폴란드의 추위 속에서도 밀란과 그 친구들은 밖에서 판자에 기대어 앉아 있다. 세 소년은 지나가는 다른 사람들을 구경하거나 여자애들에 대해 품평하면서 시간을 때우고 있다. 디타보다 나이도 좀 더 많고 코밑으로 거뭇거뭇 수염이 나기 시작한 여드름쟁이 싸움닭 같은 이 남자애들 앞에 서 있자니 그리 유쾌한 기분은 아니다. 디타는 이 소년들이 불편하다. 빼빼 마른 자기 다리를 놀릴 것 같고, 모직 레깅스가 유치하다고 놀릴 것 같고 그렇다. 그래도 디타는 소년들 앞에 선다. 지금은 겁을 낼 때가 아니다.

"이게 누구야!" 밀란이 큰 소리로 아는 체를 한다. 제일 먼저 입을 여는 것을 보니 밀란이 이 일당의 우두머리인가 보다. "여기 좀 봐. 사서 님 납셨네……."

"31구역 밖에서는 언급 금지야." 디타는 밀란의 말을 끊는다.

밀란의 얼굴이 붉어지는 것을 보고 디타는 방금 자신의 반응을 후회한다. 밀란은 친구들 앞에서 나이 어린 여자애한테 당하는 꼴을 보이고 싶지 않아하고, 디타는 밀란에게 부탁을 해야 하는 처지다. "있잖아, 부탁이 하나 있는데……."

세 친구들은 팔꿈치로 서로를 쿡쿡 찌르며 음흉하게 낄낄 웃기 시작한다. 밀란도 용기를 얻어 떠벌리기 시작한다.

"여자애들이 나한테 부탁을 하러 많이들 찾아오지." 그는 곁눈질로 친구들의 반응을 살피며 짐짓 잘난 체를 한다. 친구들은 부러진 이를 드러내 보이며 웃는다.

"네 재킷을 잠깐 빌리고 싶어."

밀란은 진심으로 깜짝 놀란 표정이다. 이내 웃음은 서서히 사라진다. 재킷? 얘가 지금 나한테 재킷을 달라고? 밀란은 옷 정리를 담당하면서 기장이 길고 품이 넉넉한 이 재킷을 찾았는데, 이걸 구한 건 대단한 행운이었다. 가족캠프에서 제일 좋은 재킷이라고 할 수 있었다. 빵 배급표며 감자를 준다는 사람도 있었지만 어떤 조건으로도 이 재킷은 내줄 수 없었다. 이 재킷 없이는 오후에도 얼음보다 더 차가운 이런 추위를 버틸 수 없다. 그리고 어쨌거나 이 재킷은 밀란에게 잘 어울린다. 여자아이들은 그가 재킷을 걸치고 있을 때 그를 더 좋아한다.

"제정신이야? 이건 아무도 손 못 대. '아무도'라는 건 말 그대로야, 알아들어?"

"오래는 아니고……."

"헛소리하지 말고. 1분도 안 돼, 절대로! 너 내가 바보로 보여? 내가 이걸 넘겨주면 넌 이걸 팔아먹을 거고, 다시는 내 손에 돌아오지 않을 텐데? 진짜 성질내기 전에 당장 꺼지는 편이 좋을 걸!"밀란이 그렇게 말하며 불쾌한 표정으로 자리에서 일어서는데 디타보다 키가 최소한 20센티미터는 더 큰 것 같았다.

"잠깐만 쓸 거야. 빌려줄 동안 어디 다른 짓 안 하나 확인하러 나랑 같이 가도 되고. 빌리는 값으로 저녁 배급빵 줄게."

디타는 마법의 단어를 꺼냈다. 빵. 마지막으로 배를 채운 게 언제인지 기억도 안 나는 성장기 소년에게 음식이란 대단히 솔깃한 조건이다. 밀란의 배는 늘 꼬르륵댔고 음식에 대한 열망은 집착이 됐으며 여자아이 허벅지보다 닭다리에 대한 꿈을 꿀 때 그는 더 흥분했다.

"온전한 빵 하나 다야." 밀란은 이미 성찬을 상상하며 디타의 제안을 수락하는 쪽으로 기운다. 빵을 조금 남겨놨다가 찌꺼기나 다름없는 아침밥과 함께 먹으면 아침식사다운 식사를 할 수도 있을 것이다. "잠깐만 빌린단 거지? 그리고 네가 빌려 입는 동안 나는 같이 있다가 네가 다 쓰고 나면 바로 돌려받고?"

"응. 속이거나 뭐 그럴 생각 아니야. 우리가 같은 막사에서 일하는 사이인데 내가 행여 사기를 쳤다, 그러면 난 31구역에서 더는 일 못 할걸. 그리고 31구역을 떠나고 싶은 사람이 어딨겠어?"

"알았어, 생각해볼게."

세 소년은 함께 머리를 맞댄다. 사이사이 속삭이는 소리와 웃음소리가 간간이 들린다. 마침내 승리의 미소를 지으며 밀란이 고개를 든다.

"좋아. 배급빵 하나 받고 재킷 빌려줄게…… 하지만 우리 다네 가슴을 만지게 해줘!"그는 친구들을 쳐다보고, 다른 두 소년은 마치 머리에 용수철이라도 달린 것처럼 격렬하게 고개를 끄덕인다.

"바보 같은 소리 마. 나는 거의……."

디타는 이 소년들이 마치 재미난 일을 겪고 있는 양 웃고 있지만 실은 그 웃음소리가 긴장감과 어색함을 감추기 위한 것임을 알아챈다. 디타는 코웃음을 친다. 키가 저렇게 크지만 않았더라도 뺨을 한 대씩 갈겨주는 건데. 뻔뻔한 놈들…… 아니, 멍청한 건가.

하지만 디타에겐 선택의 여지가 없다.

그리고 사실 그게 뭐 그리 대수로운 일이라고.

"좋아, 알겠어. 이제 그 대단하신 재킷 좀 내놓을래?"

밀란은 재킷을 벗으며 부르르 몸을 떤다. 재킷 안에는 단추 세 개짜리 셔츠 한 벌만 입고 있었던 것이다. 디타가 재킷을 걸쳐보니 엄청 큰데, 이게 딱 디타가 바라던 바다. 디타에게 지금 당장 꼭 필요한, 캠프에서 달리 영 찾기가 쉽지 않은 그런 모자가 달린 재킷인 것이다. 디타가 앞장을 서고 밀란은 근거리에서 디타를 따라간다.

"어디 가는 건데?"

"15번 막사."

"가슴은?"

"이따가."

"15번 막사? 거긴 남자 막사인데……."

"맞아……." 그러더니 디타는 머리 위로 후드를 쓰고 제 모습을 완전히 감춘다.

밀란은 걸음을 멈춘다.

"잠깐. 진짜 거기 들어가겠단 건 아니지? 여자들은 못 들어가. 난 너랑 거기 들어갈 생각은 없어. 네가 잡히면 나도 벌을 받다고. 너 지금 약간 제정신이 아닌 거 같은데."

"난 들어갈 거야. 네가 같이 가든 말든."

밀란의 눈이 커진다. 추위 때문에 몸도 더 많이 떨고 있다.

"문 앞에서 기다려도 돼."

디타가 워낙 성큼성큼 앞서 걸어가고 있어 밀란은 걸음을 재촉한다. 저 멀리 아버지 막사 앞에서 어머니의 모습이 보이지만 어머니에게 인사를 하러 가지는 않는다. 리즐 아들러는 얼마나 제정신이 아니던지 남자 옷을 입은 딸아이도 알아보지 못한다. 디타는 조금도 망설임 없이 막사로 들어간다. 아무도 그녀를 알아보지 못한다. 밀란은 디타가 자신을 속인 건지, 다시는 저 재킷을 입지 못하게 되는 건 아닌지 확신하지 못한 채 문 옆에 서서 욕을 한다.

디타는 아버지를 찾으러 한참을 들어간다. 불을 때지 않은 난로 위에 누워 있는 사람들도 있고 침대에 앉아 이야기를 나누는 사람들도 있다. 일부는 불이 꺼지기 전에 침대에 누워선 안 되는데도 자기 침대에 누운 사람들이 있는 걸 보니 이 막사의 카포가 관대한 사람이란 걸 짐작할 수 있다. 여자 막사보다 독하고 구역질 나는 악취가 심한데, 매캐한 땀냄새 때문이다. 디타는 그대로 모자를 쓴 채고 아무도 디타에게 관심이 없다.

막사 뒤편 아래층 침대에 누운 아버지가 보인다. 아버지는 짚으로 만든 매트리스 위에 축 늘어져 있다. 디타는 모자를 벗고 아버지에게 다가간다.

"저예요." 디타가 속삭인다.

반쯤 감겨 있던 아버지의 눈이 딸 목소리에 살짝 열린다. 디타는 아버지 이마에 손을 얹어본다. 열이 펄펄 끓는다. 아버지가 딸을 알아보긴 하는지 모르겠지만 어쨌거나 디타는 아버지 손을 잡고 계속해서 아버지에게 말을 건다. 상대가 내 말을 듣고 있는지 알 수 없는 상황에서 누군가에게 말을 한다는 것이 쉽지 않은데도 디타의 말은 끊임없이 술술 이어진다. 디타는 언젠가 말할 때가 올 거라 생각하고 그동안 하지 못했던 말들을 꺼낸다.

"저한테 지리를 가르쳐주시던 거 기억나요, 아빠? 저는 다 기억해요…… 아빠는 진짜 아는 게 많아요! 저는 아빠가 늘 자랑스러웠어요. 언제나요."

그리고 디타는 어릴 적 프라하에서의 행복했던 기억들, 테레진 게토에서의 좋았던 순간들, 또 당신 아내와 딸이 당신을 얼마나 사랑하는지에 대해 이야기한다. 고열을 뚫고 아버지 귀에까지 들리도록 디타는 몇 번이고 반복해서 말한다. 아버지가 약간 움직인 것 같다고 디타는 생각한다. 어쩌면 아버지는 아주 깊숙한 내면의 귀로 디타의 말을 듣고 있는지도 모른다.

한스 아들러는 무기도 없이 거의 빈손으로 폐렴과 싸우고 있다. 전쟁이 수반하는 그 모든 것들 때문에 망가진, 외롭고 약해진 남자와 힘이 넘치는 미생물 군단의 싸움이다. 프라하를 떠나기 직전 읽었던 미생물 사냥꾼에 대한 폴 드 크루이프의 책이 떠오른다. 현미경으로 세균들을 관찰하면 세균들은 초소형 포식자들 무리 같다고 했다. 맞서 싸우기엔 적수가 너무 많은 그런.

디타는 아버지의 손을 놓고 더러운 침대보를 정리한 후 아버지 이마에 키스한다. 그러곤 다시 모자를 뒤집어쓴 뒤 아버지를 뒤로하고 떠난다. 막 돌아서는데 몇 걸음 떨어진 자리에 밀란이 서 있다. 밀란이 매우 화가 났겠거니 짐작하지만 소년은 의외로 부드러운 눈빛으로 디타를 바라보고 있다.

"아버지야?" 그가 묻는다.

디타는 고개를 끄덕인다. 디타는 뭔가를 찾으려 옷 속을 뒤지다가 저녁빵 배급표를 꺼낸다. 배급표를 내밀자 소년은 주머니에 손을 넣은 채 고개를 저으며 배급표를 거부한다. 디타는 막사 입구에 가서 재킷을 벗는다. 어머니가 디타를 알아보고 어리둥절한 표정이다.

"우리 어머니도 잠깐 빌려줄 수 있을까?" 디타는 밀란의 대답을 듣지도 않고 어머니에게 말한다. "이거 입고 들어가보세요."

"하지만, 에디타……."

"정체를 숨길 수 있어요. 얼른요! 뒤편에서 오른쪽이에요. 의식은 없으신데 우리 목소리는 알아듣는 것 같아요."

여인은 모자를 쓰고 얼굴을 전부 가린 채 조용히 안으로 들어간다. 밀란은 뭘 해야 할지, 혹은 무슨 말을 해야 할지 몰라 그냥 디타 옆에 조용히 서 있다.

"고마워, 밀란."

소년은 고개를 끄덕이며 적절한 말을 찾는 중이기라도 한 양 잠시 망설인다.

"그…… 약속했던……." 디타가 거의 절벽인 자기 가슴을 내려다보며 입을 뗀다.

"됐어, 그만해!" 밀란은 얼굴을 붉히며 손을 마구 휘젓는다. "이제 가봐야겠다. 재킷은 내일 돌려줘."

밀란은 곧바로 휙 돌아서더니 달려가버린다. 친구들에게는 왜 빈손으로 돌아왔으며 여자애는 어디 있는지 어떻게 설명해야 하나 생각한다. 친구들은 나에게 바보라고 하겠지. 빵은 돌아오는 길에 먹어버렸다고, 그리고 어쨌거나 재킷 주인은 나니까 가슴은 내가 너희 대신 만졌노라고 해도 될 것이다. 그러나 그는 고개를 저으며 방금 그 생각은 떨쳐버린다. 거짓말은 친구들이 바로 눈치챌 것이다. 밀란을 보고 비웃으면서 쉽게 속아 넘어간다고 할 것이다. 그러나 그런 상황을 말끔히 해결하는 방법도 밀란은 잘 알고 있다. 먼저 입을 열고 무어라 한마디 하는 녀석의 이가 날아갈 정도로, 그래서 날아간 이를 찾느라 돋보기를 들이대야 할 지경에 이르도록 친구의 얼굴을 세게 갈기는 것이다. 그러고 난 다음 다시 다 같이 친구가 될 것이다.

어머니가 다시 나오기를 기다리는 동안 마깃이 나타난다. 심란한 표정을 보니 마깃도 디타 아버지 소식을 들었나 보다. 아우슈비츠에서 소식은, 특히 나쁜 소식은 빨리 퍼진다. 마깃이 디타를 꼭 안아준다.

"아버지는 어떠셔?"

이 말에는 더욱 심각한 질문이 숨어 있다. 아버지 살 수 있으실까?

"좋지 않으셔. 고열이 있고, 숨은 쉬시는데 숨소리가 많이 거칠어."

"믿음을 가져야 해, 디타. 너희 아버지는 많은 것들을 극복해오신 분이야."

"너무 많은 걸 극복하셨지."

"아버진 강한 분이셔. 싸워 이겨내실 거야."

"강한 분이었지, 과거엔. 하지만 지난 몇 년간 나이가 많이 드셨어. 지금까진 나도 낙관적이었지만 이젠 어떻게 생각을 해야 할지 나도 모르겠다. 우리가 계속 버틸 힘이 있는지도 이제는 모르겠어."

"당연히 있지."

"어떻게 확신해?"

마깃은 입술을 깨물며 잠시 말없이 답을 찾는다.

"왜냐면 내가 그렇게 믿고 싶으니까."

두 소녀는 더는 아무 말도 하지 않는다. 무언가를 간절히 원하는 것만으로 그게 현실이 될 수 있다고 믿었던 시절은 이제 두 사람에게서 서서히 멀어져가고 있다.

통금 사이렌이 울리고 어머니가 발을 질질 끌며 귀신처럼 막사에서 나온다.

"서둘러야 해." 마깃이 말한다.

"먼저 가. 달려가." 디타가 말한다. "우린 좀 더 천천히 갈게."

마깃은 작별인사를 하고 모녀는 둘만 남는다. 어머니는 정신이 나간 듯하다.

"아빠는 어때요?"

"조금 나아." 리즐이 대답한다. 그러나 어머니의 목소리가 그렇게 갈라지는 걸 보면 빤한 거짓말이다. 그리고 어쨌거나 디타는 어머니를 너무 잘 안다. 자연의 섭리는 바꿀 수는 없단 걸 증명이라도 하려는 듯 평생을 모든 일에 올바르게 살아왔던 어머니다.

"엄마를 알아보세요?"

"그럼, 물론이지."

"그럼 뭐라고 말도 하셨어요?"

"아니…… 조금 피곤해했어. 내일은 나아질 거야."

그러곤 두 사람은 막사에 도착할 때까지 더는 아무 말도 하지 않았다.

'내일은 나아질 거야.'

어머니는 조금의 의심도 없이 그렇게 확신에 차서 말했고, 어머니들이라면 이런 상황에서 어떻게 해야 할지 잘 안다. 디타는 어머니의 손을 잡는다. 두 사람은 걸음을 재촉한다.

막사에 와보니 거의 전원이 이미 자기 침대에 누운 상태고, 디타와 어머니는 카포와 마주친다. 카포는 헝가리 여자인데 전과자들이 다는 오렌지색 배지를 달고 있다. 도둑, 사기꾼, 살인자…… 누가 됐든 유대인보다는 더 가치 있다. 밤사이 볼일을 보기 위한 용기를 배치하는 것을 감독하고 있던 카포는 늦게 들어오는 두 사람을 보고 손에 쥐고 있던 막대기를 협박조로 들어 보인다.

"죄송합니다, 카포. 저희 아버지가……."

"됐고, 당장 자리로 가, 멍청아."

"네, 알겠습니다."

디타가 어머니의 손을 잡아끌면서 두 사람은 자기들 침대로 향한다. 리즐은 천천히 침대로 올라간다. 자리에 눕기 전 리즐은 잠시 디타를 돌아본다. 입술은 움직이지 않지만 리즐의 눈에 고통이 담겨 있다.

"걱정 마요, 엄마." 딸은 엄마를 위로한다. "상태가 나아지지 않으면 아침에 아빠네 카포한테 말해서 병원에 보내달라고 하면 돼요. 여차하면 제가 31구역장한테도 말할게요. 프레디 허쉬가 우리를 도와줄 수 있을 거예요."

"내일은 나아질 거야."

불이 꺼지고 디타는 대답 없는 짝꿍에게 잘 자라고 인사한다. 마음이 너무 힘들어 디타는 눈조차 감기지가 않는다. 디타는 아버지의 모습을 떠올리며 그중에서 가장 좋은 장면을 골라보려 한다. 디타가 특히 좋아하는 장면이 있다. 부모님이 피아노 앞에 앉은 모습이다. 아버지는 흰 셔츠에 소매를 걷어부치고 진한 색 타이에 서스펜더를 하고 있고, 어머니는 허리가 잘록해 보이는 블라우스 차림으로 두 분 다 우아하고 멋들어졌다. 두 사람은 연탄곡을 연주하는데 서로 호흡이 잘 맞지 않아 웃고 있다. 행복한 모습이다.

디타는 가족들과 프라하를 떠날 때, 막 정문을 나가 층계참에 여행 가방을 내려놓던 바로 그 순간을 기억한다. 디타네 가족은 과연 이 문을 다시 열 수 있을지 알지 못한 채 막 문을 닫으려던 참이었다. 아버지는 잠깐 다시 아파트로 들어갔고 모녀는 그런 그를 층계참에서 바라보고 있었다. 그는 거실 겸 주방의 식탁이 있는 찬장까지 걸어가 마지막으로 한 번 지구본을 돌렸다.

디타는 이제 잠이 든다.

그러나 깊이 잠들지는 못 한다. 무언가가 디타를 방해한다. 동이 트고 디타는 누군가 자신을 부르는 소리를 들은 것 같아 깜짝 놀라 잠이 깬다. 불안한 마음으로 눈을 뜨자 심장이 거세게 뛴다. 그러나 눈에 보이는 것은 짝꿍의 발뿐이고, 들리는 소리라곤 정적을 깨는 코골이와 잠꼬대뿐이다. 그냥 악몽이었다…… 하지만 디타는 불길한 기운에 휘말린다. 왠지 아버지가 자신을 부른 것 같다.

아침이 오자마자 캠프는 아침 점호를 하려는 경비병과 카포들로 북적인다. 두 시간 동안의 점호가 디타 인생에서 가장 긴 시간처럼 느껴진다. 대열에 서 있는 동안 디타는 어머니와 계속 시선을 교환한다. 대화는 금지돼 있다. 물론 지금은 말을 안 하는 편이 차라리 나은 것 같지만 말이다. 마침내 점호 대열이 해산되고 두 사람은 아침 배식 줄이 길게 늘어선 틈을 타 15번 막사로 간다. 두 사람이 다가오자 브래디 씨가 아침식사를 위해 줄을 서 있다가 옆으로 나온다. 그의 어깨는 축 처져 있다.

"부인……."

"그이는요? 상태가 악화됐나요?" 리즐의 목소리가 떨린다.

"죽었어요."

어떻게 한 사람의 삶을 그렇게 간단하게 요약할 수가 있지?

"들어가서 볼 수 있을까요?" 리즐이 묻는다.

"미안합니다, 이미 데려가버렸어요."

두 사람은 그걸 미처 몰랐다. 동이 트면 곧장 밤사이 발생한 시신들을 전부 수레에 수거해 화장터로 보낸다.

디타의 어머니는 곧 쓰러질 것만 같이 위태롭게 서 있다. 겉으로만 보면 아버지의 죽음 자체에는 크게 놀란 것 같진 않다. 아마 어머니는 침대에 누워 있는 아버지의 모습을 본 순간 이미 알았을 것이다. 작별인사를 하지 못한 것이 타격이었다. 리즐은 그러나 얼른 평정심을 되찾아 딸의 어깨에 손을 올리고 위로한다.

"최소한 네 아버지가 고통받진 않았으니까."

디타는 피가 끓어오르는 것 같은 느낌이 든다. 어머니의 말 자체보다 어머니가 자신을 아이 취급하는 게 더 짜증이 난다.

"고통받지 않아요?" 디타는 퉁명스럽게 어머니의 손을 내치며 대꾸한다. "아버지는 자기 세계, 자기 집, 인간으로서의 위엄, 건강, 이 모든 걸 다 빼앗겼다고요…… 그리고 결국 개처럼 벼룩이 들끓는 침대에서 혼자 죽었어요. 이게 고통이 아니면 뭔데요?" 막판에는 디타의 목소리가 거의 절규에 가까웠다.

"그게 신의 뜻이란다, 에디타. 우린 받아들여야 해."

디타는 동의할 수 없다며 몇 번이고 고개를 젓는다.

"저는 받아들일 수 없어요!" 디타는 중앙로 한가운데서 소리를 지른다. 그러나 아무도 디타에게 관심이 없다. "신이 지금 내 앞에 있다면 내가 신을 어떻게 생각하는지 그리고 신의 그 뒤틀린 연민을 낱낱이 말해줄 거예요."

디타는 속이 상한다. 어머니에게 가장 위로와 힘이 필요할 때 이처럼 무례하게 군 것도 속상한데, 그마저도 어머니가 그저 고분고분 받아들이니 화가 치밀어오른다. 투르노브스카 부인이 커다란 숄을 두르고 나타나자 디타는 마음이 편해졌다. 이미 부인은 상황을 알고 있을 것이다. 투르노브스카 부인은 디타의 팔을 다정하게 꼭 잡아주고 리즐을 따뜻하게 안아준다. 리즐은 생각지 못한 감정에 휩싸여 부인을 붙든다. '내가 엄말 안아드렸어야 했는데.' 하지만 디타는 그럴 수가 없다. 어머니를 안아드리기엔 너무 화가 나 있다. 디타는 뭔가를 깨물고 부수고 싶다. 저들이 자신을 그렇게 망가뜨린 것처럼.

면식만 겨우 있는 여자 셋이 나타나 시끄럽게 울기 시작한다. 정작 눈가가 젖지 않은 디타는 철저히 당혹스럽단 느낌으로 그들을 쳐다본다. 그들은 어머니에게 다가가지만 투르노브스카 부인이 여자들을 막는다.

"오지 마! 가!"

"그냥 위로를 하려는 것뿐이에요."

"10초 셀 동안 안 가면 당장 걸어차줄 테니까!"

상황을 이해하기에 리즐은 너무 충격받은 상태고 디타는 그 여인들에게 사과하면서 괜찮다고, 있으라고 말할 힘이 없다.

"투르노브스카 부인, 뭐 하시는 거예요? 세상이 완전히 미쳐 돌아가는 거예요?"

"쓰레기 뒤지는 것들이야. 슬픔에 빠진 유족들이 입맛 없는 걸 아니까 가짜 눈물을 흘리는 척하면서 배식표를 갖고 도망간다고."

충격이었다. 그 순간 디타는 세상이 다 싫다. 디타는 투르노브스카 부인에게 어머니를 돌봐달라고 하고 자리를 뜬다. 다시는 아버지와 함께할 수 없단 생각에 익숙해지는 것이 어려운 게 아니라, 그런 생각에 익숙해지기가 싫다. 디타는 아직 받아들일 준비가 되지 않았고, 체념할 준비가 되지 않았다. 아니, 어쩌면 영원히 준비가 되지 않을지도 모른다. 디타는 주먹을 쥐고 걸어간다. 얼마나 주먹을 꽉 쥐었는지 관절이 다 하얗다. 디타는 감당할 수 없을 정도의 분노에 휩싸여 있다.

더블 브레스트 재킷을 입고 펠트 모자를 쓴 채 퇴근하는 아버지, 천장을 올려다보며 라디오에 귀를 가져다 대는 아버지를 다시는 볼 수 없다. 디타를 무릎에 앉히고 세계의 온갖 나라들을 보여주는 아버지, 디타의 비뚤비뚤한 손글씨를 부드럽게 나무라는 아버지를 두 번 다시 볼 수 없다.

심지어 디타는 아버지를 생각하며 울 수도 없다. 눈물이 나질 않는다. 그래서 디타는 더 화가 난다. 갈 길 잃은 디타의 발은 31구역으로 향한다. 아이들은 아침 먹기 바쁘고 디타는 그대로 곧장 막사 뒤편의 장작더미 뒤 안식처로 향한다. 구석에서 한 사람이 외롭게 벤치에 앉아 있다.

모겐스턴은 평소처럼 고전적으로 정중하게 인사를 하지만 이번에는 디타가 웃질 않는다. 모겐스턴은 행동을 멈춘다.

"아버지가……." 그 순간 정맥을 타고 흐르는 피가 끓어오르기 시작한다. 마치 쓸개즙이 올라오듯 한마디 말이 디타의 목에서 튀어오른다.

"살인자들!"

디타는 그 단어를 입안에 품고 다섯 번, 열 번, 오십 번 반복한다.

"살인자들, 살인자들, 살인자들, 살인자들……!"

디타는 의자를 걷어찼다가 집어들어 마치 곤봉처럼 휘두른다. 뭐라도 부수고 싶지만 뭘 부숴야 할지 모르겠다. 누군가를 치고 싶지만 누구를 쳐야 할지 모르겠다. 디타의 눈빛은 거칠고 그 불안정함 때문에 숨도 제대로 쉬지 못한다. 모겐스턴 교수는 쇠약한 노인네치고 놀라울 정도의 민첩함으로 자리에서 일어나 부드럽게, 하지만 단호하게 의자를 디타의 손에서 빼낸다.

"다 죽여버릴 거야!" 분노한 디타는 울부짖는다. "총을 가져와서 다 죽여버릴 거야!"

"아니, 에디타, 안 됩니다." 그는 아주 부드럽게 얘기한다. "우리의 분노가 그들에겐 승리예요."

교수는 부들부들 몸을 떠는 디타의 어깨를 감싼다. 디타는 교수의 팔에 얼굴을 묻는다. 교사들과 호기심 많은 아이들이 디타의 목소리에 놀라 장작더미 위로 고개를 빼꼼히 내민다. 교수는 조용히 하라고 입술에 손가락을 가져다 대며 자리를 비켜달라고 고갯짓을 해 보인다. 교수가 그렇게 진지한 걸 보고 놀란 이들은 교수의 말대로 자리를 비켜준다.

디타는 교수에게 도망치는 자신이, 울 수 없는 자신이, 아버지를 끝까지 지키지 못한 자신이, 아버지를 구하지 못한 자신이 싫다고 고백한다. 디타는 자신이 싫다. 다 싫다. 그러나 교수는 그녀에게 분노가 지나고 나면 눈물이 찾아올 것이라고 한다.

"화가 안 날 수가 없잖아요? 아버지가 누굴 해친 것도 아니고, 누굴 무시한 것도 아니에요…… 그런데도 저들은 아버지한테서 모든 것을 빼앗아갔고 이제 이 역겨운 구렁텅이에서 아버지 목 숨까지 앗아갔다고요."

"에디타, 내 말 잘 들어요. 떠난 사람들은 이제 더는 고통스럽 지 않아요."

'떠난 이들은 더는 고통스럽지 않다……' 교수는 몇 번이고 에 디타에게 그렇게 속삭인다.

모겐스턴은 자신의 위로가 아무런 소용이 없단 것을 안다. 뻔 하디뻔하고 구식인, 나이 든 사람들이 할 법한 그런 위로일 뿐이 다. 그러나 아우슈비츠에서는 그것이 죽은 자들을 향한 슬픔을 견디기 위한 사람들을 돕는 약이다. 이제 디타는 손가락 비틀기 를 관두고 동의의 뜻으로 고개를 끄덕여 보인다. 그리고 천천히 벤치에 앉는다. 모겐스턴 교수는 주머니에 손을 넣어 주름지고 색이 빠진 종이새를 꺼내선 디타에게 내민다.

소녀는 낡아빠진 종이새를 바라본다. 요 몇 주 사이의 아버지 만큼 약해 보인다. 깨진 안경을 쓴 정신나간 할아버지 교수만큼 이나 약해 보인다. 전부 다 약해 보인다…… 갑자기 디타는 자신 도 하찮고 약한 것 같은 기분이 든다. 분노가 가라앉으면서 마침 내 눈물이 흐른다.

모겐스턴 교수는 이해한다는 듯이 고개를 끄덕이고 디타는 모겐스턴의 어깨에 대고 흐느낀다.

"떠난 이들은 더는 고통스럽지 않아요……."

남은 이들이 마주할 고통의 크기는 아무도 알지 못한다.

디타는 고개를 들고 소매로 눈물을 닦는다. 디타는 교수에게 고맙다는 인사를 한 다음 아침식사 시간이 끝나기 전에 중요한 할 일이 있다고 말한다. 디타는 막사로 달려간다. 어머니에게는 디타가 필요하다. 어쩌면 디타에게 어머니가 필요할 수도 있고 말이다. 어느 쪽이건 마찬가지일 것이다······.

어머니는 불 꺼진 난로의 공기흡입구 위에 투르노브스카 부인과 함께 앉아 있다. 어머니는 가만히 앉아 생각에 잠겨 있고 투르노브스카 부인은 이제 과부가 된 리즐의 그릇에 담긴 차를 마시며 간밤에 리즐이 남긴 작은 빵조각을 찻물에 적시고 있다.

어머니의 밥그릇을 보고 있는 디타를 발견한 부인은 당혹스럽다.

"너희 어머니는 안 먹고 싶다셔서······" 예상치 못한 디타의 출현에 현장을 들킨 투르노브스카 부인은 깜짝 놀라 계속 변명을 이어간다. "몇 번이나 권했는데······ 그리고 이제 거의 작업장에 갈 시간도 됐고······ 안 그러면 음식을 버려야 하니까······."

디타와 투르노브스카 부인은 침묵 속에 서로를 바라본다. 디타의 어머니에게 두 사람은 지금 안중에도 없다. 어머니는 기억 속을 산책하고 있을 것이다. 투르노브스카 부인은 남은 차 몇 모금을 마시라고 디타에게 그릇을 내밀지만 디타는 고개를 젓는다. 디타의 눈에 분노는 없고 이해와 슬픔만이 느껴진다.

"다 드세요. 부인께서 건강하셔야 엄마를 도와주시죠."

어머니의 고요한 얼굴은 밀랍으로 만든 동상 같다. 디타가 어머니 앞에 쭈구려 앉자 어머니는 눈을 움직여 반응한다. 어머니는 딸을 가만히 보더니 평온하던 얼굴이 일그러진다. 디타는 어머니를 단단히 안는다. 마침내 어머니가 울음을 터뜨린다.

15

빅토르 페스텍은 베사라비아 출신이다. 원래 몰도바 영토였다가 19세기에 루마니아로 편입된 지역이고, 루마니아는 처음부터 나치를 지지했던 나라다. 친위대 군복, 허리춤에 찬 총, 병장급 계급장으로 미루어 볼 때 빅토르는 아우슈비츠에서 꽤나 힘 있는 사람이다. 빅토르가 감독하는 사람만 수천 명이고, 빅토르의 허락 없이는 그에게 말조차 걸 수 없다. 빅토르의 감독하에 있는 그 수천 명은 그의 말이라면 무엇이든 하고, 명령에 불복하면 그는 눈썹 하나 까딱 않고 사살을 명할 수 있다.

빅토르가 모자를 눌러쓰고 뒷짐을 진 채 거들먹거리며 다니는 모습을 본 사람들이라면 그를 절대 무너지지 않을 사람으로 생각할 것이다. 그러나 아우슈비츠에서는 보이는 것이 다가 아니다. 이 나치 대원의 마음에 지금 금이 가 있단 사실을 아무도 알아선 안 된다. 지난 몇 주 동안 그는 머릿속에서 한 여자의 모습을 지우질 못 하고 있다.

여자라기에는 사실 아주 어린 소녀고, 그는 아직 그녀와 말 한 마디 나눠보지 않았다. 심지어 그녀의 이름조차 모른다. 노역 실태를 점검하러 수용소를 한 바퀴 돌던 어느 날 그는 그녀를 보았다. 겉으로만 보면 다른 유대인 소녀들과 다를 바 없었다. 해진 옷, 머리에 두른 수건이며 수척한 얼굴까지. 그러나 대수롭지 않은 그녀의 행동 하나 때문에 빅토르는 그녀에게 푹 빠져버렸다. 그녀는 눈가에 닿은 곱슬의 금발 머리 한 가닥을 입까지 잡아당기더니 머리칼을 잘근잘근 씹었다. 본인도 미처 의식하지 못했을 아주 사소한 순간이었지만, 바로 그 행동 때문에 그녀는 빅토르에게 특별한 사람이 되어버렸다. 빅토르 페스텍은 그 동작에 완전히 빠져버렸다.

그날 빅토르는 그녀를 좀 더 꼼꼼히 살펴보았다. 예쁘장한 얼굴, 사랑스러운 금발 머리에 새장에 갇힌 오색방울새같이 연약한 인상을 주는 소녀였다. 점검 내내 그는 그녀에게서 시선을 뗄 수가 없었다. 몇 번이고 다가가려는 시도를 해보았지만 말을 걸어야 할지 말아야 할지 아직 판단이 서지 않았다. 그녀는 그를 무서워하는 것 같았고, 그게 그리 놀랄 일은 아니었다.

그가 루마니아 철위대에 처음 합류했을 때는 모든 것이 다 좋고 훌륭했다. 멋있는 연갈색 군복도 줬고 캠프에 데리고 가 애국적인 노래들을 부르게 하면서 그 자신이 중요한 사람이 된 것 같은 기분을 심어주었다. 심지어는 초반에 그가 살던 마을 외곽에 질병이 들끓던 집시촌을 철거하는 것도 재밌었다.

그러다 상황이 점점 복잡해졌다. 주먹 싸움질이 이제는 사슬을 쓰는 싸움이 됐고 그러다 총까지 들게 됐다. 집시 중에서도 아는 얼굴들은 있었지만 무엇보다 그는 유대인 친구들이 있었다. 이를테면 라슬로 같은. 그는 라슬로의 집에 가서 숙제를 하고, 라슬로와 같이 숲에 밤을 따러 갔었다. 그러던 어느 날 그는 본인도 미처 알지 못하는 새 손에 햇불을 들고 라슬로의 집에 불을 지르고 있었다.

거기서 발을 뺄 수도 있었지만 그는 그러지 않았다. 철위대 월급은 후했고 사람들도 다들 격려해주었다. 가족들은 처음으로 그를 자랑스러워했고 그가 휴가 때 집에 오면 군복을 입은 빅토르의 사진을 찍어 식탁 옆 찬장에 올려놓기까지 했다.

그리고 어느 날 그는 아우슈비츠로 배치됐다.

그의 일이란 게 사람들이 나가떨어질 때까지 노동을 시키고, 가스실로 데려가고, 아이들이 거부하기라도 하면 그 어머니들을 구타하는 것인데 이를 가족들이 알게 된다면, 그래도 여전히 자랑스러워할지 그는 알 수 없다. 그에게는 이 모든 것들이 광기 같았지만, 그런 생각을 남들에게 들킬까봐 걱정스럽다. 장교 하나가 수용자들에게 더 엄격해져야 한다고 두어 번쯤 그에게 말한 적이 있었다.

경비 담당도 아닌 데다, 사령부에서는 친위대원이 가족캠프를 어슬렁거리는 것도 금지하고 있지만 통제탑에 친구가 있는 덕분에 그는 아무 문제 없이 가족캠프를 출입할 수 있다. 그가 지나갈 때면 경비병들은 차려 자세를 취한다. 그게 썩 싫지 않다.

막 오후 점호가 끝나갈 무렵이었다. 빅토르는 그 체코 소녀가 속한 그룹을 알고 있어 대열이 해산될 때 쏟아져 나오는 소녀들 사이에서 단번에 그녀를 찾아낸다. 그는 그녀 쪽으로 걸어가지만 소녀는 그가 다가오는 것을 보고 더 빨리 걸어간다. 그는 발걸음을 재촉하지만 그가 그녀를 멈춰 세울 수 있는 방법이라곤 그녀의 손목을 잡아채는 것뿐이다. 그녀의 팔목은 너무나 가늘고 피부는 거칠지만 그는 이렇게라도 그녀 가까이 있단 사실에 한없이 행복해진다. 마침내 그녀가 처음으로 고개를 들고 그를 바라본다. 그녀의 아름다운 푸른 눈은 완전히 겁에 질려 있다. 그는 다른 수용자들이 걸음을 멈추고 서서 자신들을 쳐다보고 있는 것을 깨닫는다. 빅토르는 악랄한 표정으로 사람들을 돌아보고, 친위대 장교의 태도에 사람들은 즉각 흩어진다. 다른 사람들을 겁주는 건 기분 좋은 일이고 익숙해지기도 참 쉽다.

"빅토르라고 합니다."

그녀는 말이 없다. 그는 재빨리 그녀의 손목을 놓아준다.

"미안합니다. 겁주려던 건 아니었어요. 난 그냥…… 이름을 알고 싶소."

소녀는 떨고 있다. 그녀는 가까스로 입을 연다.

"제 이름은 르네 뉴만입니다." 그녀가 대답한다. "제가 무슨 잘못이라도 했나요? 제가 벌을 받게 되나요?"

"아니, 아닙니다! 그런 게 아니에요! 그냥 당신을 봤는데……" 친위대 장교는 망설인다. 마땅한 말이 생각나지 않는다. "그냥 친구가 되고 싶었습니다."

르네는 놀라서 그를 바라본다. '친구? 친위대 장교한테 복종이야 할 수 있지. 특혜를 누리기 위해 아부를 하고 정보원이 되고 심지어 잠자리를 같이할 수도 있겠지. 그런데 친위대원하고 친구? 나를 사형장에 보낼 사람하고 친구가 된다?'

르네가 여전히 혼란스러운 얼굴로 아무 말 없이 그를 바라보자 빅토르는 고개를 숙이고 조용히 이야기한다. "지금 무슨 생각을 하고 있는지 압니다. 다른 친위대원들 같은 그런 미친놈 중

하나라고 생각하겠죠. 뭐, 틀리진 않습니다. 하지만 내가 그 정도로 제정신이 아닌 건 아니에요. 지금 여러분이 겪는 상황에 대해서는 나도 불편합니다. 구역질이 나요."

르네는 계속 입을 다물고 있다. 이게 다 무슨 일인가 싶고 그냥 혼란스럽다. 르네는 친위대원들이 독일 제국을 싫어하는 척하면서 수용자들의 마음을 사 친구인 체하다가 종국에는 레지스탕스에 대한 정보를 캐낸다는 것을 익히 들었다. 르네는 겁이 난다.

장교는 주머니에서 작은 무언가를 꺼내 그녀에게 내민다. 옻칠한 나무상자다. 그는 르네의 손바닥에 상자를 올려놓으려 하지만 그녀는 뒷걸음질 친다.

"당신에게 주는 겁니다. 선물이에요."

르네는 의심의 눈초리로 그 노란 상자를 쳐다본다. 작은 뚜껑을 열어 보이자 달콤한 멜로디가 흘러나온다.

"뮤직박스예요." 그는 만족스러운 듯 웃으며 말한다.

르네는 그가 내민 그 물건을 몇 초간 유심히 살펴보지만 전혀 받을 기미는 없다. 그는 고개를 끄덕이고 씩 웃으며 그녀의 열정적 반응을 기다린다.

르네는 전혀 기뻐 보이지 않는다. 그녀의 입은 굳게 닫혀 있고 눈에는 초점이 없다.

"왜 그래요? 맘에 안 들어요?" 화가 난 그가 묻는다.

"먹는 게 아니네요." 그녀의 대답은 모든 것을 발가벗길 수 있는 2월의 찬바람보다도 더 거칠다.

빅토르는 자신의 어리석음을 깨닫고 부끄러워진다. 지난 한 주간 그는 뮤직박스를 구하느라 바삐 뛰어다녔다. 안 다녀본 데가 없었다. 원하는 것을 찾을 때까지 동료 대원들과 또 별별 유대인 암거래꾼들과 협상했다. 뇌물을 주고 애걸복걸도 해보고 협박도 했다. 도처를 다 뒤지고 다녀 마침내 원하던 그 물건을 손에 넣었다. 그리고 이제야 그는 그게 쓸데없는 선물이란 걸 깨닫는다. 춥고 배고픈 수용자에게 한다는 선물이 뮤직박스라니, 멍청한 생각이었다.

'먹는 게 아니네요……'

주먹을 얼마나 꼭 쥐었던지 뮤직박스가 부서지는 소리가 들릴 정도였다. 그는 마치 작은 참새를 짓이기듯 뮤직박스를 부숴버렸다.

"미안합니다." 그는 슬픈 목소리로 말했다. "내가 그야말로 바보였네요. 아무것도 모르는 바보였습니다."

르네의 눈에 비치는 이 장교는 정말 풀이 죽은 것 같다. 그냥 겉으로만 미안한 것이 아니라 르네의 생각을 진심으로 중요하게 생각하는 것처럼 보인다.

"내가 뭘 구해다 줄까요?"

르네는 대답하지 않는다. 르네는 빵 배급에 몸을 파는 여자들을 알고 있다. 화가 난 르네의 표정에서 빅토르는 또다시 자신의 실수를 깨닫는다.

"오해 마십시오. 보상으로 뭘 기대하는 건 아닙니다. 그냥 여기서 매일 벌어지는 일 중에 뭐라도 좋은 일을 하고 싶어서 그렇습니다."

르네는 아직도 말이 없다. 빅토르는 르네의 신뢰를 얻기가 쉽지 않을 것임을 깨닫는다. 르네는 곱슬머리를 입으로 잡아당긴다. 그가 좋아하는 행동이다.

"다음에 다시 올까요?"

르네는 대답하지 않는다. 그녀의 눈은 캠프 바닥에 꽂혀 있다.

그는 나치 대원이다. 원하는 건 다 맘대로 할 수 있다. 르네에게 말을 걸기 위해 허락을 구할 필요도 없다. 그가 원하는 건 뭐든 다 할 수 있다. 르네는 한마디 하지 않지만 빅토르는 그녀의 침묵을 조심스러운 수락으로 받아들인다.

결국엔 르네도 싫다고 하지 않았으니까.

그는 기쁜 마음으로 웃으며 어색하게 손을 흔들어 작별인사를 해 보인다.

"다음에 봐요, 르네."

르네는 여전히 혼란스럽지만 빅토르가 걸어가는 모습을 오랫동안 별다른 감정 없이 지켜본다. 은색 톱니와 용수철, 금색 조각들이 진흙 위에 떨어져 있었다.

디타는 어려운 시간을 보내고 있다. 아버지의 부재가 디타에게 참을 수 없이 무겁게 느껴진다. 어떻게 존재하지도 않는 것의 무게가 이렇게 무거울 수 있는 거지? 텅 비어 있는데 어떻게 무게가 있단 말인가?

오늘 아침에도 간신히 침대에서 내려왔다. 디타가 하도 꾸물거리니 성질 나쁜 짝꿍은 화가 나 디타가 지금까지 듣도 보도 못한 더러운 욕설을 퍼붓기 시작했다. 다른 때 같았으면 아줌마가 화난 걸 보고 겁을 먹었겠지만 지금은 그럴 힘조차 없다. 고개를 돌려 멍하니 짝꿍을 쳐다보니 놀랍게도 그녀는 욕설을 멈추고 디타가 천천히 침대에서 내려갈 때까지 더는 아무 말도 하지 않았다.

오후 점호가 끝나고 해산 명령이 떨어지자 31구역 아이들은 시끌벅적 놀러 나가거나 부모님을 만나러 씩씩하게 걸어간다. 거의 반 식물인간 상태로 디타는 책을 천천히 수거한 후 책을 구역장 방에 갖다 놓으려 겨우 몸을 일으킨다. 프레디는 웬 소포 뭉치를 보고 있다.

"책을 손볼 때 필요할 만한 것들을 준비했단다." 프레디가 말한다.

프레디는 끝이 둥근 귀여운 파란색 가위를 내민다. 어린아이들이 쓰는 가위다. 수용소 안에서 이런 물건을 구하기란 쉽지 않았을 것이다. 프레디는 고맙단 인사를 피해 바로 자리를 비운다.

디타는 낡은 체코 소설책에서 삐져나온 실 가닥을 정리하는 데 가위를 써야겠다는 생각이 든다. 당장 막사로 돌아가지 않고 뭘 하든 여기 남아 있어도 될 것이다. 투르노브스카 부인과 테레진에서 알게 된 지인 몇 명이 엄마의 말동무가 되어주고 있고, 디타도 딱히 누굴 만나고 싶은 기분이 아니다. 디타는 소설책 한 권만 빼놓고 나머지 책은 모두 비밀공간에 집어넣은 다음 끈이 달린 작은 벨벳 주머니를 가져온다. 주머니는 사서의 구급상자다. 원래 감자를 보관하던 주머니였지만 치열한 낱말풀이 퍼즐 대회에서 상으로 받게 됐다. 디타는 가끔씩 가방을 코에 들이대고 감자 냄새를 들이마신다.

디타는 제 은신처로 가 일에 몰두한다. 먼저 가위로 달랑대는 끈을 자른다. 그런 다음 가장 원초적인 방법, 바늘과 실로 마치 상처를 봉합이라도 하듯이 곧 떨어질 것 같은 페이지들을 다시 꿰맨다. 결과물이 썩 예쁘진 않아도 이제 책장이 한 장씩 떨어지지는 않을 것이다. 찢어진 페이지에도 테이프를 붙여 책 상태가 많이 나아졌다.

디타는 아버지를 죽인 이 혐오스러운 캠프의 현실에서 도망치고 싶다. 책은 비밀의 다락방으로 향하는 작은 문이다. 문을 열고 안으로 들어가면 다른 세계를 마주할 수 있다.

이미 몇 장씩 없어진 페이지도 많은 이 책을 읽을 것인가 말 것인가 디타는 잠시 망설인다. 프레디 말로는『착한 병사 슈베이크』라는 이 소설이 어린 아가씨들에게 적절한 책은 아니라고 했다. 그러나 디타의 망설임은 점심에 수프 한 그릇 뚝딱 먹어 치우는 시간보다도 짧다. 뭐, 내가 언제 아가씨가 되고 싶댔나? 그리고 어쨌거나 디타는 프릴 달린 드레스에 하얀 골지 스타킹 차림의 조신한 아가씨보다는 미생물을 연구하는 과학자나 비행기 조종사가 되고 싶다.

야로슬라브 하셰크가 쓴 이 소설은 1차대전 중의 프라하를 무대로 하고 있다. 주인공은 이미 한 번 군에 차출돼 가는 것을 면했지만—"바보스러워 면제된"—결국은 다시 전장으로 끌려가게 된 말 많은 슈베이크다. 무릎 관절염이라도 생겼는지 그는 휠체어에 무거운 몸을 싣고 징병사무소에 나타난다. 슈베이크는 손이 닿는 음식과 술은 모조리 먹어치우고 일은 가능한 적게 하려 하고, 떠돌이 개를 잡았다가 순종 혈통견인 것처럼 팔아서 생활비를 충당하는 불한당이다. 그의 말투며 태도며 눈빛은 누구에게든 언제나 예의 바르고 친절하다. 누가 뭘 물어보기라도 하면 그는 꼭, 그러고 보니 예전에 이런 일이 있었다며 이야기를 늘어놓는다. 딱히 질문과는 별 관련이 없기도 하거니와 아무도 옛날이야기를 해달라고 요청하지 않았는데도 말이다. 어째서 슈베이크는 누군가에게 공격을 받든 모욕을 당하든 맞받아치는 대신 그냥 수긍하고 마는지, 사람들은 늘 그 점이 의문이다. 슈베이크는 그런 식으로 사람들에게 바보 행세를 하는 것이다. 그러면 사람들도 그저 그가 바보려니 하고 만다.

"이런 멍청이 같은 놈!"

"맞습니다, 선생님. 선생님 말씀이 다 사실입니다." 슈베이크는 그야말로 온순하게 대꾸한다.

디타는 웨일스 산속 탄광마을로의 독서 여행을 함께했던 맨슨 박사가 그립다. 고요히 알프스를 바라보며 등받이를 젖힌 긴 의자에 누워 있던 한스 카스토르프도. 이 소설을 읽으면 보헤미아도, 전쟁터도 떠나지 못한다. 눈으로 글씨를 읽고는 있지만 디타는 이 체코 작가가 무슨 말을 하려는 건지 잘 이해가 되지 않는다. 화가 난 장교가 이 초라한 행색의 불쌍한 우리 배불뚝이 주인공을 나무란다. 디타는 이 소설이 영 맘에 들지 않는다. 이건 거의 퇴락에 가깝다. 디타는 삶을 더 위대하게 생각하게끔 해주는 책이 좋다. 이렇게 삶을 하찮게 그리는 책은 별로다.

그러나 주인공 슈베이크에게는 어딘가 낯익은 구석이 있다. 그리고 어찌 됐든 바깥세상은 이보다 더 흉흉하니 디타는 부디 삼삼오오 모여 수다 중인 교사들이 자기에게 관심을 보이지 않길 바라면서 의자에 쪼그려 앉아 계속 책을 읽기로 한다.

책을 계속 읽다 보니 슈베이크가 오스트리아-헝가리 제국 군복을 입는 데 어색해하는 장면이 나온다. 체코인들, 특히 노동계급자들은 1차대전 당시 오만한 독일인들 명령을 받아야 한단 걸 전혀 달가워하지 않았다.

'그 사람들이 옳았지.' 디타는 속으로 생각한다.

슈베이크는 루카스 중령의 부관이다. 중령은 슈베이크에게 소리를 지르거나 그를 동물 취급하는가 하면 슈베이크 때문에 화가 날 때마다 뒤통수를 갈기곤 한다. 그도 그럴 것이 슈베이크는 자기가 담당하는 문서도 제자리에 못 두거나 명령은 딱 그 반대로 실행하거나 아니면 중령을 바보로 만들거나 하는 등등 모든 일을 더 복잡하게 만드는 데 기막힌 재능이 있어 보이기 때문이다. 물론 슈베이크는 늘 선의를 갖고 좋은 의도로, 다만 머리는 최소한으로 쓰면서 일하는 것 같긴 하지만 말이다. 여기까지 읽었지만 아직도 디타는 슈베이크가 과연 바보 연기를 하는 건지 진짜 바보인 건지 잘 파악이 되질 않는다.

디타는 작가의 의도를 이해하는 데 어려움을 겪고 있다. 별난 군인 슈베이크는 상관의 질문과 명령에 어찌나 신중하고 상세하게 답을 하는지 긴긴 대답은 끝날 줄을 모른다. 급기야 그의 대답은 샛길로 빠져 심지어는 그 와중에 희한하게, 하지만 당사자는 너무나 진지하게, 친척들과 이웃들 이야기까지 하고 만다.

리벤에서 술집을 하는 파루벡을 만났을 때입니다. 하루는 전보 치는 사람이 진을 마시고 취해서 불쌍한 죽은 남자의 친척에게 위로의 메시지를 보낸다는 것이 그만 술집 메뉴판을 보내지 않았겠습니까? 엄청나게 문제가 됐습니다. 특히나 그때까지 메뉴판을 보고 주문하는 사람이 없었는데 알고 보니 사람 좋은 우리의 파루벡이 한 잔당 몇 센트씩 값을 더 받고 있었던 게 아니겠습니까? 파루벡이 물론 나중에 그 돈은 자선활동을 하기 위해 받은 돈이다, 이렇게 설명은 했습니다만……

슈베이크의 대답이 끝도 없이 길어지고 점점 요점과는 멀어지면서 장황함을 넘어서자 중령은 그에게 버럭 소리를 지른다.

"내 앞에서 당장 꺼져, 이 등신아!"

중령의 표정이 상상돼 디타는 자신도 모르게 웃음이 난다. 디타는 깜짝 놀라 곧바로 스스로를 나무란다. 어떻게 저런 바보 같은 캐릭터 때문에 웃음이 날 수 있지? 무엇보다 지금 이런 상황에서, 아직 아무것도 변한 게 없는 이런 상황에서 웃는다는 것이 과연 적절한지 디타는 스스로에게 되묻는다.

'사랑하는 사람들이 죽어가는데 어떻게 웃음이 날 수가 있지?'

갑자기 디타는 프레디에게 생각이 미친다. 그의 얼굴에서 떠나지 않는 그 수수께끼 같은 미소. 디타는 별안간 이해가 되기 시작한다. 프레디의 미소는 그의 승리다. 그 미소는 상대가 누가 됐든 프레디 자신의 적수가 되지 않는다고 말한다. 아우슈비츠와 같이 늘 슬픔뿐인 이곳에서 미소는 저항의 행위다.

이제 디타는 슈베이크와 그의 속내를 이해한다. 어디로도 가고 싶지 않은, 디타의 인생에서 가장 어두운 이 순간 디타가 앞으로 나아갈 수 있도록 악동 슈베이크는 그녀에게 손을 내민다.

막사로 돌아가는 길, 이미 하늘은 어둑어둑해졌고 진눈깨비가 섞인 찬바람이 디타의 얼굴을 때린다. 그녀의 영혼만큼은 기운을 되찾았다. 그러나 아우슈비츠 같은 곳에서 기쁨은 한없이 가벼워 금세 바람을 타고 공중으로 사라져버린다. 누군가 푸치니 오페라를 휘파람으로 불며 디타 쪽으로 다가온다.

"큰일 났다." 디타가 낮게 중얼거린다.

막사까지 아직 더 가야 하지만 지금 이곳은 희미한 불빛이 길 한가운데를 비추고 있어 디타는 부디 멩겔레가 자신을 보지 못했길 바라면서 가장 먼저 눈에 띄는 남의 막사로 얼른 들어가 몸을 숨긴다. 너무 서두른 바람에 들어가다가 여자 둘과 부딪히지만 곧바로 디타는 문을 쾅 닫는다.

"뭐가 그렇게 바빠?"

디타는 겁에 질린 눈으로 바깥을 가리킨다.

"멩겔레가······."

여자들의 짜증은 경고로 바뀐다.

"멩겔레 박사래." 그들이 속삭인다.

멩겔레가 온다는 소식이 퍼지자 막사 안은 조용해진다.

"죽음의 박사라니······."

어떤 여자들은 기도를 시작하고 또 어떤 사람들은 밖에서 나는 소리를 잘 들을 수 있게 조용히 하라고 한다. 빗소리를 뚫고 희미한 휘파람 소리가 들려온다.

멩겔레는 눈에 이상한 집착을 갖고 있다고 한 여자가 말한다.

"벡슬러 잔쿠라는 유대인 의사가 봤다는데 집시 캠프에 있던 멩겔레 집무실 탁자 위에 사람 눈알 샘플이 막 놓여 있었대요."

"무슨 나비 수집하듯이 코르크에 눈알을 핀으로 꼽아서 벽에 걸어놨단 이야기도 들었어요."

"애들 둘을 붙인 상태로 꿰매서 막사로 돌려보냈단 얘기도 있던데. 애들은 아파서 울고 피부는 괴저돼서 냄새가 나고, 그러다가 그날 밤을 넘기질 못했대요."

"유대인 여자들이 애를 더 못 낳게 불임 방법을 연구 중이라고도 합니다. 유대인 여자들 난소에 방사선을 쪼인 다음 효과를 보려고 난소를 뗐대요. 그런데 이 사탄의 자식이 마취제도 안 썼대요. 여자들 비명소리에 귀가 먹먹할 정도였답니다."

누군가가 모두 조용하라고 한다. 휘파람 소리가 멀어지는 듯하다.

곧이어 가족캠프에 메아리가 울려 퍼진다. "쌍둥이들 32구역으로!" 밖에 나와 있던 수감자들은 명령이 떨어지면 전달해야 할 의무가 있다. 전달하지 않으면 심각한 처벌을 받을 수도 있다. 그리고 아우슈비츠에서 사형은 언제든지 가능한 선택지다. 지금 어디 있을진 모르겠지만 하여간 쌍둥이 형제 즈데넥과 이르카, 쌍둥이 자매 이레네와 르네는 즉각 병동 구역으로 가야 한다.

요제프 멩겔레는 뮌헨 대학에서 의학 학위를 땄고 1931년 나치당과 가까운 조직에서 복무했다. 그의 스승은 가치 없는 삶은 뿌리 뽑아버려야 한다는 신념을 갖고 있던 언스트 뤼딘 박사였다. 뤼딘은 기형이나 정신병력, 우울증, 알코올 중독이 있는 사람들은 아이를 낳지 못하게 하는 1933년 히틀러 반포 법령을 조각한 사람 중 하나였다. 멩겔레는 유전 실험에 마음대로 이용할 수 있는 인간들이 널려 있는 아우슈비츠로 배치받는 데 성공했다.

쌍둥이 형제의 어머니는 목적지까지 아이들을 데리고 간다. 쌍둥이의 어머니는 멩겔레 박사에 대한 끔찍한 이야기들을 머릿속에서 지워버릴 수가 없다. 아이들이 즐겁게 물웅덩이를 뛰어 건너가는 모습을 보며 어머니는 울음을 터뜨리지 않도록 입술을 깨문다. 그녀는 아이들에게 진흙탕 물을 튀기지 말라고 할 용기가 없다. 그녀의 입술에서는 피가 난다.

캠프 입구 초소에서 아이들을 친위대에 넘겨주고 쌍둥이의 어머니는 아이들이 철문을 지나 멩겔레의 실험실로 향하는 뒷모습을 지켜본다. 어쩌면 아이들을 다시는 못 볼지도 모른다고, 아니면 팔을 하나 떼이거나 입이 꿰매져 오거나 아니면 그 미친 의사의 터무니없는 생각대로 무슨 다른 기형을 안고 돌아올지 모른다고 어머니는 생각한다. 그러나 그녀가 할 수 있는 일은 없다. 장교의 명령을 거부하면 사형을 받을 수도 있다. 가끔은 32구역 내 의학부에서 방 하나를 쓰고 있는 멩겔레가 직접 아이들을 자기 실험실로 데려가기도 하고 그녀가 더욱 무서워하는 다른 사람들이 아이들을 실험실로 데려가기도 한다.

지금까지는 아이들이 몇 시간 후 안전하게, 심지어는 행복한 표정으로 돌아왔다. 손에는 요제프 삼촌이 준 소시지나 빵 한 조각을 들고서. 심지어 아이들은 멩겔레가 친절하고 함께 있으면 재미있다고 말한다. 그가 머리 둘레를 쟀다거나 쌍둥이에게 같은 동작을 함께, 또 따로 해보라고 했다거나 혀를 내밀어보라고 했다고 아이들은 설명한다. 그러나 가끔씩 아이들은 실험실에서 있었던 그 시간 동안 벌어진 일에 대해 부모의 질문을 피하기도 하고 아무것도 얘기하고 싶어하지 않는다. 쌍둥이의 어머니는 목구멍에 철조망 매듭이 낀 것 같은 느낌으로 막사를 향해 발걸음을 돌린다.

디타는 겨우 안도의 한숨을 내쉰다. 오늘 밤 멩겔레의 타깃은 디타가 아니다. 멩겔레에 대해 가장 생생한 소문을 들려준 사람은 흰머리가 스카프 밑으로 삐죽삐죽 뻗친 여자였다. 디타는 그녀에게 다가간다.

"실례지만 뭐 하나 여쭤보고 싶어요."

"물어보렴, 어린 아가씨."

"저, 멩겔레한테 찍힌 친구가 있는데요……."

"찍혀?"

"네, 멩겔레가 지켜볼 거라고 경고를 했대요."

"안 좋은데……."

"그게 무슨 뜻이에요?"

"멩겔레가 누군가의 주위를 맴돈다, 그러면 그건 먹잇감 위로 날아다니는 새 같은 거라고 봐야지."

"하지만 여기 사람들도 이렇게나 많고, 그 사람 머릿속에 든 것도 엄청 많을 텐데……."

"멩겔레는 얼굴을 절대 잊어버리지 않아. 그건 내가 확실히 알지."

그렇게 말하는 그녀의 얼굴이 갑자기 굳더니 말이 없다. 갑자기 더는 이야기를 하고 싶지 않은 기색을 비친다. 기억이 그녀의 입을 잠시 닫아버렸다.

"전염병 피하듯이 멩겔레는 최대한 멀리 피해야 해. 그자가 가는 길을 걸으면 안 돼. 나치 우두머리들은 흑마술을 써. 나는 알지. 그자들은 숲으로 들어가 악마 숭배의식을 벌인다고. 친위대 최고책임자 힘러는 자기 심령술사와 얘기를 나누기 전에는 절대 아무 결정도 내리지 않아. 저들은 어둠에서 온 자들이야. 천국은 그들 가는 길목에 있는 불쌍한 영혼들을 돕지. 나치의 사악함은 이 세계의 것이 아니야. 지옥에서 오는 거지. 난 멩겔레가 추락한 천사라고 생각해. 그는 인간의 몸을 점령한 루시퍼 그 자체야. 그가 누군가에게 눈도장을 찍었다고? 신께서 그 불쌍한 영혼에게 은혜를 베푸시길."

디타는 고개를 끄덕이며 말 한마디 없이 자리를 뜬다. '신이 존재한다면 악마도 존재할 것이다. 그들은 같은 철로를 달리되, 방향만 반대로 갈 뿐이다. 어떻게 해서든 선과 악은 서로 균형을 이룬다. 선과 악이 거의 서로를 필요로 한다고 말할 수 있을지도 모른다. 악이 존재하지 않는다면, 선과 악을 비교해 그 차이를 볼 수 없다면 우리가 선을 행하는지 어떻게 알 수 있겠는가?' 디타는 생각한다. 이 세상에서 악마가 가장 자유롭게 움직이는 곳이 아우슈비츠다.

'루시퍼가 오페라 아리아를 휘파람 불고 다닐까?'

밤이 내리고 들리는 휘파람 소리는 바람이 내는 소리뿐이다. 디타의 몸이 부르르 떨린다. 펜스 부근에서 희미한 불빛 아래 누군가의 형체가 보인다. 여자 하나가 펜스 반대편에 있는 누군가와 이야기하고 있다. 아마도 31구역 보조교사 중 가장 나이가 많고 예쁜 앨리스인 것 같다. 앨리스는 디타의 사서 일을 보조로 한번 도와준 적이 있었다. 그녀는 디타에게 자신이 명부 관리자 루디를 안다면서 마치 그녀에게 아주 중요한 일이라도 되는 양 몇 번씩이나 두 사람은 그냥 친구라고 강조했다.

디타는 두 사람이 무슨 이야기를 나누는지 궁금하다. 아직도 할 말이 있나? 그냥 두 사람은 서로를 바라보며 사랑에 빠진 연인들이 나누는 다정한 말들을 주고받고 있는지도 모른다. 루디 로젠버그가 한스 카스토르프고 앨리스가 쇼샤 부인이라면 그는 펜스 옆에 무릎을 꿇고 '나는 당신이 누군지 알아요'라고 하겠지. 한스가 축제 날 밤 쇼샤에게 드디어 솔직하게 속마음을 고백한 것처럼 말이다. 한스는 쇼샤에게 누군가와 사랑에 빠지면 있는 그대로의 상대를 받아들이게 되면서 이 사람이 내가 그동안 늘 기다려왔던 바로 그 사람이라는 걸 깨닫는다고 했다. 디타는 과연 자신에게도 언젠가 그런 감정이 찾아오게 될까 궁금하다.

디타는 다시 앨리스와 루디를 생각한다. 펜스를 사이에 두고 두 사람은 과연 어떤 관계를 맺을 수 있을까? 잘 모르겠다. 이곳 아우슈비츠에서는 가장 이상한 일이 평범한 게 되어버린다. 펜스 건너편에 있는 누군가와 사랑에 빠지는 일을 과연 감당할 수 있을까? 그보다도, 이 끔찍한 곳에서 사랑을 한다는 게 과연 가능한 일일까? 답은 '그렇다'인 것 같다. 저기 저렇게 추위를 이겨내고 서 있는 앨리스 뭉크와 루디 로젠버그가 있으니 말이다.

신께서 아우슈비츠를 존재하게 하셨으니 어쩌면 신은 지금껏 들었던 것처럼 절대 실수를 하지 않는 그런 시계공 같은 분은 아닐지도 모른다. 가장 아름다운 꽃은 가장 더러운 똥통에서 자란다. '그러니 어쩌면 신은 시계공이 아니라 정원사인지도 모르지.' 디타는 생각한다.

신께서는 밭을 갈고 악마는 커다란 낫으로 모든 것을 잘라내 버린다.

'이 미친 게임의 승자는 누구일까?' 그녀는 자문해본다.

16

아버지 막사로 가는 길 오타 켈러는 오늘 오후 아이들에게 들려줄 이야기를 중얼중얼 읊어본다. 그는 31구역 아이들의 주목을 끌기 위해 팔레스타인 땅에 대한 이야기들을 여럿 지어냈는데, 언젠가는 이 이야기를 모두 모아 책으로 펴내고 싶다.

할 일이 너무나도 많은데! 그런데 이렇게 전쟁의 덫에 갇혀있다.

혁명을 신봉하던 때가 있었다. 그때는 그냥 전쟁 한 번이면 된다는 생각이었다.

이제는 너무 오래전 이야기가 돼버렸다……

오타 켈러는 점심시간을 이용해 아버지를 만나러 간다. 아버지는 작업장 앞에서 수프를 먹고 있다. 아버지에게 배정된 일은 독일 군인들이 물병을 걸 수 있게 끈을 다는 일이다. 나이도 적지 않고 전쟁 전 이미 모든 것을 빼앗겼는데도 리처드 켈러는 아직 삶에 대한 애정을 잃지 않았다. 바로 지난주에도 그는 불이 꺼지기 전 막사 뒤편에서 작은 콘서트를 열자고 했었다. 그리고 전만큼은 아니지만 아버지는 여전히 여느 가수 뺨치게 멋진 목소리를 가졌다고 아들은 생각한다. 사람들은 리처드 켈러의 노래를 즐겁게 감상했다. 노래를 부르는 이 사람이 불과 얼마 전까지만 해도 프라하에서 50여 명의 직원을 거느렸던 잘나가는 속옷회사 사장님이었단 사실을 아는 청중은 별로 없다.

리처드 켈러가 회사 재정을 잘 관리한 성공적인 사업가이긴 했지만 그가 늘 진심으로 열정을 가진 대상은 오페라였다. 동료 사업가 중에서는 리처드 켈러가 그토록 노래를 즐긴단 사실에 인상을 찌푸리는 이들도 있었다. 심지어 그는 그 나이에 노래 수업을 받기까지 했다!

오타는 자기 아버지가 세상에서 가장 진지한 사람이고, 바로 그 때문에 큰 목소리로든 작은 목소리로든 언제나 노래를 부르고 있는 거라고 생각한다. 테레진 시절 유대인위원회 특사로부터 당시 그가 속해 있던 구역 내 수용자 절반이 아우슈비츠로 보내진단 통지를 받고 소리를 지르는 사람도 있었고 우는 사람, 주먹으로 벽을 치는 사람도 있었다. 리처드 켈러는 오페라 「리골레토」 중 질다가 납치되고 만투아 공작이 슬픔에 사로잡힌 장면에서 흘러나오는 아리아를 조용히 부르기 시작했다. "그녀는 떠나갔네! ……그대의 눈물이 보이는 것만 같아……" 그의 목소리는 무척이나 깊고 달콤했다. 어쩌면 그래서 그의 노랫소리만 들릴 때까지 아주 조금씩, 천천히 침묵이 내려앉은 것인지도 모른다.

리처드 켈러가 오타를 보고 윙크를 날린다. 리처드는 자기 회사도, 집도 잃었고—다 나치가 빼앗아갔다—상류층 시민으로서의 위엄도 잃었다. 그러나 아직 그에게는 내면의 힘이 있었고 농담을 할 의지도 남아 있었다.

아버지가 동료들과 그날 죽은 사람들 이야기를 하며 잘 지내고 있는 모습을 확인한 오타는 31구역으로 향한다. 주변을 둘러보면 슬픔뿐이다. 쇠약해져 거지꼴로 누더기를 걸치고 있는 사람들. 오타는 이런 모습을 보게 될 거라곤 생각하지 못했지만, 모욕당하는 유대인들의 모습을 볼 때마다 마음속에서 유대인으로서의 자각은 더욱 강해졌다.

과거 칼 마르크스의 이론에 빠져 모든 역사의 문제들은 국제화와 공산주의로 해결될 거라고 생각한 적도 있었지만, 이제는 다 옛날 얘기다. 그때는 오타가 자신을 잘 알지 못했다. 오타는 상류계급 출신이었고 안락한 공산주의자였으며 체코인이었고 또 유대인이었다. 나치가 프라하에 들어와 유대인을 몰아내는 것을 보고 오타는 마침내 세계 속에서 자신의 자리를 깨달았다. 핏줄, 그리고 천년의 역사가 다른 무엇보다 그를 유대인으로 분류했다. 정체성을 혼란스러워한 순간이 있었다 해도 나치는 그의 가슴에 노란 별을 달아 평생 단 한 순간도 더는 내가 누구인지 잊지 않도록 해주었다.

그가 시오니스트 그룹에 가입하고 '알리야', 그러니까 팔레스타인으로의 회귀를 위해 청소년들을 교육하는 '하크샤라' 운동에 적극 참여하게 된 이유도 그 때문이었다. 기타와 노래가 늘 빠지지 않았던 그들과의 여행에서 그는 늘 즐거움과 동시에 약간의 슬픔을 느끼곤 했다. 그 형제애 속에 그가 늘 찾아 헤맸던 어떤 원천적인 영혼 같은 것이 있었다. 모두가 서로를 신뢰하고 한 곳을 바라보는 동지로서의 집단이랄까.

그런 여행에서 모닥불에 둘러앉아 무서운 이야기를 하는 시간에 오타는 자신만의 이야기들을 지어내기 시작했다. 그 시절 가끔 그는 프레디 허쉬를 마주쳤다. 프레디는 확신에 조금의 틈이 없는 사람 같았다. 31구역에서 프레디와 함께 일하는 것이 자랑스러운 이유도 그 때문이었다.

지금은 좋은 시절이 아니지만…… 그렇지만 오타는 긍정적이다. 그는 아버지의 역설적인 유머감각을 물려받았고 유대인들의 끝없는 고난의 역사를 돌이켜볼 때 유대인들이 이 끔찍한 곳을 벗어나지 못할 거란 생각은 하지 않는다. 그런 잡생각일랑 지워버리려고 오타는 아이들에게 무슨 이야기를 해줄까, 다시 생각의 수레바퀴를 돌린다. 상상력을 멈추지 않고 아이들이 계속 꿈꿀 수 있도록 이야기는 끝이 없어야 하기 때문이다.

'꿈을 꾸는 사람만이 어떤 꿈이든 이루는 사람이 된다.' 오타는 혼잣말을 한다.

오타 켈러는 스물두 살이지만 그 자신감 넘치는 태도 때문에 더 나이가 있어 보인다. 그는 아이들에게 이미 여러 번 들려준 이야기를 또다시 반복하고 있다. 직접 만들어낸 이야기이니 구체적인 내용이 생각나지 않으면 그냥 다시 지어서 말하면 된다. 이야기의 주인공은 플루트를 파는 불한당인데, 그의 플루트는 구멍도 없고 소리도 나지 않는다. 이자의 설명에 따르면 이 플루트의 놀라운 소리는 천국에서만 들을 수 있다…….

"이 플루트를 얼마나 많이 팔았는지 아니? 심지어 어린아이도 플루트를 샀지 뭐야."

오타의 이야기가 끝날 때쯤이 되자 아이들은 우르르 문을 향해 바삐 달려간다. 딱 아이들다운 모습이다. 저들에게는 지금이 전부라서 1분 1분의 생이 강렬하다. 달려가는 아이들 말고도 보조교사 하나가 문을 향해 또 한 명 획 지나간다. 걸음걸음마다 어깨춤에 닿는 머리가 이쪽저쪽으로 흔들린다. 길고 마른 다리를 가진 사서다. 늘 뛰어다니는 그녀…….

천사의 얼굴을 하고는 있지만 저렇게 열정적으로 이리저리 뛰어다니는 디타의 모습을 보며 오타는 저 소녀가 자기 뜻대로 되지 않는 일이 있으면 악마로 돌변할 수도 있을 것 같단 생각을 한다. 오타가 보니 디타는 평소 교사들과 별로 이야기를 하지 않는 것 같았다. 디타는 책을 건네주고 찾아가면서 고개만 한 번 끄덕하고 늘 서둘러 가버린다. 어쩌면 사실 부끄러움을 감추려고 바쁜 척하는지도 모른다고 오타는 생각한다.

오타가 본 대로 디타는 그대로 막사 밖으로 나갔다. 디타는 옷속에 책을 두 권 숨기고 있는 데다 심지어 그게 선동적인 내용의 책이라 아무와도 마주치고 싶지 않다.

책을 제자리에 돌려두러 프레디 허쉬의 방으로 찾아갔을 때는 문이 잠겨 있었다. 몇 번이나 노크를 해보았지만 대답이 없었다. 막사 한쪽에서 다른 교사들과 앉아 이야기를 나누고 있는 미리암 에델스타인이 보였다. 미리암은 프레디가 갑자기 슈바츠후버에게 불려갔다고, 그래서 방 열쇠를 주고 가는 걸 잊어버린 것 같다고 설명했다. 미리암은 디타를 따로 불러 아침 수업 끝나고 방 안에 숨기지 못한 책 두 권은 어떻게 할 생각인지 물었다.

"걱정 마세요. 제가 알아서 할게요."

미리암은 알겠다고 고개를 끄덕이며 디타에게 조심하라는 눈빛을 보낸다. 디타도 그 이상의 정보는 말하지 않는다. 그건 사서로서 자신의 권리였다. 옷 속주머니에 숨긴 그 두 권의 책은 디타와 함께 밤을 보낼 것이다. 위험한 일이었지만 막사 안에 남겨두는 것도 딱히 안전한 대안 같지는 않았다.

아이들은 대부분 흩어졌고 체육 훈련이 있는 아이들은 교사들이 막사 뒤로 데리고 나갔다. 그래도 막사 안에는 큰 아이들, 작은 아이들 할 것 없이 몇몇이 아직 남아서 오타 켈러의 이야기를 경청하고 있었다. 디타는 아는 것도 아주 많고 역설적인 화술의 소유자인 이 젊은 교사에게 깊은 인상을 받았다. 막사에 그대로 남아 오타 켈러의 이야기를 듣고도 싶었지만—아마도 팔레스타인과 관련이 있을 거라고 디타는 짐작했다—디타는 슈베이크라는 이름의 악당과 데이트가 있었다. 그래도 몇 마디쯤은 이야기를 엿들을 수 있었는데, 꽤나 의외였다. 아침 시간에 주로 그가 가르치는 정치나 역사 수업이 아니라 이야기를 들려주고 있는 것이었다. 디타는 그렇게 열정적으로 이야기를 들려주는 오타를 보고 깜짝 놀랐다. 그토록 공부도 많이 하고 진지한 젊은 청년이 저런 열정을 보인다는 것이 흥미로웠다.

열정은 디타에게 아주 중요하다. 계속 살아나가기 위해서는 무엇에든 열정이 필요하다. 디타가 책을 대여해주는 일에 마음과 영혼을 다 바치는 이유도 그 때문이다. 아침에는 종이책을, 좀 여유로워지는 오후에는 "살아 있는" 책들을 준비한다. 디타는 걸어다니는 책이 될 수 있는 교사들의 리스트와 순번도 정리해두었다.

디타가 신중했다면 프레디 방 안에 숨기지 못한 두 권의 책은 디타의 속주머니 안에 그대로 담겨 있었을 것이다. 그러나 디타는 우리의 친구 슈베이크에게 무슨 일이 일어났는지 알고 싶은 유혹을 이겨낼 수 없다. 그래서 그녀는 더러운 냄새가 나고 검은 구멍이 줄지어 있는 막사인 변소로 책을 읽으러 간다.

디타는 눈에 띄지 않는 구석으로 가서 편안하게 자리를 잡는다. 갑자기 슈베이크와 그의 창시자 야로슬라브 하셰크는 어쩌면 이곳이 그들의 이야기를 읽기에 가장 적절한 장소라고 느낄지도 모르겠단 생각이 든다. 제2부의 머리말에서 하셰크는 이렇게 이야기한다.

저속한 말 따위에 화를 내는 건 겁쟁이들이다. 그런 사람들이라면 실제 현실의 삶에서는 놀랄 일이 더 많다. 생루이스의 에우스타키우스 성인은 어른 남자의 요란한 방귀 소리를 들을 때마다 울음을 터뜨리면서 기도만이 진정을 취할 수 있는 유일한 방법이라고 적은 바 있다. 체코공화국을 연미복에 장갑까지 갖춰야 들어갈 수 있는 그런 목재 마룻바닥의 거대한 응접실로 바꿔놓고 싶어했던 사람들이 적지 않다. 상류층의 우수한 전통이 유지되는 그런 곳이라면 엘리트 늑대들이 최악의 면모, 그리고 자신의 바닥까지 마음 놓고 드러내 보일 수 있을 테니 말이다.

매일 아침 수백 개의 구멍마다 사람들로 가득 메워지는 이곳에서라면 불쌍한 에우스타키우스 성인은 아마 기도를 멈출 새가 없을 것 같다.

변소를 나오는데 땅바닥이 얼어 있어 걸음을 조심해야 한다.

막사에 도착해 디타는 어머니를 찾는다. 평소라면 어머니에게 31구역이든 아이들 장난이든 이것저것 수다를 늘어놓았겠지만 오늘 저녁 디타는 아무 말이 없다. 리즐은 디타를 안으며 딸의 옷 속으로 딱딱한 책의 윤곽을 느끼지만 역시 아무것도 묻지 않는다. 어머니들은 늘 아이들에 대해 아이들 본인들이 생각하는 것보다 많이 알고 있다. 그리고 이렇게 막혀 있는 세계에서는 침대의 벼룩마냥 소식도 빠르게 퍼진다.

디타는 자신이 31구역에서 하는 일을 어머니에게 얘기하지 않음으로써 어머니를 보호하고 있다고 생각한다. 실은 그 반대라는 사실을 디타는 알지 못한다. 리즐은 디타가 하는 일을 모르는 척함으로써 딸이 엄마에게 걱정을 끼친다는 생각을 덜 하도록, 그리고 딸이 스트레스를 받지 않도록 할 수 있단 걸 알고 있다. 리즐은 십대 딸아이에게 짐이 되지 않을 것이다.

디타가 어머니에게 라디오 비르케나우에 주파수를 맞추었냐고 묻자 리즐은 화를 내는 척한다. "투르노브스카 부인 가지고 놀리지 마." 리즐은 그렇게 대꾸한다. 사실 리즐은 디타가 다시 농담하는 걸 보자 기쁘다. "케이크 레시피 이야기를 하고 있었단다. 부인이 블루베리랑 레몬껍질 갈아 넣은 케이크를 모르더라고! 아주 유쾌한 오후를 보냈단다."

'아우슈비츠에서 아주 유쾌한 오후라고?'

디타는 어머니가 이제 정신을 놓기 시작한 건가 싶다. 어쩌면 정신을 놓는 게 썩 나쁜 건 아닐지도 모른다. 끔찍한 2월, 지금 아주 힘든 나날들을 보내고 있으니 말이다.

"통금시간까지 아직 한 시간 남았네. 마깃네 막사에 가서 마깃과 놀다 오렴!"

리즐은 저녁 시간이면 가끔 가서 친구를 만나라고 디타를 막사 밖으로 내보내곤 한다. 이 안에서 과부들한테 이렇게 둘러싸여 있지 않도록 말이다.

8번 막사를 향해 걸어가는데 옷 속에서 책들의 움직임이 느껴진다. 아버지의 죽음 이후 디타는 어머니가 엄청나게 힘을 내고 있다는 생각이 든다.

마깃은 어머니, 그리고 마깃보다 두 살 어린 여동생 헬가와 함께 침대 발치에 앉아 있다. 디타는 마깃네 가족에게 인사한다. 그러자 십대 소녀들이 저희들끼리만 이야기하고 노는 걸 더 좋아하는 줄 아는 마깃의 어머니는 가서 친구를 만나고 오겠다며 자리를 비켜준다. 헬가는 그대로 자리에 앉아 있지만 눈꺼풀은 내려앉았고 거의 잠들기 직전이다. 산처럼 쌓인 죽은 이들의 옷가지를 정리하는 일을 맡은 불쌍한 헬가는 정신적으로나 육체적으로나 많이 지쳐 있다.

점심으로 수프 한 그릇, 저녁으로 빵 한 조각만 먹고 산다면 누구든 피로에 지칠 수밖에 없다. 별명을 지어 부르는 게 취미인 디타는 '잠자는 숲속의 공주 헬가'라고 별명을 붙였지만 마깃이 그 별명을 전혀 재밌어하지 않는단 걸 알고 입 밖으로 별명을 꺼내 부르진 않는다. 그러나 사실 헬가는 잠자는 숲속의 공주 그 자체다. 그야말로 수척하고 심약한, 어디든 앉자마자 피로에 지쳐 잠이 들고 마는 소녀.

"우리끼리 있으라고 자리를 비켜주시다니…… 언니네 엄마 진짜 속이 깊으시다!" 디타가 말한다.

"엄마들은 뭘 어찌 해줘야 하는지 다들 알지." 마깃이 대답한다.

"여기 오는 길에 우리 엄마 생각을 하고 있었어. 언니도 우리 엄마 알잖아. 그렇게 약한 분 같은데도 내가 생각했던 것보다 훨씬 강한 거야. 아빠 돌아가시고 나서도 엄마는 지금 그 냄새나는 공장에서 한마디 불평 없이 계속 일을 하고 있다니까. 나무로 만든 냉장고 같은 우리 숙소에서 감기 한번 안 걸리시고 말이야."

"다행이지."

"한번은 근처 침대에서 젊은 여자들 대화를 엿들었는데……
그 사람들이 우리 엄마랑 친구분들을 뭐라고 부르게?"

"뭐라고 하는데?"

"늙은 암탉 클럽."

"끔찍하다."

"하지만 꼭 틀린 말도 아니야. 가끔씩 각자 자기 침대에서 한
꺼번에 입을 열기 시작하는데 정말 농장에 있는 암탉들처럼 시
끌벅적하다니까."

마깃은 웃어 보인다. 마깃은 신중한 성격이고 어르신들을 놀
리면 안 될 일이라고 생각은 하지만, 디타가 다시 농담하는 걸
보니 마깃도 기쁘다. 좋은 징조다.

"르네는 무슨 소식 있어?" 디타가 묻는다.

마깃이 진지해진다. "날 피한 지 꽤 됐어."

"무슨 소리야?"

"뭐, 나만 피하는 건 아니지. 일을 마치면 르네는 어머니랑 바
로 같이 돌아가고 아무랑도 말을 안 해."

"왜?"

"사람들이 숙덕대거든."

"무슨 소리야, 숙덕댄다니? 르네에 대해서? 왜?"

마깃은 적당한 단어를 찾지 못해 잠시 고민한다.

"나치 대원이랑 르네가 지금 좋은 관계야."

아우슈비츠 비르케나우에서는 넘어선 안 되는 선들이 있다.
그중 하나가 나치 대원과의 관계다.

"그냥 헛소문 아니고? 사람들이 별의별 얘기를 다 지어내잖아."

"아니야, 디타. 르네가 그 사람이랑 얘기하는 걸 봤어. 주로 인

적이 드문 입구 초소에서 만나는데, 1번 막사랑 3번 막사에서 두 사람을 확실히 볼 수 있어."

"키스도 하는 사이야?"

"세상에, 부디 아니기를 바라고 싶다. 생각만 해도 소름 돋아."

"차라리 돼지한테 키스를 하지."

마깃은 허리를 숙여가며 깔깔대고 디타는 자기 말투가 병사 슈베이크를 닮아가는 것 같다는 생각이 든다. 심지어 그런 생각이 들자 기분이 썩 나쁘지 않다.

같은 시각 다른 막사에서는 르네가 어머니의 머리에서 이를 잡고 있다. 그렇게 하면 손도 눈도 바쁘다. 그렇지 않으면 르네는 생각할 여유란 게 생긴다.

다른 여자들이 자기를 비난한다는 것을 르네는 이미 알고 있다. 나치 대원과 우정을 쌓는 게 좋은 일이라고는 르네도 생각하지 않는다. 아무리 매너 좋고 배려심 있는 빅토르 같은 자라고 해도 말이다.

'빅토르?'

친근하든 그렇지 않든 어쨌거나 그는 감옥의 책임자다. 심지어는 사형을 집행할 수도 있는 자다. 그러나 르네와 함께 있으면 그는 제대로 행동한다. 르네는 빅토르가 가져다준, 빗살이 제대로 다 남아 있는 빗으로 어머니 머리에서 이를 잡는다. 그는 작은 레드커런트 잼 한 병도 가져다주었다. 르네와 어머니는 매일 밤 나오는 빵조각에 잼을 발라 몇 달 만에 처음으로 저녁식사를 즐겼다. 그런 맛은 정말 오랫동안 보지 못한 것이었다! 이렇게 비타민을 공급받으면 질병도 예방되고 목숨도 구할 수 있다.

르네가 자신에게 아무 대가도 요구하지 않는 이 젊은 친위대원과 굳이 벽을 두어야 할까? 꼭 그의 선물을 거절하고 말도 섞고 싶지 않다고 해야만 할까?

자신을 비난하는 여자들도 르네와 같은 입장에 처했다면 누릴 수 있는 것들을 분명 누렸으리라. 남편을 위해서든 아이들을 위해서든, 혹은 다른 누군가를 위해서든 선물은 분명 거절하지 않을 것이다. 받기는 할 터이다. 품위를 지키는 일은 눈앞에 뚜껑이 열린 레드커런트 잼과 빵조각이 보이지 않을 때나 쉬운 것이다.

빅토르는 이 모든 상황이 끝나면 르네와 약혼하겠다고 한다. 르네는 대답하지 않는다. 빅토르는 루마니아에 대해 이야기하며 자기 마을의 풍경을 묘사한다. 광장에서 축제가 열리면 자루 달리기도 하고 큰 솥에 달콤하면서도 신맛이 나는 수프를 끓인다고. 르네는 그를 미워하고 싶다. 그를 증오하는 것이 르네의 의무고, 르네도 그 점을 잘 알고 있다. 그러나 증오는 사랑과 비슷하다. 증오도, 사랑도, 선택의 문제가 아니다.

아우슈비츠에 밤이 내린다. 기차는 나뭇잎처럼 떨고 있는 순수하고 혼란스러운 사람들을 싣고서 여전히 한밤중에 도착하고, 굴뚝의 빨간 불빛이 한시도 멈추지 않고 돌아가는 화덕의 위치를 알린다. 가족캠프 수용자들은 벼룩이 들끓는 매트리스에서 잠을 청하며 공포로 인한 불면증을 이겨내보고자 한다. 이들은 매일 밤 약간의 승리를 성취한다.

아침이면 오늘도 또다시 금속 여물통에서 얼굴을 씻고, 뻔뻔하게 치마를 올리고 속옷을 내린 후 다른 300여 명의 사람들과 함께 자연스러운 신체 기능을 수행한다. 이어지는 인원 점검. 오늘도 얼어 죽을 것 같은 추위 속에 점호는 고통스러우리만큼 천천히 진행된다. 차가운 땅바닥에 신발은 얼음장이 돼버린다. 이제 캠프를 나서는 나치 대원들의 손에는 간밤에 살아남지 못한 사람들의 이름 옆에 가위표가 되어 있는 수용자 명단이 들려 있다. 드디어 프레디 허쉬가 막사 문을 걸어 닫고 눈썹을 들어올린다. 점호를 마친 아이들이 소란을 피우며 자기 반 의자를 찾아가는 사이 몇몇 교사들은 사서를 찾는다. 31구역에 또 다른 하루가 시작된다.

디타가 가장 기다리는 것은 점심시간에 나오는 수프다. 안정이 된다. 무엇보다 점심시간은 오후 일과를 알리는 시작점이고, 오후가 되면 디타는 이제 친구가 된, 언제나 모험에 말려드는 흥청망청 군인의 모험담을 들을 수 있다. 슈베이크 소속 부대의 상관 중 다우어링이라는 잔인한 오스트리아 장교가 있다. 다우어링은 부하들을 엄격하게, 심지어는 매질도 아끼지 않을 정도로 대하기 때문에 윗선에서 높은 평가를 받고 있다.

독서는 즐겁다.

그러나 어떤 파티든 꼭 망가뜨리고 싶어하는 사람들이 있기 마련이다. 지저분한 올림머리, 출렁이는 피부 덕분에 단번에 알아볼 수 있는 참견쟁이 악질 여사가 목을 빼고 디타의 은신처를 들여다본다. 악질 여사는 작디작은, 현미경으로 들여다봐야 보일 법하게 작은 눈을 가진 다른 교사와 함께 있다.

두 교사는 디타가 무슨 책을 읽고 있나 대답하지 않고는 배길 수 없게 디타 앞에 서서 그녀를 노려보고 있다. 디타가 책을 내밀자 둘 중 하나가 책을 낚아챈다. 책장이 느슨해지고 책장을 묶는 책등의 낡은 실이 거의 끊어지려 한다. 디타는 얼굴을 찡그리지만 혀를 깨문다.

책을 조금 읽더니 악질 여사의 눈은 점점 커진다. 턱 아래 축 늘어진 피부가 분노로 흔들린다. 악질 여사의 표정이 꼭 슈베이크의 재치 있는 말에 그의 부대 장교들이 보이는 반응과 다를 것 없단 생각이 들어 디타는 웃음이 새어 나오려 하지만 꾹 참는다.

"이건 네가 읽으면 안 되는 불온한 책이야! 네 또래 여자애들이 이런 삐딱한 책을 읽으면 안 돼. 중간에 절대 용납할 수 없는 신성모독도 있고."

바로 그때 교사들의 직속 관리자이자 부구역장인 세플 리히텐스턴과 미리암 에델스타인이 허쉬의 방을 나온다. 크리시코바 부인은 권위의 출현에 만족스러운 미소를 내비치며 당장 이쪽으로 와보라고 신호를 보낸다.

"이것 좀 보세요. 아무리 형편없는 곳이라 해도 여긴 학굡니다. 부구역장님들, 어린아이들이 이런 저속한 싸구려 소설을 읽게 놔둬선 안 돼요. 인생을 통틀어 본 최악의 신성모독이 이 책에 나온다고요."

자기 주장에 힘을 싣기 위해 그녀는 교회 위계질서를 존중하지 않는다든가 성직자와 신의 목자를 불경하게 묘사한 부분을 꼽아 부구역장들에게 한번 들어보라고 한다.

그는 거나하게 취했다. 그는 대위다. 그러나 계급과 상관없이 신께서는 모든 군인 사제들에게 폭발 직전까지 술을 들이켤 수 있는 재능을 주셨다. 한번은 카츠라는 사제를 만난 적이 있는데, 술이라면 거의 자기 영혼을 팔 준비가 된 사람이었다. 그렇다 보니 급기야 그는 전례용품까지 내다 팔았고 우리는 그가 가진 돈을 마지막까지 탈탈 털어 마셨다. 그리고 교회를 위해 누군가 작은 무엇이라도 주면 우리는 그것도 술 마시는 데 썼다.

크리시코바 부인은 세플 리히텐스턴이 간신히 웃음을 참고 있는 것을 깨닫고는 책을 탁 닫는다. 디타에게는 책에서 곧 떨어질 것 같은 페이지만 눈에 들어온다. 크리시코바 부인은 이건 아주 중요한 문제이며 이 소설을 금지해야 한다고 주장한다. 그녀는 계속 공중에서 책장을 넘기며 교사들이 이런 책을 학생들에게 읽게 한다면 우리 아이들에게 어떤 가치를 심어주는 것이겠냐며 다시금 묻는다.

부인이 파리채마냥 책을 휘두르는 걸 보다 못한 디타는 벌떡 일어나 자기보다 15센티미터는 족히 더 큰 크리시코바 부인 앞에 서서 할 수 있는 한 가장 정중하게, 하지만 강철 같은 목소리로 잠깐만 책을 다시 줄 수 있겠느냐고 묻는다. "……괜찮으시다면요." 마지막 "괜찮으시다면요"에 얼마나 힘을 줬는지 마치 디타가 아줌마를 들이받기라도 할 것 같은 기세다. 부인은 의식하지 못하고 불쾌한 표정으로 마구 휘둘린 책을 내민다.

디타는 조심스레 책을 받아 느슨해진 페이지를 조정하고 달랑거리는 책장을 다시 제자리로 집어넣는다. 디타는 마치 전쟁에서 부상당한 이를 치료하듯 천천히 책을 손보고 다른 사람들은 그런 디타를 흥미롭게 지켜본다. 디타의 손, 디타의 눈빛에서 낡은 이 책에 대한 깊은 존경과 애정이 느껴져 화가 난 교사조차 감히 말 한마디 하지 못한다.

마침내 모든 것이 제자리로 돌아가자 디타는 조심스레 책을 펼쳐 신중한 모습의 세플과, 자기는 중립이란 표정의 미리암에

266

게 말을 건다. 이 책에 크리시코바 부인이 조금 전 읽은 그런 내용이 있는 건 사실이라고 디타는 인정한다. 하지만 또 다른 부분도 있다며 디타는 덧붙인다. 이제 디타가 읽을 차례다.

전장으로 나가고 싶지 않은 이들에게 마지막 안식처는 군사 감옥이었다. 나는 전직 수학 교사 하나를 만났다. 포병부대 소속으로, 전쟁에 나가 총을 쏘고 싶지 않았던 그는 장교의 시계를 훔쳐서 감옥에 갇히게 됐다. 전적으로 계획된 짓이었다. 그는 전쟁에 별다른 감명을 받지도, 매혹되지도 않았다. 자기만큼 운이 나쁜 적군의 수학 교사들에게 총을 쏘고 포탄과 수류탄을 던지는 일은 매우 바보 같은 짓이자 잔인한 행위라고 생각했다.

"불온한 이 책에서 전하는 나쁜 생각이라는 게 이런 것도 있어요. '전쟁은 바보 같은 짓이고 짐승 같은 일이다.' 이것도 공감이 안 되세요?"

침묵.

세플 리히텐스턴은 딱 지금 담배 하나 물었으면 싶다. 그는 시간을 벌려고 왼쪽 귀를 긁다가 결국은 판단을 유보할 수 있는 답변을 마련하고 입을 뗀다.

"미안하지만 저는 아이들 방문 관련해서 급히 의료진을 좀 만나러 가봐야 해서요."

'한 자리에 여자들이 너무 많았어.' 세플은 재빨리 자리를 피하기로 한다.

원하지 않았지만 졸지에 미리암이 이 독서 전쟁의 심판 역할을 맡게 됐다.

"에디타가 지금 읽어준 대목은 저한테는 아주 합리적으로 들리는데요. 게다가," 미리암은 크리시코바 부인을 똑바로 쳐다보며 덧붙인다. "결국 이 책에서 말하는 게 술고래인 가톨릭 사제들이 있다는 건데, 그 정도를 가지고 이 책이 종교를 존중하지 않는다느니 신성모독이라느니 할 순 없을 것 같습니다. 랍비님들의 권위에 도전하는 내용도 전혀 없고요."

빈정대는 미리암의 말에 기분이 상하고 화가 난 두 여교사는 돌아서서 남들의 귀에 들리지 않게 불평과 불만을 중얼중얼 늘어놓는다. 두 사람이 어느 정도 멀어지자 미리암은 디타가 책을 다 보고 나면 자신도 이 책을 좀 빌리고 싶다고 속삭인다.

17

또 새 하루가 밝았고 디타는 오늘 아침에도 책들을 진열한다. 프레디의 방에 들어갔을 때 그는 점심 후 다른 교사 팀과의 배구 경기를 위해 자기 팀 전술을 그리고 있었다. 디타는 프레디만큼 활력이 넘치진 않는다. 끝이 보이지 않는 아침 점호를 하고 나니 다리가 저릿저릿하다.

"에디타, 아주 좋은 아침이지? 오늘은 해가 좀 오래 나와 있을 거야. 이따 한번 보렴."

"이놈의 인원 점검 때문에 발이 아파요. 끝이 없다니까요. 너무 싫어요."

"에디타, 에디타…… 인원 점검은 축복이야! 점호가 왜 그렇게 오래 걸리는지 알아?"

"글쎄요……."

"왜냐면 우리가 아직 여기 있기 때문이야. 9월부터 지금까지 우리 아이들이 한 명도 죽지 않았다고. 무슨 말인지 알아? 질병으로, 굶주림으로, 과로로 죽은 사람이 가족캠프에서 9월부터 벌써 5천 명도 넘어." 디타는 슬프게 고개를 끄덕인다. "그런데 31구역에서는 아이 한 명도 낙오자가 없다고! 우린 성공하고 있는 거야, 에디타. 우리가 해내고 있어."

디타는 슬픈 승리의 미소를 지어 보인다. 아버지가 살아 계셔서 이 이야기를 해드릴 수만 있다면.

디타는 오타 켈러의 수업을 보다 가까이서 들을 수 있도록 책을 두던 벤치를 눈에 띄지 않게 몇 미터 조용히 옮긴다. 이제 아버지가 없으니 디타는 혼자서 공부를 계속해나가야 한다. 켈러는 언제나 뭔가 흥미로운 이야깃거리를 갖고 있다. 디타는 그를 꼼꼼히 살펴본다. 두꺼운 울스웨터, 둥근 얼굴을 보면 아마 어릴 적에는 통통한 소년이었을 것 같다.

그는 아이들에게 화산에 대해 이야기하고 있다.

"지하 깊숙이에서 지구는 불에 타고 있어. 가끔씩 내부 압력 때문에 균열이 생기면 그 틈에서 엄청 뜨거운 물질이 솟아 나와 화산을 형성하지. 암석이 녹아내려 용암이라는 아주 뜨거운 반죽 같은 게 되는 거야. 바다 밑바닥에서 화산이 폭발하면 용암추봉이 생기는데 그건 나중에 섬이 된단다. 하와이 같은 섬들이 그렇게 생긴 거지."

디타는 반마다 모여앉아 진행되는 수업을 둘러본다. 수업에서 들리는 말소리는 사람이 살 곳은 아닌 이런 축사 같은 곳, 그러나 지금은 학교로 탈바꿈한 이곳을 증기처럼 뜨겁게 달군다. 디타는 어째서 우리가 지금 다 살아남은 것인지 자문해본다.

'왜 다섯 살 아이들이 여기서 이렇게 뛰어다니도록 내버려둔 거지?' 모두들 스스로에게 하는 질문이다.

디타가 캠프 장교들의 식당 벽에 밥그릇을 대고 엿들을 수만 있다면 그동안 수차례 찾아 헤맸던 답을 얻을 수 있었을 텐데.

식당에는 비르케나우 총 책임자 슈바츠후버와 "특별" 임무를 수행 중인 멩겔레 박사 둘만 남아 있다. 슈바츠후버의 앞에는 애플슈냅스 한 병이, 멩겔레 앞에는 커피가 한 잔 놓여 있다.

긴 얼굴, 광신적인 눈빛. 멩겔레는 거리를 두고 슈바츠후버를 살펴본다. 그는 스스로가 극단주의자라고 생각하지는 않는다. 그는 과학자다. 어쩌면 전형적으로 아리아인다운 슈바츠후버의 저 파란 눈을 부러워하는 자신을 인정하고 싶지 않은 갈색 눈의 과학자. 갈색 눈동자, 어두운 피부색 때문에 멩겔레는 외모로 보면 지중해 남부 출신 같다. 학교에서는 그를 집시라고 부르며 놀리는 아이들이 있었다. 멩겔레는 지금 그 아이들을 해부대에 눕혀놓고 다시 한번 자기를 그렇게 불러보라고 하고 싶은 마음이다.

생체해부는 대단한 경험이다. 시계공이 시계를 분해하는 것과도 같지만…… 그러나 이건 시계 대신 살아 있는 생명을 해체해 들여다보는 일이다.

멩겔레는 슈바츠후버가 음료를 마시는 모습을 지켜본다. 자기 수하에 마음대로 부릴 수 있는 이들이 수십 명은 되는 친위대 장교란 사람이 군화도 반짝반짝 닦여 있지 않고 셔츠 깃 하나 빳빳하게 세우지 못한다는 건 개탄스러운 일이다. 이건 태만이고 용서할 수 없는 일이다. 그는 슈바츠후버처럼 면도를 하다가 피부를 베이는 저런 촌뜨기들을 경멸한다. 그리고 그 무엇보다도 특히 짜증나는 한 가지가 있다. 이미 했던 이야기를, 심지어 똑같은 단어를 쓰면서 똑같은 논리로 반복한다는 것이다.

슈바츠후버는 다시금 왜 윗분들이 이 괴이한 가족캠프에 관심을 두고 있는 거냐고, 아마 똑같은 답을 들을 것을 뻔히 알면서도 멩겔레에게 묻는다. 멩겔레는 있는 힘을 다 짜내어 화를 눌러 참고 상냥한 태도로, 동시에 어린아이나 정신 지체자를 다루 듯 대답한다.

"이미 잘 알고 계시지 않습니까. 베를린에서는 전략적으로 아주 중요한 캠프이기 때문입니다."

"젠장, 그거야 나도 알지. 당연히 알지! 그런데 베를린에서 왜 그렇게 배려를 하는지 모르겠다고. 무슨 아동센터라도 세울 셈인가? 다들 미친 거야? 아우슈비츠가 무슨 리조트라도 되는 줄 아는 거냐고?"

"우리를 주시하고 있는 다른 나라들이 그렇게 생각하기를 바라고는 있습니다. 소문은 빨리 퍼지니까요. 국제적십자 측에서 우리 캠프에 대해 더 많은 정보를 요구하고 직접 시찰을 하고 싶다는 입장을 밝혔을 때 하인리히 힘러 국가지도자께서는 방문을 막기보다 적극적으로 허락한다고 하는, 언제나처럼 기발한 발상을 내놓으셨습니다. 유대인 가족들이 함께 모여 살고 아이들이 아우슈비츠 주변을 뛰어다니는 모습, 그들이 보고 싶어하는 모습을 우리는 보여줄 것입니다."

"너무 복잡해……."

"국제적십자는 테레진 이송자들을 추적해왔습니다. 그들이 여기서 보지 말아야 할 것들을 보게 되면 우리가 테레지엔슈타트에서 들인 모든 노력은 무용지물이 될 겁니다. 그들을 집으로 초청은 하되 부엌은 보여주지 않고 놀이방만 보여주는 겁니다. 그러면 그들은 만족하며 제네바로 돌아가겠죠."

"적십자는 무슨 망할! 군대도 없는 겁쟁이 스위스 놈들, 지들이 뭐라고 제3제국에 이래라저래라야? 굳이 그래야 하는 이유가 대체 뭐야? 문 앞에 딱 내렸을 때 걸어 잠근 문을 보여줘도 모자랄 판에. 아니지, 그놈들을 나한테 보내면 놈들이 부엌에 들르기도 전에 내가 오른으로 다 보내버릴 텐데."

멩겔레는 슈바츠후버의 얼굴이 점점 더 붉어지는 모양을 지켜보며 경멸의 미소를 짓는다. 말채찍을 꺼내 슈바츠후버의 머리를 내려치고 싶지만 참아야 한다. 총으로 슈바츠후버의 뇌를 한 방에 날려버리면 더 좋겠다. 하지만 아무리 저런 천치 멍청이라고 해도 슈바츠후버는 비르케나우 책임자다.

"친애하는 지휘관님, 우리 이미지가 세계에 어떻게 비치는지와 우리 프로젝트는 과소평가할 일이 아닙니다. 조심해야 합니다. 친애하는 나치 독일 총통께서 나치당 내에서 처음 맡으셨던 사무소가 어딘지 아십니까?"

멩겔레는 극적 효과를 위해 잠시 말을 멈춘다. 어차피 자문자답할 것이지만 슈바츠후버를 농락해 보이기 위해서다. "프로파간다 본부장이었습니다. 총통께서는 본인의 저서 『나의 투쟁』에서 관련 일화를 언급하셨지요. 그 책을 읽어보셨습니까?" 슈바츠후버의 걱정스러운 표정이 멩겔레는 즐겁다. "독일 밖에서나 안에서나 여전히 많은 사람들이 인종적으로 퇴보하는 요소들을 제거하여 인류를 유전적으로 청소할 필요성을 이해하지 못하고 있습니다. 여전히 경계 태세로 새로이 전선을 형성하려는 나라들이 있습니다. 지금으로서 우리는 그것만은 절대 피하고 싶지요. 언제 어디서 전쟁을 시작할지는 우리가 결정하는 것입니다.

친애하는 지휘관님, 수술을 집도할 때와 똑같습니다. 아무 데나 그냥 칼을 대는 것이 아니라 적절한 부분을 골라 절개를 해야 합니다. 전쟁은 우리의 메스이고 우리는 메스를 정확히 관리하고 휘둘러야 합니다. 미친 사람처럼 칼을 휘두른다면 결과적으로 스스로의 목에 칼을 들이밀게 될 수도 있습니다."

슈바츠후버는 훈계 투로 말하는 멩겔레를 참을 수 없다. 흡사 스승이 대책 없는 제자한테 쓰는 그런 말투다.

"젠장, 멩겔레. 자네는 꼭 정치인처럼 말하는군! 난 군인이야. 나는 명령을 받고 수행을 해. 힘러 최고지도자께서 가족캠프가 필요하다, 그러면 필요한 거야. 근데 이 아동센터 같은 사업의 정체는 뭐냐 말이지…… 이게 무슨 목적이냐고?"

"프로파간다입니다, 지휘관님…… 프-로-파-간-다. 수용자들이 아우슈비츠에서 얼마나 좋은 대우를 받고 있는지 고향에 있는 유대인 친지들에게 편지도 쓰고 소문도 퍼지게 하는 거죠."

"좋은 대우를 받든 말든 유대인 돼지새끼들이 하는 생각까지 우리가 뭣 하러 신경 써야 하지?"

멩겔레는 숨을 크게 들이마시며 머릿속으로 셋을 센다.

"친애하는 지휘관님, 여전히 외부에 남아 있는 유대인들은 많고 앞으로도 계속 유대인이 이곳으로 들어올 겁니다. 도살장에 끌려가는 걸 아는 동물들은 끌려갈 때 엄청나게 저항을 하지만 모르는 동물들은 훨씬 고분고분하게 따라옵니다. 시골 출신이시니 그 점은 잘 아시겠지요."

멩겔레의 마지막 말에 슈바츠후버는 발끈한다.

"투트징이 시골이라니! 참고로 투트징으로 말할 거 같으면 바바리아에서, 독일 전역에서 가장 아름다운 마을이야…… 고로 전 세계에서 가장 아름다운 마을이라고 할 수 있겠지."

"물론입니다, 지휘관님. 전적으로 동의합니다. 훌륭한 동네죠."

막 대꾸를 하려던 슈바츠후버는 이 현학적인 중산층 출신 의사가 일부러 자신을 도발하는 것을 깨닫고 거기 놀아나지 않겠다고 결심한다.

"좋아, 의사선생. 아동센터인지 뭔지 필요한 거라고 하고." 그는 으름장을 놓는다. "하지만 아주 사소한 문제나 불편사항만 생겨도 당장 없애버릴 테니까. 조금이라도 흐트러진 모습이 보인다, 하면 즉시 문을 닫는 거요. 거기 담당자 유대인이 관리를 잘할 것 같소?"

"안될 것도 없을 겁니다. 그는 독일인입니다."

"멩겔레 박사! 어떻게 그렇게 개나 다름없는 불쾌한 유대인을 영광스러운 우리 독일인으로 부를 수 있나?"

"어떻게 부르시든 그거야 지휘관님 마음입니다만, 프레디 허쉬의 신상정보에 따르면 그는 노르트라인 베스트팔렌의 아헨에서 태어났습니다. 제가 알기로 그곳은 독일이고요."

슈바츠후버는 멩겔레를 분노의 표정으로 쳐다본다. 멩겔레는 그의 생각을 읽을 수 있다. 슈바츠후버는 멩겔레의 당당함을 참을 수가 없는 것이다. 그러나 멩겔레는 걱정하지 않는다. 그 역시 슈바츠후버가 신임을 받지 못한단 것을 느낄 수 있기 때문이다. 슈바츠후버는 베를린의 힘 있는 자가 멩겔레의 뒤를 받쳐주고 있다는 것, 때문에 그도 발을 조심히 디뎌야 한다는 걸 알고 있다. 언젠가 멩겔레의 운이 다하고 그를 짓밟아버리는 순간을 기대하며 입맛을 다시듯 슈바츠후버의 눈에 잠시 적의가 스친다. 그러나 멩겔레는 상냥한 미소를 지어 보인다. 그런 순간은 절대 오지 않을 것이다. 멩겔레는 실상 아는 게 아무것도 없고 왜 전쟁을 하고 있는지도 전혀 이해를 못 하는 이 군인들보다 늘 한발 앞서 있다. 멩겔레는 다르다. 그는 유명세를 위해 싸운다. 당장의 목표는 DFG 독일연구협회이고 그다음으로는 의학의 역사를, 그리고 궁극적으로는 인류의 역사를 바꿀 것이다. 요제프 멩겔레는 스스로 겸손하지 않단 사실을 알고 있다. 겸손은 약한 이들을 위해 남겨두겠다.

훗날 멩겔레는 역사로부터 교훈을 배울 것이다. 가장 강한 자의 약점, 즉 자신이 무적이란 믿음에 빠지는 것이야말로 가장 취약한 약점이란 것을. 그래서 제3제국의 힘은 제3제국의 약점이기도 하다. 제3제국이 굳건할 거란 믿음으로 너무 많은 전쟁을 벌인 제국은 결국엔 무너지고 말 것이다. 동맹국들의 정찰기가 이미 아우슈비츠 위 상공을 맴돌기 시작했고 멀리서이지만 처음으로 폭격 소리도 들렸다.

아무도 영원히 강할 수는 없다. 심지어 무적의 프레디 허쉬조차도.

그로부터 며칠 후 사건이 터진다. 오후 마지막 일과가 다 끝나고 사람들이 막사를 떠나기 시작하면 디타는 서둘러 책을 한데 모은다. 책을 숨기기 전 흙이 묻지 않게 책들을 싼 다음 디타는 프레디의 방으로 향한다. 디타는 어서 막사로 돌아가 어머니와 시간을 보내고 싶다.

프레디의 방문을 두드리자 들어오라는 대답이 돌아온다. 프레디는 평소처럼 방 안에 하나뿐인 의자에 앉아 있지만, 오늘은 보고서를 쓰고 있지는 않다. 그는 팔짱을 낀 채 공중을 멍하니 쳐다보고 있다. 그의 심경에 뭔가 변화가 있다.

디타는 담요가 쌓여 있는 곳 아래 숨어 있는 나무 쪽문으로 다가가 숨겨진 공간 안에 책을 집어넣는다. 프레디를 방해하지 않도록 디타는 서둘러 작업한다. 막 나가려고 돌아서는데 등 뒤에서 프레디의 목소리가 들린다.

"에디타……."

프레디의 목소리는 가라앉아 있다. 조금 피곤한 것도 같다. 평소 어린 청중들의 사기를 북돋우는 연설을 할 때와 같은 기력은 없는 목소리다. 고개를 돌리자 디타의 눈앞에 보이는 것은 예상 외로 운동선수가 아닌 피로에 지친 남자다.

"어쩌면 모든 것이 다 끝나도 난 약속의 땅에 가지 않을지도 몰라."

디타가 얼떨떨한 표정으로 프레디를 쳐다보자 그 반응에 프레디가 인자하게 웃는다. 그는 디타가 이해하지 못하는 게 당연하다고 생각한다. 지난 몇 년 동안 프레디는 유소년들에게 유대인인 것을 자랑스러워하고 골란고원을 도약판 삼아 신께 더 가까이 갈 수 있도록 시온의 땅에 돌아갈 때를 대비해 스스로 준비가 되어 있어야 한다고 그토록 강조해왔다.

"이곳 사람들은…… 뭘까? 이들은 시오니스트인가? 반反시오니스트인가? 무신론자? 아님 공산주의자?" 한숨 소리에 그의 말이 잠시 정확히 들리지 않는다. "그리고 그게 무슨 상관이지? 자세히 들여다보면 전부 다 똑같은 사람일 뿐인데 말야. 부서지고 부패할 수 있는 사람들. 최고도, 최악도 될 수 있는 그런 사람들."

디타는 프레디의 말을 들어보려고 하지만, 사실 프레디는 디타에게 말을 한다기보다는 혼잣말을 하는 것에 가깝다.

다시 프레디는 입을 다물고 허공을 바라본다. 내면의 소리를 들으려 할 때 사람들이 그렇듯이. 디타는 이해가 되지 않는다. 약속의 땅에 돌아가기 위해 그토록 열심히 싸워온 사람이 왜 갑자기 그곳에 가는 일에 관심을 잃은 것인지 모르겠다. 디타는 직접 물어보고 싶지만 그는 이제 디타를 마주 보고 있지 않다. 그의 정신은 다른 데 팔려 있다. 디타는 자신만의 미로 속에 빠져 있는 프레디에게 혼자만의 시간을 줄 수 있도록 조용히 나가야겠단 생각이 든다.

후일 이해하게 되겠지만 지금 이 순간 디타는, 삶의 벼랑 끝에 서 있는 걸 알게 됐을 때 찾아오는 어떤 깨달음이 프레디의 심경에 변화를 일으켰단 사실을 알아채지 못한다. 벼랑 끝에 서서 보면 모든 것은 다 놀라우리만치 작다.

디타는 책상 위를 슬쩍 넘겨본다. 문서를 쥔 프레디의 손이 책상에 놓여 있다. 좀 더 자세히 들여다보니 행정문서 같은 것이 아닌 시다. 제일 앞쪽으로는, 머리글에 캠프 사령부의 표식이 박혀 있는 종이 한 장이, 흔들거리다 굴러떨어져 모든 것을 부숴버리는 바위처럼 아슬아슬하게 놓여 있다. 내용을 다 읽을 시간은 없었지만 단어 하나는 보았다. '이송.'

이송 소식은 격리캠프 내 명부 관리자 루디 로젠버그의 귀에까지 들어갔다. 9월 입소자의 6개월 시한이 코앞으로 다가왔고 애초 문서상으로 예상됐던 바대로 독일인들은 '특별 대우'를 본격 준비하고 있다.

루디가 암시장에서 구한 재킷의 단추를 목 끝까지 채우고 철조망에서 걱정스러운 마음으로 앨리스를 기다리고 있는 이유도 그 때문이다. 루디는 가만히 있을 수가 없다.

어제 그는 슈물레스키의 요청 때문에 앨리스에게 도움을 청했다. 슈물레스키는 가족캠프 내 레지스탕스 조직에 사람이 몇이나 있는지를 파악해달라고 했었다. 레지스탕스 활동은 워낙 비밀리에 이뤄져서 정작 레지스탕스 당사자들조차 다른 멤버들을 다 알지 못한다. 오늘 오후 루디는 심지어 앨리스에게도 레지스탕스 친구가 있단 사실을 알게 됐다.

슈물레스키는 말수가 적다. 한 번에 열 마디 겨우 할까 정도다. 그건 그의 생존 기술이다. 누군가 그에게 더 자세한 설명을 요구하거나 말이 없다는 비난을 하면 그는 벙어리들이 가장 장수한다고 했다는 형사사건 변호사 친구의 말을 인용한다. 그러나 루디는 유독 암울해 보이는 그의 표정에 덩달아 괴로워져 상황이 많이 나쁜지를 묻지 않고는 견딜 수가 없다. 늘 그렇듯이 속을 알 수 없는 그의 짧은 답변은 "상황이 나쁘게 돌아간다"였다.

"상황"이란 가족캠프 얘기다.

여느 날처럼 감시탑에서는 격리캠프의 명부 관리자와 가족캠프의 유대인 여자친구가 철조망을 향해 걸어가는 모습을 지켜본다. 이제 정기적이 된 이 두 사람의 만남에 경비병들은 별다른 주의를 기울이지 않는다. 독일인들에게 누더기를 걸친 유대인 여자1과 유대인 여자2는 차이가 없다. 때문에 오늘은 철조망을 향해 걸어오는 이가 실은 앨리스 뭉크가 아니라 앨리스의 가까운 친구이자 가족캠프 내 레지스탕스 멤버인 헬레나 레즈코바임을 알지 못한다. 헬레나는 철조망으로 다가와 부탁받은 대로 루디에게 극비리에 가족캠프 내 레지스탕스 인원을 알려준다. 레지스탕스 그룹은 두 개이고, 인원은 총 33명이다. 헬레나는 루디에게 이송 관련 새로운 소식이 있는지를 묻지만 딱히 그런 건 없다. 하이데브렉 캠프로 이송될 수 있단 소문도 있기는 하지만 구체적인 내용이 없다. 아직 당국은 아무런 구체적 계획을 내놓지 않고 있다.

두 사람은 말없이 서로를 쳐다보며 서 있다. 밖에서 만났더라면 예쁜 스물두 살 아가씨였겠지만 지금 헬레나는 더러운 옷차림에 머리카락은 엉겨 붙고 뺨은 푹 파여 있고 입술은 부르튼 거지꼴일 뿐이다. 평소라면 수다스러운 루디도 지금은 암울한 미래가 기다리는 이 아가씨에게 무슨 말을 꺼내야 할지 모르겠다.

그날 오후 루디는 받아야 할 명단이 있다며 BIId 캠프로 건너간다. 실제 목적은 슈물레스키를 만나는 것이다. 슈물레스키는 담배가 없어 나뭇가지를 씹으며 자기 막사 앞 나무 벤치에 앉아 있다. 언제나 모든 것을 준비해놓고 있는 루디는 그에게 담배 하나를 내민다.

루디는 헬레나에게 전달받은 가족캠프 내 레지스탕스에 대한 기본적인 정보를 알려주고, 슈물레스키는 루디의 말을 들으며 그냥 고개만 한 번 까닥한다. 루디는 어떤 상황인지 뭐라 설명을 듣고 싶지만 그는 아무런 말이 없다. 마치 새로운 정보인 양 루디는 슈물레스키에게 이제 3월 6일이고 앨리스 등등 9월 입소자들의 6개월 시한이, '특별대우'가 진행되는 시기가 다가오고 있다고 말한다. "그 시기가 절대 오지 않으면 좋겠네요."

슈물레스키는 말없이 담배를 태운다. 루디는 오늘 만남은 여기까지겠거니 생각하고 어색한 작별인사를 남긴다. 격리캠프로 돌아가며 루디는 슈물레스키가 중요한 정보를 알고는 있는데 숨겨야만 해서 그런 것인지, 아니면 그도 무슨 일이 벌어지고 있는지 모르고 있어서인지 확신이 서지 않는다.

오후 점호는 평소보다 오래 걸린다. 나치 군인들은 카포들에게 수용자 전원을 캠프 입구에 줄을 세우도록 통지했다. 캠프 입구에서는 독일인 전과자인 가족캠프의 캠프 카포 윌리, 그리고 '신부님' 중사와 그 양쪽으로 기관총을 들고 대기 중인 병사 두 명이 서 있다. 모든 막사 책임자들은 중사가 있는 곳으로 걸어가 그 주변으로 반원을 만들어 선다.

이 회동에 별로 관심이 없는 다른 카포들과는 달리 프레디 허쉬는 그들을 추월해 힘차게 중앙로를 걸어간다. 어둑어둑 밤이 내리고는 있지만 그 힘차고 자신감 넘치는 걸음걸이 덕분에 프레디임을 금세 알아볼 수 있다.

신부는 외투 소맷자락에 손을 집어넣고서 그들을 기다리고 있다. 삐딱한 웃음을 띠고 있는 것을 보니 기분이 좋은 모양이다. 중사에게는 수용자를 한 트럭 치워버리는 것이 좋은 소식이다. 수용자가 반으로 줄면 문제도 반으로 준다. 부하가 카포들에게 각각의 막사 내 9월 입소자 명단을 나누어준다. 명단에 적힌 사람들은 내일 아침 각자 자기 소지품―그래봐야 밥그릇과 숟가락 정도지만―을 챙겨 따로 줄을 서야 한다. 31구역에서는 단 한 사람, 구역장 본인뿐이라 프레디는 자신의 숫자 하나만 적힌 가장 짧은 명단을 받아든다. 종이가 바스락대는 소리 외에는 아무런 소리도 들리지 않는 고요한 상태를 깨고 프레디가 중사 앞에 나가 차려 자세로 선다.

"죄송하지만 한 가지 여쭤봐도 되겠습니까, 중사님? 어느 캠프로 이송되는지 알 수 있겠습니까?"

신부는 눈 한번 깜박하지 않고 프레디를 뚫어져라 쳐다본다. 말을 하도록 허용된 경우가 아닌데 먼저 질문을 한다는 것은 모독행위고 일반적으로는 용인되지 않는 행위다. 그러나 이번에는 간단한 대답만으로 상황이 정리된다.

"이동시 알게 될 것이다. 이상."

카포들은 각자 막사 앞에서 내일 이송될 사람들 번호를 외치기 시작한다. 당혹스러운 사람들의 말소리가 이어진다. 과연 아우슈비츠를 떠나는 게 기뻐할 일인지 아닌지 모르겠다. 같은 질문이 다시, 또다시 반복된다. "대체 어디로 보내는 거지?"

그러나 대답은 없다. 아니, 어쩌면 답은 많고도 많지만 그중에 정말로 유용한 답은 없다. 6개월 후 특별대우에 관해서는 다들 알고 있다. 문제는 그 특별대우란 게 무엇인지 하는 것이다.

수많은 의문들 가운데 답을 찾아내려 애쓰며 디타와 마깃은 이야기를 나눈다. 12월 입소자인 두 사람은 아직 이송대상은 아니다. 디타는 너무 많은 가설에 정신적으로 지쳐 자기 막사로 돌아간다. 얼마나 지쳤던지 뒤를 살피며 여차하면 다른 막사로 몸을 숨길 정도의 준비태세조차 갖추지 않고 있다. 독일인 목소리가 들리면서 누군가 디타의 팔을 잡는다.

"디타……."

디타가 소스라친다. 자기 막사로 돌아가는 프레디 허쉬였다. 눈동자가 반짝반짝 빛나고 있는 것을 보니 그는 다시 평소의 활기 넘치고 강렬한 영향력의 프레디로 돌아왔다.

"이제 어떻게 해요?"

"계속해야지. 미로에서 길을 잃을 수도 있지만 왔던 길을 되돌아가는 건 더 나쁘니까. 다른 사람들 말은 듣지 말고 네 머릿속에 있는 목소리에 귀를 기울이렴. 그리고 계속 전진하는 거야."

"하지만 프레디를 어디로 보내는 거예요?"

"어디든 다른 곳에서 일을 하게 되겠지. 하지만 그건 중요하지 않아. 중요한 건 여기서 완수해야 할 미션이 있다는 거지."

"31구역은……."

"우리가 시작한 일을 마저 해나가야지."

"학교는 계속 꾸려나갈 거예요."

"그래 맞아. 하지만 중요한 할 일이 또 있단다."

디타는 그게 뭔지 모르겠다는 표정으로 프레디를 바라본다.

"아우슈비츠 안에서는 다 절망스러운 것 같지만 꼭 그렇진 않아. 진실이 탄로 날 작은 틈이 벌어지는 순간이 분명 올 거야. 독일인들은 거짓말도 자기네 편이라고 생각하지만 마지막 순간에 골을 넣는 건 우리가 될 거야. 왜냐하면 그들은 자만하고 말테니까. 그들은 우리가 무너졌다고 생각하겠지만 우린 무너지지 않지." 프레디는 갑자기 생각에 잠긴다. "지금은 여기서 승리를 거둘 때까지 너와 함께 있을 수 없어. 하지만 신념을 가져, 디타. 정말이야, 믿어야 한다. 다 잘될 거야. 두 눈으로 확인하게 될 거야. 미리암을 믿어. 그리고 다른 무엇보다도……" 그는 디타의 눈을 바라보며 가장 매력적인 미소를 지어 보인다. "넌 절대 포기하면 안 돼."

"절대 안 해요!"

수수께끼 같은 미소를 남기고 프레디는 운동선수처럼 성큼성큼 걸어가버리고 디타는 말없이 혼자 서 있다. 마지막 순간에 골을 넣는다는 게 무슨 뜻인지 디타는 정확히 이해가 되지 않는다.

막사에서는 다들 자기 자리에 누워 이런저런 소문과 가설들을 숙덕대느라 잠 못 드는 밤을 보내고 있다.

"어디로 가든 뭐 상관있나? 여기보다 끔찍한 곳이 어딨다고."

그렇게 구시렁대는 사람도 있다. 마음은 힘들지만 그나마 그런 생각을 하면 위안이 된다.

디타와 침대를 나눠 쓰는 덩치 큰 짝은 9월 입소자라 아마도 이번 이송자 명단에 포함돼 있을 것이다. 그녀는 옆자리 사람과 무례한 농담을 나누는 것 정도를 제외하면 별다른 말이 없다. 좋은 일이든 나쁜 일이든 디타한테는 별말을 않는다. 그리고 언제 나처럼 그녀는 디타에게 대꾸도 하지 않는다. 평상시에 곧잘 중얼대면서도 디타에게는 입을 꼭 다문다. 잠든 척을 하고는 있지만 잠이 들었다 하기엔 눈을 너무 꼭 감고 있다. 아무리 굳센 사람이라도 마지막 밤이 될지 모를 이 긴긴밤, 잠들지 못한다.

다음 날 아침 동이 튼다. 춥고 구름이 가득 끼었다. 돌풍에 눈발이 날리는, 평소와 썩 다르지 않은 날씨다. 점호는 평소보다 좀 소란스럽다. 평소와는 달리 9월 입소자와 12월 입소자가 줄을 따로 서야 하기 때문이다. 카포들은 분류를 하느라 정신이 없고 나치 대원들도 평소보다 더 긴장해 있다. 심지어는 라이플총을 들어 개머리판으로 매질을 하기도 하는데, 아침 점호 때 자주 보이는 광경은 아니다. 긴장감이 흐르고 표정은 다들 침통하다. 카포의 보조들이 명단을 체크하는 탓에 점호는 어마어마하게 느린 속도로 진행된다. 몇 시간을 서 있자니 점호가 얼른 끝나지 않으면 디타는 이대로 천천히 가라앉아 진흙이 그녀를 영원히 삼켜버릴 것 같은 기분이다.

점호가 시작된 지 거의 세 시간 만에 마침내 4천여 명에 달하는 9월 입소자 부대가 움직이기 시작한다. 당장의 목적지는 가족캠프 옆 격리캠프다. 사람들은 격리캠프를 향해 지친 발걸음을 옮긴다. 격리캠프에서는 루디 로젠버그가 심각한 얼굴을 하고 경비병 같은 태도로 서서 이동을 주의 깊게 살피고 있다. 마치 이 사람들, 그리고 이들 중 한 명인 앨리스의 운명을 알아낼 힌트를 찾아낼 수 있을지도 모른다는 듯이.

디타와 어머니는 다른 12월 입소자들과 함께 말없이 그냥 이 상황을 지켜보고 서 있다. 경비병들이 9월 입소자들을 질서정연하게 BIIb 캠프 출구로 안내하는 동안 남은 자들은 각자의 막사 입구 앞에 줄을 서 있다. 이송과정은 축제 분위기는 아니다. 더 나은 곳으로 갈 거라고 확신하며 미소를 짓는 사람들도 있지만 마지막 작별인사를 하는 이들도 있다. 떠나는 자와 남은 자, 양쪽 모두 서로 손을 흔든다. 디타는 어머니 손을 꼭 잡는다. 디타는 배가 사르르 아픈데 이게 추위 때문인지 아니면 떠나는 이들의 알 수 없는 운명에 대한 공포 때문인지 모르겠다.

말썽쟁이 가브리엘이 큰 소리로 웃으며 지나간다. 가브리엘은 자기 뒤에서 욕을 하며 걸어오는 호리호리한 소녀의 발을 걸어 넘어뜨리려고 일부러 걸음 속도를 조절하며 걷는다. 그때 저 뒤에서 어른 팔이 쑥 나와 가브리엘의 귀를 세게 잡아당긴다. 크리시코바 부인은 그러면서도 발걸음 하나 흐트러지지 않는다. 낯선 많은 얼굴들과 함께 31구역의 낯익은 얼굴들도 격리캠프로 향한다. 다들 수척하고 심각한 표정들이다. 가족캠프에 남아 지칠 줄 모르고 손을 흔드는 12월 입소자 아이들에게 인사를 해 보이는 이들도 있다. 12월에 들어온 아이들은 단조로운 캠프의 일상과는 다른 이 상황에 즐거워한다.

모겐스턴 교수도 누더기 재킷과 깨진 안경을 걸치고 연기하듯 고개 숙여 인사를 해가며 걷는다. 디타가 서 있는 부근에 다다르자 교수는 뒷사람에 방해가 되지 않도록 걸음을 계속 걸으면서도 갑자기 진지한 표정이 되더니 디타에게 윙크를 해 보인다. 그러고는 다시 미치광이 노인네 같은 웃음을 지으며 아까처럼 인사를 하는 연기로 돌아간다. 찰나의 순간이지만 디타는 교수의 표정이 바뀐 것을 보았고, 아주 잠깐이었지만 그때의 표정은 마치 가면을 벗고 진짜 자기 모습을 보여준 것 같은 느낌이었다. 정신 나간 노인네의 멍한 눈빛이 아니라 너무나도 멀쩡한 사람의 차분한 표정이었다. 그제야 디타는 확신이 든다.

"모겐스턴 교수님!"

디타는 그에게 키스를 날리고 그는 뒤돌아 디타에게 감사의 인사로 어설프게 고개를 숙여 인사한다. 아이들은 그런 그를 보고 웃고, 그는 아이들에게도 고개를 숙인다. 그는 쇼가 끝나고 무대를 떠나며 관객들에게 작별인사를 하는 배우다.

디타는 교수를 꼭 안으며 이제는—사실 언제나 알고는 있었지만—그가 제정신이란 걸 알고 있다고 얘기하고 싶다. 정신병동에 갇혀 있을 때 일어날 수 있는 최악의 일이란 내 정신이 멀쩡한 것이다. 신부와 멩겔레가 31구역에 왔을 때 시의적절한 그의 연기는 디타의 목숨을 살렸다. 모겐스턴은 아마 디타의, 그리고 모두의 목숨을 구한 것이리라. 이제 디타는 깨닫는다. 프레디가 말한 대로다. 보이는 것이 꼭 진실은 아니라는. 교수에게 따스한 작별의 키스를 전해주었다면 좋았을걸, 아마 그럴 수 없을 것이다. 바보 연기를 계속하는 모겐스턴이 점점 시야에서 사라지며 떠나는 무리 속에 묻힌다.

"행운을 빌어요, 교수님."

다음은 여자들 한 무리가 지나간다. 그 가운데 머리에 두건을 쓰지 않은 몇 안 되는 여자 중 하나가 명령을 어기고 대열 밖으로 성큼성큼 나와 디타 쪽으로 걸어온다. 처음에는 누군가 싶었지만 얼마 지나지 않아 디타는 그 여자가 침대를 나눠 쓰던 덩치 큰 짝꿍이라는 걸 알아본다. 얼굴을 가로지르는 상처는 흐트러진 머리칼 뒤에 가려져 있다. 그녀는 두꺼비 같은 눈으로 디타 앞에 똑바로 선다. 두 사람은 잠시 그렇게 얼굴을 마주 본다.

"내 이름은 리다라고 한다!" 그녀는 걸걸한 목소리로 말한다.

카포가 곤봉을 마구 휘두르며 달려 나와 그녀에게 당장 자기 무리로 돌아가라고 소리를 지른다. 여자는 성급히 자기 자리로 돌아가서는 뒤를 잠깐 돌아본다. 디타는 그녀에게 손을 흔들어 인사한다.

"행운을 빌어요, 리다! 이름이 예뻐요." 디타가 소리친다.

디타는 방금 짝의 얼굴에서 뿌듯한 미소를 본 것 같단 생각이 든다.

이송자의 마지막 무리 중에 프레디 허쉬가 있다. 재킷을 걸친 그의 가슴 앞에 은색 호루라기가 흔들리고 있다. 그는 전투에 임하는 듯한 태도로 고개를 꼿꼿이 들고 눈은 정면을 향해 고정한 채 자기 생각에 빠져 주변의 작별인사는 안중에 없다. 심지어는 자기 이름을 부르는 사람들조차 돌아보지 않는다.

그를 괴롭히는 생각과 의심들은 중요하지 않다. 이건 감옥에서조차 추방당한 유대인들의 또 다른 대大이주고, 이제 이들은 품위를 유지하며 이 고난을 마주해야 한다. 무너지거나 약한 모습을 보여서는 안 된다. 그래서 그는 어떤 인사에도 대꾸하지 않는다. 물론 그런 그의 태도를 오만하다고 생각하는 사람들도 있지만 말이다.

자신의 성취에 대해 프레디가 자랑스럽게 생각하는 것은 사실이다. 31구역이 존재했던 기간 동안 사망자는 단 한 명도 없었다. 521명의 아이들이 몇 달간 살아남았던 것은 아우슈비츠에서 아마 어느 누구도 이루지 못한 기록일 것이다. 그의 시선은 정면을, 앞사람의 뒤통수가 아니라 저 멀리 포플러 나무를, 그리고 더 멀리 보이는 저 수평선을 향해 있다.

9월 입소자들이 하나둘씩 격리캠프로 넘어가는 동안 사람들 사이에서는 이들이 하이데브렉 캠프로 보내질 거란 소문이 떠돈다. 아마 극단적인 선별 작업이 이뤄질 것이고 다수가 목적지까지 도달하지 못할 거란 짐작들이 대부분이다. 어쩌면 이들 중 아무도 그곳에 닿지 못할 거라고 생각하는 사람들도 있다.

18

1944년 3월 7일

    루디 로젠버그는 9월 입소자들이 가족캠프에서 BIIa 격리캠프로 건너오는 것을 지켜보고 있다. 슈물레스키가 전해준 뉴스는 끔찍하다. 소식을 들으면 누가 됐든 심히 우울할 것이다. 그러나 루디가 이들 행렬에서 찾는 건 딱 하나, 가녀린 앨리스의 형체뿐이다. 마침내 두 사람의 눈이 서로 마주치고 괴로움 가운데 행복의 미소가 피어오른다. 일단 모든 수용자들의 막사 배정이 끝나자 나치는 캠프 안에서 수용자들의 자유로운 이동을 허락한다. 루디는 자기 방에서 앨리스, 그리고 앨리스의 친구이자 레지스탕스 멤버들인 베라, 헬레나와 함께 있다.

    헬레나는 대부분 수용자들이 나치의 표면적 입장을 있는 그대로 받아들인 것 같다고 한다. 나치는 이들을 바르샤바 부근의 북부 캠프로 이송시킬 것이라고 했다.

    가뜩이나 수척한 얼굴의 베라는 높고 가늘면서 날카로운 그 목소리 때문에 더더욱 한 마리 새 같다.

"캠프 내 유대인 집단의 주요 인사들 쪽에선, 소문이 퍼질 게 두려워 나치가 아이들까지 다 죽이진 못 할 거다, 그런 입장이에요."

루디라도 오늘 아침 슈물레스키를 만났을 때 받은 인상 정도를 전하는 것 외에는 딱히 별수가 없다. 슈물레스키는 평소보다 인상이 더 어둡고 그 어느 때보다도 단도직입적이었다.

"그자 말로는 남은 시간이 별로 없다고, 내일 다 같이 죽을 거라더군요."

루디의 말이 끝나고 정적이 이어진다. 여자들은 아우슈비츠 전역에 걸쳐 광범위한 정보망을 갖춘 레지스탕스 리더라면 누구보다 정확하게 사실을 파악하고 있단 것을 잘 알고 있다. 긴장감으로 생긴 틈을 별별 황당무계한 헛소문이 파고든다. 혹은 어느 정도는 정확한 소문이거나. 혹은 기대가, 생각이, 또 환상이……

"오늘 전쟁이 끝난다면요?"

헬레나는 잠시 활기를 되찾는다.

"오늘 밤 전쟁이 끝나면 가장 먼저 프라하의 어머니 집에 가서 통나무통 하나 가득 굴라쉬를 퍼먹을 거예요."

"난 빵 한 덩이를 들고 냄비 안으로 기어들어가 국물 한 방울 안 남기고 싹싹 긁어먹을 거예요. 빈 냄비를 거울 삼아 눈썹도 뽑을 수 있을 만큼 깨끗하게 비워버릴 테니까."

그들은 매콤한 수프 냄새를 행복하게 마음껏 들이마신다. 그러곤 현실로 돌아와 공포의 냄새를 맡는다. 한줄기 희망조차 없는 우울한 상황 속에서 그래도 어딘가 긍정적인 기미라도 있진 않을까, 이들은 다시 생각을 더듬는다. 무언가를 간과하고 있는지도 모른다. 아주 사소하지만 이 모든 상황을 설명해줄 그런…… 희망을, 그리고 그들의 목숨을 걸쳐놓을 수 있는 작은 쇠

못 같은 가능성을.

이송자 명단을 본 명부 관리자로서 루디가 줄 수 있는 추가 정보가 있다면 9월 입소자 중 아홉 명은 가족캠프에 남았다는 점이다. 멩겔레가 실험용으로 남겨둔 쌍둥이 두 쌍, 역시 멩겔레의 명령으로 이송대상에선 빠졌지만 격리캠프로 넘어온 의사 셋과 약사 하나, 그리고 캠프 카포인 윌리의 정부까지 아홉이다. 나머지는 모두 애초 9월 입소 당시 나치의 계획대로 특별대우를 받게 된다.

사실 루디의 정보가 정확한 것은 아니다. 얼마 후면 모두 확인되겠지만 사실 '이송제외' 명단에는 더 많은 사람들이 포함돼 있으나 지금 이 단계에서는 모든 것이 혼란스럽기 그지없다. 결론은 내지 못한 채 한 시간 동안 생각만 거듭하고 있자니 다들 지쳐서 말이 없다.

베라와 헬레나는 떠나고 루디와 앨리스 둘만 남는다. 처음으로 둘 사이에는 철조망도, 어깨에 총을 메고 자신들을 감시하는 감시탑의 경비병들도 없고, 주변에 그들의 처지를 상기시키는 굴뚝도 없다. 잠시 부끄러운 듯, 그리고 약간은 어색하게 서로를 바라보던 두 사람의 눈빛이 점점 강렬해진다. 이들은 젊고, 아름답고, 활기와 미래와 욕망으로 가득 차 있으며 지금의 이 순간순간을 만끽하기 바쁘다. 욕망의 불꽃이 타오르는 눈동자로 서로를 바라보는 두 사람은 행복감에 둘러싸여 이 행복이 그들을 다른 어딘가로 데려다줄 것 같은, 그 무엇도 이 순간을 앗아가지 못할 것 같은 느낌이다.

앨리스를 품에 안으며 루디는 이 꿈이 지속되는 시간만큼은 그 무엇도 이토록 온전한 행복을 깨뜨릴 수 없을 거라는 생각이

든다. 이대로 잠들어 아침에 눈을 뜨면 모든 악은 사라지고 전쟁 전처럼 다시 일상이 돌아올 것이다. 동이 트면 수탉의 울음소리가 들려오고 갓 구운 빵 냄새가 나는, 우유배달부의 활기찬 자전거 벨소리가 들리는 그런 일상이. 그러나 이튿날 아침이 밝아도 달라진 건 아무것도 없다. 비르케나우의 비열한 풍경은 그대로다. 행복은 아무것도 정복할 수 없다는 것을, 한없이 여리다는 것을 알기에는 그는 아직 너무 어리다.

불안한 목소리에 루디는 잠을 깬다. 머릿속에서는 마치 유리창이 산산조각 나버린 것 같은 느낌이다. 목소리의 주인은 헬레나다. 그녀는 극도로 불안해하고 있다. 헬레나는 슈뮬레스키가 루디를 급히 찾는다는 말을 전한다. 캠프 전체에 나치 군대가 잔뜩 들어와 있고 뭔가 진짜 심각한 일이 벌어질 분위기다. 거의 발작 직전의 상태인 헬레나가 루디의 팔을 잡아당기며 사실상 그를 거의 침대에서 끌어내는 와중에 루디는 간신히 부츠에 발을 구겨 넣는다. 앨리스는 시트에 파묻혀 조금이라도 더 이 꿈을 꾸려 꾸벅꾸벅 졸고 있다.

"제발, 루디. 서둘러요! 시간이 없어요. 시간이 없다고!"

바깥으로 나오자마자 루디 역시 뭔가 이상한 낌새를 느낀다. 친위대원 수가 아주 많은데—이렇게 많은 인원은 루디도 처음이다—그렇다는 건 특별 병력 지원 요청이 있어 다른 부대에서 파견을 나왔단 얘기다. 수용자들을 기차에 몰아넣는 평소 이송 절차와는 뭔가 다른 것 같다. 당장 슈뮬레스키를 만나러 가야 한다. 물론 그를 안 만나는 편이, 그의 말을 안 듣는 편이 더 좋다. 그러나, 그럼에도 불구하고, 루디는 그를 만나러 가야 한다. 루디는 명부 관리자로서의 지위를 이용해 빵 배급에 문제가 있다고 둘러대며 격리캠프를 나선다.

레지스탕스 리더의 얼굴은 이제 사람의 얼굴이 아니다. 이건 그냥 주름과 축 처진 눈밑 주머니의 조합일 뿐이다. 이제 그는 돌려 말하지 않는다. 이제 그는 비밀리에, 혹은 조심스럽게 말하지 않는다. 그의 말은 면도날처럼 날카롭다.

"가족캠프에서 넘어간 사람들은 오늘 죽는다." 그의 말에는 망설임이 없다.

"선별이 있기는 하죠? 노인들이랑 환자들이랑 애들만 제거한다, 그 얘기죠?"

"아니, 루디. 전부 다! 가스실 뒤처리 담당자들한테 명령이 떨어졌다. 오늘 밤 오븐에 4천 명이 들어가야 하니 준비하라고."

잠시의 틈도 없이 그는 말을 잇는다. "꾸물거릴 시간이 없어, 루디. 지금은 저항할 때다."

엄청난 압박을 받고 있음에도 슈물레스키의 말은 또박또박 정확하다. 어쩌면 잠 못 드는 기나긴 밤 그가 수십 번씩 이 말을 연습해왔는지도 모른다.

"체코인들이 반란을 일으킨다고 한다면, 그러니까 대치해서 전투태세를 형성하면, 체코인들만 홀로 싸우게 되진 않을 거다. 수백 명, 어쩌면 수천 명이 옆을 받칠 거고 운이 조금만 따라도 반란이 성공할 수도 있어. 가서 그 사람들한테 당신들은 잃을 게 없다고 전해. 싸우거나 아니면 죽거나, 그밖에 다른 선택지는 없다고. 다만 이들 모두를 이끌 만한 누군가가 필요하단 말이지."

그의 말을 이해하지 못하겠다는 루디의 눈빛을 보고 슈물레스키는 캠프에 정치집단이 최고 대여섯 개 정도 있다고 이야기한다. 공산주의 그룹, 사회주의 그룹, 시오니스트 그룹, 반시오니스트 그룹, 사회민주주의 그룹, 체코 민족주의자 그룹 등등. "이들 집단 중 어느 하나가 먼저 치고 나가면 논쟁이 벌어지면서 의견차가 생기고 서로 대립하게 될 거다. 그러면 하나로 똘똘 뭉쳐 봉기를 벌이는 건 불가능해. 대단히 용감하고 두려움이 없을 뿐더러 남들 앞에 나서서 이야기를 하면 사람들이 따를 수 있는, 그런 사람이 필요해."

"그런 사람이 있을까요?" 루디는 회의적이다.

"프레디 허쉬."

루디는 인정한다는 듯이 고개를 끄덕인다. 그는 이제 상황의 중요성을 인식하고 있다.

"허쉬에게 말해야 해. 상황을 전달해주고 반란을 주도하도록 그를 설득해야 한다고. 시간이 없어, 루디. 위험이 아주 커. 프레디 허쉬가 모두를 이끌고 저항해야 한다."

반란이라…… 흥분되는, 대단히 웅장한, 역사책 몇 권의 가치에 상응하는 이 단어. 그러나 루디가 고개를 들고 주변을 둘러보면 한없이 위태롭게만 들리는 단어. 무기 하나 없이 누더기 차림에 굶주린 성인들과 아이들이, 감시탑에서 쏘아대는 기관총과 훈련받은 개들과 무장차량에 대치한다? 슈물레스키도 모르지 않는다. 전부는 아니더라도 다수가 봉기 중에 죽을 것이다. 하지만 그 과정에서 균열이 생기고 어쩌면 소수는, 수십 명 어쩌면 수백 명 정도는 숲으로 나가 도망칠 수 있을지도 모른다.

어쩌면 반란군이 승기를 잡아 캠프의 핵심시설을 날려버릴 수도 있다. 잠깐뿐일지는 몰라도 그렇게 살인 기계를 망가뜨리면 다수의 목숨을 구할 수 있을지도 모른다. 혹은 그냥 기관총 연발에 수용자들 전원이 살육당하고 그걸로 끝일 수도 있다. 친위대가 압도적으로 강하다는 것은 확실하지만 지금은 알 수 없는 불확실성의 변수도 많다. 슈물레스키는 같은 말을 다시금 또 반복한다.

"프레디에게 전해. 잃을 건 없다고."

격리캠프로 돌아가며 루디 로젠버그는 점점 확신이 든다. 사형선고는 내려졌다. 그러나 자신의 운명을 위해 싸워볼 수는 있다. 프레디 허쉬의 목에 열쇠가 걸렸다. 그 은색 호루라기가 열쇠다. 호루라기 소리 한 번으로 4천여 명에 달하는 수용자 전원이 모두 한시에 일어난다.

자기 캠프로 돌아가며 루디는 앨리스를 생각한다. 지금까지 루디는 앨리스가 죽음을 선고받은 9월 입소자가 아닌 것처럼, 마치 이 모든 일이 앨리스랑은 아무 상관이 없는 것처럼 행동했다. 앨리스도 곧 죽을 사람 중 하나인데 루디는 계속해서 앨리스는 아니라며 부정한다. 불과 몇 시간 후에 앨리스의 젊음과 아름다움, 즐거움으로 가득한 그녀의 육체, 사슴 같은 저 눈망울이 그냥 몸뚱어리가 될 수는 없다고 생각한다. '불가능한 일이야.' 그는 스스로에게 되뇐다. '자연의 법칙에 맞지 않아. 앨리스 같은 어린 소녀가 죽길 바라는 사람이 어딨겠어?' 루디는 발걸음을 재촉하며 주먹을 꼭 쥔다. 상심은 이제 분노로 바뀌었다.

캠프로 돌아온 루디는 분노로 뺨이 불타고 있다. 헬레나는 긴장한 채 캠프 입구에서 그를 기다리고 있다.

"프레디 허쉬에게 긴급한 문제로 얘기를 좀 하고 싶으니 내 방에서 보자고 해줘요." 그는 말한다. "정말 중요한 문제라고요."

하느냐 마느냐, 중간은 없다.

헬레나가 금세 프레디를 데리고 나타난다. 유소년들의 우상,

시오니즘의 주창자, 요제프 멩겔레 앞에서도 기죽지 않고 당당하게 말할 수 있는 남자. 루디는 그를 재빠르게 살핀다. 근육질의 몸, 조금의 흐트러짐도 없이 말끔하게 빗어 넘긴 젖은 머리, 마치 생각을 하던 중 방해를 받아 심기가 불편하기라도 한 것처럼 차분하지만 약간은 냉정한 눈빛.

루디는 수용소 내 레지스탕스 리더가 확실한 증거를 확인했다며, 테레진에서 온 9월 입소자가 오늘 밤 전부 가스실에서 몰살당할 거라고 설명하지만, 그 말에도 프레디의 표정에는 아무런 변화가 없다. 놀라지도 않고, 딱히 별다른 반응을 보이지도 않는다. 그는 여전히 말없이, 군인처럼 움직이지 않고 똑바로 서 있다. 루디는 프레디의 목에 부적처럼 걸린 호루라기에서 눈을 떼지 못한다.

"프레디, 당신이 우리의 유일한 희망입니다. 캠프 내 모든 집단 리더들을 설득하고 그들을 움직일 수 있는 사람은 당신뿐이에요. 똘똘 뭉쳐 하나가 돼서 반란을 일으키려면요. 리더들과 이야기를 해야 합니다. 그리고 당신 목에 걸린 그 호루라기가 반란의 시작을 알릴 거고요."

이 독일인에게서는 여전히 아무런 반응이 없다. 그의 표정은 굳건하고 그의 눈은 슬로바키아 출신의 이 명부 관리자에게 고정된 채다. 이제 할 말을 끝낸 루디는 희망조차 없는 가운데 침묵한 채 이 절박한 제안에 대한 프레디의 답을 기다린다.

마침내 프레디가 입을 연다. 그러나 입을 연 이자는 사회주의자 그룹 리더도, 고집 센 시오니스트도, 자부심 높은 운동선수도 아니다. 그는 아이들의 보호자다. 그가 조용히 묻는다.

"아이들은요, 루디?"

루디 입장에서 아이들 이야기는 되도록 피하고 싶었다. 아이들은 이 시나리오에서 가장 취약한 부분이다. 폭력 봉기 중에 아이들은 살아남을 가능성이 가장 약한 존재들이다. 그러나 루디는 그 질문에 대한 답도 마련해뒀다.

"프레디, 이러나저러나 아이들은 죽어요. 그건 이미 정해진 일입니다. 아무리 희박한 가능성이라지만, 그래도 수천 명의 수용자가 동시에 반란을 일으켜서 캠프를 뒤집어엎고 더는 이곳에 새로운 수용자를 받을 수 없게 한다면, 그렇다면 그들의 목숨을 구하는 셈입니다."

프레디의 입술은 굳게 닫혀 있지만 그는 눈으로 말하고 있다. 육박전이 진행될 반란 중에 아이들은 가장 먼저 살육되고 희생될 것이다. 철조망에 틈이 생겨 우르르 사람들이 몰려나간다면 그 와중에 아이들이 살아남을 가능성은 낮다. 수용소를 탈출해도 총탄이 쏟아지는 가운데 수백 미터를 달려 숲까지 가야 하는데, 그렇다면 아이들은 뒤처질 것이고 따라서 가장 먼저 죽을 것이다. 어찌어찌 숲까지 살아남은 아이가 있다고 하더라도 그곳이 어딘지도 모른 채 홀로 버려진 아이가 뭘 어떻게 할 수 있을까?

"아이들은 날 믿고 있습니다, 루디. 내가 어떻게 아이들을 버리겠습니까? 내가 어떻게 내 목숨 구하자고 아이들이 죽도록 내버려 둘 수 있겠습니까? 그리고 혹시 루디가 잘못 알고 있는 거라면요? 우리가 다른 캠프로 이송되는 거라면요?"

"그럴 가능성은 없어요. 당신 운명은 정해졌어요. 프레디는 아이들을 구할 수 없어요. 나머지 사람들을 생각해요. 유럽 전역에 있는 수천 명의 아이들을 생각해야죠. 지금 우리가 일어서지 않으면 그 아이들이 아우슈비츠로 끌려올 겁니다."

프레디 허쉬는 열이 나기라도 하는 듯 눈을 감고 이마에 한 손을 짚는다.

"한 시간만 주세요. 생각할 시간이 필요합니다."

프레디는 평소 습관대로 등을 꼿꼿이 세우고 루디의 방을 나선다. 지금 그가 자신의 어깨에 4천 명의 목숨이라는 감당하기 힘든 무게를 짊어지고 걸어가고 있단 것을 아무도 알지 못한다. 그는 호루라기를 계속 만지작댄다.

이미 상황을 파악하고 있는 레지스탕스 멤버들은 일이 진척되고 있는지 확인하러 루디의 방을 찾아온다. 루디는 프레디와 이야기 나눈 결과를 알려준다.

"생각할 시간을 달래요."

누군가 입을 열고 프레디가 시간을 벌려 한다고 말한다. 강렬한 눈빛의 체코 사람이다. 다들 그를 쳐다보며 설명을 요구한다.

"저들이 허쉬를 죽이진 않을 겁니다. 프레디 허쉬는 나치에게 유용하니까. 허쉬는 언제가 됐든 멩겔레가 자기를 여기서 빼내줄 걸 알고, 그걸 기다리고 있는 겁니다."

긴장이 흐르고 정적이 감돈다.

"딱 댁 같은 사회주의자들이 할 법한 천박한 얘기네요! 프레디는 아이들을 위해 댁보다 수백 번은 더 위험을 감수했어!" 레나타 부베니크가 소리친다.

체코인도 그녀를 멍청한 시오니스트라고 욕하며 프레디가 지금 있는 막사 카포에게 혹시 자기한테 무슨 메시지가 온 게 있는지 묻는 걸 막 듣고 온 참이라며 고함을 친다.

루디는 일어나 분위기를 진정시키려 한다. 그는 이제 왜 리더가 그렇게 중요한지, 모두 하나가 되어 일어날 수 있도록 여러

다른 입장을 조율하고 단일한 목소리를 낼 수 있는 사람이 왜 필요한 것인지 이해가 된다.

모두 자리를 떠나고 앨리스는 루디와 나란히 앉아 기다린다. 지금 그들이 할 수 있는 일이라곤 프레디의 답을 기다리는 것, 그뿐이다. 혼란과 불안 속에 앨리스가 여기 함께 있는 것만이 그나마 힘이 된다. 나치가 모든 사람들, 심지어 아이들까지도 다 죽인다니 앨리스는 믿기 힘들다. 죽음이 끔찍하다는 건 알지만 앨리스에게는 남의 나라 이야기 같기만 하고, 자신에겐 일어나지 않을 일 같다. 루디는 끔찍한 일이라고, 하지만 슈물레스키가 이런 정보를 잘못 알 리가 없다고 말한다. 두 사람은 아우슈비츠를 나가면 무엇을 할지 이야기를 나눈다. 앨리스가 시골집을 얼마나 좋아하는지, 앨리스가 가장 좋아하는 음식은 무엇이며 언젠가 아이들을 낳으면 어떤 이름을 지어주고 싶은지 등등. 그들이 갇혀 있는 이 악몽 말고, 진짜 삶에 대한 이야기들 말이다. 잠깐이지만 그런 미래가 가능할 것만 같은 기분이다.

몇 분이 흐른다. 긴장의 무게는 이제 거의 참을 수 없이 무거워졌다. 루디는 프레디가 느낄 부담감을 생각한다. 앨리스는 계속 이야기를 하고 있지만 루디는 이제 앨리스의 말을 듣지 않고 있다. 숨 막히는 무게가 허공에 걸려 있다. 그의 머릿속에서 똑딱똑딱 시계침이 소리를 내며 돌아가고 지옥 같은 그 소리에 루디는 미칠 것만 같다.

한 시간이 지났지만 프레디로부터는 아무런 답이 없다.

몇 분이 다시 흘렀다. 또다시 한 시간이 지났다. 여전히 프레디는 답이 없다.

앨리스는 이제 말없이 루디의 무릎을 베고 있다. 죽음이 아주 코앞까지 닥쳤음을 루디는 깨닫는다.

한편 바로 옆 가족캠프의 31구역에서는 수업이 중단됐다. 이제 12월 입소자 교사들이 학교를 책임지고는 있지만 걱정이 너무 많다. 아이들과 게임을 시도해보는 교사들도 있지만 아이들도 가만히 있질 못한다. 아이들도 친구들이 어디로 갔는지 알고 싶다. 추측게임이나 노래에는 관심이 없다. 무기력하고 차분하지만 긴장감이 흐르는 오후다. 불을 땔 장작은 없고 막사는 평소보다 더 춥다. 보조교사 하나가 와서 이번에 이송자 명단에 포함된 유대인 카포를 대체할 새 카포들이 발표됐단 소식을 전한다.

디타는 이따금씩 격리캠프에서는 무슨 일이 벌어지고 있는지 살피러 밖을 내다본다. 지금까지 같이 지내던 사람들 절반이 저곳에 있다. 디타는 캠프 안에서 사람들이 걸어다니는 모습을 볼 수 있다. 철조망 쪽으로 걸어오는 사람들도 있지만 보안은 엄격하고 군인들은 즉각 이들을 철조망에서 물러나도록 한다.

분위기가 어찌나 숨 막히는지 디타는 어제까지 프레디의 방이었고 이제는 세플이 쓰고 있는 저 방 안에 몰래 숨겨놓은 책들을 옮기는 일이 바보 같은 일처럼 느껴진다. 새 구역장은 자기 배식표와 담배 여섯 개비를 맞바꿨다. 줄담배를 피우며 세플은 우리에 갇힌 사자마냥 막사를 서성인다.

모두들 9월 입소자들은 어떻게 되는 것인지 걱정하고 있다. 연대감과 연민도 있지만 9월 입소자들의 운명은 앞으로 3개월 후 이들의 운명에 대한 미리보기나 다름없을 테니 말이다.

19

격리캠프 안, 루디는 이제 더는 한순간도 기다릴 수가 없다.

그는 벌떡 일어나 아무 말 없이 앨리스를 쳐다본다. 손가락 마디에서 뚝뚝 소리를 내더니 그는 프레디의 막사를 찾아가 결정을 종용하기로 결심한다. 다른 답은 받아들이지 않을 것이다. 반란은 더 늦출 수 없고, 무조건 강행해야만 한다.

방을 나설 때만 해도 걱정이 앞섰지만 루디는 이제 북적북적한 캠프의 중앙로를 걸으며 더욱 자신감이 생기고 발걸음도 더 단호해진다. 프레디가 반란에 대해 반감이나 의구심을 갖고 있다 해도 루디는 강압적으로라도 해결할 준비가 돼 있다. 그는 프레디가 어떤 반론을 제기하더라도 극복할 수 있게 깊은숨을 들이마시며 목적지를 향해 걷는다. 그는 프레디의 반발을 이겨내고 결국 호루라기를 울려 사람들이 모두 일어서도록 할 준비가 됐다. 프레디의 답을 기다리는 동안 루디는 프레디가 제시할 법한 반대 의견을 모두 되짚어보고 가능한 반대 의견마다 단호한 대답을 준비했다. 루디는 스스로를 높이 평가하고 있다. 자신은 모든 가능성을 전부 예상했으며 어떤 상황이든 다 극복할 수 있다고 확신한다.

물론 그가 모든 질문에 답을 마련한 것은 사실이다. 루디는 모든 가능한 답안을 마련했고 그것을 반박할 방법은 없을 것이다. 그러나 프레디에게서 반대를 직면하지 않는다면? 그 상황에 대해서는 루디도 준비돼 있지 않다. 루디가 프레디의 방에 도착해 어떤 상황을 맞닥뜨리게 될지 예측할 길은 전혀 없었다.

결심이 선 루디는 당당하게 막사로 들어가 프레디의 방문을 두드린다. 답이 없자 그는 굳은 마음으로 문을 열고 방 안으로 들어간다. 프레디가 침대에 축 늘어져 있다. 침대로 다가가보니 프레디는 얼굴이 파랗게 질려 거친 숨을 몰아쉬고 있다. 죽기 일보 직전의 상태다.

루디는 막사에서 달려 나와 미친 사람처럼 소리치며 도움을 요청한다. 이어 그는 멩겔레의 명령을 받고 밤이 오기 전에 가족 캠프로 돌아가기 위해 자기 짐을 챙기고 있던 의사 두 명과 함께 돌아온다. 검사는 오래 걸리지 않는다. 의사들은 두 번 더 살펴보더니 심각한 표정을 하고 목소리를 낮춰 자기들끼리 이야기한다.

"약물 과다입니다. 진정제 과다 복용이에요. 지금 우리 선에서 할 수 있는 건 없습니다."

알프레드 허쉬의 생은 이제 끝을 향하고 있다.

루디 로젠버그는 갑자기 심장이 멈추는 기분이고 이대로 졸도할 것 같다. 그는 판자벽에 기대 간신히 두 발로 서 있다. 그는 위대한 운동선수 프레디 허쉬를 쳐다본다. 아마도 이번이 마지막

이리라. 프레디의 가슴에는 호루라기가 그대로 걸려 있다. 이렇게 대단한 사람도 결국엔 자기가 책임지고 있는 어린아이들을 죽음으로 몰고 가야 한다는 생각을 견딜 수 없었던 것이리라 여기면서 루디는 이제 두렵다. 프레디는 먼저 떠나는 쪽을 택했다.

걱정이 앞서지만 그래도 루디는 다른 리더를 찾을 시간이 있을 거라고, 반란을 시작할 수 있는 다른 방법을 슈물레스키가 찾아낼 수 있을 것이라고 생각한다. 루디는 슈물레스키를 만나기 위해 격리캠프 밖으로 나가려 달려가지만 상황이 바뀌었다. 나치가 너무 많다. 격리캠프는 봉쇄됐다. 아무도 캠프를 나가거나 들어올 수 없다.

루디는 가족캠프와 격리캠프를 가르는 울타리 쪽으로 가 늘 그 부근을 배회하고 있는 레지스탕스 멤버에게 할 말이 있다고 신호를 보낸다. 그는 지금 당장 슈물레스키에게 전달해야 하는 중요한 정보가 있다고 한다.

"프레디 허쉬가 자살했어요. 제기랄, 슈물레스키에게 전해줘요!"

남자는 불가능하다고 한다. 아무도 가족캠프 밖을 나가선 안 된다는 명령이 지금 막 떨어졌단다. 루디는 돌아서서 힘겹게 길고 긴 중앙로를 걸어 돌아온다. 이제 중앙로는 개미집에서 쏟아져 나온 개미 떼처럼 불안에 떠는 수용자들과 무장 경비들로 바글바글하다.

앨리스와 헬레나, 베라가 루디를 만나러 온다. 루디는 프레디 허쉬가 이제 반란을 이끌 수 없는 몸이 됐고 슈물레스키와는 연락이 안 된다고 급히 상황을 전한다. 캠프 간에 이동이 완전히 차단되면서 이제 이곳은 심연으로 가라앉아버렸다.

"그래도 반란을 일으킬 수 있어요." 여자들은 말한다. "루디가 지휘를 해주면 우리가 상황을 준비할게요."

그게 그렇게 단순한 일이 아니라고, 그냥 그렇게 간단하게 되는 일이 아니라고 루디는 여자들에게 설명한다. 슈물레스키의 명령 없이 자기 혼자 그처럼 중대한 결정을 내릴 권한은 없다고 말이다. 헬레나와 베라, 앨리스는 그가 무슨 말을 하려는 건지 잘 이해하지 못한다. 루디는 지쳐버렸다.

"내가 결정을 내릴 수는 없어요. 나는 아무도 아니에요……."

가족캠프 안에서는 입에서 입을 타고 소문이 퍼져나간다. 죽음을 알리는 전보처럼 간결하다. 가장 짧은 문장이 가장 파괴적이다. 대답은 없다. 가는 길마다 파괴의 흔적을 남기는 불도저처럼 소문은 캠프를 퍼져나간다.

프레디 허쉬가 죽었대.

소문은 불어나 이제는 '자살'이란 말까지 들려온다. 과용하면 치명적인 수면제 '루미날' 소리도 들린다.

헝가리 출신 31구역의 보조교사 로지 크라우스가 떨면서 막사로 뛰어 들어온다. 그녀의 눈에는 공포가 어려 있다. 체코어로는 사실을 제대로 전달조차 하기 힘든 수준이지만, 우스꽝스럽기보다는 그 헝가리 억양으로 들으니 유독 더 슬프게 느껴진다. 프레디 허쉬가 죽었대요.

그게 끝이다. 더는 할 말이 없다. 그녀는 의자에 털썩 주저앉아 울기 시작한다.

어떤 사람들은 그녀의 말을 믿지 못한다. 어떤 사람들은 이걸 어떻게 받아들여야 할지 모르겠다. 얼굴이 잿빛이 된 보조교사들이 하나둘 나타나고, 노래며 놀이가 중단되자 아이들의 미소도 서서히 사라진다. 수백 명의 등줄기에 소름이 지나간다. 지난 6개월간 죽음은 31구역에 한 번도 발을 들이지 못했다. 놀랍게도 모든 아이들이 그동안 살아 있었다. 이제 그 기적을 일군 당사자가 죽었다. 어째서? 왜? 모두는 그것이 궁금하다. 비록 마음속 깊이 가장 묻고 싶은 질문이라면 '프레디가 없으면 우리는 어떻게 될까'이겠지만 말이다. 저녁 점호를 알리는 호루라기 소리와 모두 막사로 복귀하라는 짧은 독일어 명령이 떨어진다.

리즐은 이미 디타를 기다리고 있다. 리즐은 디타를 꼭 안아준다. 프레디의 죽음을 모두들 알고 있다. 모녀는 말을 할 필요가 없다. 그냥 잠시 뺨을 맞대고 눈을 꼭 감고 서 있을 뿐이다.

새로운 구역장은 굴뚝 위로 기어 올라가 화가 난 목소리로 조용히 하라고 소리치고, 그 목소리에 다들 조용해진다. 그녀는 유대인이고 끽해야 열여덟, 그 이상은 안 되어 보이는 소녀지만 이제 그녀는 힘을 가졌다. 더는 배고프지 않을 것이고, 숨겨놓은 빵 배급표로 암시장에서 부츠를 사 신으면 되니 더는 끔찍한 냄새가 나는 신발도 신지 않을 수 있다. 그래서 그녀는 약해져선 안 된다. 캠프 카포나 나치가 그녀에게 소리를 지르라고 하면 소리를 지를 것이다. 수용자들에게 매질을 하라고 하면 매질을 할 것이다. 아니, 친위대의 명령이 없어도 소리를 지르고 매질을 할 것이다. 명령을 받은 것보다 두 배로 많이 할 것이고, 그렇게 그들의 기대치를 만족시킬 것이다. 가장 먼저 그녀는 내일 아침 점호 안내가 나올 때까지 아무도 막사 밖으로는 나가지 못한다고 무례하게 소리를 지른다. 나오는 사람은 경비병들이 바로 총을 겨눌 것이라고 말이다.

혼자 침대를 쓸 수 있기를 그토록 바라왔건만 정작 혼자가 되니 디타는 잠이 오질 않는다. 비르케나우에 밤이 내렸고 캠프는 조용하다. 바깥에서는 바람 소리와 철조망에서 나오는 단조로운 전기음만 들린다. 그렇게나 혼자 자고 싶었는데, 이제 혼자 잠드는 법을 모르겠다. 혼자서는 잠이 들지 않는다. 결국 디타는 자기 침대에서 뛰어 내려와 역시나 혼자가 된 어머니의 침대로 걸어간다. 어린 시절 악몽을 꾸면 그랬던 것처럼 디타는 어머니 품에 웅크리고 눕는다. 엄마, 아빠 옆에 누우면 거기에선 아무런 나쁜 일도 벌어지지 않으니까 말이다.

루디는 다시 슈물레스키에게 정보를 전달하기 위해 BIId 캠프에 접선을 시도한다. 긴급하게 전달할 문서가 있다고 해보지만 허락은 떨어지지 않았다. 프레디 허쉬의 시체를 내보내야 한다고 해도 역시 허락이 떨어지지 않는다. 그는 가족캠프 내 연락책을 찾으러 울타리 부근으로 돌아오지만 연락책은 그 자리에 없다. 다들 막사로 돌아갔고 연락은 불가능하다.

루디는 자기 방으로 돌아갔다가 잠시 후 다시 밖으로 나온다. 부디 캠프 출입구 교대조가 바뀌어 이번에는 BIId 캠프 출입허락을 받을 수 있기를 희망하면서. 그때 카포 부대가 다른 캠프에서 물밀듯 격리캠프로 들어온다. 이들은 곤봉으로 무장을 하고 사람들을 때리면서 이들에게 빨리 남녀 따로 구분 지어 서도록 소리를 지른다. 구타가 이어지고 호루라기 소리, 그리고 고통과 공포의 울음소리가 뒤따른다.

앨리스는 루디를 향해 달려가 그의 팔을 잡는다. 나치 대원 하나가 악랄하게 소리를 지른다. "남자 이쪽, 여자 이쪽!"

루디와 앨리스의 어깨 위로 곤봉이 비 오듯 쏟아지고 진흙 위로 피가 튄다. 앨리스는 루디에게서 눈을 떼지 못한 채 슬픈 미소를 띤 얼굴로 루디를 떠나간다. 그들은 앨리스를 여자 수용자들 쪽으로 몰아넣고 캠프 입구에 주차된 트럭 쪽으로 데려간다. 차는 계속해서 도착하고 이제 공회전을 하는 트럭들이 줄줄이 늘어서 있을 정도다.

루디는 잠시 그 자리에 그대로 멈춰 있다. 그러자 인파는 그를 매질을 피하려고 모여든 남자들 무리로 밀어 넣는다. 어느새 그는 죽음의 트럭으로 밀려가는 사람들 무리 사이에 끼어 있음을 깨닫는다.

루디는 군중이 자신을 삼켜버리기 전에 이 파도에서 벗어나려 애를 쓰며 걷는다. 카포들은 곤봉으로, 친위대는 기관총으로 아무도 나가지 못하도록 한다. 무리를 벗어나려고 하는 사람은 전부 발로 차고 떠민다. 루디는 입에 담배를 물고 혼신을 다해 차분함을 가장하며 다른 수용자들을 강제로 밀쳐내고 저 끝에 서 있는 평소 알고 지내던 카포를 향해 다가간다.

카포가 루디에게 곤봉을 휘두르기 직전 루디는 그에게 자신이 14번 막사의 서기라고 소리친다. "구역장이 즉시 보고하랍니다."

카포는 일반인 배지를 단 독일인이다. 그는 대혼란 속에서 루디를 쳐다보더니 얼굴을 알아보고 곤봉질을 멈춘다. 그는 경기관총을 든 군인에게 손짓해 루디가 빠져나가도록 도와준다. 루디의 재킷을 붙잡고 그를 따라오려던 사람은 경기관총으로 갈비뼈를 맞는다. 애원하는 소리가 들리지만 루디는 돌아보지 않는다. 루디는 무관심한 척 걸어가지만 두 다리는 그 자리에 거의 주저앉아버릴 것만 같다.

루디가 자기 막사로 돌아가는 동안 비명소리, 명령 소리, 사람

들의 흐느낌, 트럭 문이 쾅 닫히는 소리, 트럭의 시동이 걸리고
차가 떠나는 소리가 들린다. 그는 앨리스를 생각한다. 사슴 같은
눈망울로 자신을 쳐다보던 앨리스의 모습을 기억에서 떨쳐내
기 위해, 그래서 그 무게에 짓눌리지 않기 위해 루디는 고개를
세차게 흔든다. 루디는 걸음을 재촉해 마침내 방에 들어가 문을
닫는다.

　루디 로젠버그가 눈물을 흘렸는지를 시사하는 기록은 남아
있지 않다.

　디타는 침대에 누운 채 아직도 깨어 있다. 다른 사람들도 다르
지 않다. 너무 고요한 나머지 습기 찬 바닥에서 몇 번이고 끼익
소리를 내는 브레이크며 시동이 걸린 채 대기 중인 트럭 소리까
지 다 들린다. 트럭은 계속해서 들어오고 있다.

　그리고 밤은 이제부터 폭발한다. 비명소리, 호루라기 소리, 흐
느낌, 애원, 존재하지 않는 신을 향한 울부짖음이 다 함께 옆 캠
프에서 들려온다. 트럭 문이 쾅 닫히더니 바로 이어 걸쇠가 끼익
하고 잠기는 소리가 난다. 공포의 울음소리는 흐느낌과 연민의
신음소리로 대체되고, 폭풍 같은 비명소리 사이로 수백 명의 목
소리가 뒤섞인다.

　가족캠프에서는 아무도 잠들지 못한다. 아무도 입을 열지도,
움직이지도 않는다. "무슨 일일까요? 무슨 일이 일어나는 걸까
요?" 디타의 막사 안에서 누군가 걱정스러운 목소리로 묻자 다
른 사람들은 짜증을 내며 그녀에게 전적인 침묵을 요구한다. 무
슨 일이 벌어지고 있는지 정확히 알려면 잘 들어야 한다. 아니,
어쩌면 완벽하게 침묵을 유지해야 친위대 장교들이 우리 소리

를 듣지 못할 것이고, 우리 존재를 눈치채지 못할 것이고, 그래야 그나마 조금이라도 더 이 더러운 침대에서 목숨을 유지하도록 해줄지 모른다.

트럭 문이 쾅 하고 닫히고 목소리들이 잦아든다. 엔진 소리를 들으니 사람들을 가득 실은 트럭 한 부대가 막 떠나는 참인 것 같다. 그리고 그때 디타와 어머니와 막사 안의 사람들 모두 음악 소리를 들은 것 같다. 어쩌면 괴로움이 만들어낸 환각인지도 모른다. 그러나 소리는 점점 커진다.

"노래를 부르는 건가?"

노랫소리가 트럭 소리를 압도한다. 혼란스러운 목소리가 크게 들리고, 다른 목소리도 뒤따른다. 마치 도저히 믿을 수가 없어 모두에게, 아니 자기 자신에게 말이라도 해야 하는 것처럼. "노래를 부르네! 트럭에 실려 죽으러 가는 사람들이 노래를 불러!"

체코 국가인「내 집은 어디인가?」, 그리고 또 다른 트럭이 지나가며 이번엔 유대인들의 성가「희망」이 들린다. 다른 트럭에서는「인터내셔널가」가 흘러나온다. 푸가마냥 노랫소리는 끊기고 트럭이 떠나가며 소리도 멀어진다. 목소리가 차츰 작아지며 사라진다. 이날 밤 수천 개의 목소리가 다시는 영원히 들리지 않게 되었다.

1944년 3월 8일 밤 BIIb 가족캠프에 있던 3,792의 수용자들은 가스실로 보내져 아우슈비츠 비르케나우 제3화장장에서 소각됐다.

20

이튿날 아침 디타는 굳이 카포의 고함소리에 잠을 깰 필요가
없다. 밤새 잠을 자지 못했으니까. 어머니는 디타에게 키스를 해
주고 디타는 여느 날처럼 침대에서 나와 아침 점호를 위해 31구
역으로 향한다. 그러나 오늘은 여느 날과는 다르다. 디타와 함께
지내던 사람들 절반이 떠났고 다시는 돌아오지 않을 것이다.

카포나 나치 대원들 시선을 끌 위험을 감수하며 디타는 중앙
로를 벗어나 철조망 가장 가까운 막사 뒤편으로 간다. 누군가 살
아 있을 거란 희미한 희망을 품고 디타는 철조망 넘어 격리캠프
를 살펴본다. 그러나 격리캠프 안에서는 땅바닥에 찢어진 옷 조
각들이 흩어져 있는 것 말곤 아무런 움직임을 볼 수 없다.

두텁게 내려앉은 고요뿐, 어젯밤 비명소리의 흔적은 아무것도
없다. 캠프는 황량하다. 묘지처럼 조용하다. 땅바닥에는 짓밟힌
모자와 버려진 외투, 빈 사발이 여기저기 떨어져 있다. 31구역에
서 아이들이 만들었던 점토인형 머리 하나가 고개를 내밀고 있

는 것도 보인다. 디타는 진흙 위 하얀 저것은 무언인가 시선이 쏠린다. 가만히 들여다보니 구겨진 종잇조각이다. 더는 보고 싶지 않아 디타는 눈을 꼭 감는다. 거기 떨어져 있는 것은 짓밟히고 짓이겨진 모겐스턴 교수의 종이새다.

디타도 꼭 그렇게 짓밟히고 짓이겨진 느낌이다.

무관심한 친위대원의 감시하에 세플 리히텐스턴은 아침 점호를 진행하지만 일단 친위대원이 막사를 떠나자 모두가 조금 안도한다. 아이들은 이쪽저쪽 두리번대며 빠진 사람들을 찾느라 바쁘다. 아침이면 늘 짜증나던 점호가 오늘 아침은 그토록 짧은 탓에 모두는 또 당혹스럽다.

막사 안의 무거운 분위기에 숨이 막힌 디타는 도망치듯 밖으로 나온다. 하지만 동이 튼 지 한참이 지난 지금까지도 하늘이 왠지 어둡다. 바람이 마른 비를 뿌리고 하늘 아래 모든 것이 더러워진다. 이전엔 본 적 없는 검은 눈이 내린다.

도랑에서 일을 하는 사람들이 하늘을 올려다본다. 바위를 들고 가던 사람들은 걸음을 멈추고 그 자리에서 그대로 얼음이 된다. 공장에서 일하던 사람들은 카포의 고함소리에도 불구하고 일을 멈추고 밖으로 나가 명령과 협박을 무시한 채 검은 하늘을 올려다본다. 이들로선 처음 저질러보는 일종의 저항이다.

갑자기 다시 밤이 된 것 같다.

"맙소사! 저게 뭐야?" 누군가가 소리친다.

"신의 저주야!" 울부짖는 사람도 있다.

디타가 하늘을 올려다보는데 회색 눈꽃이 그녀의 얼굴과 손과 옷에 얼룩을 남기고 손가락 사이로 흩어진다. 31구역 사람들이 나와 밖을 살핀다.

"무슨 일이에요?" 깜짝 놀란 어린 소녀가 묻는다.

"무서워할 것 없단다." 미리암 에델스타인이 아이들에게 말한다. "9월에 들어왔던 우리 친구들이야. 그 친구들이 돌아오는 거야."

아이들과 교사들이 말없이 함께 모인다. 많은 이들이 조용히 기도한다. 디타는 떨어지는 영혼의 비를 조금이라도 더 많이 담도록 손바닥을 오목하게 오므린다. 참을 수 없는 눈물이 거뭇해진 그녀의 얼굴에 흰 줄기를 만든다. 미리암 에델스타인은 아들 아리에를 꼭 안는다. 디타도 이들에게 의지한다.

"다들 돌아오는구나, 디타. 돌아오고 있어."

이들은 이제 다시는 아우슈비츠를 떠나지 않을 것이다.

어떤 교사들은 그 자리에 그대로 서서 더는 수업을 하지 않겠다고 한다. 그게 저항의 행위인 사람들도 있고, 또 어떤 사람들은 그냥 정말로 지금은 수업을 할 수가 없어서이기도 하다. 세플은 교사들의 사기를 올리려고 애써보지만 그에겐 프레디 허쉬 같은 사람이 지닌 그런 카리스마나 자신감이 없다. 그리고 세플 본인도 사기가 떨어진 사실을 감출 수가 없다.

교사 중 한 명이 프레디에게 무슨 일이 벌어진 것인지 묻는다. 사람들은 마치 장례식장에 온 것처럼 의기소침하게 모여 있다. 죽었는지 살았는지 그건 모르겠지만 하여간 들것에 실려 트럭으로 옮겨졌다는 얘길 들었다고 누군가가 말한다.

"자존심 때문에 자살한 게 아닐까요. 나치의 손에 죽기엔 자존심이 대단한 사람이었으니까. 나치들에게 그런 즐거움을 주지 않으려고 말이죠."

"한편인 독일인들이 자길 속였다니 배신감에 치를 떨었을 수도 있죠."

"아이들이 고통받는 걸 참을 수 없었겠죠."

사람들의 이야기를 들으며 갑자기 디타는 이상한 느낌이 든다. 프레디의 죽음에는 저렇게 뻔한 이유가 아닌, 다른 무언가가 있는 것 같은 느낌이 든다. 디타는 좌절감이 들고 또 혼란스럽다. '프레디가 없으면, 그가 모든 문제를 해결해줄 수 없으면 학교는 어떻게 되는 걸까?' 디타는 사람들과 최대한 떨어져 혼자만의 시간을 가지려고 하지만 비쩍 마른 세플이 어설픈 걸음걸이로 디타에게 다가온다. 그는 긴장했고 담배 하나에 자기 목숨 10년이라도 팔 것 같은 느낌이다.

"아이들이 무서운가 봐, 에디타. 애들 좀 봐, 움직이질 않아. 말도 안 한다고."

"우리 다 화가 났죠."

"뭔가 해야 해."

"뭘요? 할 수 있는 게 뭐가 있는데요?"

"계속해나가는 게 우리가 할 수 있는 유일한 일이지. 아이들이랑 교감해야 돼. 아이들에게 책을 좀 읽어줘."

디타는 막사 안을 둘러본다. 아이들은 삼삼오오 바닥에 앉아 있지만 점점 말이 없어지면서 그냥 손톱을 물어뜯거나 멍하니 천장만 올려다보고 있다. 아이들이 이렇게나 우울해하고 조용한 적은 처음이다. 디타는 갑자기 힘이 없어지고 입안이 쓰디쓰다. 사실 디타는 누가 말을 걸지도 않았으면 좋겠고 아무와도 대화를 나누고 싶지 않고 그냥 자기 의자에 꼼짝 않고 앉아 있고만 싶다.

"무슨 책을 읽어주게요?"

세플은 입을 열지만 그의 입에서 답이 흘러나오진 않는다. 당황한 그는 다시 입을 닫고 시선을 아래로 떨군다. 그는 자신이 책에 관해서라면 전혀 모른단 사실을 인정한다. 하지만 미리암에게 물어볼 수도 없다. 미리암은 완전히 기력을 잃고 머리를 양손에 묻은 채 뒤편에 앉아 아무하고도 얘기할 분위기가 아니다.

"네가 31구역의 사서잖니." 세플은 중요한 사실을 상기시킨다.

디타도 고개를 끄덕인다. 맡은 바 책임은 다해야 한다. 남이 나에게 하라고 얘기하기 전에.

테레진에서 도서관장이었던 유티츠 씨라면 이런 비극적인 상황에서 아이들에게 어떤 책을 읽어주라고 할까? 디타는 구역장 방으로 들어가면서 유티츠 관장에게 직접 물어볼 수 있다면 좋겠다는 생각을 한다. 여기 있는 책이라곤 진지한 소설책, 수학책, 이 세계에 대한 책 정도다. 하지만 책을 숨겨놓는 구멍을 가리고 있는 작은 문 앞의 누더기 담요를 옮기기도 전에 디타는 이미 마음을 정했다.

디타는 가장 너덜너덜해진 책을 꺼낸다. 낱장의 종이가 겨우 조금씩 묶여 있는 수준이다. 가장 부적절하고 가장 교육적이지 않고 가장 불손한 책일지도 모른다. 심지어 교사 중에도 이 책이 불경하고 저속하다며 싫어하는 사람들이 있다. 그러나 꽃병의 꽃만을 믿는 이들은 문학에 대해 아무것도 모른다. 도서관은 이제 디타의 구급상자고, 디타는 자신이 웃음을 영원히 잃었다고 생각했을 때 자신에게 웃음을 되찾아준 그 약을 아이들에게 나눠줄 것이다.

리히텐스턴은 보조교사 하나를 불러 문 앞에 가서 망을 보게 하고 디타는 막사 중앙에 놓인 의자에 앉는다. 그리 내키진 않지만 그래도 궁금함이 앞선 아이 하나가 디타를 쳐다볼 뿐, 나머지 아이들은 다들 발끝만 쳐다보고 앉아 있다. 디타는 책을 펼친 다음 특정 페이지를 찾아 읽기 시작한다. 아이들의 귀에 디타의 목소리가 전달은 되겠지만 아무도 정말로 듣고 있지는 않다. 아이들은 무기력하다. 많은 아이들이 그냥 바닥에 그대로 누워 있다. 교사들은 자기들끼리 속닥대며 9월 입소자들의 죽음에 대해 자신들이 아는 사실들을 곱씹는다. 세플도 다른 사람과는 이야기하고 싶지 않다는 듯이 의자에 앉아 눈을 감는다.

디타의 이야기를 듣고 있는 사람은 아무도 없다.

오스트리아 최고사령부의 명령을 받아 기차를 타고 전선으로 향하는 체코 병사들이 등장하는 장면부터 디타는 읽기 시작한다. 이들 부대가 목적지에 도착하기까지 감독 책임을 맡은 오만한 중령 더브는 슈베이크의 터무니없는 이야기에 짜증이 난다. 그는 왔다 갔다 하며 평소 늘 반복하는 후렴구 같은 설교를 시작한다. "나를 아는가?" 그는 묻는다. "너희는 아직 나를 잘 모른다! 나를 알게 되는 순간 너희는 눈물을 흘리고 있을 거다, 이 멍청이들아!" 중령은 그들에게 형제가 있느냐고 묻는다. 형제가 있다고 답하는 이들에게 그는 그 형제도 너희만큼 멍청할 거라고 소리를 지른다.

여전히 슬픈 얼굴로 각자 구석에 앉아 있는 아이들도 있지만, 청중 없이 혼자 책을 읽어나가는 디타에게 속속 관심들을 보이기 시작한다. 손톱을 깨물다 말고 디타를 쳐다보는 아이, 천장에서 시선을 떼고 디타를 쳐다보는 아이도 몇몇 있다. 교사들도 아직 간간이 이야기를 나누고 있지만 디타 쪽으로 고개를 돌린다. 대체 디타가 저기 앉아 뭘 하고 있는지 다들 의아하다. 이제 엄숙한 표정의 중령이 슈베이크를 마주치는 장면이다. 슈베이크

는 러시아 카자크 기병을 자기 칼에 꽂아 벽에 걸어두려 하는 오
스트리아 군인의 모습이 그려진 선전성 포스터를 비난하고 있다.

"저게 어디가 어떤데?" 중령 더브가 무례한 태도로 묻는다.

"어디가 어떠하냐고 하시면 말입니다. 군인이 자기 무기를 너
무 막 다룬다는 점 때문에 그렇습니다. 칼로 벽을 치면 칼이 부
러질 수도 있지 말입니다. 그런데 사실 저 코자크 기병이 손을
들고 있지 않습니까? 그럼 이미 항복했다는 건데 굳이 저럴 필
요가 없지 말입니다. 그럼 저 기병이 이제 전쟁포로가 된 건데,
전쟁포로도 사람이니까 또 제대로 대우를 해야 하지 말입니다."

"지금 러시아 적군에게 동정심을 느낀다는 소린가?" 중령은
악의적으로 묻는다.

"러시아인은 칼에 저렇게 걸려 있으니 안타깝고, 오스트리아
인은 영창에 갈 테니 안타깝고, 둘 다 안타깝습니다. 벽은 돌이
고 철은 그렇게까지 강하지 않으니까 오스트리아 군인의 칼이
부러졌을 것 같아서 말입니다. 전쟁이 나기 전 일인데 제가 막
군복무를 마칠 때쯤 재향 군인보다도 입이 건 중위님이 있었습
니다. 연병장에서도 이렇게 얘기를 하곤 했습니다. "내가 '차려'
라고 하면 볼일 보는 고양이마냥 똑바로 앞을 본다!" 그것 외에
는 아주 합리적인 분이었습니다. 크리스마스 때였는데, 중위님
이 흥이 나서 중대 전체를 위해 수레 한 가득 코코넛을 샀더랍
니다. 그날 이후로 저는 칼이 얼마나 약한 것인지 알게 됐지 말
입니다. 우리 중대 절반이 코코넛을 자르다가 칼을 부러뜨리는
바람에 중위님은 우리를 3일씩 영창으로 보냈지 말입니다."

이제 아이들 상당수가 이야기에 귀를 기울이고 멀리 앉아 있던 아이들도 이야기를 들으러 디타 가까이 자리를 옮겼다. 여전히 대화를 나누는 교사들도 있지만 다른 교사들이 사담을 자제시킨다. 디타는 부드러운 목소리로, 꿋꿋하게 책을 읽어나간다. 책 읽는 소리와 이야기 속 슈베이크의 재치에 잡담은 차차 잦아든다.

"중위님도 체포됐고 말입니다. 코코넛을 지나치게 좋아하는 것만 빼면 아주 좋은 분이었던지라 참으로 안타까웠습니다……."

아이처럼 순진한 표정을 한 착한 병사 슈베이크에게 더브 중령은 분노의 눈빛을 쏘아붙이며 묻는다.

"나를 아나?"

"예, 압니다."

더브 중령의 눈이 튀어나올 지경이다. 그는 발을 구르며 고함을 친다.

"아니, 넌 나를 아직 모른다."

슈베이크는 더더욱 다정하게 대답한다.

"저희 연대 소속이신데, 중령님이야 당연히 알지 말입니다."

"아직 나를 잘 모른다 그 말이야!" 중령은 통제력을 잃고 다시 소리를 지른다. "좋은 면은 알지 모르지만 내가 얼마나 무서운지 알게 되면 너는 겁을 먹고 벌벌 떨 거란 소리다! 나는 아주 강한 사람이야. 내 앞에서 우는 사람이 부지기수야. 다시 묻는다. 나를 아나, 모르나?"

"당연히 알지 말입니다."

"얼간이 같은 놈, 마지막으로 말한다. 넌 날 모른다. 형제가

317

있나?"

"분부대로 하겠습니다. 형제가 한 명 있습니다."

슈베이크의 정직한 얼굴과 천진무구한 표정을 보고 중령은 화가 나서 더 크게 소리를 지른다.

"그래, 네 형은 너처럼 동물 같은 놈이겠군. 바보 천지겠어."

"맞습니다, 바보 천치입니다."

"그래 그 바보 천치인 형은 뭘 하지?"

"원래는 교사였다가 전쟁에 징병돼 중령이 됐습니다."

더브 중령은 슈베이크를 곧 베어버릴 듯 날카로운 눈빛으로 노려본다. 슈베이크는 다정한 눈길로 중령을 바라본다. 분노로 얼굴이 벌겋게 달아오른 더브는 슈베이크에게 당장 꺼지라고 소리친다.

아이들 몇몇이 웃음을 터뜨린다. 막사 뒤편에서 미리암 에델스타인이 손가락 사이로 그 장면을 확인한다. 디타는 바보인 척하면서 전쟁을, 모든 전쟁을 비웃는 이 군인의 예상치 못한 사건과 모험들을 계속해서 읽어나간다. 미리암은 사서를 바라본다. 그 작은 책 하나가, 책 속의 이야기로 막사에 남은 모두를 다시 하나로 묶어주었다.

디타가 책을 닫자 아이들은 자리에서 일어나 다시 활동을 하기 시작한다. 심지어 뛰어다니기까지 한다. 삶이 다시 돌아왔다. 디타는 실로 꿰맨 낡은 책등을 어루만지며 프레디가 자신을 자랑스러워할 거란 생각에 기쁘다. 디타는 그에게 중도에 포기하지 않겠다고 말했다. 디타는 약속을 지켰다. 그럼에도 슬픔은 떨쳐지지 않는다. '프레디는 왜 포기한 걸까?'

21

찬바람과 바그너의 '발퀴레' 멜로디를 동반한 멩겔레가 가족 캠프의 입구를 지나 걸어간다. 그는 주변의 움직이는 것이라면 뭐든 다 샅샅이 살핀다. 멩겔레는 엑스레이 같은 눈이라도 있는 모양이다. 멩겔레는 무언가, 누군가를 찾는 눈치지만 디타는 지금 31구역 안에 있다. 그곳에서라면 디타는 안전하다…… 최소한 지금은.

루돌프 회스 전 아우슈비츠 지휘관이 멩겔레를 높이 평가하게 된 계기 중 하나가, 멩겔레가 무섭게 퍼지던 발진티푸스를 잡아낸 점이었다고들 한다. 1943년 말까지 발진티푸스에 감염된 여자들만 이미 7천여 명이었지만 멩겔레는 해결책을 내놓았다. 그는 막사 한 곳의 여자 수용자 6백 명을 전부 가스실로 보낸 다음 그 막사를 샅샅이 살균하도록 했다. 야외에는 살균소독제가 든 욕조가 배치됐고 다른 막사 수용자들은 깨끗한 막사로 이동하기 전 소독을 거치도록 했다. 그러면 이제 막 새 막사로 이동해간 그 수용자들이 전에 쓰던 막사를 살균했고, 그렇게 캠프 전체가 차례차례 소독을 거쳤다. 멩겔레는 마침내 전염병에 종지부를 찍었다.

고위 지도부는 멩겔레의 공을 치하했다. 메달까지 수여하려고 했다. 그의 행동에는 기준이 있었다. 국제적 결과와 과학적 진보가 가장 기본이고, 그로 인해 버려진 인간 목숨은 중요하지 않다는 것.

선임급 중사가 멩겔레에게 쌍둥이들을 데려온다. 아이들은 겁먹은 듯한 얼굴을 하고 다가와 인사한다. "페피 삼촌, 안녕하세요." 그는 아이들에게 웃어 보이며 이레네의 머리를 쓰다듬고는 다 같이 F 캠프 내 구역으로 향한다. 멩겔레가 없는 자리에서는 친위대원들끼리 동물원이라고 부르는 곳이다.

병리학자 여럿이 거기서 멩겔레의 수하로 일한다. 아이들은 좋은 음식과 깨끗한 이불, 심지어는 장난감과 과자도 받는다. 그러나 아이들이 멩겔레와 그곳에 들어갈 때마다 아이들을 다시 볼 때까지 부모들의 심장은 멎어버린다. 지금까지는 늘 아이들이 기쁜 모습으로 주머니에는 상으로 받은 빵을 넣고 부모의 품으로 돌아왔다. 물론 여기저기 치수를 재고 피검사를 하고 주사를 맞았단 이야기도, 그리고 그럴 때마다 멩겔레가 사탕을 줬다는 얘기도 했지만 말이다.

다른 아이들의 경우 그렇게 운이 좋지 못했다. 멩겔레는 쌍둥이를 대상으로 질병의 효과를 연구했다. 집시 캠프에서는 쌍둥이 여러 쌍에 발진티푸스 균을 주사하여 반응을 살피고 그들을 죽인 다음 쌍둥이 각각의 신체 내에서 균이 어떻게 진화했는지를 확인하기 위해 생체해부를 진행했다.

그러나 오늘은 쌍둥이들의 머리만 쓰다듬는 데 그친다. 심지어 작별인사를 하면서 그는 다정한 미소를 지어 보인다.

"페피 삼촌 잊어버리면 안 된다!" 그렇게 말하는 그 역시 아이들을 잊어버릴 생각이 전혀 없다.

잊는다는 건 선택으로 되는 일이 아니다. 장례식 같은 일상이 이미 지나갔지만 디타는 아직도 잊히지가 않는다. 사실 디타는 잊고 싶지 않다. 프레디 허쉬는 그토록 갑작스럽게 자기 생의 수도꼭지를 잠가버렸지만, 집요하게 파고드는 의문들이 방울져 떨어지며 그녀의 뇌를 적신다. '왜지?'

디타는 사서로서의 임무, 그러니까 매번 수업이 끝나고 책을 관리하는 그 일을 계속하고는 있지만 약간 심드렁해졌다. 이 모든 상황에도 불구하고 31구역이 계속 굴러간다는 사실에 디타는 기쁘다. 하지만 그럼에도 불구하고 프레디가 떠난 후로는 모든 것이 더 작게 느껴지고 심지어는 별로 중요하지 않은 일처럼 느껴진다.

오늘 디타를 도와주는 보조교사는 짙은 주홍색 주근깨가 흩뿌려진 얼굴을 한, 호감 가는 인상의 잘생긴 소년이다. 주변에서 잘생긴 소년을 마주치기 힘들다 보니 여느 때 같았으면 디타도 그에게 한층 더 상냥하게 굴었겠지만 오늘은 소년이 디타와 대화를 시작하려 해도 그녀는 건성으로 대답한다. 디타는 정신이 딴 데 팔려 있다.

프레디는 왜 스스로 목숨을 끊었을까? 디타는 그 답을 찾는 데 몰두하고 있다.

프레디답지 않다.

그가 생전 투자했던 그 많은 노력들, 유대인과 독일인의 특징이 뒤섞인 듯한 엄격하고 꼼꼼한 그의 성격을 생각하면 프레디가 자기 책임을 뒤로하고 도망쳤다는 건 영 앞뒤가 맞지 않는다. 디타는 고개를 젓는다. 흔들리는 머리카락과 함께 '그럴 리 없다'는 생각은 점점 더 강해진다. 퍼즐에 뭔가 빠진 조각이 있다. 프레디는 우리를 군인이라고 지칭하면서 끝까지 싸워야 한다고 했다. 어떻게 그가 자기 보직을 저버린단 말인가? 아니, 그건 프레디 허쉬의 신념과는 맞지 않는다. 그는 군인이었다. 그는 임무가 있었다. 마지막으로 만났던 그날 오후 프레디는 평소보다 훨씬 우울해 보이고 약해 보였다. 디타의 생각이 맞았는지도 모른다. 어쩌면 그는 이송 소식에 이미 최악의 결말을 직감했을 것이다. 그러나 그가 왜 자살했는지는 이해가 되지 않는다. 그리고 디타는 뭔가 풀리지 않는 의문이 있으면 참을 수가 없다. 어머니는 늘 디타에게 집요하다고 한다. 어머니 말이 맞는다. 디타는 절대 직소 퍼즐을 미완성으로 남겨두지 못하는 타입이다.

그래서 디타는 일이 끝나자 31구역에서 곧장 막사로 돌아간다. 마침 어머니가 투르노브스카 부인과 같이 있으니 잘됐다.

"두 분 말씀 나누시는데 죄송해요. 그런데 아주머니한테 꼭 여쭤보고 싶은 게 있어서요."

"에디타, 갑자기 꼭 그렇게 끼어들어야겠니?" 어머니는 혼을 내듯 말한다.

투르노브스카 부인은 웃는다. 부인은 나이 어린 친구들이 자신의 의견을 구하러 오는 걸 반긴다.

"괜찮아요. 어린 친구들이랑 이야기하면 나도 젊어지는 기분이라우, 리즐." 부인은 그러면서 낄낄 웃는다.

"프레디 허쉬 일이에요. 누군지 아시죠?"

부인은 약간 발끈하며 고개를 끄덕인다. 누군지 아느냐니, 자신을 과소평가한다고까지 생각할 수 있는 질문이다.

"프레디의 사망과 관련해서 사람들이 뭐라고들 하는지가 궁금해요."

"그 끔찍한 약을 먹고 스스로 목숨을 끊었단 거지. 약을 먹으면 아파도 다 낫는다는데 난 안 믿는다우. 의사가 감기니까 약을 먹으라고 하면 절대 안 먹지. 차라리 유칼립투스 오일 향을 들이마시죠."

"맞아요, 정말. 저도 그랬답니다. 끓인 민트잎도 써봤어요?" 디타의 어머니가 묻는다.

"아니, 그건 안 해봤네요. 민트잎만? 아니면 유칼립투스랑 섞어서?"

디타가 신음한다.

"약 얘기는 저도 알아요. 제가 궁금한 건 프레디가 왜 약을 먹었냐는 거죠! 다른 사람들은 뭐래요?"

"아, 들리는 얘기야 차고 넘치지! 프레디가 죽고 말이 아주 많았단다."

"에디타는 항상 그가 좋은 사람이라고 했어요." 디타의 어머니가 대꾸한다.

"그럼요. 물론 사람이 좋다고 다는 아니지만. 불쌍한 우리 그이, 부디 저세상에선 편안하기를. 우리 그이도 아주 좋은 사람이었다우. 다만 하도 소심해서 과일가게로 돈 벌긴 글렀었지. 다른 사람은 아무도 안 갖고 갈 폭삭 익어버린 과일을 농부들이 우리 그이한텐 속여서 팔았다니까."

"그건 그렇고요." 디타는 간신히 짜증을 누르고 부인의 입을 막는다. "그래서 프레디에 대해서는 사람들이 뭐래요?"

"별의별 얘기가 다 있지. 가스실행이 무서워서 그랬다, 약에 중독돼서 과용을 한 거다, 설이야 많지. 아이들이 죽게 된다니까 그게 슬퍼서 그랬단 얘기도 있고. 어떤 여자 말로는—엄청 비밀처럼 얘기하더라—흑마술을 쓰는 나치가 있어서, 나치가 건 저주에 걸린 거라데."

"누가 한 얘긴지 알 것 같네요······."

"멋있는 얘기도 있었어······ 저항을 한 거라고. 나치가 자기 목숨에 손대지 못하게 스스로 목숨을 끊은 거라고 말야."

"누구 말이 맞는 것 같으세요?"

"들을 땐 다 옳은 말 같더라고."

디타는 고개를 끄덕이곤 어머니와 부인에게 작별인사를 한다. 아우슈비츠에서 진실을 발견하기란 모겐스턴 교수의 잠자리채로 눈송이를 잡는 것과 다름 아니다. 진실은 전쟁의 최초 희생자다. 그러나 디타는 진실을 찾기로 결심했다. 제아무리 진흙 밑에 깊이 묻힌 진실이라 해도.

그래서 그날 밤 어머니는 이미 잠자리에 들었지만 디타는 황급히 라디오 비르케나우 부인의 침대로 간다.

"투르노브스카 아주머니······."

"에디타, 무슨 일이니?"

"여쭤보고 싶은 게 있어요······ 아주머니는 답을 알고 계실 것 같아서요."

"그럴 수도 있지." 그녀는 우쭐해서 대답한다. "궁금한 건 다 물어보렴. 너에게는 비밀이 없단다."

"레지스탕스 중에 제가 만나볼 만한 사람이 있을까요?"

"에디타, 애야……" 부인은 비밀이 없다고 한 말을 후회한다. "그건 너 같은 소녀들이 관심을 둘 문제가 아니야. 아주 위험하고. 나 때문에 네가 레지스탕스를 만나러 간 걸 알면 너희 어머니는 나랑 말도 안 섞을걸."

"가입을 하려는 게 아니에요. 지금 얘기를 하다 보니 가입을 하는 것도 괜찮을 것 같지만요. 어쨌거나 저는 나이 때문에 레지스탕스 쪽에서 거절하겠죠. 다른 건 아니고 그냥 프레디 허쉬에 대해 뭘 좀 물어볼 만한 사람이 있나 해서요. 프레디에게 무슨 일이 일어난 건지 그 사람들이 제일 잘 알 거 같거든요."

"격리캠프에 명부 관리하는 루디 로젠버그가 마지막으로 프레디를 본 사람이란 건 너도 알겠지……?"

"네, 그런데 그 사람은 만나기가 정말 어려워서요. 우리 캠프 안에서 이야기를 해볼 만한 사람이 있으면 좋겠는데…… 아주머니, 제발요."

이번엔 부인의 불평이 조금 더 길다.

"알았어, 하지만 나를 통해 알았다고 하면 안 돼. 알터라는 프라하 출신 남자가 하나 있어. 3번 작업장에서 일하는데, 머리는 당구공처럼 매끈하고 코는 감자만 해서 알아보기 전혀 어렵진 않을 거다. 나는 물론 모르는 일이야."

"감사해요. 신세를 졌네요."

"신세는 무슨. 아무한테도 신세 안 졌어. 여기 있으면서 우리 다 그동안 빚진 것보다 훨씬 많이 갚았잖니."

다음 날, 디타는 31구역에서 하루 종일을 보낸다.

그다음 날, 오늘은 수업하는 반들 분위기가 좀 차분하다. 하지만 굶주림과 오늘이 마지막 날일 것 같은 공포는 여전하다. 일단 일과가 끝나면 알터란 사람을 찾으러 갈 수 있을지 한번 봐야겠다.

원래는 미리암 에델스타인을 보조해서 일곱 살 소녀들의 쓰기연습을 돕는 날이다. 비가 내려 오늘 오후에는 야외 놀이나 스포츠 일정은 없다. 아이들은 손수건 훔치기 게임이나 사방치기 놀이를 못 해 뿔이 났고 며칠째 비가 오는 날씨 때문에 사람들이 다들 막사 안에 있는 것이 불만이다. 그러니 대머리 남자를 찾지 못할 수밖에.

아이들 앞에서야 내색하지 않지만 미리암은 프레디의 죽음으로 홀로 버려진 느낌이다. 게다가 아이히만이 가족캠프를 찾았을 당시 그에게서 야쿱이 독일로 다시 이송됐고 잘 지냈다고 하는 소식을 들은 후로는 전혀 남편 소식을 듣지 못했다.

그러나 미리암이 모르는 사실이 있다. 아이히만이 거짓말을 했다는 것이다. 진실은 사뭇 다르다. 야쿱은 비르케나우에서 불과 3킬로 떨어진 그 끔찍한 아우슈비츠 제1수용소 감옥에 그대로 갇혀 있다. 그곳의 감옥은 심지어 시멘트로 된 찬장 같아서 수용자들은 앉지도 못 하고 두 발을 나란히 뻗지도 못 한 채 서서 잠을 자야 한다. 고문은 전기충격, 채찍질, 주사 등등 체계적이다. 친위대원들이 가장 즐기는 고문 방법은 가짜 처형이다. 그들은 수용자들을 중정으로 데려가 눈을 가리고 공이치기를 당긴다. 죄수들이 공포에 떨며 신체 기능의 통제력을 잃으면 딸깍하고 총알 없는 빈 총소리가 난다. 나치들은 그런 다음 다시 이들을 감옥으로 들여보낸다. 처형은 사실 너무 빈번해서 이제는 수용자들을 쏘아 죽이는 벽을 청소조차 않는다. 벽에는 머리카락과 뇌에서 터져 나온 빨간 피가 벽을 따라 뱀처럼 구불구불 이어져 있어 희생자들의 평균키를 보여준다.

디타는 아이들 숟가락 끝을 돌에 가는 일을 돕는 중이다. 숟가락이 충분히 다 갈리면 그걸로 나뭇조각을 다시 날카롭게 간다. 가끔 딱딱한 부분이 있어서 못 쓰는 나뭇조각들도 있고, 기껏 뾰족해진 끝이 부러져서 처음부터 다시 갈아야 하는 경우도 있다. 한 시간쯤 그렇게 갈면 아이들은 끝이 날카로운 나뭇조각을 갖게 된다. 그럼 미리암은 조심히 냄비에 대팻밥을 넣고 불을 붙인 후 나뭇조각을 그을린다. 나뭇조각은 이제 아이들이 단어 서너 개쯤 쓸 수 있는 엉성한 검댕 연필이 된다. 종이는 세플이 명단 작성을 핑계로 나치들에게서 얻어오는 희귀품이다.

미리암은 아이들에게 단어 몇 개를 받아쓰게 하고, 아이들은 글씨를 꾹꾹 눌러쓴다. 디타는 한쪽에 서서 아이들이 바닥에 무릎을 꿇고 의자를 책상 삼아 글씨를 쓰는 모습을 지켜본다. 다 아주 기본적인 것들일 텐데도 아이들은 글씨 연습에 열심이다. 디타는 검댕 연필 하나와 종이 한 장을 집어 든다. 그림을 그린 지 오래되었는데도 디타의 손가락은 종이 위를 날아다닌다. 그러나 검댕 끝은 빨리 닳는다. 미리암은 디타의 어깨 너머로 고개를 내밀고 그림을 살펴본다. 세로로 긴 직선과 동그라미들뿐이지만—검댕 연필론 그 정도가 그릴 수 있는 전부다—그럼에도 미리암은 눈이 커지며 금세 그림을 알아본다.

"프라하 천문시계네." 그녀는 생각에 잠긴 듯 말한다.

"알아보시네요……."

"심해 바닥에 있어도 알아볼걸. 나한텐 그게 곧 프라하인걸. 시계공과 장인의 도시 프라하."

"평범한 일상이기도 하고요."

"일상, 그렇지."

부구역장이 갑자기 디타의 털양말 속으로 뭔가를 쑥 집어넣는다. 디타가 다리를 만져보자 툭 튀어나온 무언가가 느껴진다. 진짜 연필이다. 디타가 지난 몇 년간 받은 선물 중 최고다. 그리고 이런 행동 때문에 다들 미리암 에델스타인을 미리암 이모라고 부른다.

디타는 오후 내내 프라하의 천문시계를, 시계에 장식된 해골 인형과 수탉과 황도대와 족장설화, 괴물석상 등등을 그리느라 여념이 없다. 디타가 그림 그리는 걸 보고 아이들이 보러 오기도 한다. 아이들이 전부 프라하 출신도 아니고, 프라하 출신이라고 해도 도시에 대한 기억이 없다. 디타는 매 시각 해골이 종을 울리면 조각상들이 이쪽 문에서 나와서 저쪽 문으로 들어간다고 차분하게 설명을 해준다.

그림을 다 그리고 나서 디타는 조심스레 종이를 접어 다른 아이들과 손을 잡고 수신호 놀이 중인 미리암의 아들 아리에에게 다가간다. 디타는 종이를 아리에의 주머니에 넣고는 너희 엄마에게 드리는 선물이라고 한다.

무언가 몰두할 일이 필요하기에 디타는 프로이트의 에세이를 다시 붙이는 일을 하며 시간을 보낸다. 프로이트의 책은 대출되었다가 책등이 일부 뜯어져서 돌아왔다. 디타는 고단했을 책장을 한 장 한 장 넘기며 부드럽게 구김을 펴준다.

빅토르 페스텍 친위대 장교도 르네 뉴만의 곱슬머리를 빗었다가 헝클어뜨렸다가 하며 기뻐하고 있다.

거기까지는 허용했지만 르네는 빅토르가 그보다 더 가까이 오거나 키스를 시도하거나 하는 것은 허락하지 않는다. 그러나 제발 머리를 빗게 해달라고 빅토르가 요청했을 땐 딱히 거절할 방법이 없었다. 어떻게 거절을 해야 할지도 몰랐고, 어쩌면 거절하고 싶지 않았는지도 모른다.

그는 나치 대원이고, 압제자고, 범죄자다……그러나 그는 르네를 존중해준다. 그리고 캠프 안에서 르네는 달리 존중을 받지 못하고 있다. 밤이면 르네는 팔 아래나 아니면 발에 사발을 묶은 채 자야 하는데, 워낙 도둑질이 빈번해서다. 자기 몸을 파는 여자들도, 그리고 첩자들도 많다. 일부 강직하고 보수적이고 신앙심 깊은 사람들 중에서는 르네를 모욕하고, 그녀가 친위대 장교에게 선물로 받은 과일 한 조각을 어머니와 나누는 것을 보고 그녀를 창녀라 부른다.

그러나 빅토르와 함께 있는 시간은 차분하다. 빅토르는—대부분 그가 말하고 르네는 듣는다—전쟁 전 농장에서 일했다고 했다. 르네는 건초더미를 옮기는 그의 모습을 상상한다. 이 망할 전쟁이 일어나지만 않았다면, 그는 아마 남들처럼 평범하고 진실하고 건실한 청년이었을 것이다. 그리고 혹시 모를 일이다. 어쩌면 르네는 그런 건실한 청년과 사랑에 빠졌을지도.

그러나 오늘 오후 빅토르는 평소와는 달리 긴장한 모습이다. 그는 그녀를 만날 때마다 선물을 가져온다. 한번 쓴 경험을 맛본 뒤로 그는 이제 어떤 걸 가져다주어야 할지 잘 알고 있다. 이번엔 종이에 소시지를 싸왔다. 그러나 오늘 빅토르가 준비한 선물은 소시지가 다가 아니다.

"계획이 있어요, 르네."

르네가 그를 쳐다본다.

"여기서 도망쳐 결혼을 하고 새 삶을 함께 시작할 수 있는 계획이에요."

르네는 한마디도 하지 않는다.

"다 준비를 해놨어요. 전혀 의심을 사지 않고 저 문으로 걸어 나갈 수 있을 거예요."

"제정신이 아니군요……."

"아니, 아니. 르네는 나치 군복을 입을 겁니다. 완전히 어두워진 밤이 될 거예요. 내가 비밀번호를 주면 우리는 조용히 걸어 나가는 겁니다. 물론 입을 열면 안 되죠. 기차를 타고 프라하로 가요. 거기 연락책이 있어요. 수용자들 중에 우리 편을 좀 만들었어요. 그 사람들은 내가 다른 나치랑은 다른 걸 알아요. 거기서 위조 서류를 준비해 루마니아로 갈 거예요. 루마니아에서 전쟁이 끝나길 기다릴 거고요."

르네는 빅토르를 신중하게 살핀다. 키는 좀 작은 편에 검은 머리와 푸른 눈이 어딘가 어색해 보인다.

"날 위해 탈출을 하겠다고요?"

"르네, 당신을 위해선 뭐든 다 할 거예요. 나랑 같이 가줄 건가요?"

사랑과 광기 사이에는 분명 공통점이 있다.

르네는 한숨을 쉰다. 아우슈비츠를 나가는 건 철조망과 화장장 사이에 갇혀 있는 수천 명의 수용자들 모두가 꿈꾸는 일이다. 르네는 이마에서 곱슬머리 한 가닥을 잡아당겨 잘근잘근 씹기 시작한다.

"아니요."

"겁내지 마요. 괜찮을 거예요. 내 친구들이 근무하는 날로

고를 거예요. 문제 같은 건 안 생길 겁니다. 어렵지 않을 거예요…… 여기 있는 건 그냥 죽을 차례를 기다리는 거예요."

"어머니를 여기 두고 혼자 갈 수 없어요."

"하지만 르네, 우린 젊어요…… 어머니도 이해하실 겁니다. 우리는 앞날이 창창하잖아요."

"어머닐 두고 갈 순 없어요. 얘기 끝이에요. 더는 저한테 강요하지 마세요."

"르네……."

"끝이라고 했죠? 무슨 말을 해도 상관없어요. 내 맘은 안 바뀌어요."

빅토르는 잠시 고민한다. 그는 한 번도 미래를 부정적으로 본 적이 없다.

"그럼 어머니도 모시고 가요."

르네는 이제 짜증이 나기 시작한다. 다 허무맹랑한 소리 같고 하나도 재미없는 얘기 같다. 빅토르한테야 감수할 위험이란 게 별로 없겠지만 르네와 어머니의 입장은 다르다. 아우슈비츠는 영화를 보다가 지루하면 그냥 자리를 박차고 나가도 되는 그런 영화관이 아니고, 탈출을 무슨 게임처럼 가볍게 생각할 입장도 아니다.

"우리한텐 이게 게임이 아니에요. 우리 아버지는 발진티푸스로 죽었고 우리 사촌 부부는 9월 입소자들 이송 때 죽었다고요. 잊어버려요. 탈출 시나리오 따위 하나도 재미없어요."

"농담인 것 같아요? 아직 날 모르는군요. 내가 당신과 당신 어머니를 데리고 나가겠다고 하면 우린 나가는 겁니다."

"불가능한 일이에요. 그걸 모르는 것도 아니면서. 어머니는 체구도 작고 류머티즘까지 있는 52세 중년이에요. 그런 사람을 친위대원 옷을 입힌다는 거예요?"

"계획을 바꿔야죠. 생각을 좀 해볼게요."

르네는 빅토르를 쳐다본다. 무슨 생각인지 알 수가 없다. 여자 둘이 여기서 살아 나간다고? 그게 빅토르 힘으로 가능이나 한 얘기인 걸까? 성공한다고 해도, 그럼 그다음에는? 아우슈비츠를 탈출한 유대인 여자 둘에 나치 배신자가 과연 나치의 눈을 피해 숨을 수 있을까? 설사 가능하다 해도…… 아무리 탈영을 한다지만 과연 르네가 한때 나치 장교였던 자와 함께 살 수 있을까? 얼마 전까지만 해도 수백 명의 죄 없는 사람들을 얼마든지 죽음으로 몰고 갔던 사람과 과연 평생을 함께할 수 있을까?

의문점이 너무 많다.

다시 한번 르네는 침묵한다. 르네는 어떤 말도 하지 않으려는 것이지만 빅토르는 르네의 침묵을 수락으로 받아들인다. 그가 그렇게 믿고 싶으니까.

마침내 비가 그쳤고 디타는 수프 배식시간을 틈타 레지스탕스 멤버라는 남자를 찾으러 나선다. 그러나 진창이 되어버린 땅이 그를 삼키기라도 한 모양이다. 작업장 주위에서 휴식을 취하는 수용자들 사이에서도 그는 보이지 않는다.

막사로 돌아온 디타는 벤치에 앉아 앞뒤 모두 표지가 없는 프랑스 소설의 구겨진 책장을 펴고 책등에 풀칠을 한다. 풀은 군화 공장에서 일하는 마깃이 몰래 빼돌려 가져다준 것이다. 이 책을 찾은 사람은 딱 한 명뿐이지만 디타는 책을 빌려주기 전 잘 보수해놓고 싶다. 책을 빌리고 싶다고 한 사람은 뭐랄까, 상냥한 것과는 거리가 먼 마르케타라는 교사다. 마르케타는 직모에 나이치고는 흰머리가 많고, 팔은 꼭 무슨 나무막대기 같다. 들리는 소문으로는 마르케타가 전쟁 전 장관 집 자제의 가정교사였다고 한다. 마르케타는 지금 아홉 살 여학생 반을 맡고 있는데, 가끔씩 디타는 마르케타의 프랑스어 수업을 엿듣는다. 마르케타가 늘 프랑스어는 우아한 아가씨들이 쓰는 언어라고 이야기를 해주는 덕택에 그녀의 반 아이들은 열심히 수업을 듣는다. 디타의 귀에 프랑스어는 음유시인이 만들어낸 것 같은 음악적인 언어다.

마르케타가 별로 대화를 하고 싶어하지 않는 눈치이긴 했지만 이미 여러 번 디타에게 그 소설책을 빌리고 싶다는 얘기를 한 터라 디타는 어느 날 그녀에게 그 소설을 아느냐고 물었다. 마르케타는 그야말로 깜짝 놀란 것처럼 위아래로 디타를 쳐다보았다.

마르케타 덕분에 디타는 그 책을 제목과 작가 이름에 따라 정식으로 장서 목록에 기록할 수 있게 됐다. 그 책은 알렉상드르 뒤마의 『몽테크리스토 백작』이었다. 마르케타는 그것이 프랑스에서 유명한 책이라고도 알려주었다.

오늘 마르케타가 디타에게 그 책을 좀 볼 수 있겠느냐 물어왔다. 디타는 일단 책을 다 손본 다음 혼자 의자에 앉아 한참 생각에 빠져 있는 마르케타에게 책을 들고 간다. 마르케타가 다른 사람과 대화를 나누는 일이 거의 없어 디타는 어떻게 말을 걸까 고민했는데, 지금이 딱 좋은 기회였다. 막사 뒤편에서 아비 피셔의 합창단이 리허설을 하고 있어 그곳만 조잘조잘 시끄럽지 나머지는 조용하다. 인기척에 반응을 할 때까지 기다리는 대신 디타는 마르케타 옆 의자에 털썩 앉는다.

"이 소설 내용을 알고 싶어요. 이야기해주시면 안 될까요?"

교사가 싫다고 하면 자리를 비켜줄 것이다. 그러나 마르케타는 그녀를 한번 쳐다보기만 할 뿐 의외로 디타를 쫓아버리지 않는다. 오히려 마르케타는 디타를 반가워하는 눈치다. 더더욱 놀라운 점은 그토록 말이 없는 마르케타가 생각지도 못 하게 다정한 목소리로 이야기를 들려주기 시작했다는 것이다.

"몽테크리스토 백작은……."

마르케타는 에드몽 당테스라는 청년에 대해 먼저 이야기를 들려준다. 그녀가 프랑스식으로, 자음이 없는 것처럼 부드럽게 그 이름을 발음하자 청년은 그 즉시 영락없는 프랑스 남자가 된다. 에드몽은 성실하고 건장한 청년으로 '파라옹'호를 이끌고 마르세유로 돌아가는 길이다. 그는 아버지와 카탈루니아 출신 약혼녀를 볼 수 있다는 기대로 들떠 있다.

"항해 중 선장이 죽는 바람에 에드몽이 선장 역할을 대신했지. 선장은 마지막으로 에드몽에게 주소를 주면서 파리의 그 주소로 편지를 전해달라고 부탁했어. 그때까지만 해도 에드몽의 삶은 평탄하게 흘러갔지. 선주는 에드몽이 선장을 맡아주길 바랐고 사랑스러운 약혼녀 메르세데스는 그를 미치도록 사랑했지. 두 사람은 당장 식을 올려도 이상할 게 없을 정도였어. 하지만 메르세데스에겐 사촌이 있었어. 그 사촌 역시 메르세데스에게 구애하고 있었는데, 에드몽과 같은 배를 탔던 그 사촌은 새 선장으로 자신의 이름이 불리지 않자 화가 나게 돼. 그는 당테스를 반역죄로 몰아세우는데 하필 죽은 선장이 부탁한 편지 때문에 졸지에 그 누명이 그럴싸하게 보이게 된 거야. 끔찍하지. 그래서 당테스는 결혼식 당일에, 그것도 식 중간에 체포돼서 이프섬이라는 끔찍한 범죄자들의 섬으로 끌려가고 한순간에 절망으로 곤두박질치게 되지."

"그 섬은 어디 있는 거예요?"

"마르세유 항구를 바라보고 있는 작은 섬이야. 거기서 그는 수 년을 감방에 갇혀 보내지. 하지만 당테스는 아베 파리아라는 동료 죄수를 알게 돼. 파리아는 수도원장인데 교도관들에게 자기를 풀어주면 엄청난 보물을 함께 나누겠다고 소리를 쳐대서 다들 파리아를 미치광이 취급하지. 파리아는 몇 년간 꿋꿋하게 자기가 직접 만든 도구로 땅굴을 팠는데 방향을 잘못 계산하는 바람에 그 땅굴이 감옥 밖이 아니라 당테스의 감방으로 연결이 된 거야. 이 비밀 땅굴 덕분에 두 사람은 이제 방도 연결되고 친구가 되어 감옥 생활의 괴로움도 훨씬 줄어들게 돼."

디타는 신중하게 듣는다. 디타는 에드몽 당테스와 자신을 동일시한다. 악의적인 의도 때문에 부당하게 감옥에 갇힌 이 죄 없는 남자가 겪는 고초가 꼭 자기에게, 또 부모님에게 일어난 일 같다.

"당테스는 어떤 사람이에요?"

"강한 사람이고, 잘생겼지. 아주 미남이야. 그리고 무엇보다도 마음이 따뜻하고 선하고 관대한 사람이지."

"그래서 당테스는 어떻게 됐어요? 당연히 누려야 할 자유를 결국 누리게 되나요?"

"당테스와 파리아는 탈출을 계획하지. 두 사람은 몇 년간 땅굴을 계속 파나갔어. 한편 아베 파리아는 당테스에게 거의 아버지와 같은 존재가 되어서 그에게 역사, 철학은 물론 수많은 것들을 가르쳐주지. 하지만 땅굴이 거의 완성됐을 때쯤 아베 파리아는 죽게 돼. 그들의 계획도 틀어지지. 자유가 코앞에 있다고 느끼는 순간 친구의 죽음으로 당테스의 꿈은 산산조각이 나버리지."

자신의 불행 외에 걱정할 게 또 있기라도 한 것처럼 디타는 입술을 오므리고 불쌍한 당테스의 운명에 탄식한다. 마르케타가 미소를 짓는다.

"당테스는 아주 머리가 좋고 용감한 사람이야. 교도관들이 파리아의 죽음을 확인한 다음 그의 방을 떠나자 당테스는 비밀 터널을 통해 파리아의 감방으로 건너가서 파리아의 시체를 자기 방으로 옮기고 파리아의 시체가 들어갈 가방에 자기가 직접 들어간 다음 박음질을 하지. 이제 시체를 묻을 사람들이 오면 그들은 당테스를 데려가게 되는 거고, 당테스는 계획대로 시체가방에 실려 안치소까지 갔다가 아무도 보는 눈이 없을 때 탈출을 엿본다는 계획인 거야."

"훌륭하네요!"

"좋지만도 않아. 이 끔찍한 이프 감옥에서는 시체안치소나 묘지가 없단 걸 당테스는 모르고 있었어. 죽은 죄수들 시체는 다 바다에 던져버리거든. 당테스도 가방에 담긴 채 벼랑 끝에서 바다로 던져지지. 교도관들은 자신들이 속은 걸 나중에 알아채지만, 어쨌거나 당테스는 익사하겠거니 생각해버리지."

"그래서 당테스는 죽었나요?" 디타가 걱정스럽게 묻는다.

"아니, 소설은 아직 많이 남았단다. 그는 무사히 가방을 열고 수영을 해서 가까스로 해변까지 도착하게 돼. 그런데 진짜 재밌는 부분이 뭔지 아니? 아베 파리아가 실은 미치광이가 아니란 거야. 그는 정말로 보물을 찾았어. 에드몽 당테스는 보물을 찾으러 가고, 그 보물들 덕분에 새로운 신분도 만들어내지. 당테스는 이제 몽테크리스토 백작이 된 거야."

"그 후로는 평생 행복하게 살았고요?" 디타가 순진하게 묻는다.

마르케타는 놀란 얼굴로 디타를 쳐다보더니 약간 책망하는 듯한 말투로 이야기한다.

"아니지! 어떻게 아무 일도 일어나지 않은 것처럼 살 수 있겠니? 그는 해야 할 일을 해. 자기를 배신한 모든 사람들에게 복수를 하는 거지."

"성공하나요?"

마르케타가 그토록 힘차게 고개를 끄덕이는 걸 보니 당테스가 잔인하게 복수를 해낸 건 확실해 보인다. 마르케타는 이제 몽테크리스토 백작이 된 당테스가 자신의 인생을 망가뜨린 사람들에게 얼마나 가혹한 벌을 내리는지 그 영악하고 복잡한 계획들을 빠르게 이야기해준다. 당테스의 계획은 복잡하고 마키아벨리와 같이 정치적이다. 그리고 그런 계획은 당테스가 죽었다고 생각하고 결국 그녀의 사촌과 결혼해버린 메르세데스에게도 예외는 없다. 그는 조금도 자비를 베풀지 않는다. 당테스는 한 사람 한 사람에게 접근해 부자 백작, 경험 많은 백작이라는 가짜 신분으로 그들의 신뢰를 산 다음 그들을 짓밟아버린다.

몽테크리스토 백작의 무자비한 복수 이야기가 끝나자 두 사람 다 말이 없다. 디타는 자리에서 일어나지만 자리를 뜨기 전에 돌아서서 마르케타에게 말한다. "마르케타 선생님…… 이야기를 너무 재밌게 들려주셔서 마치 제가 책을 읽은 것 같아요. 저희의 살아 있는 책이 되어주시겠어요? 그러면 이제 『닐스의 대모험』, 미국 인디언 이야기, 유대인 역사에 이어 『몽테크리스토 백작』까지 갖추게 되거든요."

마르케타는 디타의 눈을 피하며 굳은 땅을 내려다본다. 그녀는 다시 소심하고 사회성 없는 평소의 마르케타로 돌아갔다.

"미안해, 그건 안 될 것 같구나. 우리 반 아이들을 가르치는 건 괜찮아. 하지만 막사 한가운데 일어나서 이야기를 하는 건······ 그건 안 돼."

디타는 그 장면을 상상하는 것만으로도 마르케타의 얼굴이 붉어지는 것을 알 수 있다. 그러나 여기서 책을 놓칠 순 없다. 프레디 허쉬가 이런 상황에서 했을 법한 말을 디타는 떠올린다.

"노력이 많이 필요하단 건 알아요. 하지만······ 이야기를 듣는 동안만이라도 아이들은 이가 들끓는 마굿간에 있는 걸 잊을 수 있고, 살 태우는 냄새를 맡지도 않고, 무서워하지도 않을 거예요. 그 시간만큼은 아이들이 행복해요. 그것만큼은 확실해요."

마르케타는 마지못해 동의한다. "그렇지······."

"현실을 보면 분노와 혐오감만 느껴지죠. 우리에게 있는 건 상상력뿐이에요, 마르케타 선생님."

그녀는 마침내 수척하게 마른 얼굴을 들고 디타를 바라본다.

"목록에 넣어줘."

"감사합니다, 선생님. 정말로요. 도서관에 오신 걸 환영합니다."

마르케타는 지금 책을 읽기엔 시간이 너무 늦었고 내일 아침 다시 책을 빌리겠다고 한다.

"다시 읽어봐야 할 부분이 좀 있어서."

마르케타의 목소리에는 즐거움이 묻어나고 그녀의 발걸음은 용수철이 달린 것처럼 들떠 있다. 디타는 그 모습을 보고 놀란다. 어쩌면 살아 있는 책이 되는 것과 관련해 생각이 바뀌었는지도 모른다. 디타는 자리에 남아 책장을 넘기며 에드몽 당테스의 이름을 프랑스식 발음으로 속삭여본다. 에드몽 당테스가 그랬듯 자신도 지금 있는 곳에서 도망칠 수 있을지 궁금하다. 디타는 당테스처럼 용감한 것 같지 않다. 물론 숲으로 도망갈 기회만 있다면 망설이진 않을 테지만 말이다.

탈출에 성공한다면 남은 인생을 전부 나치 대원들과 장교들에게 복수하는 데에 쓸까? 몽테크리스토 백작이 그랬듯, 그렇게 강렬하고 심지어 무자비한 계획으로 그들에게 복수를 하게 될까? 물론 수많은 무고한 사람들이 나치에게 받은 고통을 나치가 그대로 되돌려받게 된다면 디타는 기쁠 것이다. 그럼에도 불구하고 디타는 계산적이고, 증오로 가득한 사람이 되어버린 몽테크리스토 백작보다 소설 초반의 행복하고 자신감 넘치는 에드몽 당테스가 훨씬 더 좋았다는 생각이 들어 왠지 모르게 슬프다. 디타는 스스로에게 묻는다. '도끼를 내려치면 나무가 땔감이 되듯이, 정말로 큰 충격을 받으면 사람이 바뀔 수도 있을까? 달라지고 싶다고 달라지는 게 가능한 걸까?'

아버지의 마지막 나날이 떠오른다. 죽음이라면 환장하는 나치가 동맹을 삼은 질병 때문에 더러운 침대에서 진통제 하나 없이 천천히 죽어갔던 아버지. 그때를 생각하자 분노와 채워지지 않을 폭력에 대한 욕구로 디타는 관자놀이가 팔딱팔딱 뛴다. 그러나 그 순간 디타는 모겐스턴 교수의 가르침이 떠오른다. '우리의 증오가 그들에겐 승리랍니다.' 디타는 교수의 말에 동의한다.

'모겐스턴 교수가 미친 거였다면, 차라리 나도 같이 미친 사람이 될래.'

22

가족캠프 건너 건너의 BIId 캠프에서는 어떤 수용자도 목격하고 싶지 않은 일이 벌어지는 중이다. 그러나 그들에겐 선택의 여지가 없다. 명부를 전달하러 BIId 캠프로 건너온 루디 로젠버그가 막 중앙로를 걸어가는데 나치 순찰대가 BIId 캠프로 들어온다. 순찰대는 얼굴이 멍들고 지저분한 수염에 찢어진 옷을 입고도 아직 거칠게 저항하고 있는 러시아인 네 명을 끌고 가고 있다. 루디는 캠프 안 시체보관소에서 일하는 베츨러로부터 러시아인 전쟁포로들이 캠프 반대편 비르케나우 수용소 확장 공사 터에서 노역을 하고 있단 얘기를 들은 적이 있다. 러시아인들은 철판과 목재를 쌓아 올리느라 매일매일 피로에 지쳐 있었다.

러시아인들을 감독하는 카포가 인접 부지를 정리하는 여자 수용자들을 관리하던 여자와 노닥거리며 몇 시간 자리를 비운 어느 날 아침, 러시아인 네 명은 작은 구멍을 파는 데 성공했다. 그들은 나무판자 네 개로 벽을 만들어 세우고 또 다른 판자로는 지붕을 만들었다. 그런 다음 주변으로 나무판자를 잔뜩 쌓아 몰래 파놓은 구멍을 그 아래 숨겼다. 그들의 계획은 카포가 다른데 정신이 팔린 틈을 타 지붕 역할을 하는 그 판자를 옆으로 밀쳐놓고 구멍 안으로 숨는 것이었다. 점호 때쯤 되면 그들이 사라진 것을 눈치챌 것이다. 나치는 이들이 탈출했을 거라 생각하고 숲이며 수용소 주변을 살살이 뒤지기 시작할 것이다. 설마 이들이 자기네 캠프 울타리에서 불과 몇 미터 떨어진, 전기가 흐르는 캠프 바로 바깥에 숨어 있을 거라고 의심하진 못 할 테니까.

독일인들은 체계적이었다. 일단 탈출이 확인되면 경보가 활성화되면서 그 즉시 친위대 병사들이 동원돼 탈출한 수용자를 찾아 나서고 3일간 인근 마을 검문소 보안 수위는 높음으로 유지된다. 3일이 지나면 특수 조치는 끝나고 친위대는 다시 평소 보초 임무로 돌아간다. 그래서 러시아인들은 딱 사흘 동안 구멍 안에 숨어 있다가 특수 작전부대와 포획대의 압박이 없어지는 나흘째 숲 언저리에 도달해 탈주하면 될 것이었다.

루디는 집착에 가깝게 탈출 생각을 자주 하고 있다. 수용소 생활을 오래 한 사람들 말로는 탈출 열병이 꼭 전염병처럼 퍼지는 것이라고들 한다. 이 열병에 걸린 사람은 어느 날 갑자기 당장 탈출을 해야 할 것 같은 욕구를 느낀다. 처음에는 이따금씩 꿈꾸는 데 그치지만 점점 더 탈출 생각을 자주 하다가 결국에는 아무것도 못 하고 자나 깨나 탈출만 생각하기에 이른다. 하루 종일 탈출 계획만 세우고 있는 것이다.

루디는 탈출을 시도했던 러시아인들이 나치 대원들에게 끌려오는 모습을 무거운 마음으로 지켜본다. 구멍에서 나와 탈출을 시도한 지 며칠밖에 되지 않았지만 이들은 사슬에 묶인 채 슈바츠후버 지휘관과 함께 다시 캠프로 돌아왔다. 실패한 도망자들의 옷은 갈기갈기 찢겨 있고 퉁퉁 부은 눈 때문에 앞을 제대로 보지도 못 해 걸음조차 쉽지 않다. 캠프 경비병들은 호루라기를 불어 수용자들 전원을 막사에서 밖으로 불러낸다. 이미 밖에서 돌아다니던 사람들과 이들 수용자들은 강제로 이 광경을 지켜봐야만 한다. 안 보겠다고 하는 사람이 있으면 나치는 때린다. 그들 입장에서는 수용자 전원이 봐야만 하는 장면이다. 벌과 처형은 그야말로 나치다운 교육의 도구니까. 탈출을 시도하면 어떤 결과로 이어지는지 직접 실시간으로 눈앞에 보여주는 것만큼 탈출을 시도하면 안 되는 이유를 효과적으로, 또 현실적으로 알려줄 방법은 없다.

슈바츠후버 지휘관은 지붕 언저리에 도르래가 달린 막사 앞에서 순찰대를 멈춰 세운다. 저 도르래를 보고 짚단이나 곡식자루를 들어올리기 위한 것이라고 생각하는 사람이 있을지도 모르지만 사실 저것은 사람들을 목매달기 위한 용도다. 슈바츠후버는 서두를 것 하나 없이 이 순간을 즐기면서 명령에 복종하지 않는 이들을 제국이 얼마나 효과적으로 처리하는지 칭송하고 기쁜 목소리로 도망자들을 기다리는 무자비한 벌을 발표한다.

처형 전 마치 섬뜩한 서비스 이용료라도 되는 듯 도망자들은 50번의 채찍질을 당한다. 그런 다음 한 사람씩 목 주변에 밧줄이 둘러진다. 중위 하나가 지켜보고 있던 사람들 가운데 남자 여섯 명을 지목하며 그들에게 줄을 잡아당기라고 한다. 그들이 잠시 망설이는 사이 중위가 당장이라도 총을 꺼낼 것처럼 총집에 손을 가져다 대자 그 여섯 명은 재빨리 움직인다. 밧줄을 당기기 시작하자 목이 졸린 첫 번째 도망자의 몸은 발버둥을 치며 땅에서, 그리고 삶에서 멀어지기 시작한다.

루디는 공포에 질려 일그러진 남자의 얼굴을 바라본다. 삶은 달걀 같은 그의 안구는 퉁퉁 부은 눈꺼풀 밖으로 터져 나올 것만 같고 혀는 한없이 입 밖으로 튀어나오고 일그러진 입에서는 소리 없는 울음이 흘러나오고 절박한 발버둥 끝에 몸 안의 액체란 액체는 모조리 밖으로 새어 나온다. 돌아서는데 저쪽에는 또 다른 도망자들의 얼굴이 보인다. 자기 차례를 기다리고 있는 이들은 똑바로 서 있지도 못 한 채 서로를 버팀목 삼아 기대고 있다. 그들에게 죽음이란 이미 자유다. 목에 올가미가 씌워져도 저항하지 않는 이유 또한 그것이다. 가능한 빨리 마침표를 찍기 위해.

루디는 처형 장면을 목격하고 나서 마음이 크게 흔들리긴 했지만 그렇다고 수용소를 어떻게든 탈출하겠다는 의지가 사그라들지는 않는다. 앨리스는 흐릿하면서도 씁쓸한 기억을 남긴 채 그를 떠났고 무엇보다 이 지옥 속에서는 그 어떤 아름다움도 꽃필 수 없단 것을 그에게 보여주었다. 갑자기 숨이 막힐 것 같고 이렇게 죽음에 가까이 있다는 사실을 견딜 수가 없다. 밧줄에 대롱대롱 목매달려 발버둥 치는 최후를 맞이한다 하더라도 탈출을 시도는 해봐야 한다.

처음에는 BIId 캠프에서 기회를 물색했다. BIId 캠프에는 이 수용소 내 틈새란 틈새는 다 알고 있는 사람들이 있고 루디는 그 사람들을 알고 지낸다. 하루는 그가 주로 찾는 막사의 서기이자 레지스탕스 중요 멤버인 프란티섹을 마주친다. 카포들 중에는 보조 역할과 자신들을 보호해주는 역할을 할 서기를 두는 사람들이 많다. 루디가 그에게 탈출하고 싶은 자신의 간절한 욕망을 이야기하자 프란티섹은 루디에게 내일 커피 한잔하러 자기 방으로 오라고 한다.

'커피?'

커피는 암거래상들과 좋은 관계를 유지하는 사람들에게만 허용되는 사치품이다. 그도 그럴 것이, 커피만 있으면 되는 게 아니라 그라인더와 커피포트는 물론 물과 물을 끓일 주전자까지 다 있어야 겨우 마실 수 있는 것이 커피이기 때문이다. 이 약속은 어길 수가 없다! 커피도 아주 좋아하지만 좋은 인맥을 가진 사람들과 잘 지내는 것은 더 좋다. 이 시간엔 이 캠프 수용자들이 전부 아우슈비츠 확장공사 일을 하고 있어 다 캠프 밖에 나가 있는 탓에 루디가 막사에 들어갔을 때 그곳은 텅텅 비어 있다. 루디는 프란티섹의 방을 찾아간다. 노크도 없이 방문을 열지만 오히려 놀란 건 프란티섹이 아닌 루디다. 방 안에서 나치 복장을 한 친위대원을 발견한 순간 루디의 심장은 멎어버린다. '배신'이란 단어가 즉시 그의 뇌리를 때린다.

"들어와, 루디. 괜찮아. 다 친구들이야."

루디는 문간에 서서 잠시 망설이지만 프란티섹은 믿을 만하다. 그런 것 같다. 친위대원이 얼른 일어나 호의적으로 손을 내밀며 자신을 소개한다.

"저는 빅토르 페스텍이라고 합니다."

명부 관리 일을 하면서 별별 이야기를 다 들어본 루디지만 지금 빅토르가 하는 이야기는 그중에서도 제일 놀랍다.

"같이 탈출하시겠습니까?"

빅토르는 계획을 구체적으로 설명한다. 빅토르가 거짓말을 하는 게 아니라면 그리 무모한 계획은 아니다. 일단 나치 군복 차림으로 의심을 사지 않고 정문으로 나가 프라하행 기차를 타고 가는 부분까지는 그렇다. 다음 날 아침 두 사람이 사라진 것을 나치가 알게 됐을 때쯤 그들은 이미 프라하에 도착해 있을 것이다. 그다음부터는 루디가 보기에는 좀 터무니없다. 그들 두 사람과 여자 두 명을 위한 위조서류를 준비해 여자들을 데리러 수용소로 다시 돌아온다는 것이다.

빅토르의 이야기를 신중하게 들으며 루디는 친위대원과 함께 나가는 것만큼 괜찮은 탈출 방법도 없을 것 같단 생각이 든다. 그러나 왠지 성공하지 못할 것 같은 불길한 예감도 든다. 어쩌면 나치에 대한 뿌리 깊은 불신 때문에 본능적으로 그런 부정적인 반응이 나온 것인지도 모른다. 이유야 어찌 됐든 루디는 빅토르의 제의를 정중히 거절하며 오늘 나눈 이야기는 절대로 누설하지 않겠다고 약속한다.

알고 보니 프란티셱에게는 커피포트가 없었다. 그냥 평범한 냄비와 커피가 든 양말 한 짝이 다였다. 그리고 양말을 냄비에 넣은 채 난로 위에서 끓인다. 그러나 냄비에 끓인 커피 맛도 훌륭하다. 루디는 친위대원이란 자가 자기 계획을 너무 무방비하게 이야기하는 것 아닌가 생각하며 자리를 뜬다.

나치 대원이 함께 탈출할 사람을 찾고 있다는 소문을 빅토르 페스텍이 너무 위험하게 퍼뜨리고 있는 것은 사실이다. 대다수는 그 소문을 들어도 믿지 않고 무지개 끝에 금항아리가 있다는 신화 정도로 생각하기야 하겠지만 탈출하려는 나치 대원은 실제 존재하고 그는 끈기 있게 계획을 추진한다. 혼자 갈 수도 있겠지만 르네와 그 모친을 수용소에서 데리고 나가기 위해 필요한 위조서류를 최대한 빨리 받으려면 프라하 내 연락망이 있는 사람이 필요하다.

집요한 빅토르는 마침내 자기와 함께할 사람을 찾아낸다. 그의 이름은 지그프리드 레더러, 가족캠프 수용자이자 레지스탕스 일원이다. 지그프리드 역시 탈출 열병에 걸린 또 한 명의 환자다. 그는 수용소를 나갈 수만 있다면 뭐든 못할 일이 없다. 그날 오후 빅토르는 르네를 만난다. 그녀는 언제나처럼 심각한 얼굴로 두 손을 앞으로 모으고 고개를 숙인 채 약간은 부끄럼을 탄다.

"수용소 안에서 만나는 건 오늘이 마지막이에요."

빅토르는 그녀에게 벌써 며칠째 탈출 이야기를 했지만 르네는 도저히 그의 말을 믿을 수가 없다.

"대망의 그 날이 왔어요." 빅토르는 르네에게 말한다. "뭐, 이번엔 1부지만요. 먼저 내가 나갔다가 돌아와서 르네랑 어머니를 데려갈 거예요."

"하지만 어떻게요?"

"르네는 자세한 걸 모르는 편이 나아요. 약간의 실수도 치명적으로 작용할 수 있고 계획한 대로 상황이 흘러가지 않으면 계획을 바꿔야 할 수도 있어요. 하지만 르네는 하나도 걱정할 것 없어요. 르네는 곧 두 발로 수용소 입구를 걸어 나갈 거고 우리는 자유의 몸이 될 테니까."

르네는 창백한 파란 눈으로 빅토르를 바라보며 요염하게 머리 한 가닥을 입까지 잡아당긴다. 빅토르가 가장 좋아하는 르네의 행동이다.

"이제 가봐야 해요."

르네는 고개를 끄덕인다.

마지막 순간, 르네가 그의 재킷 소매를 붙잡는다. "빅토르……."

"왜요?"

"조심해요."

빅토르는 기쁘게 한숨을 내쉰다. 이제 아무것도 그를 막지 못한다.

또한 그 무엇도 프레디에게 무슨 일이 일어난 건지 알아내기 위해 열심인 디타를 막지 못한다. 벌써 며칠째 알터란 사람을 찾아 그의 작업장을 어슬렁대고 있지만 다 헛수고다.

그러나 때로는 행운의 멱살을 부여잡을 필요도 있다.

디타는 마지막으로 작업장을 나서는 사람들로 추정되는 무리에게 접근한다.

"저, 죄송한데요……."

지친 남자들이 디타를 바라본다. 호의적인 눈빛이다.

"찾고 있는 사람이 있는데…… 머리카락이 없어요."

남자들은 서로 눈빛을 주고받는다. 하루를 마무리하는 이 시간이 되자 아무래도 머리가 빨리빨리 돌아가지 않는 모양새다. 남자들은 디타의 말을 아해하지 못하는 것 같다.

"머리카락이 없어?"

"제 말은 대머리라고요. 머리카락이 한 올도 없는."

"한 올도 없다고?"

"아, 그래!" 그중 하나가 말한다. "커트 말하는 모양인데."

"그런 것 같아요." 디타가 대꾸한다. "그분을 어디서 찾을 수 있을까요?"

"저 안에." 그들은 작업장 안을 가리키며 대답한다. "항상 제일 마지막에 나가거든. 순서대로 쓸고 닦고 치우고 제자리에 정리하는 일이라서."

"힘든 일이지." 그중 하나가 말한다.

"그렇지, 유대인에다 공산주의자이기까지 하면 그렇게 되는 거지."

"거기다 대머리고." 다른 사람이 비아냥대며 말한다.

"대머리인 건 좋지. 이가 머리에서 미끄러질 텐데."

"눈이 오면 이가 머리 위에서 스케이트를 탈 거고." 비아냥대던 남자가 덧붙인다.

디타의 존재는 잊은 듯 그들은 자기들끼리 웃으며 걸어간다. 내내 밖에서 기다리고 서 있으니 마침내 대머리 남자가 나타난다. 코를 보면 누군지 알 수 있을 거라더니, 정말 투르노브스카 부인 말이 맞았다.

디타는 남자와 나란히 걷기 시작한다.

"죄송하지만, 좀 자세히 알고 싶은 게 있는데요."

남자는 인상을 찡그리며 디타를 한번 쳐다보고는 발걸음을 재촉한다. 디타는 종종걸음으로 그를 따라잡는다.

"저, 프레디 허쉬와 관련해서 알고 싶은 게 있는데요."

"왜 날 따라오지? 난 아무것도 몰라. 날 그냥 내버려둬."

"귀찮게 하려는 건 아니고 저는 알고 싶은 게……."

"나한테 왜 그러는데? 나는 그냥 작업장 청소하는 사람이야."

"제가 알기론 그 외에도……."

남자는 걸음을 멈추고 그녀를 노려본다. 그가 주변을 둘러보는데, 갑자기 디타는 지금 멩겔레에게 들키면 그야말로 끝장이

겠구나 싶은 생각이 든다.

"네가 잘못 알고 있는 거겠지."

남자는 다시 걷기 시작한다.

"잠깐만요!" 디타는 짜증이 나서 소리친다. "아저씨하고 얘기를 좀 하고 싶다고요! 굳이 소리를 질러야 좋으시겠어요?"

몇몇 사람이 호기심에 고개를 돌리고 남자는 중얼중얼 욕을 한다. 그는 디타의 팔을 붙잡고 그녀를 불빛이 어두운 막사 사이의 좁은 공간으로 끌고 간다.

"너 누구야? 원하는 게 뭔데?"

"저는 31구역 보조교사예요. 위험한 사람 아니에요. 미리암 에 델스타인에게 저에 대해 물어보셔도 좋아요."

"알았어…… 얘기해."

"프레디 허쉬가 왜 자살을 한 건지 알아보려고요."

"왜? 간단하잖아. 겁먹은 거지."

"무슨 뜻이에요?"

"방금 말한 그대로야. 겁을 먹었다고. 반란을 일으키라고 부탁을 받았는데 그럴 배짱이 없었던 거지. 그걸로 이야기 끝이고."

"믿을 수 없어요."

"네가 믿든 안 믿든 상관없어. 그게 실제 사실이야."

"아저씨는 생전 프레디 허쉬를 알았나요?"

남자는 디타의 말에 마치 뭔가 잘못을 하다 들키기라도 한 것처럼 그 자리에 그대로 얼음이 된다. 화가 난 디타는 울음을 꾹 참으며 이야기한다.

"아저씬 생전에 프레디를 몰랐잖아요. 아저씬 프레디가 어떤 사람인지 하나도 모르죠. 프레디는 뭐가 됐든 절대 도망친 적이 없었어요. 아저씬 많이 안다고, 레지스탕스는 다 안다고 생각하나 본데…… 댁들은 하나도 몰라요."

"이봐, 꼬마야. 레지스탕스 지도부에서 프레디 허쉬한테 명령을 전달했는데, 프레디 허쉬는 자기를 완전히 그림에서 배제하도록 약을 먹었다, 내가 아는 건 이게 다야." 자기를 지도에서 완전히 지워버리려고 약을 전부 먹었다는 것뿐이야." 알터는 짜증을 내며 대답한다. "그 사람한테 왜들 그렇게 관심이 많은지 모르겠네. 31구역 자체가 다 웃기는 연극이야. 가족캠프 자체가 연극이라고. 허쉬랑 우리는 나치의 놀이에 놀아난 거고. 나치의 조력자 역할을 해온 거지."

"무슨 뜻이에요?"

"이 캠프 자체가 위장용이라고. 이 캠프를 만들어놓은 이유는 하나야. 독일에서 세운 수용소가 학살장이라는 소문이 퍼지니까 국제사회에서 사실을 확인하려 했고, 그 사람들이 여기를 찾아왔을 때 진실을 감추기 위해 만들어놓은 거라고. 가족캠프며 31구역은 세팅이 다 끝난 무대고 우리는 나치의 연극에 오른 배우들이란 거지."

디타는 조용해진다. 대머리 남자는 고개를 흔든다.

"깊이 생각할 것도 없어. 네 친구 프레디는 겁을 먹었고, 인간이라면 당연한 거야."

겁을 먹었다…….

갑자기 가장 확실한 공포마저 산화시켜버리는 것이 이 공포인 것만 같다. 공포는 모든 것을 부패시킨다. 모든 것을 파괴한다.

대머리 남자는 긴장한 채 주변을 살피며 걸어가버린다.

디타는 그 자리에 그대로 서 있다. 몇 가지 단어들이 머릿속에 떠오르면서 다른 모든 것들을 다 가려버린다.

'연극 무대? 배우라고? 나치의 조력자? 31구역에 쏟아부은 노력들이 다 나치에게 도움이 되는 거라고?'

디타는 갑자기 현기증을 느껴 막사 벽에 손을 짚으며 균형을 잡는다. '가족캠프 전체가 거짓말이라고? 이게 다 거짓이란 말이야?'

디타는 어쩌면 그게 당연하단 생각이 들기 시작한다. 진실은 운명이 결정한다. 진실은 운명의 변덕에 불과하다. 반면 거짓말은 더 인간적이다. 거짓말은 인류가 만들어낸 것이고 목적에 맞춰 고안된 것이다.

디타는 미리암을 찾아간다. 미리암은 자기 막사의 침대에 앉아 있다. 그녀의 아들 아리에가 저녁 배급 전 다른 아이들과 함께 떠나기 전 작별인사를 한다.

"제가 방해한 건 아니죠, 미리암 이모?"

"당연히 아니지."

"있잖아요……" 디타의 목소리가 망설인다. 주저하는 건 디타 자신이다. 다리가 바르르 다시 떨린다. "레지스탕스 멤버랑 얘기를 했어요. 놀라운 얘길 들었는데, 가족캠프가 말예요, 다른 나라 조사단 방문을 대비해서 나치가 위장용으로 만든 거래요."

미리암은 말없이 고개를 끄덕인다.

"그럼 사실이었군요! 알고 계셨네요!" 디타가 속삭이듯 말한다. "그러니까 지금까지 우리가 했던 모든 일이 다 나치를 위한 일이었네요."

"전혀 아니지! 저들에겐 저들의 계획이, 우리한텐 우리의 계획이 있고, 우리는 우리 계획대로 한 거지. 저들은 아이들이 창고

351

에 쓰레기처럼 널브러져 있을 걸 기대했지만 우리는 학교를 만들었어. 저들은 아이들이 마구간 안의 가축이나 다름없이 지낼 걸 기대했지만 우리는 아이들이 사람답게 살 수 있도록 했잖아."

"그래서 그게 무슨 소용이 있어요? 9월에 들어온 아이들은 다 죽었는데."

"소용이 왜 없어? 헛된 건 아무것도 없어. 아이들이 웃던 모습 기억하니? 아이들이 「종다리」를 부를 때, 눈을 크게 뜨고 살아 있는 책 이야기를 들을 때 기억나? 밥그릇에 비스킷 반쪽 넣어줬을 때 아이들이 기뻐서 팔짝팔짝 뛰던 거 기억나니? 흥분해서 연극을 준비하던 때는 또 어떻고. 아이들은 즐거웠단다, 에디타."

"하지만 너무 잠깐이었는걸요……."

"어떤 삶이든, 삶은 모두 잠깐이야. 하지만 최소한 찰나라도 행복했다면 삶의 가치가 있었던 게 아닐까?"

"찰나요? 그게 얼마나 짧은 건데요?"

"아주 짧은 거지. 성냥불이 켜졌다 꺼질 만큼 짧은 시간만 행복해도 그걸로 충분하단다."

디타는 말없이 자신의 인생에서 성냥불이 켜졌다 꺼진 순간들이 얼마나 많았는지를 생각해본다. 그런 순간이 정말로 많이 있었다. 아주 깊은 어둠 속에서까지도 불꽃이 반짝 비추었던 순간들이 있었다. 엄청난 재앙 속에서도 디타가 책을 열고 책에 푹 빠져 있을 때 그런 순간들이 꽤 많이 있었다. 그녀의 작은 도서관은 성냥갑이다. 생각이 여기에 미치자 디타는 슬프지만 미소를 짓는다.

"지금 있는 아이들은 어떻게 될까요? 이제 우리 다 어떻게 되는 걸까요? 무서워요."

"나치는 우리 집을, 내가 가진 것들을, 옷을, 심지어 머리카락까지 다 싹싹 긁어 가져갔지만 그들이 우리에게서 얼마나 많이 빼앗아간다 해도 희망까지 가져가진 못 해. 그건 우리 거야. 희망은 잃을 수 없어. 동맹군 공습 소리가 점점 더 많이 들리고 있어. 전쟁은 영원히 계속되지 않을 거고 우리는 평화를 맞을 준비가 돼 있어야 해. 아이들은 계속 배워야 해. 폐허가 된 나라와 세계를 마주하고 그걸 재건하는 건 아이들, 너희 십대들 몫이 될 테니까."

"하지만 가족캠프가 나치의 속임수였다는 건 끔찍해요. 국제 조사단이 오면 나치들은 가족캠프를 그들에게 보여주면서 가스실은 숨길 거고, 조사단은 살아남은 아이들만 보고 그대로 속은 채 돌아갈 거라는 게 말이에요."

"아닐 수도 있지."

"무슨 뜻이에요?"

"그게 우리를 위한 순간이 될 거야. 조사단이 진상을 모른 채 떠나도록 하지 않을 거야."

디타는 9월 입소자들이 떠나기 전날 오후를 회상한다. 디타는 그때 중앙로에서 프레디를 마주쳤었다.

"마지막으로 프레디와 얘기했을 때 해준 말이 막 떠올랐어요. 프레디는 틈이 열리는 순간에 대해 이야기했어요. 진실의 순간이 될 거라면서요. 우리가 위험을 감수해야 한다고도 했어요. 이기려면 그들이 가장 예상하지 못했을 마지막 순간에 골을 넣어야 한다고 프레디가 말했어요."

미리암은 고개를 끄덕인다.

"그게 계획이었어. 프레디가 떠나기 전에 전해준 문서가 있단다. 캠프 사령부에 제출한 보고서보다 내용이 훨씬 더 자세해. 조사단에 건넬 수 있게 프레디는 그동안 벌어진 일에 대해 사실과 날짜와 관련자들의 이름 등등을 전부 자세히 적어서 준비해뒀었어."

"이제 프레디는 그 문서를 넘겨줄 수 없죠."

"그래, 프레디는 이제 여기 없지. 하지만 우리는 포기하지 않을 거잖아?"

"포기요? 절대 안 되죠. 무슨 일이 됐든, 절 믿으세요. 대가는 상관없어요."

미리암이 미소를 짓는다.

"하지만 그럼 프레디는 왜 마지막 순간에 항복하고 자살했어요?" 디타는 집요하다. "레지스탕스 사람들은 프레디가 겁을 먹은 거래요."

웃고 있던 미리암의 얼굴이 갑자기 굳어진다.

"레지스탕스 사람은 자기네가 프레디한테 반란을 이끌라고 했는데 프레디가 겁을 먹었다고 했어요. 대체 무슨 소리를 하는 거냐고 얘기는 했지만, 그 사람은 정말 자기가 하는 말에 확신이 있어 보였어요……."

"9월 입소자들 전부 가스실행인 게 확실해지고 나서 레지스탕스가 프레디에게 반란을 이끌라고 한 건 사실이야. 믿을 만한 사람에게서 나도 그 얘길 들었지."

"프레디는 그걸 거절했고요?"

"노인과 아이들이 있는데 무장한 친위대를 상대로 반란을 일으킨다니, 애초에 그리 훌륭한 계획은 아니었지. 프레디는 생각할 시간을 달라고 했어."

"그리고 자살을 했고요."

"그래."

"왜요?"

미리암 에델스타인의 한숨에 디타의 마음이 공허해진다.

"모든 것에 늘 답이 있을 순 없단다."

미리암은 디타의 어깨를 안고 가까이 끌어당긴다. 두 사람은 오랫동안 그렇게 말이 없다. 침묵이 그 어떤 말보다 두 사람을 함께 묶어준다. 곧 따스한 작별인사를 나누고 디타는 미리암의 막사를 나온다. 그러고서 어쩌면 정말 모든 것에 답이 있지는 않은지도 모른다고 생각하며 걷는다. 하지만 프레디가 말했다. '절대 포기하지 마.' 디타는 답을 찾아내겠다는 이 마음을 절대 포기하지 않을 것이다.

31구역 각 반의 수업 소리에 디타는 생각에서 깨어난다. 오타 켈러네 반이 저기 보인다. 아이들은 오타의 설명을 아주 집중해서 듣고 있고, 디타도 나치가 잘라버린 실을 잃지 않으려 귀를 쫑긋 세우고 엿듣는다. 디타는 학교가 그립다. 디타는 공부를 계속해서 어머니가 보던 잡지에 나온 그런 여자 비행사 같은 사람이 되고 싶다. 아멜리아 에어하트란 여자였는데, 그 여자가 남자들이 입는 가죽재킷에 이마에는 고글을 끼고 몽상가 같은 눈빛으로 비행기에서 내리는 사진이었다. 비행사가 되려면 열심히 공부해야겠지? 디타는 생각한다. 디타가 앉아 있는 자리에서는 각 반의 수업 내용이 뒤섞여 어느 하나 제대로 집중해서 들을 수가 없다.

디타는 수업 중인 오타 켈러를 바라본다. 사람들 말로는 그가 공산주의자라고 했다. 오타는 빛의 속도와 우주에서 빛이 가장 빠르다는 이야기를 하고 있다. 하늘에서 반짝반짝 별이 빛나 보이는 것은 별들이 엄청난 속도로 수백만 킬로미터를 여행한 후 광자를 방출하는데 그게 우리 눈에 그렇게 보이는 것이다. 그는 전파력이 있는 그 열정적인 태도로 아이들에게 최면을 건다. 그의 눈썹은 쉴 새 없이 움직이고 그의 검지도 나침반 바늘처럼 여기저기를 가리킨다.

갑자기 디타는 비행기에 있는 나침반을 이해하기 어려울 것 같단 생각이 든다. 어쩌면 비행사보다는 예술가가 되는 편이 낫겠다. 좋은 생각인 것 같다. 그러면 장비에 너무 의존을 많이 하지 않고도 날 수 있을 것이다. 디타는 날아가는 세계를 그릴 것이다.

31구역을 나오는데 마깃이 디타를 기다리고 있다. 동생 헬가도 함께인데, 헬가는 전보다 더 말랐다. 마깃은 헬가가 너무 말라서 걱정이 된다고 속삭인다. 헬가는 안타깝게도 하수도 도랑 분대에 배정됐는데 계속 봄비가 내리는 바람에 쌓이고 또 쌓이는 진흙을 온종일 치워야 한다.

헬가처럼 유독 남들보다 더 마른 사람들이 꽤 있다. 마치 빵조각과 수프가 몸으로 들어가도 흔적 하나 없이 쑥 그대로 통과해 버리는 것처럼 말이다. 어쩌면 그들은 남보다 더 마른 게 아닐지도 모른다. 기운 없는 표정과 눈 속에 담긴 패배감 때문에 더 약해 보이는 것인지도 모른다. 발진티푸스와 결핵과 폐렴에 대해서는 꾸준히 얘기가 나오지만 캠프에 전염병처럼 감도는 우울증에 대해서는 다들 별말이 없다. 디타의 아버지도 그 증상이 있었다. 그냥 어느 순간 스위치가 툭 꺼져버린다. 그들은 포기한 사람들이다.

디타와 마깃은 헬가의 사기를 북돋우려 농담을 한다.

"헬가, 그래 어디 주변에 잘생긴 애들이라도 봤어?"

헬가는 뭐라 답해야 할지 몰라 가만히 서 있다. 그래서 디타는 마깃에게 다시 묻는다.

"그럼 언니한테 질문. 언니도 캠프에서 한 번 더 쳐다보게 되는 그런 사람은 하나도 못 봤어? 사령부에 이송시켜달라고 해야 할까봐."

"음…… 12번 막사에서 한 명 봤어. 훤칠해!"

"뭐, 훤칠? 헬가, 너 들었어? 뭘 또 그렇게 얌전 떨어가며 말한 대?"

세 소녀는 웃음을 터뜨린다.

"그래서 그 잘생긴 애한테 말은 걸어봤어?" 디타는 계속 연기를 이어간다.

"아직. 아무리 어려도 족히 스물다섯은 넘을걸."

"세상에. 나이가 너무 많다. 그 사람이랑 데이트하면 사람들이 손녀랑 할아버지인 줄 알겠다."

"디타 너는?" 마깃이 반격에 나선다. "31구역에 좀 꼬셔볼 만한 보조교사가 하나도 없어?"

"보조교사? 하나도 없지, 그럼. 얼굴에 여드름 덕지덕지 붙은 애한테 무슨 관심이 가겠어?"

"그래도 관심이 가는 애가 있을 수도 있지!"

"전혀."

"한 명도 없어?"

"좀 남다른 사람은 있어."

"어떻게 다른데?"

357

"다리가 세 개는 아냐, 그건 확실해." 그러곤 디타는 장난기 없이 진지해진다. "엄청 심각한 스타일 같은데 또 이야기 하나는 기막히게 잘한다니까. 오타 켈러라는 사람이야."

"그럼 지루한 스타일이네."

"절대 아니야!"

"흠. 헬가, 어떻게 생각하니? 남자 이야기는 영 형편없다, 그치?"

헬가는 동의한다는 듯 웃는다. 평소에 엄청 진지한 언니랑 남자 이야기를 한다는 게 당혹스럽다. 하지만 디타가 있으면 분위기가 한층 가벼워진다.

그날 밤 헬가, 마깃, 디타, 캠프의 모든 사람이 잠든 사이 친위대 장교가 남몰래 가족캠프로 진입한다. 그는 배낭을 메고 있다.

그는 막사 하나의 뒤편으로 가 문을 막고 있는 나무 조각을 밀어낸다. 지그프리드 레더러가 깜깜한 안에서 나와 말없이 옷을 갈아입는다. 거지가 졸지에 광이 나는 친위대원으로 변신한다. 중위 계급장이 달린 군복을 입으면 감히 아무도 말을 걸지 않을 것이라는 게 빅토르의 생각이다.

두 사람은 보안초소를 지난다. 부스 안에서 경비병 두 명이 이들에게 팔을 들어 거수경례를 한다. 그들은 사악한 성 같은 거대한 경비탑 아래 위치한 캠프 정문을 향해 걸어간다. 밤이 어두워 경비가 보초를 서는 관제탑이 있는 탑 위층에는 불이 켜져 있다. 군복을 입은 지그프리드 레더러는 땀을 줄줄 흘리고 있지만 빅토르의 걸음걸이에는 자신이 있다. 그는 보안초소를 별문제 없이 지나갈 수 있을 것이라고 확신한다.

두 사람은 거대한 탑 아래 보안초소로 다가간다. 이들이 다가

오는 것을 본 경비병들―과 기관총―이 두 사람을 겨냥한다. 빅토르는 조용히 지그프리드에게 자기가 먼저 갈 테니 속도를 늦추라고, 하지만 멈추지는 말라고, 그리고 무엇보다 망설이지 말고 걸어가라고 요구한다. 걸음걸이에 자신이 있어 보이면 경비병들은 의구심을 갖지 않을 것이다. 감히 중위를 멈춰 세우진 않을 것이다.

확신을 갖고 빅토르는 몇 걸음 앞서간다. 그는 경비병들에게 다가가 마치 친구들끼리 비밀을 공유하는 것처럼 목소리를 낮추고는 지금 아우슈비츠에 새로 막 전입해온 장교를 제1수용소 창녀촌에 잠시 모시고 가려 한다고 얘기한다.

경비병들은 공모의 웃음을 터뜨릴 새도 없다. 중위가 저기 등을 꼿꼿이 세우고 이미 걸어가고 있기 때문이다. 그들은 차려 자세를 해 보이고 가짜 장교는 유유히 고개만 까닥 움직이며 인사를 받는다. 빅토르는 상관과 동행하고 두 사람은 그렇게 어둠 속으로 사라진다. 초소의 경비병들은 두 사람이 운 좋은 자들이라고 생각한다. 사실이다.

빅토르와 지그프리드는 오시비엥침 역으로 향한다. 거기서 그들은 몇 분 내에 떠나는 크라쿠프행 기차를 탈 것이다. 계획대로만 된다면 크라쿠프에서 다시 프라하행 기차로 갈아탈 것이다. 두 사람은 서두르는 것처럼 보이지 않으려고 노력하면서 말없이 걷는다. 자유가 지그프리드의 등을 간지럽힌다. 아니 그의 등을 간질이는 건 군복인지도 모른다.

23

아침 점호가 끝도 없이 이어진다. 드디어 점호가 끝나자 나치는 호루라기를 불며 독일어로 뭐라 뭐라 외친다. 경비 하나가 도착해 점호를 다시 하라고 명령을 내린다. 체코 출신 유대인들 중에는 독일어를 하는 사람이 많아 명령을 듣고 곧바로 여기저기서 불평이 터져 나온다. 또다시 한 시간을 서 있어야 하다니⋯⋯ 뭔지는 모르겠지만 나치들이 눈에 띄게 긴장한 모습인 걸 보면 무슨 일이 있긴 있는 모양이다. 앞줄에서 다음 줄로 빠르게 소문이 퍼진다. '탈출.'

그날 아침 31구역에는 동요 「종다리」가 우렁차게 울려 퍼진다. 아비 피셔는 언제나처럼 활기차게 합창단을 지휘하고, 이제 31구역의 주제가가 돼버린 이 노래를 어린아이들이나 고학년아이들 모두 함께 즐겁게 합창한다. 디타도 함께 노래를 부른다. 모두들 선율의 떨림에 함께한다. 사실상 막사 안에 있는 360명의 아이들 전체가 숨이 차도록 한목소리로 노래를 부른다.

노래가 끝나자 세플 리히텐스턴은 곧 유월절 만찬이 있을 거란 소식을 발표하면서 우리 구역 선생님들이 다들 기억에 남을 식사를 준비하기 위해 열심히 노력하고 있다고 덧붙인다. 아이들은 박수를 치고 개중에는 열정적으로 휘파람을 부는 아이들도 있다. 구역장이 지난 며칠간 유월절을 기념하기 위해 암시장에서 재료를 구해오느라 애를 썼다는 소문이 돌았다. 그런 소식은 일상에 활기를 불어넣어주고 아이들에게는 또 평범한 일상의 느낌을 만들어줄 수 있다. 또 다른 소문이 빛의 속도로 캠프에 퍼져나갔으니, 레더러라는 사람이 수용소를 탈출했단 소식이었다. 두 번째 점호를 한 이유, 아이들은 물론 모든 남자 수용자들이 머리를 빡빡 밀게 된 이유도 그 때문이었다. 카포들은 '위생상의 이유'라고 우겼지만 전부 악의적인 행동일 뿐이다. 여자들은 제외라서 디타의 무성한 머리는 다행히 살아남았다.

이번 탈출에 나치는 유독 심사가 불편한데, 레더러의 탈출에 협조한 친위대원이 있었기 때문이라고들 했다. 이보다 더 짜증나는 일이 있을까. 그자는 무조건 교수형이다. 마깃은 문제의 그 친위대원이 르네를 만나러 왔던 그 사람이라고 디타에게 얘기해주지만 르네는 이제 아무와도 말을 하지 않는다. 빅토르 일이든 다른 일이든 뭐가 됐든 간에.

천만다행으로 아직까지는 탈주자들이 잡히지 않았다.

운명은 운명이다. 디타는 멩겔레를 주의하기 위해 중앙로를 걸어가며 눈과 귀를 크게 열어둔다. 그러나 디타의 레이더에 걸린 사람은 가끔씩 울타리 너머로 본 적이 있는 그런 유명하고 힘센 사람이다. 지난 몇 주간 머리를 싸매고 그를 만날 방법을 궁리하고 있었건만, 지금 바로 그 사람이 주머니에 손을 찔러넣고 혼자 걸어가는 모습이 디타의 눈에 띈 것이다. 그는 카포들처럼 승마바지를 입고 있다. 그러나 그는 카포가 아니라 격리캠프에서 명부 관리 일을 하는 루디 로젠버그다.

"잠깐만요……."

루디는 걸음을 늦추지만 멈추진 않는다. 그는 자기 계획에 대해 생각하느라 여념이 없다. 이제 후퇴는 없다. 가려움증이 더는 참을 수 없는 데까지 왔다. 죽으나 사나 무조건 여길 나가야 한다. 더는 기다릴 수 없다. 날짜는 정해졌고 몇 가지 더 준비가 부족한 부분만 해결되면 된다. 공은 이미 구르기 시작했고 다른 데에 정신을 팔 새가 없다.

"왜 그러는데?" 그가 퉁명스럽게 대꾸한다. "너한테 줄 음식은 없어."

"음식을 구걸하는 건 아니고요. 저는 31구역에서 프레디 허쉬와 일했던 보조교사예요."

루디는 고개를 끄덕이지만 여전히 걸음을 멈추진 않아서 디타는 그와 보조를 맞추기 위해 재빨리 걷는다.

"제가 프레디를 아는데요……."

"헛소리. 프레디를 알았다고 할 수 있는 사람은 없어. 다른 사람이 알길 원하지 않았던 사람이니까."

"하지만 프레디는 용감했어요. 왜 자살을 한 건지 단서가 될 만한 어떤 말이라도 있었나요?"

루디는 잠시 걸음을 멈추고 피곤하다는 듯이 디타를 쳐다본다.

"다들 프레디 허쉬가 성서에 나오는 그런 애국자니 전설적인 골렘이니, 뭐 그런 존재라고 생각했는데, 그는 그냥 인간이었지." 그는 한심하다는 듯이 한숨을 쉰다. "그자는 어떤 영웅의 아우라를 만들어낸 거지. 그렇지만 정말 그 정도 그릇은 아니었던 거고. 난 그 사람을 봤어. 프레디도 남들과 그냥 똑같은 사람이었다고. 간단히 말해서, 더는 감당할 수 없었던 거지. 누구든 그랬겠지만 프레디도 그냥 툭, 부러져버린 거야. 그게 그렇게 이해가 안 돼? 프레디는 잊어. 프레디의 시대는 갔어. 이제 여기서 어떻게 살아나갈 건지나 궁리하라고."

누가 봐도 기분이 언짢은 루디는 대화를 끝내고 가버린다. 디타는 그가 한 말의 내용을, 그 적대적인 분위기를 곱씹는다. 당연히 프레디는 인간이었다. 프레디도 약점이 있었고, 디타도 모르지 않는다. 그가 두렵지 않다고 한 적은 없었다. 프레디도 당연히 두려웠겠지. 프레디는 두려움을 삼켜야 한다고 했다. 루디는 아는 게 많은 사람이다. 그렇다고들 한다. 루디는 디타에게 확실한 충고를 해주었다. '너 하나만 생각해라.' 하지만 디타는 그렇게 합리적이고 싶지가 않다.

4월이 되자 기온이 오르고 매서운 추위도 한풀 꺾였다. 비가 내려 중앙로 여기저기가 진창이 돼버렸고 습도 때문에 호흡기 질병도 늘었다. 매일 아침 간밤의 시체를 수거해가는 수거차에는 폐렴에 굴복한 시체들이 가득하다. 콜레라와 발진티푸스가 앗아간 목숨도 많았다. 전염병 수준으로 갑자기 사망자 수가 급증한 정도는 아니었지만 사망자 수는 꾸준히 조금씩 늘고 있었다.

4월이 되자 비르케나우에 물만 늘어난 게 아니라 사람도 잔뜩 늘었다. 유대인을 가득 실은 기차가 하루에 세 편씩 도착해 물이며 사람이며 플랫폼에 잔뜩 토해내는 날도 있었다. 31구역 아이들은 안절부절 못 한다. 아이들은 밖에 나가 열차 도착을, 바닥에 산처럼 쌓인 여행 가방이며 보따리들을 구경하고 싶다. 아이들은 탐욕스러운 눈빛으로 상자째 쌓인 음식들을 쳐다보고 입에는 침이 고인다.

"저거 봐, 엄청나게 큰 치즈야." 위키라는 열 살짜리 소년이 소리친다.

"바닥에 저기 막 떨어진 거…… 저거 오이인가?"

"세상에, 저건 밤이잖아!"

"아, 맞다. 밤이네!"

"바람이 불어서 밤 하나만 여기로 날아오면 얼마나 좋을까! 많이 바라는 것도 아니고 딱 하나만!" 위키는 조용히 기도하기 시작한다. "하늘에 계신 아버지, 밤 하나만요. 더도 말고요!"

지저분한 얼굴에 수세미 같은 머리를 한 다섯 살짜리 여자아이가 몇 걸음 앞으로 가자 어른 손 하나가 아이의 어깨를 붙잡으며 제지한다.

"밤이 뭐예요?"

나이가 더 많은 아이들은 꼬마의 말에 웃다가 점점 심각해진다. 꼬마 아이는 밤을 본 적이 없다. 이 아이는 군밤을, 11월에 즐겨 먹는 밤 케이크를 먹어본 적이 없다. 위키는 바람이 불어 밤 한 톨만 보내달라는 기도를 신께서 들어주신다면 밤 한 톨을 반으로 갈라 그 반쪽을 이 아이에게 주겠다고 마음먹는다. 밤 맛도 모르고 사는 인생이라니, 그건 인생을 산 것이 아니다.

교사들의 시선은 음식 보따리가 아닌 경비들이 매일매일 이송작업의 일과를 진행하기 위해 두들겨 패고 있는 저 사람들을 향해 있다. 그렇게 저 가운데 머리를 밀고 문신을 새기고 죽을 때까지 일을 해야 할 사람들이 분류되겠지. 철조망 넘어 가족캠프의 예닐곱 살 아이들은 가끔씩 이제 갓 도착한 신규 이송자들을 두고 농담을 한다. 과연 이 아이들이 저들의 고통에는 관심이 없고 놀리기 바쁜 것인지, 아니면 친구들 앞에서 상관없다는 듯이 연기를 해 보이며 강한 척을 하고 불안감을 이기는 것인지, 어느 쪽인지는 알 수가 없다.

유월절 첫날 밤이면 유대인 가정에서는 식구들이 테이블에 둘러앉아 이스라엘 사람들의 이집트 대탈출 이야기를 다루는 성서 『하가다』를 읽는다. 신을 존경하는 의미에서 와인은 네 잔을 마시는 것이 관습이다. 전통 그릇인 '케아라'에는 제로아(양뼈), 베잇차(갈색 달걀로 파라오의 단단한 심장을 상징), 마로르(쓴허브와 홀스래디시로 이집트에서 노예생활을 했던 유대인들의 고됨을 상징), 카로셋(사과, 꿀, 마른과일을 섞은 달콤한 음식으로 이집트에서 자기 집을 지을 때 유대인들이 사용했던 모르타르를 의미), 카르파스(파슬리를 약간 넣은 소금물로, 언제나 눈물로 목욕하는 이스라엘 사람들의 삶을 상징) 등등이 놓인다. 그리고 가장 중요한 음식 '맛자', 그러니까 이스트를 넣지 않은 빵을 식구들이 한 조각씩 나누어 먹는다. 예수가 제자들과 함께한 마지막 저녁식사는 유월절을 축하하는 것이었고, 기독교에서의 성체성사는 이 유대교 의식에서 온 것이다. 오타 켈러는 이러한 전통을 자기 반 아이들에게 하나하나 설명해주고, 아이들 또한 오타의 말을 하나도 놓치지 않고 듣는다. 종교적 전통과 전통 음식은 이들에게 성스러운 것이다.

세플이 해냈다. 다 같이 유월절을 기념할 수 있다. 비록 정통적으로 유월절을 보내기 위해 필요한 재료를 다 구하진 못 했지만, 아이들은 구역장이 방에서 특별한 접시 역할을 할 나무판자를 들고 나오기만 기다리고 있다. 거기에는 순서대로, 아마도 닭인 듯싶은 동물 뼈, 달걀, 래디시 무 조각, 허브가 약간 떠 있는 소금물 한 냄비가 놓여 있다.

미리암 이모는 아침식사 때 나오는 차에 비트루트 잼을 넣어 와인 흉내를 냈다. 미리암은 빵 반죽도 만들었다. 막사 유지보수 일을 정기적으로 도와주는 사람인 발트르는 두꺼운 철사를 구해와 그 철사를 구부려 빵 구울 그릴을 만들었다. 음식이 이토록 희귀한 이곳에서 밀가루 한 줌과 물 약간으로 어떻게 군침 도는 냄새가 나는 맛있는 빵이 되는 것인지 다들 놀라서 쳐다본다. 그리고 짠, 기적이 일어났다.

막사 뒤편에서 소란스럽게 뛰어다니며 놀던 가장 나이 어린 아이들에게 곧 조용히 해야 한다고 이야기를 하자 신비한 기운이 감도는 가운데 막사는 조용해진다.

드디어 나무판자 한가운데에 납작한 빵 여섯 장이 놓인다. 300명 이상의 아이들이 먹기에 그리 많은 양은 아니지만 세플은 한 사람당 조금씩 '맛자'를 맛볼 수 있을 정도로만 가져가게끔 배분한다.

"유대인 선조들께서 노예 생활을 청산하고 자유를 찾아 떠날 때 먹었던 것이 바로 이 부풀지 않은 납작한 빵이야." 세플이 아이들에게 설명한다.

아이들은 차례를 지키며 한 명씩 성스러운 이 빵조각을 받는다.

그런 다음 각자 자기 반으로 돌아가 자리에 앉아 자기 반 선생님에게서 유대인 대탈출에 대한 이야기를 들으며 빵을 먹고 가짜 와인을 마신다. 디타는 이 반 저 반 옮겨 다니며 예언자 모세를 따라 사막을 건너는 그 기나긴 행군의 이야기를 선생님마다 각자의 다른 버전으로 듣는다. 아이들은 이야기에 푹 빠져 모세가 시나이산의 가파른 비탈을 올라 몹시 화가 난 신에게 가까이 가는 장면, 그런 다음 사해가 갈라지면서 유대인들이 바다를 건너가는 장면을 집중해 듣는다. 아마 역사상 가장 전통적인 방식과는 거리가 먼 유월절 식사일 것이다. 심지어는 밤도 아닌 낮이다. 게다가 당연하지만 전통적으로 먹는 만큼의 양을 먹을 수도 없다. 진짜 유월절 음식이라곤 하나도 없다. 특별식으로 아이들 한 명 한 명 쿠키 반 개를 받게 되긴 했지만 말이다. 그러나 굶주림에도 불구하고 그 노력과 믿음 덕분에 명절을 이렇게 보내는 것은 감동적인 의식이 된다.

아비 피셔는 합창단을 모은 다음 베토벤의 「환희의 송가」를 부른다. 노랫소리는 처음엔 소심하지만 점점 우아해진다. 막사 안에서 비밀리에 리허설을 한다는 것은 불가능한 일이다 보니 이미 다들 자주 들어 가사도 다 외워버린 터라 모두가 노래를 따라 부르기 시작한다. 이제 수백 명의 목소리가 하나가 된다.

이들 노래의 힘은 벽을 타고 흐르고 철조망을 통과한다. 캠프 내 하수도 도랑 공사장에서 일하는 수용자들은 잠시 일손을 멈추고 삽에 기대어 귀를 기울인다.

"잠깐! 아이들 목소린데…… 아이들이 노래를 하네……."

의류 막사에서도, 기계에 들어갈 냉각기를 만드는 공장에서도 사람들은 잠시 일하던 속도를 늦추고 행복한 멜로디가 들려오는 쪽으로 고개를 돌린다. 노랫소리는 마치 외국처럼 어딘가 머나먼 곳에서 들려오는 것 같다.

"아니, 아니." 누군가 대답한다. "천상에서 온 천사들이네."

하늘에서 늘 재가 떨어지는, 카포의 명령에 손에 피가 나도록 땅을 파는 도랑으로부터 바람에 실려온 그 노랫소리는 기적이다. 가사에서는 수백만 명이 서로를 껴안고 전 세계가 키스를 나누고 전 인류가 형제자매가 되는 그 날을 이야기하고 있다. 역사상 가장 커다란 죽음의 공장에서 평화를 향한 울부짖음이 커다랗게 울려 퍼진다.

송가는 캠프 전체에 울려 퍼져 우리의 음악 애호가님 책상에까지 들린다. 그는 마치 맛있는 타르트 향기를 맡았는데 그 향기가 너무 강렬해 당장 타르트를 굽고 있는 그 오븐을 직접 찾아나서기로 결심한 것처럼 고개를 든다. 그는 재빨리 종이를 팽개쳐두고 부지런히 걸어가 가족캠프 내 31구역 문턱에서 발걸음을 멈춘다.

이미 가사를 다 외운 아이들은 1절을 여러 번 반복했고 이제 막 노래가 끝나가는데 문 앞에서 은색 죽음의 휘장이 달린 모자를 쓴 형상이 거대하고 악랄한 그림자를 비춘다. 세플 리히텐스턴은 갑자기 겨울이 돌아온 것 같은 한기를 느낀다.

'멩겔레 박사다……'

노래를 계속 부르고는 있지만 그의 목소리는 작아진다. 이들은 유대인 명절을 절대 기념해서는 안 된다. 디타도 잠시 벙어리가 되지만 다시 노래를 따라한다. 어른들의 목소리는 잠잠해졌지만 아이들은 아무 일도 없었던 것처럼 온 힘을 다해 계속 노래를 부르고 있으니까 말이다.

멩겔레는 그대로 노래를 듣고 서 있다. 그의 표정은 딱히 좋거나 나쁘지도 않고, 무표정해서 읽어낼 수가 없다. 그는 노래를 멈추고 겁에 질려 자신을 쳐다보고 있는 세플을 향해 고개를 돌린다. 멩겔레는 마치 노래를 즐기고 있다는 것처럼 승인의 의미로 고개를 끄덕여 보이고는 계속 노래를 하라고 격려하듯 흰 장갑을 낀 손을 흔든다. 멩겔레는 돌아서고 31구역 사람들은 모두가 멩겔레에게 그들 힘의 메시지를 전할 수 있을 만큼 최대한 큰 목소리로 노래하며 송가를 끝마친다. 노래가 끝나고 박수갈채가 터진다. 그중 일부는 스스로를 향한, 자신들의 힘과 용기에 보내는 박수다.

유월절 기념이 끝나고 「환희의 송가」가 아직 귀에 맴돌고 있을 때, 다들 저녁 점호 준비를 하고 있는데 밖에서 또 다른 음악 소리가 들린다. 기쁨의 흔적이라고는 전혀 없는, 날카롭고 강렬하고 단조로운 소리다. 다만 그 소리에 미소 짓는 사람들도 있다. 경보 사이렌이다.

나치 대원들은 전방으로 뛰어다닌다. 중앙로에 있던 군인 두 명은 초소로 달려 들어간다. 사이렌이 울린단 건 탈출이 있었단 뜻이다. 탈출은 전부 아니면 전무, 자유 아니면 죽음이다.

며칠 새 도주 사이렌이 울린 게 벌써 두 번째다. 첫 번째는 레지스탕스 멤버로 나치 대원과 함께 도주했다는 레더러라는 남자다. 그때 이후로 아무 소식이 없다는 것이 최고의 소식이다. 소문에는 레더러가 나치 군복을 입고 있었고 두 사람이 정문으로 차분하게 걸어 나갔다고, 보초를 서던 경비병들은 멍청하기 그지없어 두 사람을 보고 심지어 보드카 한잔하겠느냐고 권하기까지 했다고 했다.

다시 또 사이렌이 울린다. 나치는 탈출이 생기면 불안해한다. 탈출은 그들의 권위에 대한 모독이고 무엇보다 독일인들이 그토록 집요하게 세워놓은 질서를 위반하는 행위다. 슈바츠후버에게 연이은 두 번의 탈출은 충분히 범죄행위다. 그리고 그것은 사실로 드러난다. 슈바츠후버는 보고를 받고 부하들을 걷어차면서 당장 목을 매달란다. 누구 목이 됐든 간에.

　사람들은 긴 밤이 되겠구나 싶다. 역시나 생각대로다. 나치는 아이들을 포함해 수용자 전원을 캠프 내 대로에 줄 세운다. 점호는 몇 번이고 반복된다. 세 시간이 지났지만 사람들은 여전히 그 자리에 서 있다. 또 빠진 사람은 없는지 확인하는 방법이기도 하지만 복수를 하는 것이기도 하다. 분노를 쏟아낼 도망자들이 여기 없으니 말이다. 최소한 현재로서는.

　나치가 캠프 안을 바삐 뛰어다니며 긴장감이 고조되는 동안 루디 로젠버그와 그의 동료 프레드 베츨러는 그곳으로부터 불과 몇백 미터 거리에서 완전한 암흑 속에 침묵을 유지하고 있다. 납골당 같은 작은 구멍, 두터운 어둠 속에서 두 사람의 가쁜 숨소리만이 생명의 존재를 알린다. 루디의 머릿속에는 며칠 전 캠프 한가운데 목매달린 러시아 도망자들의 모습이 떠오른다. 파랗게 부풀어 오른 그 혀며 안와가 터지면서 흐르던 피눈물이며.

　이마에 한 줄기 땀이 흐르지만 루디는 일 밀리미터라도 움직이면 안 된단 생각에 땀을 닦을 엄두도 내지 못한다. 그는 지금 친구 프레드와 함께 러시아인들이 만들어둔 구멍에 숨어 있다. 그들은 전부를 걸기로 했다. 전부, 아니면 전무다.

　캠프 사이렌이 울린다. 그는 프레드 쪽으로 손을 뻗어 그의 다리를 만진다. 프레드는 자기 손을 루디의 손 위에 얹는다. 이제 퇴로는 없다. 그들은 나치가 과연 러시아인들이 판 구멍을 없애버릴 것인지 며칠간 추이를 지켜보았다. 나치는 그 구멍을 없애지 않았고 두 사람은 이곳이 안전하다는 결론을 내렸다. 과연 안전한지 아닌지는 이제 곧 알게 될 것이다.

　가족캠프에서는 피곤한 하루가 마무리되고 불이 꺼지기까지 불과 몇 분을 남겨두고 디타와 어머니는 머리에서 이가 알을 까기 전에 얼른 잡아 없애려 하고 있다. 그러려면 빗으로 머리를 빗고 또 빗어야 한다. 어머니는 위생 상태가 청결하지 못한 것을 참지 못하는 편이다. 최소한 예전엔 그랬다. 다른 데 손대기 전에 비누로 손부터 씻으라고 늘 디타를 혼내곤 했으니까. 이제 어머니는 더러운 것을 참는 수밖에는 다른 대안이 없다. 디타는 전쟁 전 어머니의 모습을 떠올려본다. 어머니는 아름다운 여인이었다. 딸보다 훨씬 아름다운, 아주 우아한 여인이었다.

다른 사람들 중에서도 불이 꺼지기 전 머리에 세 들어 사는 불청객을 죽이느라 바쁜 사람들이 많다. 다들 열심히 이를 잡는 와중에 그날의 사건이 이 침대에서 저 침대로 전해진다.

"배고플 일도 없고 딱히 어려운 일도 없을 텐데, 심지어 나치한테 꽤나 대접받고 있고 선별 대상이 될 일도 없는 그런 사람이 이렇게까지 목숨을 건다는 게 이해가 안 돼요."

"아무도 이해 못 할걸요."

"탈출은 자살행위죠. 결국은 다들 잡혀들어와 교수형을 당했는데."

"게다가 우린 여길 곧 나갈 텐데 말이에요." 다른 여자 하나가 입을 연다. "러시아가 독일이 후퇴하도록 밀어붙이고 있대요. 이번 주면 전쟁이 끝난다던데."

이 말에 생기를 되찾은 사람들이 저마다 웅성웅성 입을 연다. 끝없는 전쟁의 끝을 보고 싶은 욕구가 낙관론에 힘을 싣는다.

"무엇보다도," 대화를 이끌다시피 하고 있는 여자 하나가 덧붙인다. "누가 탈출을 할 때마다 남은 사람들은 복수를 당하잖아요. 규제도 늘어나고 벌도 늘어나고…… 캠프 안에 있는 사람들

가운데 나치가 보복성으로 가스실로 보낸 사람도 있답니다. 우리가 어떻게 될지 누가 알아요? 남은 사람들이 위험할 거란 생각은 안중에도 없는 이기주의자들이 있다는 게 놀라울 따름이에요."

다들 동의하듯 고개를 끄덕인다.

리즐 아들러는 이런 논쟁에 거의 참여하는 법이 없다. 리즐은 사람들의 관심이 자기에게 쏠리는 걸 싫어하고 딸에게도 늘 왜 그리 신중하지 못하느냐고 야단을 친다. 외국어도 여러 개 구사하는 사람이 침묵의 언어를 택한다는 게 참 의외다. 그러나 이번에는 리즐이 입을 연다.

"드디어 이성적인 이야기가 나왔네요." 여러 사람이 고개를 다시 끄덕인다. "마침내 누군가 진실을 말했어요."

사람들은 대체로 그 말에 동의한다. 리즐은 말을 잇는다.

"진짜 중요한 이야기가 나왔어요. 우리는 탈출을 한 그 사람이 목숨을 걸고 도망을 쳤는지 어땠는지, 걱정은 하나도 안 되죠. 우리가 걱정하는 건 그 사람이 탈출을 해서 우리에게 어떤 영향이 있을까, 배식 때 수프가 더 적게 나올까, 점호가 얼마나 길어질까, 그런 것뿐이죠. 우리한테 중요한 문제는 그런 것들이죠."

어리둥절해져서 뭐라 중얼대는 사람들이 있지만 리즐은 말을 멈추지 않는다.

"탈출을 해봐야 아무 의미가 없다고들 하셨죠. 나치는 탈출한 사람들을 찾는 데에만 수십 명의 수색대를 보낼 겁니다. 그만큼의 병력은 그럼 우리를 구해줄 동맹군과의 전쟁에 나가는 대신 내부적인 임무에 투입이 되는 거고요. 나치 군사력이 약화될 수 있도록 여기서 이렇게 싸우는 것이 아무 의미 없는 일인가요? 나치가 우리를 죽이기로 결정 내릴 때까지 나치가 하라는 대로 여기서 그대로 복종만 하면서 남아 있는 건 어떤 의미가 있나요?"

리즐의 말에 놀란 사람들은 입을 다물고, 그 놀라움은 또다시 반박의 소리를 낳는다. 디타는 여전히 손에 빗을 든 채 얼음이 돼 있다. 리즐 아들러는 막사 안의 유일한 목소리다.

"어떤 처자가 우리더러 '늙은 암탉들'이라고 하더군요. 틀린 말도 아니죠. 우리는 하루 종일 꼬꼬댁 수다를 떨고 다니는 것 말고는 별로 하는 일이 없어요."

"그럼 거기 말 많은 댁이 직접 탈출해서 좋은 일이라도 해보지 그래?" 아까 처음 입을 열었던 여자가 버럭 소리를 친다. "말이야 쉽지. 하지만……."

"나는 나이도 많고 힘도 없어요. 그런 용기도 없고요. 나는 늙은 암탉입니다. 그렇기 때문에 내가 하지 못하는 일을 할 수 있는 용감한 사람들을 존경하는 겁니다."

주위 사람들은 이제 속닥이지도 않는다. 아무도 입을 열지 않는다. 무슨 대화든 주도적으로 참여하는 수다쟁이 투르노브스카 부인조차 친구 리즐을 아리송한 표정으로 쳐다보고 있다.

디타는 침대 위에 빗을 내려놓고 현미경을 들여다보듯 어머니를 꼼꼼히 살핀다. 디타는 자신이 알던 어머니가 아닌 것 같아 꽤나 놀란 상태다. 디타는 아버지의 죽음 이후 어머니가 모든 주변의 현실에서 거리를 두고 자기만의 세계에 빠져 살고 있다고 생각했다.

"엄마, 엄마가 이렇게 말씀 많이 하시는 거 진짜 오랜만에 본 것 같아요."

"에디타, 내가 못할 말을 한 것 같니?"

"전혀 아니죠."

디타네 막사로부터 몇백 미터 떨어진 곳에서는 침묵이, 그리고 어둠이 군림한다. 루디와 프레드 모두 손을 바로 코앞에 들고 있어도 자기 손가락조차 육안으로는 확인할 수가 없다. 앉거나 눕거나, 둘 중 하나의 자세밖에 할 수 없는 이 구멍 속에서 느끼는 시간의 흐름은 괴로울 정도로 느리고 두 사람이 나눠 쓰는 공기에 숨이 차다. 캠프 생활을 오래 한 사람 말로는 등유에 적신 담배로 탐색견을 쫓을 수 있다고 했다.

프레드의 숨소리에서 루디는 불안함을 감지할 수 있다. 이렇게 버티는 동안 두 사람은 이제 머릿속에 든 것들을 백만 번쯤은 곱씹는다. 루디로서는 이 얼마나 미친 짓을 벌인 것인지 생각하지 않을 수가 없다. 루디는 지금까지처럼 캠프에서 명부 관리자로 혜택을 누리며 그냥 전쟁이 끝나길 기다리기만 하면 되는 거였다. 그러나 그는 탈출의 열병에 휩싸였고 열병을 이길 방법은 없었다. 루디는 자신을 쳐다보던 앨리스 뭉크의 마지막 눈빛이, 혹은 프레디 허쉬의 새파란 얼굴이 머릿속에서 지워지지가 않는다. 무너지지 않을 것 같았던 프레디 같은 사람조차 눈앞에서 무너지는 것을 목격하고 나니 레지스탕스고 뭐고 루디가 믿을 수 있는 건 이제 탈출뿐이었다.

더구나 앨리스의 죽음에 대해 무슨 할 말이 있겠는가? 그녀의 아름다움과 청춘만으로는 그 끔찍한 증기롤러를 막을 수 없다는 걸 어떻게 납득한단 말인가? 나치에게는 장벽이 없다. 지구 저 끝에 숨어 있는 마지막으로 남은 유대인 한 명까지 다 말살하겠단 나치의 의지는 체계적이고 수그러들지도 않는다. 루디와 프레드는 도망쳐야 한다. 도망치는 것만으로는 부족하다. 그들은 세계에, 특히 아마도 러시아와 프랑스가 선두를 이끌고 있을 서구 국가들에게 폴란드 한복판에서 진짜 살육이 벌어지고 있단 사실을 알려야 한다. 저들이 강제수용소라고 부르는, 역사상 가장 잔인한 범죄행위를 벌이는 데 온 힘을 쏟아붓고 있는 이곳의 존재를 말이다.

그래서 암흑과 이 얼어버릴 것 같은 추위에도 루디는 결국 자신의 결정이 옳았다는 결론을 내린다.

시간은 째깍째깍 흘러간다. 조그만 틈 하나 없기에 비록 지금이 낮인지 밤인지조차 알 수 없지만 말이다. 두 사람은 이렇게 완전한 암흑 속에서 3일을 버텨야 한다. 그래도 사람들이 움직이는 소리를 들으며 낮과 밤을 구분할 수는 있다.

기다림은 어렵다. 어쩌다 잠이 들기도 하지만 눈을 뜨면 곧바로 긴장이 엄습한다. 눈을 떠도 마주하는 것은 암흑뿐 아무것도 없는 세상이기에. 곧이어 지금 구멍 속에 몸을 숨기고 있다는 사실이 떠올라 진정을 되찾긴 하지만 그래봐야 감시탑에서 불과 몇 미터 떨어져 몸을 숨기고 있는 처지니 그 진정도 얼마 가지 않는다. 두 사람의 머리는 핑핑 돈다.

두 사람은 밖에서 누군가가 들을 것을 염려해 일절 대화를 하지 않고 있다. 나무판자의 작은 틈으로 두 사람이 질식하지 않을 만큼 충분한 공기가 들어오는지도 걱정스럽다. 그러나 이 모든 노력에도 불구하고 둘 중 한 명이 더는 참지 못하겠다면서 속삭이며 묻는다. 밖에서 이 구멍 입구 위에 나무판자를 더 쌓아버린다면, 그래서 그들 둘의 힘으로 밀어 올리지 못하게 된다면 어떻게 될까. 답은 두 사람 다 이미 알고 있다. 구멍은 봉인된 관이 되어버릴 것이고 두 사람은 천천히 숨이 막혀, 혹은 굶주림과 갈

증으로 괴로워하며 죽게 될 것임을. 길고 괴로운 기다림의 시간 동안 두 사람은 분명 의식을 잃을 것이고, 둘 중 누가 먼저 죽을까 스스로 생각해보지 않을 수가 없을 것이다.

이들에게 가장 위험한 적, 개들이 짖는 소리가 들려오지만 다행히도 소리는 두 사람이 있는 곳에서 꽤 떨어져 있다. 그러나 머지않아 지척에서 다른 소리가 들린다. 발소리, 사람 목소리가 걱정스러우리만치 가까워졌다.

나치 대원들의 군화 소리가 쿵쿵 울린다. 두 도망자는 숨을 참는다. 숨을 쉬고 싶어도 쉴 수가 없다. 공포가 그들의 폐를 억누르고 있다. 선명하지 않지만 나무판자를 움직이는 듯한 소리가 들린다. 두 사람이 숨은 이 구멍 주변에 놓인 판자들을 나치가 제거하고 있다. 좋지 않다. 나치 대원들이 정말로 지척에 있어서, 휴가가 취소돼 잔뜩 화가 나 있는 대원들의 대화 소리까지 알아들을 수 있을 정도다. 대원들의 말에는 도망자들을 향한 분노로 가득하다. 도망자들을 찾아내면 슈바츠후버가 처형을 내리겠지만, 만약의 경우 처형을 당하지 않는다면 두개골을 으깨버린단다. 나치의 목소리가 너무 생생하게 들려와 루디는 이미 죽은 목숨인 양 온몸이 서늘해진다. 이제 루디의 목숨은 전적으로 이들을 가리고 있는 판자의 두께에 달렸다. 4~5센티미터가 생사를 가르는 것이다.

북소리마냥 군화 소리가 점점 가까워지고 이들이 숨어 있는 구멍 옆 판자가 움직이는 소리가 끝을 알린다. 얼마나 떨리는지 저들이 차라리 구멍을 덮고 있는 이 판자를 밀고 두 사람이 숨은 구멍 안을 들여다보았으면, 그냥 빨리 그렇게 끝이 나버렸으면 싶은 마음까지 든다. 차라리 저들이 여기서 그냥 자신들을 쏘아버리면 좋겠다. 저들의 분노 덕분에 사람들 앞에서 모욕을 당하고 목이 매달리는 그런 고통에서 해방되면 좋겠다. 얼마 전까지도 루디는 자유를 갈망하고 있었다. 이제 그가 원하는 건 신속한 죽음이다. 심장이 세차게 뛰어 이제 흔들리기까지 한다.

천둥 같은 군화 소리는 더욱 선명해지고 나무판자는 꼭 묘비처럼 끼익 소리를 내며 움직인다. 꼼짝 않고 앉아 있던 루디는 이제 자세를 움직이며 포기한다. 이제 더는 할 수 있는 것이 없다. 탈출 전 며칠 동안 루디는 만약 잡힌다면, 그러니까 확실히 죽는단 걸 알게 됐을 때 받을 고통에 대해 집요하게 생각했다. 그러나 이제 그는 괴로움이란 건 죽음이 확실해졌을 때가 아니라 그 전에 오는 것임을 알게 됐다. 나치가 루거 권총을 겨누면서 양팔을 들라고 할 땐 이제 더는 할 수 있는 것도, 더는 두려워할 것도 없이 차분하게 자신을 포기하는 일만 남아 있을 뿐이다. 나무판자가 움직이는 소리에 루디는 본능적으로 팔을 든다. 쏟아질 빛을 대비해 지난 며칠간 어둠에 익숙해진 눈도 꼭 감는다.

그런데 빛이 쏟아지지 않는다. 군화 소리도 희미해지고 판자를 움직이는 소리도 잦아들었다. 꿈이 아니다…… 사람들의 말소리며 다른 소음도 멀어졌다. 1초, 또 1초가 한 시간처럼 흘러가고, 탐지견들도 점점 멀어진다. 다시 고요함이 찾아오고 저 멀리서 트럭 소리, 호루라기 소리만이 이따금씩 들려온다. 그리고 쿵쾅쿵쾅 날뛰는 심장소리도. 루디는 이 심장 소리가 자기 것인지, 프레드의 것인지, 아니면 둘 다의 것인지 알 수가 없다.

두 사람은 안전하다…… 지금으로서는.

이 순간을 자축하기 위해 루디는 분에 넘치게 큰 한숨을 내쉬며 자세를 살짝 바꾼다. 프레드가 땀이 난 손을 뻗어 루디를 더 듣고, 루디는 그의 손을 잡는다. 두 사람은 함께 떨고 있다.

몇 분이 흐르고 위험이 지나가자 루디는 프레드의 귀에 속삭인다. "오늘 밤 여길 뜨는 거야. 영원히."

그 말에는 어떤 논쟁의 여지도 없다. 두 사람은 무조건 이곳을 영원히 떠난다. 천장 역할을 하던 판자를 밀어내고 두 사람은 어둠을 보호벽 삼아 포복해간다. 무슨 일이 있어도 다시는 아우슈비츠 수용자가 되지는 않을 것이다. 자유인이 되거나 죽거나, 둘 중 하나다.

24

전기 철조망 안 비르케나우 수용소가 잠 못 드는 밤을 보내고 있는 동안 철조망 밖에서는 스르륵 나무판자가 열린다. 마치 체스 상자가 천천히 열리는 것 같다. 사람 손 네 개가 나무판자를 아래서 밀자 차가운 밤공기가 작은 구멍 안으로 홍수처럼 쏟아져 들어온다. 머리 두 개가 조심히 밖으로 고개를 내민다. 루디와 프레드는 신선한 공기를 흠뻑 들이마신다. 파티에 온 기분이다.

루디는 조심스레 주변을 둘러본다. 나치도 전혀 없고 어둠에 충분히 몸을 숨길 수 있겠다. 불과 40~50미터 거리에 감시탑이 있기는 하지만 경비는 수용소 안을 살피느라 수용소 철조망 바로 외곽에서 숲을 향해 기어가고 있는 도망자 두 명은 알아채지 못한다. 그쪽으로는 수용소 확장과 새 막사 건설을 위한 자재가 잔뜩 쌓여 있다.

숲에 가까워져 축축한 나무들 냄새를 폐 깊숙이까지 들이마시는 일이 얼마나 낯설던지, 거의 새로 태어난 기분이다. 그러

379

나 자유의 첫술을 뜨고 나서 느낀 기쁨은 오래가지 못한다. 멀리서 볼 때는 너무나 아름답고 반가웠던 숲이 밤에는 인간에게 그리 호락호락한 곳은 아니다. 피부에 상처를 내는 수풀이며 마구잡이로 몸을 때리는 나뭇가지며 후드득 쏟아지는 나뭇잎들이며, 사방이 덫이다. 두 사람은 최대한 똑바로 앞을 향해 걸으며 수용소와의 거리를 벌린다.

이들의 계획은 120킬로미터 떨어진 슬로바키아 국경의 베스키디 산맥까지 가는 것이다. 낮에는 숨고 밤에는 걸을 것이다. 그리고 기도도 할 것이다. 나치가 도망자를 도와주는 이들까지 전부 총살에 처하기 때문에 폴란드 민간인들에게서는 도움을 구할 수 없다.

두 사람은 발을 헛디디고, 넘어지고, 다시 일어나 걷기를 반복하며 어둠 속에서 나아간다. 천천히 몇 시간을 걸어간 끝에 두 사람은 맞는 방향으로 가고 있는지는 자신 없지만 나무가 점점 듬성듬성해지고 낮은 수풀뿐인 지대에 들어선다. 몇백 미터 앞에는 불이 켜진 집도 보인다. 이제 흙길로 접어든다. 더 위험하긴 하지만 포장되지 않은 길이란 건 인적이 드문 길이란 얘기다. 두 사람은 모든 소리에 신경을 바짝 곤두세우고 그 길을 따라 최대한 도랑에 바짝 붙어 계속 걸어간다. 어둠 속에 들리는 올빼미 울음소리는 스산하고 바람은 너무 차가워 숨을 쉬기도 힘들다. 민가가 보일 때마다 두 사람은 뒤돌아 숲을 확인한 후 민가에서 안전한 거리를 두며 우회로를 택한다. 미친 듯이 짖어대는 개들도 있었다. 행여 눈에 띌까, 도망자들은 발길을 재촉한다.

동이 트려 하자 두 사람은 나무들이 빼곡한 숲속 깊숙이 들어가 나무 위에 몸을 숨기기로 한다. 이제는 현재 위치의 주변 그림이 보다 명확해지고 어디로 갈지 가닥이 선다. 30분이 지나자 앞이 또렷이 보일 만큼 밝아진다. 두 사람은 한참을 서로 쳐다본다. 서로가 낯설다. 깜깜한 어둠 속에서 3일을 보낸 터라 수염은 평소보다 길다. 얼굴 표정도 달라졌는데, 수용소를 나왔단 사실로 인한 불안과 기쁨이 뒤섞여 있다. 이들은 서로를 알아볼 수가 없다. 두 사람은 달라졌다. 이제는 자유인이다. 루디와 프레드는 씩 웃는다.

그들은 나무를 타고 올라가 편안한 자세를 취해보려 하지만 나뭇가지 사이에서 안정적인 자세를 잡기가 쉽지가 않다. 두 사람은 가방에서 통나무만큼 딱딱해진 빵을 꺼내 먹고 작은 물병에 남은 마지막 몇 방울의 물을 입에 털어 넣는다. 드디어 고대하던 해가 뜨고 프레드는 자신들의 위치를 확인한다. 그는 저 멀리 구릉 지대를 가리킨다.

"슬로바키아 국경 방향으로 우리, 제대로 가고 있어."

무장한 나치도, 사이렌도, 아무런 명령도 없이 빵을 씹는 지금 이 순간의 자유는 무슨 일이 닥쳐도, 그 어느 누구도 빼앗을 수 없을 것이다. 떨어지지 않고, 또 날카로운 나뭇가지에 찔리지 않고 균형을 유지하기란 쉽지 않지만 너무나 피곤한 나머지 졸음이 몰려와 그나마 휴식을 취할 수 있다.

얼마나 지났을까, 사람 목소리와 죽은 나뭇잎을 바삐 밟는 발소리가 들린다. 정신을 차리고 눈을 떠보니 두 사람이 자리 잡은 나무 주변으로 아이들 무리가 뛰어다니고 있다. 아이들은 팔에 나치 완장을 차고 독일 노래를 부르고 있다. 두 사람은 경계의 눈빛을 주고받는다. 히틀러 유소년그룹 소풍이다. 하필이면 저 젊은 유소년그룹 지도자가 스무 명 남짓 아이들을 데리고 두 사람이 있는 나무 주변의 공터에서 점심을 먹기로 할 건 또 뭐람. 두 사람은 얼어붙어 근육 하나 꼼짝 않는다. 아이들은 깔깔 웃어대거나 소리를 지르거나 뛰어다니다가 싸움이 붙기도 하고 노래도 한다…… 두 사람은 아이들의 카키색 반바지 유니폼을 알아볼 수 있다. 아이들의 소란스러움, 저 넘치는 활력이 불안하다. 가끔씩 친구들에게 던질 나무 열매를 찾으러 두 사람이 앉아 있는 나무 밑동에까지 다가오는 것이 불안하다. 식사 시간이 끝나고 지도자는 아이들에게 다시 출발하자고 이야기한다. 시끄러운 아이들 부대가 떠나고 나무 위에서는 안도의 한숨이 흘러나온다. 한참을 미동도 없이 뻣뻣하게 굳어 있었던 탓에 두 사람은 혈액순환이 안 돼 손을 쥐었다 폈다 한다.

이들은 초조하게 밤을 기다린다. 일몰로 정확히 서쪽 방향을 확인하고 해가 지기 전 마지막 남은 빛을 틈타 두 사람은 다시 길 가까이 내려간다.

두 번째 밤은 탈출 첫날밤보다 훨씬 힘들다. 쉬려고 멈춰서는 일이 잦아졌다. 힘이 다 빠져버린 탓이다. 어젯밤은 탈출의 흥분으로 고조된 아드레날린 덕에 버틸 수 있었지만 이제는 그마저도 약해져버렸다. 그렇다고는 해도 두 사람은 동이 트고 더는 움직일 수 없을 때까지 계속 나아간다. 갈림길과 교차로를 여러 번 지났고 매번 본능적으로 선택을 하긴 했지만 두 사람 다 지금 어디로 가고 있는진 알지 못한다.

다시 울창한 숲을 뒤로하고 잘 경작된 밭과 수풀이 있는, 나무가 드문 지대로 접어든다. 사람들이 많은 곳임을 한눈에 알 수 있지만, 호들갑을 떨기에 두 사람은 너무 지쳤다. 아직 날은 아주 어둡지만 길 저편으로 수풀에 둘러싸인 평지가 보인다. 두 사람은 평지로 가 잎사귀가 아직 달려 있는 나뭇가지들을 더듬더듬 찾은 다음 몇 시간 눈을 붙일 자리를 만든다. 눈에 띄지만 않는다면 여기서 하루 종일 쉴 수도 있을 것이다. 이들은 임시로 마련한 은신처 입구를 잎이 무성한 가지 두어 개로 막는다. 동틀 녘 폴란드는 아주 춥기에 두 사람은 체온을 유지하려 서로 바짝 붙어 가까스로 눈을 붙인다.

얼마나 깊이 잠이 들었던지 사람 소리에 잠이 깼을 때는 이미 해가 중천에 떠 있다. 공포가 배를 쿡 찌른다. 임시 은신처는 생각했던 것보다 훨씬 엉성했다. 입구를 가리려고 둔 나뭇가지가 제대로 입구를 가리지도 못 하거니와, 그 구멍으로 바깥을 살펴보니 더더욱 놀라울 뿐이다. 두 사람은 숲속의 평지에서 쉬고 있던 게 아니었다. 깜깜한 밤 그 어둠 속에서 그들은 사람들이 사는 마을에 다다랐고, 두 사람이 실은 공원 안에서 눈을 붙인 것이었다. 남들 눈을 피할 수 있는 평지라고 생각했던 이곳에서 불과 몇 미터 되지 않는 거리에 이제 벤치와 그네가 보인다.

다가오는 발소리에 두 사람은 극도의 불안에 휩싸여 서로 눈빛을 주고받으며 손가락 하나 꼼짝 않는다. 탈출을 준비하며 나치 정찰대와 탐지견들을 피할 생각만 했지 아이들 때문에 최악의 악몽 같은 상황이 벌어질 줄은 몰랐다.

그들이 공포에 휩싸일 새도 없이 두 아이들, 금발에 푸른 눈의 남자아이 하나와 여자아이 하나가 임시 은신처 입구 앞에 버티고 선 채 아리아인의 호기심을 발휘해 그들을 응시하고 있다. 아이들 뒤로 몇 걸음 떨어져 검은 군화 한 켤레가 성큼성큼 다가온다. 아이들은 돌아서서 독일어로 소리치며 달려간다.

"아빠, 아빠, 여기요! 이상한 사람들이 있어요!"

친위대 군복 모자를 쓴 나치가 두 사람을 쳐다보고 있다. 루디와 프레드는 그렇게 마비된 채 무방비하게 노출돼버렸다. 그가 나뭇가지 사이로 머리를 들이미는데 마치 괴물 거인의 머리처럼 거대하다. 상급분대지도자의 모자 위 해골이 마치 두 사람의 비밀을 알기라도 하는 듯 그들을 바라보고 있다. 그 순간 두 사람의 머릿속에 자신들의 지난 인생이 빠르게 스쳐 지나간다. 뭐라 말이라도 하고 싶지만 공포로 인해 목소리조차 나오지 않고 몸도 움직일 수가 없다. 나치 대원은 악의적인 미소를 띠고서 두 사람을 조사하기 시작한다. 하이힐을 신은 그의 아내가 저만치서 걸어오는 모습이 보인다. 그가 아내에게 무슨 말을 했는지는 잘 들리지 않는다. 다만 그들 귀에 들리는 것은 독일 여자의 당혹스러워하는 목소리뿐이다.

"앞으로는 이런 공립 공원에 애들 데리고 올 생각 마! 수풀에서 껴안고 있는 남자들이라니, 남사스러워라!"

여자는 화가 나 획 돌아서서 가버리고 나치는 여전히 얼굴에 희미한 미소를 띤 채 아이들을 데리고 아내를 따라 걸어간다.

루디와 프레드는 그대로 풀 위에 누워 서로를 쳐다본다. 두 사람은 밤사이 잠이 들 때처럼 아직도 서로 그렇게 껴안고 있는지 몰랐다. 이제 이들은 서로를 더욱 꼭 껴안으며 공포가 두 사람의 목소리를 막아버린 것에 영원히 감사한다. 무슨 말이든 단 한 마디라도 입을 연 순간 이들이 독일인이 아니란 게 탄로 났을 것이다. 침묵은 대체로 금이 맞는다.

루디 로젠버그와 프레드 베틀러는 비록 베스키디 산맥까지 가는 정확한 길은 몰라도 목적지인 슬로바키아 국경에서 그리 멀지는 않다고 생각한다. 그러나 일단 가장 시급한 문제는 무엇보다 그들이 다른 사람들 눈에 띈다는 것이다. 길모퉁이에서는 마구 달려가느라 어떤 여자와 거의 부딪힐 뻔했다. 이제 주변은 확 트인 벌판이고 사람들도 너무 많다. 경계하는 눈빛으로 쳐다보는 얼굴에 주름이 깊게 팬 폴란드 농부 여인을 마주해도 어쩔 수가 없다.

두 사람은 모든 것을 걸고 모험을 하는 수밖에는 달리 선택지가 없다는 판단을 내린다. 지금이든 나중이든 사람들을 마주치지 않을 수는 없다. 그리고 어쨌거나 지금 도움이 필요한 상황이기도 하다. 두 사람은 24시간 이상 아무것도 먹지 못했고 며칠간 잠도 제대로 못 잔 데다 슬로바키아로 제대로 가고 있는지조차 모른다. 둘은 재빨리 눈빛을 교환하곤 이 농부 여인에게 사실대로 털어놓기로 한다. 체코어를 섞어가며 어설픈 폴란드어로 손짓을 동원하여, 심지어는 확실히 설명하려는 서로의 입을 막아가면서까지 두 사람은 이 여인에게 자신들이 아우슈비츠에서 도망을 나왔다고 털어놓는다. 위험한 사람들은 아니고 그저 집에 돌아가기 위해 국경까지 어떻게 가는지만 알면 된다고 말이다.

여인의 의심스러운 눈초리는 여전하다. 두 사람이 가까이 가려고 하자 몇 걸음 뒤로 물러나기까지 한다. 프레드와 루디는 말이 없어진다. 그녀는 후추처럼 작은 눈으로 두 사람을 쳐다본다. 횡설수설하는 두 사람은 피곤하고 배도 고프다. 그리고 겁도 난다. 손짓으로 도움을 구걸해보지만 여인은 시선을 아래로 떨군다. 둘은 다시 눈빛을 교환하고 프레드가 떠나야 한다고 고갯짓을 해 보인다. 여인이 도와달라고 소리 지르며 그들을 밀고하기전에. 그러나 두 사람은 자기들이 돌아서자마자 여인이 경보를 울릴까봐 겁이 난다.

이들에게는 채 후퇴할 시간도 없다. 여인이 다시 이들을 올려다보더니 마치 무슨 결심이라도 한 듯 한 걸음 더 가까이 다가와 루디의 스웨터 소매를 붙잡는다. 여인이 자신들을 더 자세히 보고 싶어한다는 것을 두 사람은 깨닫는다. 그녀는 마치 말이나 소를 보듯 두 사람을 자세히 살핀다. 그녀는 이들이 어떤 사람들인지를 좀 보고 싶다. 면도하지 않은 얼굴과 더러운 옷만으로는 그들의 말이 사실인지 확신이 서지 않지만, 거의 산송장 같은 얼굴에 잠을 자지 못해 붓고 푹 꺼져버린 초췌한 눈은 확실히 보인다. 뼈 마디마디가 피부를 거의 뚫고 나올 지경인 것도 보인다. 마침내 그녀가 고개를 끄덕인다. 그러고는 여기 그대로 기다리고 있으라고, 그리고 먹을 것을 좀 가져오겠다고 손짓을 해 보인다. 두 사람은 여인이 폴란드어로 한 말 중에 "사람"과 "국경"이란 단어를 들은 것 같다. 몇 걸음을 가다가 여인은 다시 돌아서더니 여기서 꼼짝 말고 기다리라고 다시금 당부한다.

루디는 저 여자가 가서 당국에 자기들을 신고할지도 모른다고, 그래서 나치 정찰대가 나타날지도 모른다고 속삭인다. 프레드는 자기들이 도망가 숨을 수도 있지만 여자가 만약, 아우슈비츠에서 탈출한 사람들이 여기 있다고 신고할 경우 나치는 이 지역을 봉쇄하고 수색에 나설 것이라고 지적한다. 그러면 정말 도망치기 어렵게 된다.

두 사람은 기다리기로 한다. 그들은 다리를 건너 개울 반대편으로 건너간다. 당장 오늘 아침 물을 마신 개울이었다. 이렇게 하면 친위대가 오더라도 얼른 알아보고 숲으로 깊숙이 들어가면서 약간의 시간은 벌 수 있을 것이다. 한 시간이 지났지만 농부 여인은 여전히 소식이 없다. 이들의 배 속에서는 공기 외의 무언가를 요구하기 시작한다.

"지금 숲으로 돌아가는 편이 가장 합리적이야." 루디가 중얼거린다.

프레드도 동의는 하지만 둘 중 아무도 움직이지 않는다. 움직일 수가 없다. 그들은 가진 힘을 모두 다 써버렸다. 더는 몸 안에 태울 연료가 남아 있지 않다.

두 시간이 지나자 그들은 누가 올 거란 기대는 포기하고 찬 공기를 버티려 딱 붙어 있다. 심지어는 그렇게 꾸벅꾸벅 졸고 있다. 바쁜 걸음 소리에 평화로움은 깨진다. 다가오는 게 누가 됐든 이제는 굳이 도망가려고 하지도 않는다. 눈을 떠보니 발소리의 주인공은 삼베 재킷에 바지는 끈으로 허리춤에 고정한 열두 살 소년이다. 소년은 꾸러미를 하나 들고 있다. 아마 소년의 할머니가 그를 보냈으려니, 두 사람은 생각한다. 소년이 들고 온 작은 나무상자를 열자 뜨거운 김이 나는 감자, 그 아래는 튀긴 송아지 살코기가 두텁게 두 점 들어 있다. 세계의 금을 다 쓸어 모은다 해도 지금 이것과는 바꾸지 않을 것이다.

소년이 떠나기 전 두 사람은 슬로바키아 국경으로 가는 길을 물어보려 한다. 소년은 그들에게 기다리라고 한다. 음식을 대접하며 베풀어준 친절과 순식간에 음식을 먹어치워 되찾은 활력으로 어느 정도 평정심을 되찾은 이들은 그대로 그 자리에서 기다린다. 거의 순식간에 밤이 내리고 온도가 떨어진다. 이들은 긴장을 유지하고 추위를 이겨내려 주변을 빙빙 돌기로 한다.

드디어 다시 발소리가 들린다. 이번에는 어둠 속에 가려진 훨씬 조심스러운 발소리다. 상대가 코앞까지 와서야 달빛에 겨우 남자가 보인다. 옷차림은 농부지만 손에는 총을 들었다. 무기는 나쁜 소식이다. 남자가 그들 앞에 서서 성냥불을 켜자 세 사람의 얼굴이 잠깐 비친다. 그는 구둣솔처럼 빼곡한 밝은 갈색의 콧수염을 가졌다. 그는 총을 든 손을 내리고 다른 손을 뻗어 악수를 청한다.

"레지스탕스요."

그가 한 말은 그 한마디지만 그걸로 충분하다. 루디와 프레드는 기쁨에 겨워 넘어질 때까지 서로 껴안고 방방 뛰고 춤을 추기 시작한다. 폴란드인 레지스탕스는 두 사람을 당혹스러운 표정으로 쳐다본다. 저 사람들이 취했나 싶다. 그렇다. 두 사람은 자유에 취했다.

레지스탕스 멤버는 자신을 스타니스라고 소개하지만 두 사람은 그게 그의 실명일 거라고 생각하진 않는다. 그가 체코어로 설명하기를, 아까 농부 여인이 두 사람을 의심한 것은 그들이 변장을 하고 레지스탕스에게 협조하는 폴란드인들을 색출해내는 게 슈타포일까 싶어 그런 것이라고 한다. 이어 그는 국경이 이제 아주 가까이 있지만 독일 군인들의 정찰을 극도로 조심해야 할 거라고, 하지만 자신이 정찰 시간표를 알고 있고 정찰대가 시간표를 워낙 철저히 지켜서 매일 밤 같은 시각 같은 장소를 지나가니까 정찰대를 피하는 것이 그렇게 어렵진 않을 거라고 이야기한다.

스타니스는 두 사람에게 자신을 따라오라고 한다. 그들은 어둠 속에서 황량한 길을 한참 걸어가다 폐가 같은 집에 다다른다. 초가지붕에 돌벽으로 된 오두막의 나무문은 살짝만 밀어도 금세 열렸다. 무성한 풀과 습기가 벽 주위에 가득하다. 스타니스는 쭈그려 앉아 성냥불을 켜고 썩은 나무 몇 조각을 치우더니 금속 고리를 잡아당긴다. 그러자 숨은 문이 나타난다. 그는 주머니에서 초를 꺼내 불을 켠다. 촛불에 의지해 세 사람은 오두막 아래 건초를 저장하는 공간으로 내려간다. 그곳에는 매트리스와 담요, 식량 약간이 마련돼 있다. 세 사람은 캠핑용 가스 불에 캔 수프를 데워 식사를 한다. 그런 다음 프레드와 루디는 아주 오랜만에 처음으로 편안하게 잠을 잔다.

스타니스는 말수가 많지 않지만 대단히 효율적이다. 이튿날 아침 세 사람은 일찌감치 오두막을 나선다. 스타니스는 야생멧돼지가 나오는 길을 정확히 알고 있음을 증명해 보인다. 하루 종일 거의 쉼 없이 걸어 동굴에 다다른 세 사람은 그곳에서 밤을 보낸다. 다음 날도 세 사람은 멈추지 않는다. 정찰대를 피하기 위해 산을 올라가 위험이 지나갈 때까지 바위 뒤에서 망을 보았다가 다시 가던 길을 간다. 그다음 날 동틀 녘, 마침내 그들은 슬로바키아 땅에 도착한다.

"이제 자유입니다." 스타니스가 작별인사를 건넨다.

"아니, 아직 아닙니다." 루디는 말한다. "아직은 의무가 남았습니다. 지금 벌어지고 있는 일을 전 세계가 알아야 합니다."

스타니스가 고개를 끄덕인다. 그의 빽빽한 콧수염도 위아래로 움직이며 동의를 표한다.

"고맙습니다, 정말 고맙습니다. 우리 목숨을 구해주셨어요."

루디와 프레드가 인사하자 스타니스는 어깨를 으쓱한다. 더는 대꾸할 말이 없다.

두 사람의 여정 후반부는 제3제국 안에서 무슨 일이 벌어지고 있는지, 유럽이 모르는 것 그리고 알려고 하지 않는 것은 무엇인지를 전 세계에 알리고자 노력하는 것이다. 유럽이 모르는 것,

굳이 알려고 하지 않는 것이란 국경을 둘러싼 전쟁만이 아니다. 바로 특정 인종에 대한 말살 시도다.

 1944년 4월 25일 루돌프 로젠버그와 알프레드 베츨러는 슬로바키아 질리나의 유대인의회 본부에서 슬로바키아 유대인 대표 오스카 뉴만을 만났다. 아우슈비츠에서 명부를 관리한 사람이었던 만큼 루디 로젠버그는 어마어마한 통계를 제시한 보고서를 쓸 수 있었다. 이 보고서는 노예 수준으로 노동력을 착취하고 수용자들의 소유물을 유용하는가 하면 의복을 제조하기 위해 인간 머리카락을 동원하고 제국의 동전을 만드는 데 수용자들의 금니와 은니를 뽑아다 녹이는 등 거대하고 조직적으로 이뤄지는 살인 시스템을 처음으로 공개했다. 루디는 아우슈비츠에서 처리된 유대인 수를 셌다. 약 176만 명이었다.
 루디 로젠버그는 임산부 엄마의 치맛자락을 붙들고 독가스가 살포됐던 샤워실 안으로 들어간 아이들이며 수감자가 앉지도 못 할 크기의 관만 한 크기의 독방들, 눈 내리는 겨울 밖에서 여름옷을 입고 하루 종일 거의 물이나 다름없는 수프 한 그릇만 먹으며 죽어라 일하는 수용소 실태에 대해서도 공개했다. 이따금씩 눈에서 눈물이 흘렀지만 그는 멈추지 않고 말을 이어나간다. 그는 전쟁의 포탄 소리에 귀가 멀어버린, 하여 유럽 내에서 벌어지고 있는 더욱 추잡하고 끔찍한 전쟁에 대해서는 알지 못하는 세계를 향해 큰 소리로 외치고 싶은 열망에 사로잡혔다. 그 추잡하고 끔찍한 전쟁은 어떤 대가를 치르더라도 반드시 멈춰져야 한다.
 자기가 쓴 보고서를 읽고 난 루디는 피곤하면서도 동시에 뿌

듯했고 몇 년 만에 처음으로 마음에 평화가 찾아온 느낌이었다. 보고서는 즉시 헝가리에 보내졌다. 나치는 헝가리를 점령했고 헝가리 유대인들의 수용소 이송을 준비하고 있었다. 전 세계는 나치 수용소가 그냥 집단 거주지 정도라고 생각했지 죽음의 공장이라는 실상은 알지 못했다.

그러나 전쟁은 기관총과 포탄으로 사람의 몸만 파괴하는 게 아니다. 이성도 지워버리고 영혼도 죽여버린다. 루디와 프레드의 경고는 헝가리의 유대인의회 귀에 들어갔지만 아무도 귀를 기울이지 않았다. 유대인 지도자들은 나치가 한 약속을 믿으려 했고 폴란드로 계속 유대인을 보냈다. 이 때문에 아우슈비츠 내 헝가리인 숫자는 엄청나게 늘었다. 온갖 고통과 괴로움 끝에, 그리고 자유의 기쁨 끝에 루디는 쓰디쓴 환멸을 삼켜야 했다. 루디가 상상했던 것과 달리 보고서는 헝가리인들의 목숨을 구하지 못했다. 전쟁은 마치 흐르는 강물과도 같다. 통제하기 어렵고 작은 둑을 세워도 샛길로 흐르고 만다.

루디 로젠버그와 프레드 베츨러는 잉글랜드로 도피했고 거기서 보고서를 공개했다. 브리튼 제도는 두 사람의 목소리에 귀를 기울였다. 그래봐야 그곳에서는 전 유럽을 파괴하는 광기에 종지부를 찍기 위해 더욱 용감하게 싸우는 것 말고는 달리 할 수 있는 게 많지 않았지만 말이다.

25

1944년 5월 15일 2,503명이 테레진에서 가족캠프로 새로 이송돼 왔다. 이튿날 또다시 2,500명을 실은 기차가 도착했다. 18일에도 또 한 무리가 이송돼 왔다. 모두 합해 약 7,500명이 새롭게 늘어난 것이다. 이들 중 독일계 유대인은 3,125명, 체코인이 2,543명, 오스트리아인이 1,276명, 네덜란드인이 559명이었다.

첫날 아침은 어수선 그 자체다. 고성이 오가고 호루라기 소리에 여러 가지 혼선들 등등. 디타와 어머니, 이렇게 둘이 같은 침대를 쓰는 걸로도 모자라 다른 사람까지 세 명이서 한 침대를 쓰도록 강요받았다. 같은 침대를 쓰는 여자는 네덜란드 사람인데 얼마나 겁을 먹었으면 아침인사 한마디조차 하기 힘들어했다. 그녀는 밤새 한숨도 못 자고 덜덜 떨었다.

디타는 31구역으로 서둘러 넘어간다. 세플 리히텐스턴과 나머지 교사들은 학교를 재건해보려고 애는 쓰지만 뭘 어찌 손쓸 도리가 없는 상태다. 이제 31구역에는 체코어를 쓰는 아이들에다 독일어, 네덜란드어를 쓰는 아이들까지 들어와 다들 서로 이해하지도 못 하고 그야말로 무정부주의나 다름없는 지경이다. 5월 이송 때 300명의 아이들이 새롭게 들어왔고, 새로운 반을 짜고 상황이 좀 확실해질 때까지 세플과 미리암은 디타에게 도서관 운영을 잠정적으로 중단하도록 했다.

겁을 먹고 예민해진 아이들이 말다툼을 하고 서로 밀치고 싸우며 고집을 부리고 울음을 터뜨리는 가운데 혼란스러운 분위기는 점점 가중되기만 하는 것 같다. 아이들은 가만히 있질 못 한다. 아이들은 빈대며 벼룩이며 습기가 생긴 지푸라기 침대에 사는 온갖 진드기에 물려 짜증이 나 있다. 날씨가 따뜻해지니 꽃만 피는 것이 아니라 별별 벌레들도 생겨난다.

미리암은 극단적인 결정을 내린다. 그녀는 아이들 속옷을 빨기 위해 유사시 쓰려고 아껴둔 마지막 분량의 석탄을 물을 데우는 데 쓰기로 한다. 한바탕 소동이 벌어지고 굴뚝에서 옷을 완전히 다 말릴 시간이 없어 아이들은 축축한 옷을 다시 입어야 하긴 하지만 하루를 지켜보니 벌레들은 전부 익사한 것 같고 서서히 31구역도 평정을 되찾는다.

31구역을 일터로 배정받아 처음 이곳을 찾는 사람들은 막사가 줄지어 서 있는 것을 보고 화장실인가 생각한다. 그러나 비밀리에 운영되는 학교를 보고 이들은 깜짝 놀란다. 그리고 희망적이 된다.

일과가 끝날 무렵 반이 어느 정도 정해지고 학교 일과도 정리가 되자 세플이 모두를 한자리에 모은다. 그는 발레리나 같은 다리에 털양말을 신은 소녀 한 명을 소개한다. 긴장한 모습의 소녀는 앞뒤로 몸을 흔들거리고 있다. 유심히 살펴보지 않고선 그

저 자그맣고 심지어는 금세 부서질 것처럼 연약한 소녀로 생각할 수도 있겠지만 그녀를 주의 깊게 주시한 사람이라면 그 눈동자에서 타오르는 불꽃을 보았을 것이다. 수줍은 듯하지만 동시에 대담하게 그녀는 주변의 모든 것들을 관찰한다. 소녀는 자신을 31구역의 사서라고 소개한다.

사서라고? 어떤 사람들은 자기가 방금 들은 얘기가 맞는지 믿을 수가 없어 되묻는다. "도서관이 있다고? 책은 금지인데!" 그들은 그토록 위험하고 조심스러운 일이 어떻게 이처럼 어린 소녀의 손에 맡겨진 것인지 이해할 수가 없다. 그래서 미리암은 다들 디타의 말을 잘 들을 수 있도록 디타에게 의자에 올라가 이야기하라고 한다.

"안녕하세요. 저는 에디타 아들러예요. 우리 도서관에는 종이책이 여덟 권 있고 살아 있는 책도 여섯 명이 있어요."

새로 들어온 사람들 중에는 의아해하는 표정을 도저히 감추지 못하는 사람들도 보인다. 그러자 어른들 앞에서 자기 업무의 심각성을 전하기 위해 자못 진지한 목소리로 입을 연 디타조차도 웃음이 나기 시작한다.

"걱정하지 마세요. 저희가 미친 게 아니고요. 물론 책이 살아 있다는 게 아니라 책에 나오는 이야기를 들려주는 사람들이 살아 있다는 얘기죠. 오후 시간에 그분들을 빌릴 수 있으실 거예요."

디타는 도서관 운영에 대해 체코어와 놀라우리만치 유창한 독일어로 계속 설명을 이어간다. 세상에서 가장 기괴한 이곳 수용소 안에서 정상적으로 돌아가는 학교라니, 두 가지 모순적인 아이디어에 새로 배정된 교사들은 여전히 약간 어리둥절해 있다. 디타는 할 말을 마치고 모젠스턴 교수가 하던 것처럼 약간 연기하듯 과장되게 고개를 숙여 보이곤 정작 자기 연기에 터질 것 같은 웃음을 가까스로 참는다. 평소의 은신처로 걸어가는데 사람들이 입을 떡 벌리고 디타를 쳐다본다. 디타는 그 광경이 더 웃기다.

"31구역 사서래." 그들이 속삭인다.

오후에는 한바탕 소동이 벌어져 디타가 조용히 숨어 책을 읽고 있을 수가 없다. 디타는 평소 즐겨 찾는 은신처로 간다. 그런데 거길 가보니 남자아이들 여섯 명이 개미들을 괴롭히고 있다.

'불쌍한 개미들.' 디타는 생각한다. '아우슈비츠에서는 음식 부스러기라도 찾기 힘들었을 텐데 애들한테까지…….'

디타는 옷 속에 『세계사 산책』을 숨기고 얼른 변소로 가 변기 뒤에 숨는다. 확실히 책 읽기도 쉽지 않고 냄새도 끔찍하다. 하지만 그렇게 끔찍하기 때문에 나치가 이 안까지 머리를 들이밀 가능성도 별로 없다. 그리고 바로 그 이유 때문에 암거래가 이곳 변소에서 이뤄진단 사실을 디타는 아직 모르고 있었다.

수프 배급 시간이 다가온다는 것은 거래를 할 시간이 됐다는 얘기다. 캠프 내에서 수리공으로 일하는 폴란드 남자 아르카디우스는 담배며 빗이며 거울, 부츠 등 많은 것을 취급하는 가장 활발한 암거래상 중 한 명이다.

그는 수용자의 얼굴을 한 산타클로스다. 대가를 지불할 준비만 되어 있다면 무슨 부탁이든 들어준다. 사람들 목소리가 들려와 디타는 책장 넘기는 소리가 나지 않게 더욱 조심한다. 디타의 귀에까지 대화 소리가 들려온다. 대화의 상대방은 여자다.

디타에게 얼굴이 보이진 않지만 보후밀라 클라이노바는 뾰족한 코 때문에 오만해 보이는 인상의 여자다. 하지만 멍들고 부은 눈꺼풀 때문에 지금은 그리 오만해 보이진 않는다.

"고객이 있어. 내일모레 여자가 하나 필요해. 오후에, 저녁 점호하기 전."

"그 정도는 보후밀라 이모가 확실히 할 수 있는데, 우리 막사 카포가 겁이 좀 많아서 웃돈이 필요할 거 같아요."

"보후밀라, 바가지 씌우지 마."

그러자 목소리가 높아진다.

"이런 몹쓸, 나 좋자고 그러는 거 아니잖아요! 카포 때문이라고, 카포. 카포가 자기 방을 내주지 않으면 댁도 맛있는 간식은 없는 거야."

아르카디우스는 목소리를 낮추지만 그의 목소리엔 여전히 적의가 남아 있다.

"빵 배급 1회랑 담배 열 개비에 합의했지. 더는 나한테서 부스러기 하나 못 받아가. 너희들끼리 나누든지 말든지 알아서 해."

여자의 불평이 디타의 귀에까지 들린다.

"담배 열다섯 개비면 전부 해결인데."

"안 된다고 했지."

"망할 폴란드 사채업자! 알았어요, 카포한테는 내 분량에서 두 개비 주지 뭐. 하지만 내가 벌이가 줄어들어 음식을 못 구하면 병이 나겠지. 댁한테 예쁘고 어린 유대인 여자들을 구해주는 사람이 누구더라? 그때가 되면 보후밀라 이모한테 올게 되겠지, 그럼. 그리고 나한테 이렇게 꼴통처럼 군 걸 후회할 거고."

침묵이 흐른다. 거래가 성사되면 당사자들은 마치 각자의 방식으로 집중이라도 필요한 듯 언제나 말이 없어진다. 아르카디우스가 담배 다섯 개비를 꺼낸다. 보후밀라는 언제나 절반을 미리 요구한다. 나머지 분량과 빵 배급표는 밀회 때 여자의 손에 들려 보낼 것이다.

"그럼 물건을 한번 보지."

"기다려요."

다시 몇 분 침묵이 흐른 후 여자의 콧소리가 들린다.

"여기요."

디타는 궁금함을 참지 못하고 목을 길게 빼고 그림자에 몸을 숨긴다. 키가 조금 더 큰 폴란드 사람이 보이고 영양이라곤 하나도 부족하지 않은 것 같은 보후밀라의 풍성한 몸집도 보인다. 더 마른 여자도 한 명 같이 있는데, 이 여자는 고개를 숙인 채 손을 무릎에 올리고 있다.

폴란드 남자가 그녀의 치마를 올리고 그녀의 소중한 부위를 더듬는다. 그러고는 여자의 두 팔을 펴고 천천히 그녀의 가슴을 주무른다. 여자는 꼼짝도 않고 그대로 서 있다.

"그렇게 어린 애는 아니네……."

"더 낫지. 뭘 해야 하는지 아니까."

보후밀라가 데려오는 여자들 대부분은 아이 엄마다. 아이가 있는 엄마들은 자기 아이들이 배고픈 걸 보고 있을 수 없어 빵을 더 구해야 한다.

폴란드 남자는 고개를 끄덕이고 떠난다.

"보후밀라." 여자가 부끄러운 듯 속삭인다. "이건 죄예요."

보후밀라는 심각한 표정을 연기하며 그녀에게 말한다.

"그런 건 걱정하지 마, 자기야. 이게 다 신의 뜻이야. 빵을 벌어야지."

그러고는 불경한 웃음을 터뜨린다. 보후밀라는 웃으며 변소를 떠나고 여자는 여전히 고개를 숙인 채 보후밀라의 뒤를 따른다.

디타는 입안이 쓰다. 다시 책 속의 프랑스 혁명으로 돌아가고 싶지만 그럴 수가 없다. 디타는 얼굴이 창백해져 자기 막사로 돌아간다. 한창 다른 사람과 대화 중이던 어머니는 디타를 보자마자 대화를 중단하고 디타 쪽으로 걸어와 딸을 꼭 안아준다. 이 순간 디타는 다시금 자신이 작고 약하다는 느낌이 든다. 어머니 품에서 평생 이렇게 있고 싶다.

43만5천 명의 헝가리 유대인들을 가득 실은 147편의 화물열차가 홍수처럼 밀려들어와 최근 캠프에는 부쩍 긴장감이 높아진 상태다. 철조망 가까이에는 언제나 진을 치고 기차 도착 장면을 구경하는 아이들이 있다. 갈 곳 없는 사람들은 이리 치이고 저리 치이고, 옷이 벗겨지고 매질을 당한다.

"여기는 아우슈비츠 비르케나우다!"

그들의 당혹스러운 표정을 보니 이곳의 이름 따위는 그들에게 아무런 의미도 없는 것 같다. 이들 상당수는 자신들이 어디에서 죽게 되는지도 아직 알지 못한다.

대체 조사단은 언제 오는 것이며 프레디와 미리암이 말하던 그 창문이란 언제 열려서 진실을 소리쳐 알릴 수 있는지 디타는 당최 알 수가 없다. 대체 뭘 해야 하는지도 모르겠다. 눈을 감으면 멩겔레가 대리석 실험대 옆에 그 흰 가운을 입고 서서 무표정하게 자신을 기다리고 있는 모습이 떠오른다.

게다가 이런저런 걱정에도 불구하고 디타는 여전히 프레디의 죽음을 머릿속에서 지울 수 없다. 사람들 말론 프레디가 포기한 거라지만 증거를 봐도 디타는 그 말이 믿기지 않는다. 어떤 설명을 들어도 디타는 납득이 되지 않는다. 그중에 디타가 듣고 싶은 말은 없었으니까. 다들 디타에게 집요하다고 말한다. 그리고 그말이 맞는다. 포기해야 할 순간이 오기야 하겠지만 디타는 포기하고 싶지가 않다. 마지막 남은 카드를 쓸 생각으로 디타는 병원이 있는 32구역으로 간다. 아직 숨이 붙어 있을 때 프레디 허쉬를 마지막으로 본 사람들이 그곳에 있었다. 그들은 프레디의 마지막 말을 들었을 것이다.

간호사 한 명이 병원 입구에서 역겨운 검은 반점들이 남아 있는 시트를 접고 있다.

"의사선생님을 뵙고 싶은데요."

"선생님은 여럿 계신데 누굴 찾니?"

"그냥 한 분만 뵈면 되는데……."

"어디 아프니? 카포한텐 말하고 온 거야?"

"아니요, 진료를 받으려는 게 아니에요. 그냥 이야기하고 싶은 게 있어서요."

"어디가 아픈지 얘기해봐. 여기서 필요한 처치라면 이제 나도 거의 알고 있으니까."

"9월 입소자들 관련해서 궁금한 게 있어서요."

여자는 긴장하며 디타를 의심스러운 눈초리로 쳐다본다.

"뭐가 궁금한데?"

"어떤 사람에 대해 알고 싶은 게 있어요."

"그 사람이 너희 가족이니?"

"네, 저희 삼촌이요. 9월 입소자들 담당 의사선생님이 아마도 삼촌이 죽기 전에 격리캠프에 같이 계셨던 것 같아요."

간호사는 디타를 빤히 쳐다본다. 바로 그때 의사 한 명이 두 사람 쪽으로 걸어온다. 의사는 노란 원으로 뒤덮인 흰 가운을 입고 있다.

"선생님, 여기 이 여자애가 9월 입소자 중 격리캠프에서 처치를 받은 사람에 대해 물어볼 게 있다고 하는데요."

의사는 눈 밑에 축 처진 주머니를 달고 피곤한 얼굴이지만 그래도 친절하게 미소를 지어 보이려 노력한다.

"격리캠프에서 처치를 받은 사람이 누굴까?"

"이름이 허쉬예요, 프레디 허쉬."

커튼이 닫히는 것처럼 의사의 얼굴에서 미소가 싹 사라진다. 갑자기 그는 적대적으로 변해버린다.

"천 번은 얘기했겠다! 그자를 살리기 위해 우리가 할 수 있는 건 아무것도 없었어!"

"하지만 제가 궁금한 건……."

"우린 신이 아냐! 이미 얼굴이 시퍼렇게 돼 있었다고. 누가 됐든 할 수 있는 건 아무것도 없었어. 우린 마땅히 해야 할 일을 한 거고."

디타는 프레디가 무슨 말을 했는지 알고 싶지만 의사는 짜증이 역력한 표정으로 디타에게서 등을 돌리곤 작별인사도 없이 가버린다.

"애야, 미안하지만 우리도 이제 일을 해야 할 것 같구나." 간호사는 그러더니 문을 가리킨다.

디타가 병원을 나오는데 누군가의 시선이 느껴진다. 가끔 병원 구역을 오가는 걸 본 적이 있는 늘씬하고 다리가 긴 소년이다. 그는 소식을 전달하는 일을 한다. 화가 난 디타는 마깃을 찾으러 간다. 마깃은 막사 뒤편에 앉아 동생 헬가의 머리에서 이를 잡고 있다. 디타도 두 사람 가까이 가서 부근의 돌에 앉는다.

"별일 없지?"

"5월 입소자들 도착했을 때보다 이가 더 많아졌어."

"헬가, 그 사람들 탓이 아니야. 사람들이 많아지니까 뭐든지 더 많아지는 거지." 마깃은 헬가를 다독인다.

"혼란도 늘어나고 소동도 늘어나고……."

"그래, 하지만 신께서 우릴 도와주신다면 헤쳐나갈 수 있겠지." 마깃은 헬가의 기운을 북돋우려고 해본다.

"더는 못 참겠어." 헬가가 흐느낀다. "나가고 싶어. 집에 가고 싶어." 마깃은 이를 찾는 대신 헬가의 머리를 쓰다듬기 시작한다.

"곧 집에 갈 수 있을 거야, 곧."

아우슈비츠에서는 모두가 이곳을 나가는 것, 이곳을 영원히 과거에 묻고 떠나는 것에 집착한다. 유일한 꿈, 신을 향한 유일한 요구는 집으로 돌아가는 것이다.

그러나 그 반대로 움직이고 있는 사람, 아우슈비츠로 돌아오는 사람이 있다. 온갖 논리와 지혜와 이성을 무시한 채 빅토르 페스텍은 역사상 가장 거대한 강제수용소가 있는 곳, 오시비엥침으로 향하는 열차에 몸을 실었다.

1944년 5월 25일 빅토르 페스텍은 6주 전 여행의 역순으로 이동한다. 그와 레더러가 버젓이 두 발로 수용소를 걸어 나간 후 두 사람은 원래 계획대로 오시비엥침에서 기차를 탔다. 나치 군복을 입은 체코인 레더러는 자리에 앉자마자 잠든 척했고 기차 안의 순찰대 누구도 크라쿠프로 가는 길에 평화로이 잠든 친위대 장교를 감히 방해하려 하지 않았다.

일단 목적지에 도착해서 이들은 그대로 곧장 프라하로 가는 열차를 탔다. 빅토르는 거대한 프라하 중앙역에서 내릴 때 주저하던 순간, 특히 레더러와 주고받은 시선이 기억난다. 이제 그들은 열차칸이라는 상대적으로 안전한 곳을 나와 도처에 지켜보는 눈이 가득한 곳으로 아무런 보호 없이 나가야 했다. 빅토르의 지시사항은 명확했다. 고개는 똑바로 들고 눈은 정면을 향하고 무뚝뚝한 표정을 유지한다. 그리고 절대 멈춰서지 않는다.

기차역 대기실은 베어마흐트 독일 국방군 군인들로 붐볐다. 그들은 두 사람의 검은색 나치 군복을 존경과 불신이 뒤섞인 표정으로 바라보았다. 민간인들은 감히 고개를 들고 그들을 쳐다보려고 시도조차 하지 않았다. 누구도 그들에게 감히 말을 걸려 하지 않았다. 레더러는 친구가 있는 필센으로 가자고 제안했다. 일단 거기 도착해서 그들은 친위대 복장을 숨기고 마을 외곽 숲속에 버려진 집을 은신처로 삼았다. 레더러는 연락책을 통해 자신과 빅토르, 그리고 르네와 르네의 모친을 위한 위조문서 발급을 조심스레 시도했다. 문서를 받기까지는 몇 주가 걸렸다. 게슈타포가 그들의 뒤를 바짝 쫓고 있다는 것을 그들은 알지 못했다.

아우슈비츠로 돌아가는 이번 여행을 위해 빅토르는 민간인 복장을 하고서 다시 한번 꺼내 입게 될 나치 군복은 여행 가방에 고이 접어 넣어두었다.

창가 자리에 앉아 빅토르는 머릿속으로 이미 수천 번 되짚어본 계획을 다시금 시도해본다. 그는 수용소 내 사무실에서 카토비체 사령부 인장이 찍힌 종이 한 장을 가져와 르네와 그 모친을 데려가는 것을 허락한다는 내용의 문서를 준비했다. 신문을 목적으로 게슈타포가 수용자들을 이송시키는 일은 빈번했다. 이송이 승인되면 수용자들은 캠프 입구의 경비초소로 보내지고, 카토비체 본부에서 온 차가 그들을 싣고 간다. 대부분이 다시는 돌아오지 않았다.

빅토르는 그 과정을 잘 알고 있다. 그는 어떤 암호를 써야 하는지 안다. 그는 게슈타포가 두 명의 수용자를 이송해달라고 요구한다는 전화를 걸 것이다. 그리고 두 사람이 나오면 나치 대원 한 명이 미리 차에 대기하고 있다가 그들을 아우슈비츠 비르케나우에서 싣고 갈 것이다. 차에 그들을 태워가는 사람은 레더러가 될 것이고, 레더러는 빅토르가 탈출 전 준비해놓은 승인장을 보여줄 것이다. 레더러는 독일어를 완벽하게 구사한다. 그는 르네와 모친을 데리고 가다가 인근의 어느 지점에서 빅토르를 차에 태울 것이다. 그러고 나면 이제 그들은 자유다.

레더러는 그들에게 차를 준비해줄 레지스탕스 연락책을 만나기 위해 하루 먼저 떠났다. 차는 진한 색에 비밀스러워야 한다. 독일차여야 하는 건 당연하다.

단 하나 빅토르가 불안한 점이 있다면 일단 그들이 자유의 몸이 된 다음 르네의 반응이다. 빅토르는 이제 더는 나치 대원이 아니고, 르네도 수용자가 아니다. 그녀는 빅토르를 사랑하거나 혹은 그의 과거를 이유로 그를 거절할 자유가 있다. 그동안 르네를 그렇게 만났어도 르네는 늘 말수가 적었기에 빅토르는 그녀에 대해 별로 아는 바가 없음을 깨닫는다. 그러나 그건 빅토르에게 별로 중요한 사실이 아니다. 그들 앞에는 창창한 앞날이 있다.

기차가 천천히 오시비엥침 역에 들어간다. 오후 날씨는 흐리다. 아우슈비츠 하늘은 회색빛이란 걸 그는 잊고 있었다. 플랫폼에는 사람이 많지 않지만 빅토르는 벤치에 앉아 신문을 읽고 있는 레더러를 몰래 확인한다. 마지막 순간 레더러가 배신할까 두려웠지만 레더러는 빅토르에게 자신을 믿어도 된다고 했고, 실제로 그는 여기 와 있다. 이제 잘못될 건 없다.

열차에서 내린 빅토르는 이제 르네와 매우 가까이 있다는 생각에 기쁘다. 그는 르네가 자신을 보고 미소를 지으며 입까지 곱슬머리를 쭉 잡아당기는 모습을 그려본다. 레더러가 벤치에서 일어나 그를 향해 걸어간다. 그런데 그때 두 줄로 늘어선 친위대원들이 레더러를 거의 넘어뜨리다시피 밀치며 기관총을 들고 플랫폼으로 달려간다.

빅토르는 저들이 자신을 잡으러 오는 것임을 안다.

담당 장교가 요란하게 호루라기를 불며 소리를 지른다. 빅토르는 차분히 바닥에 가방을 내려놓는다. 나치 군인들은 그에게 소리를 지르며 양손을 공중으로 들라 하고, 또 한쪽에서는 가만히 있지 않으면 이 자리에서 당장 사살이라고 소리친다. 혼란스러운 것 같지만 실은 정석대로 진행되는 작전이다. 모순적인 지시를 통해 목표물을 혼란에 빠뜨리고 움직이지 못하게 만드는 것이다. 빅토르는 슬픈 미소를 지어 보인다. 그는 체포 절차를 다 알고 있다. 그 자신이 여러 차례 사람들을 체포해보았다.

레더러는 기차역에서 천천히 후퇴한다. 아직까지 레더러는 그들의 눈에 띄지 못했고 이 소동을 틈타 그는 자취를 감춘다. 평정심을 유지하려 노력하면서 그는 세상을 탓한다. 레지스탕스에도 첩보원들이 많다. 누군가가 그들을 배신했다. 레더러는 마을에서 체인이 걸려 있지 않은 이륜차에 올라탄 후 뒤도 돌아보지 않고 달려간다.

빅토르 페스텍은 나치 중앙본부로 보내진다. 그는 몇 날이고 고문을 당할 것이다. 그들은 그가 왜 아우슈비츠로 돌아왔는지 알고 싶다. 그들은 레지스탕스에 대한 정보를 원하지만 빅토르는 레지스탕스에 대해 아는 것이 아무것도 없고 르네 뉴만과의 관계에 대해서도 입을 열지 않는다. 그는 감옥에 갇혀 여생을 보내다 1944년 10월 8일 처형당하게 된다.

26

마깃과 디타는 막사 뒤쪽에 앉아 있다. 낮이 길어졌고 이제는 날씨가 조금 더워지기까지 했다. 끈적끈적한 아우슈비츠의 더위는 흩날리는 재로 얼룩진다. 소녀들은 서로 말이 없다. 두 사람의 우정은 이제 말이 없어도 불편하지 않은 정도가 됐다. 옛 친구 하나가 갑자기 나타난다.

"르네! 오랜만이네!"

금발의 소녀는 희미하게 미소를 지어 보인다. 그녀는 곱슬머리 한 가닥을 잡아당겨 잘근댄다. 르네에게 이렇게 친절한 사람은 최근 들어 거의 없었다.

"친위대 장교가 나치 관둔다고 나가면서 레더러란 사람이랑 같이 도망친 얘기 들었어?"

"맞아. 그리고 그 장교가 네가 말하던 그 사람이야. 널 쳐다봤다던 그……."

르네는 천천히 고개를 끄덕인다.

"알고 보니 나쁜 사람은 아니었나 봐." 르네가 말을 잇는다. "그 사람은 정말 여기서 일어나는 일을 좋아하지 않았어. 그래서 탈영한 거고."

디타와 마깃은 한마디도 하지 않는다. 수용소에서 처형을 담당하는 나치 장교…… 유대인들에게 있어서 그런 사람은 무조건 나쁜 사람 아닌가? 받아들이기가 어렵다. 그렇다고는 해도 다들 한 번씩은 검은 군복, 목 긴 군화를 신은 이 미성숙한 청년들을 가만히 쳐다본 적이 있다. 그들의 눈을 들여다보면 사형집행관이나 친위대 경비의 모습은 찾을 수 없다. 그들은 그냥 청년들일 뿐이다.

"아까 순찰대원 둘이 나한테 오더라. 나를 가리키면서 웃는 거야. 그 사람들이 이틀 전에 잡혔다나. 그 두 돼지새끼들이 글쎄, 그 사람이 내 연인이라 그러더라고. 더러운 거짓말이지. 하여간에 오시비엥침 역에서 잡혔대."

"여기서 겨우 3킬로잖아. 탈출한 건 거의 두 달 전인데! 왜 더 멀리 가서 숨지 않았을까?"

르네는 잠시 생각에 잠긴 듯하다. "왜 그랬는지 난 알지."

"지금까지 계속 마을에 숨어 있었을까?"

"아니, 아마 프라하에서 넘어오는 길이었을 거야. 나랑 엄마를 데려가려고 돌아온 거지. 엄마를 두고는 절대 나 혼자 가지 않을 테니까. 하지만 잡혀버렸으니……."

마깃과 디타는 아무런 대꾸도 하지 않는다. 르네는 시선을 떨군다. 르네는 마깃과 디타에게 그렇게 솔직히 털어놓은 게 후회된다. 르네는 돌아서서 자기 막사로 향한다.

"르네." 디타가 그녀를 부른다. "그 빅토르라는 사람, 어쩌면 진짜 나쁜 사람은 아니었는지도 몰라."

한참 후에 르네도 동의한다. 어쨌거나 빅토르를 더는 만날 수 없을 것이다.

마깃은 가족과 시간을 보내러 가고 디타만 혼자 남는다. 오늘은 가족캠프 옆 격리캠프에도 사람이 별로 없고 반대편 BIIc 캠프도 사람들이 전부 어디론가 대피해서 텅 비어 있는 상태다. 가족캠프의 양 옆 캠프가 모두 비어 있는 경우는 드물다. 그리고 평소보다 더운 날씨 때문에 가족캠프 사람들도 다들 자기 막사에서 오후 시간을 보낸다. 디타는 그대로 멈춰서서 흔치 않은 고요함을 즐긴다.

그때 어디선가 시선이 느껴진다. 저쪽 BIIc 캠프 수용자 하나가 디타에게 손을 흔들어 보인다. 십대 소년인데, 무언가 보수 작업을 하고 있었던 것 같다. 디타가 BIIc 캠프 쪽 철조망으로 다가가며 보니 소년은 일반 수용자들이 입는 옷 말고 새로 나온 줄무늬 옷에 베레모를 쓰고 있다. 운 좋게 유지보수 일을 맡고 있는 모양이다. 디타는 폴란드 남자 아르카디우스가 떠오른다. 아르카디우스는 막사 지붕을 아스팔트로 덮는 일을 배정받은 덕택에 변소에서 암거래를 한다. 각종 수리 일을 맡고 있어 그는 캠프 곳곳을 누빌 수 있고, 무엇보다 더 좋은 음식도 구할 수 있다. 그래서 이 소년도 마찬가지고 유지보수 일을 맡은 사람들은 금세 알아볼 수 있다. 그 건강한 혈색 덕분에.

디타가 막 다시 돌아가려는데 소년이 더 적극적으로 디타에게 가까이 오라고 손짓을 한다. 소년은 꽤나 유쾌한 편인 듯하고 웃으며 폴란드어로 뭐라뭐라 이야기를 하지만 디타는 알아듣지 못한다. 다만 '얍코jabko'라는 말만 귀에 들어온다. 체코어로는

'사과', 마법의 단어다. 음식을 가리키는 단어는 다 마법이다.

"얍코?"

소년은 미소를 지으며 손가락으로 그게 아니라는 표시를 한다.

"'얍코' 아니고…… 야이코jajko!"

디타는 약간 김이 샜다. 사과 맛을 본 지가 하도 오래되어 그 맛이 기억조차 가물가물하다. 달고 약간 시큼한 맛이었던 것 같은데, 그보다도 디타의 기억에 가장 생생하게 남아 있는 건 그 아삭한 과육의 식감이다. 입안에 침이 고인다. 소년이 무슨 말을 하려는 건지 모르겠다. 어쩌면 별 용건은 없고 그냥 디타에게 수작을 부리려는 걸 수도 있지만, 어쨌든 한번 가보기로 한다. 마음이 썩 편치는 않지만 오빠들 또래가 이제 디타에게 관심을 보이는 게 영 기분 나쁘지도 않다.

디타는 전기 철조망이 좀 무섭다. 앞뒤 안 가리고 오직 열망에 눈멀어 걸어갔다가 철조망에 부딪히는 순간 치명적인 전기충격을 받은 수용자들을 디타는 이미 여러 번 봤다. 그 광경을 처음 목격한 다음부터는 누군가 그때 그와 같은 눈빛으로 펜스를 향해 걸어가는 걸 보면 얼른 그 사람에게서 멀리 떨어진다. 끔찍한 그 울음소리에서 최대한 멀리. 파바박 튀던 불꽃, 타버린 머리, 순식간에 검어진 몸, 그 불쾌한 살 타는 냄새며 몸에서 피어오르던 연기, 디타는 처음 보았던 그 장면을 절대 잊지 못한다.

철조망 가까이 가는 건 영 내키지 않지만 배고픔은 내장을 끊임없이 갉아먹는 벌레 같다. 밤에 먹는 빵 한 조각과 소량의 마가린으로는 전혀 진정되지 않고, 어쩌다 수프에 건더기가 들어있는 운 좋은 날도 있지만 그런 행운이 아니라면 24시간을 기다려야 배 속에 밀도 있는 음식이 겨우 들어갈 수 있다. 저 폴란드 남자애가 뭐라는 건진 모르지만 이게 배 속에 뭐라도 집어넣을 수 있는 기회라면 디타는 절대 놓치지 않을 준비가 됐다.

감시탑의 경비병들 눈에 띄지 않기 위해 디타는 소년에게 기다리라고 하고 변소 쪽으로 달려간다. 구역질 나는 변소 건물을 가로질러 변소의 뒷문으로 나온다. 이제 디타는 건물 뒤편 쪽 철조망 가까이 왔다. 주로 간밤에 살아남지 못한 사람들을 데려오는 곳이라 혹시나 바닥에 시체가 있을까봐 디타는 겁이 난다. 다행히 오늘은 깨끗하다. 폴란드 소년은 매부리코에 부채 같은 펄럭귀를 가졌다. 썩 잘생긴 얼굴은 아니지만 워낙 생기 넘치는 그 미소 덕분에 디타는 소년이 귀엽단 생각이 든다. 그는 다시 디타에게 기다리란 신호를 하더니 자기 막사 뒤편으로 들어간다. 아마도 뭔가를 찾으러 가는 것 같다.

가족캠프 뒤편에서는 저 멀리 수척하게 마른 사람 하나가 불을 피우고 누더기들을 잔뜩 태우고 있다. 들끓는 이 때문에 옷을 태우라고 누가 명령이라도 한 것인지, 아니면 전염병에 걸려 죽은 사람들의 옷인지는 모르겠다. 어느 쪽이 됐든 누더기를 태우는 일이 대단히 좋은 일도 아니지만, 딱히 캠프 안에서 배정되는 다른 일들보다는 개중 나은 편이다. 멀리서 보면 할아버지 같은데 아마 실제로는 아직 마흔도 안 된 젊은 사람일 것이다.

폴란드 소년이 돌아오길 기다리는 동안 디타는 옷이 불타는 모습을, 불길 속에 뒤틀리며 타들어가 한줄기 연기가 되는 과정을 지켜본다. 그리고 바로 그 순간, 등 뒤에서 어떤 인기척이 느껴진다. 뒤를 돌아보니 검은색의 커다란 형체가 두 발짝쯤 떨어져 서 있다. 멩겔레 박사다. 그는 휘파람을 불고 있지 않다. 아무런 소리나 움직임도 없다. 그는 그냥 디타를 보고 있다. 어쩌면 디타를 여기까지 따라온 건지도 모른다. 어쩌면 폴란드 소년이 레지스탕스 연락책이라고 생각하는지도 모른다. 옷을 태우던 남자가 황급히 일어나서 가버린다. 이제 디타는 멩겔레와 단둘이 남아 있다.

몸수색을 한다고 하면 속주머니는 어떻게 해명하지? 디타는 생각한다. 아니, 굳이 무슨 설명을 할 필요나 있을까도 싶다. 멩겔레는 신문을 하지 않는다. 그는 사람들의 몸속 내장기관에만 관심이 있다.

멩겔레는 아무 말이 없다. 디타는 철조망 앞에 서 있었던 것을 왠지 사죄해야 할 것 같은 기분이 든다.

"저기 저 사람이랑 이야기를 좀 해볼까 했습니다."

디타는 독일어로 말한다. 자신 없는 목소리다. 옷을 태우던 남자는 이제 그 자리에 없다.

멩겔레는 디타를 빤히 쳐다보다가 반쯤 눈을 감는다. 뭔가 기억이 날 듯 말 듯 하는 것 같은 표정이다. 디타는 재봉사 할머니의 말이 떠오른다. '넌 거짓말을 잘 못하는구나.' 디타는 그 순간 자기가 방금 둘러댄 변명을 멩겔레가 믿지 않았단 생각이 들면서 이미 멩겔레의 대리석 실험대에 눕기라도 한 것마냥 한기가든다.

멩겔레는 가볍게 고개를 끄덕한다. 그가 무언가 확실히 잡히지 않는 기억을 떠올리려고 한 것은 사실이다. 이제 그는 생각이 났다. 그는 웃을 듯 말 듯 한 표정으로 손을 허리춤에 가져가고 총은 그의 손에서 불과 몇 센티미터밖에 떨어져 있지 않다. 디타는 떨지 않으려고 애쓴다. 지금 디타에게는 아주 작은, 아주 사소한 바람만이 있을 뿐이다. 부디 마지막 순간에 떨지 않기를, 혹은

411

오줌을 지리지 않기를. 마지막으로 최소한의 명예라도 지킬 수 있게. 그게 전부다.

멩겔레는 계속 고개를 끄덕이더니 휘파람을 불기 시작한다. 디타는 이제야 그가 실은 자기를 보고 있었던 게 아니란 걸 깨닫는다. 그의 눈빛은 그녀를 지나쳐 갔다. 그에게 있어 디타는 전혀 중요한 존재가 아니었다. 심지어 그는 디타가 거기 있었다는 것조차 알아채지 못했다. 그는 만족스러운 표정으로 휘파람을 불며 발길을 돌린다.

가끔씩 그는 바흐를 부는 데 애를 먹는다.

커다란 그 검은색 형체가 멀어져가는 모습을 지켜보면서 갑자기 디타는 이런 생각이 든다. '멩겔레는 날 전혀 기억 못 해. 그는 내가 누군지 전혀 몰라. 나를 쫓아다닌 게 아니었어…….'

멩겔레는 막사 앞에서 디타를 기다리지도, 작은 수첩에 디타의 이름을 적어두지도 않았다. 디타를 바라보던 멩겔레의 그 시선은 상대가 디타가 아닌 누가 됐든 매한가지였다. 그에게는 모두 그냥 일상적인 일이었고, '페피 삼촌'이라며 아이들에게 친근한 척 머리를 쓰다듬으면서 염산을 주사해 치명적 반응을 살피는 사람의 섬뜩한 농담이었다.

디타는 마음의 짐을 덜고 안도의 한숨을 쉰다. 물론 이곳은 아우슈비츠고 위험에서 완전히 해방된 건 아니지만 말이다.

곧장 막사로 돌아가는 편이 현명할 것이다. 멩겔레가 돌아올지도 모른다. 그러나 디타는 그 폴란드 소년이 왜 자신을 그렇게 불러댄 건지 궁금하다.

그냥 사랑의 약속이었나? 디타는 연애엔 관심 없다. 특히나 말도 안 통하는 웬 폴란드 애하고는 더더욱. 게다가 걘 귀도 사발

같이 생겼다. 디타는 누구한테서 이래라저래라 말 듣는 게 싫다.

그럼에도 불구하고 디타는 그 자리에 그대로 서 있다.

폴란드 소년은 멩겔레가 오는 걸 보고 빈 막사 안에 숨어 있었다. 그러다 멩겔레가 떠난 것을 보고는 철조망 건너에서 다시 나타난다. 그의 손은 비어 있고 디타는 왠지 속은 기분이다. 소년은 이쪽저쪽 주변을 꼼꼼히 살피더니 얼른 철조망 쪽으로 걸어온다. 아직도 그는 웃는 얼굴이다. 이제는 소년의 귀가 그리 커 보이지 않는다. 그의 미소가 모든 것을 가려버린다.

소년이 손에 꽉 쥐고 있던 무언가를 철조망 틈으로 집어넣으려는 순간 디타의 심장은 멎는다. 그가 손바닥을 펴자 하얀 무언가가 디타의 발 위로 굴러떨어진다. 커다란 진주인가 싶다. 가만 보니 진주가 맞는다. 삶은 달걀이니까. 디타는 지난 2년간 달걀을 전혀 먹지 못했다. 달걀 맛이 기억도 나지 않는다. 디타는 깨지기라도 할까 달걀을 섬세하게 양손에 들고 수천 볼트가 흐르는 철조망 사이로 손을 빼낸 그 소년을 올려다본다.

두 사람은 말이 통하지 않는다. 그는 폴란드어밖에 하지 못한다. 그러나 디타가 허리를 숙이는 모습, 디타의 눈이 기쁨으로 반짝이는 모습을 보며 그는 그 어떤 말보다도 디타의 마음을 더 잘 이해할 수 있다. 그는 고개를 숙여 귀족들의 파티에서 만난 사이라도 되는 것처럼 격식을 갖춰 디타에게 인사를 해 보인다.

디타는 자신이 아는 모든 언어로 그에게 감사를 전한다. 소년은 디타에게 윙크를 하고 또박또박 '야이코'라고 말한다. 디타는 소년에게 손키스를 날린 후 자기 막사로 달려간다. 여전히 웃음 띤 얼굴로 폴란드 소년은 자리에서 펄쩍 뛰어 디타의 키스를 공중에서 잡는 시늉을 한다.

이 하얀 보물을 어머니와 함께 나누려고 달려가는 길, 디타는 이 외국어 수업을 평생 잊지 못할 것 같단 생각이 든다. 폴란드어로 달걀은 '야이코jajko'다. 말이란 중요하다.

말이 중요하단 건 다음 날 더더욱 실감하게 된다. 아침 점호 시간에 공지가 떨어진다. 저녁 점호 후 성인들은 전원 엽서를 한 장씩 받게 되고 사랑하는 사람들에게 엽서를 쓸 수 있다고 한다. 일반 재소자를 뜻하는 삼각형 배지를 단 독일인 캠프 카포는 줄을 맞춰 서 있는 사람들 사이를 왔다 갔다 하면서 제3제국에 대해서는 어떤 부정적인 내용도 있어선 안 된다고 강조한다. 그런 내용이 발각될 경우 엽서는 폐기되고 엽서를 쓴 당사자는 엄중한 처벌을 받게 된다고 한다. 그는 '엄중한'이라는 말에 굳이 힘을 준다.

각 구역 카포는 보다 구체적인 지침을 제시한다. 굶주림이나 죽음, 처형 등의 단어는 사용 금지다. 또 이들이 모두 영광스럽게도 총통과 그의 제국에 봉사할 수 있는 특혜를 받은 것이라는 그 위대한 진실에 의문을 던지는 말도 금지다. 식사 시간 동안 세플은 수용자들이 긍정적인 내용의 엽서를 쓰도록 할 것을 캠프 카포가 각 구역장에게 강조했다고 설명한다. 담배와 순무 수프만으로 연명 중이라 얼굴이 핼쑥해진 31구역장은 뭐든 하여간 즐거운 이야기를 적으라고 당부한다.

하루 종일 별별 이야기가 오간다. 나치가 가족들에게 연락을 하고 소포도 받을 수 있는 이런 인간적인 조치를 취해주다니 놀랍다는 사람들도 있다. 그러나 수용소 생활을 오래 한 사람들은 그런 사람들에게 나치는 대단히 실용적이라는 점을 재빨리 설명해준다. 소포를 허용하는 건 딱 나치다운 짓이다. 소포로 온 음식 중에 제일 상태가 좋은 것들은 자기들이 먼저 배불리 먹을 것이다. 외부에 있는 유대인 가족들과 지인들은 엽서를 받고 안심하며 아우슈비츠에선 뭘 하고 지내는지 궁금해할 것이다.

사람들이 걱정하는 데에는 이유가 있다. 가스실로 보내지기 전 9월 입소자들에게도 엽서를 쓰게끔 했었다. 12월 입소자들은 이제 막 캠프 생활 6개월을 거의 채웠다.

그러나 가장 최근 5월 입소자들도 엽서를 받았다. 31구역에는 만성이 된 굶주림과 두려움에 이제 전염성 강한 불안까지 아른 댄다. 아무도 놀이며 노래에 집중하지 못한다.

드디어 저녁 점호가 끝나고 성인들은 모두 엽서를 받는다. 다른 막사 사람들은 많이들 아르카디우스를 찾아 줄을 섰다. 아르카디우스는 엽서 뭉치를 전달하면서 몰래 자기가 연필을 많이 갖고 있다고, 대여료는 빵 한 조각이라고 이미 얘기해둔 참이다. 세플을 찾으러 간 사람들도 있다. 학교에 연필이 몇 자루 있긴 하지만 세플은 별로 빌려주고 싶어하지 않는다.

디타의 어머니와 다른 아주머니들은 각자 자기 엽서를 들고 긴장한 모습으로 막사 입구에서 서성이고 있다. 어머니는 디타가 직접 고모에게 편지를 쓰면 어떨까 싶다. 연락이 끊긴 지 이제 거의 2년이 다 됐다. 사촌들은 어떻게 됐을까, 바깥세상은 어떻게 흘러가고 있을까, 디타는 궁금하다.

엽서를 보아하니 그 정도 공간이면 단어 30개쯤이나 들어갈까 싶다. 엽서 다음으로 이들을 기다리는 미래가 가스실이라면 이 30개의 단어는 디타가 세상에 남기는 마지막 말, 유일한 유산이 될 것이다. 그러나 디타는 실제로 자신이 느끼는 감정을 있는 그대로 적을 수도 없다. 엽서에 우울한 내용이 있으면 나치는 엽서를 보내지 않을 테고 어머니는 처벌을 받을 것이다. '진짜 나치들이 4천 장 넘는 엽서를 하나하나 다 읽어볼까?' 디타는 혼자 생각한다.

나치들은 구역질 날 정도로 체계적이다.

디타는 아직도 30단어를 생각 중이다. 한 여자 교사는 크누트 함순*의 책을 읽고 있다고 엽서에 쓰겠다고 한다. 함순이 쓴 가장 유명한 소설 『굶주림』을 암시하겠단 시도다. 디타는 처음 들어보는 책이다. 이런저런 다른 속임수를 시도하는 사람들도 있다. 어떤 건 정말 기가 막히고 어떤 건 또 너무 완곡해서 아무도 해독하지 못할 것 같다. 다들 인종학살이 벌어지고 있단 사실을 전달하려는 것이다. 그냥 음식을 최대한 많이 보내달라고 하는 사람들도 있다. 바깥세상이 어떻게 돌아가는지 묻고 싶은 사람들도 있다. 그러나 대부분은 우린 잘 살아 있다고, 그 말만이라도 전하고 싶다. 오후 시간 교사들은 누가 제일 암호문을 잘 썼나 비교 대회를 열고 있다.

디타는 어머니에게 진실을 적어야 한다고 말한다.

"진실이라⋯⋯."

어머니는 약간 당혹스러워하며 마치 무슨 신성모독이라도 되는 듯 '진실'이란 단어를 읊조린다. 진실을 말한다는 건 끔찍한 죄를 이야기하고 일탈을 한단 뜻이다. 그토록 지독한 일을 어떻게 이야기할 생각을 한단 말인가.

---

* Knut Hamsun(1859~1952): 노르웨이의 소설가. 1890년 자전적 소설 『굶주림』을 발표하면서 당시 유럽 문단의 주목을 받기 시작했으며 1917년 소설 『대지의 축복』을 발표하면서 노벨문학상을 수상했다.

리즐 아들러는 마치 엄청난 행운을 누리는 사람이 왠지 모를 죄의식을 가지는 것처럼 자신의 운명에 부끄러움을 느낀다. 너무나도 즉흥적이고 경솔해서 사안의 무게를 보다 신중하게 재지 못하는 딸이 안타깝다. 결국 리즐은 엽서를 받아들고 직접 글을 쓴다. 두 사람은 잘 있다고, 신께 감사하고 사랑하는 한스에게도 신의 가호가 있기를 빈다고, 그리고 전염병에 걸리지 말고 건강하게 꼭 다시 만나고 싶다고. 디타는 어머니를 못마땅한 눈빛으로 쳐다본다. 리즐은 이렇게 하면 엽서가 목적지까지 도착할 것이고 그러면 가족들과 연락을 이어갈 수 있을 거라고 설명한다.

"이래야 저들도 우리 소식을 알지."

그렇게 신중하게 적은 엽서건만 리즐의 목표는 달성되지 않는다. 엽서가 목적지에 도착했을 때는 이미 수령인이 거기 없다.

동맹군의 공습은 더 잦아졌다. 독일이 전쟁에서 밀리고 있고 전쟁의 큰 흐름이 바뀌어 제3제국의 패전으로 전쟁이 끝날 거라는 소문이 들려온다. 6개월이 지나고도 살아남는다면 이들은 정말로 어쩌면 전쟁이 끝나는 것을 볼 수 있을지도, 집에 돌아갈 수 있을지도 모른다. 그러나 아무도 그렇게 낙관적이지는 않다. 벌써 몇 년째 계속 되풀이되는 이야기일 뿐이다.

이튿날 아침 아이들이 반별로 자리를 잡는 동안 디타도 책들을 벤치에 준비한다. 그때 미리암 에델스타인이 디타의 귀에 속삭인다.

"안 온대."

디타는 무슨 소리냐는 손짓을 해 보인다.

"슈물레스키가 확인했대. 국제 조사단이 테레진을 찾았는데 나치들이 아주 완벽하게 준비를 잘 했다나 봐. 그래서 딱히 별다른 질문이 없었대. 조사단이 아우슈비츠까지는 오지 않을 거야."

"그럼…… 진실의 순간은요?"

"나도 모르겠구나, 에디타. 그 순간이 올 거라고 믿고 싶어. 신중하게, 인내를 갖고 기다려야겠지. 조사단이 오지 않는다면 힘러가 굳이 가족캠프를 둘 이유가 없을 거야."

디타는 배신감을 느낀다. 지금까지도 이들 목숨의 가치는 아주 작았지만 이제는 아예 가치가 없어져버렸다.

"좋지 않네요, 전혀." 디타가 중얼댄다.

상황은 빠르게 전개된다. 여느 날과 다름없는 어느 아침, 세플리히텐스턴은 평소보다 수업을 5분 일찍 끝낸다. 아무도 그 사실을 알아채지는 못 한다. 캠프 안에서 손목시계를 가진 사람은 세플뿐이다. 그가 난로 위로 낑낑대고 올라간다. 수프 배식 전 아침 수업이 끝났다고 생각한 아이들은 웃으며 신나게 뛰어다니고 서로 농담을 주고받기도 한다. 구역장이 호루라기를 입술에 가져가 주목해달라고 할 때까지 아무도 미처 알지 못한다.

아주 잠깐 그 호루라기 소리에 모두가 그리워하는 노련한 프레디 허쉬의 솜씨가 떠오르면서 다들 침묵에 빠진다. 세플이 프레디의 호루라기를 불었다는 것은 뭔가 심각한 소식이 있다는 뜻이다.

세플은 중요한 소식이 있다고 발표한다. 피곤한 얼굴이지만 목소리는 단호하다.

"선생님들, 학생 여러분, 보조교사 여러분. 비르케나우 아우슈비츠 사령부에서 내일까지 31구역을 비우라는 공지가 왔습니다. 저도 아는 건 이 정도 선입니다."

오후가 되자 31구역은 다시 텅 빈 창고가 되어버렸다. 디타가 여러 번 문을 두드리지만 세플은 대답이 없다. 그러자 디타는 몇 주 전 받았던 열쇠를 사용한다.

　세플도 방에 없고 아직 통금까지는 시간이 있어 이 틈에 디타는 도서관 책들을 하나씩 꺼낸다.

　며칠이나 지도책을 열어보지 못했다. 디타는 구불구불한 해안선의 윤곽을 따라가보고 산맥을 오르락내리락한다. 런던, 몬테비데오, 오타와, 리스본, 베이징 같은 도시 이름들을 나직이 읽어보면서 디타는 너무나 즐겁다…… 이러고 있으니 지구본을 돌리던 아버지의 목소리가 다시 들리는 것만 같다. 디타는 누렇게 변한 『몽테크리스토 백작』의 표지를 떼어낸다. 불어를 하지 못하는 디타도 마르케타 덕분에 이 책의 비밀을 알게 됐다. 디타는 프랑스어 억양을 흉내 내며 만족스러울 때까지 에드몽 당테스의 이름을 소리 내어 발음해본다. 이제 이프 섬의 감옥도 안녕이다.

　디타에게 역사를 가르쳐준 과외교사 H. G. 웰스도 테이블 위에 올려놓는다. 러시아어 문법책, 프로이드의 책, 지질학 논문, 결국 아무도 읽지 못한 신비한 키릴어로 쓰인, 앞뒤 표지 다 없는 러시아 소설도 차례로 내려놓는다. 그리고 각별히 조심하며 마지막 책도 꺼낸다. 책장 몇 쪽이 떨어져 나간 『착한 병사 슈베이크』다. 디타는 책장 사이사이 도사리고 있는 악당 슈베이크가 여전히 그 자리에 있는지 확인하고 싶은 유혹을 뿌리칠 수 없다. 우리의 슈베이크는 또다시 루카스 중령에게 실수를 하곤 뒷수습 중이다.

"부엌에서 가져온 콘소메 수프 말이야. 그릇이 절반은 비었는데?"

"그렇습니다. 중령님. 너무 뜨거워서 여기 오는 사이 증발해 버렸습니다."

"이 파렴치한 기생충 같으니. 네 배 속으로 증발했겠지."

"확실히 증발한 건 맞습니다. 이런 일이 간혹 벌어지지 말입니다. 카를로비 바리까지 뜨거운 와인을 싣고 가는 당나귀 몰이꾼이 있었는데 말입니다……."

"당장 꺼져버려, 이 짐승 같은 새끼!"

디타는 마치 오랜 친구를 껴안듯 종이 뭉치를 껴안는다.

이제 아라비아고무로 느슨해진 책등에 조심히 풀칠을 하고 옷에 침을 좀 묻혀, 책을 숨겨놓는 구멍에서 묻은 흙 때문에 얼룩진 표지를 열심히 닦는다. 디타는 책의 상처를 어루만진다. 이제 정말 마지막이다. 디타가 손볼 수 있는 부분은 다 매만졌다. 이제 그녀는 마치 다림질을 하듯 손을 책장 위아래로 움직이며 구김을 편다. 그냥 구김을 펴는 것이 아니라 다정하게 책을 쓰다듬고 있다.

책을 전부 한데 모으자 아주 작은 부대가 된다. 보잘것없는 백전노장들이다. 그러나 지난 몇 달간 이 책들은 아이들 수백 명과 함께 세계 곳곳을 거닐었고 아이들에게 역사와 수학을 가르쳐 주었다. 그리고 소설이란 섬세한 세계로 이끌며 아이들의 삶을 몇 배는 더욱 크게 만들어주었다. 낡은 책 몇 권이지만 그만하면 제 몫은 다 했다.

27

공장들과 31구역이 이미 문을 닫았다. 디타의 어머니는 투르노브스카 부인과 그 무리들의 대화에 함께하고 있다. 디타는 막사 뒤편에서 벽에 등을 기대고 앉아 있다. 사람이 너무 많아 등을 기대고 앉을 자리를 찾기조차 힘들다. 마깃이 디타를 보러 와 디타 옆자리에 간신히 끼어 앉는다. 마깃은 아랫입술을 잘근잘근 씹고 있다. 걱정하고 있단 뜻이다.

"정말 우리를 다른 곳으로 보낼까?"

"그럴걸. 그게 부디 저세상만 아니길 바랄 뿐."

마깃은 디타 옆에서 안절부절 가만히 있질 못 한다. 두 사람은 손을 잡는다.

"디틴카, 나 무서워."

"우리 다 무서워."

"아니, 넌 엄청 차분하잖아. 심지어 이송 가지고 농담도 하잖아. 나도 너처럼 용감해지고 싶은데 난 정말 무서워. 몸이 다 바

421

들바들 떨려. 날이 이렇게 더운데도 한기가 느껴진다니까."

"한번은 내가 다리를 후들후들 떨고 있으니까 프레디 허쉬가 나한테 이런 말을 해준 적이 있어. 진짜 용감한 사람들은 무서움을 느끼는 사람들이라고 말야."

"어떻게 그래?"

"왜냐면 무서운데도 계속 앞으로 나아갈 수 있는 건 그만큼 용감해야 가능한 일이니까. 겁도 안 나는데 굳이 어려운 길을 가는 게 뭐 그리 별거겠어?"

"캠프 중앙로에서 그분이 걸어가는 걸 몇 번 본 적이 있어. 진짜 잘생겼더라! 알고 지냈더라면 좋았을걸."

"쉽게 알고 지낼 수 있는 그런 사람은 아니었어. 평생 자기 방에 틀어박혀 있었지. 금요일에 다 같이 모이는 자리도 마련하고 스포츠 대회 같은 것도 짜고 이런저런 문제가 생기면 해결하기도 하고, 누구에게나 친절한 사람이었지…… 하지만 그러다가도 곧잘 자기 방 안에 들어가 틀어박혀 있곤 했어. 거의 다른 사람들과는 떨어져서 혼자만 있고 싶은 것 같았달까."

"프레디가 행복했던 것 같아?"

디타는 알 수 없단 표정으로 친구를 돌아본다.

"엄청난 질문인데! 누가 답을 알겠어? 나도 모르겠어…… 하지만 행복했다고 생각해. 쉽진 않았겠지만 내 생각엔 프레디가 도전하는 걸 좋아했던 것 같아. 그리고 절대 비굴하게 도망가지 않았어."

"프레디를 좋아했구나?"

"용감해지라고 가르치는 사람을 어떻게 안 좋아할 수 있겠어?"

"하지만……" 마깃은 디타의 기분을 상하게 할 수도 있는 말인 줄 알고 고심해서 적절한 표현을 고른다. "하지만 결국에는 그 사람도 비굴하게 도망갔잖아. 끝까지 맞서 싸우지 않았어."

디타는 크게 한숨을 내쉰다.

"프레디의 죽음에 대해 정말 많이 생각해봤어. 별별 얘기들이 다 있었으니까. 하지만 아무리 생각해도 어딘가 못 미더운 부분이 있어. 퍼즐 조각들이 딱딱 들어맞질 않아. 프레디가 포기? 그럴 리가 없어."

"하지만 명부 관리하던 그 로젠버그란 사람이 프레디가 죽는 걸 봤다잖아."

"그렇지."

"물론 로젠버그 말도 다 믿을 순 없다는 얘기도 있긴 했지."

"이런저런 말들이야 많지. 난 3월 8일 그날 오후 모든 것을 바꿔버린 어떤 일이 벌어졌다고 생각해. 안타깝게도 그게 뭐였는지 그에게 직접 물어볼 순 없겠지만."

디타가 말을 멈춘다. 마깃은 잠시 디타의 침묵을 지켜준다.

"이제 우리는 어떻게 될까?"

"모르지. 걱정해봐야 소용없어. 우리가 할 수 있는 건 아무것도 없으니까. 누군가 반란을 조직하기로 하면 소식이 들리겠지."

"반란이 일어날 거 같니?"

"아니. 프레디가 있었는데도 반란이 일어나지 않았는데 프레디조차 없는 지금은 절대 불가능할 거라고 봐."

"그럼 기도를 해야겠네."

"기도? 누구한테?"

"신에게. 신 말고 또 누가 있는데? 너도 기도해야 돼."

"1939년부터 유대인들 수십만 명이 신께 기도를 했는데도 신은 그들 말을 듣지 않으셨어."

"어쩌면 우리가 신의 귀에 들릴 정도로 열심히 기도하지 않았나 보지."

"언니, 제발. 안식일에 셔츠에 단추 단 것까지 알고 벌을 내리시는 신께서, 수천 명의 무고한 사람들이 죽고 또 수천 명이 이렇게 갇혀 개보다 못한 취급을 받고 있는데 그걸 모르신다고? 언닌 신께서 정말 아직 모르시는 것 같아?"

"모르겠어, 디타. 신의 뜻에 의문을 갖는 건 죄야."

"뭐 그렇다면야, 난 죄인이네."

"그렇게 말하지 마. 신께서 널 벌하실 거야!"

"이걸로 부족해서 또?"

"너 그러다 지옥 간다."

"순진한 척하지 마, 언니. 여기가 이미 지옥인데, 뭘."

소문은 계속 캠프를 감돈다. 나치가 전부 다 말살할 거라는 사람들도 있고, 노동력으로 쓸 만한 사람은 남겨놓을 거라고 말하는 사람들도 있다.

'신부님'이 무장한 부하 둘을 데리고 예고도 없이 캠프에 나타난다. 사람들은 이들을 못 본 척하지만 사실 이들에게서 눈을 뗄 수가 없다. 이들 나치 세 명은 어느 막사 앞에 멈춰서고 카포가 얼른 튀어나온다.

카포는 긴장한 얼굴로 막사 주변을 살피다 막사 옆편에 있는 여자를 가리킨다. 여자는 앉아 있고 아이 하나가 그녀의 무릎을 베고 있다. 미리암과 아들 아리에다. 중사는 미리암에게 슈바츠후버 지휘관이 직접 하달한 명령을 전한다. 미리암은 아들과 함께 남편이 있는 곳으로 보내질 것이다.

아이히만은 세 가족이 곧 함께할 수 있을 거라고 미리암에게 말했었다. 그것만큼은 거짓이 아니었다. 그러나 아이히만의 진실은 그의 거짓말보다 더 나쁘다.

그들은 미리암과 아리에를 차에 싣고 제1수용소, 야쿱이 있는 방으로 데려간다. 야쿱은 수갑을 차고 나치 대원 둘에게 양팔을 붙들린 채 서 있다. 미리암은 더러운 줄무늬 죄수복에 심지어 너덜너덜해진 피부가 뼈에 겨우 붙어 있는 것 같은 남편을 처음엔 알아보지 못한다. 야쿱이 그녀를 알아보는 데에도 시간이 걸렸을 것이다. 동그란 뿔테 안경을 쓰고 있지 않기 때문이다. 도착하자마자 아마 그는 안경을 잃어버렸을 것이고 그 후로는 모든 것을 흐릿하게만 보았으리라.

미리암과 야쿱 에델스타인은 영리한 사람들이다. 그들은 즉각 가족 상봉의 이유를 알아차렸다. 이 순간 그들의 머릿속에는 무슨 생각이 스쳐 지나갔을까. 상상할 수 있는 사람은 아무도 없을 것이다.

나치는 총을 꺼내 아리에를 겨냥하더니 그 자리에서 바로 아이를 쏜다. 그런 다음 미리암을 쏜다. 야쿱이 총에 맞을 때쯤엔 그의 영혼이 이미 죽은 뒤다.

1944년 7월 11일부터 가족캠프 폐쇄 작업이 시작된다. 당시 캠프에 수용돼 있던 인원은 1만2천 명 정도다. 멩겔레는 3일간의 선별 작업을 지휘한다. 여러 막사 중에 그는 31구역을 고른다. 침대가 없고 빛이 잘 드는 작업공간이 있어서다. 멩겔레는 부하들에게 이르기를, 유일하게 역겨운 냄새가 나지 않는 막사라고도 한다. 생체해부를 그렇게나 좋아하는 멩겔레지만, 그도 역겨운 냄새는 참지 못하는 그런 섬세한 인간이다.

가족캠프는 수명을 다했다. 디타 아들러와 어머니는 멩겔레의 심사를 통과하기 위한 준비 중이다. 멩겔레가 이들의 생사를 결정할 것이다. 식사랄 것도 없는 아침을 먹은 뒤 막사별로 줄을 서야 한다. 캠프 안의 모든 사람들이 불안에 떨고 있다. 사람들은 안정을 찾지 못해 여기저기를 서성이고 마지막 순간이 될지 모를 시간을 보내고 있다. 부부들은 작별인사를 나누러 서로를 찾아 달려간다. 캠프의 중앙로 한가운데서, 각자의 막사 중간쯤에서 숱한 커플들이 조우한다. 포옹과 키스와 눈물이, 심지어는 책망이 오간다. 지금 이 순간까지도 "그러게 내 말대로 미국에 가자니까……" 같은 소리를 하는 사람들도 있다. 다들 각자만의 방식으로 인생의 마지막 순간이 될지 모를 이 시간들을 보내고 있다. 캠프에 도착한 무장대원들의 무관심한 눈빛 속에 카포들은 분노로 호루라기를 불며 모두 각자 막사로 돌아가라고 소리친다.

투르노브스카 부인이 리즐에게 행운을 빈다는 인사를 하러 온다.

"운이요?" 가까운 침대를 쓰던 사람이 말한다. "부인, 우리에게 필요한 건 운이 아니라 기적이에요!"

디타는 겁을 먹고 정처 없이 서성이는 사람들과 약간은 거리를 둔 채 걷고 있다. 디타는 갑자기 등 뒤에서 인기척을 느낀다. 목 뒤로 그의 숨결까지 느껴진다.

"돌아보지 마." 목소리는 명령하듯 말한다.

디타는 명령에 익숙해진 나머지 뒤를 돌아보지도 않고 그대로 서 있는다.

"네가 프레디 허쉬의 죽음에 대해 캐고 다닌다며?"

"네."

"내가 이야기해주지…… 돌아보지 말랬지!"

"다들 프레디가 겁을 먹었다고 말하는데, 저는 프레디가 단지 죽음이 두려워서 비굴하게 도망치지 않았단 걸 알아요."

"맞아. 나치가 격리캠프에서 다시 가족캠프로 불러들일 사람들 명단을 난 봤지. 프레디 허쉬도 그 명단에 포함돼 있었어. 그는 죽을 목숨이 아니었지."

"그럼 왜 자살한 거죠?"

"그건…… 아니야." 아니라곤 하지만 그의 대답에서는 처음으로 주저하는 목소리가 느껴진다. 어디까지 말해야 할지 모르는 것 같은, 그런 느낌이다. "프레디 허쉬는 자살하지 않았어."

디타는 숨겨진 이야기를 알고 있는 이 미스터리한 목소리의 주인공을 어서 확인하고 싶다. 그러나 디타가 고개를 돌리자마자 그는 사람들 무리 속으로 정체를 감춘다. 디타는 그를 알아본다. 병원 구역의 심부름꾼 소년이다.

디타가 그를 막 쫓아가려는데 어머니가 디타의 어깨를 잡는다.

"줄 서야 해!"

디타네 카포가 곤봉으로 사람들에게 겁을 주고 있고 나치 대원들도 총으로 사람들을 위협하고 있다. 시간이 없다. 디타는 마지못해 어머니 옆에 줄을 선다.

'프레디 허쉬가 자살하지 않았다는 게 무슨 뜻이지? 그럼 뭔데? 자살이라는 사람들 말이 그럼 틀렸다는 건가?' 어쩌면 그 소년이 이야기를 지어냈을지도 모른다. '하지만 굳이 그럴 이유가 있나? 전부 거짓말이고, 그래서 디타가 돌아보니까 도망친 거다? 그럴 수도 있지.' 하지만 디타는 왠지 그런 것 같진 않단 생각이 든다. 디타가 그를 돌아본 그 짧은 순간 그의 눈에 장난기라곤 조금도 없었다. 이제 디타는 레지스탕스의 주장과 그날 오후 격리캠프에서 실제 벌어진 일이 전혀 다르다는 확신이 든다. '그럼 왜 거짓말을 한 거지? 어쩌면 실제로 무슨 일이 벌어진 건지, 진실은 그들 역시 알지 못할 수도 있겠지.'

하필 지금 너무 많은 질문들이 쏟아진다. 답을 알게 됐을 땐 이미 너무 늦은 것일지 모를 바로 이 시점에. 가족캠프에 있는 사람만 수천 명이고 이들은 모두 생사를 가를 미친 과학자 멩겔레의 컴퍼스 바늘 앞을 통과해야 한다.

몇 시간째 수많은 사람들이 31구역을 들락날락하지만 아무도 무슨 일이 벌어지고 있는지는 확실히 알지 못한다. 점심으로 수프도 먹었고 바닥에 앉아 있어도 되지만, 그럼에도 디타가 속한 그룹 사람들은 차례를 기다리며 다들 지치고 긴장한 표정이다. 당연히 소문은 무성하다. 더 건강해 보이는 사람들과 노동력을 제공하지 못할 것 같은 사람들이 각기 다른 그룹으로 분류되고 있다. 멩겔레가 명확한 기준 없이 그냥 습관적인 무관심 속에 생사를 결정하고 있다는 사람들도 있다. 사람들은 옷을 벗고 나체로 막사에 들어가 멩겔레의 조사를 받는다. 최소한 멩겔레가 남녀 구분은 해주었다고 말하는 사람들도 있다. 들리는 바로는 멩겔레가 벗은 여자들의 몸에 조금도 관심은 없고, 피곤하고 지루한 표정으로 이따금씩 하품도 해가면서 검사를 하고 있다고들 했다.

무장대원들은 저지선을 치고 31구역 접근을 통제한다. 오늘 선별 작업을 받지 않는 사람들은 긴장 속에 캠프 이곳저곳을 돌아다닌다. 교사들은 마지막 순간까지 아이들 주의를 다른 데로 돌리려고 애를 쓰고 있다. 막사 뒤쪽에 앉아 이런저런 추측들을 하거나 뭐든 할 일을 찾으려는 사람들도 있다. 심지어 콧대 높은 마르케타조차 자기 반 아이들과 손수건 잡기 놀이를 하고 있다. 바닥에서 손수건을 집어들 때마다 마르케타는 남몰래 눈물을 닦는다. 활기차게 뛰어다니며 누가 먼저 손수건을 잡았느니 다투는 마르케타네 반 열한 살 소녀들…… 나치는 이 아이들을 보고 써먹을 수 있다고 생각할까, 아니면 이 아이들은 전부 죽은 목숨인 걸까?

마침내 디타네 막사 차례가 되어 31구역 앞에 줄을 선다. 전부 옷을 벗고 저쪽에 두라는데 이미 누더기들이 진흙 위에 산처럼 쌓여 있다.

디타는 자신의 벗은 몸을 보이는 것보다 어머니의 나체를 다른 사람들이 보게 되는 것이 더 걱정스럽다. 디타는 어머니의 쭈글쭈글한 가슴을, 드러난 여성성을, 피부밑으로 불툭 튀어나온 뼈를 보지 않으려고 등을 돌리고 선다. 최대한 소중한 부위를 가리려고 팔짱을 끼는 여자들도 있지만 대부분 사람들은 이제 별로 상관하지 않는다. 수용자들 줄 양쪽으로는 친위대원들이 배치돼 있다. 이들은 경계태세에서 해제돼 편안하게 여자들 몸을 훔쳐보며 자기들의 취향에 따라 악의적인 품평을 하고 있다. 여자들의 몸은 이제 지저분하고 갈비뼈는 엉덩이보다 더 툭 튀어나왔고 다리 사이에 음모가 거의 없는 여자아이들도 있다. 그럼에도 무언가 주의를 쏟을 만한 것을 절박하게 찾는 나치 대원들은 뼈밖에 없는 사람들을 보는 데 이미 익숙해져 마치 이들이 매력 넘치는 미인들이라도 되는 듯이 여자들을 보고 환호한다.

디타는 군인들이 있는 벽 너머로 막사 안에서 벌어지는 일을 살펴보려 까치발을 딛고 선다. 어머니와 자신의 목숨이 어찌 될지 모른단 사실에도 불구하고 디타는 자꾸 도서관 생각이 난다. 책들은 땅속 깊이 숨겨놓은 상태라 누군가 우연히 그 구멍을 발견하고 책을 꺼낼 때까지, 그래서 그 책들에 다시 생명을 되찾아줄 때까지 그 자리에서 깊이 잠들어 있을 것이다. 아무도 모르는 곳에서 누군가 다시 자신을 소생시켜주기를 기약 없이 기다리고 있는 전설 속 골렘처럼 말이다. 나중에 책을 발견할지도 모를 다른 사람들을 위해 쪽지를 남겨두지 못한 것이 디타는 문득 후회스럽다. '잘 돌봐주세요. 책들도 당신을 잘 돌봐줄 겁니다.' 이렇게 써두었으면 좋았을걸.

디타와 다른 사람들은 나체로 몇 시간을 더 기다린다. 다리가 아프고 점점 힘이 빠진다. 더는 버티지 못해 주저앉은 여자도 있다. 어린 카포의 고함과 협박에도 불구하고 그녀는 일어서길 거부한다. 친위대원 두 명이 마치 감자 포대를 옮기듯 그녀를 막사 밖으로 끌고 나간다. 아마 저 여자는 곧바로 쇠약한 사람들 그룹으로 보내졌으리라 사람들은 추정한다.

드디어 디타 차례다. 여기저기 중얼대는 소리와 기도 소리가 들려오는 가운데 디타와 어머니는 31구역 입구로 들어간다. 바로 앞 사람은 흐느끼고 있다.

"에디타, 울지 말고." 어머니가 속삭인다. "지금이 네가 강하단 걸 보여줄 때다."

디타는 고개를 끄덕인다. 무장한 군인들, 형을 선고하는 멩겔레가 앉아 있는 굴뚝 앞 테이블 등등 막사 안에는 긴장감이 감도는데도 왠지 디타는 보호받는단 느낌이 든다. 나치는 벽에서 아이들 그림을 떼어내지 않았다. 여러 가지 버전의 백설공주와 난쟁이, 색색의 공주와 정글의 동물들과 배 등이 그대로 걸려 있다. 다들 미술 수업이 있었을 때 그린 그림들이다. 테레진에서처럼 아우슈비츠에서도 그림을 그리고, 그렇게 내면의 혼란을 그림으로 풀어낼 수 있었던 그 순간들이 너무도 그리워짐을 디타는 새삼 깨닫는다.

그러나 아직 그림들이 걸려 있고 의자들이 남아 있어도, 31구역은 이제 존재하지 않는다. 31구역은 더 이상 학교가 아니다. 더는 안식처가 아니다. 이제 문 안에는 책상이 있고 그 뒤에는 멩겔레가 명부 관리자, 경기관총을 든 친위대원 두 명과 함께 앉아 있다. 막사 뒤편으로는 이미 선발작업을 거친 사람들이 두 그룹으로 나뉘어 서 있다. 왼쪽은 아우슈비츠에 남을 것이고 오른쪽은 노역을 위해 다른 캠프로 보내질 것이다. 젊은 여자들과 건강해 보이는 중년 여자들, 그러니까 아직 일을 할 수 있는 사람들은 오른쪽 그룹이다. 왼쪽 그룹에는 어린아이들, 노인들, 아파 보이는 여자들이 있고 수적으로도 왼쪽 그룹에 사람들이 훨씬 많다.

그들은 왼쪽 그룹 사람들이 아우슈비츠에 남게 될 것이라고 말한다. 사실상 그 말은 틀리지 않다. 그들을 태운 재가 미끈미끈 숲에 내려앉고 비르케나우의 진흙 속에 영원히 뒤섞일 테니까.

무표정한 나치 의사는 흰 장갑을 낀 손을 왼쪽, 오른쪽으로 저으며 사람들의 생사를 결정한다. 놀랍게도 이 작업을 하고 있는 그의 얼굴은 평온하다. 그리고 아무런 주저함도 없다.

디타 앞에 선 줄이 줄어들고 있다. 디타 앞에서 흐느끼던 여자를 제3제국은 약하고 쓸모없다고 생각하는 사람들과 한 그룹으로 묶었다.

디타는 크게 한숨을 들이마신다. 이제 디타 차례다.

몇 걸음을 걸어 나가 멩겔레의 테이블 앞에 선다. 멩겔레가 그녀를 쳐다본다. 디타는 그가 정말로 31구역에 있었던 자신을 알아볼지 궁금하지만 그가 무슨 생각을 하는지는 전혀 알 수 없는 노릇이다. 그러나 멩겔레의 눈을 들여다보는 순간 디타는 등줄기에 소름이 돋는다. 멩겔레의 눈은 텅 비어 있다. 아무런 감정도 없다. 그의 눈빛은 무서우리만치 공허하고 평온하다.

그는 몇 시간째 반복하고 있는 질문을 다시금 내뱉는다.

"이름, 숫자, 나이, 직업."

디타는 이미 필요한 대답을 알고 있다. 목수, 농부, 기술자, 요리사 같은 독일인들에게 유용한 직업 중 하나, 그리고 미성년인 경우 나이를 올려 말하면 살아남을 수 있다. 디타도 이미 그 점을 잘 알고 있고 신중함이 필요한 때이지만 성격상 그녀는 무언가 남다른 답을 원한다.

무적의 요제프 멩겔레 박사, 고대 올림피아의 신이라도 되는 듯 그녀의 생사를 결정하는 사람 앞에서 디타는 이름 에디타 아들러, 수감자번호 73305, 나이(는 한 살 올려) 열여섯 살이라고 답한다. 그러곤 잠시 망설이다가 가슴에 철십자를 단 나치가 만족할 만한 그런 쓸모 있는 직업 대신 디타는 다른 대답을 내놓는다. "화가입니다."

멩겔레에게 이 선별 작업은 그저 반복적인 일 정도에 불과하고 그는 지쳐 있다. 그러던 중 이와 같은 대답을 듣고 먹잇감이

다가오자 슥 고개를 쳐드는 뱀처럼 그는 디타를 자세히 살핀다.

"화가? 벽화나 초상화를 그리나?"

디타는 목구멍에서 심장이 팔딱팔딱 뛰는 것이 느껴지지만 완벽한 독일어로, 그리고 거의 이런 상황에서는 반항하는 것으로 보일 만큼 차분한 태도로 대답한다.

"초상화를 그립니다."

눈을 굴리며 멩겔레는 희미하게 모순적인 웃음을 띠고 디타를 쳐다본다.

"나를 그릴 수 있겠나?"

그렇게 무서웠던 적은 처음이다. 그 어느 때보다도 디타는 지금이 가장 약자인 순간이다. 디타는 아직 열다섯 살이고, 알몸으로 혼자 경기관총을 든 남자들 앞에 서 있으며, 저 남자들은 디타의 목숨을 쥐고 있는 자들이다. 알몸의 피부 위로 한줄기 땀이 흐르며 땅바닥으로 떨어진다. 그러나 디타는 놀랍도록 힘차게 대답한다.

"네, 그릴 수 있습니다!"

멩겔레는 디타를 천천히 살펴본다. 멩겔레가 멈춰서서 생각을 한다는 건 별로 좋은 신호가 아니다. 사람들은 하나같이 저 머릿속에서 나오는 것 가운데 좋은 건 하나도 없다고들 했다. 모두가 결과를 기다리고 있다. 막사 안에는 찍소리 하나 나지 않는다. 사람들 숨소리조차 들리지 않는다. 무장 친위대원들조차 생각하는 중인 멩겔레를 감히 방해하지 못한다. 마침내 멩겔레는 만족스러운 듯 미소 지으며 장갑 낀 손으로 그녀를 오른쪽으로 보낸다. 적합 판정이다.

아직 안도하긴 이르다. 바로 다음은 어머니다. 디타는 천천히 걸어가며 뒤를 돌아본다. 리즐은 얼굴도 몸도 슬프고 어깨도 굽었다. 그리고 이런 분위기 때문에 더더욱 아파 보인다. 절대 통과하지 못할 것을 안 리즐은 이미 시작도 전에 싸움에서 졌다. 리즐에게는 기회가 없고 의사는 1초도 낭비하지 않는다.

"왼쪽!"

왼쪽은 사람이 더 많은 쪽이다. 쓸모없는 사람 그룹.

그런데 리즐은 오른쪽 그룹으로 향해 가서 그녀의 딸 뒤에 선다. 무슨 저항의 시도도 아니고, 그야말로 그냥 넋을 놓은 것이다. 최소한 디타가 보기엔 그렇다. 어머니 때문에 딸은 숨이 멎을 것만 같다. '엄마가 지금 대체 뭘 하는 거지?' 저들은 어머니를 끌어낼 것이고 끔찍한 장면이 벌어질 것이다. 무슨 일이 벌어지든 디타는 어머니와 떨어지지 않을 것이다. 우리 둘 다 끌고 가라지.

그러나 그동안 그토록 두 사람에게 가혹했던 이 운명이란 것이 지금 이 순간에는 다른 결정을 내린다. 순종적인 사람들의 태도에 질릴 대로 질리고, 엄격한 감시 대신 어린 여자애들을 훔쳐보는 데에 더 정신이 팔린 친위대원들은 어느 하나 리즐의 행동을 눈치채지 못한다. 공교롭게도 그 순간 멩겔레 역시 방금 불러준 번호를 적지 못한 명부 관리자가 그에게 다시 번호를 물은 터라 거기 정신이 팔려 리즐을 보지 못했다. 왼쪽 그룹 판정을 받은 여자들 중에는 소리를 지르며 애걸복걸을 해보고 바닥에 몸을 내던진 사람도 있었지만 친위대원들은 그냥 그들을 끌고 갔다. 그러나 리즐은 불평도 반항도 없다. 리즐은 자연스럽게, 그리고 제아무리 용맹한 사람조차도 긴장할 것 같은 그런 차분한 태도로 죽음의 눈앞을 통과했다.

행여나 심장이 튀어나올까 디타는 가슴을 부여잡는다. 디타는 자기 뒤에 서서 어딘가 다른 데에 정신이 팔린 것 같은, 지금 당신이 무슨 일을 했는지도 전혀 모르는 얼굴로 딸을 바라보고 있는 리즐을 흘끔 쳐다본다. 어머니가 이런 짓을 미리 계획하고 벌일 정도로 용감한 사람은 아니다…… 하지만 디타는 이 상황을 어떻게 받아들여야 할지 모르겠다. 말 한마디 없이 두 사람은 있는 힘껏 서로의 손을 꼭 잡는다. 그러고는 눈빛으로 모든 것을 이야기한다. 다음 사람이 줄에 합류하고 친위대원들 눈을 피하려 리즐 뒤에 선다.

나치는 이들을 격리캠프로 보낸다. 일단 격리캠프에 도착하자 당장 목숨을 구했단 기쁨을 누리며 포옹하는 사람들도 있고 영원히 오지 않을 가족들과 친구들을 기다리며 슬픈 표정으로 입구에서 서성이는 사람들도 있다. 투르노브스카 부인도, 어머니와 친하게 지내던 다른 사람들도 격리캠프에 오지 못했다. 아이들도 없다. 미리암 에델스타인에 대해서도, 물론 워낙 혼란스러운 상황이기도 하지만, 디타는 아무런 소식을 듣지 못했다. 저들은 선별 작업이 채 마무리되기도 전에 첫 번째 그룹을 역 플랫폼으로 이동시킨다. 마깃도 디타네 그룹에는 보이지 않는다.

당장은 목숨을 구했다. 그건 사실이다. 그러나 그토록 많은 사람들이 무고하게 죽어가는 이런 상황에서 생존이란 별 대단한 위안이 되지 않는다.

28

다시 열차다. 가족캠프가 해산되고 8개월이 지난 지금 또다시 목적지도 모른 채 가축칸 같은 열차를 타고 어디론가 향한다. 처음에는 프라하에서 테레진이었다. 그다음엔 테레진에서 아우슈비츠. 그리고 그다음으로는 아우슈비츠에서 함부르크였다. 이제 디타는 자신의 청춘을 망가뜨려버린 이 철도 대이동이 자신을 어디로 끌고 가는지 더는 알지 못한다.

아우슈비츠 플랫폼에서는 여자들을 화물칸에 잔뜩 밀어 넣고 독일로 보냈다. 굶주림과 갈증, 아이들과 떨어진 어머니들과 어머니 잃은 딸들의 여행길이었다. 함부르크에 도착해 화물칸의 문을 열자 그 안에는 부서진 인형이 가득했다.

폴란드에서 독일로 옮겨왔다고 달라진 건 없었다. 그곳에서 나치들은 더 많은 전쟁 소식을 들었고 긴장감이 퍼져나갔다. 독일은 모든 전선에서 후퇴하고 있었고 과열된 제3제국의 꿈에는 금이 가기 시작했다. 나치는 그들의 분노와 좌절을 유대인들에게 터뜨렸고, 받아들일 수 없는 그들의 패배도 다 유대인 때문이었다.

새로 배정된 캠프에서는 끝도 없이 일하느라 하루가 24시간도 더 되는 것 같은 날들이 이어졌다. 막사로 돌아오면 불평할 힘조차 없었다. 말없이 겨우 수프를 먹고 내일을 위해 침대에 뻗어 쉬려고 노력할 뿐이었다.

함부르크에서 보낸 지난 몇 달간 중 기억에서 잊히지 않는 장면이 하나 있다. 벽돌 만드는 기계 앞에서 작업을 하는 어머니의 모습이다. 손수건을 두른 머리에서는 땀이 뚝뚝 떨어지고 있었지만 리즐은 표정 변화 없이 무덤덤하게 일에만 몰두한 채 마치 감자 샐러드라도 준비하는 사람처럼 평온한 얼굴이었다.

디타는 어머니 때문에 괴로웠다. 어머니는 너무나 약해져서 비르케나우 시절보다 배식이 조금이나마 나아졌는데도 체중이 전혀 늘질 않았다. 일하는 동안은 대화를 나눌 수 없었지만 어머니가 일하는 컨베이어벨트 부근으로 한가득 자재를 나를 때마다 디타는 말없이 어머니에게 안부를 물었고, 리즐은 고개를 끄덕이며 미소를 짓곤 했다. 리즐은 늘 괜찮다고 했다.

어머니 때문에 가끔씩 디타는 정말 미쳐버릴 것 같다. 그날 상태가 어떻든 어머니는 늘 괜찮단다. 대체 디타가 진실을 어떻게 알겠느냐 말이다.

그러나 딸 앞에서 리즐 아들러는 언제나 괜찮다.

지금 이 기차 안에서 리즐은 열차칸 벽에 머리를 기댄 채 잠든 척을 하고 있다. 딸의 바람이 엄마가 눈을 좀 붙였으면 하는 것임을 알고 있기 때문이다. 사실 리즐은 벌써 몇 달째 밤사이 잠을 뒤척이며 깊이 잠들지 못하고 있다. 그러나 리즐은 딸에게 그런 이야기는 하지 않을 것이다. 어머니로서 딸에게 행복한 어린 시절을 주지 못하는 것이 얼마나 비극인지를 이해하기에는 디타가 아직 너무 어리다.

리즐이 딸을 위해 할 수 있는 것, 이미 더 강해지고 용감해지고 예전보다 생각도 훨씬 깊어진 딸을 위해 할 수 있는 유일한 것이 있다면 그건 바로 최대한 딸의 걱정을 덜어주는 것, 그리고 엄마는 늘 괜찮다고 얘기하는 것뿐이다. 비록 남편의 죽음 이후 마음 깊숙한 곳에 난 상처에서 멎지 않는 피가 계속 흐르는 느낌이긴 하지만 말이다.

함부르크 벽돌공장에서의 일은 오래가지 않았다. 긴장감이 팽배한 나치 지도부에서는 앞뒤가 다른 명령들을 내리기 시작했다. 몇 주가 지나고 디타 모녀는 군사용품을 재활용하는 다른 공장으로 보내졌다. 공장 한쪽 구석에서는 결함이 있어 폭발하지 않은 폭탄이 수리되고 있었다. 아무도 딱히 그곳에서 일하는 데 불만이 있어 보이지 않았고, 디타와 리즐도 예외는 아니었다. 지붕이 있는 곳에서 일하니 비가 와도 젖지는 않았다.

하루는 오후에 일을 마치고 막사로 가는 길이었다. 디타는 다른 또래 여자아이들과 조잘조잘 수다를 떨며 걸어가는 르네 뉴만을 보았다. 르네 역시 일을 마치고 돌아가는 길이었다. 디타는 르네를 보게 되어 정말 기뻤다. 르네는 호의적인 미소를 지으며 멀리서 손을 잠깐 흔들긴 했지만 친구들과의 대화에 푹 빠져 걸음을 멈추지는 않았다. '새 친구들을 사귀었구나.' 디타는 생각한다. '한때 나치와 친하게 지냈던 사실을 알지 못하는, 굳이 별다른 설명을 할 필요가 없는 친구들이겠지. 과거와 마주하고 싶지 않은 거겠지.'

이제 다시 한번 나치는 목적지를 알려주지 않은 채 이들을 가축처럼 열차에 실어 보낸다.

"도살장에 끌려가는 양 취급이네." 주데텐 지방 억양을 가진 여자가 불평한다.

"그럼 차라리 다행이게! 도살장 보내는 양들한텐 먹이라도 주지."

열차칸은 재봉틀 같은 소리를 내며 흔들린다. 땀을 구워내고 있는 오븐이라도 되는 것 같다. 디타 모녀는 각기 다른 국적의 유대인 여자들과 함께 바닥에 앉아 있다. 그중에는 독일계 유대인들이 가장 많다. 8개월 전 가족캠프에서 살아남은 수천 명 가운데 이제 겨우 절반 정도만 남았다. 다들 지쳐버렸다. 디타는 손을 들여다본다. 이건 웬 할머니 손이다.

어쩌면 이 피로감은 다른 유형의 것인지도 모른다. 몇 년째 이들은 강제로 여기저기 보내지고, 목숨을 위협당하고, 잠도 제대로 못 자고 먹는 것도 제대로 못 먹었다. 목적도 모른 채, 과연 이 전쟁에 끝은 있을 것인지도 모른 채.

가장 나쁜 건 이제 디타가 더는 개의치 않게 돼버렸단 것이다. 무관심은 최악의 증상이다.

'안 돼. 절대 안 돼…… 포기하지 않을 거야.'

디타는 아픔이 느껴질 때까지 자기 팔을 꼬집는다. 거의 피가 날 정도까지 더욱 세게 꼬집는다. 디타는 아픔을 느낄 생명이 필요하다. 무언가 아픔을 준다는 건 그 무언가가 소중한 것이라는 뜻이다.

디타는 프레디 허쉬를 생각한다. 지난 몇 달 동안 디타는 기억이 그냥 날아가버리면서 프레디 생각을 별로 하지 않았다. 그러나 디타는 아직도 그날 오후 프레디에게 무슨 일이 벌어진 건지 궁금하다. 다리가 긴 그 심부름꾼 소년은 프레디가 자살한 게 아니라고 했지만 프레디는 의사에게 진정제를 달라고 했다. 그 말은 그럼…… 진정제를 너무 많이 복용했다는 건가? 물론 디타는 프레디가 스스로 포기했다는 설을 믿고 싶지 않다. 그러나 프레디는 아주 정확하고 독일인다운 사람이었단 것도 디타는 잘 알고 있다. 그런 프레디가 어떻게 실수로 진정제를 너무 많이 먹을 수가 있지?

디타는 한숨을 쉰다. 어쩌면 이제 다 별 의미 없는 일인지도 모른다. 어차피 프레디는 지금 여기 없고 돌아올 수도 없다. 따져봐야 달라질 게 뭐 있다고.

열차 안에서 도는 소문에 따르면 이번 목적지는 베르겐벨젠이라는 곳이란다. 이 베르겐벨젠 캠프에 대해 이런저런 추측들이 난무한다. 노동수용소라서 체계적으로 사람들을 죽이는 아우슈비츠나 마우트하우젠 같은 곳하곤 다르단 얘기가 들린다. 그렇다면 최소한 도살장행은 아닌 셈이다. 신빙성이 없는 소식은 아니지만 대부분 사람들은 그냥 입을 다물고 있다. 희망은 날카로운 칼날이 있어서 거기 손을 얹을 때마다 피부를 베이기 때문이다.

"내가 아우슈비츠에서 온 사람인데," 여자 하나가 입을 연다. "거기보다 더 최악인 곳은 있을 수가 없어요."

다른 사람들은 한마디도 하지 않는다. 그 여자의 말은 사람들에게 확신을 주지 못한다. 지난 몇 년간 이들이 배운 것이라면 끔찍함에는 끝이 없다는 점이다. 그들은 아무도 믿지 않는다. 일단 얘기에 말리면 두 배는 소극적이 된다. 그러나 그보다 더 나뿐 건 이들이 틀리지 않는다는 사실이다.

함부르크에서 베르겐벨젠까지 먼 거리는 아니지만 기차가 멈춰서기까지는 몇 시간이 걸린다. 사람들은 플랫폼에서 내려 여자수용소 입구까지 걸어가야 한다. 여성 나치조직에서 파견된 대원들은 밀치고 욕을 퍼부으며 폭력적으로 이들을 수용소로 끌고 간다. 저들의 눈에는 차갑디차가운 비열함이 엿보인다. 수용자 한 사람이 나치 대원을 쳐다보자 나치 대원은 그녀가 시선을 거두도록 얼굴에 침을 뱉는다.

"돼지새끼." 디타가 조용히 읊조린다. 어머니는 디타가 더는 아무 말 못 하도록 딸을 꼬집는다.

디타는 대체 저들은 왜 저렇게 우리한테 화가 나 있는 건지 알 수가 없다. 정작 모욕을 당하고 모든 것을 빼앗긴 사람은 우리인데, 이제 막 여기 도착해서 아무 짓도 하지 않았는데, 이 사람들 다 아무런 보답도 없이 제국에 복종하고 열심히 일할 텐데 말이다. 그러나 잘 먹고 잘 갖춰 입고 힘센 이 나치들은 하여간에 화가 많이 나 있다. 이들은 수용자들을 비웃고, 곤봉으로 수용자들의 갈비뼈를 때리고, 불경한 문구들로 사람들을 모욕하고, 그리고 갓 도착해서 대부분 별다른 반항도 없는 이런 사람들에게 버럭 화를 낸다. 아무런 해를 미치지도 않은 사람들한테 그렇게까지 화가 나고 공격적일 수 있다는 것이 디타는 놀랍다.

수용자들이 줄을 맞춰 서 있으니 책임자가 등장한다. 키가 크고 금발에 어깨는 떡 벌어진 사각턱의 소유자다. 그녀의 태도에서 책임자다운, 모두가 자기 말에 즉각 복종하는 일상에 익숙해져 있는 그런 사람의 분위기가 풍긴다. 그녀는 쩌렁쩌렁한 목소리로 7시 통금 이후에는 막사를 나갈 수 없고, 이 규칙을 어길시 죽음의 고통을 느끼게 될 수 있다고 경고한다. 그녀는 말을 멈추고 누구 하나 잘못 걸릴 희생자를 찾는다. 사람들 눈은 전부 정면을 보고 있다. 그때 젊은 여자 하나가 실수로 그녀와 눈이 마주치고 말았다. 책임자는 성큼성큼 여자에게 걸어가 그 앞에 멈춰선다. 그녀는 여자의 머리를 폭력적으로 잡아채 여자를 줄 밖으로 끌어내더니 사람들 앞에서 바닥에 그대로 내동댕이친다. 다들 앞만 보고 있는 것 같지만 사람들은 그 장면을 다 지켜보고 있다. 그녀는 여자를 곤봉으로 때린다. 한 번, 그리고 또 한 번 때린다. 여자는 울지 않는다. 흐느낌만 있을 뿐이다. 다섯 번째 매질 후 여자는 이제 더는 흐느끼지도 않고, 신음소리도 내지 않는다. 책임자가 과연 여자의 귀에 무슨 말을 속삭였는지까지는 사람들에게 들리지 않았지만 여자는 일어나 피를 뚝뚝 흘리며 자기 자리로 돌아간다.

베르겐벨젠 책임자의 이름은 엘리자베스 포켄라스다. 라벤스브뤼크에서 교도관 훈련을 받은 후 아우슈비츠에 배치된 그녀는 정말 사소한 비행에도 가차 없는 처형 명령을 내려 명성을 쌓았다. 그녀가 베르겐벨젠에 배치된 것은 1945년 초였다.

캠프로 들어가는 길에 철조망으로 막아둔 구역들이 여럿 보인다. 이곳들의 정체는 나중에 밝혀질 것이다. 그중에는 남성수용자 캠프, 독일인 전쟁 포로와 교환될 이들을 모아놓은 '별' 캠프, 중립국 출신의 유대인 수백 명이 수용된 '중립' 캠프, 발진티푸스 환자들만 격리해놓은 캠프, 헝가리인 캠프, 그리고 무서운 감옥 캠프라고 하여 다른 노동수용소에서 이송돼 와 극도의 환경에서 일하고 착취당하다 며칠 후 사망하는 이들이 모여 있는 곳 등이 있었다.

마침내 디타 그룹의 사람들은 작은 여성수용자 캠프에 다다른다. 지난 몇 달간 베르겐벨젠에 여성수용자 인구가 갑자기 늘어난 탓으로 나치는 공터에 급히 이 수용소를 세웠다. 하수도도, 분뇨처리관도 없고 그냥 얇은 나무벽 네 개로 지은 조립식 막사가 전부인 임시 캠프였다.

디타 모녀를 비롯해 50명 정도가 이곳에 배정됐는데 이곳에는 저녁식사도, 침대도, 오줌 전 내가 나는 담요도 없었다. 여기서는 나무 바닥에 누워 자야 했고 그마저도 누울 자리조차 여의치 않았다.

베르겐벨젠은 원래 베르마흐트 독일 국방군 감독하의 전쟁포로를 수용하는 곳이었는데 폴란드에서 러시아군의 압박이 커지자 폴란드에 수용돼 있던 이들을 이곳으로 보내 친위대가 직접 관리하게 된 것이었다. 새로운 이송자들은 끊임없이 도착했고 시설은 부족했다. 사람들은 넘쳐나고 음식은 부족하고 위생상태는 형편없어 수용자들의 사망률이 치솟았다.

모녀는 시선을 주고받는다. 막사를 같이 쓰는 사람들을 둘러본 리즐의 얼굴에 희미하게 우울한 표정이 스쳐 지나간다. 사람들은 다들 아프고 쇠약해 보인다. 그러나 그보다 더 좋지 않은건 사람들이 하나같이 똑같은 표정이란 점이었는데, 너무 무기력한 나머지 다들 이미 생을 포기한 것 같은 공허한 얼굴이었다. 디타는 어머니의 표정이 굶주린 수용자들을 본 데 대한 반응인지 아니면 곧 이들처럼 될 자신들의 미래 때문인지 알 수가 없다. 새로 도착한 사람들 때문에 불평을 할 법도 하건만 먼저 와있던 사람들은 거의 별 반응이 없다. 대부분은 담요를 쌓아 엉성하게 만든 침대에서 일어나지조차 않는다. 일어나고 싶어도 일어나지 못하는 사람들도 있다. 디타는 바닥에 담요를 펼치고 어머니에게 좀 누우라고 권한다. 리즐은 딸이 시키는 대로 자리에 누워 몸을 웅크린다. 담요를 가까이 들여다보니 펄쩍펄쩍 뛰는 벼룩이 여러 마리 보이지만 그래도 어머니는 놀라지 않는다. 이제는 별로 문제도 아니다. 새로 들어온 사람 하나가 기존에 와 있던 사람에게 이곳에서는 어떤 일을 하느냐고 묻는다.

"여기서는 일을 더 안 해요." 바닥에 있는 여자가 마지못해 대답한다. "그냥 여기서는 최대한 살아남는 게 일이에요."

낮이면 동맹군의 폭격 소리가 들려오고 밤이면 폭탄이 터지며 불빛이 번쩍인다. 전선은 손에 잡힐 것처럼 아주 가까워졌다. 수용자들 사이에서는 기대감이 퍼져나간다. 동맹군 공습 소리는 언제 닥쳐올지 모를 폭풍우 같다. 전쟁이 끝나면 뭘 할까 이야기하는 사람들도 있다. 이가 하나도 없는 어떤 여자가 자기는 정원 가득 튤립을 다시 심을 거라고 얘기한다.

"바보 같은 소리." 누군가가 씁쓸한 목소리로 대꾸한다. "나 같으면 평생 다시는 배고플 일 없게 정원에 감자를 심겠어요."

이튿날 아침 디타 모녀는 베르겐벨젠에서는 그냥 살아남는 게 일이라던 그 수용자의 말이 무슨 뜻인지 이해가 된다. 친위대원 두 명이 사람들을 발로 차고 소리를 지르며 깨우자 사람들은 밖으로 달려 나가 줄을 선다. 그러나 친위대원들은 곧 사라지고 새로 들어온 사람들은 명령이 떨어지기를 기약 없이 기다리며 문 앞에 서 있다. 오래 있었던 사람들 가운데는 담요에서 일어나지조차 않고 그저 발길질을 꾹 참아내며 버티는 이들도 있다.

한 시간이 훌쩍 넘어 나치 대원 하나가 나타나 점호를 할 테니 줄을 서라고 하지만 머지않아 명단이 없단 사실을 깨닫는다.

나치는 막사 카포에 대해 묻는다. 아무도 대답이 없다. 세 번을 더 물어도 대답이 없자 나치는 점점 화가 난다.

"이 망할 년들! 여기 카포는 어딨냐고?"

역시 말이 없다. 분노로 얼굴이 시뻘게진 친위대원은 난폭하게 한 사람의 멱살을 잡고서 카포는 어디 있냐고 묻는다. 그 사람이 자신은 이곳에 막 도착해서 잘 모른다고 답하자 이제는 온 지 오래된 사람을 찾는다. 어차피 오래 있었던 사람들은 걸어다니는 해골 수준이라 금방 알아볼 수 있다. 친위대원은 곤봉으로 한 사람을 지목하며 다시금 묻는다.

"그래서 카포는?"

"이틀 전에 죽었습니다."

"그럼 새 카포는?"

수감자는 어깨를 으쓱한다.

"없습니다."

친위대원은 곰곰이 생각해보지만 어떻게 해야 할지 모르겠다. 아무나 새 카포로 지목할 수야 있겠지만 여기는 일반인 수용자가 없다. 이곳은 유대인 수용자만 있는 곳이고, 그럼 제 발로 문제를 만드는 꼴이다. 결국 그녀는 발걸음을 돌린다. 기존 수용자들은 그냥 자발적으로 해산하고 막사 안으로 다시 들어간다. 새로 온 사람들은 다들 막사 입구에 그대로 서서 눈빛들을 주고받는다. 안으로 들어가면 벼룩과 이의 집중 공격을 당해 온몸이 간지러워서 디타는 차라리 밖에 있는 편이 더 낫다. 그러나 피곤한 어머니는 고갯짓으로 안으로 들어가자고 한다.

일단 막사 안으로 돌아간 이들은 먼저 와 있던 사람에게 아침 배식은 몇 시냐고 묻는다. 한없이 우울한 얼굴에 씁쓸한 미소가 가려진다.

"아침이 몇 시에 나오느냐고?" 다른 여자가 답한다. "오늘 저녁이라도 나오길 기도하자고."

그렇게 이들은 아침 내내 아무것도 하지 않고 시간을 보내다 누군가가 다급하게 독일어로 '차려' 하고 외치는 소리에 다들 재빨리 일어난다. 캠프 책임자 포켄라스가 뒤에 부하 둘을 달고 막사로 들어온다. 그녀는 먼저 와 있던 사람 중 한 명을 곤봉으로 가리키며 죽은 사람이 있냐고 묻는다. 그 사람은 막사 뒤편을 가리키고, 그쪽에 있던 또 다른 사람은 바닥을 가리킨다. 여자는 큰 소리를 듣고도 일어나지 않는다. 죽은 것이다.

포켄라스는 재빨리 막사를 돌아보더니 먼저 들어온 사람들 중에 둘, 새로 들어온 사람 중 두 명을 고른다. 말 한마디 하지 않았지만 먼저 들어온 사람들은 이미 뭘 해야 하는지 잘 알고 있다. 의외로 그들은 열정적으로 시체 쪽으로 달려가 한 사람씩 다리를 든다. 들기 좋은 부위를 골라야 하는 걸 알고 있기 때문이다. 시체의 다리 쪽은 힘이 덜 들기도 하고 불쾌한 일도 덜하다. 시체는 사후 경직으로 이미 턱도 빠졌고 입과 눈도 커다랗게 열려 있다. 고개 한번 끄덕이는 것만으로 다른 두 사람은 시체의 어깨를 든다. 네 명이 함께 문으로 여자의 시체를 들고 간다.

친위대원들은 다시 사라지고 아무도 다시 막사를 찾아오지 않는다. 저녁이 되자 친위대원 하나가 다시 나타나 막사를 들여다보더니 넷을 불러 부엌에 가 수프 냄비를 들고 오라고 한다. 그 소리에 사람들 사이에서는 약간의 동요와 기쁨의 비명이 들려온다.

"저녁이다!"

"신이시여, 감사합니다."

네 사람은 손을 데지 않게 긴 판자에 냄비를 들고서 다시 나타났고 그날 밤 그들은 수프로 저녁을 먹는다.

"비르케나우 요리사랑 같은 학교 출신인가 봐요." 디타는 수프를 한 모금 홀쩍이며 말한다.

리즐은 딸의 머리를 헝클어뜨린다. 디타의 머리는 이제 어깨까지 닿아 자꾸만 밖으로 뻗친다.

그날 이후 무질서한 상태는 점점 심해진다. 점심으로 수프를 먹는 날도 있겠지만 그러면 아침이나 저녁은 먹지 못할 것이다. 점심과 저녁을 다 먹는 날도 있지만 어떤 날엔 한 끼도 못 먹을 수도 있다. 굶주림은 고문의 형태가 되고 정신을 방해하고 불안을 형성해 사고를 방해한다. 사람들은 다음 식사 때만을 불안하게 기다리게 되는 것이다. 아무것도 하지 않고 굶주림 속에 기다리는 그 시간 동안 정신은 망가지고 모든 다른 것들도 다 무너져 내리기 시작한다.

29

그다음 주가 되자 수용자들이 추가로 도착했고 배식은 점점 더 드문드문 이뤄졌다. 사망률은 기하급수적으로 늘었다. 가스실 없이도 베르겐벨젠은 살인기계가 된다. 매일매일 디타네 막사에서 실려 나가는 시신만도 대여섯 구다. 공식적으로 사인은 다 자연사다.

나치 대원들이 와서 시체를 나를 사람들을 지목할 때마다 사람들은 전부 얼어붙어 부디 자신을 고르지 않기만을 바란다. 디타도 다른 사람들에 묻혀 되도록 눈에 띄지 않으려고 노력한다.

오늘은 디타가 당첨이다.

나치 대원은 곤봉으로 디타를 콕 집었다. 디타가 가장 마지막으로 지목된 탓에 이미 다리 쪽은 다른 사람들이 맡았다. 집시같아 보이는 여자와 함께 디타는 시체의 어깨 쪽을 들어올린다. 몇 년간 시체라면 충분히 많이 보았건만 직접 시체를 만지는 건 디타도 처음이다. 호기심을 참지 못하고 시체의 손을 쓰다듬어본다. 대리석만큼이나 차가운 그 느낌에 디타는 온몸에 소름이 돋는다.

디타와 집시 여인은 시신의 무게를 지탱한다. 그러나 디타는 당장 이 죽은 여자의 팔을 어떻게 해야 달랑거리지 않을까 그게 걱정이다.

시신의 다리 쪽을 잡고 있는 사람 중 한 명이 앞장을 서고 이제 철조망이 쳐진 구역으로 들어간다. 기관총을 들고 무장한 친위대원 두 명이 이들과 동행한다. 폐기장에 도착하자 재킷 없이 셔츠만 입은 독일인 장교가 이들을 멈춰 세운다. 네 사람은 시신을 든 채 그 자리에 서 있다. 장교는 시체를 얼른 살펴본 다음 재빨리 무언가를 노트에 적더니 가도 된다는 신호를 한다. 먼저 와 있던 사람이 설명하기를 저 장교는 클라인이란 의사인데 발진 티푸스 감염을 막는 것이 그가 맡은 일이라고 한다. 막사에서 발병 사실이 확인되면 나치는 감염된 수용자를 격리캠프로 보내고 그 수용자는 거기서 죽게 된다.

네 사람은 다시 전진한다. 앞으로 나아갈수록 악취도 점점 심해진다. 몇 미터 떨어진 거리에서 근육질의 남자들 몇 명이 일을 하고 있다. 코에는 더러운 손수건을 덮고 있어 겉모습은 꼭 강도 같다. 바로 앞에서 다른 사람들도 이제 막 시체를 버리고 있다. 남자들 중 한 명이 시체를 내려놓으라고 디타 쪽으로도 신호를 보낸다. 남자들은 마치 감자 포대 자루를 던지듯 시체를 거대한 구덩이에 던져넣는다. 디타는 잠깐 구덩이 쪽을 들여다봤다가 구역질이 나서 쓰러질 것 같은 걸 간신히 옆 사람을 붙들고 선다.

"세상에……."

거대한 구덩이에는 시체들이 가득 쌓여 있다. 아래쪽 시체들은 탄 것 같고, 위쪽 시체들은 무작위로 그냥 쌓여 있는데, 팔이며 머리며 서로 꼬여 있고 피부는 다 누래져 있다.

디타는 배 속이 울렁거린다. 하지만 그보다도 디타가 그동안 알고 믿어왔던 것들이 더 울렁이고 흔들린다.

'인간이란 게 고작 저 정도인가? 저렇게 그냥 썩어버리는? 버드나무나 신발같이 그냥 원자 몇 개의 조합에 불과한 그런 건가?'

처음이 아닌 사람들도 이곳이 편치는 않다. 막사로 돌아가는 길, 아무도 말이 없다. 이런 광경을 보고 나면 삶이란 건 가치가 없는 것 같다.

디타가 돌아오는 걸 보고 어머니는 어땠냐고 눈빛으로 묻는다. 디타는 손으로 얼굴을 감싼다. 디타는 혼자 있고 싶은 기분이지만 어머니는 딸을 꼭 안으며 함께 고통을 나눈다.

캠프 내 질서는 점점 더 혼란스러워지고 있다. 이제 체계적으로 노역을 시키진 않지만 필요할 때를 대비해 수용자들은 하루 종일 막사 부근에서 대기하고 있어야 한다. 가끔씩 혈색 좋은 나치 대원이 그 건강한 팔다리를 힘차게 휘두르며 나타나 날카로운 목소리로 수용자들 이름을 부른다. 이름을 불린 사람들은 배수구 도랑이나 다른 공장에 가서 일을 해야 한다. 디타도 두어번 불려가 벨트 구멍을 뚫고 유니폼에 식별표 다는 일을 한 적이있다. 기계가 워낙 낡아서 가죽에 구멍이 날 정도로 충분히 압력을 가하려면 힘이 아주 많이 든다.

하루는 아침 점호가 끝나고 모여 있는 사람들 앞에 포켄라스가 모습을 드러낸다. 그녀는 금발의 그 올림머리 때문에 늘 쉽게 알아볼 수 있다. 마치 비싼 미용실에서 막 머리를 하고 난 뒤 헛간에서 구르기라도 한 사람처럼 동그랗게 말아올린 머리에서는 늘 몇 가닥씩 머리가 삐져나와 있다. 소문에는 포켄라스가 전쟁 전 원래 미용사였다는데, 그렇다면 이가 들끓고 발진티푸스가 떠도는 이 베르겐벨젠에서 저런 머리를 하고 다니는 게 이해는 된다.

포켄라스는 언제나처럼 화가 나 있고 부하들도 그런 그녀 때문에 겁을 먹었다. 눈에 저렇게 살기를 띠고 사람들을 쳐다보는, 양심은 어디다 팔아먹었는지 모를 저런 여자도 히틀러가 권력을 잡지 않았더라면 그리고 전쟁이 일어나지 않았더라면 여자아이들 머리에 컬을 넣어주면서 고객들과는 이런저런 동네 사람들 이야기를 나누는 통통하고 쾌활한 평범한 미용사였겠지, 디타는 생각한다. 손님들은 유대인이 됐건 누가 됐건 그녀에게 머리를 잘라달라고 고개를 숙였을 터이고, 저런 화려한 올림머리 스타일을 고집하는 몸집 있는 미용사 여자 앞에 자기 목을 내놓는다고 그걸 위험하다고 생각할 사람도 전혀 없었을 것이다. 엘리자베스 포켄라스가 어쩌면 살인마일지 모른단 말이 몇 년 전 돌았더라면 그녀의 마을 사람들 전부가 다 분노했을 것이다. '그 순하디순한 베스가? 파리 한 마리도 못 죽일 사람이 무슨!' 사람들은 아마 그런 말도 안 되고 모욕적인 거짓 소문을 퍼뜨린 자는 당장 그 말을 취소해야 한다고 분개했을 것이다. 그러나 현실은 그 반대로 드러났다. 이제 그녀 앞에 서 있는 사람들이 그녀의 뜻대로 하지 않으면 미용실의 그 순박했던 여자는 그 사람들 목에 밧줄을 걸고 줄을 당겨버린다.

한참 그런 생각을 하고 있는데 갑자기 기계로 가죽에 구멍을 뚫는 것처럼 날카로운 소리가 디타의 뇌를 관통한다.

"엘리자베스 아들러!"

행정적 혼란이 심각한 수준이 되어 이제 나치는 수용자들을 다시 번호가 아닌 이름으로 부르기 시작했다. 포켄라스의 목소리 (권위적이고, 거칠고, 공격적이고, 군사적이고, 참을성이라곤 조금도 없는 목소리)가 다시금 울려 퍼진다. "엘리자베스 아들러!"

리즐은 다른 데에 정신이 팔려 있었다. 그러다 뒤늦게야 정신을 차리고 줄 앞으로 한 발 막 내딛으려는데 디타가 발빠르게 앞서 나간다.

"아들러입니다!"

'아들러입니다'라니. 리즐의 눈이 커다래진다. 리즐은 딸의 대담함에 놀라 잠시 뭘 어떻게 해야 좋을지 모르겠다. 앞으로 나가 혼란이 있었다고 상황정리를 하려는 참에 해산 명령이 떨어진다. 흩어지는 사람들이 앞을 막는 통에 리즐은 꼼짝도 하지 못하고, 결국 사람들이 사라졌을 때쯤엔 디타는 이미 그날의 시체를 나르러 막사 안으로 들어가버린 후였다. 리즐은 그 자리에 꼼짝 않고 선 채, 갈 곳이 없단 사실을 잊기라도 한 것인지 별 의미도 없이 서두르는 사람들의 길을 막고 있다. 잠시 후 디타가 세 명의 다른 사람들과 함께 시체 한 구를 들고 나온다. 리즐은 여전히 그 자리에 굳어버린 채로, 진흙길 한가운데에 혼자 서서 멀어지는 딸의 뒷모습을 노엽게 지켜보고 있다.

인류의 마지막 전선으로 돌아간다.

오늘도 어쩔 수 없이 시체를 내려놓다가 구덩이 쪽을 보게 된 디타는 창백한 얼굴로 돌아온다. 악취 때문에 토할 것 같다고들 말은 하지만 실로 그들이 참을 수 없는 것은 생명이 그렇게 하찮게 버려지는 장면을 목도하는 것이다.

452

디타는 그 광경에 절대 익숙해지고 싶지 않다.

막사로 돌아오자 어머니는 점호가 끝나고도 그 자리에서 움직이지 않고 있었던 듯 입구 옆에 여전히 그대로 서 있다. 리즐의 표정은 단단히 화가 나 있다.

"너 제정신이야? 다른 사람 행세를 하면 사살될 수도 있는 거 몰라?" 리즐이 소리친다.

어머니한테 마지막으로 이렇게 야단을 맞은 게 언제였더라, 디타는 기억이 나지 않는다. 지나가던 사람 하나가 모녀를 돌아보자 디타는 얼굴이 달아오른다. 서럽기도 하고, 울고 싶지 않은데도 자꾸 눈에 눈물이 차오른다. 그나마 자존심 때문에 디타는 울지 않고 버틴다. 그녀는 고개를 끄덕이며 돌아선다.

어머니가 자신을 어린아이 취급할 때마다 디타는 참을 수가 없다. 이건 정말 아니다. 어머니는 지금 몸도 좋지 않고 시체를 나를 힘도 없단 걸 알기 때문에 일부러 그런 거였다. 그러나 어머니는 디타에게 설명할 기회조차 주지 않았다. 대견하다고 칭찬을 해줘도 모자랄 판에 어머니는 프라하에 있을 때 뺨을 때린 이후로 가장 심하게 디타를 나무랐다.

'내가 왜 그러는지 엄만 알지도 못 하면서…….'

디타는 아무도 자기 마음을 몰라주는 것 같다. 비록 강제수용소에 있지만 이제 곧 열여섯 살이 되는 디타도 전 세계 수백만의 여느 십대 소녀들과 다를 바 없다.

그러나 디타가 잘못 생각한 거였다. 리즐은 정말로 딸을 대견하게 생각하고 있었다. 물론 딸에게 직접적으로 그렇게 말하진 않을 것이다. 리즐은 군사적인 강압 속에서 제대로 교육도 못 받고 매일같이 분노와 폭력 앞에 노출되는 환경 아래 자란 딸이 행여 그런 폭력적인 사람이 될까 하는 걱정에 줄곧 시달려왔다. 디타의 사려 깊은 행동을 보면 리즐은 본능적으로 확신이 생기고 희망이 보인다. 디타가 살아남기만 한다면 훌륭한 어른이 될 것이다.

그러나 리즐은 딸에게 이런 이야기를 할 수 없다. 그런 무모한 행동을 칭찬한다면 디타를 부채질하는 꼴이 될 테고, 디타는 또다시 어머니를 보호하려 자기 목숨을 위험에 빠뜨리는 짓을 할 것이다. 어떤 상황이 됐든 리즐은 어머니로서 딸이 위험해지는 일만은 피하고 싶다. 리즐로서는 딱히 삶이 더 나아질 것도, 나빠질 것도 없으니. 이제 더는 삶이란 게 그녀에게 중요하지 않다. 그녀에게 유일한 행복이라면 딸의 눈에서 행복을 찾는 것뿐이다. 디타는 이런 엄마의 마음을 헤아리기에 아직 너무 어리다.

이튿날, 디타가 '까마귀 얼굴'이라고 부르는 나치 대원이 디타네 막사 앞에 와서 사람들을 불러낸다.

"전원 밖으로! 한 명도 예외 없이 모두 나온다. 안 나오면 인생을 마감해줄 테니까!"

쉬고 있던 사람들이 투덜대며 움직이기 시작한다.

"담요 갖고 나와!"

사람들은 시선을 주고받는다. 의문은 곧 풀린다. 새로 도착하는 분대를 위해 이곳을 비우려고 이들을 여성수용자 본 캠프로 보내는 것이다. 본 캠프에는 사람들도 다들 수척하고 식수로 배급해주는 물 외에는 물을 쓸 수도 없다. 전혀 씻을 수가 없는 것이다. 이제 질서란 찾아보기 힘들어졌고 일부 수용자들은 줄무늬 죄수복도 잘 입지 않는다. 죄수복 위에 조끼나 다른 옷을 덧입은 사람들도 있다. 사람들 피부는 때가 끼어 거뭇거뭇해졌고 이제는 저게 옷인지 때 낀 피부인지도 가늠이 안 될 정도다. 나치는 이를 악물고 도랑에서 일하는 사람들을 감독한다. 사람들의 팔과 괭이 손잡이가 구분이 안 될 정도다.

막사는 사람이 좀 많긴 하지만 그나마 아우슈비츠에 있던 것 같은 침대가 있다는 점이 작은 위안이다. 짚으로 만든 더러운 매트리스에 벼룩이 들끓긴 해도 최소한 벼룩이 뼛속까지 들러붙진 않는다. 누워 있는 사람들이 많다. 대부분은 병자들이고 이제 일어나려는 시도조차 하지 않는 사람들이다. 아무도 다가오는 사람이 없게 아픈 척을 하는 사람들도 있다. 나치 대원들도 전염병이 무서워 이들에게 접근하지 않는다.

디타 모녀는 함께 쓸 빈 침대를 찾아 앉는다. 어머니는 많이 지쳐 있지만 디타는 아무것도 하지 않고 가만히 앉아 있을 수만은 없어 캠프를 탐색하러 나선다. 별로 볼 것은 없다. 막사와 철조망이 전부다. 열심히 이야기를 나누고 있는 사람들은 가장 최근에 이곳으로 들어온 사람들이다. 저들은 아직 몸속에 축적된 에너지가 있는 것이다. 다른 사람들은 이야기를 나눌 힘조차 없다. 쳐다봐도 대꾸도 하지 않는다. 포기한 것이다.

그때 저 멀리 막사 옆에 낯익은 소녀가 보인다. 줄무늬 죄수복 원피스를 입고 머리에는 흰 수건을 썼다. 이 거대한 똥 무더기 속에서도 놀랍도록 하얀 수건을. 디타는 잠깐 눈을 감았다 떠본다. 잘못 본 게 아닌가 싶어서다. 하지만 눈을 다시 떠봐도 신기루가 아니다. 그녀가 저기 서 있다.

"마깃 언니……."

마깃이 갑자기 고개를 들고 일어나려다가 디타를 보고 깜짝 놀란다. 디타는 마깃을 향해 온몸을 내던지고 두 사람은 서로를 안고 웃음을 터뜨리며 바닥을 뒹굴뒹굴 구른다. 두 사람은 팔을 맞잡고 부둥켜안은 채 서로를 바라본다. 이런 상황에서도 행복이라는 게 가능한 거라면, 아마 지금 이 순간 두 사람은 행복을 느끼고 있을 것이다.

두 사람은 손을 잡고 디타의 어머니를 보러 간다. 마깃은 리즐을 보자마자 다가가 그녀를 꼭 안는다. 이런 적은 처음이다. 사실 안았다기보다 리즐의 어깨에 거의 매달렸다고 보는 편이 더 정확하겠다. 마깃은 마음 놓고 울 수 있는 어깨가 필요했다.

조금 진정을 되찾은 다음 마깃은 가족캠프에서의 그 끔찍한 선별 과정을 들려준다. 마깃의 어머니와 여동생은 둘 다 왼쪽 그룹 판정을 받았다. 머릿속에서 수없이 재생됐을 그 장면, 어머니와 헬가가 판정을 받던 그 장면을 마깃은 아주 정확하게 회상한다.

"막사 안에 있는 동안은, 선별 작업이 끝날 때까진 두 사람을 계속 볼 수 있었어요. 그냥 차분하게 손을 잡고 있었어요. 그다음에 제가 속한 오른쪽 그룹이 먼저 막사를 나왔고요. 나가고 싶지 않았지만 사람들이 밀치고 나오는 바람에 그냥 그대로 문까지 밀려나왔어요. 헬가와 어머니는 막사 안 굴뚝 옆에 있었어요. 두 사람의 모습은 점점 작아지고 다른 노인들과 아이들 뒤에 가려졌죠. 두 사람은 떠나는 저를 지켜보고 있었어요. 디틴카, 이거 알아? 날 그렇게 지켜보고 있던 그 두 사람은…… 그 두 사람은 미소를 짓고 있었어! 믿어져? 곧 죽을 운명인데 나를 보고 웃고 있었다니까."

마깃은 기억 속에서 불태워버린 그 장면을 회상하고는 믿을 수가 없다는 듯이 고개를 흔든다.

"노인들, 환자들, 아이들이 있는 그룹이니까 아마 죽을 운명이란 걸 알았을까? 어쩌면 알았는지도 모르지. 그리고 그냥 나 때문에 기뻤던 건지도 말야. 나는 살아남을 수도 있는 그룹에 있었으니까."

디타는 어깨를 으쓱해 보이고 리즐은 마깃의 머리를 쓰다듬는다. 그들은 마깃의 어머니와 여동생을 떠올려본다. 이미 이 세상에 없겠지만, 생존의 싸움은 끝나고 더는 아무런 두려움도 없는 세상에 있겠지만 말이다.

"두 사람이 웃고 있었어." 마깃이 속삭이듯 말한다.

마깃에게 아버지 소식도 묻는다. 마깃은 가족캠프에서의 그날 아침 이후로는 아버지도 만나지 못했다.

"아버지가 어떻게 됐는지 모른다는 게 차라리 기쁘다니까."

어쩌면 죽었을 수도, 어쩌면 살았을 수도 있다. 어느 쪽이든 확실하지 않은 편이 차라리 낫다.

이미 열여섯 살이 넘어 더 이상 어린아이가 아니지만 리즐은 마깃에게 담요를 가져와 우리 막사에서 같이 지내자고 말한다. 이제 별로 통제랄 게 없어 아무도 모를 것이고 세 사람은 그럼한 침대에서 같이 지낼 수 있다.

"불편하실 텐데요." 마깃이 대답한다.

"하지만 같이 있을 수 있잖니." 리즐의 대답에서 반박의 여지는 없다.

리즐은 마깃을 마치 둘째딸인 것처럼 챙긴다. 디타에게 마깃은 늘 바라왔던 큰언니 같은 존재다. 두 사람 다 짙은 머리색에 환한 미소, 벌어진 앞니를 갖고 있어 가족캠프 사람들 중에는 둘을 자매로 오해하는 사람이 많았다. 그리고 두 사람은 그렇게 오해받는 것이 기뻤다.

디타와 마깃은 서로를 살펴본다. 둘 다 살이 더 빠졌다. 더는 홀쭉해질 수 없을 정도로 살이 빠졌지만, 어느 누구도 그런 말은 하지 않는다. 두 사람은 서로를 독려한다. 할 말이 별로 많지는 않지만 두 사람은 이야기를 나눈다. 혼란과 굶주림, 완전한 무관심, 감염과 질병. 새로운 건 아무것도 없다.

저기 옆옆 침대에는 실제 자매가 있는데, 자매는 발진티푸스에 걸려 이미 삶의 게임에서 거의 져버렸다. 여동생 안네는 자기 침대에서 고열로 떨고 있다. 언니 마고는 상태가 더 좋지 않다. 그녀는 아래층 침대에서 움직이지도 못 하고 가만히 누워 있다. 그나마 한줄기 희미한 숨소리만이 그녀를 세상과 연결하고 있다.

아직 목숨이 붙어 있는 저 소녀를 디타가 만날 수 있었다면 다정한 미소, 짙은색 머리, 몽상가의 눈에 나이도 비슷해서 두 사람이 꽤나 닮았단 사실을 알아챘을 것이다. 디타처럼 안네는 활기 넘치고 수다스럽고 약간은 반항심도 있고 상상력도 넘치는 소녀였다. 고집스러워 보이는 겉모습과 달리 안네는 생각도 깊고 마음도 여렸지만 남들은 그런 안네의 속마음을 알지 못했다. 안네와 마고는 1944년 10월 암스테르담의 아우슈비츠에서 이곳 베르겐벨젠으로 보내졌다. 그들이 잘못한 것이라곤 유대인인 것뿐이었다. 이 눅눅한 구덩이에서 5개월은 죽음을 피하기에 너무 긴 시간이었다. 발진티푸스는 젊음이라고 존중해주지 않는다.

안네는 언니가 죽은 다음 날 홀로 침대에서 죽는다. 안네는 베르겐벨젠의 거대한 무덤 속에 영원히 묻힐 것이다. 그러나 안네가 한 일이 결국엔 작은 기적이 되었다. 후일 안네와 마고의 기억이 자매에게 다시 생명을 불어넣게 될 것이다. 안네는 2년간 가족들과 함께 암스테르담의 은신처에서 숨어 살았는데, 그녀는 그 시간들을 기록해두었다. 일명 '뒤채'의 방 몇 개는 아버지의 사무실에 연결돼 있었고 그 공간이 닫히며 은신처로 변신한 것이었다. 2년간 가족의 친구들 도움을 받아 안네네 가족은 반 펠스 가족, 프리츠 페퍼와 그곳에서 살았다. 은신처 생활을 시작한 지 얼마 되지 않았을 때 안네는 생일을 맞았고 작은 노트를 선물로 받았다. 은신처에는 감정을 함께 나눌 만한 친구가 없었기에 안네는 그 노트에 '키티'라는 이름을 붙이고 키티와 모든 이야기를 나누었다. 안네는 '뒤채'에서의 생활을 기록한 그 노트에 딱히 무슨 제목을 붙일 생각은 하지 못했지만 후일 사람들이 대신 제목을 붙였다. 『안네의 일기』는 이로써 역사의 일부가 되었다.

30

음식은 이제 희귀해졌다. 하루에 빵 몇 조각이 다였다. 어쩌다 한 번씩 수프 한 솥이 나오는 정도다. 디타 모녀는 아우슈비츠 시절보다 살이 더 빠졌다. 이곳에 온 지 가장 오래된, 이곳 사정을 가장 잘 아는 사람들은 마르지도, 수척하지도 않다. 그들은 그냥 뼈다귀뿐인 팔다리를 가진 목각 인형이다. 물도 없어 몇 시간을 줄 서서 기다려야 겨우 물 한 그릇을 받을 차례가 되는데 그마저도 수도꼭지의 물은 한 방울 두 방울 떨어지는 수준이다.

그런데도 감염병과 질병이 창궐하는 이곳에 또 다른 여자들이 이송되어 들어온다. 헝가리계 유대인들이다. 그중 하나가 변소는 어디냐고 묻는다. 어찌나 순수한지.

"금색 손잡이가 달린 게 화장실 문이에요. 가실 때 포켄라스한테 입욕소금 좀 꼭 가져다 달라고 해요."

사람들이 와르르 웃는다. 변소 같은 건 없다. 맨땅에 구덩이를 팠지만 그마저도 다 가득 차버렸다.

새로 들어온 여자들 중 하나가 화가 나서 나치에게 가 자신들은 노동자라고 이야기한다. 이런 똥통 말고 공장으로 보내져야 한다고 말이다. 안타깝게도 그 여자가 항의를 한 나치는 가장 피해야 할 사람이었다. 먼저 들어온 사람 중 하나가 그 여자에게 저자가 책임자 포켄라스라고 얘기해준다. 그러나 이미 때늦은 경고가 되어버렸다.

포켄라스는 반쯤 무너진 금발의 올림머리를 차분하게 정리하더니 허리춤에서 루거 권총을 꺼내 그 여자의 이마에 총구를 들이댄다. 포켄라스가 그 사람을 쳐다보는 살기 어린 눈빛이면 개도 거품을 물 것이다. 파스퇴르가 일생을 바쳐 연구했다는 그런 거품. 여자는 양팔을 들고 서 있는데 다리가 얼마나 후들거리는지 거의 춤을 추는 것 같은 모습이다. 포켄라스는 웃음을 터뜨린다.

지금 웃고 있는 사람은 포켄라스뿐이다.

얼음 막대 같은 총이 수감자의 머리를 겨냥하고 있는 동안 따뜻한 소변이 그녀의 다리를 타고 찔끔찔끔 흘러내린다. 포켄라스 앞에서 실례를 하는 건 책임자에 대한 존중과는 거리가 멀다. 사람들은 다들 이를 꽉 물고 총성을 각오한다. 흩어지는 신체의 파편들을 보지 않으려고 시선을 아래로 떨구는 사람들도 있다. 포켄라스의 미간에 깊은 주름이 생긴다. 이마선 아래까지 이어지는 주름은 하도 깊어서 거의 검은색 흉터처럼 보이기도 한다. 방아쇠를 쥔 포켄라스의 손가락 마디가 하얗게 변했다. 포켄라스는 화를 꾹 참고 있다. 분노에 찬 포켄라스는 여자의 이마에 총구를 들이밀고, 여자는 울면서 오줌을 지린다. 결국 포켄라스는 총구를 거둔다. 여자의 이마에는 붉은 동그라미 자국이 남아 있다. 포켄라스는 여자에게 자리로 돌아가라고 턱으로 신호를 해 보인다.

"네 부탁은 못 들어줘, 이 유대인 년. 오늘 당장 그렇게 순순히 보내줄 순 없지."

그러고는 톱질 소리 같은 웃음을 터뜨린다.

머리가 하얗게 센 여자는 죽은 딸 때문에 그날 밤 내내 흐느낀다. 딸이 왜 죽었는지도 여자는 모른다. 아침이 되자 여자는 막사 뒤에서 무릎을 꿇고 맨손으로 딸의 무덤을 판다. 열심히 파도 이제 겨우 참새 하나 정도 들어갈 정도의 크기다. 여자는 바닥에 몸을 내던진다. 그녀와 침대를 같이 쓰는 짝이 와서 그녀를 위로한다.

"딸을 묻겠다는데, 아무도 날 도와줄 수 없는 건가요?" 여자는 소리친다.

사람들은 딱히 남은 힘도 없고, 노력해봐야 결과가 별반 달라질 것 없는 일에 힘을 낭비해야 할 이유도 모르겠다. 그럼에도 몇몇 사람들이 그녀를 돕겠다고 나서서 땅을 파기 시작한다. 그러나 땅은 단단하고 힘없는 그들의 손에서는 피가 나기 시작한다. 피로와 고통 속에 이들은 땅 파는 일을 멈춘다. 지금까지 판 흙이 겨우 몇 줌밖에 되지 않는다.

그녀의 친구가 딸을 폐기장으로 보내자고 설득해본다.

"그 구덩이…… 난 봤어. 아니, 거긴 안 돼요. 거긴 안 돼. 그건 신을 화나게 하는 일이에요."

"그곳에서 따님은 죄 없는 다른 모든 사람과 함께할 거예요. 그럼 혼자가 아닐 거고요."

여자는 마지못해 동의한다. 아무것도 그녀에게 위로가 되지 않는다.

캠프는 악취가 난다. 이질 환자들의 배변물이 넘쳐난다. 그들은 막사의 판자벽에 기대었다가 자기 배변물 위로 그대로 쓰러진다. 아무도 그들에게 손을 내밀지 않는다. 죽은 사람에게 가족이나 친구가 있는 경우 그 가족이나 친구들이 시체를 구덩이로 나른다. 가족이나 친구가 없으면 시체는 나치 대원이 총을 꺼내수용자들을 협박하며 시체를 옮기라고 할 때까지 그 자리에 그대로 누워 있다.

디타와 마깃, 리즐은 천천히 캠프를 거닐지만 어디를 봐도 하나같이 황량한 모습만 이어진다. 디타는 한 손으로는 마깃의 손을, 다른 한 손으로는 어머니의 손을 잡는다. 고열 때문인지 공포 때문인지 어머니는 떨고 있다. 그냥 나약해진 건지 아니면 정말로 어디가 심각하게 아픈 건지 구별할 수가 없다.

세 사람은 막사로 돌아가지만 막사 안의 상태는 더욱 심각하다. 질병의 신 냄새가 풍겨오고 신음소리, 단조로운 기도 소리가 들려온다. 환자들 대부분은 침대에서 내려오지도 못 하고 신체기능도 지금 있는 그 자리에서밖에 하지 못한다. 냄새는 참지 못할 수준이다.

막사 안은 참혹하다시피 우울하다. 환자가 있는 침대 주변으로는 가족과 친구들이 옹기종기 모여 위로를 해주기도 하지만 대부분의 경우 환자는 홀로 앓고 홀로 견디고 홀로 죽는다.

디타 모녀는 막사를 나가기로 한다. 4월이 코앞인데도 아직독일의 추위는 매섭다. 이가 시리고 손가락이 무뎌지고 코가 시리다. 문밖에 서 있으면 덜덜 몸이 떨린다.

"토할 것 같은 데 있으니 차라리 얼어 죽는 게 낫겠어요." 디타가 어머니에게 말한다.

"에디타, 말이 그게 뭐니."

다른 사람들도 상당수가 밖에 있는 쪽을 택했다. 리즐과 두 소녀는 기댈 벽이 있는 작은 공간을 찾아 거기서 담요를 두르고 있는다. 물론 담요는 너무 자세히 들여다보지 않는 편이 좋다. 캠프는 닫혔고 더는 사람들이 새로 들어오거나 나가지 않으며 감시탑에만 기관총을 든 나치 몇 명이 있다. 도망가려다 잡히면 더 빨리 죽을 테니 차라리 도망쳐보기라도 하는 편이 나으련만 사람들은 이제 그런 시도를 할 힘조차 없다. 아무것도 남아 있지 않다.

며칠이 지나고 모든 것이 무너진다. 이제 나치는 캠프 순찰도 하지 않고 캠프는 그야말로 오물통이다. 며칠 동안 음식도 전혀 주지 않았고 물도 완전히 단수됐다. 웅덩이 물을 마시는 사람들도 있지만 머지않아 복통을 호소하며 바닥에 쓰러져 콜레라로 죽는다. 날씨는 더 따뜻해졌고 시체들은 더 빨리 부패한다. 시체를 치울 사람은 없다.

자기 자리에서 움직이는 사람들도 거의 없다. 이들 대부분이 다시는 일어나지 못할 것이다. 일어나려고 애써보는 사람들도 있지만 다리는 철사처럼 가늘고 약하다. 결국 배설물로 뒤덮인 땅 위로 쓰러지고 만다. 그게 아니면 시체 위로 쓰러진다. 산 자와 죽은 자를 구별할 수가 없다.

전쟁의 소음이 더욱 가까워졌다. 총성은 더욱 커지고 폭탄의 여진이 사람들의 다리에까지 느껴진다. 이제 남아 있는 유일한 희망이라면 이 지옥도 곧 끝날 것이라는 점이다. 다만 죽음은 자신만의 전선을 따라 훨씬 빠르게 그리고 단호하게 전진하는 것 같다.

디타는 어머니를 꼭 안는다. 그리고 마깃을 쳐다본다. 마깃의 눈은 꼭 감겨 있다, 디타는 이제 더는 싸우지 않기로 한다. 디타도 눈을 감는다. 커튼이 닫힌다. 그녀는 프레디 허쉬에게 끝까지 싸우겠다고 약속했다. 지금까지 디타는 포기하지 않았지만 이제는 그녀의 몸이 포기해버렸다. 그리고 사실 프레디 본인도 결국에는 포기했으니까. 아닌가? 뭐, 이제 와 그게 무슨 소용이 있으리.

눈을 감자 공포의 베르겐벨젠이 사라지고 디타는 『마의 산』 속 베르그호프 요양원에 와 있다. 심지어 차갑고 맑은 알프스 공기가 느껴지는 것 같다.

디타는 이제 몸도 정신도 한없이 쇠약해졌다. 실제 디타가 겪었던 순간들, 가보았던 장소들, 알고 지내던 사람들과 책 속의 사건, 장소, 사람이 모두 뒤섞여 현실과 상상이 구분되지 않는다.

베르그호프 요양원에서 한스 카스토르프를 진단하던 그 오만한 베른스 선생님이 진짜고 멩겔레가 가짜인 것 같다. 어느 순간 그들이 요양원 정원을 함께 산책하는 장면이 눈앞에 펼쳐진다. 갑자기 디타는 식당으로 들어간다. 화려한 성찬이 차려진 테이블 앞에 『성채』의 맨슨 박사가 단추를 풀어헤친 세일러 셔츠 차림의 미남 에드몽 당테스, 우아하고 유혹적인 쇼샤 부인과 함께 앉아 있는 모습이 보인다. 쇼샤 부인의 시선은 테이블 끝에 앉아 있는 사람을 향해 있다. 부인의 시선을 따라가면 갓 오븐에서 나온 육즙이 흐르는 칠면조를 먹기 좋게 자르는 대신 메스로 해부하고 있는 파스퇴르 박사가 보인다. 디타가 늘 '악질 여사'라고 불렀던 크리시코바 부인이 저기 걸어간다. 크리시코바 부인은 자기 차례를 건너뛴 웨이터를 꾸짖고 있다. 웨이터는 세플 리히텐스턴이다. 저쪽에서는 세플보다 좀 더 몸집이 있어 보이는 웨이터가 맛있는 미트파이를 서빙하고 있다. 어쩐지 어설프게 쟁반을 들고 오던 웨이터가 갑자기 어딘가에 발이 걸려 넘어지면서 파이는 공중으로 붕 떴다가 테이블에 착 떨어지며 손님들에게 기름을 마구 튀긴다. 손님들은 못마땅한 표정이고 웨이터는 손님들에게 고개 숙여 간곡히 사과하면서 부서져버린 파이를 서둘러 치운다. 디타는 이제야 저 웨이터를 알아본다. 악당 슈베이크가 주특기인 소동을 벌인 것이었다! 저 파이를 들고 간 슈베이크는 분명 주방에서 일하는 사람들과 파티를 벌이겠지.

디타의 정신은 이제 또렷함과는 거리가 멀다. 그편이 차라리 낫다. 디타는 이제 현실과 단절하고 있다. 그래도 개의치 않는다. 디타는 어릴 적만큼이나 행복하다. 방문을 닫으면 세상은 방 바깥에 있었고 아무것도 디타를 해칠 수 없었다. 디타는 어지럽다. 세상이 흐릿하게 다가오고 하나둘씩 무너지기 시작한다. 터널의 입구가 보인다.

머릿속에서 이상한 목소리들이 들린다. 다른 세계의 목소리다. 디타는 이미 경계를 건너 다른 세상에 온 것 같은 기분이다. 이곳에서는 강인한 남자의 목소리로 뭔가 이해할 수 없는 말이 들리는데, 이 암호 같은 말은 선택받은 자들만이 해독할 수 있는 말 같다. 그러고 보니 천국에서는 무슨 언어를 쓰는지 디타는 한 번도 물어본 적이 없다. 아님 연옥에서나. 지옥일 수도 있고. 하여간 디타가 이해하지 못하는 말이다.

신경질적인 비명소리도 들려온다. 저런 높은 비명소리는…… 저 소리에는 감정이 너무 많이 실려 있다. 사후 세계의 소리일 리가 없다. 저 소리는 이 세계의 소리다. 디타는 아직 죽지 않았다. 디타는 눈을 뜬다. 미친 여자처럼 소리를 지르고 있는 사람들이 보인다. 시끄럽다. 휘파람 소리도 들리고 발소리도 들린다. 무슨 일인지 전혀 판단이 안 되어 디타는 그냥 멍하니 앉아 있다.

"다 미쳐버렸네. 정신병동이 되어버렸어." 디타가 속삭인다.

마깃이 눈을 뜨고 놀란 눈으로 디타를 쳐다본다. 마치 아직도 무서워할 게 남아 있다는 듯이. 마깃은 리즐의 팔을 만지고 리즐도 눈을 뜬다.

이제야 무언가가 보인다. 캠프에 군인들이 들어오고 있다. 무장한 군인이지만 독일인들은 아니다. 군복은 옅은 갈색이고 지금까지 봐왔던 검은색 군복이 전혀 아니다. 처음엔 경계 태세로 여기저기 무기를 겨누던 군인들은 머지않아 어깨에 무기를 내려놓고 손을 머리 위로 올린다. "세상에나."

"누구예요, 엄마?"

"영국인들이란다, 에디타."

디타와 마깃 둘 다 눈과 입이 모두 쩍 벌어졌다.

"영국인이요?"

젊은 하사관이 빈 나무상자 위에 올라서서 메가폰 모양으로 양손을 모은다. 기초 수준 독일어로 그가 이야기한다.

"이 캠프는 그레이트 브리튼 연합왕국과 동맹국들의 이름으로 해방됐다. 당신들은 자유다!"

디타는 팔꿈치로 마깃을 찌른다. 마깃은 그대로 얼어붙었다. 말을 할 수가 없다. 비록 남은 힘이 하나도 없지만 디타는 두 발로 일어서서 마깃의 어깨에 한 손을 올리고 어머니의 어깨에 다른 한 손을 올린다. 이제 유년 시절 내내 디타가 기다려 마지않았던 그 말을 할 수 있게 됐다.

"전쟁이 끝났어."

31구역 사서는 울음이 터질 것 같다. 이 순간을 보지 못하고 죽은 사람들 때문에. 할아버지, 아버지, 프레디 허쉬, 모겐스턴 교수…….

군인 하나가 디타가 있는 쪽으로 다가와 생존자들에게 이상한 억양의 독일어로 캠프는 해방됐고 당신들은 자유라고 말한다.

"자유! 자유다!"

한 여자가 땅에 질질 몸을 끌고 나와 군인의 발을 껴안는다. 그는 허리를 굽혀 미소 지으며 생존자의 감사 인사를 받을 준비를 한다. 그러나 핼쑥해진 여자는 도리어 그를 나무란다.

"왜 이렇게 오래 걸렸어요?"

영국군은 행복한 사람들의 환영을 받을 것이라 기대했다. 미소와 환호를 기대했다. 불만, 한숨, 죽음과의 사투, 살았다는 기쁨과 동시에 남편이며 형제들이며 가족들과 친구, 이웃을 잃은 슬픔의 복합적인 감정으로 눈물을 흘리는 사람들…… 그들은 이런 것들을 기대하지 않았다. 해방되지 못한 이들이 너무나 많았다.

연민 어린 표정의 군인들도 있었다. 믿을 수 없다는 표정들도 있었다. 그러나 대다수는 혐오스럽다는 표정들이었다. 이들은 유대인 포로수용소란 곳이 이렇게 시체들로 넘쳐나는 곳이리라고는 생각하지 못했다. 살아 있는 이들은 죽은 자들보다 더 해골 같았다. 영국군은 포로수용소를 해방시키는 것인 줄만 알았지 묘지를 보게 되리라고는 생각지 않았다.

해방 소식에 조금이나마 환호할 수 있는 여력이 남은 사람들도 있지만 대부분 살아남은 자들은 믿을 수 없다는 표정으로 이

상황을 지켜보는 것 외에는 아무 힘도 남아 있지 않다. 이들은 죄수들이 걸어가는 장면을 더욱 뚫어져라 쳐다본다. 믿어지지가 않아 디타는 다시금 눈을 확인한다. 디타 인생 최초로 이번엔 죄수가 유대인이 아니다. 제일 앞에 서서 영국군의 연행을 받아 걸어가는 이는 엘리자베스 포켄라스다. 고개를 꼿꼿이 들고 걸어가는 그녀의 올림머리는 얼굴 위로 쏟아져 있다.

31

자유를 되찾고 처음 며칠간은 이상했다. 상상력이 넘치는 디타마저도 전혀 생각해보지 못한 장면들이 펼쳐졌다. 나치 대원들이 직접 시체를 끌고 간다든가, 항상 늘 완벽한 모습이던 포켄라스가 흙 묻은 군복에 떡이 진 머리를 하고 양팔로 시체를 안고 구덩이로 옮기고 있었다. 클라인 박사에게는 나치 대원들이 시체를 가져오면 그 시체를 아래로 옮기는 일이 떨어졌다. 나치 대원들은 이제 힘든 노역형을 선고받은 죄수들이다.

자유를 얻었지만 베르겐벨젠에선 아무도 기쁘지 않다. 사망자수가 실로 파괴적인 수준이다. 아무리 사망자들을 인간답게 처리하고 싶어도 그럴 수 없다는 것을 영국군은 금세 깨닫는다. 질병이 퍼지는 속도는 너무 빠르다. 결국 이들은 나치 대원들에게 시체를 한데 쌓도록 하고 불도저로 그 시체들을 밀어버린다. 평화는 그리 쉬운 상대가 아니다. 최대한 빨리 전쟁의 영향을 지워버려야 한다.

마깃이 중식 배급을 받으러 줄을 서 있는데 누군가 그녀의 어깨에 손을 올린다. 어깨에 손을 올리는 것이 뭐 그리 대수로운 행동은 아니다. 그러나 그 순간 마깃의 삶은 갑자기 어딘가 달라진다. 마깃은 뒤를 돌아보기도 전에 그 손의 주인이 누군지 알아본다. 아버지다.

마깃에게 너무 잘된 일이다. 마깃이 기뻐하는 모습을 보니 디타 모녀도 기쁘다. 영국군은 이미 마깃의 아버지를 프라하행 열차에 배정했고, 마깃의 아버지는 딸과 함께 가려고 예약까지 다 해뒀다. 마깃에게 그 이야기를 들으며 모녀는 그녀의 새 인생에 행운을 빌어준다. 어지러울 정도로 모든 것이 빠르게 변하고 있다.

마깃이 아주 진지해지면서 심각하게 모녀를 쳐다본다.

"우린 가족이에요."

그냥 예의상 하는 말이 아니다. 마깃은 친언니처럼 사랑을 표현한 것이다. 마깃의 아버지는 체코에 있는, 유대인이 아닌 지인들 주소를 하나 얼른 종이에 적는다. 마깃의 아버지는 부디 이 지인들이 아직 무사하기를 바란다며 부녀는 이곳에서 함께 지낼 계획이라고 한다.

"프라하에서 만나요!" 디타는 마깃의 아버지 손을 잡고 작별인사를 한다.

이번 작별인사는 전보다 훨씬 희망차다. "곧 보자!" 이제 이 인사가 정말 제대로 의미를 갖게 됐다.

처음 며칠간은 혼란스러운 분위기가 지배적이었다. 영국군은 전투를 위한 훈련만 받았지 갈 곳 없는 사람들, 심지어 신원 기록도 없고 대부분 환자이거나 영양실조인 사람들 수십만 명을 돌보도록 훈련을 받진 않았다. 수용자들의 본국 송환을 담당할 사무소가 설치되긴 했지만 제 기능을 하기엔 한참 부족하고 임시 서류를 발급하는 것도 한없이 느려 터졌다. 그래도 이제 사람들에게 음식과 깨끗한 담요가 주어졌고 수천 명의 환자를 치료할 야전병원도 세워졌다.

디타는 어머니 상태가 걱정된다는 이야기로 마깃의 날을 망치고 싶지는 않았다. 리즐은 상태가 썩 좋지 않다. 계속 음식을 섭취하곤 있지만 전혀 살이 찌지도 않고 있고 이제 열까지 난다. 야전병원에 입원하는 수밖에 별다른 선택지가 없다. 그 말인즉 디타 모녀가 당장 프라하로 돌아갈 수 없단 뜻이다. 베르겐벨젠 수용소 생존자들을 치료할 수 있도록 연합군이 수용소 병원이 있던 자리에 세운 야전병원에서는 전쟁이 끝났단 증거를 거의 찾을 수가 없다. 독일군이 항복했다. 히틀러는 자기 벙커에서 자살했고 친위대 장교들은 약식재판을 기다리거나 도주했다. 그러나 이곳에서 전쟁은 꿋꿋이 버티며 백기를 들지 않고 있다. 휴전협정이 체결됐다고 이미 잘린 팔다리가 다시 자라나진 않는다. 휴전협정이 상처 입은 자들의 고통을 치유하진 못 한다. 발진티푸스를 멈추지도 못 하고, 죽어가는 이들을 살려내지도 못 하고, 이미 가버린 사람들을 돌아오게 하지도 못 한다. 평화가 모든 것을 치유하진 못 한다. 최소한 즉효가 있진 않다.

몇 년간 온갖 궁핍과 비극과 괴로움을 버텨낸 리즐 아들러는 평화가 당도하자마자 위중한 상태가 되어버렸다. 디타는 어머니가 결국에는 이겨낼 거라고, 평화 속에 잠들지 않을 것이라고 생각하긴 어렵다. 이건 말도 안 된다.

비록 리즐이 몸을 뉘인 곳은 야전침대지만 최소한 시트는 지난 몇 년간 쓰던 것보다 깨끗하다. 디타는 어머니의 손을 잡고 그녀의 귀에 격려의 말을 속삭인다. 약 때문에 리즐은 고요하다.

며칠이 지나자 간호사들은 어머니 침상을 떠나지 않는 말썽꾸러기 천사 같은 얼굴의 체코 소녀에게 익숙해진다. 이들은 할 수 있는 만큼 최선을 다해서 디타도 챙긴다. 배급된 음식은 다 먹었는지, 주기적으로 검진은 받고 있는지, 어머니 옆에 너무 오래 앉아 있진 않았는지, 또 어머니 옆에 있을 때 디타가 마스크를 쓰고 있기는 한지 등등. 어느 날 오후 디타는 책을 읽고 있는 간호사 한 명을 보게 된다. 프란시스라고 하는, 동그란 얼굴에 주근깨가 있는 젊은 남자다. 디타는 그에게 다가가 책 표지를 빤히 쳐다보며 노골적으로 관심을 표한다. 앞표지에는 원주민 족장의 모습이 그려져 있는데, 머리엔 깃발을 꽂고 볼에는 출진 물감을 바르고 손에는 총을 들고 있다. 누군가의 부담스러운 시선이 느껴진 간호사는 책에서 눈을 떼고 디타에게 서부 소설을 좋아하느냐고 묻는다. 칼 메이의 소설을 읽은 적이 있는 디타는 올드 섀터핸드와 위네투라는 그의 아파치족 친구를 좋아하고, 끝없이 펼쳐지는 북아메리카 평원에서 벌어지는 이들의 모험을 상상하곤 했다. 디타는 책을 어루만지며 천천히 책등을 손가락으로 훑어본다. 디타의 행동을 간호병은 이해하지 못한 채 지켜보고 있다. 디타가 약간 장애가 있는 아이인지도 모르겠다고 생각하는 것 같다. 그런 지옥에서 살았으니 장애가 있대도 놀랄 일도 아니다.

"프란시스……."

디타는 손가락으로 책을, 그런 다음 자기를 가리켜 보인다. 프란시스는 책을 빌리고 싶다는 디타의 손짓을 알아듣는다. 그는 미소를 지으며 자리에서 일어나더니 뒷주머니에서 비슷한 류의 소설 두 권을 꺼낸다. 약간 누르스름한 종이에 화려한 색상의 표지가 붙은 작고 부드러운 판형으로, 한 권은 서부 소설, 다른 한 권은 범죄 소설이다. 그가 책을 내밀자 디타는 그 책들을 받아들고 자리를 떠난다. 갑자기 번쩍하고 머릿속에서 무슨 생각이 났는지 그가 디타를 불러 세운다.

"어이, 아가씨! 그거 다 영어책이야!" 그런 다음 다시 어설픈 독일어로 그 말을 반복한다.

디타는 그를 돌아보고 미소를 지어 보이지만 가던 길을 멈추진 않는다. 디타에겐 별로 상관없다. 어머니가 잠들어 있는 동안 디타는 빈 침상에 앉아 종이 냄새를 들이마시고 엄지손가락으로 빠르게 책장을 넘긴다. 카드 섞는 소리 같은 책장 소리에 디타는 씩 웃는다. 책을 열어 한 페이지를 펼치자 책장이 바스락댄다. 책등을 다시 위아래로 만지작 만지작 해본다. 표지를 붙인 풀이 만져진다. 디타는 작가들 이름이 맘에 든다. 영어 이름들은 디타의 귀에 이국적이다. 손에 책을 들고 있으니 디타의 삶이 다시 제자리를 찾아간다. 이렇게 하면서 디타는 원래 자리로 퍼즐 조각을 천천히 돌려놓을 수 있다.

그러나 한 조각이 맞지 않는다. 어머니는 차도가 없다. 며칠이 지나자 리즐의 상태는 점점 더 나빠진다. 열이 치솟고 몸은 점점 더 투명해지고 있다. 의사는 독일어를 하지 못하지만 디타가 충분히 알아들을 수 있게 손짓을 해 보인다. 어머니 상태가 좋지 않다.

하룻밤 사이에 리즐의 상태는 더 악화된다. 이제 숨소리도 간헐적이고 누운 채 팔다리를 휘젓는다. 디타는 최후의 수단에 의지해보기로 한다. 그녀는 깜박이는 병원의 불빛이 잘 보이지 않을 때까지 한참을 걸어간다. 몇백 미터쯤 걸어가 어두운 평지에 멈춰선다. 아무도 없는 것을 확인하고 디타는 달도 별도 없는 흐린 밤하늘을 올려다본다. 지금까지 이렇게 살아남았는데 이제 와 프라하로 돌아가지 못하다니, 그럴 순 없다. 신께서 어머니에게 그럴 수는 없는 거다. 어머니는 아무도 해치지 않았다. 화를 나게 하지도, 괴롭히지도 않았고 빵 부스러기 하나 훔친 적이 없다. 그런데 왜 이런 벌을 주신단 말인가. 디타는 신을 탓하며 구걸도 해보고 겸허한 자세로 제발 어머니를 살려달라고 애원도 해본다. 어머니만 살려주신다면 모든 것을 다 하겠노라고 약속한다. 가장 독실한 신심을 가지겠다고, 예루살렘으로 순례길에 오르겠다고, 끝없는 신의 영광과 너그러우심을 평생 노래하겠다고…….

병원으로 돌아오는데 마르고 키가 큰 사람이 병원 문간에 서서 어둠 속을 바라보고 있다. 프란시스다. 그는 디타를 기다리고 있다. 아주 심각한 표정으로 그는 디타에게 한 걸음 다가가 그녀의 어깨에 따스하게 한 손을 얹는다. 무거운 손이다. 그는 디타를 보고 고개를 천천히 저으며 할 수 없었다고, 어쩔 수 없었다고 말한다.

어머니의 침대로 달려가보니 의사가 막 가방을 닫고 있다. 어머니는 이미 떠났다. 남은 것이라곤 그녀가 가졌던 인간의 몸, 작은 새와 같은 그 몸뚱이뿐이다. 그것만 남았다.

디타는 침대에 그대로 무너져 내린다. 프란시스가 다가온다.

"괜찮아?" 그러고서 그는 디타가 자기 말을 이해할 수 있게 엄지를 들어올린다.

어떻게 괜찮을 수가 있나. 운명인지 신인지 악마인지, 뭐가 됐

475

든 6년간 어머니를 전쟁의 고통에서 단 1분도 쉬지 못하게 하더니 이제 단 하루의 평화도 즐기도록 허락하지 않았다. 프란시스는 디타의 답을 기다리는 듯 여전히 그녀를 쳐다보고 있다.

"샤이제Scheisse." 그녀가 대답한다.

프란시스는 영국 사람들이 뭔가 잘 이해하지 못했을 때 보이는 우스꽝스러운 표정을 짓는다. 목을 길게 뽑고 눈썹을 높이 들어올리면서.

"빌어먹을……." 디타는 영어로 말한다. 며칠 사이 디타는 영어 단어도 배웠다.

프란시스가 동의를 표한다.

"빌어먹을." 그는 디타의 말을 따라하더니 조용히 그녀 옆에 앉는다.

그나마 어머니가 자유를 얻은 후에 마지막 숨을 거뒀다는 것이 작은 위안이 된다. 그동안 받은 고통을 생각하면 너무나 작은 위안이긴 하지만 말이다. 그래도 디타는 프란시스를 향해 돌아본다. 걱정스러운 얼굴로 자신을 쳐다보고 있는 프란시스에게 디타는 괜찮다고 양 엄지를 들어 보인다. 프란시스는 이제 안심하고 물을 찾는 다른 환자에게 물을 가져다주기 위해 일어난다.

'아주 형편없는 기분인데, 그야말로 최악인데 왜 괜찮다고 했을까?' 디타는 자문한다. 채 질문이 끝나기도 전에 디타는 답을 알아낸다. 왜냐하면 그는 내 친구고, 난 그를 걱정시키고 싶지 않으니까.

'꼭 엄마처럼 처신하고 있네…….'

디타는 마치 자신이 어머니의 역할을 이어받기라도 한 것 같다.

다음 날 의사는 그녀에게 바로 돌아갈 수 있도록 서류작업을 신속히 마무리할 것이라고 한다. 의사는 디타가 이 소식을 듣고 기뻐할 거라고 생각하지만, 정작 디타는 몽유병 환자처럼 별 의식 없이 그 말을 듣는다.

'돌아가?' 디타는 속으로 묻는다. '어디로?'

디타에겐 부모님도, 집도, 신분도 없다. 디타가 돌아갈 곳이 있긴 한 걸까?

32

나프르지코프예 거리의 헤드바 백화점 창문에 한 이방인의 모습이 비친다. 파란색 긴 원피스에 리본이 달린 수수한 회색 펠트 모자를 쓴 젊은 여자다. 디타는 그 여자를 유심히 살펴보지만 그래도 영 낯설다. 저 유리에 비친 낯선 사람이 자신이란 것을 디타는 쉽사리 받아들이지 못한다.

나치가 프라하에 진입했던 그날 디타는 아홉 살 소녀였고 어머니의 손을 잡고 거리를 걸었다. 이제 디타는 열여섯 살 여인이 됐고, 혼자다. 탱크가 도시의 거리를 지나가며 땅이 흔들리던 그 느낌을 떠올리면 지금도 몸서리가 쳐진다. 다 끝났는데도 디타의 머릿속에서는 아무것도 끝나지 않았다. 절대 끝나지 않을 것이다.

승리의 기쁨과 전쟁의 종식을 기념하는 한바탕 축제가, 연합군이 주최한 무도회며 자화자찬의 연설들이 모두 끝나고 전후의 현실이 민낯을 드러내 보인다. 조용하고 가혹하고 팡파르 같은 건 없는 그런 민낯을. 밴드들이 자리를 떠나고 행진이 끝나고 웅장한 연설이 서서히 목소리를 낮추어 이제 고요해졌다. 평화 이면의 현실은 바로 그녀 앞에 펼쳐진, 폐허가 되어버린 나라다. 디타는 어머니나 형제자매 같은 가족도 없고 교육도 받지 못했고 민간구호단체에서 준 옷가지들 외엔 별다른 소지품도 없으며 엄청나게 복잡한 서류작업을 거쳐 간신히 발급받은 배급카드가 아니고서는 딱히 살아남을 방법도 없다. 프라하에서 처음으로 혼자 보내는 오늘 밤, 디타는 송환된 이들을 위해 마련된 호스텔에서 잠을 잘 것이다.

유일하게 가진 게 있다면 주소 하나가 적힌 종잇조각이다. 그 주소를 얼마나 많이 들여다봤던지 디타는 이미 그 주소를 거의 외우다시피 했다. 전쟁은 모든 것을 바꾸어놓는다. 평화도 마찬가지다. 마깃과 디타는 수용소에서 자매애를 나눴지만 전쟁이 끝난 지금도 그 자매애가 유효할까? 마깃과 마깃의 아버지는 디타 모녀가 아마 그들보다 이틀쯤 후에 열차를 타겠거니 짐작했지만, 리즐이 아프면서 귀향은 몇 주나 지체됐다. 그사이 마깃은 새 친구가 생겼을 수도 있다. 걸음을 멈추지도 않고 그냥 멀리서만 인사하던 르네처럼 마깃은 과거를 완전히 잊고 싶어할지도 모른다.

마깃의 아버지가 준 주소는 유대인이 아닌 그의 친구들이 사는 곳으로, 마깃의 부친과 친구들은 벌써 몇 년이나 연락이 끊긴 상태였다. 사실 마깃네 부녀가 베르겐벨젠을 떠날 당시 당사자들도 정작 어디로 가서 무슨 일을 하고 살지는 전혀 알지 못한 상태였다. 심지어 몇 년간의 전쟁을 겪고도 그 친구들이 여전히 그 집에서 살고 있는지, 혹은 이들 부녀를 반갑게 맞이할지 어떨

지도 전혀 알지 못하는 상태였다. 주소가 적힌 종이는 이제 디타의 손바닥 안에서 구겨져 글씨조차 읽을 수 없게 되어가고 있다.

디타는 프라하 북부를 배회하며 주소지를 찾는다. 사람들에게 물어보기도 하면서 그들이 알려주는 대로 지금까지 한 번도 가보지 않은 길을 따라 찾아가보려고 노력한다. 이제 디타는 프라하에서 익숙한 나만의 길이란 게 없다. 도시는 거대하고 미로 같다.

마침내 디타는 사람들이 알려준 대로 부서진 벤치 세 개가 있는 광장에 다다른다. 종이에 적힌 주소 16번지가 이 근방이다. 디타는 건물 앞 대문을 열고 들어가 1B호의 벨을 울린다. 몸집이 좀 있는 금발의 여성이 문을 연다. 유대인이 아니다. 뚱뚱한 유대인은 멸종된 종이다.

"죄송하지만, 바르나이 씨와 따님 마깃이 여기 있을까요?"

"아니요, 여기 안 살아요. 프라하에서 좀 떨어진 곳으로 이사했어요."

디타는 고개를 끄덕인다. 디타는 그들을 탓하지 않는다. 어쩌면 마깃 부녀는 디타네를 기다렸는데 디타가 너무 늦게 프라하로 돌아온 것인지도 모른다. 그런 일들을 다 겪고도 다음 장으로 그냥 책장을 넘기기란 쉽지 않겠지. 그 책은 덮어버리고 새 책을 펼치는 게 당연한 거다.

"거기 그렇게 문 앞에 서 있지 말고," 여자가 디타에게 말한다. "들어와서 갓 구운 케이크라도 좀 들어요."

"아니에요, 괜찮습니다. 신경 쓰지 마세요. 사실은 기다리는 사람이 있어요. 가족들끼리 약속한 게 있어서요. 가볼게요. 나중에……"

디타는 최대한 빨리 돌아서서 자리를 뜨려고 한다. 그러나 여자가 디타를 부른다.

"에디타죠? 에디타 아들러."

디타가 걸음을 멈춘다. 이미 한 발은 계단참을 밟고 있다.

"제 이름을 아세요?"

여자가 고개를 끄덕인다.

"기다리고 있었어요. 줄 게 있어요."

여자는 남편에게 디타를 소개한다. 흰머리에 푸른 눈의 남편은 나이에도 불구하고 여전히 미남이다. 여자는 디타에게 커다란 헤이즐넛 케이크 한 조각과 디타의 이름이 적힌 봉투 하나를 건네준다.

한없이 친절한 사람들이니 예의를 차릴 것도 없이 디타는 그 자리에서 바로 봉투를 열어본다. 봉투 안에는 기차표 두 장과 마깃이 학교에서 연습하던 필기체로 쓴 쪽지가 들어 있다.

'디틴카에게, 우리는 테플리스에서 널 기다리고 있어. 곧장 여기로 와. 키스를 담아, 너의 언니 마깃이.'

어딘가에서 나를 기다리고 있는 사람이 있다는 것은 시골에서 한밤중에 켠 성냥불 같은 느낌이다. 모든 것을 다 비추진 못하더라도 집으로 가는 길은 밝힐 수 있다.

다 같이 케이크를 먹으며 부부는 디타에게 바르나이 씨가 테플리스에서 직장을 구해 그곳에서 마깃과 함께 살고 있다는 이야기를 해준다. 마깃은 그들에게 반나절 내내 디타 이야기를 하곤 했었단다.

테플리스로 떠나기 전 디타는 유대인위원회 사무실에서 이야기한 대로 서류 수정작업을 해야 한다. 그래서 이튿날 디타는 아침 일찍부터 신분증명서를 발급하는 사무소의 그 긴 줄에 서 있다.

다시 한번 몇 시간을 줄 서서 기다린다. 그러나 아우슈비츠에서 줄을 서던 것과는 다르다. 여기에서는 사람들이 기다리는 동안 계획이란 것을 한다. 줄을 서서 기다리는 사람들은 화가 많이 나 있다. 심지어 국물뿐인 수프 한 그릇, 빵 한 조각을 받으려고 눈이 50센티쯤 쌓인 날 줄 서서 기다리던 사람들보다 더 화가 나 있다. 이 사람들은 일 처리가 늦어져서, 혹은 정보가 잘못 전달돼서, 혹은 필요한 서류가 너무 많아서 짜증이 나 있다. 디타는 씩 웃는다. 작은 것에 짜증이 날 때 일상은 되돌아온다.

디타 바로 뒤에 누가 줄을 서는데, 얼핏 보니 얼굴이 낯이 익다. 가족캠프에 같이 있었던 젊은 교사 중 한 명이다. 그도 여기서 디타를 보고 놀란 것 같다.

"도서관 사서! 다리가 엄청 마른!" 그가 소리친다.

자기 반 아이들을 위해 갈릴리 이야기를 지어내 들려주곤 하던, 그 공산주의자라는 오타 켈러였다.

그러나 지금은 오타의 눈에서 무언가 특별한, 어딘가 남다른 따스함이 느껴진다. 오타는 디타를 그들 인생 절체절명의 시기에 수용소에서 그저 함께 생활했던 사람 정도로만 기억하는 게 아니라, 디타와의 특별한 연대감을 느낀다. 정작 31구역에 있을 때는 거의 이야기를 나눈 적이 없는 두 사람이었다. 사실 아무도 두 사람을 서로 소개해주지 않았다. 두 사람은 거의 만난 적이 없는 사이나 다름없다. 그러나 프라하에서 서로를 마주쳤을 때, 두 사람은 마치 다시 만난 오랜 친구 사이 같은 느낌이다.

오타는 디타를 보고 미소 짓는다. 생기 넘치는, 그리고 어딘가

장난꾸러기 같은 그 눈빛에서 디타는 그의 속마음을 읽어낸다. '네가 살아 있어 정말 기뻐. 너를 다시 만나게 되어 정말 좋아.' 이유는 잘 모르겠지만 디타도 그에게 미소를 지어 보인다.

디타는 그의 유머 감각에 즉시 매혹된다.

"회계일을 할 수 있는 공장 일자리를 구했어요. 소박한 잠자리도 찾았고…… 그전에 있었던 곳을 생각하면 소박이 뭐예요, 궁전이죠!"

디타는 웃는다.

"하지만 더 나은 곳을 찾고 싶어요. 영어 번역 일이 하나 들어왔어요."

줄은 길지만 디타는 줄이 길다고 느껴지지 않는다. 두 사람은 어색한 침묵 없이, 오랜 동지가 공유하는 그런 확신을 가지고 쉴 새 없이 이야기를 이어간다. 오타는 언제나 노래를 부르고 싶어 했던 사업가 아버지 이야기를 한다.

"아버지 목소리는 진짜 멋있었어요." 오타는 자랑스러운 표정으로 웃는다. "1941년 아버지는 공장을 빼앗겼죠. 저들은 심지어 아버지를 감옥에도 보냈어요. 그러다가 우리는 전부 테레진으로, 그리고 가족캠프로 보내졌고요. 아버지는 1944년 7월 가족캠프 해산 당시 선별 작업에서 살아남지 못했어요."

자신감 넘치고 말도 많은 오타지만 아버지 이야기를 하자 목이 콱 막혀온다. 그러나 오타는 디타에게 자신의 촉촉해진 눈가를 들켜도 부끄럽지 않다.

"가끔씩 밤중에 아버지 노랫소리가 들릴 때가 있어요."

둘 중 한 사람이 괴롭고 힘들었던 그 시절을 떠올리며 먼 곳으로 시선을 돌릴 때면 다른 한 사람도 같은 방향으로 고개를 돌린다. 같은 편이라고 완전히 믿는 사람들, 울고 우는 모습을 모두 본 적이 있는 사람들에게만 허락되는 공감의 순간이다. 그들은 앞으로 영원히 지우지 못할 그 순간들을 함께 회상한다. 그들은 너무나도 어리기에 그 시절이 그들에게는 인생 전체나 다름없다.

"멩겔레는 어떻게 될까요? 사형됐나요?" 디타는 궁금하다.

"아직은요. 그래도 그를 찾고는 있어요."

"찾을 수 있을까요?"

"그럼요. 지금 멩겔레를 찾는 군부대가 한둘이 아닌걸요. 멩겔레를 찾아서 재판에 회부할 거예요."

"찾아서 바로 사형시키면 좋겠어요. 범죄자잖아요."

"아니에요, 디타. 재판에 부쳐야 해요."

"뭣하러 그런 절차에 시간을 낭비해요?"

"우리는 그들보다 나은 사람들이니까."

"프레디 허쉬도 그런 말을 했었어요!"

"프레디 허쉬……."

"프레디가 참 그리워요."

이제 창구에서 디턴카 차례가 됐다. 모든 문제를 해결할 시간이다. 이걸로 끝이다. 두 사람은 여전히 이방인이다. 서로에게 행운을 빌어주고 작별인사를 할 시간이다. 그러나 오타는 그녀에게 어디로 가느냐고 묻는다. 디타는 유대인 커뮤니티 사무소에 간다고 대답한다. 부모를 잃은 경우 소액의 지원금을 신청할 수 있다는데, 정말 그런지 확인하러 간다고.

오타는 같이 가도 되겠느냐고 묻는다.

"나도 그쪽으로 가거든요." 그가 말하는데 하도 진지해서 디타

484

는 그 말이 진짜인지 거짓말인지 모르겠다.

디타와 함께 있기 위해 지어낸 변명이지만 거짓말은 아니다. 디타의 길은 이미 그가 가는 길의 일부다.

며칠 후, 프라하에서 몇 킬로미터 떨어진 테플리스에서 마깃 바르나이는 현관 앞을 쓸고 있다. 한참 비질을 하며 마깃은 한 남자를 떠올린다. 자전거로 배달을 하는 청년인데 그는 마깃 앞을 지나칠 때마다 즐겁게 자전거 벨을 울린다. 이제 아침마다 머리를 좀 더 예쁘게 빗고 새 리본을 달아볼까, 마깃은 생각한다. 그때 옆에서 인기척이 느껴진다. 사람 그림자다.

"살 좀 붙었네!" 그림자가 소리친다.

뭐 저런 무례한 사람이 다 있나, 마깃은 쏘아붙여주려고 한다. 그러나 상대를 향해 돌아서는 순간, 마깃은 손에서 빗자루를 거의 떨어뜨릴 뻔한다.

디타의 목소리였다.

마깃은 디타보다 나이가 많지만 마깃에게 디타는 늘 언니 같았다. 마깃은 디타의 품에 온몸을 내던진다. 어린아이들처럼, 그야말로 전력으로, 풀썩.

"그러다 넘어질라!" 디타는 웃으며 말한다.

"넘어지면 뭐 어때, 이렇게 같이 있는데!"

사실이었다. 마침내 좋은 일이란 게 실제로 생겼다. 그들은 정말로 디타를 기다리고 있었다.

에필로그

디타가 가끔씩 일을 쉬는 날이면 오타는 기차를 타고 디타를 만나러 오곤 했다. 그렇게 둘은 특별한 친구가 됐다. 디타는 테플리스에서 학교를 다니며 일을 병행하고 있었다. 디타와 마깃은 그동안 잃어버린 배움의 시간들을 만회하고 있었다. 그게 가능한 일인진 모르겠지만 말이다.

테플리스는 온천으로 유명한 오랜 휴양도시다. 디타는 마침내 자신의 베르그호프를 찾은 것이다. 『마의 산』에 나오는 베르그호프처럼 알프스산은 없지만 보헤미아의 산들이 가까이 있었다. 비록 전쟁 때문에 고풍스러운 건물들이 즐비한 이 아름다운 도시가 심각하게 손상되긴 했지만 디타는 벽돌 타일이 깔린 길을 따라 산책하는 걸 좋아했다. 속을 알 수 없는 쇼샤 부인이 새로운 세계를 찾아 베르그호프 요양원을 떠난 후에는 어떻게 되었을지 가끔씩 디타는 궁금했다. 쇼샤 부인에게 인생을 어떻게 살아야 할지 조언을 구할 수 있다면 좋을 텐데.

아름다운 시너고그 유대교 회당은 불타버렸고, 그을린 자국이 그 지난 몇 년간의 시간을 떠올리는 흔적으로 남았다. 오타는 토요일마다 디타의 산책길에 동행했다. 그가 디타에게 꺼내는 이야깃거리는 천 가지쯤 되었다. 오타는 호기심이 넘치는 청년이었다. 모든 것이 그에게는 흥미로웠다. 프라하에서 테플리스까지 기차와 버스를 갈아타가며 80킬로미터를 여행하는 것에 대해 간혹 약간 불평을 할 때도 있기는 했다. 그러나 그건 차라리 행복한 고양이가 골골대는 소리에 가까웠다.

수개월 동안 두 사람은 광장을 지나다니며 즐거운 산책을 함께 했고, 그사이 화분에는 꽃도 피고 테플리스에도 온천 마을다운 분위기가 되살아나기 시작했다. 그 시간 동안 오타와 디타는 점점 서로 떨어질 수 없는 사이가 되어갔다. 행정사무소에서 우연히 만난 지 일 년 만에 오타는 디타에게 고백했다.

"프라하로 오는 건 어때? 장거리에 있으면 널 사랑할 수 없어!" 오타의 그 말은 모든 것을 바꾸어놓았다.

두 사람은 이미 평생을 서로 약속한 터였다. 그야말로 바닥부터 시작하는, 처음부터 완전히 다시 시작해야 하는 순간이 왔다.

오타와 디타는 프라하에서 결혼했다.

엄청난 서류작업 후에 오타는 아버지의 사업을 다시 이어받아 공장을 운영했다. 오타가 단절된 과거와 다시 이어질 수 있었단 점에서 의미 있는 일이었다. 이제는 없는 사람들을 되살리거나 상처를 씻을 수도 없지만, 최소한 1939년의 프라하로 돌아갈 수 있었다. 다만 오타는 스스로도 사업을 하고 싶은지에 확신이 없었다. 그는 아버지처럼 회계장부보다 오페라 악보를 더 좋아했고, 변호사의 언어보다 시인의 언어를 좋아했다.

그러나 그에게는 실망할 시간조차 없었다. 나치들의 군화 자국이 프라하 길거리에서 채 지워지기도 전에 이번에는 소비에트군의 군화가 자국을 남기기 시작했다. 언제나 자기 반복을 거듭하는 역사의 그 고집스러움 탓에 공장은 또다시 몰수됐다. 이번엔 제3제국이 아닌 공산당이 공장을 몰수해갔다.

오타는 포기하지 않았다. 디타도 마찬가지였다. 둘은 애초부터 파도를 헤엄쳐 건너가는 것과도 같은 성격을 타고난 사람들이었다. 오타는 영어에 능통하고 문학에 조예가 깊었으므로 문화부에서 일자리를 찾을 수 있었고 영어 간행물 중에 체코어로 번역하면 좋을 작품들을 골라냈다. 같은 직급의 사람들 중에 공산당원이 아닌 사람은 오타뿐이었다. 그 시기 많은 사람들이 레닌주의를 찬양했지만 그에게 뭔가를 가르칠 수 있는 사람은 없었다. 오타는 이미 그 어떤 사람들보다도 마르크시즘을 더 많이 알고 있었다. 그는 여느 누구보다도 이미 훨씬 많이 읽었다. 그는 이미 공산주의가 벼랑으로 이어지는 아름다운 지름길이란 걸 남들보다 훨씬 잘 알고 있었다.

오타는 공산당에게서 적으로 몰렸고 그때부터 상황은 어려워지기 시작했다. 1949년 둘 사이에 첫아이가 태어난 그해 오타와 디타 부부는 이스라엘로 이민을 떠났다. 그리고 거기서 우연히 31구역의 동료였던, 수용소의 아이들을 활기찬 합창단으로 바꾸어놓았던 아비 피셔를 만났다. 이제는 아비 오피르가 된 그는 두 사람을 도와 네타냐 부근의 하다심 스쿨에서 오타와 디타를 위한 일자리를 찾아주었다. 두 사람은 이스라엘의 가장 이름난 학교 중 한 곳에서 영어교사로 일했다. 학교는 2차대전 종전 후 이민자들의 물결 속에 많은 학생들을 받아들였다. 그 후에는 학교에서 사회적으로 포용되지 못하는 학생들, 문제가정 아이들을 돌봤다. 언제나 그런 사안들에 대한 인식을 가진 교사들이 고용되었지만 그중에서도 다른 사람들의 고통에 오타와 디타 부부보다 더 민감한 사람들을 찾긴 힘들었다.

이들 부부는 슬하에 자녀 셋과 손주 넷을 두었다. 31구역의 대단한 이야기꾼이었던 오타는 책을 여러 권 썼다. 그중 한 권인 『그림이 있는 벽*The Painted Wall*』은 오타가 가족캠프에서 있었던 사람들의 이야기를 가공한 소설이다. 오타와 디타 부부는 55년간 좋은 시절과 힘든 시절을 함께 겪었다. 그들은 평생을 서로 사랑하고 지지하며 책을, 유머 감각을 그리고 인생을 함께 나누었다.

그들은 함께 나이 들어갔다. 끔찍한 시절을 함께 겪으며 생겨난 강철같은 유대를 가를 수 있는 것은 죽음뿐이었다.

31구역과 프레디 허쉬에 대해 아직 못다 한 중요한 이야기가 남아 있다.

이 이야기를 구성하는 벽돌 자체는 모두 실제이고, 그 벽돌들을 쌓아 올리기 위해 이용된 모르타르는 허구의 상상력을 동원한 것이다. 31구역에서 사서로 일했던 인물, 이 책에 영감을 준 사람의 실제 이름은 디타 폴라쵸바다. 또한 소설에서 31구역의 젊은 교사로 나오며 후일 디타의 남편이 된 오타 켈러의 실제 모델은 오타 크라우스다.

강제수용소 안에 아주 작은 도서관이 있었다는 사실에 대해서는 알베르토 망겔의 책『밤의 도서관*The Library at Night*』에 약간 언급이 되어 있다. 저널리즘 정신으로 이 모든 이야기를 파헤치게 된 것도 이 책이 시작점이 됐다.

아우슈비츠 비르케나우에서 자기 목숨까지 걸어가며 비밀리에 학교를 운영하고 몰래 도서관을 만든 사람들이 있었다는 사실이 나에게는 대단히 흥미로웠지만 다른 사람들에게는 그렇지 않을 수도 있을 것이다. 다른 급박한 문제들이 훨씬 더 많았던 아우슈비츠 같은 곳에서 괜한 용기라고 평가할 수도 있다. 책으로는 병을 치료할 수도 없고 살인무기가 있는 군대를 상대로 싸울 수도 없으며 사람들을 배불리 먹일 수도 없고 수분을 채워줄 수 있는 것도 아니니 말이다. 사실이다. 문화는 인류의 생존에 필수적인 요소는 아니다. 생존을 위해 필요한 건 사실 빵과 물이다. 먹을 빵과 마실 물이 있으면 인류는 생존할 수 있다. 그러나 빵과 물만으로는 인간다움을 유지할 수 없다. 아름다운 것을 보고 깊은 감동을 받지 않는다면, 눈을 감고 상상력을 펼치지 않는다면, 스스로에게 질문을 던지고 자신의 무지가 어디까지인지를 파악하지 못한다면, 그러면 그들은 남자이고 또 여자이지만 완전한 인간은 아니다. 얼룩말이나 사향소와 딱히 다르다 할 만한 특징이랄 게 없는 것이다.

아우슈비츠에 대한 정보라면 온라인에 넘쳐나지만 대부분은 아우슈비츠라고 하는 그 장소에 대한 정보다. 아우슈비츠에 대해 궁금하다면 그곳에 가서 아우슈비츠가 들려주는 이야기를 직접 들으면 된다. 가족캠프의 흔적을 찾고 또 따라가보기 위해 나는 아우슈비츠로 여행을 떠났다. 날짜부터 시작하여 많은 정보가 필요하기도 했지만 그 저주받은 공간에서 느껴지는 분위기를 직접 확인해야 했다.

나는 크라코바로 날아가 거기서 오시비엥침(아우슈비츠)행 열차를 탔다. 평화로운 이 소도시의 광경만 봐선 근교에서 그런 끔찍한 일이 벌어졌으리라고는 전혀 상상할 수 없었다. 이상한 것은 하나도 없었고, 버스는 캠프 입구까지 연결돼 있었다.

제1수용소는 버스 주차장이 있고 입구는 박물관 같았다. 원래 폴란드군 막사로 사용됐던 직사각의 쾌적한 벽돌건물에 넓은 도로가 잘 포장된 그곳은 지저귀는 새소리와 어우러져 첫눈에 딱 봤을 땐 전혀 그런 끔찍한 역사를 가진 곳이라고는 생각할 수 없었다. 그러나 직접 들어가볼 수 있는 여러 건물들이 있었다. 그중 아쿠아리움처럼 지어진 건물도 있었는데 어두운 복도를 따라 커다란 어항들이 늘어서 있고 하나씩 불이 밝혀져 있었다. 수천 켤레의 낡은 신발이 산처럼 쌓여 있었고, 2톤가량의 머리카락이 어두운 바다를 형성하고 있었다. 더러운 보철은 꼭 고장 난 장난감 같다. 부서진 안경도 수천 개다. 대부분 모겐스턴이 쓰고 있었던 것 같은 둥근 안경이었다.

여기서 3킬로미터 떨어진 곳에 가족캠프, 그러니까 BIIb 캠프가 위치해 있다. 중앙로로 이어지는 입구에는 환영 같은 감시탑이 그대로 서 있고 바로 그 아래에는 기차—1944년부터 캠프 안까지 이어진 철로를 달리던—가 지나다닌 터널이 있다. 기존 막사들은 전후 다 불타버렸다. 재건된 막사가 몇 채 있어 직접 들어가볼 수 있는데, 깨끗하고 환기가 잘 된다고 해도 그냥 우울한 마구간이다. 제일 앞에 위치한 바로 이 재현 막사들 있는 곳이 아마도 격리캠프인 BIIa 캠프였을 것이고 그 뒤편 공터에 나머지 캠프들이 위치했을 것이다. 가족캠프가 있던 곳을 확인하려면 재건된 막사까지만 들어가고 나머지 전체 주변을 둘러보는 가이드 투어는 포기해야 한다. 스스로 찾아가는 수밖에. 아우슈비츠 비르케나우를 고독 속에 홀로 걷는다는 건 지금 밟고 있는 이 진흙의 일부가 되어 영원히 여기 남은 사람들의 목소리를 실은 바람을 견뎌내는 것이다. 가족캠프가 있던 자리에 현재 남아 있는 것이라곤 캠프 입구의 철문과, 수풀도 거의 자라지 않는 황량하고 고요한 공간뿐이다. 자갈과 바람과 침묵만이 남았다. 차분하거나 혹은 유령 같거나. 이곳을 바라보는 사람이 이곳에 대해 얼마나 많이 알고 있느냐에 따라 보는 시각도 달라진다.

답을 찾을 수 없는 수많은 질문들, 역사책에서는 배우지 못했던 홀로코스트의 일면들을 안고 아우슈비츠 여행에서 돌아왔다. 그리고 전적으로 우연히 아주 중요한 책 한 권도 갖고 돌아왔다. 크라쿠프의 쇼아(홀로코스트) 기념관 내 서점에서 찾은 『나는 아우슈비츠를 탈출했다*Je me suis évadé d'Auschwitz*』라는 책이었다. 루돌프 로젠버그의 회고록 『나는 용서할 수 없다*I Cannot Forgive*』의 불어 번역본이었다.

유독 관심이 가는 책이 한 권 더 있었는데, 가족캠프를 배경으로 쓴 소설 『그림이 있는 벽*The Painted Wall*』이었다. 저자 이름은 오타 크라우스라고 되어 있었다. 나는 집에 돌아오자마자 검색을 하기 시작해서 이 책을 구매할 수 있는 웹사이트를 찾았다. 본격적인 온라인몰 같은 건 아니어서 신용카드 결제도 불가능했고 입금을 하면 배송되는 시스템이었다. 다행히 연락처는 나와 있어서 그쪽으로 메일을 보내 이 책을 보고 싶은데 어떻게 구하면 좋을지 물었다. 그리고 답장이 왔다. 돌아보면 내 인생에서 교차로가 된 이메일이었다. 답변은 아주 정중하게 웨스턴 유니언으로 송금을 하면 된다고 적혀 있었다. 보낼 곳은 이스라엘 네타냐, 수취인은 D. 크라우스였다.

직감적으로 나는 그녀 이름이 혹시 디타 크라우스인지, 그리고 아우슈비츠 비르케나우 가족캠프의 생존자인지 물었다. 내 짐작이 맞았다. 31구역의 사서가 아직 살아서 나에게 이메일을 쓰고 있었다! 놀라움으로 가득한 것이 인생이라지만 때때로 그 놀라움은 정말 상상을 초월한다.

이제 더는 소녀가 아니었지만—연락했을 당시 그녀는 이미 어른이었다—디타는 여전히 언제나 열정적이고 집요했던 그 소녀와 다를 바 없었고, 지금은 남편의 책이 세상에서 잊히지 않도록 고군분투하고 있었다.

그때부터 우리는 편지를 주고받기 시작했다. 디타는 너무나 친절했고 덕분에 내 영어 실력이 한참은 부족한데도 우리는 서로를 이해할 수 있었다. 급기야는 디타가 매년 프라하를 방문하여 그곳에서 몇 주를 보내는 때 나도 프라하로 날아가 그녀를 만나기로 했다. 그녀는 나를 테레진 게토로 데려갔다. 디타는 고지식하거나 귀부인 행세를 하는 할머니가 아니다. 회오리바람처럼 일사천리로 그녀는 자신의 아파트 부근에 내가 묵을 숙소를 찾아주고 모든 일정과 필요한 예약을 도와주었다. 내가 트리스카 호텔 로비에 도착했을 때 디타는 이미 로비 소파에 앉아 나를 기다리고 있었다. 디타는 예상한 대로였다. 마른 몸에 가만히 있질 못하고 활동적인 성격, 진지하다가도 갑자기 쾌활해지는 그야말로 매력적인 사람이었다.

전쟁 중에도, 전쟁 후에도 디타의 삶은 쉽지 않았다. 디타와 오타는 2000년 오타가 세상을 떠날 때까지 매우 금실 좋은 부부였다. 아들 둘, 딸 하나를 두었지만 딸은 오랜 투병 생활 끝에 스무 살도 되기 전에 죽었다. 그러나 디타는 운명이 자신을 강타해도 스스로가 무너지도록 내버려두지 않았다. 그때도 무너지지 않았고 앞으로도 그럴 것이다.

그렇게나 힘든 일을 많이 겪은 사람이 어떻게 이처럼 늘 웃을 수 있는지 놀라울 따름이었다. 디타는 이렇게 말하곤 했다. "이제 가진 건 웃음뿐이라우." 그러나 디타는 아직 가진 것이 많다. 그녀에겐 식을 줄 모르는 에너지와, 상대가 누가 됐든 혹은 무엇이 됐든 맞서 싸울 수 있는 사람으로서의 위엄이 있다. 그렇기에 여든의 나이임에도 눈에 불꽃이 타오를 정도로 정정한 모습인 것이다. 테레진을 같이 돌아보면서도 암울한 시기를 살았던 분들이 대부분 그렇듯 근검절약이 몸에 배어 그녀 역시 절대 택시를 타지 않겠다고 한다. 나로서는 감히 반박할 수가 없다. 지하철을 타도 디타는 자리에 앉지 않는다. 자리가 있어도 앉지 않는다. 아무도 이런 여인을 무너뜨릴 수 없을 것이다. 제3제국도 실패했으니.

대단한 의지력을 가진, 혹은 지쳐도 절대 포기하지 않는 디타는 테레진 기념품 가게에 남편의 책이 재고가 없으니 다시 50부를 가져다 놓고 싶다고 내게 도움을 청한다. 우리는 차를 빌리지 않는다. 디타는 버스로 가자고 한다. 60년도 더 전에 그녀가 거쳐 갔던 바로 그 여행길에 우리는 함께 오른다. 대신 이번에는 책이 가득 든 여행 가방을 끌고서. 행여 이번 여행으로 나중에라도 디타의 건강에 무리가 가지 않을까 나로선 걱정이 되었지만 디타는 강한 여자다. 지금 디타의 가장 큰 걱정거리는 이 책들을 테레진의 도서관에 어떻게 채워 넣나 하는 것뿐이다.

아름다운 5월의 햇빛 세례 속에 네모난 건물들과 그 사이사이를 잔디밭과 녹음이 메우고 있는 테레진은 평화로운 곳이었다. 디타는 예의 그 거침없는 성격을 발휘해 책을 내려놓은 다음 나를 데리고 기념관의 상시전시실로 간다.

그날은 감정이 북받칠 법한 순간들이 많았다. 게토 수용자들이 찍은 사진들이 벽에 걸려 있는데, 그중 디타가 찍은 사진도 있었다. 사진 속 테레진은 지금 우리가 걷고 있는 이곳보다 훨씬 우울하고 어두운 곳이었다. 테레진에 머물던 아이들 이름이 적혀 있는 방도 있었다. 디타는 이름들을 보다가 기억나는 사람들이 있으면 웃는다. 그들 대부분이 이제는 세상을 떠났다.

네 개의 스크린에서는 테레진 시절을 회상하는 생존자들의 증언이 흘러나오고 있다. 한 영상에서 깊은 목소리의 나이 지긋한 노인이 이야기를 하고 있다. 디타의 남편인 오타 크라우스다. 영상에서 그는 체코어로 이야기하고 있고 영어 자막이 흘러나오지만 나는 그의 목소리에 푹 빠져 자막을 신경 쓸 겨를이 없다. 차분하고 동요 없는 목소리에 이끌려 그냥 가만히 듣게 된다. 디타도 말없이 듣는다. 그녀는 진지한 표정이지만 눈물 한 방울 흘리지 않는다. 그곳을 나와 디타는 이제 자신이 살던 곳을 보여주겠다고 한다. 그녀는 강철로 만들어졌나 보다. 나는 디타에게 힘들지 않으냐고 물었다. "힘들죠." 디타는 그렇게 대답하면서도 멈추지 않고 제 속도를 유지하며 걸어간다. 나는 삶의 모든 면면에서 이토록 용감한 여인을 본 적이 없다.

테레진에서 디타가 머물렀던 곳은 이제 평범한 아파트촌이다. 디타는 3층을 올려다본다. 목수였던 사촌 중 하나가 책장을 만들어주었단다. 디타는 다른 건물로 향하며 나에게 더 많은 이야기를 들려준다. 이 건물은 한 층이 박물관 목적으로 보존돼 있는데 방 안에는 게토 시절처럼 침대가 빼곡히 들어차 있다. 이렇게 작은 공간에 침대가 너무 많아 답답하다. 게토 주민들이 공동 화장실로 썼던 도자기 대야도 그대로 남아 있다.

"냄새가 상상이 되나요?" 디타가 묻는다.

아니요, 안 됩니다. 다른 방으로 들어가니 경비가 있다. 게토 시기의 사진과 포스터가 걸린 방이다. 유명한 피아니스트이자 작곡가 빅토르 울만의 오페라가 연주되고 있다. 그는 테레진의 문화 및 교양 측면에서 가장 활발하게 기여한 사람 중 하나다. 디타는 방 한가운데서 멈춰선다. 방 안에는 지루해 보이는 경비 외에는 아무도 없다. 디타는 조용히 울만의 오페라를 부르기 시작한다. 디타의 목소리가 곧 테레진 아이들의 목소리다. 이번엔 훨씬 적은 수의 관객이지만 여전히 이 방 안에 울려 퍼지는 목소리에 이들은 감동을 받는다. 다시 한번 시간을 거슬러 올라 디타는 털양말을 신고 꿈꾸는 눈빛의 디틴카가 되어 아동 오페라 「브룬디바Brundibar」를 부른다.

프라하로 돌아오는 길 디타는 버스 기사에게 열기로 숨이 막힐 일이 없도록 지붕창을 열어달라고 부탁한다. 기사가 무시하고 넘어가자 디타는 직접 손잡이를 당기기 시작한다. 나도 디타에게 동참한다. 둘이 같이 힘을 합치니 성공이다.

버스를 타고 가는 동안 지난 몇 달간 내 머릿속 한구석을 차지하고 있던 주제가 대화에 오른다. 1944년 3월 8일 오후, 곧 9월 입소자들이 가스실로 보내지는 상황에서 프레디 허쉬가 레지스탕스로부터 반란을 주도하라는 제안을 받고 생각해보겠다며 사라진 그때 대체 무슨 일이 일어난 것인지 말이다. 프레디 허쉬처럼 차분한 사람이 왜 수면제를 과용하고 스스로 목숨을 끊었을까.

나를 쳐다보는 디타의 눈 속에 모든 이야기가 들어 있다. 이제 이해가 되기 시작한다. 오타의 책에서 읽긴 했지만 아마도 시적인 표현, 개인적인 추측이겠거니 생각했었다. 그런데 디타의 눈빛을 보니 그게 아니다.『그림이 있는 벽』은 어쨌거나 허구의 소설이 아니었던가? 오타가 다른 방식으로 이야기를 했다면 심각한 문제가 될 수도 있어서, 그래서 혹시 소설이란 형태를 빌려온 것인가?

디타는 행여 문제가 될 수도 있다며 나에게 비밀로 해줄 것을 당부한다.

그러니 나는 디타가 해준 이야기를 옮기는 대신 오타 크라우스가 가족캠프를 배경으로 한 자신의 소설『그림이 있는 벽』에서 쓴 내용을 그대로 가져오려 한다. 책 속에서 실존인물의 이름 그대로 등장하는 몇 안 되는 인물 중 하나가 31구역의 책임자, 프레디 허쉬다. 아래 내용은 소설 속에서 나치가 9월 입소자들을 격리캠프로 보낸 다음 레지스탕스가 프레디에게 반란을 주도하라고 말하자 프레디가 생각할 시간을 달라고 이야기하는 중요한 장면이다.

> 한 시간 후 허쉬는 침대에서 일어나 의사를 찾으러 갔다.
> "결심했습니다. 날이 어두워지면 바로 지시를 하죠. 진정할 수 있게 약이 좀 필요합니다."
> ……
> 나치를 상대로 반란이라니, 의사는 미친 짓이라고 생각했다. 그건 모두에게 자살행위다. 선고를 받은 거나 다름없는 입소자들은 물론이고 가족캠프에 남아 있는 사람들, 심지어 멩겔레에게 징발된 의료팀도 예외는 아니었다. 이 남자는 이제 미쳤다. 단단히 정신이 나갔다. 프레디 허쉬를 막지 못하면 유대인 의사들도 다른 수용자들과 함께 죽을 것이다.

"진정제를 좀 드리죠." 의사는 그렇게 말하고 약사에게 간다.

약이라면 한 번도 여유로운 적이 없었지만 그래도 소량의 진정제는 있었다. 약사는 그에게 수면제 한 병을 건네주었다. 의사는 자기 손에 내용물을 털어내 즉시 주먹을 쥐고 알약을 으깼다. 그러고는 자신의 컵에 들어 있던 차가운 차에 약을 넣은 다음 흐릿한 액체 속에 약이 다 녹을 때까지 차를 휘저었다.

1944년 그날 오후 프레디 허쉬에게 일어난 일은 형법에 등장한다. 때때로 달리 말할 수 없는 진실이 허구를 통해 이야기되기도 한다.

프레디 허쉬가 자살했다는 공식적인 주장과 배치되는 다른 증언들도 많다. 가족캠프 생존자이자 의료팀 심부름꾼 노릇을 했던 마이클 허니는 자신의 회고록에서 1944년 3월 8일 일어난 일에 대해 로젠버그의 증언에 의구심을 제기한다. "그는 두통 때문에 약을 달라고 했고 그에게 주어진 것은 루미날 권장량 이상이었다."

나는 스스로 목숨을 끊었다는 설 때문에 변색된 프레디 허쉬의 명예가 이 책을 통해 회복될 수 있기를 바란다. 자살설 때문에 결정적인 순간 그의 진심과 진실에 의구심이 제기됐다. 프레디 허쉬는 자살하지 않았다. 그는 자신이 책임지던 아이들을 절대 버리지 않았을 것이다. 그는 선장이었다. 그는 자기 배와 함께 침몰했을 것이다. 역사에 기억돼야 할 프레디 허쉬의 모습은 대단한 용기를 가진 전투사다.

그리고 이 책은 디타에 대한 오마주이기도 하다. 나는 그녀에게서 많은 것을 배웠다.

31구역의 사서는 여전히 네타냐에서 살고 있고, 일 년에 한 번 몇 주씩 프라하에 있는 자신의 작은 아파트에서 몇 주를 보낸다. 건강이 허락하는 한 디타는 그런 생활을 바꾸진 않을 것이다. 디타는 여전히 믿을 수 없을 정도의 호기심과 통찰력과 다정함과 진정성을 가진 여인이다. 과거에 나는 영웅이란 걸 믿지 않았다. 이제는 영웅이 존재한다는 것을 안다. 디타가 바로 그런 영웅이다.

그 이후

루디 로젠버그

전쟁이 끝나고 루디 로젠버그는 이름을 루디 브르바로 바꾸었다. 아우슈비츠를 탈출한 후 그는 서둘러 질리나의 유대인 지도부에 알릴 목적으로 아우슈비츠 안에서 무슨 일이 벌어지고 있는지에 대한 보고서를 작성했다. 보고서의 내용은 나치의 거짓말과는 전혀 일치하지 않았다. 보고서는 부다페스트로 보내졌지만 일부 원로 유대인 지도자들은 루디의 보고서를 무시했고 1944년 5월 나치는 헝가리계 유대인 1만2천 명을 하루 만에 아우슈비츠로 이송했다. 루디는 영국으로 건너가 함께 수용소를 탈출했던 프레드 베츨러와 함께 아우슈비츠의 실체에 대한 끔찍한 진실을 전 세계에 알리고자 보다 구체적인 보고서를 작성했다. 이 문서는 뉘렘베르크 재판에서 증거자료 중 하나로 사용됐다. 전쟁이 끝나고 루디는 더욱 승승장구했다. 그는 프라하 소재의 찰스 대학에서 화학을 공부하고 신경화학 분야에서 저명

한 교수가 되었다. 이후 캐나다로 이주하여 2006년 사망했다. 후일 이스라엘 건국에 핵심적인 역할을 수행한 헝가리계 유대인 유명 인사들에 대한 거침없는 루디의 비판 때문에 이스라엘 일각에서는 수십 년간 그의 증언 내용이며 루디 로젠버그란 인물 자체에 대해 의구심을 가졌다. 오늘날까지도 이스라엘에서 그는 논란 속 인물로 남아 있다.

엘리자베스 포켄라스

뛰어난 미용사였던 엘리자베스 포켄라스는 나치당에 입당하면서 친위대에도 입대하게 됐다. 라벤스브뤽 캠프에서 훈련을 받았으며 1943년 일반 대원SS Aufseherin으로 아우슈비츠에 처음 배치됐고, 1944년 11월 선임급SS Oberaufseherin으로 진급 후 더 많은 처형 명령을 내렸다. 1945년 초 감독관으로 베르겐벨젠으로 배치됐으며, 연합군이 캠프를 해방할 당시 영국군에게 체포됐다. 이후 베르겐벨젠 내 나치들의 책임을 묻기 위한 재판에 부쳐졌고, 1945년 12월 13일 하멜린이라는 지역에서 교수형에 처해졌다.

루돌프 회스

아우슈비츠 지휘관 루돌프 회스는 엄격한 가톨릭계 집안에서 성장했다. 그의 아버지는 아들이 신부가 되기를 원했지만 명령과 위계질서에 매혹된 그는 결국 군대를 택했다. 그가 지휘관으로 있는 동안 죽은 사람의 수만 1~2백만에 달했다. 종전 후 일반 병사인 척 가짜 신분으로 위장하여 주요 전범들을 체포하러 나선 연합군의 포위망을 벗어났다. 1년가량 농사를 지으며 숨어 있었으나 아내가 연합군에게 그의 소재를 털어놓으란 압박을 받으면서 결국 체포됐다. 재판은 폴란드에서 진행됐으며 그는 사형을 선고받았다. 사형 집행 전 감옥에서 남긴 회고록에서 그는 자신이 저지른 수십만 건의 범죄를 부정하지 않았으나 계급을 감안하면 명령에 복종할 수밖에 없었다며 자신의 행위를 정당화했다. 심지어는 아우슈비츠처럼 복잡한 살인기계를 감독한 것을 포함해 자신의 조직관리 기술에 대해 자랑스러워하기까지 했다. 그는 제1수용소에서 사형당했고 그가 처형된 교수대는 여전히 그 자리에 그대로 남아 있다.

아돌프 아이히만

아돌프 아이히만은 유대인 말살을 뜻하는 일명 '최종 해결책'의 주창자 중 한 명이었다. 수용소 이송 제반사항의 책임자였고, 이송에 협력했던 유대인위원회Judenrate를 설계한 사람이기도 했다. 전쟁이 끝날 무렵 미국군에 체포됐으나 그는 오토 에크만으로 위장했고 미국군은 위장한 아이히만이 자신들이 꼭 체포하고자 했던 바로 그 나치란 사실을 알아차리지 못했다. 독일에 숨어 있다가 이탈리아로 넘어간 아이히만은 1950년 아르헨티나행 배에 올랐다. 거기서 그는 가족들을 다시 불러모으고 가짜 이름으로 살며 자동차 공장에서 기계 돌리는 일을 했다. 1960년 나치 사냥꾼 사이먼 비젠탈이 모은 정보를 기반으로 모사드(이스라엘 정보기관) 정예요원들이 그를 부에노스 아이레스에서 찾아냈다. 대담한 작전을 강행해 길에서 아이히만을 생포한 이들은 그대로 그를 납치해 공항으로 데려갔다. 그런 다음 이스라엘 항공사 엘알El Al의 비행기에 실려 비밀리에 그는 아르헨티나 영토를 벗어나게 됐다. 당시 그는 술에 취한 항공기 정비사로 위장됐다. 해당 사건은 아르헨티나와 이스라엘 간의 외교적 분쟁을 촉발했다. 친위대 상급돌격대지도자였던 아돌프 아이히만은 예루살렘에서 재판을 받고 사형선고를 받았다. 형은 1962년 6월 1일 집행됐다.

페트르 긴츠

테레진 청소년들을 한데 모으는 역할을 했던 잡지 《베뎀Ve-dem》의 편집장은 1928년 2월 1일 프라하에서 태어났다. 그의 부모는 공용어 에스페란토를 지지했고 문화에 깊은 열정을 가진 이들이었다. 1942년 10월 게슈타포의 유대인 이송에 따라 다른 수백여 명과 함께 페트르는 테레진으로 가게 됐다. 그의 가족은 아직 프라하에 남아 있었던 탓에 페트르는 테레진에서는 드물게 부모님과 떨어져 지내는 아이였다. 그의 부모는 정기적으로 그에게 음식과 노트로 쓸 종이 등을 소포로 보냈다. 남아 있는 편지에 따르면 페트르는 가족에게 츄잉껌, 공책, 숟가락, 빵, 베낄 수 있는 그림, 사회학책 등을 요청했다. 그는 소포가 오면 내용물을 룸메이트들과 함께 나누었다. 그 관대함, 지적 소양, 유쾌한 매너 덕분에 페트르는 같이 지내던 수용자들과 선생님들이 가장 아끼는 소년 중 하나가 되었다. 1944년 그는 아우슈비츠로 보내졌으며 전쟁이 끝나고도 집으로 돌아오지 못했다. 그러나 죽은 자들의 명단에도 그의 이름은 없었고, 그의 가족은 언젠가 그를 다시 만날 거라는 희미한 희망을 갖고 있었다. 그로부터 10년쯤 지나 페트르의 가족은 그와 같은 시기 이송됐던 제후다 베이컨으로부터 연락을 받았다. 그는 페트르의 가족에게 아우슈비츠 이송 직전 역 플랫폼에서 선별 작업이 이뤄졌고 그때 오른쪽 그룹은 캠프로, 왼쪽 그룹은 바로 가스실로 보내졌다고 설명했다. 페트르는 왼쪽 그룹에 배정돼 있었다.

데이비드 슈물레스키

아우슈비츠 내 레지스탕스를 이끌었던 폴란드계 데이비드 슈물레스키는 이미 아우슈비츠에 들어가기 전부터 전투 경험이 많은 인물이었다. 스페인 시민전쟁에서도 국제여단으로 싸웠고, 이후에는 나치에 대항해 싸웠다. 종전 후 그는 폴란드 공산당 내에서 중요 자리들을 역임했다. 예술품 밀매와 관련된 부정적 스캔들에 연루돼 탈당을 강요받은 그는 파리로 망명하여 죽을 때까지 파리에서 살았다. 전쟁영웅이라는 이력 때문에 그는 거의 아무도 건드릴 수 없는 존재였고, 때문에 그 스캔들이 과연 어디까지 사실이고 어디까지가 공산당 내 지도부의 계략인지는 명확히 알려지지 않았다. 그의 증손주이자 영국의 지식인 명사 크리스토퍼 히친스(2011년 작고)의 저서 『히치 22 Hitch-22』에 그와 관련된 언급이 등장한다.

지그프리드 레더러

지그프리드 레더러는 친위대 장교 빅토르 페스텍과 함께 아우슈비츠를 탈출했다. 빅토르 페스텍은 그로 인해 목숨을 잃었고, 레더러는 가까스로 게슈타포의 포위망을 벗어나 열혈 레지스탕스 멤버가 됐다. 즈라바슬라프에서 그는 친위대 장교로 위장해 역내 레지스탕스 일당들을 도왔고, 나중에는 슬로바키아에서 현지 당파들을 도왔다.

요제프 멩겔레

1945년 1월 연합군이 아우슈비츠를 해방시키기 며칠 전 요제프 멩겔레는 후퇴하는 보병부대에 위장해 들어갔다. 이렇게 그는 수백 명의 전쟁포로 중 한 명이 되어 연합군의 눈에 띄지 않을 수 있었다. 종전 직후 혼란기 덕을 보기도 했지만 연합군이 혈액형을 표시한 팔의 문신으로 친위대원을 확인한 탓도 있었다. 일반 병사들은 그런 문신을 갖고 있지 않았는데, 늘 신중했던 멩겔레는 절대 문신을 하지 않았다. 그는 재력이 있는 가족으로부터 경제적 도움을 받아 독일을 탈출했고 아르헨티나에서 은신처를 마련했다. 그곳에서 그는 제약회사의 파트너로 그럴듯한 상류층 생활을 했다. 1950년 말 나치 사냥꾼 사이먼 비젠탈은 그가 서명한 이혼서류에서 멩겔레의 흔적을 발견했다. 멩겔레의 전 부인이 편지를 보냈고 그가 이혼에 동의한 것이었다. 그러나 그의 소재가 발각됐단 사실을 누군가 그에게 먼저 귀띔해주었고 그는 우루과이로 도주했다. 새로운 가짜 신분을 가지고 그는 그곳에서 평생 기소될 수 있다는 우려 속에 기존에 비해 상대적으로 소박한 환경에서 생활했다. 그러나 그는 끝까지 잡히지 않았고 1979년 68세의 나이로 바다에서 해수욕을 하던 중 사망했다. 사인은 심장마비로 추정된다. 제랄드 포스너와 존 웨어가 쓴 멩겔레의 전기에 따르면 그의 아들 롤프는 아버지와 간간이 우편으로 소식을 주고받았고 죽기 전 직접 아버지를 만나기도 했다. 롤프는 부친을 만나 어릴 적부터 늘 그의 머릿속을 잠식했던 질문을 던졌다. 정말 아버지가 그 끔찍한 범죄를 저질렀던 사람이냐고. 편지글에서는 그렇게 섬세하고 사려 깊은 아버지가 언론에서 말하는 그런 악랄한 괴물이었다니, 아들로서 받아들이기 쉽지 않았다. 롤프가 아버지를 마주하고 정말로 아버지가 수천 명을 죽이라는 명령을 내렸느냐고 묻자 요제프 멩겔레는 아들에게 그 반대라고 대답했다. 감정의 동요도, 아무런 의구심도 없이 멩겔레는 아들에게 자신이 유대인들의 선별 과정을 진행했기 때문에—곧 죽을 사람들 가운데 상대적으로 건강한 이들을 "적절한" 선에서 골라낸 덕분에—수천 명이 목숨을 구했다고 말이다.

세플 리히텐스턴

세플 리히텐스턴은 1944년 7월 가족캠프에서 독일 슈왈제이데 캠프로 보내졌다. 그곳에서 그는 갈탄을 디젤 연료로 전환하는 공장에서 일했다. 전쟁 막바지 무렵 나치는 곧 연합군의 손에 넘어갈 것 같은 캠프에서 수용자들을 빼내어 목적지도 없는 도피성 행군에 나섰다. 이 '죽음의 행군' 동안 나치는 수용자들에게 음식도 주지 않았고 아무런 경고 없이 총을 발사하는가 하면 죽어가는 이들은 길가에서 바로 처형해버렸다. 세플을 비롯한 수천 명의 사람들이 나치의 이 마지막 광기에 희생됐다. 세플 리히텐스턴의 유해는 독일 사우스도르프 묘지에 잠들어 있다.

마깃 바르나이

마깃은 결혼 후 평생 프라하에서 살았다. 디타가 비록 이스라엘로 이주했지만 둘 사이에는 연락이 이어졌다. 두 사람은 편지와 아이들 사진을 주고받았다. 마깃은 딸을 셋 두었고, 막내딸이 태어났을 때 마깃의 나이는 이미 마흔이었다. 막내딸은 디타라는 이름으로 세례를 받았다. 디타 크라우스는 지금도 마깃의 딸

507

들과 연락을 하고 지낸다. 그들에게 디타는 이모 같은 존재이고
디타가 프라하를 찾을 때마다 이들은 함께 만난다.

1차 사료

- 『야드바솀 스터디 제24권*Yad Vashem StudieXXIV*』, "31구역: 비르케나우 가족캠프의 아동구역Block 31: The Children's Block in the Family Camp at Birkenau." (p. 281~315), 시몬 아들러Shimon Adler. (1994)
- 『위험 속 프라하*Prague in Danger*』, 피터 데메츠Peter Demetz. (파라, 스트라우스 앤 기루, 2008)
- 『죽음의 수용소 아우슈비츠의 해부학*Anatomy of the Auschwitz Death Camp*』, 이스라엘 거트만Yisrael Gutman, 마이클 베렌바움Michael Berenbaum, eds. (인디애나 대학 출판부, 1994)
- 『그림이 있는 벽*The Painted Wall*』, 오타 B. 크라우스Ota B. Kraus. (야론 골란 퍼블리싱, 1994)
- 『우리는 똑같은 아이들이다: 테레진 아이들의 비밀의 잡지 '베뎀'*We Are Children Just the Same: Vedem, the Secret Magazine by the Boys of Terezin*』, 마리 루트 크리시코바Marie Rút Křížková, 쿠르트 이리 코토취Kurt Jiří Kotouč, 즈데넥 오르네스트Zdeněk Ornest. (아벤티넘 출판사, 1995)
- 『세계 2차대전 중의 포획, 도주, 생존*Captivity, Flight, and Survival in World War II*』, 앨런 J. 레바인Alan J. Levine. (프레이저, 2000)
- 『비르케나우의 연기*El humo de Birkenau*』, 리아나 밀루Liana Millu. (아칸틸라도, 2005)
- 『책세계: 멩겔레 편*Mengele: La esfera de los Libros*』, 제럴드 L. 포스너Gerald L. Posner, 존 웨어John Ware. (2002)
- 『특별특공대*Sonderkommando*』, 슐로모 베네치아Shlomo Verezia. (RBA, 2010)
- 『나는 아우슈비츠를 탈출했다*Je me suis évadé d'Auschwitz*』, 루돌프 브르바Rudolf Vrba, 알란 베스틱Alan Bestic. (제 뤼, 1998)

『세상에서 가장 작은 도서관』은 악명 높은 아우슈비츠 비르케나우의 극히 일부였던 아동구역에서 시작하는 이야기입니다. 나치가 국제사회에 보여주기 위한 목적으로 만들었던 곳, 그러나 나치의 눈을 피해 실은 학교로 운영됐던 곳이지요. 그리고 장서 여덟 권이라는 초소형 도서관이 있었던 곳이고요. 『세상에서 가장 작은 도서관』은 그 초소형 도서관의 탄생에서부터 그 도서관을 둘러싼 이들의 열정에 주목한 책입니다.

물론 그 도서관이 자리했던 곳, 아우슈비츠에 대한 책이기도 합니다. 저자가 1차 사료와 인터뷰 등을 통해 생생하게 재구성해낸 덕분에 다시는 되풀이되지 말아야 할 어리석고 잔혹한 인간 행각에 경악할 수밖에 없는, 그런 책이요.

한편으로는 가장 큰 피해자라 할 만한 유대인들의 문화와 정신, 그리고 프레디 허쉬라는 인물에 대한 오마주이기도 합니다. 그 삭막한 환경 속에서도 사랑을 하고 생을 갈망하며 인간다움을 지키고자 노력했던 이들의 이야기이기도 하고, 또 저 같은 사람에겐 문학의 의미를 곱씹게 하는 책이기도 했지요.

비록 저자의 말처럼 "다른 급박한 문제들이 훨씬 더 많았던 아우슈비츠 같은 곳"을 소재로 하고 있고 피해자들의 목숨이란 무게가 가볍진 않지만, 얼마든지 각자의 시선으로 각자에게 중요한 것들을 생각하며 읽을 수 있는 이야기입니다. 인종이나 출신에 따라 사람의 가치나 등급이 매겨지는 게 아니듯이 개개인의 각기 다른 시선과 의미에도 등급과 가치를 매길 수는 없을 테니까요.

이 이야기가 저에게도 그랬듯 독자분들께도 끔찍한 아우슈비츠의 역사는 물론 자신에게 중요한 것들을 되돌아보는 기회를 마련해줄 수 있기를 희망합니다.

장여정

옮긴이 · 장여정

이화여자대학교 통·번역대학원을 졸업하고 현재 번역가로 활동 중이다. 옮긴 작품
으로는 『답장할게, 꼭』, 『사랑의 작은 순간들』 이외 하버드대 한국학연구소에서 발
간하는 한국문학저널 『Azalea』에 게재된 성석제 작가의 단편 「이 인간이 정말」(공
역)이 있으며 tbs eFM의 도서 프로그램 'The Bookend'에서 한국문학을 소개했다.

세상에서 가장 작은 도서관

초판 1쇄 발행 · 2020년 10월 30일
초판 2쇄 발행 · 2021년 1월 22일

지은이 · 안토니오 이투르베
옮긴이 · 장여정
펴낸이 · 김요안
편집 · 강희진
디자인 · 부추밭

펴낸곳 · 북레시피
주소 · 서울시 마포구 신수로 59-1
전화 · 02-716-1228
팩스 · 02-6442-9684
이메일 · bookrecipe2015@naver.com | esop98@hanmail.net
홈페이지 · www.bookrecipe.co.kr | https://bookrecipe.modoo.at/
등록 · 2015년 4월 24일(제2015-000141호)
창립 · 2015년 9월 9일

ISBN 979-11-90489-19-5 03870

종이 · 화인페이퍼   인쇄 · 삼신문화사   후가공 · 금성LSM   제본 · 대흥제책

이 도서의 국립중앙도서관 출판예정도서목록(CIP)은 서지정보유통지원시스템 홈페이지
(http://seoji.nl.go.kr)와 국가자료공동목록시스템(http://www.nl.go.kr/kolisnet)에서
이용하실 수 있습니다. (CIP제어번호: CIP2020041924)